ZAPOMNIANY PERGAMIN

ZAPOMNIANY PERGAMIN

PHILIPP VANDENBERG

Z języka niemieckiego przełożyła Sława Lisiecka

WYDAWNICTWO
SONIA DRAGA

Tytuł oryginału:
DAS VERGESSENE PERGAMENT

Copyright © 2006
by Verlagsgruppe Lübbe GmbH & Co. Bergisch Gladbach

Copyright © 2007 for the Polish edition
by Wydawnictwo Sonia Draga

Copyright © 2007 for the Polish translation
by Wydawnictwo Sonia Draga

Redakcja: Marcin Grabski
Korekta: Jolanta Olejniczak i Mariusz Kulan

ISBN: 978-83-89779-98-4

Dystrybucja:
Firma Księgarska Jacek Olesiejuk
ul. Poznańska 91, 05-850 Ożarów Mazowiecki
e-mail: hurt@olesiejuk.pl, www.olesiejuk.pl

Sprzedaż wysyłkowa:
www.merlin.com.pl, www.empik.com

WYDAWNICTWO SONIA DRAGA Sp. z o. o.
pl. Grunwaldzki 8-10, 40-950 Katowice
tel. (32) 782 64 77, fax (32) 253 77 28
e-mail: info@soniadraga.pl, www.soniadraga.pl

Skład i łamanie: Sonia Draga Group

Katowice 2007. Wydanie I
Druk: Drukarnia Lega, Opole

Prolog
Diabelskie ślady

Noc, głęboka noc zapadła nad strasburską świątynią. Główna nawa, jeszcze bez wieży, sterczała ku niebu niczym dziób okrętu osiadłego na mieliźnie. Katedra ciągle była olbrzymim terenem budowy. Z wąskich uliczek dochodziło na plac katedralny ujadanie kilku psów. Zdawało się, że osłabł nawet odór miasta, unoszący się za dnia nad tą rozległą przestrzenią. Była to pora szczurów. Nękane głodem tłuste, szczeciniaste zwierzęta wypełzały ze swoich kryjówek i przemykały po stertach zalegających wszędzie odpadów. Już dawno znalazły drogę do wnętrza katedry przez szyb studzienny. Tam jednak, gdzie ludzie szukali strawy duchowej, nie było żeru dla szczurów.

Pół godziny po północy katedralne szczury zaniepokoił odgłos miażdżenia. Tak szybko, jak pozwalały na to ich tłuste cielska, zwierzęta umknęły z powrotem do swoich kryjówek. Tu i ówdzie wyzierał tylko jakiś goły ogon. Dziwny odgłos stawał się coraz bliższy i coraz bardziej donośny. Wydawało się, że to kamienie ocierają się o siebie. Później znów tarcie, drapanie, skrobanie – jakby diabeł z ostrymi pazurami wspinał się po murze. Po czym znowu zaległa cisza. Można było usłyszeć tylko szelest osypującego się na ziemię piasku.

Nagle zdało się, że jakiś roztrzęsiony wóz niczym zwiastun potężnej burzy przejeżdża z turkotem po ciemnym chórze katedry, po chwili zaś rozległ się trzask i pękanie rozpadającego się piaskowca. Precyzyjnie rozmieszczone filary zadrżały, jakby wstrząsało nimi trzęsienie ziemi. Olbrzymi tuman kurzu wcisnął się w nawet najodleglejsze zakamarki. Znowu zapadła cisza, a wkrótce szczury wypełzły z dziur.

Minęła może godzina, a miażdżenie i skrobanie zaczęło się od nowa, jakby jakiś niewidoczny kamieniarz trudził się przy budowie katedry. Może to Lucyfer olbrzymim łomem usiłował zburzyć świątynię? Niemal się czuło, jak mury zaczynają dygotać. Trwało to całymi godzinami, aż na wschodzie pojawiła się pierwsza szarość poranka. Do żadnego z mieszkańców Strasburga, dla których katedra była przedmiotem największej dumy, nie dotarło jeszcze, co zdarzyło się tej nocy.

Wczesnym rankiem kościelny udał się do katedry. Główny portal był zamknięty, tak jak go zostawił poprzedniego wieczoru. Wszedłszy do nawy głównej, przetarł oczy ze zdumienia. Pośrodku – tam, gdzie przecina się ona z poprzeczną – leżały skalne okruchy, kawałki pękniętych głazów, które odpadły od sklepienia.

Zbliżywszy się, kościelny trafił lewą ręką na filar wiszący w powietrzu, gdyż oderwał się od niego cokół. Resztki kamieni leżały rozpryśnięte dookoła niczym cuchnące żarcie pozostawione przez żarłocznego potwora. Struchlały mężczyzna, niezdolny ruszyć się z miejsca, patrzył z trwogą na ten obraz zniszczenia. W końcu wypadł z krzykiem na zewnątrz, jakby go furie goniły, i co sił w starych nogach pobiegł na drugą stronę, do pracowni budowniczego katedry, aby opowiedzieć, co właśnie zobaczył na własne oczy.

Budowniczy, artysta w swoim fachu, znany także poza granicami kraju ze znakomitych umiejętności i precyzyjnych obliczeń, ujrzawszy skutki nocnych wydarzeń, nie odezwał się nawet słowem. Z natury przywiązany raczej do światopoglądu wypływającego z osiągnięć nauki – fizyki i arytmetyki – odmawiał racji bytu wszelkiej wierze w cuda. Tego ranka naszły go jednak poważne wątpliwości. Bo tylko cud mógł spowodować zawalenie się katedry. Kiedy jednak architekt przyjrzał się starannie rozdzielonemu kluczowi, zniszczonemu zwornikowi sklepienia, doszedł do wniosku, że ten cud mógł być wyłącznie sprawką szatana.

Lotem błyskawicy rozeszła się najpierw po mieście, a wkrótce już po całym kraju wieść, że szatan chce zburzyć katedrę strasburską, gdyż diabłu wcielonemu przestało się podobać, że to dzieło człowieka zanadto zbliża się do nieba. Wkrótce zaczęli się zgłaszać pierwsi świadkowie, którzy tej dziwnej nocy spotkali się podobno oko w oko z diabłem. Pośród nich był pewien mierniczy, człek bogobojny, chociaż wcale nie pobożniś. Opowiadał on wszem i wobec, że w nocy widział kuśtykającą postać z końskim kopytem, która wielkimi susami kilka razy okrążyła katedrę.

Od tej chwili żaden mieszkaniec Strasburga nie śmiał przestąpić progu dumnej budowli, aż wreszcie pojawił się biskup Wilhelm i kropidłem z najcieńszego włosia borsuczego pokropił ją święconą wodą w imię Najwyższego.

W tym samym czasie, gdy wieść rozprzestrzeniała się w dół biegu Renu, a murarze, rytownicy i kamieniarze badali, czy ruina katedry nie ma jednak naturalnej przyczyny, również w innych miejscach zdarzyło się wiele niepojętych zjawisk. W Kolonii, gdzie mistrz Arnold pragnął wznieść świątynię na wzór katedry w Amiens, zaczęły się w nocy trząść kamienne filary z figurami Marii i Piotra apostoła, którym poświęcona była na wpół ukończona budowla. Jęcząc, jakby cierpiały pod własnym ciężarem, rzeźby oddzieliły się od cokołów, niczym w tańcu obróciły się wokół własnej osi i runęły bezładnie w głąb – nie równocześnie, jak podczas trzęsienia ziemi, ale po kolei, jakby umówiły się co do tego właśnie tej nocy.

Kamieniarzom, którzy po burzliwych nocnych wypadkach pierwsi wkroczyli w katedralne mury, ukazał się upiorny widok: ręce, nogi i głowy z uśmiechami, z takim trudem wydobytymi z twardego kamienia, leżały na ziemi rozrzucone niczym tanie podroby oferowane na pobliskim targowisku. Chociaż mężowie ci byli znani z hardości charakteru, ogarnęła ich bezsilna wściekłość, aż zaczęli płakać. Inni zerkali trwożliwie, czy zza jakiegoś filaru nie wychynie szatan we własnej osobie, z gębą wykrzywioną szyderczym, straszliwym śmiechem.

Gdy kamieniarze przyjrzeli się gruzom bliżej, odkryli w nich złote monety, za które swobodnie można by nabyć przyzwoity mająteczek. Dla wielu były one dowodem, że diabeł zawsze płaci gotówką. Z pogardą i obrzydzeniem spoglądali na błyszczące złoto, ale żaden z nich nie śmiał podejść do tych szatańskich pieniędzy bliżej niż na dziesięć stóp.

Wreszcie na miejscu zdarzenia pojawił się biskup, na pół niedbale odziany, jakby właśnie wyrwał się z ramion konkubiny. Mamrocząc ciche modlitwy – a może były to przekleństwa? – odsunął gapiów na bok i obejrzał szkody. Ujrzawszy złote monety, jął je zbierać. Jedna po drugiej znikały w kieszeni jego komży. Zastrzeżenia kamieniarzy, twierdzących, że to chyba szatańskie złoto, zbył niecierpliwym machnięciem ręki i uwagą, że pieniądze to pieniądze, a poza tym to nie diabeł, ale on sam jakiś czas temu kazał je zamurować pod cokołem świętego Piotra, żeby stanowiły świadectwo dla potomności. Oczywiście nikt mu nie uwierzył. Biskup był bowiem znany z chciwości, nikogo by zatem nie zdziwiło, gdyby przyjął pieniądze od samego szatana.

Trzy dni później kupcy wrócili nad Ren z wiadomością, że diabeł zawitał również do Ratyzbony, gdzie prace nad budową katedry były zaawansowane bardziej niż gdziekolwiek indziej. Podobno miasto aż trzęsie się od plotek, a jego mieszkańcy szerokim łukiem omijają katedrę stojącą w samym sercu miasta. Lękają się nawet, że w biały dzień spotkają diabła we własnej osobie. Ba, są też tacy, którzy nie mają odwagi oddychać, uważając unoszący się od tygodni w ciasnych uliczkach ohydny odór za oddech szatana, który, jeśli wniknie do ich wnętrza, wyżre im dusze niczym gryzący ług alchemików. W ten sposób kilkunastu mieszkańców Ratyzbony postradało życie – wszyscy byli bogobojni i opatrzeni sakramentami, wśród nich znalazły się cztery mniszki żeńskiego zakonu, oddalonego o rzut kamieniem od katedry, ludzie ci bowiem woleli się udusić, niż oddychać czymś, co Lucyfer już wcześniej wciągnął w swoje płuca.

Taką to histerię, która nie ominęła nawet statecznych mieszkańców, wywołały te cudowne wydarzenia w katedrze, chociaż stwierdzenie, ile w tych wiadomościach było prawdy, sprawiało kronikarzom kłopot, gdyż, jak wiadomo, im większa odległość od centrum wydarzeń, tym mniej jest jej w wędrownych plotkach.

Pewien handlarz futrami z Kolonii widział podobno na własne oczy, jak południowa wieża katedry w Ratyzbonie zapadła się przez jedną noc o całe piętro. Jakiś wędrowny artysta przysięgał na życie zgrzybiałej matki, że zachodni portal świątyni, chociaż – jak wszystkie portale katedralne – wzniesiony z kamienia, roztopił się, jakby był z wosku. Prawdą pozostawało jednak dokonane przez mieszkańców pewnego ranka odkrycie, że w cokole portalu brakuje kamienia, który to kamień zresztą nigdy się nie odnalazł. Rzeczywiście zniknął również klucz zwornika sklepienia nawy głównej. Brak tego kamienia mógł spowodować całkowite zawalenie się kościoła, czemu zapobiegł wyłącznie ogromny kunszt budowniczych katedr tych czasów i ich szybka interwencja.

Kiedy podobne wydarzenia odnotowano również w katedrach w Moguncji i Pradze oraz w kościele Mariackim w Gdańsku i w Norymberdze, zatrzęsło się od plotek. Nawet w Reims i Chartres kolumny i filary ogromnych katedr zaczynały się chwiać, a kapitele i galerie padały na ziemię wyrywane z murów niewidzialną ręką. Podróżni z Burgos i Toledo, Salisbury i Canterbury opowiadali, że pękające masy kamienia w katedrach pogrzebały pod sobą wiele osób.

Była to wielka epoka kaznodziejów pokutnych, którzy, jęcząc i uskarżając się, wędrowali po kraju i wyciągniętą ręką wskazywali ludowi ziemski padół łez. Plaga pychy sprzymierzyła się z plagą rozwiązłości i niewątpliwie diabeł macza w tym swoje ohydne paluchy. Pan Bóg toleruje go tylko dlatego, że chce położyć kres ludzkiej pysze. Tajemnicze wydarzenia są dowodem niechęci Najwyższego, który sprzeciwia się przepychowi i luksusowi wielkich świątyń. Błędem jest wiara, że katedry świata zachodniego są budowane z myślą o wieczności. Czyż ostatnie wydarzenia nie dowodzą czegoś wręcz przeciwnego? Czyż każdego dnia, o każdej godzinie, nie może runąć jedna z wielkich katedr, którą obsikał Lucyfer?

W płomiennych mowach kaznodzieje pokutni nie oszczędzali ani ludu, ani duchowieństwa, dostawało się nawet biskupom. Kaznodzieja pokutny Gelasius grzmiał w cieniu katedry kolońskiej na nieodpowiedzialny, bezbożny lud, któremu zależy wyłącznie na władzy i bogactwie. Nie szczędzono słów potępienia żonom mieszczan za to, że noszą suknie z trenami niczym pawie ogony: przecież gdyby kobietom takie ogony były potrzebne, Bóg już dawno wyposażyłby je w podobne ozdoby. Ba, nawet wysokie duchowieństwo nie oparło się głupocie, skoro nosi żółte, zielone i czerwone trzewiki – lewy innego koloru niż prawy.

Skoro mnisi i zwykli księża, nie mówiąc już o biskupach, zaspokajają swoje żądze z wędrownymi ladacznicami, nie czyniąc z tego tajemnicy, to są w spisku raczej z szatanem niż w przymierzu z Najwyższym. Wszyscy wiedzą, że biskup woli błogosławić biust swojej konkubiny niż ciało Pana Naszego. Skoro zaś trzech papieży kłóci się o miejsce Pierwszego na ziemi i obłożyli się też nawzajem klątwami, jakby zwalczali heretyków, niewątpliwie zbliża się Sąd Ostateczny i nikt nie powinien się dziwić, że szatan zawładnął domami bożymi.

Jęcząc i lamentując, słuchacze tych ulicznych kazań wymykali się chyłkiem. Podczas gdy jedni rzucali trwożliwe spojrzenia na sam wierzchołek katedry, inni pełzali jak zwierzęta na czworakach i łkali niczym dzieci, którym ojciec zagroził surową karą. Wytworni mężowie zrywali z głów aksamitne czapki i wściekle deptali ozdoby z piór. Kobiety już na ulicach zrzucały z siebie rozwiązłe suknie, ukazujące piersi bezwstydnie odsłonięte i jakby powiększone, z szerokimi rękawami sięgającymi nieomal ziemi. Motłoch i żebracy, których to wszystko nic a nic nie obchodziło, gdyż Biblia i tak obiecywała im królestwo niebieskie, awanturowali się o te cenne szaty i rozszarpywali je, aby każdy mógł zdobyć choćby strzępek.

W mieście panowało wzburzenie, a bogaci mieszczanie tarasowali wejścia do domów i wystawiali straże jak w czasach dżumy i cholery. Nawet za zamkniętymi drzwiami ludzie starali się powstrzymywać od kaszlu i kichania, bo to uchodziło za oznaki obecności diabła, który akurat opuszcza ich ciała. W nocy słyszano kroki pachołków miejskich uzbrojonych w lance wysokie jak drzewa, patrolujących uliczki. Bez względu na wszystko, co jeszcze odbywało się w Wielki Piątek przed zmartwychwstaniem Pańskim, łaźnie, ostoje grzesznych zachowań, pozostały puste.

Nazajutrz rano mieszkańcy Kolonii obudzili się z gorzkim posmakiem w ustach. Mógł go pozostawić wyłącznie szatan. Większość ludzi opuściła domostwa później niż zwykle. Nad katedrą krążyły wielkie czarne ptaki. Tego ranka ich skrzek przypominał raczej bezradne wołanie małych dzieci. Wschodzące słońce zalało główny portal katedry jasnym światłem. Boczne ściany budowli znajdowały się w cieniu, sprawiając ponure i groźne wrażenie, inaczej niż w pozostałe dni. Nawet kamieniarze, którzy już dawno podjęli pracę i którym nie szkodziły ani wiatr, ani niepogoda, z niewiadomych powodów trzęśli się z zimna.

To właśnie pewien kamieniarz zwrócił uwagę na zaniedbanego mężczyznę na schodach wiodących do głównego portalu katedry. Drzemał, oparty plecami o mur. Nie było w tym nic osobliwego. Obcy przybysze i wędrowni rzemieślnicy często spędzali noce na kościelnych schodach. Jednak po takiej nocy jak ta, gdy spojrzeniami rządziła nieufność, każdy nieznajomy budził szczególne zainteresowanie. Jego długa szata była wytarta i przypominała czarny habit tego kaznodziei pokutnego, który poprzedniego wieczoru wprawił miasto w ponury nastrój końca świata. Rzeczywiście – zbliżywszy się, kamieniarz rozpoznał brata Gelasiusa, który dzień wcześniej wieszczył mieszkańcom Kolonii nadejście Sądu Ostatecznego. Ręce kaznodziei pokutnego drżały, a nieruchome spojrzenie utkwił w ziemi.

Pytanie kamieniarza, czy istotnie jest Gelasiusem, kaznodzieją pokutnym, mężczyzna ten skwitował niemym skinieniem, nie podnosząc wzroku. Kamieniarz chciał się już oddalić i wrócić do pracy, gdy wędrowny mnich niespodziewanie otworzył usta. Zamiast słów trysnął z nich potok czarnej krwi, zalewając niczym górski strumień jego podniszczoną szatę.

Śmiertelnie przerażony kamieniarz cofnął się, nie wiedząc, co robić, i rozejrzał się w poszukiwaniu ratunku. Nie było jednak nikogo, kto by pośpieszył mu z pomocą. Gelasius wskazał palcem swoje otwarte usta i niczym idiota z przytułku dla nieuleczalnie chorych zaczął wydawać z siebie gulgoczące, bełkotliwe dźwięki. Dopiero w tym momencie kamieniarz zrozumiał – ba, mógł to wyraźnie zobaczyć! – że ktoś odciął kaznodziei język.

Spojrzał pytająco na Gelasiusa. Kto w tak okrutny sposób na zawsze zamknął mu usta?

Gelasius wykrzywił powalane krwią, drżące palce wskazujące i przyłożył je z obu stron do skroni. Chcąc jeszcze uzyskać pewność, że kamieniarz go rozumie, położył prawą rękę na swoim siedzeniu i wykonał ruch, jakby chciał pokazać długi ogon. Później po raz ostatni podniósł oczy, w których malowała się groza.

Kamieniarz przeżegnał się i rzucił do panicznej ucieczki. Skąd bowiem miał wiedzieć, że istniało absolutnie oczywiste wyjaśnienie nieszczęścia, które spadło na wiele miast, przejmując ludzi grozą i przerażeniem? Wyjaśnienie mające początek w zamkniętej szkatule, która – podobnie jak puszka Pandory – raz otwarta, musiała spowodować zamieszki w całym kraju. Zawierała bowiem kawałek papieru, za który wielu ludzi było gotowych dokonać mordu. W imię Pana lub też bez niego.

Gdyby kamieniarz wiedział, co wydarzyło się dwanaście lat wcześniej, Anno Domini 1400, zrozumiałby wszystko. Niestety, nie było mu dane poznanie przyczyny całego zamieszania. Nikt zresztą nie potrafił pojąć tych wydarzeń. Strach jest zaś złym doradcą.

1.

Anno Domini 1400
– zimne lato

Gdy nadszedł czas rozwiązania, Afra, dziewka służebna starosty Melchiora von Rabensteina, wzięła koszyk, z którym zwykle chodziła na grzyby, i ostatkiem sił powlokła się do lasu za zagrodą. Nikt nie powiedział tej dziewczynie z długimi warkoczami, jak ma sobie radzić podczas porodu, aż do tego dnia jej ciąża pozostała bowiem niezauważona. Pod obszernymi, grubymi sukniami udawało się Afrze skutecznie ukrywać rosnące w brzuchu dziecko.

Podczas ostatnich dożynek starosta Melchior zapłodnił ją na pełnym siana strychu w wielkiej stodole. Na samą myśl o tym robiło się Afrze niedobrze, jakby napiła się stęchłej wody albo zjadła zepsute mięso. W pamięć wrył się jej niezatarty obraz, jak ten jurny starzec, który miał zęby czarne i kruche niczym zmurszałe drewno, rzucił się na nią z pożądliwie wybałuszonymi oczami. Kikut jego lewej nogi, do którego nad kolanem była mocno przypięta drewniana podpórka, dzięki której mógł się poruszać, trząsł się z podniecenia jak psi ogon. Po brutalnym załatwieniu sprawy starosta zagroził, że jeśli Afra piśnie choćby słówko o tym, co zaszło, natychmiast wypędzi ją z dworu.

Naznaczona hańbą milczała ze wstydu. Wszystko, co się jej przydarzyło, wyznała jedynie księdzu w nadziei na odpuszczenie grzechu. Przyniosło to pewną ulgę, przynajmniej na początku, ponieważ codziennie przez trzy miesiące odmawiała w charakterze pokuty pięć razy *Ojcze nasz* i tyleż *Zdrowaś Mario*. Kiedy jednak zauważyła, że niegodziwy czyn starosty nie pozostał bez konsekwencji, ogarnęła ją bezsilna wściekłość, toteż płakała całymi nocami. Jednej z takich niekończących się nocy postanowiła wreszcie pójść do lasu i potajemnie pozbyć się bękarta.

Tutaj, wiedziona instynktem, objęła wyciągniętymi ramionami drzewo i rozłożyła nogi w nadziei, że to niechciane życie wypadnie z niej jak z cielącej się krowy. Taki obraz nie był jej obcy. Na wilgotnej korze świerka, roztaczając gryzący zapach, pleniły się bedłki – żółte blaszkowate grzyby. Wydawało się, że gwałtowny ból rozerwie ciało Afry, chcąc więc powściągnąć krzyk, dziewczyna gryzła własne ramię. Drżącą piersią wciągała w nozdrza zapach grzybów. Przez pewien czas działały odurzająco, dopóki to żywe coś nie upadło z pluskiem na miękki mech leśnego poszycia: chłopczyk o ciemnych kudłatych włoskach, takich jak u starosty, krzyczący tak donośnym głosem, że przestraszyła się, że ktoś ją nakryje.

Trzęsła się z zimna, drżała ze strachu i osłabienia, w ogóle nie była w stanie jasno myśleć. Gdzieś zniknął plan, żeby od razu po porodzie uderzyć główką noworodka o drzewo, jak to zazwyczaj czyniła z królikami. Co jednak powinna zrobić? Drżąc jak oszalała, zdjęła jedną z dwu spódnic, które nosiła, podarła ją na strzępy i starła nimi krew z małego ciałka. Poczyniła przy tym osobliwe odkrycie, na które początkowo prawie wcale nie zwróciła uwagi, sądząc, że pomyliła się ze zdenerwowania. Policzyła jednak jeszcze raz, i jeszcze: u lewej rączki dziecka rosło sześć maleńkich paluszków. Afrę zdjął lęk. Znak niebios! Co miał jednak oznaczać?

Jak w transie zawinęła nowo narodzone niemowlę w strzępy spódnicy, włożyła je do koszyka i dla ochrony przed dziką zwierzyną zawiesiła na najniższej gałęzi świerka, który wcześniej posłużył jej za miejsce porodu. Resztę dnia spędziła w stajni ze zwierzętami, aby zejść z oczu czeladzi. Chciała pozostać sama ze swoimi myślami i trwożliwym pytaniem, co mógł oznaczać ów znak niebios – sześć palców u rączki. Myśl o zgładzeniu noworodka już dawno wywietrzała jej z głowy. Z Biblii znała historię małego Mojżesza, który, porzucony przez matkę, płynął w wiklinowym koszu w dół Nilu, aż jakaś księżniczka wyciągnęła dziecko z wody i kazała je wychować jak dworzanina. Niespełna dwie godziny drogi od dworu płynęła wielka rzeka. Jak jednak niepostrzeżenie przenieść tam niemowlę? Afra nie miała też żadnego pojemnika, który mógłby posłużyć mu za bezpieczny stateczek.

Gdy zapadł zmierzch, zasępiona udała się do izby czeladnej znajdującej się pod więźbą dachu domu z muru pruskiego. Nadaremnie usiłowała zasnąć. Chociaż potajemny poród do cna ją wyczerpał, nie mogła zmrużyć oka. Martwiła się o niemowlę, które bezradnie wisiało w konarach drzewa. Na pewno marzło w koszyku i płakało, czym mogło zwabić ludzi oraz zwierzęta. Afra najchętniej by wstała i w ciemnościach udała się do lasu, aby zajrzeć do maleństwa, ale wydało się jej to zbyt ryzykowne.

Pełna niepokoju wyczekała nazajutrz stosownej chwili, żeby niepostrzeżenie wymknąć się z zagrody. Udało się jej to dopiero około południa, pobiegła więc boso do lasu na miejsce, gdzie poprzedniego dnia powiła dziecinę. Przystanęła zdyszana, szukając gałęzi, na której powiesiła koszyk z noworodkiem. Na początku pomyślała, że ze zdenerwowania pomyliła drogę, bo wiklinowy koszyk zniknął. Z trudem usiłowała się na powrót rozeznać. Czy można się było dziwić, że wczorajsze wydarzenie spowodowało, że stała się mniej spostrzegawcza? Już chciała ruszyć w innym kierunku, gdy w nozdrza uderzył ją natarczywy zapach bedłek. Baczniej badając poszycie leśne, odkryła na mchu plamy własnej krwi.

W ciągu następnych tygodni dziewczyna niemal codziennie chodziła do lasu, chcąc znaleźć kryjówkę swojego porzuconego dziecka. Służącej mówiła, że idzie na grzybobranie. Za każdym razem przynosiła zresztą mnóstwo grzybów – brązowe kozaki i tłuste prawdziwki, podgrzybki w lśniących hełmach i bedłki, ile tylko zdołała udźwignąć. Podobnie jak spokoju duszy, nie odnalazła jednak żadnego tropu ani jakiejkolwiek wskazówki, co mogło się stać z noworodkiem.

Tak minął rok i nastała jesień, kiedy niskie słońce barwi liście na czerwono, a igły na brązowo. Mech niczym gąbka wchłaniał zimną wilgoć. Droga przez las stawała się coraz bardziej uciążliwa, stopniowo Afra porzuciła więc wszelką nadzieję, że jeszcze kiedykolwiek natrafi na ślad swojego dziecka.

Minęły dwa długie lata i chociaż czas zazwyczaj leczy wszystkie rany, które zadaje nam życie, Afra nie mogła się otrząsnąć po tym strasznym wydarzeniu. Każde spotkanie ze starostą Melchiorem ożywiało wspomnienia, toteż zawsze, gdy tylko usłyszała dobiegające z oddali głuche stąpnięcia jego drewnianej nogi, dawała drapaka. Również Melchior unikał z nią kontaktów, w każdym razie aż do tego jesiennego dnia we wrześniu, gdy Afra na największym drzewie za stodołą zrywała małe zielone jabłka, którym zimne deszczowe lato nie pozwoliło porządnie dojrzeć. Zajęta tą uciążliwą pracą nie zauważyła, jak starosta się zakrada i, stając u stóp drabiny, pożądliwym wzrokiem zagląda jej pod spódnice. Bielizna była Afrze nieznana, dziewczyna przeraziła się więc śmiertelnie, spostrzegłszy grzeszne spojrzenia Melchiora. Ten bezwstydnie wrzasnął na dziewkę szorstkim tonem:

– Zejdź na dół, ty mała ladacznico!

Zatrwożona, usłuchała polecenia, kiedy jednak lubieżnik usiłował nachalnie przycisnąć ją do siebie i zadać jej gwałt, zaczęła się rozpaczliwie bronić i uderzyła go pięścią w twarz, aż z nosa trysnął mu strumień krwi jak podczas szlachtowania świni, a szorstki materiał jej odzienia zafarbował się na czerwono. Broniąca się dziewczyna tylko jeszcze bardziej podnieciła rozjuszonego starostę, bo nie puścił jej, ale wręcz przeciwnie – jakby postradał zmysły, rzucił ją na ziemię, zadarł jej obie spódnice na głowę i wyciągnął ze spodni przyrodzenie.

– Tylko to zrób, tylko zrób! – dyszała. – Po raz drugi wpakujesz mnie w tarapaty, które są również twoimi!

Melchior na chwilę znieruchomiał, jakby się opamiętał. Afra wykorzystała ten moment i wypaliła:

– Twój ostatni postępek nie pozostał bez skutków, masz synka z takimi samymi kędzierzawymi włosami jak twoje!

Melchior spojrzał niepewnie.

– Łżesz! – krzyknął wreszcie i dodał: – Mała ladacznica!

Dał jej jednak spokój. Ale nie po to, żeby poznać szczegóły zasłyszanej rewelacji, tylko po to, żeby ją zwymyślać i zelżyć:

– Ty podła nierządnico, myślisz, że cię nie przejrzałem? Chcesz mnie tylko zaszantażować taką gadaniną! Już ja cię nauczę, jak obchodzić się z Melchiorem, starostą, ty podstępna czarownico!

Afra zadrżała. Każdy w kraju drżał na dźwięk słowa „czarownica". Kobiety i klechy żegnali się znakiem krzyża. Wystarczyło posądzenie o rzucanie uroków i wcale nie trzeba było dowodu, aby wszczęto bezlitosne prześladowania.

– Czarownica! – powtórzył starosta i zamaszyście łukiem splunął na ziemię. Następnie doprowadził ubranie do ładu, po czym, kuśtykając, odszedł gwałtownym krokiem.

Gdy Afra z trudem wstała, po jej twarzy płynęły łzy bezsilnej wściekłości. Zrozpaczona, przycisnęła czoło do drabiny i głośno zaszlochała. Jeśli starosta oskarży ją, że jest czarownicą, nie zdoła uniknąć strasznego przeznaczenia.

Kiedy łzy przestały już płynąć, spojrzała po sobie. Gorset był w strzępach, spódnica i bluzka przesiąknięte krwią. Aby nie prowokować pytań, dziewczyna wspięła się na sam czubek drzewa. Tam przeczekała do zmroku. Po wieczornych dzwonach na Anioł Pański, których dźwięk dobiegł ją z oddali, odważyła się wreszcie wyjść z kryjówki i cichaczem wróciła do dworu.

W nocy nachodziły ją dręczące myśli i obrazy. Zbliżali się do niej kaci z rozżarzonym żelazem, a drewniane machiny z kołami i kolcami tylko czekały na to, żeby obedrzeć ze skóry jej młode ciało. Wtedy Afra powzięła decyzję, która na zawsze miała odmienić jej życie.

Nikt nie zauważył, że tuż po północy wykradła się z izby czeladnej. Omijając skrzypiące deski podłogowe, bezszelestnie dotarła do stromych, krętych schodów prowadzących ze strychu na dół. W izbie dla dziewek służebnych po cichu zawiązała tobołek z ubraniami i wzięła parę butów, które wymacała w ciemnościach. Boso opuściła dom tylnym wyjściem.

Wilgotna mgła oplotła ją na podwórzu niczym gęsta pajęczyna. Afra poszła do dużej stodoły. Chociaż mgła zasłaniała księżyc i gwiazdy, dziewczyna pewnie stawiała stopy. Znała drogę. Dotarłszy do niewielkiego wejścia obok ogromnych wrót, odsunęła skobel i otworzyła drzwi. Nigdy dotąd nie zwróciła uwagi, że wydają z siebie płaczliwe dźwięki niczym stary kot, któremu się nadepnie na ogon. Donośne skrzypienie drzwi śmiertelnie ją przeraziło, a kiedy jeden z sześciu psów starosty zaczął ujadać, strach przeniknął wszystkie jej członki. Serce podeszło aż do gardła i zamarła w miejscu. Jakimś cudem psisko przestało szczekać. Wyglądało na to, że nikt jej nie zauważył.

Skierowała się na sam koniec stodoły, gdzie dla ochrony przed wilgocią podłogę ułożono z szerokich desek. Tam, pod ostatnią deską, ukryła swój najcenniejszy i jedyny dobytek. Mimo że w stodole było ciemno, doczłapała się po omacku do kryjówki, bosą stopą nadepnęła jakąś mysz czy szczura, który umknął z piskiem, podniosła wysoko deskę i wydobyła płaską szkatułkę obciągniętą workowym płótnem. Ta szkatułka była jej droższa niż wszystko na świecie. Ostrożnie, aby nie narobić hałasu, wykradła się z zagrody starosty, będącej od dwunastego roku życia jej domem.

Musiała założyć, że już o świcie zauważą jej nieobecność. Była jednak pewna, że nikomu nie przyjdzie do głowy rozpocząć poszukiwań. Przed trzema laty, gdy stara Gunhilda nie wróciła z pracy w polu, nikt się nią nie przejął i tylko przypadkiem łowczy starosty wypatrzył dyndające na lipie zwłoki. Gunhilda się powiesiła.

Po godzinie drogi przebytej w ciemnościach Afra, która ruszyła wzdłuż skraju lasu w kierunku zachodnim, usiłowała rozeznać się w terenie, gdyż mgły się rozrzedziły. Sama nie wiedziała, dokąd właściwie zamierza pójść. Byle dalej, dalej od starosty Melchiora. Drżąc z zimna, przystanęła i jęła nasłuchiwać dźwięków nocy.

Skądś dobiegały dziwne odgłosy przypominające ożywione szepty i mamrotanie małych dzieci. Idąc dalej, Afra natrafiła na potok, który wartkim strumieniem wił się skrajem lasu. Lodowaty chłód unosił się znad wody, ale chociaż uciekinierka pragnęła zaczerpnąć tchu głęboko do płuc, jej oddech był krótki i urywany. Była u kresu sił. Bolały ją gołe stopy, mimo to nie odważyła się jednak włożyć cennych butów, które niosła ze sobą w węzełku.

Dotarłszy do zarośniętego pastwiska tuż obok szumiącej wody, położyła się. Podkuliła nogi i wsunęła ręce do rękawów sukienki. Kiedy tak drzemała, opadły ją wątpliwości, czy nie nazbyt pochopnie zdecydowała się na ucieczkę.

Oczywiście Melchior von Rabenstein był wstrętnym potworem i kto wie, co mógłby jej jeszcze zrobić. Ale czy to wszystko jest rzeczywiście gorsze niż śmierć w lesie z głodu lub zimna? Afra nie miała nic do jedzenia ani dachu nad głową. W ogóle nie wiedziała, gdzie się znajduje i dokąd zamierza się udać! Ale skończyć jako czarownica na stosie?

Z węzełka wyciągnęła obszerną pelerynę z grubego materiału. Przykryła się nią i postanowiła odpocząć. O śnie nie było jednak mowy. Zbyt wiele myśli ją dręczyło. Kiedy wreszcie po niekończącej się nocy otworzyła oczy, u jej stóp szemrał w świetle poranka potok. Znad wody unosiły się mleczne opary. Cuchnęło rybami i stęchlizną.

Afra jeszcze nigdy nie widziała mapy, słyszała tylko, że coś takiego istnieje: pergamin, na którym są zaznaczone rzeki i doliny, miasta i góry – malusieńkie, jak widziane z lotu ptaka. Cud czy czarnoksięska sztuczka? Niezdecydowana wpatrywała się nieruchomo w płynącą wodę.

Ten potok, pomyślała, musi przecież dokądś płynąć. W każdym razie doszła do wniosku, że powinna podążyć w dół jego biegu. Wszystkie potoki szukają rzek, a nad wszystkimi rzekami leżą miasta. Podniosła więc węzełek i ruszyła śladem wijącego się strumienia.

Po jej lewej ręce lśniły na skraju lasu czerwone żurawiny. Narwała całą garść i jadła je wargami z wnętrza dłoni. Smakowały kwaśno, ale ta cierpkość pobudziła siły żywotne Afry, która przyspieszyła kroku, jakby o ściśle określonym czasie miała się stawić w wyznaczonym miejscu.

Było już chyba prawie południe i dziewczyna miała za sobą dobre piętnaście mil, gdy natrafiła na potężne ścięte drzewo, które leżało w poprzek potoku i służyło za kładkę. Wydeptana ścieżka na drugim brzegu wiodła na polanę.

Wewnętrzny głos przestrzegł Afrę, żeby nie przechodziła na tamtą stronę, a ponieważ tak czy inaczej nie miała żadnego celu przed oczami, szła dalej, ciągle brzegiem potoku, aż zapach dymu podrażnił jej węch, co było niechybnym znakiem, że znalazła się w pobliżu ludzkiej osady.

Zastanawiała się, co odpowie na pytania, które ludzie na pewno jej zadadzą. Młoda, samotna kobieta w drodze aż się o to prosiła. Afra nie miała jednak szczególnego talentu do wymyślania historyjek. Życie nauczyło ją twardo stąpać po ziemi, postanowiła więc na każde pytanie udzielać prawdziwej odpowiedzi: że starosta wyrządził jej krzywdę i ucieka przed jego prześladowaniami. Jest gotowa przyjąć każdą pracę w zamian za chleb i dach nad głową.

Zanim sformułowała tę myśl do końca, las, który towarzyszył jej przez noc i cały dzień, nagle się skończył, ustępując miejsca rozległym łąkom. Pośrodku jaru stał młyn, a klaskający rytm koła młyńskiego było słychać na pół mili. Afra z bezpiecznej odległości obserwowała, jak wóz zaprzężony w woły i obładowany pełnymi workami odjeżdża na południe. Scena ta sprawiała tak miłe i sielskie wrażenie, że bez obaw podeszła do młyna.

– Hej, ty tam! Skąd przybywasz i czego tu szukasz?

W oknie na piętrze domu z muru pruskiego pojawiła się duża głowa o rzadkich włosach przyprószonych białym pyłem i z miłym uśmiechem na twarzy.

– Jesteście pewnie młynarzem? – zawołała Afra w górę i dodała, nie czekając na odpowiedź: – Można na słówko?

Szeroka głowa zniknęła we wnętrzu, a Afra udała się w stronę wejścia. W drzwiach natychmiast pojawiła się otyła kobieta o grubych ramionach i potężnej budowie ciała. Wyzywająco skrzyżowała ręce na piersiach. Nie odezwała się ani słowem, tylko bacznie przyglądała się Afrze jak jakiemuś natrętowi. Wreszcie zza pleców kobiety wyłonił się młynarz, którego miły wyraz twarzy na widok zdecydowanej postawy żony zmienił się w jednej chwili.

– Pewnie jaka Cyganka z Indii? – prychnął pogardliwym tonem. – Taka, co to nie mówi po naszemu i jest nieochrzczona jak Żydzi. Niczego nie dajemy, a już na pewno nie takim!

Młynarz był znany z chciwości – Bóg jeden wie, czemu stał się taki – ale Afra nie pozwoliła się zastraszyć. Jej gęste ciemne włosy i skóra opalona od pracy na świeżym powietrzu sprawiały rzeczywiście wrażenie, jakby wywodziła się z tego wschodniego ludu, który zalał cały kraj niczym chmara szarańczy. Z pewnością siebie i nieomal gniewnie odparła:

– Znam wasz język tak samo jak wy i jestem również ochrzczona, chociaż nie tak dawno. Wysłuchacie mnie teraz?

Wyraz twarzy młynarzowej w jednej chwili całkowicie się odmienił. Zdobyła się nawet na miłe słowa:

– Nie bierz mu za złe tego, co mówi. To zacny, pobożny człowiek. Prawie nie ma dnia, który zsyła Bóg, żeby jakaś hołota, czująca wstręt do pracy, nie żebrała tu o coś. Gdybyśmy wszystkich obdarowywali, wkrótce sami nie mielibyśmy co do gęby włożyć.

– Nie przychodzę żebrać – odparła Afra. – Szukam pracy. Od dwunastego roku życia jestem na służbie, nauczyłam się więc pracować.

– Jeszcze jeden darmozjad pod moim dachem! – zawołał rozeźlony młynarz. – Musimy zapchać kałduny dwóch czeladników i cztery małe, głodne gęby. Nie, idź swoją drogą i nie zabieraj nam czasu!

Machnął przy tym ręką w kierunku, z którego Afra przybyła.

Dziewczyna zrozumiała, że z młynarzem nie da się niczego załatwić, i już chciała się odwrócić, gdy gruba kobieta szturchnęła męża w bok i napomniała go, żeby się opamiętał:

– Młoda służąca bardzo by mi się przydała do pomocy, a skoro jest pracowita, dlaczego nie mielibyśmy z tego skorzystać? Nie wygląda na taką, co by nas obżarła do cna.

– Rób, jak chcesz – powiedział urażony młynarz i zniknął w głębi domu, udając się do swoich zajęć. Tłusta młynarzowa uniosła ramiona w geście usprawiedliwienia.

– To zacny, pobożny człowiek – powtórzyła, a na znak, że mówi absolutną prawdę, gwałtownie potaknęła głową. – A ty? Jak ty się w ogóle nazywasz?

– Afra – odparła dziewczyna.

– Jak tam u ciebie z pobożnością?
– Z pobożnością? – powtórzyła zakłopotana dziewczyna. Wiara niewiele dla niej znaczyła. Musiała się do tego przyznać. Od kiedy życie tak źle ją traktowało, wadziła się z Panem Bogiem. Nigdy nie dopuściła się żadnych poważniejszych grzechów, przestrzegała przykazań Kościoła, spowiadała się z najmniejszych uchybień i odbywała pokutę. Czemu więc Bóg spuścił na nią tyle nieszczęść?
– Chyba nie najlepiej z tą pobożnością? – spytała gruba młynarzowa, dostrzegłszy wahanie Afry.
– Co wy sobie myślicie! – oburzyła się dziewczyna. – Przyjęłam wszystkie sakramenty, stosownie do swojego wieku, a *Zdrowaś Mario* umiem odmówić nawet po łacinie, czego nie potrafi nawet większość księży. – Nie czekając na reakcję młynarzowej, zaczęła: – *Ave Maria, gratia plena, Dominus tecum, benedicta tu in mulieribus, et benedictus fructus ventris tui Jesus…*

Młynarzowa zrobiła wielkie oczy i nabożnym gestem złożyła ręce na potężnym biuście. Kiedy Afra skończyła, kobieta zapytała niepewnie:
– Możesz przysiąc na Boga i wszystkich świętych, że nigdy nic nie ukradłaś i nie dopuściłaś się żadnych przewinień? Przysięgnij!
– Chętnie to zrobię! – odpowiedziała Afra i podniosła prawą rękę. – Powodem, dla którego stoję przed waszymi drzwiami, jest bezbożność pewnego starosty, który narzucił mi swoją wolę i skradł mi niewinność.

Młynarzowa zrobiła gwałtownie kilka znaków krzyża. W końcu powiedziała:
– Afro, jesteś silna, na pewno potrafisz więc zaraz wziąć się do roboty.

Dziewczyna przytaknęła i podążyła za młynarzową do domu, gdzie szalała czwórka dzieciaków, z których najmłodsze miało może ze dwa latka. Na widok nieznajomej najstarsza, mniej więcej ośmioletnia dziewczynka zawołała:

– Cyganka, Cyganka! Niech sobie stąd idzie!
– Nie bierz tego dzieciom za złe – powiedziała gruba młynarzowa. – Surowo nakazałam im z daleka omijać obcych. Mówiłam już, że w okolicy włóczy się mnóstwo głodnej hołoty. Kradną jak sroki i nie cofają się nawet przed porywaniem dzieci, którymi potem najzwyczajniej w świecie handlują.
– Niech ta obca czarownica sobie od nas idzie! – powtórzyła najstarsza. – Boję się jej.

Afra usiłowała miłymi słowami przypodobać się dzieciom, kiedy jednak chciała pogładzić najstarszą dziewczynkę po policzku, ta podrapała jej twarz i krzyknęła:

– Nie dotykaj mnie, wstrętna czarownico!

Wreszcie matce udało się łagodną perswazją uspokoić wzburzone dzieci, a Afrze przydzielono kąt w dużym, ponurym pomieszczeniu zajmującym całe górne piętro młyna. Tutaj dziewczyna, śledzona podejrzliwym wzrokiem młynarzowej, odłożyła swój węzełek.

– Jak to możliwe, że taka młoda dziewczyna odmawia zdrowaśkę po łacinie? – zapytała tęga kobieta, której popis Afry nie dawał spokoju. – Nie uciekłaś chyba z klasztoru, gdzie uczą czegoś takiego?

– Co znowu, młynarzowo – roześmiała się Afra, nie odpowiadając jednak na pytanie. – Jest tak, jak mówię, nie inaczej.

W całym domu było słychać głuchy huk koła młyńskiego przerywany rytmem spienionej wody, która z pluskiem spływała w głąb po łopatkach. Podczas pierwszych nocy Afra nie mogła spać. Z czasem przyzwyczaiła się jednak do nowych odgłosów. Udało się jej także pozyskać przychylność dzieci młynarza. Parobcy traktowali ją uprzejmie i wyglądało na to, że wszystko obróci się na dobre.

Ale około Cecylii i Filomeny zdarzyło się nieszczęście. Gnane lodowatym wiatrem niskie, ciemne chmury pędziły przez kraj. Najpierw zaczęło padać nieśmiało, później coraz mocniej, aż wreszcie z nieba lunęły strugi wody niczym górskie strumienie. Potok, napędzający młyn i mający zazwyczaj ledwie dziesięć łokci szerokości, wystąpił z brzegów i rwał jak wartka rzeka.

Świadomy najwyższego zagrożenia młynarz otworzył śluzę, a parobcy szybko wykopali rów, aby rozdzielić nadpływające masy brunatnej wody. Młynarz obserwował z trwogą, jak olbrzymie koło młyńskie obraca się coraz szybciej.

Po czterech dniach i nocach niebo ulitowało się nad młynarzem i deszcz ustał. Potok nadal jednak przybierał i z szaloną prędkością obracał koło. Młynarz czuwał nocami, aby co jakiś czas smarować drewniane łożyska osi łojem wołowym, i już myślał, że zapobiegł najgorszemu, gdy szóstego dnia we wczesnych godzinach porannych nastąpiła katastrofa.

Wydawało się, że ziemia zadrżała. Koło młyńskie z głośnym hukiem pękło na trzy części. Woda bez przeszkód wdarła się przez rampę i zalała parter młyna. Na szczęście wszyscy mieszkańcy przebywali na górnym piętrze. Dzieci trwożliwie wtuliły się w spódnice matki, która bez przerwy mamrotała ten sam pacierz. Bała się także Afra i ze strachu uczepiła się Lamberta, najstarszego z czeladników.

– Musimy się stąd wydostać! – zawołał młynarz, rozglądając się po zalanym parterze. – Woda podmywa fundamenty. Młyn może runąć w każdej chwili.

Wtedy młynarzowa podniosła złożone ręce nad głowę i zawołała płaczliwym głosem:

– Święta matko Marto, miej nas w opiece!

– W tej chwili niewiele nam ona pomoże! – mruknął przygnębiony młynarz, a zwracając się rozkazującym tonem do Afry, powiedział:

– Ty zajmiesz się dziećmi, a ja zobaczę, co da się uratować.

Afra podniosła najmniejszego chłopca, a dziewczynkę wzięła za rękę. Ostrożnie zaczęła schodzić po stromych schodach.

Na dole utworzył się gulgoczący wir. Dwa stołki, drew-

niaki, tuzin myszy i szczurów – wszystko to dryfowało w brudnej brązowej wodzie. Cuchnąca breja sięgała Afrze za kolana. Tuląc mocno malca do siebie, aż do bólu ściskała najstarszą dziewczynkę za rękę. Nie roniąc ani jednej łzy, mała pojękiwała cicho pod nosem.
– Zaraz będzie po wszystkim! – Afra usiłowała dodać dziecku otuchy.

Obok młyna stał wóz drabiniasty z rodzaju tych, jakich okoliczni chłopi używali do przewożenia worków ze zbożem. Afra posadziła dzieci na tej furze i przykazała im nie ruszać się z miejsca. Później odwróciła głowę, szukając reszty dzieci. Kiedy z powrotem szła w bród przez wodę, mokre spódnice ciągnęły ją prawie ku ziemi. Ledwie doszła do schodów, gdy zobaczyła zmierzającą w jej stronę młynarzową z dwójką pozostałych malców.

– Czego ty tu jeszcze szukasz? – zawołała wzburzona młynarzowa.

Afra nie odpowiedziała, tylko przepuściła kobietę z dziećmi. Później ruszyła na piętro, gdzie młynarz i parobcy zgarniali wszystko, co akurat wpadło im w ręce.

– Uciekaj stąd, dom może się w każdej chwili zawalić! – ofuknął młynarz Afrę. Teraz i ona usłyszała trzask belek, spomiędzy których z hukiem wypadały na ziemię kamienne odłamki. Parobcy w panice rzucili się w stronę schodów i zniknęli.

– Gdzie jest węzełek z moim ubraniem? – wykrzyknęła zdenerwowana dziewczyna.

Młynarz niechętnie potrząsnął głową i wskazał kąt, gdzie Afra kilka dni temu odłożyła swoje manatki. Teraz przycisnęła węzełek do piersi jak jakiś skarb i na chwilę przystanęła.

– Niech Pan ci pobłogosławi!

Głos zbiegającego na dół młynarza szybko przywrócił Afrę do rzeczywistości. W jednej chwili dotarło do niej, że cały młyn zaczyna się kołysać niczym okręt na falach. Z węzełkiem przy piersi pospieszyła ku schodom i zdążyła pokonać trzy czy cztery stopnie, gdy zawalił się nad nią dach. Belki nośne się złamały i legły w tumanie kurzu niczym zgniecione źdźbła trawy.

Mocne uderzenie trafiło Afrę w głowę. Zdawało się jej, że na chwilę straciła przytomność, ale wtedy poczuła na prawym ramieniu mocny chwyt czyjejś ręki, która pociągnęła ją za sobą. Bezwolnie zaczęła brnąć przez wodę. Znalazłszy się wreszcie na suchym gruncie, osunęła się na ziemię i straciła przytomność.

Zdawało się jej, że śni, gdy młyn zaczął się chwiać i powoli zapadać w sobie – niczym byk podczas szlachtowania – od tej strony, gdzie znajdowało się połamane koło młyńskie. Straszliwy trzask, jakby burza wyrwała prastare drzewo z korzeniami, sprawił, że Afra zamarła. Później zaległa cisza, niesamowita cisza. Słychać było jedynie gulgot wody.

Ni stąd, ni zowąd przez niski pułap chmur przebiło się światło, ukazując ich oczom straszliwy krajobraz. Resztki młyna niczym wyspa sterczały z wody, która, wirując i kipiąc, torowała sobie drogę. Młynarz patrzył nieruchomym wzrokiem, nieomal obojętnie, jakby w ogóle jeszcze nie zrozumiał, co się stało. Jego żona szlochała, przyciskając ręce do ust. Dzieci spoglądały trwożliwie na rodziców. Jeden z parobków ciągle jeszcze obejmował Afrę ramieniem. Z ruin domu unosił się ponury zapach zgnilizny. Piszczące szczury usiłowały znaleźć sobie jakieś bezpieczne schronienie.

Zanim wody opadły, minęły dzień i noc. Wszyscy spędzili je w przylegającej do młyna drewnianej chacie. Nikt nic nie mówił, nawet dzieci.

Wreszcie młynarz pierwszy odzyskał mowę:
– Tak to więc jest – zaczął, ogarniając wszystko bezradnym gestem i opuszczając wzrok. – Nie mamy dachu nad głową, niczego do jedzenia ani pracy. Co teraz będzie?

Młynarzowa kręciła głową w obie strony.

Zwracając się do Afry i parobków, młynarz powiedział cichym głosem:

– Idźcie swoją drogą, poszukajcie sobie nowego miejsca, które zapewni wam utrzymanie. Widzicie przecież, że wszystko straciliśmy. Wszystko, co nam zostało, to dzieci, ale nie wiem nawet, jak je wyżywić. Musicie zrozumieć...

– Rozumiemy cię, młynarzu! – skinął głową parobek Lambert. Zjeżone rudawe włosy odstawały mu we wszystkie strony jak kropidło. Sam chyba nie wiedział, ile ma lat, ale kręgi zmarszczek wokół oczu zdradzały, że nie zaliczał się już do gołowąsów.

– Tak – zgodził się z nim drugi o imieniu Gottfried, raczej młodszy od Lamberta i małomówny. O dobrą głowę wyższy niż tamten, barczysty, brodaty i z półdługimi, gładkimi włosami, był niemal pokaźnej postury – bardziej wyglądał jak człowiek z miasta niż młynarczyk.

Afra tylko niemo potaknęła głową. Sama nie wiedziała, co ma dalej robić, z trudnością więc tłumiła łzy. Przez kilka dni wiodła spokojne życie, mając pracę, wikt i nocleg. Ludzie byli dla niej dobrzy. Co teraz?

Nazajutrz wczesnym rankiem wyruszyła z młynarczykami w drogę. Gottfried znał pewnego bogatego chłopa, którego gospodarstwo znajdowało się za doliną na wzgórzu. To wprawdzie skąpiec i kutwa pyszniący się jak paw w kurniku, dlatego nazywają go powszechnie Paulem Pawiem. Kiedy przywiózł zboże do zmielenia, zaoferował Gottfriedowi pracę i chleb na wypadek, gdyby ten chciał coś w swym życiu zmienić.

W drodze do starego gospodarza rozmowa słabo się kleiła. Dopiero po wielu godzinach Lambert zaczął z ożywieniem opowiadać o swoim życiu, bardziej chyba jednak fantazjował, ale ani Gottfried, ani Afra nie słuchali go dość uważnie. Oboje byli nazbyt zajęci rozmyślaniem nad swoim losem i sytuacją, w jakiej się ni stąd, ni zowąd znaleźli.

W pewnym momencie Lambert przerwał potok wymowy pytaniem:
— Powiedz, Afro, jak to się dzieje, że taka samiuteńka wędrujesz po kraju, jakbyś skądś uciekała. Dosyć to niezwykłe jak na dziewczynę w twoim wieku, a poza tym niebezpieczne.
— Nie może być bardziej niebezpieczne niż moje dotychczasowe życie — odpowiedziała mu Afra zadziornie, a Gottfried spojrzał na nią zdumiony.
— Do tej pory w ogóle nie powiedziałaś ani słowa na temat swojego życia.
— Co was ono obchodzi? — Afra machnęła ręką.
Ta odpowiedź wprawiła Lamberta w zadumę, w każdym razie zamilkł na dłużej. Przez dobrą milę wlekli się bez słowa, aż Gottfried, który szedł pierwszy po nieubitej drodze, nagle przystanął i spojrzał w kierunku doliny, skąd nadciągała w ich stronę horda ludzi, po czym skulił się, żeby się ukryć, i dał pozostałym znak, by uczynili to samo.
— Co to ma znaczyć? — zapytała Afra szeptem, jakby głos mógł ją zdradzić.
— Nie wiem — odparł Gottfried. — Jeśli to jednak jedna z tych żebraczych hord, które, włócząc się i plądrując, ciągną przez kraj, to ulituj się Boże nad nami!

Afra się przeraziła. O sforach żebraków opowiadano okrutne historie. Wędrowali po okolicy grupami po stu lub dwustu, bez dobytku, bez pracy, ale wcale nie żyli z żebrania. Brali sobie po prostu to, co było im potrzebne. Napotykanych ludzi rozbierali do naga i przywłaszczali sobie ich odzienie, pasterzom kradli zwierzęta, a za kromkę chleba potrafili zabić człowieka, który nie chciał jej oddać dobrowolnie.
Hałaśliwa zgraja zbliżała się coraz bardziej. Było to około dwustu ludzi w łachmanach, wszyscy uzbrojeni w długie drągi i maczugi, pośrodku zaś jakaś grupka ciągnęła i pchała wóz drabiniasty.

– Musimy się rozdzielić – powiedział Gottfried pospiesznie. – Najlepiej będzie, jeżeli każde z nas pójdzie w inną stronę, w ten sposób najprędzej zdołamy zbiec tej hołocie.

Tymczasem żebracy już ich dostrzegli, wrzeszcząc więc dziko, rzucili się w ich stronę. Afra podniosła się i przyciskając węzełek do piersi, zaczęła uciekać co sił w nogach. Gnała w stronę lasu po lewej stronie na wzgórzu. Gottfried i Lambert pobiegli w innych kierunkach. Dziewczyna dyszała ciężko, gdyż wiodąca pod górę droga stawała się coraz trudniejsza. Wulgarne okrzyki żebraków wskazywały, że zbliżają się nieuchronnie. Afra nie miała odwagi się odwrócić – musi dotrzeć do skraju lasu, w przeciwnym razie stanie się ofiarą tej ohydnej zgrai! Jasne było, co ją czeka, gdy długi drąg świsnął tuż obok jej głowy i utkwił w miękkiej trawie.

Na szczęście żebracy byli starzy, słabi i nie tak zwinni jak Afra, udało się jej więc zbiec przed nimi do lasu. Co prawda grube dęby i świerki nie zapewniały najlepszej ochrony, ale biegła dalej, dopóki wołania i krzyki żebraczej hordy nie osłabły i wreszcie całkiem nie ucichły. Będąc u kresu sił, Afra spoczęła pod drzewem i teraz dopiero, gdy napięcie opadło z niej jak ciężki kamień, w oczach pojawiły się łzy. Nie wiedziała, co ze sobą począć.

Zagubiona i zobojętniała na to, dokąd poprowadzi ją droga, po krótkim odpoczynku ruszyła dalej w obranym wcześniej kierunku, posłuszna wyrokom opatrzności. Poszukiwanie obu młynarczyków wydało się jej niepotrzebne. Po pierwsze, groziło następnym spotkaniem z hałastrą żebraków, po drugie, także oni sprawiali wrażenie nieco podejrzanych.

Wydawało się, że las się nigdy nie skończy, ale po południu, po wielogodzinnej wędrówce, która kompletnie wyczerpała ją, drzewa zaczęły rzednąć i nagle Afra ujrzała rozległą dolinę, na której dnie wiła się szeroka rzeka.

Dziewczyna znała jedynie pagórkowaty krajobraz krasowy, gdyż w takiej okolicy znajdowała się posiadłość starosty, i jeszcze nigdy na własne oczy nie widziała tak rozległej doliny, przez którą, jak się jej zdawało, można było zajrzeć aż na koniec świata. Pięknie uprawione pola i łąki tworzyły jeden wspaniały dywan, a na dole, w pętli tej głębokiej rzeki, stało ciasno mnóstwo murowanych budynków chronionych z trzech stron. Tuliły się one do siebie jak wieże obronne zamczyska.

Zbiegła szybko z łagodnego stoku i wpadła wprost na wóz zaprzężony w woły, który czekał przy miedzy na łące. Zbliżywszy się, ujrzała sześć kobiet w szarych habitach zakonnych uprawiających zaorane pole. Przybycie obcej zaciekawiło je, dwie z nich ruszyły więc ku niej. Kiwnęły jednak tylko głowami, nie odzywając się.

Afra odwzajemniła pozdrowienie i spytała:

– Gdzie ja jestem? Uciekłam przed hordą żebraków.

– Nic ci nie zrobili? – zapytała jedna z zakonnic, starsza, przygnębiona kobieta o szlachetnej postawie. Nikt by nie podejrzewał, że potrafi ciężko pracować w polu.

– Jestem młoda i mam szybkie nogi – próbowała zbagatelizować to straszne przeżycie. – Tych ponurych niegodziwców było chyba ze dwustu!

Tymczasem podeszły również inne siostry i zainteresowane otoczyły dziewczynę.

– Jesteśmy z zakonu świętej Cecylii. Z pewnością już o nas słyszałaś! – powiedziała ta sprawiająca wrażenie przygnębionej.

Afra umyślnie skinęła głową, chociaż nie wiedziała, że istnieje klasztor pod tym wezwaniem. Nieśmiało spojrzała po sobie. W trakcie ucieczki przez las jej proste odzienie doznało wielu szkód. Zwisało w strzępach, odsłaniając ramiona i ręce umazane krwią.

Dziewczyna wyraźnie wzbudziła w zakonnicach współczucie, toteż najstarsza z nich powiedziała:

– Dzień chyli się ku zachodowi, pora wracać! – po czym rzuciła w kierunku Afry: – Wskakuj na wóz. Na pewno jesteś bardzo zmęczona tym długim biegiem. Skąd w ogóle przybywasz?

– Miałam pracę i utrzymanie u starosty Melchiora von Rabensteina – odpowiedziała, kierując wzrok w dal, po czym dodała z wahaniem: – Ale kiedy mnie zgwałcił...

– Nie musisz mówić nic więcej – rzekła zakonnica, machając ręką. – Milczenie leczy wszystkie rany.

Kiedy już wszystkie siostry usadowiły się na wozie drabiniastym, zaprząg wołów ruszył. Droga przebiegała w dziwnej ciszy. Milczenie to zapadło nagle, toteż Afrę ogarnęły złe przeczucia i pomyślała, że może powinna była raczej trzymać język za zębami.

Opactwo świętej Cecylii, jak wszystkie klasztory, leżało nieco na uboczu, ale było umocnione niczym prawdziwy zamek warowny. Trapezowaty zarys potężnych, otoczonych murami budynków klasztornych idealnie wtapiał się w zakole rzeki. Brama wejściowa była wyższa niż szersza, okuta żelaznymi płytami i zwieńczona na górze ostrym łukiem. Klasztor znajdował się na lekkim wzniesieniu, a zakonnica, która poganiała woły, trzaskaniem bata zagrzewała zwierzęta do biegu, aby pokonały je z rozpędu.

Na klasztornym dziedzińcu siostry zeszły z wozu i jedna za drugą zniknęły w stojącym po prawej stronie, długim dwupiętrowym budynku z wysokimi, ostro zakończonymi oknami. Starsza mniszka została z Afrą, inna odprowadziła zaprzęg do wozowni mieszczącej się na dużym dziedzińcu. Były tu jeszcze stajnie dla zwierząt, spiżarnie i szopy na narzędzia – wszystko to pozwalało klasztorowi na samowystarczalną egzystencję.

Znajdujący się po prawej stronie kościół wznosił się ponad resztę zabudowań, chociaż, zgodnie z regułą zakonu, zamiast wieży miał tylko dwie wieżyczki z sygnaturkami. Zewnętrzne mury były zabudowane rusztowaniami z belek, długich żerdzi i bali służących za pomost roboczy. Gołe wiązary sterczały ostro w niebo niczym szkielet olbrzymiej ryby, a zbite z surowego drewna wąskie drabiny prowadziły z jednego piętra na drugie, aż do szczytu dachu. Grożący zawaleniem kościół, wzniesiony jeszcze w dawnym stylu, musiał ustąpić miejsca nowej budowli.

Teraz, o zmierzchu, roboty się skończyły. Rzemieślnicy wrócili do wioski przy zachodnim murze klasztornym. Żaden mężczyzna nie miał prawa spędzić nocy na terenie opactwa.

Afra przeraziła się, gdy ciężka żelazna brama zatrzasnęła się z łomotem jakby poruszona ręką ducha.

– Z pewnością jesteś zmęczona – powiedziała stara zakonnica, której ten odgłos wydawał się przyjazny jak dźwięk dzwoneczków podczas *Sanctus*. – Najpierw musisz jednak zwrócić się do ksieni i poprosić o prawo wstępu. Taka jest reguła. No, chodź!

Afra ochoczo podążyła za siostrzyczką do podłużnego budynku. U wejścia położyła węzełek na ziemi. Razem weszły na górę po wąskich, krętych kamiennych schodach i dotarły do sprawiającego wrażenie bezkresnego korytarza z krzyżowym, żebrowanym sklepieniem i podłogą z nieregularnych kamiennych bloków. Niewielkie, oszklone witrażowymi szybkami otwory okienne w kształcie czółenek już za dnia przepuszczały mało światła, a teraz, o zmroku, służyły jedynie orientacji. Na końcu korytarza z ciemności wyłoniła się zakonnica w białej szacie i nałożonym na nią czarnym szkaplerzu. Skinieniem wezwała Afrę, żeby poszła za nią. Druga mniszka oddaliła się bez słowa w kierunku, z którego przyszła.

Po drugich schodach, podobnych do tych pierwszych, dotarły wreszcie na górne piętro do pustego przedpokoju, którego umeblowanie składało się zaledwie z dziewięciu krzeseł, ustawionych po trzy przy ścianach. Na czwartej ścianie znajdowały się drzwi, a nad nimi wisiał święty obraz namalowany al fresco. W klasztorze prywatność nie istniała, dlatego też zakonnica weszła bez pukania z pospiesznym *laudetur Jesus Christus* na wargach.

Wielkość ponurego pomieszczenia i całe sterty pergaminów zalegające półki wzdłuż ścian nie pozostawiały wątpliwości, że jest to gabinet ksieni. Ta podniosła się zza prostego drewnianego stołu pośrodku pokoju, gdzie paliła się głownia, wydzielając gryzący zapach. Wydawało się, że ksieni była już od dawna o wszystkim powiadomiona, gdyż mniszka oddaliła się bez słowa, a Afra sama i zakłopotana stała przed przełożoną klasztoru. Czuła się obnażona i w tych swoich łachmanach podatna na zranienia, a ksieni budziła w niej respekt.

Twarz zakonnicy miała dziwnie zielonkawą barwę, a jej ciało było chude i wyschnięte. Tam, gdzie ze szkaplerza wystawała pozbawiona ciała szyja, mięśnie i żyły przypominały plątaninę sznurów. Spod kornetu wyzierały matowoszare włosy. Gdyby w głębi jej oczu nie migotały płomienne iskry, można by ją wziąć za nieboszczkę, która właśnie wstała z grobu. Nieszczególnie ujmujący widok.

– Świat, jak słyszę, źle się z tobą obszedł – odezwała się przeorysza niezwykle miłym jak na swój wygląd głosem, stawiając jednocześnie kilka kroków w stronę Afry.

Dziewczyna skinęła potakująco spuszczoną głową i zastanawiała się, jak uniknąć dotyku kościstej, nieomal przezroczystej ksieni. Na szczęście jednak ta zatrzymała się dwa kroki przed nią. Kościste ramiona zwisały po bokach jak liny konopne.

– Jesteś więc gotowa wyrzec się do końca życia wszelkiego rodzaju rozkoszy cielesnych, jak nakazuje reguła benedyktyńska?

Oschłe pytanie przeoryszy zawisło w powietrzu, Afra zaś nie wiedziała, co się z nią dzieje i co ma odpowiedzieć. Szczerze mówiąc, miała po dziurki w nosie wszelkich rozkoszy cielesnych, ale daleko jej było do wdziewania welonu i wstępowania do zakonu niemych mniszek.

– Czy jesteś gotowa milczeć, zrezygnować z mięsa oraz wina i bardziej miłować ból niż dobrodziejstwa? – ciągnęła dalej ksieni.

Afra chciała odpowiedzieć, że pragnie tylko dachu nad głową na noc i może odrobinę byle jakiego jadła. Mięso – chciała powiedzieć – i tak bardzo rzadko dostawała w swoim życiu, ale ksieni przerwała jej myśli:

– Rozumiem twoje wahanie, moja córko. Nie musisz dzisiaj nic mówić. Czas podpowie ci właściwą odpowiedź.

Klasnęła kilka razy w dłonie i pojawiły się dwie siostry.

– Przygotujcie jej kąpiel, opatrzcie rany i dajcie nowe odzienie – nakazała obu mniszkom. Ton jej głosu był zupełnie inny do tego, którym zwracała się do Afry.

Siostry ze skrzyżowanymi na piersiach rękami skinęły pobożnie głowami i poprowadziły Afrę na dół, do sklepionej piwnicy, gdzie w drewnianej balii przygotowały jej ciepłą kąpiel. Czy Afra kiedykolwiek kąpała się w ciepłej wodzie? Obmywała ciało raz w miesiącu, wylewając sobie na głowę kilka cebrzyków zimnej wody. Trudny do zmycia brud zwalczała czymś w rodzaju mydła z łoju, tranu i oleju ziołowego, przechowywanym w beczce i cuchnącym jak trędowaty żebrak.

Afra zaczerwieniła się i zawstydzona spuściła oczy, gdy mniszki, zanim zdjęły z paleniska gar z gorącą wodą i napełniły drewniane naczynie, wyłożyły dla niej balię lnianym prześcieradłem. Pomogły się potem dziewczynie rozebrać, a kiedy już weszła do balii, obmyły jej rany, których nabawiła się, uciekając przez las. Wreszcie przyniosły szary habit z drapiącego, szorstkiego materiału, jakie noszą nowicjuszki, i poprowadziły ją – bezwiedną i zdezorientowaną – z piwnicy na piętro podłużnego budynku.

Przed Afrą otworzyła się długa, wąska sala – był to refektarz, w którym zakonnice spożywały posiłki. Kolumny z surowego trasu podtrzymywały zwieńczone ostrymi łukami sklepienie podobne do kościelnego. Przy długich ścianach z lewej i prawej strony stały w szeregach obok siebie wąskie ławy połączone u szczytu poprzecznym stołem. Tam, mogąc ogarnąć wzrokiem całą salę, zajmowała miejsce ksieni. Milczące zakonnice spoglądały ze swoich miejsc ku ścianie, gdzie przykre sentencje przypominały im o ziemskim bytowaniu: *Celem twoich myśli musi być śmierć; Lepiej nie myśleć, lecz słuchać; Człowiek nie rodzi się po to, by znaleźć szczęście na ziemi* lub też: *Jesteś tylko prochem i pyłem.*

Afrze przydzielono miejsce na samym końcu szeregu stołów. Żadna z mniszek nie dała po sobie poznać, że dostrzegła jej obecność. Podobnie jak inne zakonnice dziewczyna wpatrywała się nieruchomo w ścianę i, podobnie jak one, nie miała odwagi się odwrócić, żeby spojrzeć na kogokolwiek. Jej wzrok przykuła natomiast jedna z sentencji: *Nie patrz, nie osądzaj. Pozostaw swój smutny los Wyższemu.*

Wywołała ona raczej jej gniew niż pokorę. Po odmówieniu przez siostry nieznanej Afrze modlitwy, na stole przed nią znalazła się piętka czarnego chleba i kawałek sera. Dziewczyna podniosła ze zdumieniem wzrok, aby rozejrzeć się, skąd wzięło się to jedzenie. Rozdzielały je dwie zakonnice niosące wielki kosz. Dwie następne stawiały na stołach kubki i gliniane dzbany z wodą. Nagle z przodu rozległ się przenikliwy głos ksieni:

– Afro, również ty musisz podporządkować się regule naszego zakonu. Opuść więc wzrok i przyjmij z wdzięcznością to, co ci dają.

Afra pokornie przyjęła pożądaną postawę i łapczywie jęła pochłaniać chleb i ser. Była głodna, a głód tak mocno dawał się jej we znaki, że nie mogła zaspokoić go piętką chleba. Miała wrażenie, że ta odrobina jedzenia jeszcze go tylko wzmogła. Zerkając w bok, ale nie odwracając głowy, zauważyła, że zakonnica po jej lewej ręce ugryzła dwa kęsy chleba, a resztę odłożyła. Afra niespokojnie wyczekała stosownej okazji, po czym błyskawicznie zagarnęła kromkę. Zakonnica poruszyła ręką, jakby chciała powiedzieć: „To moje!". Jej gwałtowny ruch miał chyb jednak inne znaczenie. W każdym razie Afra pochłonęła chleba w mgnieniu oka i równie szybko opróżniła kubek z wodą.

Po modlitwie dziękczynnej zakonnice się podniosły. Teraz wolno im było przez kilka minut cicho porozmawiać. Mniszka, której Afra zabrała chleb, zwróciła się do niej dziwnie zduszonym głosem.

– Dlaczego go zjadłaś? – zapytała z wyrzutem.
– Byłam głodna! Od dwóch dni nie miałam nic w ustach! Zakonnica przewróciła oczami.
– Oddam ci ten kawałek chleba przy okazji – obiecała Afra.
– Nie o to chodzi! – odparła zakonnica.
– O co więc? – Afra spojrzała na rozmówczynię z zainteresowaniem.
– W chlebie była zapieczona żaba. Prawdziwa żaba!

Afrze zebrało się na wymioty, miała uczucie, że jej żołądek wywraca się na drugą stronę. Ze zgrozą przypomniała sobie jednak, że u starosty Melchiora jadła już z musu gorsze rzeczy niż pieczone żaby. Przełknęła ślinę raz i drugi, po czym spytała zakonnicę:

– Kto to zrobił?

W przypływie złośliwej radości zakonnica odpowiedziała:

– Któżby inny? Nasza siostrzyczka zajmująca się wypiekaniem chleba!
– Niby dlaczego?
– Dlaczego, dlaczego, dlaczego?! Musisz wiedzieć, że w tym zakonie jedna jest wrogiem drugiej. Każda kobieta, którą tutaj spotkasz, przyniosła ze sobą własną historię, i każda w tym refektarzu myśli, że to jej przytrafił się najgorszy los. To ciągłe milczenie, nieustannie wsłuchiwanie się w siebie, kontemplacja, to wszystko sprawia, że doświadczasz czegoś,

co w ogóle nie istnieje. Po kilku miesiącach zaczynasz myśleć, że jedna lub druga siostra nastaje na twoje życie, i rzeczywiście, nie mija nawet rok, a kilka z nas odchodzi z tego świata, bądź z powodu czyjegoś przewinienia, bądź też z własnej woli. Nowy kościół nie ma wież i, jak widzisz, wszystkie okna są zakratowane. Jak myślisz, dlaczego?

– Co to ma wspólnego z żabą w chlebie?

Zakonnica uniosła brwi a na jej czole utworzyły się głębokie zmarszczki:

– Żaba, podobnie jak wąż, jest symbolem szatana. Tak samo jak muszla to symbol Najświętszej Marii Panny, ponieważ Matka Boża skrywała w swoim ciele najcenniejszą perłę. Żaba jest najbardziej diabelskim ze wszystkich zwierząt, bo rozprzestrzenia tysiące jaj zła, a zło raz po raz rodzi zło.

– Może i tak – stwierdziła niezadowolonym głosem Afra. – Dlaczego jednak zakonnica z piekarni zapieka żabę w chlebie? Nie może przecież wiedzieć, komu akurat przypadnie ten kawałek.

– Nie wiem. Prawdopodobnie jednak jej nienawiść i złe życzenia kierują się przeciw nam wszystkim. Jak już powiedziałam, jedna jest tutaj wrogiem drugiej, mimo że nikt obcy pewnie tego tak nie odbiera.

Nagle, jak na jakiś tajemny znak, szepty i szmery gwałtownie ucichły, a zakonnice utworzyły szereg, który niczym wąż ruszył wreszcie ku wyjściu. Ze swojego miejsca u szczytu stołu ksieni energicznie kiwnęła Afrze ręką, żeby ta włączyła się do szeregu. Dziewczyna posłuchała bez wahania, zarobiła jednak kuksańca w bok od niskiej, tęgawej, z trudem oddychającej siostrzyczki, która kciukiem lewej ręki pokazała Afrze, gdzie ma się ustawić.

Dopiero teraz dziewczyna zauważyła, że barwy strojów zakonnic są różne. Grubaska należała do ubranych w głęboką czerń, których było ponad dwadzieścia, inne, podobnie jak Afra, nosiły prostsze, szare habity. Zachowanie czarnych sióstr było aroganckie, nawet nie zaszczycały spojrzeniem pozostałych, ubranych na szaro. Mniszki w szarych habitach sprawiały z kolei wrażenie uległych i zgorzkniałych.

– Nazywam się Ludgarda – szepnęła do Afry towarzyszka od stołu i wciągnęła ją przed siebie do szeregu. – Słyszałam już, że ty jesteś Afra, nowa.

Afra przytaknęła niemo. W tej samej chwili refektarz przeciął przesycony złością głos kościstej ksieni:

– Ludgardo, złamałaś zakaz mówienia. Dwa uderzenia pejczem po modlitwie wieczornej!

Ludgarda obojętnie przyjęła karę do wiadomości, a Afra zaczęła się zastanawiać, czy przeorysza spełni swoją groźbę i w jaki sposób to zrobi. Pogrążona w myślach dziewczyna dreptała w kolejce za Ludgardą.

Szły w dół po wijących się kamiennych schodach, a stamtąd przez wewnętrzny dziedziniec do kościoła. Chór był skąpo oświetlony świecami. Miejsca na nim zajęły zakonnice w czerni, a te ubrane na szaro zasiadły na surowych ławach w nawie, w większej części zagraconej rusztowaniami budowlanymi, narzędziami i cegłami.

Siedząc w ostatnim rzędzie, Afra nabożnie słuchała responsorium zakonnic. Jeszcze nigdy nie słyszała tak nieziemsko pięknych, naprzemiennych śpiewów. Wydało się jej, że tak muszą śpiewać aniołowie. Natychmiast przypomniała sobie jednak słowa Ludgardy, które wprawiły ją w zakłopotanie. Pomyślała o tym, że w tym opactwie zamiast chrześcijańskiej miłości bliźniego panuje przecież tylko nienawiść i nieżyczliwość.

W ogromne zdumienie wprawił Afrę naturalnej wielkości tryptyk nad ołtarzem – malowidło najwyraźniej nieukończone. Na każdym z obu skrzydeł znajdował się wizerunek jakiegoś statecznego wodza rzymskiego. Środkowa część przedstawiała trzech mężczyzn skupionych wokół postaci o ledwie widocznych zarysach. Afra bardzo chętnie dowiedziałaby się, dlaczego ten obraz nie został ukończony, ale czuła się obserwowana, poskromiła więc swoją ciekawość.

Po komplecie procesja niemych zakonnic uformowała się ponownie i pomaszerowała przez dziedziniec. Lodowaty wiatr szalał po placu. Afra jak poprzednio włączyła się do szeregu. Była zmęczona i miała nadzieję, że ktoś przydzieli jej miejsce do spania. Zamiast jednak skierować się do dormitorium na najwyższym piętrze podłużnego budynku procesja udała się do pełnej różnych pomieszczeń sklepionej piwnicy, gdzie mieściło się *poenitarium* – specjalne pomieszczenie służące temu, co miało teraz nastąpić.

Siostry, niczym świadkowie egzekucji, ustawiły się gęsto stłoczone przy ścianie, jakby chciały przeszkodzić delikwentce w ucieczce. Pod żelaznym żyrandolem wiszącym u sufitu pośrodku sali stał odpiłowany, sękaty pieniek. Ludgarda wystąpiła z tłumu, odsłoniła górną połowę ciała i ze zwieszonymi ramionami, skrzyżowawszy ręce na nagich piersiach, usiadła na drewnianym klocu.

Afra z szeroko otwartymi oczyma obserwowała, jak ksieni i tęga zakonnica wystąpiły naprzód zaopatrzone w pejcze niczym kaci. Ludgarda opuściła ręce. Przeorysza zamachnęła się i uderzyła rzemieniem w nagie ciało. Tęga zakonnica poszła w jej ślady, a przyglądające się mniszki wydawały z siebie jęki, jakby to im zadawano te razy. Ludgarda zniosła karę bez poruszenia.

W świetle migotliwych świec Afra wyraźnie widziała bordowe pręgi pozostawione przez rzemienie pejcza na piersiach ukaranej zakonnicy. Wytrąciło ją to z równowagi. Nie umiała sobie po prostu wytłumaczyć, dlaczego tak nieludzko potraktowano Ludgardę, gdy tymczasem ją wykąpano i zachowano się wobec niej życzliwie. Ciągle była zatopiona w myślach, gdy procesja ponownie ruszyła z miejsca. W drodze do dormitorium na najwyższym piętrze podłużnego budynku Afra zabrała ze sobą węzełek z odzieniem, który zostawiła przy wejściu.

Sypialnia znajdowała się nad refektarzem i była tej samej wielkości co tamto pomieszczenie, ale zamiast stołów pod ścianami stały tu proste, podłużne skrzynie z drewna. Węższymi bokami dotykały ścian, a między tymi legowiskami umieszczono stołki, na których można było odłożyć ubranie. Mimo że długie skrzynie były wyłożone słomą i sfilcowanymi kocami, Afrze nieodparcie kojarzyły się z trumnami.

Gdy była jeszcze zajęta szukaniem wolnego miejsca do spania, inne zakonnice zrzuciły z siebie wierzchnie stroje i jedynie w długiej wełnianej bieliźnie udały się na spoczynek. Na samym końcu dormitorium, tuż obok zwieńczonych ostrym łukiem drzwi, dojrzały teraz Afrę, która zdążyła wepchnąć węzełek pod drewniany taboret i zaczęła się rozbierać.

Nagle poczuła skierowane na siebie wszystkie spojrzenia: siedemdziesiąt par oczu, które pożądliwie obserwowały każdy jej ruch. W przeciwieństwie do innych kobiet Afra nie nosiła bielizny pod ubraniem. Bielizna była czymś przeznaczonym dla bogaczy i zakonnic. Zawahała się przez moment, czy ma się położyć w ubraniu. Po raz pierwszy doświadczyła nieznanego wcześniej uczucia wstydu — uczucia obcego na wsi, gdzie odzienie służyło bardziej ochronie i utrzymaniu ciepła niż wstydliwemu zasłanianiu własnej intymności. Podczas upalnego lata, na polu, Afra bez skrupułów wystawiała pokaźne piersi na słońce i nigdy nikogo to nie gorszyło. Dlaczego tutaj, między podobnymi do siebie kobietami, miałaby odczuwać wstyd? Nie zwracając więc uwagi na spojrzenia, odwiązała tasiemkę u szyi, a suknia ześliznęła się jej z ramion. Naga i zmarznięta położyła się na posłaniu i podciągnęła pod szyję sfilcowany koc.

Zasnęła szybciej, niż się spodziewała. Ucieczka całkowicie ją wyczerpała. W końcu był to pierwszy od wielu dni spokojny nocleg. Około północy przebudziła się przerażona. Wydawało się jej, że nadal śni. W jej śnie zakonnice obstąpiły ją kołem i gapiły się na jej odkryte, nagie ciało. Niektóre obmacywały ją dłońmi, a w świetle świecy ujrzała twarze szczerzące zęby w uśmiechu. Na próżno usiłowała okryć kocem nagość, jak zazwyczaj we śnie bywa, wszelkie jej działania były bezskuteczne. Wydawało się, że koc przytwierdzono gwoźdźmi i nie da się go ruszyć. Afra wyprostowała się oszołomiona, ale w tym samym momencie świeca zgasła. Dookoła panowała ciemność.

Pomyślała, że miała zły sen, wtedy poczuła jednak w nosie gryzący dym, jaki zazwyczaj unosi się z żarzącego się knota zgaszonej świecy, przeraziła się więc śmiertelnie. Całkiem blisko usłyszała tłumiony chichot. Spokój w dormitorium był tylko pozorny. Nie był to więc sen! Postanowiła, że rano, o brzasku, opuści klasztor. Trwożliwie przytrzymywała koc obiema rękami. „Byle stąd odejść" – myślała. Wtedy jednak ponownie zmorzył ją sen.

Afrę obudził przejmujący, donośny dźwięk dzwonka uderzanego żelazem. Wstawał świt, a dzwonek wzywał na pierwszą modlitwę: jutrznię. Drogę do kościoła dziewczyna przebyła z opuszczonym wzrokiem. Również podczas śniadania w refektarzu patrzyła nieruchomo przed siebie, żuła twardą piętkę chleba, wcześniej zaś dokładnie sprawdziła, czy nie kryje się w niej coś niepożądanego.

Wraz z pierwszym światłem dnia na dziedzińcu zapanował ożywiony ruch. Rzemieślnicy szli tłumnie do pracy przy budowie kościoła, a zakonnice podzieliły się na grupy. Afra zamierzała właśnie pójść po swój węzełek i niepostrzeżenie zniknąć, gdy drogę zastąpiła jej ksieni. Wyciągnęła rękę ku jej twarzy. Na środkowym palcu mniszki Afra ujrzała pierścień z dużym błękitnym kamieniem, nie zareagowała jednak na gest przełożonej zakonnic.

– Musisz pocałować ten pierścień! – zażądała władczo przeorysza.

– Dlaczego? – zapytała naiwnie Afra, chociaż oczywiście dobrze znała ten zwyczaj.

– Tego wymaga reguła zakonu świętego Benedykta.

Afra niechętnie wykonała rozkaz kościstej ksieni w nadziei, że ta zostawi ją w spokoju. Ledwie jednak wypełniła ten obowiązek, przeorysza znów zaczęła mówić:

– Jesteś młoda, a z twojego wzroku wyziera więcej inteligencji niż z głupich oczu większości innych, które zamieszkują ten klasztor. Zastanawiałam się nad tym i doszłam do wniosku, że nowicjat spędzisz w skryptorium. Znajduje się ono po drugiej stronie placu, w przybudówce obok kościoła. – Kościstą prawicą wskazała przez okno. – Nauczą cię tam czytać i pisać, co jest przywilejem, który spotyka tylko nieliczne kobiety.

Sto myśli przebiegło przez umysł Afry. Chciała powiedzieć, że chce stąd odejść, coś w rodzaju: „Nie wytrzymam tu nawet dwóch dni", ale ku własnemu zdumieniu usłyszała swoją odpowiedź:

– Umiem czytać i pisać, czcigodna matko, znam też język włoski i trochę łaciny – przypomniawszy sobie, jakie wrażenie zrobiła wcześniej łacińską modlitwą na młynarzowej, dodała: – *Ave Maria, gratia plena, Dominus tecum, benedicta fructus ventris tui...*

Ksieni skrzywiła się, jakby taki poziom wykształcenia nowicjuszki budził jej niechęć, i zamiast wyrazić podziw, ofuknęła Afrę:

– Przyznaj się, jesteś zbiegłą nowicjuszką. Jakiego przewinienia się dopuściłaś? Pan cię ukarze!

Wtedy Afra podniosła głos i zaczęła mówić, czerwieniąc się z gniewu:

– Pan mnie ukarze? Śmiechu warte! Chyba za to, że w dzieciństwie zabrał mi ojca, a nieco później matkę, która ze smutku po śmierci męża straciła sens życia? Ojciec był bibliotekarzem u hrabiego Eberharda Wirtemberskiego. Umiał nie tylko czytać i pisać jak uczony, ale także posługiwał się w rachunkach liczbami nieznanymi nikomu w tych szerokościach geograficznych. Słyszeliście już może kiedyś o milionie, który odpowiada wynikowi mnożenia tysiąca przez tysiąc? Miał pięć córek, co każdego innego ojca doprowadziłoby do rozpaczy, ale on każdą z nas nauczył czytać i pisać, a mnie, najstarszą, nawet języków obcych. Podczas podróży do Ulm koń, którym jechał ojciec, wystraszył się trębacza i wtedy mój tato złamał kark. Rok później matka odebrała sobie życie. Skoczyła do rzeki, nie wiedząc, jak wyżywić pięć córek. Każda z nas poszła do kogo innego na służbę. Nie wiem, gdzie podziewają się dzisiaj moje siostry. Wy za to mówicie, że Pan mnie ukarze!

Wydawało się, że wyznanie Afry w ogóle nie poruszyło przeoryszy. Jej twarz bez wyrazu nawet nie drgnęła.

– Dobrze – stwierdziła. – Tym bardziej przydasz się w skryptorium. Mildred i Philippa są stare. Nie widzą już tak dobrze, a ręce im drżą, gdyż za długo już piszą. Kiedy patrzę na twoje ręce, widzę, że są młode, nieniszczone i jakby stworzone przez Boga do pisania. – Mówiąc to, spiczastymi palcami schwyciła prawią dłoń Afry i przez chwilę potrzymała ją na wysokości ramion niczym zdechłego ptaka. Następnie dodała rozkazującym tonem: – Chodź, pokażę ci nasze skryptorium.

Afra zastanawiała się przez moment, czy powiedzieć przeoryszy, że nie zamierza zostać w tym klasztorze ani chwili dłużej. Później jednak pomyślała, że pewnie będzie lepiej, jeśli dla pozoru okaże posłuch i zaczeka, aż nadarzy się stosowna okazja do ucieczki.

Dziedziniec klasztoru, który poprzedniego wieczoru wydawał się spokojnym miejscem kontemplacji, teraz, wczesnym rankiem, przypominał mrowisko. Stu, a może nawet dwustu robotników dźwigało worki, kamienie i zaprawę. Ustawionych w łańcuch trzydziestu silnych mężczyzn w obszarpanych ubraniach podawało sobie dachówki aż na kalenicę – jeden rzucał drugiemu gliniane płytki, wołając przy tym donośnie „hop!". Dźwig z dwoma wysokimi kołami napędzającymi, w których mieściło się czterech mężczyzn, transportował na długiej belce trzeszczącej pod ciężarem ładunek krokwi dachowych wysoko w powietrze. Komendy robotników znajdujących się na belkowaniu rozbrzmiewały na całym dziedzińcu, wywołując chłodne echo.

Zdawało się, że wszystko to nie robi na ksieni wrażenia, nie zauważyła więc, że gdy przechodziły przez dziedziniec, do Afry podszedł szybkim krokiem pewien dziwny mężczyzna. Miał na sobie bardzo kolorowe odzienie. Jego niezwykle kształtne nogi były obciągnięte rajtuzami – lewa z nich była czerwona, prawa zielona. Czarny kaftan przepasany w talii sięgał mu ledwie do kolan. Żółty kołnierz i mankiety przydawały całemu strojowi pewnej wytworności. Do tego nosił na głowie kapelusz z szerokim rondem wywiniętym do góry. Największe wrażenie zrobiły jednak na Afrze czarne ciżemki z miękkiej skóry, a przede wszystkim ich, wysoko uniesione szpice co najmniej długości łokcia. Afra zadawała sobie pytanie, jak człowiek w ogóle może chodzić z takimi dziobami.

Przestraszyła się, gdy ten kolorowy ptak przyklęknął przed nią na jedno kolano, zdjął kapelusz z głowy, ukazując bujne jasnoblond włosy, i rozkładając szeroko ramiona, zawołał:

– Cecylia. To ty jesteś moją Cecylią, żadna inna!

Idąca przodem ksieni dopiero teraz zwróciła uwagę na to spotkanie, a odwracając się do Afry, rzekła:

– Nie bój się go. To Alto z Brabancji. Trefniś, ale Pan obdarzył go wielkim talentem. Od tygodni odmawia ukończenia obrazu ołtarzowego świętej Cecylii, bo nie może znaleźć odpowiedniej modelki.

Alto – miał chyba około trzydziestu lat – podniósł się z ziemi. W tej chwili Afra zauważyła, że mężczyzna jest garbaty.

– Malarz może utrwalić jedynie to, co wzbudza jego podziw – powiedział. – Za pozwoleniem: Cecylia, szlachetna, piękna Rzymianka, nie żyje już od ponad tysiąca lat. Kiedy miałem więc ją podziwiać? Do tej chwili nie starczało mi wyobraźni, aby przedstawić ją w sposób wiarygodny. Mieszkające tu w klasztorze zakonnice, które chciałem wziąć na modelki, mogłyby raczej pozować do obrazu świętej Liberaty, której to kobiecie, gdy ojciec zbliżył się do niej w nieczystych zamiarach, urosła za sprawą Boga broda i krzywe nogi. Nie! To ty, moje piękne dziecko, jesteś pierwszą, która odpowiada moim wyobrażeniom o Cecylii. Jesteś przecudowna!

Ksieni ściągnęła usta, jakby chciała zgromić artystę za nieprzystojne słowa. Po czym spojrzała na Afrę pytająco. Dziewczyna straciła pewność siebie. Nie wiedziała, jak wygląda – czy jest ładna, czy brzydka. Nikt dotąd nie patrzył na nią w ten sposób, a ona sama nigdy nie przeglądała się w lustrze. Na dworze starosty nie było lustra. Raz tylko ujrzała swoje odbicie w studni, ale też tylko przez chwilę, bo do studni wpadł kamień i jej podobizna rozpłynęła się w koncentrycznych kręgach niczym oko tłuszczu na zupie z kiełbasą. Ciało miała oczywiście młode i bez skazy, nawet potajemne urodzenie dziecka nie pozbawiło go elastyczności, ale do tej pory Afra nie przywiązywała do tego wagi. Uroda była czymś dla ludzi z miast i dla bogaczy. Tu zaś pojawia się taki i mówi o niej, że jest przecudowna. Słowa malarza do głębi ją poruszyły.

– Musisz mi pozować do postaci Cecylii! – powtórzył garbaty malarz.

Afra spojrzała pytająco na przeoryszę, ta zaś zmierzyła spod oka upartego artystę. Nie bardzo wiedziała, czy powinna potraktować jego słowa poważnie. W końcu się odezwała:

– Afra nie jest jedną z nas. Nie jest jeszcze nawet nowicjuszką, chociaż nosi strój zakonny. Dlatego też nie mogę o niej stanowić. Sama musi zdecydować, czy zechce się przysłużyć tobie i twojej wyobraźni.

— Musisz to uczynić ze względu na świętą Cecylię! – wykrzyknął Alto z uniesieniem. – W przeciwnym razie obraz ołtarzowy nigdy nie zostanie ukończony! – Schwycił przy tym prawą rękę Afry i gwałtownie nią potrząsnął. – Usilnie proszę, nie odmawiaj. Nie pożałujesz. Masz pewne dwa guldeny. Czekam w południe w magazynie za skryptorium. Bóg z wami!

Niczym wytworny szlachcic postawił prawą nogę za lewą, prawą rękę położył na sercu i wykonał lekki ukłon, niewątpliwie przeznaczony dla Afry. Później odszedł sprężystym krokiem w kierunku kościoła.

Afra i ksieni, milcząc, wchodziły po stromych schodach do skryptorium. Wyznania malarza bardzo pochlebiły dziewczynie, nie czuła się tak jeszcze nigdy w życiu. Na myśl o tym, że będzie pozować do wizerunku świętej na tryptyku, serce zaczęło jej mocniej bić. Ogarnęło ją nieznane dotąd uczucie próżności, duma z własnego wyglądu, duma, że podobno jest piękniejsza od innych dziewcząt.

Ksieni zatrzymała się przed drzwiami do skryptorium i, jakby czytając w myślach Afry, powiedziała:

— Wiesz, moja córko, że zarozumiałość jest grzechem, który nigdzie nie ma większej wagi niż właśnie w klasztorze. Próżność, upodobanie do strojów i wyniosłość to w tych murach obce pojęcia. Piękno objawia się we wszystkich dziełach Stwórcy, a to znaczy, że wszystkie dzieła Boga są równie piękne. Także te, które uważamy za brzydkie. Skoro zaś Alto z Brabancji uważa cię za piękniejszą od innych, to tylko dlatego, że on piękno doczesne stawia ponad cnoty niebiańskie. Nic dziwnego, pochodzi z Brabancji, gdzie bezbożnicy czują się jak u siebie w domu.

Na pozór się z tym zgadzając, Afra skinęła potakująco głową. W rzeczywistości czuła jednak, że przez słowa przeoryszy przemawiają zawiść i nieżyczliwość.

Mildred i Philippa, zakonne kopistki, ledwie podniosły oczy znad pracy, gdy do ponurego skryptorium weszły dwie kobiety. Mniszki stały przy pulpitach zajęte przepisywaniem jakichś ksiąg. Mildred była stara i pomarszczona, Philippa o połowę od niej młodsza, ale okazałej postury. Długi promień porannego jesiennego słońca przecinał pomieszczenie, oświetlając pyłki kurzu, które wirowały niczym chmara much. Unosił się tu gryzący zapach zgniłego drewna i garbowanej skóry, dymu i suchego kurzu, aż człowieka kręciło w nosie. Wydawało się, że nisko zawieszony dach skryptorium zawali się pod ciężarem potężnych belek. Ściany zaś znikały za prostymi półkami, które na pozór bezładnie były zapchane różnymi księgami i pergaminami.

Myśl, że w tym przytłaczającym otoczeniu przyjdzie jej spędzić życie, przyprawiła Afrę o drżenie. Jakby z ogromnej dali dochodziły do niej wyjaśnienia dwóch starych zakonnic, które mówiły zwięźle i niesłychanie cicho, jakby księgi oraz pergaminy wymagały szczególnie nabożnego skupienia. Afra stanowczo pomyślała, że nie znajdzie tutaj schronienia. Wtedy rozległ się dzwon wzywający na godzinki.

W południe udała się do magazynu, który znajdował się na górnym piętrze nad wozowniami między kościołem a podłużnym budynkiem i służył przechowywaniu zapasów mąki i suszonych owoców, soli oraz innych przypraw korzennych, ale składowano tam także płótno i gliniane naczynia. Do tej pory malarz ukończył środkową część tryptyku, ustawił też w magazynie do góry dnem drewniane koryto, które świętej Cecylii miało służyć za cokół. Na korycie leżał drewniany miecz.

Garbus przyjął Afrę z otwartymi ramionami. Był rozochocony, nieomal swawolny, i zawołał:

– Jesteś moją Cecylią, ty i żadna inna! Bałem się już, że ksieni przekona cię, żebyś mi odmówiła.

– Tak myśleliście… – rozległ się z głębi pomieszczenia ostry głos i z ciemności wyłoniła się przeorysza. Ta niespodziewana zjawa przestraszyła Afrę nie mniej niż malarza.

– Spodziewaliście się może, że zostawię was tutaj z panienką sam na sam?
Głos ksieni zabrzmiał złośliwie.
– Owszem, tak myślałem! – uniósł się Alto. – Jeśli natychmiast stąd nie wyjdziecie, pani, zaniecham pracy, a wtedy dopiero będzie problem, bo kto namaluje wam Cecylię na obrazie ołtarzowym!?
– Bezbożny artysta, Brabantczyk – syknęła ksieni i wściekła zniknęła za drzwiami, mamrocząc przy tym coś niezrozumiałego. Brzmiało to raczej jak przekleństwo niż jak modlitwa.
Malarz zaryglował drzwi od wewnątrz. Afra poczuła się dosyć nieswojo. Alto chyba zauważył jej trwożliwe spojrzenie, bo powiedział:
– Wolisz, żebym jednak otworzył drzwi?
– Nie, nie – skłamała dziewczyna, ale ta propozycja malarza do pewnego stopnia ją uspokoiła.
Alto z Brabancji podał Afrze rękę i zaprowadził ją przed nadnaturalnej wielkości obraz, który miał być umieszczony na ołtarzu.
– Znasz historię świętej Cecylii? – dopytywał się.
– Znam tylko jej imię – odparła Afra. – Nic więcej.
Malarz wskazał dużą jasną plamę pośrodku obrazu:
– Cecylia była przecudną młodą Rzymianką. Jej ojciec, tu z lewej na obrazie, chciał wydać córkę za Waleriana, który stoi z prawej strony na pierwszym planie. Cecylia zdecydowała się już jednak na przyjęcie wiary chrześcijańskiej, a Walerian nadal był przywiązany do rzymskiego wielobóstwa. Dlatego dziewczyna wzdragała się wziąć go za męża, dopóki nie zostanie ochrzczony. Ten mężczyzna w tle to rzymski biskup Urban, któremu udało się nakłonić Waleriana do przyjęcia prawdziwej wiary. To jednak rozeźliło rzymskiego prefekta Almachiusa. Jego wizerunek możesz zobaczyć na lewym skrzydle ołtarza. Almachius kazał ściąć Cecylię. Podobno

jednak kat, którego widać na prawym skrzydle, nie mógł oddzielić jej pięknej głowy od ciała. Cecylia zmarła po trzech dniach i w przetykanej złotem szacie złożono ją w cyprysowej trumnie, po czym pochowano w katakumbach. Gdy po kilku stuleciach papież kazał otworzyć trumnę, znaleziono Cecylię w przejrzystej szacie równie piękną jak za życia.

– Jaka wzruszająca historia – powiedziała Afra w zadumie. – Wierzysz w nią?

– Oczywiście, że nie! – odparł Alto z filuternym uśmieszkiem. – Dla artysty wiara jest jednak piękną tęczą między niebem a ziemią. Weź teraz tę suknię i włóż ją!

Alto przyłożył jej do ramion cieniutką, przetykaną złotem szatę. Afra stała zdumiona, bo jeszcze nigdy nie widziała z bliska tak kosztownej sukni.

– Nie certuj się – nalegał malarz. – Zobaczysz, że jest uszyta jak dla ciebie.

Im dokładniej Afra przyglądała się wyszywanej złotem szacie, tym większe miała wątpliwości, czy powinna ją przywdziać. Nie żeby się krępowała obecnością Alta z Brabancji – czuła się kimś małym i zbyt nieznaczącym, niegodnym, żeby nosić taką cenną suknię.

– Przywykłam do noszenia zgrzebnego lnu – powiedziała nieśmiało. – Boję się, że wkładając tę szatę, podrę delikatną tkaninę.

– Bzdura – odparł Alto niemal rozgniewany. – Jeśli krępujesz się rozebrać przy mnie, odwrócę się albo wyjdę za drzwi.

– Nie, nie, to nie to, wierz mi!

Afra była podekscytowana, rozsznurowując szary strój zakonny i upuszczając go na ziemię. Przez chwilę stała bezbronna i naga przed Altem z Brabancji, ale zdawało się, że to nie robi na nim wrażenia. Podał dziewczynie cenną suknię, a ona ostrożnie przełożyła ją przez głowę. Osuwanie się delikatnej materii po ciele było dla niej cudownym, miłym uczuciem.

Alto podał Afrze dłoń i pomógł jej wejść na odwrócone do góry dnem koryto. Później włożył dziewczynie miecz do ręki i poprosił, aby przeniosła całą wagę ciała na prawą nogę, a odciążyła lewą.

– Teraz wesprzyj się rękoma na mieczu. Tak, dobrze. Podnieś lekko głowę, a rozpromienione spojrzenie skieruj ku niebu. Wspaniale! Zaiste, rzeczywiście jesteś Cecylią. Proszę, nie ruszaj się już z miejsca.

Alto z Brabancji zaczął ziemistoczerwoną lubryką szkicować na wolnej plamie obrazu ołtarzowego. Słychać było tylko skrobanie kredy, którą artysta zwinnymi ruchami przesuwał po drewnianym podłożu. Poza tym panowała cisza.

Afra zastanawiała się, jak też wygląda jako święta w tej przezroczystej sukni, czy Alto istotnie namaluje na obrazie jej dokładną podobiznę, czy tylko stanie się ona inspiracją dla wyobraźni artysty. Czas się dłużył. Przede wszystkim nie umiała sobie wytłumaczyć milczenia Alta. Dlatego też, nie zmieniając pozycji, zaczęła rozmowę:

– Mistrzu Alto, co miałeś na myśli, mówiąc, że wiara jest piękną tęczą między niebem a ziemią?

Malarz zastygł na chwilę w bezruchu i powiedział:

– Wierzyć, piękna Cecylio, znaczy wyłącznie nie wiedzieć albo przypuszczać lub też marzyć. Od kiedy są na tym świecie ludzie, marzą albo przypuszczają, że istnieje coś między niebem a ziemią, nazwijmy to absolutem lub boskością. Od samego początku także niektórzy czują się powołani, by te marzenia i przypuszczenia w nich rozniecać. Nie wiedzą więcej od innych, ale zachowują się tak, jakby kiedyś łyżkami zjedli całą mądrość i wiedzę. Dlatego też nie należy zbyt poważnie brać wszystkich tych klechów, prałatów, przeorysz i arcybiskupów, a nawet samych papieży. Można przecież spytać: któremu papieżowi mamy wierzyć? Temu w Rzymie, temu w Awinionie czy temu w Mediolanie? Mamy ich trzech, a każdy z nich twierdzi, że to on jest prawdziwy.

– Trzech papieży? – zapytała zdumiona Afra. – Nigdy o tym nie słyszałam!

– To i lepiej. Kiedy się podróżuje tak często jak ja, człowiek dowiaduje się wielu rzeczy, które pozostają ukryte przed ludem. Proszę, trzymaj głowę prosto. W każdym razie wiara to dla mnie wyłącznie marzenie, czyli piękna tęcza między niebem a ziemią.

Afra jeszcze nigdy nie słyszała, żeby ktokolwiek tak mówił. Nawet bezbożny starosta Melchior von Rabenstein miał dla matki Kościoła i jej księży same dobre słowa.

– Mimo to ozdabiasz kościoły swoimi obrazami. Jak to się ze sobą godzi, mistrzu Alto?

– Wyjaśnię to wam, piękna dziecino: kto głoduje, przystanie na służbę do samego diabła. Jakże inaczej mogłaby mnie wyżywić moja sztuka? – Obrzucił swoje dzieło długim, badawczym spojrzeniem, później odłożył lubrykę na bok i powiedział: – Wystarczy na dzisiaj. Możesz się już przebrać.

Afra ucieszyła się, że całe to pozowanie wreszcie dobiegło końca, bo w cienkiej tkaninie trzęsła się z zimna. Zeszła z drewnianego koryta i natychmiast ciekawie zerknęła na malowidło. Nie wiedziała, czego właściwie oczekuje, w każdym razie była rozczarowana, przynajmniej na samym początku, ponieważ zobaczyła tylko gmatwaninę kresek i linii na jasnym tle. Kiedy jednak przyjrzała się dokładniej, z tej gmatwaniny wyłoniła się postać, sylwetka kobiety, której nagie ciało ledwie osłaniała delikatna szata. Przerażona Afra przycisnęła rękę do ust:

– Mistrzu Alto, to mam być ja?

– Nie – odparł malarz. – To jest Cecylia, albo lepiej: to jest model, który da początek Cecylii.

Afra pospieszyła wdziać zgrzebny strój zakonny, ale zanim jeszcze skończyła się ubierać, zadała malarzowi nieśmiałe pytanie:

– Naprawdę chcesz przedstawić Cecylię w ten sposób, tak jak to tutaj naszkicowałeś? Przecież każdy może rozpoznać pod suknią jej piersi i uda.

Alto zaśmiał się z zażenowaniem.

– Dlaczego miałbym zatajać takie piękno, skoro nawet legenda o świętej go nie przemilcza?

– Ale szóste przykazanie nakazuje czystość i niewinność!

– Oczywiście, ale nagie ciało kobiety nie jest przecież czymś nieczystym. Nieczystość rodzi się dopiero w myślach i uczynkach. W katedrze w Bambergu znajduje się rzeźba o nazwie *Synagoga*. Przedstawia ona niewiastę, która ma na sobie przejrzystą suknię pozwalającą zobaczyć wszystkie wdzięki kobiecego ciała. W wielkich katedrach francuskich i hiszpańskich znajdziesz przedstawienia Najświętszej Marii Panny z obnażonymi piersiami, ale tylko złym ludziom przychodzą na ten widok nieczyste myśli. – Uśmiechnął się pod nosem. – Mogę chyba jutro rano znów na ciebie liczyć?

Właściwie Afra postanowiła, że jeszcze tego samego dnia opuści klasztor, ale pozowanie w dziwny sposób ją podniecało, ponadto nikt jeszcze do tej pory nie traktował jej tak uprzejmie jak Alto z Brabancji, dlatego też wyraziła zgodę.

– Pod warunkiem, że ksieni nie będzie miała nic przeciw temu.

– Ucieszy się, że tryptyk zostanie wreszcie ukończony! – zapewnił Afrę malarz. – Sama by mi chętnie pozowała, byleby się tylko tak stało. – Wzdrygnął się: – Okropny pomysł!

Afra roześmiała się i zerknęła przez wąskie okno na zatłoczony dziedziniec, gdzie przeorysza ze skrzyżowanymi na piersiach ramionami przechadzała się tam i z powrotem, co chwilę badawczo popatrując w górę.

– Mistrzu Alto... – zaczęła Afra ostrożnie – Jak długo chcesz jeszcze zostać w klasztorze?

Malarz skrzywił się.

– O chęci nie może być mowy. Już od wiosny wałęsam się pośród tych znękanych, szlachetnie urodzonych panien, które z powodu szpetoty nie mogły zdobyć męża, i pośród kobiet lekkich obyczajów, które dopadła starość i do których nie pasuje ani słowo „kobieta", ani też „obyczaj". Wierz mi, są na tym świecie miejsca inspirujące artystę zdecydowanie bardziej niż to. Nie, gdy tylko skończę obraz i otrzymam drugą połowę wynagrodzenia, daję stąd drapaka. Dlaczego pytasz?

– Cóż – odpowiedziała Afra i wzruszyła ramionami. – Tak sobie właśnie myślałam, że niezbyt dobrze czuję się w tym otoczeniu, jeśli mnie więc nie zdradzisz, to mogę powiedzieć, że ze mną jest podobnie. Czekam tylko na pierwszą nadarzającą się sposobność, aby się stąd wymknąć. Czy byś...

– Dziwiłem się, dlaczego w ogóle tutaj jesteś – Alto wpadł jej w słowo. – Nie, nie mów, wcale nie chcę wiedzieć. Nic mnie to nie obchodzi.

– Nie muszę robić z tego tajemnicy, mistrzu Alto. Uciekam przed starostą, u którego miałam pracę i utrzymanie. Wylądowałam tu raczej przypadkiem, ale życie klasztorne to nie dla mnie. Nauczyłam się pracować i moja praca przynosi więcej pożytku niż modły i śpiewy pięć razy dziennie, które i tak nie czynią nikogo lepszym człowiekiem. Nie odmawiaj mojej prośbie, pozwól mi pójść ze sobą. Znasz świat i masz doświadczenie w podróżach. Mój świat rozciągał się tylko na dzień drogi od majątku starosty, jestem nieobyta w kontaktach z obcymi ludźmi i nieuodporniona na zło jak wy.

Alto w zadumie wyjrzał przez okno, Afra zaś wytłumaczyła sobie jego długie milczenie jako odmowę.

– Nie będę ciężarem – namawiała płaczliwym głosem. – Będę też ci powolna, jeśli będziesz miał taką potrzebę. Przecież moje ciało ci się podoba, czyż nie?

Ledwie wymówiła te słowa, już się ich przestraszyła. Garbus długo patrzył na nią przenikliwym wzrokiem. Wreszcie zapytał:

— Ile właściwie masz lat?
Afra spuściła wzrok. Zawstydziła się.
— Siedemnaście — powiedziała w końcu i przekornie dodała: — Co to ma do rzeczy?!
— Posłuchaj, moje drogie dziecko — zaczął malarz z godnością. — Jesteś piękna. Bóg obdarzył cię takim powabem, wdziękiem i proporcjami, że setki innych w twoim wieku cierpią, gdyż dla nich tego zabrakło. Każdy mężczyzna uważałby się za szczęśliwca, gdyby mógł posiąść cię bodaj na godzinę. Zapamiętaj sobie jednak: piękno oznacza dumę. Nigdy nie ofiarowuj swoich usług żadnemu mężczyźnie. To zaszkodzi twojej urodzie. Nawet jeśli sama będziesz miała taką potrzebę, daj każdemu do zrozumienia, że musi się o ciebie starać.

Afra jeszcze nigdy się nad tym nie zastanawiała. Bo i po co? Niewątpliwie Alto był mędrcem i bez wątpienia, ze względu na wykonywany zawód, znał się na pięknie. Trudno jej było wytłumaczyć sobie jego powściągliwość. Może nie traktował jej poważnie? Może jedynie się z niej naśmiewał, czego dotąd nie zauważała? Najchętniej zapadłaby się pod ziemię. Mimo to powiedziała przekornie:

— Mistrzu, nie odpowiedzieliście na moje pytanie.
Alto z roztargnieniem skinął głową.
— Jutro wrócimy do tej sprawy. Spotkajmy się tutaj o tej samej porze.

Resztę dnia Afra spędziła w skryptorium, z przerwami na godzinki — tercję, sekstę, nonę i nieszpory. Jej zadanie polegało na skopiowaniu aktu dziedziczenia klasztoru świętej Cecylii, i chociaż już od lat nie pisała, starannie nanosiła na pergamin ostrokanciaste litery tekstury. Obie mniszki raz po raz krytykowały jej pracę. Przede wszystkim baczyły jednak, żeby ukryć przed nią pewne księgi i zwoje pisma. Nie uszło uwadze Afry, że były one zasznurowane, zapieczętowane i opatrzone napisem *PRIMA OCCULTATIO*, a niektóre również opisane *SECRETUM*, co niewątpliwie oznaczało coś tajemniczego.

Nazajutrz Afra znowu pozowała malarzowi. Zdawało się, że charakteryzująca ją poprzedniego dnia niepewność gdzieś się ulotniła, w każdym razie ukazała się Altowi w swojej przezroczystej sukni na poły nieśmiała, na poły zaś wyzywająca, z tą mieszanką kobiecego wyrafinowania, która budzi pożądanie w mężczyznach.

– Miałeś, mistrzu, dać mi dzisiaj odpowiedź, czy przychylisz się do mojej prośby!

Alto uśmiechnął się filuternie i zaczął nanosić na szkic kolory. Od wielu godzin rozdrabniał, rozgniatał, rozcierał i mieszał najrozmaitsze ingrediencje, dodawał do nich klej kostny i białko świeżych jaj kaczych, aż wreszcie powstała mięsista różowa barwa, która wydała mu się stosowna do oddania nagiej skóry Afry.

– Jak mam sobie tłumaczyć ten uśmieszek, mistrzu Alto?

Afra trzymała głowę skierowaną nieruchomo ku niebu, ale oczami śledziła pracę malarza.

– Musisz się zdecydować, czy chcesz służyć Bogu, czy ludziom – odparł Alto dwuznacznie.

Afra nie zastanawiała się długo:

– Myślę, że jestem stworzona raczej do służby człowiekowi. Tutaj w każdym razie nie zostanę.

– Naprawdę jeszcze nie złożyłaś ślubów?

– Chyba bym coś o tym wiedziała. Trafiłam tutaj przez przypadek i mogę pójść swoją drogą, kiedy tylko zechcę.

– Cóż – odparł malarz, nie podnosząc oczu. – Nie zamierzam stać ci na drodze. Jeszcze kilka dni będziesz jednak musiała wytrzymać.

Afra najchętniej rzuciłaby się malarzowi na szyję, ponieważ nie mogła jednak zmienić pozycji, wydała z siebie tylko krótki, piskliwy okrzyk radości. Po chwili spytała:

– Dokąd chcesz się właściwie udać, mistrzu Alto?
 – W dół rzeki – odparł malarz. – Najpierw do Ulm. Jeśli tam nie dostanę żadnego zlecenia, pojadę dalej do Norymbergi. Tam zawsze znajdzie się jakaś robota dla artysty.
 – Słyszałam już o Ulm i Norymberdze – ożywiła się Afra.
 – To zapewne bardzo duże miasta z kilkoma tysiącami dusz.
 – Kilka tysięcy? – Alto się roześmiał. – Ulm i Norymberga są zaliczane do największych miast w Niemczech, a w każdym znajdzie się dwadzieścia tysięcy dusz, co najmniej!
 – Dwadzieścia tysięcy? Jak można to sobie wyobrazić: dwadzieścia razy tysiąc ludzi na jednym skrawku ziemi?!
 – Zobaczysz! – zaśmiał się garbus i odłożył pędzel.
 Zeskoczywszy z podestu, Afra rzuciła okiem na malowidło.
 – Mój Boże! – wyrwało się jej. – To mam być ja?
 Malarz potakująco skinął głową.
 – Może się wam to nie podoba?
 – Owszem, owszem – zapewniła dziewczyna. – Jest tylko...
 – Tak?
 – Cecylia jest tak nieziemsko piękna. Nie ma ze mną nic wspólnego.
 Afra pełna podziwu patrzyła na różane ciało Cecylii ledwie okryte szatą przypominającą welon. Było widać pełne piersi, pępek, a pod delikatną materią można się było nawet domyślić sromu.
 – Niczego nie domalowałem i niczego nie pominąłem. To jesteś ty, Afra czy Cecylia, jak sobie chcesz.

Ubierając się, Afra zastanawiała się, jak to będzie, gdy klęknie przed ołtarzem, a mniszki zaczną ją mierzyć z boku wzrokiem. Potem jednak powiedziała sobie, że przecież to stawianie czoła ich spojrzeniom nie potrwa długo.
 – Jeszcze jedno pozowanie i będziesz wolna – zauważył Alto z Brabancji. Wyciągnął z kieszeni sakiewkę, po czym

wręczył Afrze dwie monety. – Zapłata za pozowanie, dwa guldeny, zgodnie z umową.

Afra wstydziła się przyjąć pieniądze. Dwa guldeny!

– Bierz! Są twoje!

– Wiesz, mistrzu Alto, jeszcze nigdy nie miałam tylu pieniędzy – zaczęła nieśmiało. – Dziewka służebna zarabia akurat na jedzenie i dach nad głową, a jak dobrze pójdzie, to czasem na dobre słowo. Cały mój majątek to węzełek, który trzymam pod łóżkiem w dormitorium. Jest on jednak dla mnie więcej wart niż wszystko na świecie. Możesz się ze mnie śmiać, ale to prawda.

– Dlaczego miałbym się śmiać – odpowiedział oburzony garbus. – Pieniądze to przyjemna rzecz, nic więcej. Nader rzadko dają jednak szczęście. Weź więc, co ci się należy, i do jutra!

Szybciej, niż sądziła, udało się Afrze osiągnąć biegłość w sztuce pisania – zresztą ku ogromnej niechęci obu mniszek, które nie kryły rozczarowania. Ich zachowanie jeszcze bardziej utwierdzało dziewczynę w zamiarze jak najszybszego opuszczenia klasztoru.

Nazajutrz wtajemniczyła przeoryszę w swoje plany. Ta niespodziewanie okazała zrozumienie. Kiedy jednak dziewczyna powiedziała, że zamierza wyruszyć w drogę z Altem z Brabancji, na czole ksieni – Bóg wie, dlaczego – nabrzmiała ciemna, pionowa żyła, po czym rozgniewana mniszka wybuchła:

– On jest artystą, a wszyscy artyści to gałgany, bezbożna hołota! Zabraniam ci odchodzić z tym garbusem. Przywiedzie cię do zguby!

– To nie jest zły człowiek, mimo że zaprzedał się sztuce – odpowiedziała Afra przekornie. – Sama mówiłaś, pani, że to natchniony artysta. Skąd pochodzi łaska jego talentu, jeśli nie od Boga?

Ksieni pieniła się ze złości, ponieważ to młode stworzenie ośmieliło się jej sprzeciwić. Nie zaszczycając Afry spojrzeniem, szorstkim ruchem ręki, jakby chciała się pozbyć jakiegoś uciążliwego owada, nakazała jej wyjść z pokoju.

Wieczorem, po kolacji w refektarzu – podano nieokreśloną breję z kapusty, chrzanu i buraków, a do tego podpłomyki – Philippa, młodsza z dwu sióstr ze skryptorium, podeszła do Afry i poprosiła ją o przyniesienie oryginału aktu dziedziczenia, nad którego kopią właśnie pracowała. Ksieni podobno chciała do niego zajrzeć, a jej samej trudno jest wchodzić w ciemnościach po kamiennych schodach. Z tymi słowy wręczyła dziewczynie żelazny klucz do skryptorium oraz latarnię.

To polecenie wydało się Afrze dość dziwne, nie widziała jednak powodu, żeby odmówić Philippie, od razu ruszyła więc w drogę. Z latarnią w dłoni przeszła przez dziedziniec, który w bladym świetle księżyca wyglądał na całkiem opuszczony przez Boga i ludzi. Wąskie drzwi za chórem kościelnym nie były zamknięte i dziewczyna zaczęła wspinać się po niewygodnych kamiennych schodach wiodących do skryptorium.

Nawet tak młoda i sprawna osoba jak Afra musiała się przy tym porządnie zasapać, tym razem uderzył ją jednak w nos docierający do niej z góry nieprzyjemny odór palącego się wosku. Na początku nie zwracała na to uwagi. Dotarłszy jednak do górnego półpiętra, zauważyła gryzący dym, który białymi obłokami wydostawał się spod drzwi skryptorium. Niezdolna do jasnego myślenia, włożyła klucz do zamka i otworzyła drzwi.

Spodziewała się, że buchną na nią płomienie, zobaczyła jednak tylko sięgający kolan dym, który niczym jesienna mgła pełznął od tylnej części skryptorium w stronę drzwi. Dym zaczął ją dusić. Kasząc i plując, próbowała dotrzeć do najbliższego okna, aby zaczerpnąć powietrza. Wiedziała, że tylko środkowe da się otworzyć, inne szyby witrażowe były wmurowane na stałe. Ledwie otworzyła okno, w tylnej części skryptorium buchnął słup ognia. Przestraszyła się. Pomyślała, że za chwilę całe skryptorium stanie w płomieniach. Pospiesznie schwyciła kilka ksiąg i zwojów pism z napisem *SECRETUM* i przycisnęła je do siebie, aby ocalić je przed pożarem.

Zamierzała właśnie wyjść z trawionego ogniem pomieszczenia, gdy na klatce schodowej rozległy się okrzyki przerażenia. Zakonnice wbiegały szybko po wąskich schodach, niosąc skórzane wiadra z wodą. Odepchnęły na bok Afrę, która jak ogłupiała wypadła na dwór, gdzie nagle zjawiła się przed nią ksieni. W jej ręce trzaskało ogniem jasne, cuchnące łuczywo smolne.

– Kochanica szatana! – wrzasnęła wściekła przeorysza na widok Afry. – Jesteś kochanicą szatana!

Dziewczyna stała jak wryta. Nie rozumiała, co się z nią dzieje i dlaczego ksieni ją tak nieprzyzwoicie wyzywa.

– Poszłam po pergamin, tak jak mi polecono, a wtedy zobaczyłam dym dobywający się ze skryptorium!

Jej słowa brzmiały bezradnie.

W poprzek dziedzińca klasztornego zakonnice ustawiły się w łańcuch, sięgający studni. Wiadra z wodą wędrowały z rąk do rąk. Co chwila rozlegały się ponaglające okrzyki.

– Dlaczego trzymasz pod pachą cenne zapisy naszego klasztoru? – Ksieni zbliżyła się na krok do Afry.

– Chciałam je uratować przed płomieniami – zawołała dziewczyna, drżąc ze zdenerwowania.

Ksieni zaśmiała się urągliwie.

– Akurat te tajemne pergaminy! Skąd w ogóle wiedziałaś o ich istnieniu? Jeśli nie szatan, to kim są twoi mocodawcy?

– Szatan? Czcigodna matko, nie używajcie takich słów! Przeczytałam napis *SECRETUM*, pomyślałam więc, że te pisma są pewnie ważniejsze niż inne. Właśnie dlatego usiłowałam je ocalić.

W tej samej chwili przeciskała się obok nich Philippa, ale ksieni przytrzymała ją mocno za ramię i wcisnęła jej do ręki pochodnię.
– Matko Philippo! – zawołała wzburzona Afra. – Poświadczcie, proszę, że to wy posłaliście mnie do skryptorium! Zakonnica spojrzała ku oknom skryptorium, a później przez chwilę wpatrywała się obojętnie w dziewczynę. Wreszcie odpowiedziała:
– Na wszystkich świętych, po co miałabym posyłać cię o nocnej porze do skryptorium? Nie jestem taka wiekowa jak matka Mildred. Moje stare nogi jeszcze mnie noszą, dokąd zechcę. Skąd w ogóle wzięłaś klucz?
– Przecież to wy mi go daliście!
– Ja?
W głosie Philippy brzmiała złośliwa satysfakcja.
– Ona kłamie! – krzyknęła wściekle Afra. – Strój zakonny nie przeszkadza jej, by mnie szkalować!
Ksieni bez ruchu śledziła tę wymianę zdań. Teraz wyrwała Afrze z rąk pęk kluczy.
– Matka Philippa nigdy nie kłamie, zapamiętaj to sobie! Przez całe życie służy Panu zgodnie z regułą benedyktyńską. Komu powinnam bardziej wierzyć?
Afra była wściekła. Powoli zrozumiała, że Philippa zwabiła ją w pułapkę.
– Czy nie jest raczej tak, że ukradłaś klucz w refektarzu i o nocnej porze udałaś się do skryptorium, aby wynieść nasze najcenniejsze rękopisy? – odezwała się ksieni. – Żeby zaś nikt nie zauważył braku pergaminów, podłożyłaś ogień.
– Tak było, nie inaczej!
Philippa energicznie przytakiwała słowom przełożonej.
– Nie, nie tak było!
Afra najchętniej skoczyłaby ksieni do gardła. W jej oczach zabłysły łzy wściekłości i bezsilności. Zwrócona do Philippy, zawołała w najwyższej rozpaczy:

– Szatan zagnieździł się w waszym stroju zakonnym! Niechaj was pożre, a szczątki zabierze ze sobą!

Obie mniszki przeżegnały się tak gwałtownie, że Afra aż się przeraziła, czy ich wyniszczone, chude ramiona się złamią.

– Weźcie ją i zamknijcie w *poenitarium* – powiedziała gniewnie przeorysza. – To ona podpaliła skryptorium, aby zdobyć nasze tajemne pisma. Uwięzimy ją i przekażemy sędziemu ziemskiemu. Już on wyda na nią sprawiedliwy wyrok!

Wyciągniętym palcem wskazującym skinęła na dwie przysadziste mniszki stojące w szeregu podających wiadra. Szturchańcami i kuksańcami zapędziły Afrę po kamiennych schodach do zakratowanej piwnicy, gdzie biczowano niesubordynowane siostrzyczki. Pniak pośrodku, w kącie wiązka słomy, obok drewniany cebrzyk do załatwiania potrzeb naturalnych, klepisko z udeptanej ziemi. Jeszcze zanim Afra zdołała rozeznać się w tym cuchnącym lochu, zakratowane drzwi się zamknęły, a mniszki oddaliły się ze światłem.

Wokół zapanowała czarna noc, dziewczyna więc na czworakach i po omacku doczołgała się do wiązki słomy. Skulona i zmarznięta zaczęła gwałtownie płakać. Wiedziała, co oznacza wyrok sądu ziemskiego. Podpalenie uważano za najcięższe przestępstwo, równie ciężkie jak morderstwo. Czasami słyszała z daleka głośne komendy. Nie wiedziała, czy skryptorium stanęło już w płomieniach, czy też udało się ugasić tlący się ogień. W zupełnych ciemnościach straciła poczucie czasu. Ze strachu nie zmrużyła oka.

Trwała w jakimś niekończącym się półśnie, gdy w pewnym momencie na dworze zaległa cisza. Dawno już musiał być dzień, ale nic się nie działo. Afra nie miała co pić ani jeść. „Pozwolą mi zdechnąć w tych mrokach" – pomyślała i zaczęła się zastanawiać, w jaki sposób mogłaby położyć kres swojemu życiu.

Nie wiedziała, ile czasu spędziła w odrętwieniu. Niezdolna już prawie do żadnej jasnej myśli, jęła się kłócić ze Stwórcą, który jej, niewinnej, zgotował taki los. Nigdy by nie pomyślała, że w murach klasztoru żeńskiego można spotkać taki upadek obyczajów i tyle złośliwości. Jeśli wytoczą jej proces, sędzia ziemski z pewnością szybciej uwierzy zakonnicom niż zbiegłej od starosty dziewce służebnej.

Po dwu lub trzech dniach – Afra nie umiała powiedzieć, ile czasu upłynęło – wydało jej się, że słyszy kroki zbliżające się od strony schodów do piwnicy. Pomyślała już nawet, że to halucynacja, gdy ujrzała migotliwy blask pochodni. Za okratowaną bramą zobaczyła znajomą twarz siostry, którą poznała pierwszego dnia wieczorem. Ludgarda przyzwała ją gestem do żelaznej kraty i położyła palec na ustach. Powiedziała cicho:

– Musimy mówić szeptem. Ściany w klasztorze mają uszy. Zwłaszcza w klasztorze świętej Cecylii.

Zakonnica przyniosła w koszu odrobinę chleba i dzbanek wody tak wąski, że przeszedł przez kratę. Afra chciwie przytknęła go do ust i opróżniła jednym haustem. Nie wiedziała, że woda może tak wspaniale smakować. Później rwała podpłomyk i pochłaniała kawałek za kawałkiem.

– Dlaczego to robisz? – wyjąkała Afra cicho. – Jak cię złapią, spotka cię los podobny do mojego.

Ludgarda uniosła ramiona.

– Nie martw się o mnie. Już od dwudziestu lat żyję w murach tego klasztoru. Dobrze wiem, co się tu dzieje, a często nie odbywa się to wcale ku Bożej chwale.

Afra uczepiła się oburącz żelaznych prętów i zaczęła przekonywać Ludgardę:

– Uwierz mi, zamknięto mnie tu bez mojej winy. Ksieni zarzuca mi, że podpaliłam skryptorium, aby ukryć kradzież jakichś tajemnych pism. A Philippa, którą wzywa na świadka, kłamie. Zaprzecza, że to ona posłała mnie do skryptorium. To była pułapka, słyszysz, zastawiono na mnie pułapkę!

Ludgarda uniosła obie ręce wysoko i upomniała Afrę, żeby mówiła ciszej. Potem szepnęła:

– Wiem, że mówisz prawdę, Afro. Przede mną nie musisz się tłumaczyć.

Afra osłupiała.

– Słucham? Co to ma znaczyć?

– Powiedziałam przecież, że ściany w tym klasztorze mają uszy.

Afra podejrzliwie powiodła wzrokiem po murach ponurego lochu. Ludgarda skinęła głową i niemo wskazała sufit. Teraz i Afra dostrzegła gliniane rury szerokości dłoni, wystające w kilku miejscach z sufitu.

– Przez cały klasztor – wyjaśniała Ludgarda szeptem, a jej zatroskane spojrzenie co chwilę kierowało się ku sufitowi. – Przez wszystkie zabudowania klasztorne przebiega system rur w jakiś cudowny sposób przenoszących ludzki głos z jednego pomieszczenia do drugiego, z jednego piętra na drugie. Nie tylko to, czasami ma się nawet wrażenie, że głosy, wędrując przez te gliniane rury, ulegają dodatkowemu wzmocnieniu.

– Czyli cud natury?

– Nie umiem tego ocenić. Czy to jednak nie dziwne, że takie dzieło sztuki jest zainstalowane w klasztorze niemych zakonnic, gdzie regułą zakonną nakazane jest milczenie i cisza? Niezależnie od tego, o co w tym wszystkim chodzi, w tym cudzie natury, jak go nazywasz, tkwi jeden haczyk: głos przenosi się nie tylko z jednego pomieszczenia do drugiego, ale także z powrotem. Ponieważ wszystkie rury kończą się w gabinecie ksieni, jest ona wprawdzie dobrze poinformowana, o czym mówi się gdzie indziej, ale jeżeli odrobinę się postarasz, można niemal wszędzie w opactwie usłyszeć również to, co i ona ma do powiedzenia.

– Myślisz, że trzeba się tylko wspiąć do sufitu?
– Tak właśnie, wystarczy przyłożyć ucho do jednej z tych glinianych rur. Życie klasztorne nie dostarcza zbyt wielu uciech i rozrywek, podsłuchiwanie ksieni jest więc zapewne grzechem powszednim, choć jednak grzechem, przyznaję to. W każdym razie na własne uszy słyszałam rozmowę Philippy z przeoryszą. Philippa uskarżała się, że ciebie, chociaż jeszcze nawet nie zostałaś nowicjuszką, od razu wykąpano i nakarmiono jak jakąś szlachetną damę i że mogłaś pozować do wizerunku świętej Cecylii, gdy ona i wszystkie inne siostry od lat muszą wykonywać ciężkie prace. Na początku ksieni nie była przychylna jej słowom, powiedziała, że chrześcijańska miłość bliźniego nakazuje przyjąć każdego człowieka, który znajdzie się w potrzebie. Ale Philippa nie ustępowała, powtarzała swoje zarzuty, aż wreszcie ksieni powiedziała, że jeśli zna sposób pozbycia się ciebie, niech po niego sięgnie.
– Wobec tego możesz wystąpić jako mój świadek. Musisz to zrobić!
Ludgarda odmówiła:
– Nikt mi nie uwierzy!
– Przecież wszystko słyszałaś!
– To bez sensu, nikt by nie potwierdził, że kiedykolwiek mogłabym na własne uszy usłyszeć taką rozmowę. Może sądzisz, że przeorysza przyznałaby się do potajemnego podsłuchiwania swoich podopiecznych?
– To jedyna szansa, żeby dowieść mojej niewinności! – zrezygnowana Afra utkwiła wzrok w ziemi.
– Módl się do Boga o cud.
Ludgarda skinęła dziewczynie głową, dodając jej otuchy, po czym się oddaliła.
Ciemności, które znów zapanowały, wpędziły Afrę w głęboką rozpacz. Próbowała się modlić, ale do głowy nie przychodziły jej słowa żadnej modlitwy. Nazbyt mocno skoncentrowała się na swoim beznadziejnym losie. W końcu, jak

przedtem, popadła w swego rodzaju półsen, w którym prawie już nie dostrzegała różnicy między śnieniem a jawą. Nie wiedziała – właściwie było jej to obojętne – czy na zewnątrz jest dzień czy noc. Nie poruszyły jej nawet grzmoty, nie zwróciła uwagi na trzask pioruna, od którego zadrżały mury. Wydawało się jej, że śni, gdy za ciężką żelazną kratą pojawiła się w bladym świetle latarni twarz Alta z Brabancji. Dopiero gdy włożył klucz do zamka i otworzył okratowane drzwi, Afra odzyskała przytomność umysłu. Nie mogła jednak wydobyć z siebie ani słowa i tylko pytająco patrzyła na malarza. Na dworze szalała straszliwa burza. Alto podał dziewczynie węzełek, który przechowywała w dormitorium, i powiedział:
– Zdejmij ten strój nowicjuszki. Pospiesz się!
Afra posłuchała go jak we śnie i włożyła swoją własną, zgrzebną szatę. W pośpiechu spytała:
– Jak zdobyłeś klucz, mistrzu Alto? Czy jest dzień, czy noc?
Garbaty malarz chwycił strój nowicjuszki i rzucił go na słomiane legowisko w kącie. Wyprowadzając zaś dziewczynę z zakratowanego pomieszczenia i zamykając drzwi od zewnątrz, odpowiedział szeptem:
– Jest tuż po północy, a jeżeli chodzi o klucz, to ludzie są przekupni, nawet zakonnice. W ostatecznym rozrachunku wszystko jest tylko kwestią ceny. Jak wiesz, nawet Pan Jezus został zdradzony za trzydzieści srebrników. To tutaj – podniósł wysoko klucz – było zdecydowanie tańsze. Teraz chodź!
Alto z Brabancji, niosąc latarnię, prowadził Afrę po kamiennych schodach na górę. Chwilę przed tym, zanim zdołali dotrzeć do długiego korytarza na parterze, zdmuchnął świecę. Wtedy błyskawica rozerwała mrok. Na ułamki sekund wysokie, wąskie okna rozbłysły jaskrawym światłem. Z powodu grzmotu, który nastąpił w chwilę po błysku, zadrżała kamienna posadzka. Dziewczyna bojaźliwie uczepiła się ramienia Alta.

Na końcu korytarza malarz otworzył wąskie drzwi, których dziewczyna wcześniej nie zauważyła. Były tak niskie, że nawet osoba niewielkiego wzrostu musiała wciągnąć głowę w ramiona. Z tyłu, po prawej stronie, zobaczyła korytarz prowadzący dziesięć kroków dalej do drewnianej bramy, nad którą znajdowała się drewniana dźwignia. Alto popchnął bramę i zatrzymał się. Po chwili zwrócił się do Afry:

– Posłuchaj. To jest najbezpieczniejsza droga, aby niepostrzeżenie stąd uciec. Stara winda, za pomocą której wciągano dawniej na górę przez mur worki zboża i beczki. Zawiążę ci pętlę wokół piersi i ostrożnie spuszczę cię na dół. Nie bój się, sznur biegnie przez krążek, który sprawi, że twój ciężar będzie dwa razy mniejszy. Mógłbym utrzymać cię jedną ręką. Poza tym do ziemi jest nie więcej niż dwadzieścia łokci, a na dole będzie na ciebie czekał przewoźnik. Na imię mu Frowin. Możesz mu zaufać. Zawiezie cię swoją barką do Ulm. Tam udasz się do dzielnicy rybackiej i zapytasz o rybaka Bernwarda. On użyczy ci schronienia do czasu mojego przybycia.

Burza już minęła, ale niebo w nieregularnych odstępach czasu rozbłyskało popielatym blaskiem. Zatroskana Afra patrzyła w dół. Czuła mocne bicie serca, ale nie miała wyboru. Alto przeciągnął jej linę pod pachami i zrobił węzeł na piersi.

– Życzę ci wiele szczęścia – powiedział i posunął Afrę w stronę rampy. Jeden ruch i dziewczyna, obracając się wokół własnej osi, zjechała w głąb. Wprost w objęcia starszego brodatego mężczyzny.

– Nazywam się Frowin – burknął niskim głosem. – Moja barka czeka na dole nad rzeką. Wiozę ładunek skór, ciężkich wołowych i jelenich skór dla bogaczy z miasta. Wypłyniemy o brzasku.

Afra skinęła głową w podziękowaniu i wąską ścieżką przez łąkę podążyła za przewoźnikiem na brzeg rzeki.

Barka była płaskodennym statkiem rzecznym długości około trzydziestu łokci i o niewielkim zanurzeniu. Jej dziób wystawał z wody niczym szyja jakiegoś potwora morskiego. Powiązane linami plandeki chroniły cenny ładunek przed wiatrem i niepogodą. Na rufie Frowin sklecił chatkę z surowych desek. Całe umeblowanie stanowiły stół, drewniana ławka i skrzynia służąca również jako leże. Tu Afra znalazła kryjówkę.

Na stole w kajucie migotała latarnia wyciosana z drewna. Afra nie śmiała spojrzeć obcemu przewoźnikowi w oczy. W roztargnieniu patrzyła na ciepłe światło świecy. Również Frowin, skrzyżowawszy ręce na piersiach, spoglądał w milczeniu przed siebie. Krople deszczu kapały przez szczeliny w dachu. Aby przerwać przykre milczenie, Afra odezwała się z wahaniem:

– To zapewne wy jesteście przyjacielem mistrza Alta, malarza z Brabancji?

Brodaty przewoźnik milczał, jakby nie usłyszał pytania, potem splunął i rozdeptał ślinę nogą.

– Mhm – powiedział w końcu, nic więcej.

Afra czuła się dosyć nieswojo. Musiała się przemóc, aby spojrzeć na niego z ukosa. Twarz miał pooraną głębokimi zmarszczkami, a jego cera od ciągłego przebywania na powietrzu przybrała ciemną barwę, prawie jak u Afrykanina. Czarna chmura brody kłóciła się rażąco z rzadkim puszkiem, który niczym aureola okalał jego głowę.

– Przyjaciel to za dużo powiedziane – zaczął ni stąd, ni zowąd przewoźnik, jakby potrzebował dużo czasu na tę odpowiedź. – Po raz pierwszy spotkaliśmy się kilka lat temu. Alto naraił mi opłacalny transport z Ratyzbony do Wiednia. O czymś takim nie zapomina się w tak ciężkich czasach jak nasze. Wygląda na to, że malarzowi bardzo na tobie zależy. W każdym razie gorąco powierzył mi twój los. Musiałem mu uroczyście przyrzec, że całą i zdrową dowiozę cię do Ulm. Nie martw się więc, piękna dziecino.

Słowa Frowina brzmiały uspokajająco.
– Jak długo potrwa ta podróż do Ulm? – dopytywała się podekscytowana Afra.
Stary przewoźnik pokiwał głową w tę i we w tę.
– Mamy wysoki poziom wody. To przyspieszy naszą podróż w dół rzeki. Trzeba jednak liczyć dwa pełne dni. Czy zależy wam na czasie?
– Skądże znowu – odparła Afra. – Po raz pierwszy wybieram się w tak daleką podróż, na dodatek statkiem. Czy Ulm jest pięknym miastem?
– Ciekawym, dużym i bogatym. – Frowin podniósł zakrzywiony palec wskazujący, żeby podkreślić znaczenie swoich słów: – A rzemieślnicy z Ulm budują najlepsze rzeczne statki na świecie. Ulmskie barki są nazywane szkatułkami.
– Wasz statek pochodzi więc z Ulm?
– Niestety nie. Taki biedny kundel jak ja, który musi wyżywić żonę i troje dzieci, nie może sobie pozwolić na drogi statek. Tę łajbę zbudowałem sam trzydzieści lat temu. Nie wygląda szczególnie wytwornie, przyznaję, ale wykonuje swoją pracę równie dobrze jak ulmska barka. Poza tym zawsze ważniejszy jest żeglarz niż statek. Znam wszystkie prądy w tej rzece aż do samej Pasawy i wiem dokładnie, jak sobie z nimi radzić. Nie ma się więc czym martwić.

Mijały godziny i Afra powoli nabierała zaufania do zrazu tak małomównego przewoźnika. Gdy więc w pewnej chwili zapytał, co to za szkatułka, którą przez cały czas tak do siebie przyciska, jakby to był największy skarb, dziewczyna bez wahania odpowiedziała:
– To jest mój największy skarb. – Wepchnęła ten podniszczony przedmiot za staniczek sukni. – Ojciec przed śmiercią zostawił mi tę szkatułkę, przykazując, abym otworzyła ją jedynie w chwili największej biedy, kiedy dojdę do kresu i nie będę wiedziała, co począć ze sobą w życiu. W przeciwnym razie zawartość tej szkatułki przyniesie mi tylko nieszczęście.

Wtedy oczy Frowina zabłysły z ciekawości. Podekscytowany zaczął skubać brodę i zapytał:
— Czy zawartość tej szkatułki to tajemnica? Może jeszcze nigdy jej nie otwierałaś?
Afra uśmiechnęła się, a przewoźnik spuścił z tonu:
— Nie musisz odpowiadać. Wybacz moją ciekawość.
Dziewczyna potrząsnęła głową.
— Już dobrze. Powiem tylko tyle: kilka razy kusiło mnie, żeby ją otworzyć, ale wtedy zastanawiałam się, czy naprawdę jestem u kresu, i zawsze dochodziłam do wniosku, że jednak życie toczy się dalej.
— Myślę, że twój ojciec musiał być mądrym człowiekiem.
— Tak, był mądry — Afra spuściła oczy.
Przez otwór w drzwiach kajuty wpadło pierwsze światło poranka. Nad rzeką unosiły się mleczne pasma mgły. Od wody szedł lodowaty ziąb. Przestało padać. Frowin naciągnął szeroką czarną pelerynę na ramiona, włożył miękki kapelusz z szerokim rondem i roztarł zmarznięte dłonie.
— W imię Boże — powiedział cicho. — Odbijamy.
Zeskoczył na brzeg i odwiązał linę, którą barka była przycumowana do drzewa. Stojąc na pokładzie, długim drągiem odepchnął ją od brzegu i skierował dziobem pod prąd. Przez moment łajba dryfowała w poprzek rzeki, po czym przewoźnik zmienił kurs i unoszeni nurtem wody, odpłynęli.
Tylko czasami było słychać trzask wiosła, którym Frowin utrzymywał kurs barki, poza tym sunęła bezgłośnie przed siebie. Przebyli mniej więcej dwie mile, gdy pasma mgły zaczęły coraz bardziej gęstnieć. Afra prawie nie widziała brzegu. Nagle rozwarły się przed nimi białe, pofalowane góry, które chciały ich pochłonąć — była to tak gęsta ściana mgły, że z kajuty niemal w ogóle nie widziało się dziobu łodzi.
— Musimy przybić do lądu! — zawołał przewoźnik przy wiośle. — Trzymaj się mocno!

Afra uczepiła się oburącz drewnianej ławki w kajucie. Nagłe szarpnięcie wstrząsnęło barką, a później zapadła cisza, cisza jak w kostnicy.

W opactwie świętej Cecylii nikt nie zauważył zniknięcia Afry – w każdym razie tak się wydawało. Wszystko toczyło się zwykłym torem. Pokrywanie kościoła dachem dobiegało końca, a w skryptorium siostry usuwały ślady pożaru. Ogień uszkodził tylko niektóre części podłogi. Oprócz kilku mniej cennych ksiąg z najniższych półek rękopisy i pergaminy właściwie nie ucierpiały.

Podczas prac porządkowych panował jednak nastrój przygnębienia. Czasami jedna zakonnica rzucała drugiej nieśmiałe spojrzenie, jakby chciała powiedzieć: „Ja właściwie tego nie chciałam". Siostry pozostawały mimo to nieme, jak wymagała tego reguła zakonu. Kiedy tercyna, seksta, nona i nieszpory przerywały pracę, śpiew mniszek brzmiał żarliwiej niż dotychczas, niemal błagalnie, jakby prosiły o wybaczenie.

Co to było – palec Boży czy też nieczyste sumienie – co późnym wieczorem po komplecie kazało matce Philippie zejść do piwnicy, aby zajrzeć do Afry? Ujrzawszy na słomianym legowisku jedynie strój nowicjuszki, zakonnica krzyknęła i pobiegła na górę do refektarza, gdzie zgromadziły się mniszki. Otworzyła drzwi i zawołała:

– Bóg, Pan nasz, zabrał Afrę ciałem i duszą do nieba!

W jednej chwili szepty i mamrotania w refektarzu umilkły, a w nagłej ciszy dał się słyszeć głos ksieni:

– Bzdury opowiadasz, Philippo! Zamilcz i nie grzesz przeciw naszemu Stwórcy. Tylko i wyłącznie Matka Boska, Najświętsza Maria Panna, jak naucza nasz Kościół, została wniebowzięta ciałem i duszą.

– Nie! – zapewniała mniszka w najwyższym wzburzeniu. – Bóg, nasz Pan, powołał Afrę do siebie bez jej ziemskiego odzienia, przez zamknięte kraty *poenitarium*. Chodźcie i same zobaczcie!

Wśród zakonnic, które w ciszy śledziły tę wymianę zdań, wybuchła panika. Niektóre wypadły z refektarza, jakby je furie goniły, i pognały kamiennymi schodami do piwnicy, aby na własne oczy zobaczyć ten cud. Inne spokojniej podążyły za nimi, ale już po chwili wszystkie tłoczyły się przed kratami lochu, aby móc chociaż spojrzeć na pozostawiony strój zakonny. Gdy kilka sióstr stało niemo lub zaciskało wargi w nabożnej ciszy, inne mamrotały pacierze. Jeszcze inne wydawały z siebie przenikliwe odgłosy zachwytu i przewracały oczami, wznosząc je ku niebu. Ludgarda wykrzyknęła:

– Coście zrobiły Afrze, że Pan wziął ją do siebie?

Z tyłu rozległ się cienki głosik:

– To Philippa jest winna. Philippa podłożyła ogień w skryptorium.

– Tak, to Philippa wznieciła pożar! – wołało coraz więcej zakonnic.

– Zamilczcie w imię Jezusa Chrystusa, zamilczcie!

Rozwścieczony głos Philippy gromko zagrzmiał w piwnicy. Wspierając się na ramieniu innej zakonnicy, wdrapała się na zmurszałą beczkę na wodę.

– Siostry, wysłuchajcie mnie – zawołała ponad głowami wzburzonych niewiast. – Kto może stwierdzić, że to Bóg, nasz Pan, wziął Afrę do siebie przez tę żelazną kratę? Kto mówi, że to nie diabeł wcielony ją rozebrał i uprowadził przez te żelazne pręty, wciągając w wir swojego oddechu? Wszystkie wiemy, że tylko szatan posługuje się takimi kuglarskimi sztuczkami i tylko on może pożądać tak pięknej dziewczyny jak Afra. Nie grzeszcie zatem w myślach przeciw dziełom Pana naszego!

– Otóż to! – zawołały jedne.

– Bzdura! – wykrzykiwały inne.

Jedna z nich zabrała głos:

– Czy to nie ty podłożyłaś ogień w skryptorium? Czy to nie ty chciałaś się pozbyć Afry? Może dlatego, że była za ładna i za młoda?

W *poenitarium* zaległa cisza i wszystkie oczy skierowały się na Philippę. Jej usta stały się wąskie, a na czole powstała ciemna, pionowa zmarszczka. Syknęła kącikiem ust:

– Jak śmiesz obwiniać mnie o taki występek? Bóg cię ukarze!

Zapadło kłopotliwe milczenie. Wszystkie wiedziały, że ściany w opactwie mają uszy. Wszystkie wiedziały także, że w tym klasztorze nie ma tajemnic. Żadna nie śmiała jednak wspomnieć nawet o systemie glinianych rur. Dlatego też zapanowało głębokie zmieszanie, gdy jedna z sióstr – miała na imię Eufemia i właśnie skończyła okres nowicjatu – rzuciła w kierunku Philippy:

– Nie musicie udawać, matko Philippo, każdy tutaj słyszał, jak oczerniałyście Afrę w oczach ksieni i jak kazała wam ona podstępem się jej pozbyć. Niech Bóg się zlituje nad wami, czcigodna matko! Ale Pan wejrzał na waszą niesprawiedliwość i zabrał Afrę do siebie jak świętą.

– Ona jest święta! – zawołała jedna z nowicjuszek.

– Diabeł wcielony ją zabrał! – dała jej odpór inna.

Ludgarda zawołała głośniej niż wszystkie pozostałe:

– Afra umiała odmawiać *Zdrowaś Mario* po łacinie!

– Szatan także włada łaciną – rozległo się gdzieś z tyłu.

– Nigdy! Szatan mówi po niemiecku!

– Po niemiecku? Co za nonsens! Nie miałby wtedy nic do powiedzenia we Francji ani w Hiszpanii.

Dyskusja na temat tego, jakie języki zna szatan, stawała się coraz bardziej żarliwa. Eufemii zerwano z głowy kornet. Dwie zakonnice natarły na siebie z pięściami i w mgnieniu oka rozpoczęła się bójka. Drapanie i gryzienie, kopanie i ciągnięcie za włosy, do tego przeraźliwe krzyki. Był to ten rodzaj histerii, która raz na jakiś czas wybuchała w opactwie jako skutek trwającego całymi tygodniami wymuszonego milczenia i ciągłej kontemplacji.

Silny podmuch powietrza przerwał nagle tę chaotyczną szamotaninę i pogasił świece oraz łuczywa, które i tak słabo oświetlały piwnicę. Gryzący dym zapierał mniszkom dech w piersiach.

– Boże, dopomóż nam! – rozległo się w ciemnościach. Jakiś cienki głosik zapiszczał trwożliwie:

– Diabeł wcielony!

Na kamiennych schodach pojawiła się wychudzona, niemal przezroczysta postać z płonącą pochodnią w ręce – ksieni.

– Czy wyście wszystkie powariowały? – spytała przenikliwym głosem. Lewą ręką schwyciła krucyfiks, który nosiła na łańcuchu na piersi i podniosła go wysoko nad osłupiałymi siostrami. – Czy wszystkie was diabeł opętał? – syknęła.

Rzeczywiście, można było odnieść wrażenie, że przeorysza ma rację. Bitwa zakonnic pozostawiła wyraźne ślady. Większość pobożnych kobiet nie miała na głowach kornetów, prawie wszystkie ich czepce leżały rozdeptane na ziemi. Niektóre mniszki krwawiły i w podartych habitach klęczały ze złożonymi rękami pod ścianą. Inne padły sobie w ramiona, lamentując. Cuchnęło dymem ze smolnych głowni, potem i moczem.

Ksieni podeszła bliżej i zaczęła świecić pochodnią w twarz każdej siostrze z osobna, jakby chciała wszystkie po kolei przywieść do opamiętania. Z oczu, w które spoglądała, wyzierała nienawiść, rozpacz, rzadko kiedy pokora. Zbliżywszy się do Philippy, kopistki, przystanęła na chwilę. Oparta o beczkę starsza zakonnica siedziała w kucki na ziemi, z lewą nogą dziwacznie wywiniętą na zewnątrz, i nieruchomo wpatrywała się w pustkę. Nie zareagowała nawet w momencie, gdy ksieni zaświeciła jej pochodnią w twarz i chwyciła za ramię. Zanim matka przełożona zdążyła cokolwiek powiedzieć, Philippa osunęła się na bok niczym worek pełen zboża.

Stojące dookoła zakonnice krzyknęły krótko, wszystkie uczyniły znak krzyża. Niektóre uklękły w osłupieniu. Minęło trochę czasu, zanim przeorysza odzyskała równowagę.

– Bóg ukarał ją za ten szatański występek – powiedziała cicho. – Niech Pan ulituje się nad jej biedną duszą.

Zgodnie ze zwyczajami opactwa matka Philippa została nazajutrz spowita w płótno workowe i złożona na marach z wyrytym na nich jej imieniem i wymalowanym czerwonobrązową farbą równoramiennym krzyżem. Takie mary czekały w opactwie na każdą zakonnicę, cała ich sterta leżała w podziemiach kościoła. Fakt, że deska dla Philippy znajdowała się na samej górze, ksieni uznała za znak niebios.

Wikary katedralny z pobliskiego miasta, przed którym zazwyczaj siostry się spowiadały i który odprawiał w klasztorze msze, tłusty opój z zadartym nosem, każący wynagradzać sobie w naturze każdą posługę kościelną (mówiono nawet, że podczas ślubów próbował szczęścia u oblubienic), ów krzepki duchowny pobłogosławił ciało Philippy, zanim wsunięto je do jednej z nisz w murze i zasłonięto kamienną płytą. Zapłatę – dwa okrągłe bochny chleba i beczkę piwa – załadował na dwukołowy wózek zaprzężony w wołu, którym przybył do klasztoru. Po czym uderzył zwierzę biczem rzemiennym i odjechał.

Alto z Brabancji znalazł się w kłopotliwym położeniu, musiał bowiem bez modelki ukończyć obraz świętej Cecylii. Dobrze wryła mu się jednak w pamięć postać Afry, barwa cery i każdy cień, jaki rzucały krągłości jej ciała. Dla pozoru dopytywał się, gdzie podziewa się pozująca mu nowicjuszka, ale każdy, komu zadawał to pytanie, tylko wzruszał ramionami, a przy tym wznosił oczy ku niebu.

Na początku pracy Alta nikt nie śledził procesu powstawania tryptyku ołtarzowego, teraz za to malowidło budziło żywe zainteresowanie. Po godzinkach, tercji porannej i prymie popołudniowej mniszki zakradały się małymi grupkami do składu, gdzie malarz delikatnymi ruchami pędzla nadawał obrazowi ostateczny szlif. Przejęte realistycznie żywym wizerunkiem promieniejącego ciała świętej Cecylii niektóre zakonnice padały przed obrazem na kolana, płacząc ze wzruszenia.

W połowie listopada, gdy zima zapowiedziała się pierwszymi mrozami, przebudowa kościoła zaczęła się zbliżać ku końcowi. Nowy stromy dach został już pokryty, z murów usunięto rusztowania. Czasem, kiedy słońce przeświecało przez wielobarwne wysokie okna, utrzymane w szarości i różu wnętrze z wznoszącym się ku niebu żebrowanym sklepieniem krzyżowym promieniało tajemniczym światłem.

Największy podziw wzbudził jednak Alto z Brabancji, który stworzył cały tryptyk z obrazem świętej Cecylii. On sam czuł się przy tym prawie jak zakonnice. W Cecylii widział ciągle Afrę, siostry również nie podziwiały wyobrażenia świętej, ale właśnie wizerunek Afry, która zniknęła z ich grona, jakby rozpłynęła się w powietrzu albo wstąpiła w niebiosa niczym Najświętsza Maria Panna.

Dwudziestego drugiego listopada, w dzień poświęcenia kościoła, zakonnice wspaniale przyozdobiły klasztor. Ze wszystkich okiennych gzymsów powiewały czerwone płótna. Drzwi obramowano świeżo ściętymi świerkami. Około godziny dziesiątej na klasztorny dziedziniec wjechał w orszaku jeźdźców z czerwono-białymi chorągwiami i siedmioma krytymi wozami zamknięty powóz zaprzężony w szóstkę koni. Zakonnice czekały, stojąc półkolem, pośrodku nich ksieni. Zanim jeszcze ozdobiony herbem i czerwonymi ornamentami powóz się zatrzymał, z kozła zeskoczył lokaj w wytwornej liberii, z rozmachem otworzył drzwi i wysunął drabinkę. Po chwili pojawiła się otyła, pochylona postać – biskup Anzelm z Augsburga.

Siostry zgięły kolana i przeżegnały się, gdy wielmożny pan w przetykanej złotem narzucie pokrywającej szkarłatny strój podróżny wysiadał z powozu. Zgodnie z obyczajem ksieni powitała dostojnego gościa i ucałowała pierścień na jego palcu. W codziennej monotonii życia niemego klasztoru wydarzenie tego rodzaju znaczyło coś więcej niż tylko upragnioną rozrywkę. Na cały dzień zniesiono nakaz milczenia. Zapomniano też o nędznym jedzeniu stanowiącym prawdziwą przyczynę wychudzenia większości mniszek, które wyglądały jak żebraczki.

Aby uświetnić tę szczególną okazję, siostry przygotowały dla biskupa i całej świty ucztę stosowną do pory roku: dziczyznę z okolicznych łąk i lasów, ryby z pobliskiej rzeki, świeże sumy i pstrągi, warzywa i zioła z ogrodów znajdujących się poza murami klasztoru, smakowite wypieki, których zapachy przenikały cały klasztor. W beczkach stało nawet wino znad Jeziora Bodeńskiego, co dla mniszek stanowiło już niemal pogranicze rozpusty, nie mówiąc o piwie.

Chór zakonnic odśpiewał delikatnymi głosikami *Alleluja*, a orszak biskupa – kanonicy, członkowie kapituły, beneficjanci i przeorzy w paradnych szatach – uformowali procesję, która podążyła do kościoła. Gdy biskup Anzelm wszedł do nowej budowli, poczuł zapach świeżych murów i farby, woskowych świec i kadzideł. Spojrzenie duchownego z lubością błądziło po nowym domu bożym. Nagle osłupiał. Cała procesja utknęła w miejscu. Spojrzenie Anzelma zatrzymało się na obrazie świętej Cecylii. Zdawało się, że widok świętej zaniepokoił również osoby towarzyszące biskupowi.

Alto z Brabancji obserwował tę scenę ukryty za kolumną. Nie miał dobrych przeczuć. Procesja ruszyła jednak dalej. Zgrzybiały proboszcz pewnej katedry tak bardzo się zapatrzył w wizerunek świętej, że idący za nim duchowny musiał go szturchnąć w plecy, by ten poszedł dalej.

Podczas ceremonii poświęcenia kościoła, w której brali udział wszyscy, Alto nie spuszczał biskupa z oczu. Wydawało się wprawdzie, że Anzelm nie zwrócił szczególnej uwagi na obraz na ołtarzu, ale malarz zastanawiał się z trwogą, czy obojętność biskupa jest udawana czy też zapowiada kościelną burzę. Coś takiego na wiele lat pozbawiłoby Alta wszelkich zleceń.

Podczas uczty w refektarzu, gdzie ustawiono stoły w podkowę i nakryto białym lnem, grupa wędrownych muzykantów przedstawiła piosnkę o dziewczynie, za którą podążał jeździec, i pieśń pasterzy krów – aktualne szlagiery. Dwaj młodzieńcy grali melodię na rogu i kornecie, a rytm wybijały dwie dziewczyny – jedna na sześciostrunowej gambie i jedna na tamburynie.

Między rybą a dziczyzną, które to potrawy biskup Anzelm jadł palcami, tłuścioch otarł usta rękawem cennej szaty i zapytał siedzącą po jego lewej stronie przeoryszę:

– Powiedzcie, czcigodna matko, kto namalował tryptyk świętej Cecylii?

– Pewien brabancki malarz – odpowiedziała ksieni, oczekując krytycznych słów. – Jest zupełnie nieznany i być może jego sztuka nie odpowiada wszystkim gustom, ale nie żąda tyle, ile wielcy mistrzowie z Norymbergi czy Kolonii. Ten wizerunek zapewne nie do końca podoba się Jego Eminencji?

– Ależ nie, wręcz przeciwnie – zapewnił biskup. – Jeszcze nigdy nie widziałem obrazu świętej o takiej urodzie i czystości. Jak nazywa się ten artysta?

– Alto z Brabancji. Jeszcze tu jest. Jeśli chcecie z nim rozmawiać…

Ksieni posłała po malarza, który siedział na końcu długiego stołu. Gdy więc biskup Anzelm mlaskał i chrząkał na znak, że pieczeń z sarniny bardzo mu smakuje, Alto podszedł do stołu i pokłonił się uniżenie. Rozłożył przy tym ramiona, co jeszcze bardziej uwydatniło jego garb.

– To ty jesteś więc tym malarzem, który namalował świętą Cecylię tak realistycznie, że można by pomyśleć, że w każdej chwili może zstąpić z obrazu?

— Tak jest, Eminencjo.
— Na wszystkich cherubów i serafinów! — biskup walnął w stół pucharem do wina. — To ci się udał prawdziwy majstersztyk! Święty Łukasz lepiej by nie utrafił. Jak się nazywasz?
— Alto z Brabancji, Eminencjo.
— Co przygnało kogoś takiego jak ty na południe?
— Sztuka, dostojny panie, sztuka! W czasach dżumy i głodu zleceniodawcy nie nachodzą człowieka bez przerwy.
— Mógłbyś więc od razu wstąpić do mnie na służbę, mistrzu Alto?
— Oczywiście, Eminencjo, jeśli odpowiada wam mój skromny talent. Właśnie jutro zamierzałem jechać do Ulm i dalej do Norymbergi w poszukiwaniu nowego zlecenia.
— Głupie gadanie! Pojedziesz ze mną. Ściany mojego pałacu są gołe, a ja noszę się z pewnym pomysłem. — Wspierając się na przedramieniu, biskup Anzelm wychylił się przez stół. — Chcesz go poznać?
Malarz się zbliżył.
— Oczywiście, Eminencjo.
— Chciałbym, żebyś mi namalował galerię świętych — Barbarę, Katarzynę, Weronikę, Marię Magdalenę, Elżbietę, może nawet Najświętszą Marię Pannę. Każdą naturalnej wielkości i... — skinieniem przyzwał Alta do siebie. — Każdą tak, jak ją Pan Bóg stworzył, prawie tak, jak namalowałeś świętą Cecylię. Chciałbym też, żeby pozowały ci do tych obrazów najpiękniejsze córki mieszczańskie. — Po twarzy Anzelma przemknął chytry uśmieszek.
Alto milczał. Pomysł biskupa był zaiste niezwykły i miał szczególny urok. Przede wszystkim przynajmniej na rok zapewniał mu pracę i chleb. Przez chwilę Alto pomyślał o Afrze, której właściwie zawdzięczał ten awans społeczny. Od kilku tygodni dziewczyna czeka na niego w Ulm. Nie wiedział, co robić.
— Rozumiem — dodał biskup, zauważywszy wahanie

Alta. – Nie rozmawialiśmy przecież jeszcze o wynagrodzeniu. Z pewnością nie zechcesz pracować za ojczenasz, mistrzu Alto. Powiedzmy sto guldenów. Pod warunkiem, że od razu zaczniesz pracę.
– Sto guldenów?
– Za każdy obraz. Przy tuzinie świętych daje to tysiąc dwieście guldenów. Zgoda?

Alto przytaknął nabożnie. Jeszcze nigdy nikt nie zaproponował mu równie królewskiego honorarium. Tak wielka suma oznaczała, że w przyszłości nie będzie musiał przyjmować każdego zlecenia. Że nie będzie już musiał malować fresków na sufitach, co było okropną i bolesną pracą dla kogoś, kogo los pokarał garbem.

– Mam tylko jeszcze coś do załatwienia w Ulm – bąkał zakłopotany Alto. – Jeśli wam to odpowiada, Eminencjo, przyjadę za dwa tygodnie.

– Za dwa tygodnie? Malarzu, postradałeś zmysły? – biskup podniósł głos. – Ja ci daję prawdziwie królewskie zlecenie, a twoja odpowiedź brzmi: przyjadę za dwa tygodnie! Posłuchaj no, ty nędzny pacykarzu! Albo pojedziesz z nami natychmiast, albo zrezygnuję z twoich usług. Znajdę sobie kogo innego, kto również namaluje mi galerię świętych. Wyruszamy jutro rano, dokładnie o siódmej. W ostatnim wozie znajdzie się dla ciebie wolne miejsce. Możesz się jeszcze zastanowić.

Alto z Brabancji nie miał się nad czym zastanawiać.

2.
Aż do nieba i wyżej

"Rybka Afra, rybka Afra" – wołali za nią ulicznicy, gdy z uśmiechem na twarzy, trzymając w każdej ręce kosz z rzecznymi rybami, szła drogą na pobliski targ rybny. Ulmscy ulicznicy niejednemu potrafili dopiec swoimi ostrymi językami i niewątpliwie mieli jeszcze całkiem inne teksty na podorędziu.

Sześć lat upłynęło od czasu, gdy Afra zbiegła z majątku Melchiora von Rabensteina. Wyrzuciła już z pamięci całą ponurą przeszłość i wszystko, co się wydarzyło, a kiedy nawet czuła jakieś wyrzuty sumienia, usiłowała sobie za każdym razem wmówić, że wszystko to tylko się jej przyśniło – że starosta ją zgwałcił, że wydała dziecko na świat i zostawiła je w lesie, i że przedzierała się przez leśne ostępy. Nie chciała nawet pamiętać o krótkim czasie spędzonym w klasztorze, bo wywoływało to tylko wspomnienie o dewocyjnych, nieprzychylnych i zgryźliwych zakonnicach.

Tak się złożyło, że rybak Bernward, ożeniony z jedną z sióstr Alta z Brabancji, szukał dziewczyny, która sprzedawałaby łowione przez niego ryby i pomogła w ten sposób trochę w pracy jemu i jego żonie. To, że Afra potrafiła pracować, Bernward zauważył już po kilku dniach. Na początku czekała jeszcze na Alta, ale kiedy minęło półtora miesiąca, a jego nadal nie było, powoli zaczęła o nim zapominać. Agnieszka, żona Bernwarda, która dobrze znała swojego garbatego brata, twierdziła, że niezawodność nigdy nie była jego cnotą, jest przecież artystą.

Rybak Bernward i jego żona mieszkali w wąskim, trzypiętrowym domu z muru pruskiego przy ujściu rzeki Blau do Dunaju. Trzy wyciosane z drewna balkony zwieszały się, jeden nad drugim, ku rzece, a strych domu o ostro zakończonym szczycie służył za magazyn suszonych i wędzonych ryb. Nie mógłby tu mieszkać nikt, kto czuł wstręt do ich zapachu. Od ulicy nad wejściem do budynku, przed którym zazwyczaj wisiały rozpięte kwadratowe sieci rybackie, pysznił się błękitny znak cechowy z dwoma szczupakami skrzyżowanymi w kształcie litery „X".

Kto mieszkał jak Bernward w dzielnicy rybackiej, z pewnością nie należał do miejskich bogaczy – bogactwo w Ulm było zastrzeżone dla rzemieślników wytwarzających artystyczne przedmioty ze srebra i złota, płócienników oraz kupców – nie był jednak biedakiem. Ten rosły czterdziestolatek z włosami sięgającymi karku i ciemnymi krzaczastymi brwiami nosił w dni świąteczne niedzielną szatę z delikatnej materii. Z kolei jego żona Agnieszka, mająca mniej więcej tyle samo lat co on, chociaż z powodu pracowitego życia wyglądała nieco starzej, w świąteczne dni stroiła się podobnie jak niejedna z licznych w Ulm bogatych wdówek po kupcach.

W tamtych czasach w ogóle było więcej kobiet niż mężczyzn, ale nigdzie nie rzucało się to w oczy tak bardzo jak w Ulm. Nie dość bowiem, że podczas wojen, wypraw krzyżowych czy wypadków przy pracy natura i tak dziesiątkowała płeć męską, to kupcy i rzemieślnicy często z racji obowiązków całymi miesiącami lub latami przebywali poza domem, zostawiając osamotnione żony i dzieci.

Bernward wiódł raczej spokojny żywot. Ze względu na uprawiany zawód rzadko oddalał się od domu na więcej niż milę, zazwyczaj w dół rzeki, gdzie garbarze odprowadzali ścieki i gdzie kryły się najgrubsze sumy i głowacze. Rybak nie miał syna, Bóg odmówił też jemu i jego żonie córki, dlatego traktowali Afrę jak własne dziecko.

Powodziło się jej tak dobrze, jak jeszcze nigdy w życiu, chociaż praca pochłaniała ją od rana do wieczora. Czy to wiatr, czy burza, czy deszcz, czy ziąb – Afra już o szóstej rano stała na targu przed ratuszem i sprzedawała ryby, które Bernward złowił w nocy. Najgorsze było solenie ryb w grubych beczkach. Jedną warstwę po drugiej należało nacierać gruboziarnistą solą, która drażniła dłonie i paliła jak ogień. W takich chwilach Afra żałowała, że siostra Alta nie poślubiła jakiegoś złotnika albo przynajmniej sukiennika.

Kraj od wielu lat cierpiał z powodu lodowatego zimna. Od północy nieustannie wiały straszliwe wiatry. Słońce rzadko się pokazywało. Niskie, ciemne chmury całymi tygodniami zasnuwały niebo, a wędrowni kaznodzieje – nie po raz pierwszy zresztą – wieszczyli rychły koniec świata. Nad Renem i Menem nie udawały się winobrania, a ryby też kryły się na dnie wód. Czasem Bernward przynosił do domu zaledwie jednego chudego szczupaka i ze dwie ościste płotki.

Poszukując jakiegoś dodatkowego zajęcia, rybak szedł pewnego dnia przez plac katedralny, gdzie od trzydziestu lat wznoszono świątynię. Rajcy miejscy i bogaci mieszczanie postanowili, że aby jeszcze lepiej uczcić Boga – przede wszystkim jednak dla popisania się własnym dobrobytem i bogactwem – wzniosą katedrę, która wielkością przewyższy wszystkie największe kościoły. Chociaż od samego początku budowy skazali się na pośmiewisko, ponieważ Ulm nie miało nawet własnego biskupa, budowla z dnia na dzień wznosiła się coraz wyżej. Obecnie zatrudniano przy niej tysiąc robotników. Niektórzy przyjechali tu z daleka, z Francji i Włoch, gdzie przyczyniali się do powstawania wielkich katedr w nowym stylu.

Nadeszło południe, toteż murarze, cieśle, kamieniarze i robotnicy wznoszący rusztowania wałęsali się zmarznięci po placu i posilali kawałkami chleba, popijając go wodą z dużego dzbana z dzióbkiem, który podawano sobie szybko z ust do ust. Psy i koty skradały się dookoła w poszukiwaniu odpadków. Atmosfera była raczej posępna i nic nie dodawało otuchy mężczyznom, którzy mieli budować najpiękniejszą i najwspanialszą katedrę świata.

Dlatego też Bernward zwrócił się do architekta, Ulryka von Ensingena, z propozycją, że za niewielką opłatą będzie żywił robotników. Ta propozycja spodobała się Ulrykowi. Stwierdził, że głodni murarze wznoszą krzywe mury, a spragnieni cieśle tną krzywe belki. Tak oto Bernward w nieoczekiwany sposób otrzymał zlecenie, które miało mu zapewnić godziwe utrzymanie do końca życia, katedrę buduje się bowiem dłużej niż przez połowę ludzkiego żywota.

Od północnej strony budowli, która pięła się pod niebiosa, cieśle zbudowali jadłodajnię z belek i desek, murarze ustawili piec z sześcioma paleniskami, a o umeblowanie pomieszczenia prostymi stołami i ławkami zadbał cech stolarzy. Pieczę nad kuchnią objęła Agnieszka, żona Bernwarda. Zazwyczaj podawała pożywne zupy. Dużym powodzeniem cieszyła się przede wszystkim jej zupa rybna – wywar z resztek ryb, grochu i ostro przyprawionych warzyw. W niektóre dni, gdy wiał południowy wiatr, kuszące zapachy dolatywały aż do Büchsengasse.

Najbardziej do katedralnej jadłodajni przyciągała jednak szynkareczka Afra. Zawsze potrafiła odpowiednio porozmawiać z szorstkimi czeladnikami i nie brała za złe cieślom – najmniej okiełznanemu cechowi pośród rzemieślników budujących katedrę – jeśli któryś swawolnie uszczypnął ją w zadek. Do takich krotochwilnych zachowań przyczyniało się cienkie ciemne piwo podawane za specjalnym pozwoleniem rady miejskiej, a w ostatecznym rozrachunku ku większej chwale Boga.

Oczywiście Bernward znał siłę przyciągania Afry, toteż nie całkiem bezinteresownie kupował jej piękne szaty z sukna przywożone przez kupców z Włoch. Otrzymywała nawet zapłatę, którą w stanie nienaruszonym mogła odkładać do swojego węzełka.

Chociaż Afra przebywała wśród rzemieślników, niewiele wiedziała o tym, co dzieje się wokół niej. Czasem działy się zaś rzeczy osobliwe, o których nikt nie śmiał rozmawiać. Wydawało się, że poza katedralną jadłodajnią członkowie poszczególnych cechów nienawidzą się wzajemnie: kamieniarze murarzy, a cieśle robotników kładących belki. Na kamieniach i belkach umieszczali tajemnicze znaki: trójkąty i kwadraty, pętle i spirale, które tylko wtajemniczonym coś mówiły. Do pracy używali dziwnych narzędzi: kątowników, cyrkli i podzielonych na trzysta sześćdziesiąt kresek kół ze wskazówkami obracającymi się wokół własnej osi.

Najbardziej frapujące były jednak stosowane podczas budowy maszyny – drewniane potwory na trzech kołach, wewnątrz których chodziły kobiety i dzieci, dzięki czemu stale były utrzymywane w ruchu i co napędzało kołowrotki linowe. Dźwignie, tak długie, że ich końce chyliły się ku ziemi, podnosiły kamienie na zawrotne wysokości i trzeszczały pod ciężkimi ładunkami. Nawie kościelnej, która już dawno przewyższyła wszystkie budowle w mieście, ciągle jeszcze brakowało sklepienia, ponieważ architekt Ulryk von Ensingen za każdym razem, gdy tylko osiągnięto zaplanowaną wysokość, kazał wznosić następne piętro. Od wewnątrz można było swobodnie patrzeć w niebo. Najbardziej jednak dziwiły liny, które niczym olbrzymia pajęczyna opinały chór, tworząc w nawie kościelnej kąty i linie proste.

Za wszystkie te figle był odpowiedzialny mistrz Ulryk, człowiek, który niczym eremita otaczał się aurą niedostępności. Rzadko widywano tego architekta, uważano go też za dziwaka. Jedynie wczesnym rankiem i w godzinach wieczornych przemykał po składach materiałów budowlanych jego cień, a kroki stukały na wysokich, prawie niewidocznych z dołu rusztowaniach. Ulryk von Ensingen wydawał zarządzenia tylko majstrom. Aby wysłuchać jego poleceń, za każdym razem musieli się wspinać na najwyższe rusztowanie nad głównym portalem, gdzie mistrz Ulryk w specjalnie skonstruowanej pracowni siedział zamyślony nad projektami i rysunkami, opętany ideą zbudowania najwyższej katedry, jaką kiedykolwiek wzniosła ludzka ręka.

Jeśli czas na to pozwalał, Afra trwożliwym wzrokiem obserwowała postępującą budowę katedry. Nie potrafiła sobie po prostu wyobrazić, jak ludzie mogą gołymi rękami wznieść taką górę z kamieni. Nie chciało się jej pomieścić w głowie, że mury i kolumny, które bez widocznych podpór sięgają ku niebu, stawiają czoła jesiennym burzom, nie ponosząc uszczerbku, a przecież czasami burze te potrafią wyrywać drzewa z korzeniami. Mistrz Ulryk musiał być prawdziwym czarownikiem.

Afra jeszcze nigdy nie spotkała architekta, ponieważ unikał on wspólnych posiłków z robotnikami. Byli nawet tacy cieśle, którzy twierdzili, że wielki architekt tak naprawdę nie istnieje albo uważali go za zjawę, gdyż tylko o nim słyszeli, ale nigdy nie widzieli mistrza na własne oczy. Nawet blask światła, które w czasie długich wieczorów można było dojrzeć w tej pracowni umieszczonej wysoko nad zachodnim portalem, nie był w stanie zmienić ich błędnego przekonania.

Jednego z niewielu ciepłych wieczorów tego lata, które aż prowokowały do beztroskiej zabawy, Afra powzięła pewne postanowienie. Zabrała butelkę ciemnego cienkusza, zawiązała ją w fartuch i udała się w stronę zachodniego portalu. Często podziwiała zwinność murarzy i cieśli, którzy bardzo szybko wspinali się po drabinach z platformy na platformę, aż docierali do najwyższej z nich. Na piątej z kolei Afra zatrzymała się, żeby zaczerpnąć tchu, po czym wspięła się, dysząc, na trzy ostatnie poziomy. Myślała, że płuca jej pękną, tak bardzo przyspieszony był jej oddech.

Wysoko nad dachami miasta stawało się w cudowny sposób jaśniej. Głęboko w dole domy i ulice spoczywały w aksamitnie czarnym mroku. Tu i ówdzie migotała na ulicy jakaś pochodnia czy latarnia. Za murem miejskim mleczne odbicie księżyca leżało na tafli rzeki. Kiedy Afra zwróciła głowę w prawo, mogła się domyślić, że właśnie gdzieś tam znajduje się dzielnica rybacka i wąski dom Bernwarda.

W pracowni architekta paliło się światło. Nie była wcale taka mała ani wietrzna, na jaką wyglądała z dołu. Afra przygładziła włosy, które potargały się podczas wspinaczki, następnie rozwiązała supeł i wyciągnęła butelkę z cienkuszem. Serce biło jej mocno nie tylko z powodu uciążliwej drogi, którą właśnie przebyła. Nie wiedziała przecież, jak się zachować, gdy już spotka zagadkowego Ulryka von Ensingena. Wreszcie zdobyła się na odwagę i otworzyła drzwi.

Przypominający kocie miauczenie skrzypiący dźwięk zawiasów jakby w ogóle nie przeszkadzał mistrzowi Ulrykowi. Stał odwrócony plecami do Afry, pochylał się nad jakimś rysunkiem i za pomocą linijki rysował lubryką linie proste. Mamrotał przy tym coś monotonnie: sześćdziesiąt, sto dwadzieścia, sto osiemdziesiąt.

Architekt był rosłym mężczyzną o mocnych ciemnych włosach, które sięgały mu prawie do ramion. Był ubrany w skórzany kaftan z szerokim paskiem i nawet nie podniósł wzroku, gdy Afra postawiła butelkę piwa na stole. Ponieważ dziewczyna nie śmiała zakłócać mistrzowi pracy, oboje stali przez kilka minut naprzeciw siebie, ale nic się nie działo.

– Sześćdziesiąt, sto dwadzieścia, sto osiemdziesiąt – powtórzył Ulryk von Ensingen i nie zmieniając tonu, zapytał na tym samym oddechu: – Czego chcesz?

– Przyniosłam coś do picia. Cienkie piwo z jadłodajni. Jestem Afra, szynkarka.

– Czy prosiłem o nie?

Mistrz Ulryk nadal nie zaszczycił Afry spojrzeniem.

– Nie – odparła. – Myślałam tylko, że łyk piwa uskrzydli wasze myśli podczas pracy.

Ponownie nastało długie milczenie, aż w końcu Afra zaczęła żałować swojego nieprzemyślanego kroku. Ulryk von Ensingen był może natchnionym budowniczym katedr, ale na pewno nie należał do miłych rozmówców. W tym momencie jednak podniósł wzrok.

Dziewczyna się przestraszyła. Jego ciemne oczy miały w sobie coś przenikliwego, co zdawało się przykuwać człowieka i z czego nie można było się wyrwać. Tym kłującym spojrzeniem i lekkim ruchem głowy wskazał jej bez słowa miejsce na ławce przy okienku. Stały tam dwa drewniane kufle do piwa, każdy wysokości łokcia.

– Widzę, że jesteście zaopatrzeni – zauważyła Afra przepraszającym tonem.

Gdy Ulryk ponownie skupił się na swoich planach, Afra rozejrzała się po pracowni. Całe ściany były wyklejone szczegółowymi rysunkami żeber krzyżowych, kamieni służących do wykończenia, głowic kolumn, cokołów, szkicami okien i rozet. Ze skrzyni naprzeciw ławki przy okienku wysypywały się złożone plany. Przy szafie z lewej strony obok drzwi wisiało odzienie na zmianę. Tu powstaje więc ta gigantyczna budowla!

Podziw Afry rósł. Szukała wzroku Ulryka von Ensingena, mistrz wpatrywał się jednak wyłącznie w swoje projekty. „Chyba jest niespełna rozumu. Cóż, pewnie tylko szaleniec może podjąć się tak wielkiego dzieła" – pomyślała Afra. Z zakłopotaniem skubała fartuch.

– Proszę wybaczyć moją ciekawość, ale chciałam raz zobaczyć na własne oczy człowieka, który sobie to wszystko wymyśla – powiedziała wreszcie.

Mistrz Ulryk skrzywił się. Nazbyt wyraźnie dawał do zrozumienia, że nie pragnie rozmowy.

– Wobec tego osiągnęłaś swój cel.

— Tak — odparła Afra. — Opowiadają o was, panie, mnóstwo dziwnych rzeczy. Są nawet rzemieślnicy, którzy twierdzą, że w ogóle nie istniejecie. Wyobrażacie to sobie, mistrzu Ulryku? Oni myślą, że wszystkie te plany, które się tu znajdują, narysował sam diabeł.

Po twarzy Ulryka przemknął chytry uśmieszek. Ale w następnej chwili mistrz znów zapanował nad swoimi uczuciami. Z właściwą sobie ponurą miną mruknął:

— Odrywasz mnie od pracy tylko po to, żeby mi to powiedzieć? Jak ci na imię?

— Afra, mistrzu Ulryku.

— Dobrze, Afro — budowniczy katedr podniósł wzrok. — Teraz spojrzałaś diabłu wcielonemu prosto w oczy i możesz sobie iść.

Z tymi słowy pochylił się nad stołem i przyjął nieomal groźną pozycję.

Afra pokiwała niemo głową, ale w najgłębszej głębi duszy bolała ją ta nieuprzejma odprawa. Schodzenie w bladym świetle księżyca okazało się dużo trudniejsze niż wspinaczka. W każdym razie odetchnęła, gdy wreszcie poczuła grunt pod nogami.

Spotkanie z Ulrykiem von Ensingenem wywarło na Afrze głębokie wrażenie. Jego dumna postać i szczególne zachowanie miały w sobie coś majestatycznego, coś niewytłumaczalnego, co ją zafascynowało. Złapała się na tym, że kilka razy dziennie wędruje wzrokiem w górę ku pracowni architekta i szuka go na rusztowaniach, ale ani nazajutrz, ani w ciągu kolejnych dni nie udało się jej zobaczyć mistrza Ulryka.

Zaczęła się nagle interesować samą budowlą, której do tej pory nie poświęcała zbyt dużo uwagi. Przynajmniej raz dziennie okrążała nieukończoną nawę świątyni i sprawdzała zmiany, jakie zaszły w porównaniu z dniem poprzednim. Po raz pierwszy w życiu pomyślała również, że są rzeczy ważniejsze niż to, co przydarzyło się jej do tej pory.

Mniej więcej dwa tygodnie po wyprawie do pracowni architekta Afra wyszła z jadłodajni późnym wieczorem. W chwili, gdy skręcała z placu kościelnego do dzielnicy rybackiej, przecisnęły się obok niej dwie podejrzane postaci. Było ich w Ulm niemało, gdyż tak ogromny projekt, jak budowa katedry, przyciągał wszelkiego rodzaju hołotę. Strój tych dwóch przechodniów wzbudził jednak w dziewczynie podejrzenia. Chociaż jeszcze wcale nie było zimno, mieli na sobie obszerne czarne płaszcze i kaptury naciągnięte głęboko na twarze. Ukryta w jednej z bram Afra zauważyła, że obaj mężczyźni zmierzają na plac budowy. Pomyślała, że nie wyniknie z tego nic dobrego, patrząc, jak w tych obszernych płaszczach wspinają się na rusztowanie, na sam szczyt, i znikają w pracowni mistrza Ulryka. Stojąc w bezpiecznej kryjówce, Afra zastanawiała się, jaki mógł być powód tak późnej wizyty u architekta, ale nie znalazła żadnego wyjaśnienia.

Ciągle jeszcze o tym rozmyślała, gdy obaj mężczyźni znów pojawili się na rusztowaniu. Spieszyło się im. Bardziej zsuwając się, niż schodząc, pokonali drabiny, przemierzyli duży plac i zniknęli na Hirschgasse, rozglądając się na wszystkie strony niczym jakieś opryszki. Afrę coś tknęło. Na próżno wypatrywała nocnych straży. Nie wiedziała, jak się w tej sytuacji zachować.

Może po wszystkim, co do tej pory przytrafiło się jej w życiu, miała zbyt złe mniemanie o ludziach. Pewnie nie pod każdym czarnym kapturem kryje się łajdak. Mimo wszystko pomyślała jednak, że nie istnieje żadne sensowne wyjaśnienie tego, że dwie zamaskowane postaci wspinają się w nocy na rusztowanie katedry, znikają w pracowni mistrza Ulryka, po czym w wielkim pośpiechu ją opuszczają. Afra bardzo dobrze pamiętała swoją ostatnią wyprawę, przede wszystkim jednak schodzenie z rusztowania. Mimo to, pragnąc poznać wyjaśnienie tej sytuacji, bez wahania zdecydowała się na ponowną wspinaczkę.

W zawieszonej wysoko na murach pracowni ciągle jeszcze paliło się światło, chociaż minęła już północ. Ponieważ szczeble drabin były wilgotne i śliskie od rosy, Afra zatrzymywała się na każdej platformie i wycierała ręce o spódnice. Wreszcie dotarła do celu.

– Mistrzu Ulryku! – zawołała cicho, zanim jeszcze weszła do pracowni. Drzwi były uchylone. Kiedy je ostrożnie pchnęła, jej oczom ukazał się straszliwy obraz. Rysunki, szkice i plany leżały porozrzucane w strzępach na ziemi. Na stole z projektami migotała latarnia. Druga świeca paliła się pod stołem – niezwykłe miejsce jak na źródło światła.

Kiedy Afra przyjrzała się światłu, odkryła, że świecę owinięto woskowym sznurem, który na wysokości dwóch palców nad ziemią prowadził niczym lont do szafy stojącej obok drzwi. Dziewczyna natychmiast zrozumiała, do czego służy ten podstępny mechanizm. Jednym ruchem otworzyła drzwi szafy.

Skulony, ze skrępowanymi nadgarstkami i nogami, a także kilka razy owinięty grubą liną, leżał Ulryk von Ensingen. Głowę miał odwróconą w bok i nie ruszał się.

– Mistrzu Ulryku! – krzyknęła przeraźliwie. Bezradnie chwyciła budowniczego katedr za nogi i usiłowała wyciągnąć go z szafy. Poślizgnęła się jednak i upadła. W tej samej chwili świeca pod stołem się przewróciła, lont się zapalił, a pełgający ognik zaczął powoli zmierzać w kierunku szafy.

Jeszcze zanim Afra zdążyła zadeptać płomień, niektóre plany rozsypane na podłodze już się zaczęły palić. Dziewczyna nie mogła się zdecydować, czy najpierw gasić pożar, czy też wyciągnąć Ulryka z pracowni na powietrze. Nie wiedziała, czy wystarczy jej sił, by tak pokaźnego mężczyznę wydobyć z szafy. Dlatego też rzuciła się na płomienie. Chwyciła pierwszy z brzegu pergamin i energicznie zaczęła tłumić nim ogień, aż zostały tylko czarne strzępki popiołu. Spalony pergamin cuchnął potwornie i wydzielał gryzący dym.

Afra myślała, że kaszel wyszarpie jej płuca z piersi. Ale wywlokła mistrza Ulryka z jego ciasnego więzienia. Czuła, że potężne ciało mężczyzny daje pewne oznaki życia, chociaż głowa opadła bezwładnie na bok. Wtedy jednak zobaczyła, że mistrz Ulryk ma w ustach knebel, kłębek materiału lub skóry. Chwyciła jego głowę i zaczęła nią potrząsać, z trudem uwalniając go od tej tortury.

Wreszcie Ulryk von Ensingen otworzył oczy. Jakby zbudzony z koszmarnego snu, popatrzył na chaos wokół siebie i nie wierzył własnym oczom. Wydawało się, że nic z tego wszystkiego nie rozumie. W największe osłupienie wprawił go jednak widok Afry. Ściągnął brwi i zapytał cicho:

– Czy ty nie jesteś...

– Tak, to ja, szynkarka Afra z jadłodajni.

Budowniczy katedr potrząsnął głową, jakby chciał powiedzieć: „Niech sobie kto inny łamie nad tym głowę". Zamiast tego odezwał się tonem, w którym brzmiał niemal wyrzut:

– Nie mogłabyś mnie wreszcie rozwiązać? – Wyciągnął spętane nadgarstki w kierunku Afry.

Czubkami palców i zębami udało się dziewczynie wyswobodzić Ulryka z więzów. Kiedy zaś on masował czerwone pręgi na przegubach dłoni i stóp, Afra zapytała:

– Co się właściwie stało, mistrzu Ulryku? Ktoś chciał was zamordować. Spójrzcie na ten lont. Zająłby się od wypalonej świecy. Wtedy w całej pracowni wybuchłby pożar. Niecała godzina dzieliła was od pewnej śmierci.

– Ocaliłaś mi więc życie, panienko Afro!

Dziewczyna wzruszyła ramionami.

– Tak nakazuje miłość bliźniego – odparła buńczucznie.

– Nie pożałujesz tego. Twoja suknia mocno ucierpiała. Sprawię ci nową.

– Nie potrzebuję!

- Nie, nie. Bez twojej pomocy marnie bym tu chyba skończył i nigdy bym nie ujrzał swojego dzieła, a przynajmniej katedra nie wyglądałaby tak, jak ja ją sobie wyobrażam.

Afra popatrzyła architektowi w twarz, ale ani przez sekundę nie potrafiła wytrzymać jego hardego spojrzenia. Zażenowana, odwróciła wzrok i powiedziała:

- Jesteście jednak dziwnym człowiekiem, mistrzu Ulryku. Ledwie uciekliście śmierci spod kosy, a już zajmuje was tylko jedna myśl: co będzie dalej z tą przeklętą katedrą? Czy w ogóle nie jesteście ciekawi, kto w tak niegodziwy sposób chciał posłać was na tamten świat? Ktokolwiek za tym stoi, ci dwaj dobrze przygotowali swój występ.

- Ci dwaj? - Ulryk spojrzał zdumiony. - Skąd wiesz, że było ich dwóch? Ja widziałem tylko jednego. Powalił mnie na ziemię, po czym straciłem przytomność.

- Widziałam ich, dwóch mężczyzn w obszernych pelerynach i czarnych kapturach. Wracałam właśnie do domu, gdy mnie minęli. Wydali mi się jacyś dziwni. Postanowiłam więc sprawdzić, dokąd zmierzają. Kiedy zobaczyłam, że w środku nocy wspinają się na rusztowanie katedry, nabrałam podejrzeń.

Ulryk von Ensingen skinął głową pełen uznania. Wreszcie podniósł się z trudem. W tej chwili stało się coś, czego Afra się w ogóle nie spodziewała, coś, co wydawało się jej tak niewyobrażalne jak wniebowzięcie Najświętszej Marii Panny: Ulryk podszedł do niej i gwałtownym ruchem porwał ją w objęcia.

Ten nagły przypływ uczuć bardzo Afrę zaskoczył. Niezdolna do jakiejkolwiek reakcji, bezwładnie opuściła ręce i odwróciła głowę w bok. Poczuła sprężyste ciało mężczyzny i silne ramiona, które ją objęły, i chociaż setki razy przysięgała sobie, że nigdy już nie będzie zadawać się z mężczyznami, nie mogła zaprzeczyć, że to objęcie sprawiło jej przyjemność. Poddała mu się i zanurzyła w tę błogą wieczność, trwając tak w uścisku Ulryka, który wcale nie miał zamiaru jej puścić.

Później Afra często zadawała sobie pytanie, jak długo właściwie trwali tak przytuleni, jak długa była ta chwila, która w tak decydujący sposób miała zaważyć na jej dalszym życiu. Nie umiałaby powiedzieć, czy były to sekundy, minuty czy godziny. Czas przestał istnieć. Tej nocy pomknęła do domu uskrzydlona uczuciem, którego do tej pory nie znała. Była odurzona i całkowicie straciła spokój ducha.

Wieść o napadzie na budowniczego katedr rozeszła się nazajutrz lotem błyskawicy. Mistrz Ulryk wyznaczył sto guldenów nagrody za odnalezienie sprawców. Chociaż jednak pachołkowie przetrząsnęli wszystkie zakątki miasta służące za kryjówki różnym ciemnym typom, poszukiwania nie przyniosły skutku. Zainteresowanie wzbudził również fakt, że to podobno Afra, szynkarka z jadłodajni, ocaliła architektowi życie. Wielu ludzi zastanawiało się, czego ta dziewczyna szukała o północy na katedralnym rusztowaniu?

Byli w Ulm mieszczanie, którzy podejrzewali, że ten morderczy zamach mógł zlecić biskup Anzelm, gdyż nie mógł on znieść, że katedra w Ulm spycha w cień jego własną. Inni zaś twierdzili, że spotkali dwóch dominikanów głoszących pokorę wiary chrześcijańskiej i potępiających jako wyraz buty budowę sięgającej nieba katedry po drugiej stronie Renu. Rzekomo prowadzili oni tajemne księgi na temat takich zuchwałych budowli, które chcieli obalić za sprawą modlitw albo przy użyciu siły.

Budowa katedry podzieliła mieszczaństwo w Ulm na dwa stronnictwa. Jedni od dawna byli zdania, że mistrz Ulryk powinien zbudować katedrę, która nie miałaby sobie równych w niemieckich landach. Drugie stronnictwo z kolei prezentowało pogląd, że tak wielki dom boży świadczy raczej o pysze i dumie niż o pobożności mieszkańców Ulm. Za pieniądze, które bogaci patrycjusze zainwestowali w tę kosztowną budowlę, można by spełnić niezliczenie wiele dobrych uczynków w imię chrześcijańskiej miłości bliźniego.

Odkąd zaczęła krążyć pogłoska, że Ulryk von Ensingen chce dobudować następny poziom, mieszczanie nieufnie zerkali w górę ku najwyższej galerii w nawie kościoła. Obecna nawa już trzykrotnie przekroczyła wysokość naszkicowanej w projektach. Czyżby mistrza Ulryka opuścił Bóg i wszystkie dobre duchy?

Co wieczór, przed nadejściem mroku, ludzie gromadzili się na dużym placu przed katedrą i wdawali w głośne spory. Stopniowo rosła liczba tych, którzy domagali się, by Ulryk von Ensingen nie przeciągał struny i wreszcie położył więźbę dachową na nawie kościoła. Te buntownicze nastroje wywołały wielki niepokój wśród majstrów, zwłaszcza po tym, jak kilku z nich opluto i obrzucono smołą oraz zgniłymi jajami.

W jeden z takich pełnych napięcia wieczorów, gdy przeciwnicy i zwolennicy budowli ostro na siebie natarli, zgromadzony na placu katedralnym tłum zaczął skandować chórem:

– Mistrzu Ulryku, zejdź do nas! Mistrzu Ulryku, zejdź do nas!

Prawdę mówiąc, nikt się nie spodziewał, że unikający ludzi architekt posłucha wezwania tłumu. W pewnej chwili jednak jakaś tęga kobieta, wyróżniająca się szczególnie donośnym głosem, wyciągnęła rękę i zawołała:

– Tam! Patrzcie!

Wszystkie spojrzenia skierowały się ku najwyższej platformie rusztowania. Wołania umilkły. Ludzie z otwartymi gębami śledzili ruchy statecznego mężczyzny, który, jak pająk po sieci, schodził w dół po kolejnych drabinach. Jakiś starzec wykrzyknął cicho:

– To on. Znam go. To jest Ulryk von Ensingen.

Dotarłszy na dół, mistrz szybkim krokiem udał się w stronę nieobrobionego kamiennego ciosu, który leżał pod północnym murem nawy kościoła. Jednym susem wskoczył na głaz i z dużą pewnością siebie rozejrzał się po zgromadzeniu. Zapadła cisza, było słychać jedynie krakanie kruków fruwających nad wysokim rusztowaniem.

– Mieszkańcy Ulm, mieszkańcy tego dużego, dumnego miasta, wysłuchajcie mnie!

Mistrz Ulryk skrzyżował ręce na piersi, co jeszcze spotęgowało wrażenie niedostępności, które i tak zawsze z niego emanowało.

Z boku, niedaleko – architekt nie mógł nie dostrzec jej obecności – stała wśród słuchaczy również Afra. Czuła, że jej głowa płonie, jakby była w gorącym piekarniku. Dziewczyna nie widziała Ulryka od chwili tamtego niezwykłego spotkania w pracowni na rusztowaniu. Całe to zdarzenie wyprowadziło ją z równowagi i ciągle jeszcze cierpiała. Chociaż nie ubolewała nad tym i nie odczuwała bólu, przeciwnie – jej duszą targała niepewność, rozterka co do stanu własnych uczuć.

Gdy Ulryk zaczął przemowę, Afra nie wiedziała, czy mistrz spogląda na nią, czy też po prostu patrzy na wskroś, jakby była przezroczysta.

– Mieszkańcy Ulm, kiedy przed trzydziestu laty powzięliście decyzję o wzniesieniu w tym miejscu katedry godnej waszego miasta i jego obywateli, mistrz Parler obiecał wam, że świątynia zostanie wzniesiona w ciągu jednego życia ludzkiego. W porządku. Życie ludzkie każdemu z was wydaje się długie, dla katedry natomiast, która by zasługiwała na miano wielkiej świątyni, to zaledwie chwilka. Starzy Rzymianie, do dzisiaj pod niejednym względem stanowiący dla nas wzór, znali pewne przysłowie. Brzmi ono: *Tempora mutantur nos et mutamur in illis*, a znaczy to: Czasy się zmieniają, a my wraz z nimi. Wy, ja, każdy z nas stał się więc z biegiem czasu kimś innym. To, w czym jeszcze trzydzieści lat temu znajdowaliśmy upodobanie, dzisiaj budzi raczej nasze współczucie. Niekiedy jest jednak inaczej: czy to nieprawda, że ta katedra, która na waszych oczach wznosi się ku niebu, jest piękniejsza, wspanialsza i bardziej godna podziwu od tej, którą przed trzydziestu laty zaczął budować mistrz Parler?

– Ma rację – krzyknął jakiś wytwornie ubrany kupiec w napuszonej czapce na głowie.

Stojący w tłumie starzec z siwą brodą i gniewnym spojrzeniem pienił się jednak ze złości:

– Byłoby jeszcze lepiej, gdyby nie koszty, które pochłania. Wątpię jednak, czy wysokość naszej katedry przynosi zaszczyt Panu Bogu. – Starcowi przyklaskiwano z wielu stron, toteż, odrzuciwszy głowę na kark, tak że broda sterczała mu prawie poziomo, pławił się w blasku swojej mowy. W końcu dodał jeszcze: – Mistrzu Ulryku, myślę, że chwała Pana jest wam raczej obojętna, znacznie bardziej zajmuje was własna sława. Przecież nie z innego powodu budujecie nawę na wysokość dziewięciu pięter zamiast planowanych pięciu?

Tu mistrz Ulryk wskazał palcem starca i zawołał:

– Jak się nazywasz, pyskaczu? Powiedz to głośno, żeby wszyscy mogli się dowiedzieć.

Starzec najwyraźniej się wzdrygnął i odpowiedział z pewną pychą:

– Jestem Sebastian Gangolf, farbiarz, i jeszcze długo nie pozwolę, byście nazywali mnie pyskaczem.

Stojący dookoła kiwali głowami z uznaniem.

– Ach tak? – powiedział Ulryk uszczypliwie. – Wobec tego bądź bardziej powściągliwy w swoich opiniach i nie rozprawiaj o rzeczach, na których się w ogóle nie znasz.

– Na czym tu się znać? – wmieszał się jakiś ekscentrycznie ubrany młodzieniec. Nazywał się Guldemundt i miał na sobie dość niezwykłą, sięgającą łydek pelerynę, prawie jak rajca. Przede wszystkim jednak rzucała się w oczy jego arogancja. Niemało było ludzi tego pokroju w Ulm, młodych mężczyzn, którzy odziedziczyli po ojcach interesy, a teraz tylko trwonili ich majątki.

– Wcale mnie nie dziwi, że akurat ty nie masz pojęcia o architekturze – uniósł się mistrz Ulryk. – Prawdopodobnie twoje codzienne zajęcia polegają na rozważaniach, jakiemu strojowi dać dzisiaj pierwszeństwo. Nie, chyba już za późno na wtajemniczanie cię w arkana sztuki budowlanej.

Tymi słowami mistrz Ulryk zaskarbił sobie sympatię śmieszków. Ale młody strojniś nie dawał za wygraną.

– Wtajemniczanie? Zdradź więc nam ten sekret, dlaczego nasza katedra ma mieć dziewięć pięter, a nie pięć, jak to zaprojektował mistrz Parler.

Ulryk von Ensingen wahał się przez chwilę, czy powinien wprowadzać mieszkańców Ulm w tajemnice budowy katedry, ale stwierdził, że to jedyna możliwość pozyskania sobie przychylności ludu.

– Wszystkie znamienite budowle na naszej ziemi są otoczone tajemnicą – zaczął od Adama i Ewy. – Niektóre z tych tajemnic odkryto dopiero po wiekach, nad innymi do dziś łamiemy sobie głowy. Pomyślcie tylko o największej ze wszystkich, o zagadce piramid egipskich. Nikt nigdy nie odgadnie, jak z taką dokładnością udało się na tej wysokości umieścić kamienie ciosowe wielkości człowieka. Pomyślcie o rzymskim architekcie Witruwiuszu. Za pomocą obelisku skonstruował on największy na ziemi przyrząd do pomiaru czasu – zegar, którego cyferblat jest wielkości tego placu i wskazuje godziny, dni, miesiące, a nawet pory roku. Albo pomyślcie o katedrze w Akwizgranie. Ośmiokąt w jej środku nie tylko udziela wtajemniczonym wskazówek o odpowiednich fragmentach Pisma Świętego, ale za pomocą promieni słonecznych, które w określonych dniach wpadają przez jej okna, przekazuje nam ważne dane astronomiczne. Albo pomyślcie o czterech skamieniałych jeźdźcach z katedry w Bambergu. Nikt nie wie, co znaczą, ani kto stanowił ich wzorzec. Są tam po prostu, tak jak dzień, który sprawia Bóg. Co się zaś tyczy waszej katedry, drodzy mieszkańcy Ulm, to będzie ona skrywać więcej niż tylko jedną tajemnicę. Gdybym jednak dzisiaj wam o wszystkim opowiedział, nie byłoby już żadnych tajemnic. A przecież w końcu chodzi o to, żeby ludzie jeszcze za tysiąc lat łamali sobie głowę, jakie przesłanie chciał przekazać im mistrz Ulryk. Każde prawdziwe dzieło sztuki kryje w sobie tajemnicę. Mistrz Parler, który sporządził pierwszy projekt tej katedry, żył w innych czasach i, za pozwoleniem, nie był jednak geniuszem. Mistyka liczb nie odgrywała żadnej roli w jego rozważaniach. W przeciwnym razie nie przypisywałby liczbie „pięć" aż tak dużego znaczenia: pięć okien po jednej stronie, nawa kościoła wysokości pięciu pięter. Mnie wręcz przeraża, że mistrz Parler przywiązywał taką wagę do liczby „pięć", gdyż, niestety, nie cieszy się ona najlepszą sławą.

Wśród słuchaczy zapanował niepokój. Afra zasłoniła twarz ręką i spomiędzy palców spojrzała z troską na wysokość rusztowania.

– Nie wierzycie w to, drodzy mieszkańcy Ulm? – ciągnął dalej mistrz Ulryk. – Weźcie palce do pomocy i policzcie: Jedynka to święta liczba Stwórcy. Podobnie jak w ziarnie rośliny jest zawarty cały jej kształt, tak też Stwórca ukrył cały świat w sobie. Za harmonię, wyważenie ciała i duszy odpowiada dwójka. – W tym miejscu wzrok budowniczego katedr musnął Afrę. – Z kolei trójka jest najświętszą ze wszystkich liczb, symbolem bożej Trójcy Przenajświętszej i wybawienia. Jedną z najbardziej interesujących liczb jest zaś czwórka, liczba, która wyznacza wszystkie wymiary naszego ludzkiego istnienia: długość, szerokość, wysokość i czas, ale również cztery żywioły, cztery strony świata, jak też cztery Ewangelie. Liczba „sześć" symbolizuje wszystkie dzieła Boga, które Pan nasz wydał na świat w dni Stworzenia, harmonię żywiołów, a tym samym harmonię duszy ludzkiej. Siódemka jest świętą liczbą. Przypomina o siedmiu darach ducha i siedmiu stopniach nieba. A ósemka? Ósemka reprezentuje nieskończoność, wieczność. Namalujcie tę liczbę w powietrzu. Moglibyście to robić w nieskończoność i bez ustanku. Ale najwyższą ze wszystkich liczb jest dziewiątka, podzielna wyłącznie przez trzy, która to liczba jest ze wszystkich najświętsza, a więc nie do zranienia, chyba że za wolą Trójcy Bożej. Wszyscy budowniczowie wielkich katedr eksperymentowali w swoich projektach z dziewiątką, jest to bowiem najsilniejsza i najbardziej stała ze wszystkich liczb. Pomnóżcie ją przez jakąkolwiek liczbę, a zawsze otrzymacie taką, która znowu da dziewięć.

– Podajcie przykład! – zawołał jakiś zachwycony ksiądz w czarnej sutannie.
– Pomnóżcie dziewięć przez sześć.
Ksiądz pomógł sobie palcami.
– Pięćdziesiąt cztery – wykrzyknął.
– Dodajcie do siebie obie te liczby!
– Równa się dziewięć.
– Bardzo dobrze. A teraz pomnóżcie dziewięć razy siedem!
– Sześćdziesiąt trzy.
– I dodajcie do siebie sześć i trzy!
– Dziewięć! Mistrzu Ulryku, jesteście czarownikiem – wykrzyknął z zachwytem ksiądz w czerni.
– Na wszystkich świętych, nie. Znam tylko znaczenie liczb, z których składa się taka katedra jak ta.
– A liczba pięć? Opuściliście ją, mistrzu Ulryku!

Był to głos starca, który go pierwszy sprowokował.
Ulryk von Ensingen zrobił długą pauzę. Oczy zebranych skierowały się na niego.

– Wszyscy znacie pentagram, magiczny, kabalistyczny, ową pięcioramienną gwiazdę, którą umieszcza się na ościeżnicach drzwi u ludzi opętanych.
– To jest znak księcia ciemności i jego pięciu królestw! – zawołał wzburzony ksiądz.
– W rzeczy samej, znak diabła, jak liczba pięć. I z tą liczbą chciał wam mistrz Parler zbudować katedrę: z pięcioma

oknami z każdej strony i wysokości pięciu pięter. Nie sądzę, żeby to był przypadek.

Ksiądz wykrzyknął piskliwym głosem:
– Mistrzu Ulryku, myślicie, że on chciał, tak żeby nikt o tym nie wiedział, poświęcić katedrę diabłu?

Ulryk von Ensingen wystawił dłonie do przodu, jakby pragnął powiedzieć: „Nie potrafię tego dowieść, ale wiele za tym przemawia". Nie udzielił jednak odpowiedzi.

Na dużym placu panowała przez chwilę cisza, niesamowita cisza, później dał się słyszeć głuchy pomruk dobywający się z wielu gardeł, który wreszcie przerodził się w burzę, jaka wyładowała się w wybuchach gniewu i dzikim wrzasku. Mieszkańcy Ulm nie byli jednomyślni.

– Niech buduje te swoje dziewięć pięter! – wołali jedni, skupieni wokół bogatego kupca. – Mistrz Parler był w zmowie z diabłem, który właśnie dlatego go do siebie zabrał.

Inne stronnictwo, z brodatym starcem w środku, twierdziło natomiast:

– Skoro piątka jest naprawdę tak groźna, jak głosi mistrz Ulryk, dlaczego nie poprzestał na siedmiu czy ośmiu piętrach? Myślę, że Ulryk von Ensingen układa sobie liczby tak, jak mu akurat pasują. Niech nam tu nie opowiada bajek.

I tak oto w okamgnieniu jedno słowo wywoływało następne. Jedni wyzywali drugich od kapuścianych głów, którym Pan Bóg odmówił nawet najskromniejszych darów ducha. Inni zarzucali tym pierwszym, że bliżej im do diabła niż do najświętszej matki Kościoła. Wreszcie w ruch poszły także pięści.

Afra usiłowała schronić się przed wzburzonym tłumem, toteż znalazła sobie kryjówkę za stosem nieobrobionych kamieni ciosowych. Kiedy wreszcie ośmieliła się wyjść i rozejrzeć w poszukiwaniu Ulryka von Ensingena, już go nie było.

Wieczór opuścił się nad miastem, gdy Afra ruszyła w drogę do domu. Na górze w pracowni mistrza Ulryka było ciemno. Inaczej niż zwykle, dziewczyna nadłożyła drogi przez plac targowy. Sama nie wiedziała, dlaczego to robi. Może miała nadzieję, że spotka Ulryka von Ensingena, bo nawet przyłapała się na tym, że wypatruje go w wąskich uliczkach. A przecież nie wiedziała, gdzie mistrz Ulryk mieszka. Nikt nie wiedział. Jego domostwo, podobnie jak jego czyny, było owiane tajemnicą.

Idąc, Afra rozmyślała o sposobie, w jaki Ulryk na placu katedralnym wyjaśniał znaczenie liczb. Wcześniej nie miała o tym najmniejszego pojęcia. A kiedy sobie przypomniała moment, gdy ich spojrzenia się spotkały, kiedy Ulryk wyjaśniał znaczenie liczby „dwa", świadczące o harmonii ciała i duszy, po plecach przebiegły jej lodowate ciarki. Co tak bardzo zafascynowało ją w tym mężczyźnie?

Czy była to zagadkowość, spokój, jaki z niego emanował, czy też mądrość przemawiająca z każdego jego słowa? A może to wszystko razem wzięte stanowiło o sile przyciągania tego człowieka? W przypływie niemal chorobliwej sympatii i podziwu Afra rozpoznała potęgę, która mogła postawić całe jej życie na głowie. Rozmawiała po cichu sama ze sobą i tak wreszcie wróciła do dzielnicy rybackiej.

Agnieszka, żona Bernwarda, przyjęła ją, mówiąc podnieconym głosem, że oczekuje jej krawiec Varro da Fontana. Tyle że Varro nie był zwykłym krawcem, kimś, kto szyje zwykłe ubrania. Nie, ten krawiec pochodzący z północy Włoch szył stroje dla ludzi pięknych i bogatych: urzędowe togi dla rajców miejskich i suknie dla otyłych wdów po kupcach. Nawet biskup Anzelm z Augsburga zamawiał u niego bieliznę osobistą.

– Przysyła mnie mistrz Ulryk von Ensingen – wyjaśnił Varro i skłonił się grzecznie przed Afrą. – Mam wykonać suknię zgodnie z waszym życzeniem i żywię nadzieję, że będzie ona odpowiadała waszym wymaganiom.

Bernward i Agnieszka, którzy przysłuchiwali się tej rozmowie, popatrzyli po sobie zdumieni. Wreszcie rybak zapytał:

– Afro, co to ma znaczyć?

Dziewczyna wzruszyła ramionami i wysunęła do przodu dolną wargę.

– Mistrz Ulryk – odpowiedział za nią Varro – mistrz Ulryk powiedział, że ta panienka uratowała mu życie, przy czym zniszczyła sobie suknię.

– Ach, nie ma o czym mówić! – powiedziała Afra. Prawdę mówiąc, ta wiadomość bardzo ją jednak podekscytowała. Suknia od Ulryka na jej ciele! Zrobiła strapioną minę, że krawiec może zbyt poważnie wziąć jej słowa, ale ciągnęła dalej:

– Idźcie do domu i powiedzcie mistrzowi Ulrykowi, że nie godzi się obdarowywać suknią dziewczyny z prostego domu. Na dodatek jeszcze suknią tak cenną, bo z waszej ręki.

Wtedy Varro da Fontana naprawdę się rozzłościł i rzekł podniesionym głosem:

– Panienko Afro, chcecie pozbawić mnie chleba? Czasy są zbyt ciężkie, żebym mógł ot tak sobie zrezygnować z takiego zlecenia. A jeśli wasza suknia naprawdę się zniszczyła, kiedy ratowaliście mistrza Ulryka, to nie widzę powodu, żebyście nie przyjęli tego daru. Obejrzyjcie sobie wytworne tkaniny z mojej ojczyzny, przylgną do waszego ciała niczym druga skóra.

Zgrabnymi ruchami Varro da Fontana zaczął rozwijać kilka przyniesionych ze sobą bel materiału.

Afra rzuciła Bernwardowi spojrzenie, w którym kryła się prośba o pomoc. Bernward jednak uznał, że wyjaśnienie krawca jest absolutnie do przyjęcia i że nie chodzi tu o prezent, lecz o zadośćuczynienie szkodzie. Mistrz Ulryk jest nawet do tego zobowiązany.

Krawiec zaczął brać miarę wąską taśmą. Afra się zaczerwieniła. Jeszcze nigdy żaden krawiec, na dodatek taki wytworny, nie interesował się wymiarami jej ciała. Z kolei na pytanie, jak wyobraża sobie nową szatę i jaki preferuje materiał, Afra odparła:

– Ach, mistrzu Varro! Skrójcie szatę, która przystoi szynkarce z jadłodajni.
– Szynkarce? – Varro da Fontana zaczął przewracać oczyma. – Panienko Afro, jeśli mogę sobie pozwolić na taką uwagę, wam przystoi raczej szata szlachcianki na dworze...
– Ale ona jest szynkarką! – Agnieszka przerwała Varrowi jego pochlebstwa. – Przestańcie mieszać Afrze w głowie. W końcu naprawdę wmówi sobie jeszcze Bóg wie co, jeśli chodzi o wygląd, i nie będzie chciała pracować w jadłodajni.

Kiedy krawiec wyszedł, Agnieszka wzięła Afrę na stronę i powiedziała:
– Nie traktuj zbyt poważnie pochlebstw mężczyzn. Oni kłamią jak najęci. Nawet święty Piotr, pierwszy papież, zaparł się naszego Pana.

Dziewczyna roześmiała się, nie dowierzając słowom rybaczki.

Nazajutrz rano przed wschodem słońca Afra udała się jak zwykle na duży plac, aby napalić w piecu pod kuchnią. Jakiś wóz z plandeką jechał, turkocząc po bruku Hirschgraben. Przed drzwiami domów świnie chrząkały i ryły w odpadach. Służące opróżniały nocniki przez okna wychodzące na ulicę, toteż Afra musiała uważać, żeby niczego na nią nie wylały. Odór fekaliów mieszał się z gryzącym dymem dobywającym się z rzemieślniczych warsztatów, gdzie przygotowywano farby i kleje, gotowano kiełbasy, pieczono chleb, warzono piwo i szyto kapelusze. Marsz przez budzące się powoli uliczki miasta wcale nie należał do przyjemności.

Kiedy Afra skręciła na plac katedralny, jej wzrok powędrował jak co rano ku pracowni na najwyższym rusztowaniu. Pierwsze łagodne światło padało na sieć żerdzi, desek i drabin. Ulryka nie było widać. Dziewczyna zwróciła się w stronę kuchni i przystanęła przerażona. Z ciemności wyłoniła się przed nią kupka ubrań. Nieco z boku leżał but.

Znalazłszy się w odległości trzech czy czterech sążni, Afra wydała z siebie przeraźliwy krzyk, którego echo odbiło się od domów okalających rozległy plac. Leżało przed nią twarzą do ziemi roztrzaskane ciało mężczyzny. Dookoła utworzyła się kałuża czarnej krwi. Trup miał ręce i nogi podwinięte i w osobliwy sposób powyginane. Afra upadła na kolana. Zaszlochała, zwróciła wzrok ku górze, ku pracowni architekta. Ze wszystkich stron spieszyli do pracy rzemieślnicy.

– Zawołajcie medyka – rozległ się głos na ciemnym placu. – Niech przyjdzie ksiądz z opatrunkami – zawołał ktoś inny.

Afra złożyła dłonie. Łzy płynęły jej po policzkach.

– Kto to zrobił? – bełkotała pod nosem. – Kto?

Drągowaty kamieniarz o brzuchu opasanym grubym fartuchem próbował podnieść dziewczynę z ziemi.

– Chodź – powiedział cicho. – Tu się już nic nie da zrobić.

Afra odepchnęła go na bok.

– Zostaw mnie!

Tymczasem wokół trupa tłoczyło się już całe grono gapiów. Wprawdzie niemal co tydzień jakiś murarz lub cieśla spadał z rusztowania, a odłamki kamieni zabijały obrabiających je kamieniarzy, ale jednak czyjaś śmierć za każdym razem budziła zaciekawienie. I tylko każdy pocieszał się, jak mógł, że jego jeszcze nie dosięgła.

Otyła matrona, żegnając się raz po raz znakiem krzyża, z obrzydzeniem patrzyła na roztrzaskane ciało.

– Kto to jest? – zapytała. – Czy ktoś go zna?

Rozszlochana Afra ukryła twarz w dłoniach. Na próżno usiłowała opanować drgawki wstrząsające jej ciałem. Tymczasem wokół tłoczyło się już kilkudziesięciu gapiów, aby chociaż rzucić okiem na trupa. Z tyłu przeciskał się przez rzędy ludzi jakiś energiczny mężczyzna.

– Co się stało? – zawołał donośnym głosem i odepchnął gapiów na bok. – Przepuśćcie mnie!

Afra usłyszała ten głos. I bardzo dobrze go rozpoznała, ale jej mózg wzbraniał się przed przyjęciem tego faktu do wiadomości. Zanadto była zajęta rozpamiętywaniem chwil, gdy spoczywała w ramionach Ulryka.

– Mój Boże – powiedział ten głos.

Afra spojrzała w górę. Przez niekończącą się chwilę była jak sparaliżowana. Oddech ustał. Członki odmówiły wykonania jakiegokolwiek ruchu. Dopiero gdy mężczyzna wyciągnął rękę i dotknął jej, dziewczyna doszła do siebie.

– Mistrzu Ulryku? To ty? – wyjąkała z niedowierzaniem, po czym rzuciła okiem na roztrzaskane ciało.

Wówczas Ulryk von Ensingen pojął, co wzbudziło taką reakcję Afry.

– Myślałaś, że to ja…

Przytaknęła niemo i z płaczem padła mu w ramiona. To objęcie zrobiło na gapiach osobliwe wrażenie. Gruba matrona potrząsnęła głową i syknęła:

– Patrzcie no! Coś podobnego w obliczu śmierci!

Tymczasem nadszedł medyk, ubrany na czarno, jak nakazywał jego cech, i w kapeluszu o kształcie rury, wysokim chyba na dwie stopy.

– Pewnie spadł z rusztowania.

Mistrz Ulryk wyszedł mu naprzeciw. Znali się, choć nie darzyli sympatią.

Medyk obejrzał zwłoki, następnie zmrużył oczy, spojrzał w górę i spytał:

– Czego ten człowiek szukał tam, na górze? Nie jest ubrany jak robotnik budowlany, raczej jak podróżny. Czy ktoś go zna?

Z tłumu dobiegł pomruk wielu głosów. Niektórzy potrząsali głowami.

Medyk schylił się i odwrócił zmarłego na plecy. Gdy gapie zobaczyli roztrzaskaną czaszkę, przez tłum przeszedł niemy krzyk. Kilka kobiet odwróciło się i odeszło.

– Strój wskazuje, że człowiek ten przybył z Zachodu, co sprawia, że jego śmierć wydaje się jeszcze bardziej zagadkowa – zauważył Ulryk von Ensingen.

Medyk eleganckim ruchem zdjął kapelusz i podał go jakiemuś młodzieńcowi do potrzymania. Następnie odpiął zmarłemu kołnierzyk i przyłożył ucho do piersi mężczyzny. Kiwając głową, powiedział cicho:

– Niech Pan ulituje się nad jego duszą.

Poszukując jakiejś wskazówki co do pochodzenia cudzoziemca, medyk odkrył w wewnętrznej kieszeni jego kaftana złożony list, zalakowany pieczęcią biskupa Strasburga. Adres, napisany wytwornym charakterem pisma przez kaligrafa, brzmiał: *Do mistrza Ulryka von Ensingena.*

– Ten list jest skierowany do was, mistrzu Ulryku – powiedział zdumiony medyk.

Ulryk, człowiek zwykle pewny siebie, którym mało co potrafiło poruszyć, zdawał się być zbity z tropu.

– Do mnie? Pokażcie!

Budowniczy katedr popatrzył niepewnie w twarze gapiów. Ale trwało to tylko przez chwilę, potem znów wziął się w garść i ofuknął stojących dookoła ludzi:

– Czemu tu wystajecie? Idźcie do diabła, wracajcie do pracy. Widzicie przecież, że ten człowiek nie żyje. – A zwracając się do Afry, dodał: – Ciebie to też dotyczy.

Wydając głośne pomruki, większość odeszła powolnym krokiem. Również Afra usłuchała polecenia.

Tymczasem nastał dzień.

Gdy Ulryk von Ensingen wspiął się do swojej pracowni, poczynił odkrycie, które wyjaśniło upadek posłańca ze Strasburga: trzy szczeble ostatniej drabiny prowadzącej po rusztowaniu do góry były wyłamane. Przy bliższym oglądzie mistrz Ulryk stwierdził, że każdy z tych trzech szczebli był z obu stron nadpiłowany. Architekt nie musiał się długo zastanawiać, żeby zrozumieć, że zamach nie był skierowany przeciw obcemu posłańcowi, lecz przeciw niemu samemu. Kto jednak w tak podstępny sposób dybał na jego życie? Zapewne miał sporo wrogów. Musiał to przyznać. Nie był człowiekiem nazbyt ujmującym. Niektórzy murarze mogli mu życzyć śmierci, gdy ganił ich pracę. Ale między życzeniem śmierci a jej sprowadzeniem jest ogromna różnica. Ulryk wiedział także, że nienawidzi go pospólstwo, ponieważ trwoni pieniądze bogaczy, zamiast dzielić się nimi z biedotą. Ale takie myślenie było niedorzeczne. Gdyby projekt budowy został zarzucony, żaden z tych bogatych kupców, którzy stawiali sobie w katedrze własne pomniki, nie dałby nikomu nawet złamanego grosza.

W każdym razie zbrodniczy zamach był sprawą, którą niezwłocznie powinien zająć się sędzia miejski. Zanim jednak mistrz Ulryk ruszył w drogę, żeby powiadomić go o swoim odkryciu, otworzył list. Pismo noszące herb biskupa miasta Rzeszy Strasburga, sufragana arcybiskupa Moguncji, brzmiało następująco:

Do mistrza Ulryka von Ensingena. My, Wilhelm von Diest, z łaski Bożej biskup Strasburga i landgraf Dolnej Alzacji, pozdrawiamy Was i mamy nadzieję, że jesteście w dobrym zdrowiu w wierze w Chrystusa, Pana Naszego. Jak z pewnością wiecie, monumentum *naszej świątyni jest budowane już od ponad dwustu lat i w większych częściach jest* perfectus*, *lecz nadal jeszcze brak mu dwu wież, które, zaprojektowane przez mistrza Erwina von Steinbacha, mają uwidocznić wielkość naszej katedry daleko w kraju ku chwale Chrystusa, Pana Naszego. Nie uszło Naszej uwagi, że mieszkańcy Ulm są uskrzydleni myślą, by nad biegiem Dunaju* aedificare** *największą katedrę*

---

* Łac. gotowy.
** Łac. wznieść.

świata, i Wam, mistrzu Ulryku, powierzyć wykonanie tego zadania, Wam, o którym fama głosi, że kończycie to dzieło w imię Chrystusa, Pana Naszego. Przywieźli nam tę wiadomość viatores* z Norymbergi i Pragi, którzy regularnie przecinają Waszą drogę, ale też donieśli nam o stronnictwach w mieście Ulm, skłonnych uniemożliwić budowę katedry, przynajmniej jeśli idzie o jej wielkość. To oraz wiara w Chrystusa, Pana Naszego, który dobrych wynagrodzi w dzień Sądu Ostatecznego, a złych potępi na wieki, dają mi sposobność zwrócić się do Was, żebyście odżegnali się od sprzeczek w Ulm i zwrócili się ku nam, aby wznieść wieże naszej katedry, które blaskiem i wymiarami przewyższą wszystkie inne po obu partibus** Renu. Bądźcie pewni, że wynagrodzenie za to będzie dwakroć tak wysokie jak to, które płacą Wam bogacze z Ulm, chociaż nie znamy jego wysokości. Możecie zaufać posłańcowi, który przekaże Wam tę wiadomość. Ma on polecenie zaczekać na Waszą odpowiedź. Piszę ten list w języku niemieckim, chociaż lepiej władam łaciną, lingua*** Chrystusa, Pana Naszego, abyście sami go zrozumieli i nie musieli posiłkować się żadnym tłumaczem.

Dane w Strasburgu w dzień po Wszystkich Świętych roku 1407 po tym, jak Chrystus, Pan Nasz, stał się człowiekiem.

Ulryk von Ensingen uśmiechnął się pod nosem, złożył list i ukrył go w kaftanie.

Nie tyle śmierć posłańca ze Strasburga, ile raczej okoliczności, które ją spowodowały, obudziły niepokój wśród mieszkańców Ulm. Sędzia miejski, którego Ulryk powiadomił o nadpiłowanej drabinie, podejrzewał nawet samego architekta o to, że był sprawcą całego zamachu.

Dopiero pytanie, jaki miałby mieć powód, aby majstro-

---
* Łac. podróżni.
** Łac. stronach.
*** Łac. językiem.

wać przy wejściu do własnego stanowiska pracy, oraz przypomnienie, że zaledwie kilka dni wcześniej ktoś dokonał na niego innego zamachu, podpalając jego pracownię, przekonały sędziego, który ostatecznie skierował śledztwo na inne tory.

Kolejne dni Ulryk von Ensingen spędził zamknięty w swojej pracowni. Zbyt wiele myśli kotłowało się w jego głowie. Rozważał propozycję biskupa Strasburga, przede wszystkim jednak zaprzątały go oba zamachy, których był niewątpliwym celem.

Czy to przypadek sprawił, że szynkarka Afra była obecna przy obu zamachach? Kiedy pochylony nad projektami zaczynał o tym rozmyślać w samotności, budowa katedry schodziła nagle na dalszy plan. Oczywiście, Afra jest piękna, zbyt piękna jak na pracę w jadłodajni. Ale kobiety są jak katedry – im piękniejsze, tym więcej tajemnic skrywają w głębi duszy.

Gryzelda, żona Ulryka, była tego najlepszym przykładem. Nie straciła nic z urody od czasu, gdy poślubił ją dwadzieścia lat temu, a bywało, że jeszcze dzisiaj stanowiła dla niego zagadkę. Gryzelda była dobrą żoną, a dla ich dorosłego już syna Mateusza dobrą matką. Ale jej namiętność, właściwa każdej kobiecie w tym wieku, nie kierowała się ku sprawom cielesnym, lecz ku dziesięciorgu przykazań Bożych, których żarliwie przestrzegała. Pewnie sama Najświętsza Maria Panna nie była pobożniejsza.

Oboje żyli w tym białym małżeństwie, w pozornej harmonii jak czterysta lat wcześniej cesarz saksoński Henryk z Kunegundą, którzy dzięki takiej wstrzemięźliwości zostali zaliczeni przez papieża w poczet świętych. Ulryk von Ensingen nie potrafił powiedzieć, czy Gryzelda podąża za przykładem Kunegundy i pragnie beatyfikacji, poprzedzającej kanonizację. Za każdym razem, gdy pytał o to żonę, ta rumieniła się i dostawała wyprysków na szyi, po czym na dziewięć dni uciekała w nowennę, ćwiczenia duchowe, podczas których, między Wniebowstąpieniem a Zielonymi

Świątkami, odmawia się za przykładem apostołów określone modlitwy.

Potrzeby zmysłowe, które jeszcze w umiarkowany sposób dawały o sobie znać, Ulryk von Ensingen zaspokajał w jednej z łaźni, gdzie występne kobiety oferowały swoje usługi. Nie pociągało to za sobą żadnych zobowiązań oprócz uiszczenia pięciu ulmskich fenigów za popełnienie grzechu.

Posłuszny losowi architekt rzucił się w wir pracy, a ambicja i wrodzone uzdolnienia zapewniły mu uznanie i sławę, która rozeszła się daleko poza granice kraju. To zdawało się wyjaśniać jego osobliwy sposób bycia prezentowany do tej pory – narzuconą sobie samotność i postawę niechęci wobec kobiet. Ulryk von Ensingen uchodził za dziwaka. Budowa katedry przysporzyła mu mnóstwa pieniędzy. I choćby dlatego miał w mieście nie tylko przyjaciół. Nazywano go „mistrz Wyniosłość". Wiedział o tym i odpowiednio do tego się zachowywał.

Ulryk od samego początku domyślał się, po której stronie należy szukać sprawców zamachu. Podał więc sędziemu miejskiemu Benedyktowi nazwiska, ten zaś nakazał swoim pachołkom obserwację konkretnych osób.

Sędzia miejski raczej przypadkiem spotkał na Färbergasse jednego z dorobkiewiczów, których niemało było w tym mieście. Färbergasse nie znajdowała się w szczególnie wytwornej okolicy. Jak sama nazwa wskazuje, osiedlili się tutaj farbiarze. Po kolorze rąk, zabarwionych od farb, które niczym znak ostrzegawczy wżarły się w nie na skutek codziennej pracy, można było odczytać, który czeladnik mieszkał po której stronie. Po lewej, patrząc od strony miasta, pracowali farbujący na niebiesko, po prawej zaś farbujący na czerwono.

Pewien mężczyzna o czerwonych dłoniach zmierzał w stronę gospody „Pod Wołem", do której bardzo chętnie zaglądali woźnice. Była tania i głośna, poza tym znakomicie nadawała się do rozmów, których nikt nie powinien być świadkiem. Tak w każdym razie myślał sędzia miejski i niepostrzeżenie wmieszał się „Pod Wołem" w ciżbę. Instynkt go nie zawiódł. Wśród rozwrzeszczanych woźniców, nowiniarzy i wędrownych sprzedawców, pośród wyuzdanych kobiet i biednych robotników dniówkowych, którzy ogryzali kości pozostałe na stole po mięsiwach, rej wodził Gero, młody strojniś i dziedzic, otoczony gromadą nicponiów i ladaco. Jak się zdawało, byli zajęci grą w kości. Każdy miał jeden rzut. Najwyższą, a może najniższą liczbę oczek – Benedykt nie poznał dokładnego stanu rzeczy – trafił szczupły mężczyzna w podniszczonym odzieniu. Skwitowano to złośliwym śmiechem, a Gero, przekazawszy mu coś zawiniętego w łachmany, klepnął go po ramieniu, dodając mu otuchy.

Pierwszy oddalił się Gero. Nagle zaczęło mu się spieszyć. Również inni nicponie opuścili lokal w pośpiechu. Sędzia miejski był szczwanym lisem, toteż nikt nie mógł zamydlić mu oczu. Zaczekał cierpliwie, aż mężczyzna z zawiniątkiem pod pachą wyjdzie z gospody, po czym ruszył jego śladem.

Uszedłszy kawałek drogi, mężczyzna przystanął i rozejrzał się w poszukiwaniu ewentualnych prześladowców, a potem skręcił na plac katedralny. Sędzia podążał za nim w bezpiecznej odległości aż do leżących w stosie kamieni murarskich. Spoza nich zaobserwował, jak ów tajemniczy mężczyzna wspina się na rusztowanie. Odurzony piwem, nie zachowywał nawet szczególnej ostrożności. Gwałtownymi ruchami wrzucał węzełek, który niósł ze sobą, na kolejne pomosty, a potem sam gramolił się w górę po drabinie. Na najwyższych belkach, tam, gdzie znajdowała się pracownia budowniczego katedr, węzełek chybił celu. Ześliznął się po rampie i spadł w głębinę, przy czym materiał wzdął się niczym żagiel, a ze środka wypadł metalowy przedmiot, który z brzękiem uderzył o ziemię. Uczepiony najwyższej drabiny, nieznajomy zaklął cicho i zaczął z powrotem schodzić.

Znalazłszy się na dole, chciał, ciągle jeszcze, złorzecząc,

podnieść z ziemi przedmiot, który spadł, gdy nagle czyjaś stopa przydepnęła jego nadgarstek. Podchmielony mężczyzna przeraził się śmiertelnie, pomyślał, że diabeł go pojmał, i jak opętany zaczął wymachiwać w powietrzu wolną lewą ręką:

– Boże, nie opuszczaj mnie! – zawołał głośno, aż jego głos zadudnił na placu. – W imię Ojca i Syna i Przenajświętszej Panienki.

– Zapomniałeś o Duchu Świętym! – powiedział sędzia, bo to właśnie on przycisnął stopą do ziemi nadgarstek młodzieńca. – A oświecenie przez Ducha Świętego bardzo by ci się przydało.

Gwizdnął cicho przez palce i z nocnego cienia portalu katedry wyłoniło się dwóch pachołków.

– Patrzcie no tylko – zaśmiał się Benedykt. – A to ci łajdak rzadkiego rodzaju. Rzuca sędziemu *corpus delicti* wprost pod nogi.

Podczas gdy Benedykt zdejmował nogę z nadgarstka jęczącego mężczyzny, jeden z pachołków podniósł piłę, która wypadła z zawiniątka.

– Okażcie mi łaskę, dostojny panie – błagał mężczyzna, składając ręce. Musiałem to zrobić, bo przegrałem w kości, tak jak poprzednio.

– Ach – odpowiedział Benedykt zjadliwie. – To ty podpiłowałeś szczeble drabiny, wskutek czego śmierć poniósł posłaniec ze Strasburga?

Mężczyzna skinął gwałtownie głową i padł przed sędzią na kolana.

– Łaski, dostojny panie. To nie obcy posłaniec miał spaść z rusztowania, lecz budowniczy katedry. Na nieszczęście trafiło nie na tego, co trzeba.

– Tak można powiedzieć! Jak się właściwie nazywasz i skąd pochodzisz? Bo na pewno nie stąd.

– Nazywam się Leonhard Dümpel, jeśli łaska, i nie mam domu. Wędruję z miejsca na miejsce, chodzę na żebry lub wy-

konuję podłe roboty. Jestem zbiegłym chłopem pańszczyźnianym. Przyznaję się do tego.
— A co masz wspólnego z Geronem Guldenmundtem, tym próżnym strojnisiem?
— On otacza się całą gromadą włóczęgów, takich jak ja, i dworuje sobie z nich. Za piętkę chleba lub łyk piwa każe sobie kilka razy dziennie wylizywać buty bez zdejmowania. Kiedy je czereśnie, wypluwa pestki daleko od siebie i największą uciechę sprawia mu, że je potem zbieramy. Swojego powozu nie każe ciągnąć koniom, tylko tuzinowi włóczęgów. Płaci nam za to ciepłym posiłkiem. Ale największą radość sprawia mu gra w kości. Nie gra o pieniądze jak większość ludzi jego stanu, lecz wymyśla zadania, które przegrany musi wykonać.
— Guldenmundt jest znany jako szuler. I nie jest tajemnicą, że nie cierpi budowniczego katedry — powiedział sędzia. — Jego nienawiść do mistrza Ulryka zdaje się być bezgraniczna, w przeciwnym razie nie próbowałby dwukrotnie nastawać na jego życie.
— Nie zabiłem tego posłańca, dostojny panie! — lamentował Leonard Dümpel. — Uwierzcie mi!
— Ale spowodowałeś jego śmierć — wpadł mu ostro w słowo Benedykt. — Wiesz, co to oznacza dla kogoś twojego pokroju?
Sędzia wykonał taki ruch ręką, jakby zakładał sobie stryczek na szyję.
Wtedy młodzieniec wstał i zaczął rzucać się na oślep jak oszalały. Pluł, drapał i krzyczał w nocnych ciemnościach, tak że pachołkom ledwie udało się poskromić szalejącego winowajcę.
— Zamknijcie go w lochu — rozkazał spokojnie sędzia, ocierając rękawem pot z twarzy. — Jutro z samego rana złapiemy Gera. Nie ujdzie mu to bezkarnie.

Sześciu pachołków uzbrojonych w krótkie miecze i lance,

niosących łańcuchy na ramionach, wtargnęło rano do eleganckiego domu Guldenmundta na placu targowym i wyciągnęło go z łóżka. Zaskoczony tą napaścią Gero nie stawiał oporu. Na pytanie, co go czeka, przywódca pachołków, barczysty olbrzym z czarną brodą i ponurym spojrzeniem, odpowiedział mu, że dowie się tego wystarczająco wcześnie. Następnie założyli strojnisiowi kajdany i wziąwszy go w środek, pomaszerowali pod pobliski ratusz.

Słońce wysyłało pierwsze, jeszcze blade promienie nad zwieńczone schodkowo szczyty kamienic. Taki przemarsz pachołków wzbudził zainteresowanie wśród mieszczan. Zapowiadał bowiem ciekawy i zabawny dzień. Przed ratuszem stał zbudowany z surowego drewna podest z pręgierzem pośrodku. Kobiety idące na targ z zaciekawieniem wyciągały szyje. Dzieci przerwały zabawy w obręcze oraz bączka i podrygując, biegły obok. W jednej chwili wokół podestu zgromadził się tłum ludzi.

Gdy mieszkańcy Ulm rozpoznali Gera Guldenmundta, dały się słyszeć okrzyki zdumienia, ale także szyderczy śmiech. Gero nie należał do ulubionych obywateli miasta. Pomruki gapiów wzmagały się. Próbowano zgadywać, co też ten bogaty pięknis zbroił.

Wreszcie sędzia miejski Benedykt wszedł na podest i odczytał akt oskarżenia, zgodnie z którym Gero von Guldenmundt najął zbiegłego chłopa pańszczyźnianego i namówił go do podpiłowania drabiny na rusztowaniu katedry. Wskutek tego stracił życie niewinny człowiek – niech Bóg się zlituje nad jego biedną duszą. Dlatego też Gero Guldenmundt, wolny obywatel miasta Ulm, zostaje ukarany dwunastoma godzinami pręgierza.

Podczas gdy sędzia przymocowywał wyrok na pręgierzu, pachołkowie schwycili Gera Guldenmundta i zaprowadzili go na podest. Ich przywódca otworzył dyby, kłodę, w której znajdowały się trzy poziome wycięcia szerokości ręki, wsunął szyję i ręce delikwenta w przewidziane w tym celu otwory, a następnie zamknął górną i dolną część na żelazny rygiel.

Kiedy Gero stał tak ze zgiętym grzbietem, z głową i ramionami wystającymi z dybów, przedstawiał sobą żałosny widok. Przez krótką chwilę panowała straszliwa cisza. Co kazało ludowi zamilknąć? Współczucie czy też lęk przed tym bogatym hulaką?

Wtedy jednak rozległ się delikatny, cienki głosik. Jakaś niespełna dwunastoletnia dziewczynka o blond włosach i w długiej błękitnej sukience dziarsko odśpiewała znany paszkwil:

> Mać mi za czary skazano na stos,
> Tatkę, rabusia, powiesił mi kat,
> A mnie, bom błazen, pokarał tym los,
> Że za głupoty nie lubi mnie świat!

Naraz wybuchł swawolny śmiech. Skądś zaczęły nadlatywać zgniłe jabłka. Ale chybiały celu. Mimo to zbuk z czerwonawym żółtkiem trafił Gera prosto w twarz. Doszły do tego spleśniałe głąby kapuściane, a jeden liść przylepił się do czoła Guldenmundta.

Przekupki przyniosły w kuflach wodę z pobliskiej studni i wylały ją na głowę bezbronnego Gera. Swawolnie tańczyły wokół niego, zadzierały spódnice i wykonując jednoznaczne ruchy, drwiły z bogatego strojnisia. Wielu ludzi poczuło satysfakcję, że to właśnie Gero Guldenmundt musiał stanąć pod pręgierzem.

Zwabiona hałasem Afra poszła na plac. Nie miała pojęcia, kto stoi pod pręgierzem, a twarz mężczyzny zakutego w dyby była prawie nie do poznania. Również pełne wściekłości okrzyki tłumu nie od razu wszystko wyjaśniły: „Powiesić psubrata!" – wołali. „Biedaczek zniszczy sobie tę piękną szatę!", „Dobrze mu tak, temu próżnemu strojnisiowi!".

Dopiero gdy jakaś przekupka ku uciesze gawiedzi wylała na delikwenta wiadro pomyj, można było znów rozpoznać twarz Gera. Afra podeszła do samego pręgierza. Oczekując dalszych niegodziwości, Gero Guldenmundt zmrużył oczy. Ze zwieszających się z czoła włosów kapała brudna woda. Do prawego kącika ust przykleiły się resztki jakiejś rośliny. Jajka i zgniłe owoce leżące wokół pręgierza wydzielały ohydny smród.

Wtedy Gero nagle otworzył oczy. Jego spojrzenie bez wyrazu powędrowało przez tłum, aż wreszcie zatrzymało się na Afrze i twarz mu spochmurniała. W jego oczach zalśniły nienawiść i pogarda. Zmierzywszy dziewczynę od stóp do głów, wydął policzki i szerokim łukiem splunął na ziemię.

Pachołkom, którzy czuwali nad tym, aby nie doszło do rękoczynów, z trudem udawało się poskromić tłum. Wściekli ludzie, przeważnie jednak kobiety, miotali w stronę pręgierza wszystkim, co im wpadło w ręce. Nie minęła godzina, a zarozumiały wytworniś był otoczony kilkumetrowej wysokości wałem złożonym z cuchnących odpadków.

Około południa rozeszła się pod pręgierzem wieść, że kompan Gera, zbiegły chłop pańszczyźniany winny śmierci posłańca ze Strasburga, zostanie powieszony nazajutrz rano. Nowiniarz chodził od ulicy do ulicy, wyśpiewując tę wiadomość i budząc ogromne zainteresowanie. Ostatnia egzekucja odbyła się półtora miesiąca temu, bardzo dawno jak na żądnych widowisk mieszczan z Ulm. Nie byli oni wcale bardziej krwiożerczy niż mieszkańcy innych miast, ale wyprawianie człowieka na tamten świat stanowiło w tamtych czasach upragnione urozmaicenie i warte obejrzenia igrzysko.

Egzekucji nigdy nie wykonywano wewnątrz murów miejskich, uchodziły bowiem za coś, z czym niewinni mieszczanie chcieli mieć równie mało wspólnego co z katem. On także mieszkał poza miastem i bardzo trudno mu było – o ile je miał – wydać córki za mąż. Podobnie jak w normalnym życiu, również w sposobach wykonywania kary śmierci uwydatniały się różnice stanowe. W każdym razie ścięcie traktowano jako niezwykle honorowe, podczas gdy spalenie na stosie czy powieszenie uchodziło za najpodlejszy rodzaj śmierci.

Z tego punktu widzenia wydarzenie, które odbyło się nazajutrz rano, nie było wcale w smak wytwornemu towarzystwu. Pod pręgierzem zgromadził się głównie motłoch, który następnie, tańcząc i wrzeszcząc radośnie, podążył za kandydatem na śmierć. Skazaniec musiał odbyć swoją ostatnią drogę na ośle, co uznawano za szczególnie haniebne i godne pogardy. Ale publiczność nastrajało to wesoło. Przodem kroczył ksiądz z krucyfiksem w ręce, mamroczący pozornie żarliwe modlitwy, chociaż jego zainteresowanie kierowało się raczej ku ładnym córkom mieszczańskim, które zaspane wyglądały z okien.

Kat oczekiwał pochodu na miejscu straceń, niedaleko od bramy miejskiej. Był odziany w szatę z workowego lnu, przepasaną skórzanym rzemieniem szerokości ręki. Skórzany kaptur na jego wygolonej czaszce sprawiał niesłychanie komiczne wrażenie, reagował bowiem łagodnym skinieniem na każdy ruch głowy kata.

Szubienica składała się z dwóch słupów wbitych pionowo w ziemię i z poprzecznej belki, na której wieszano skazańca. Kat dla odstraszenia nie zdejmował ostatniego wisielca. Jego cuchnące zwłoki, na pół zgniłe, dyndały w porannym wietrze. Roje much fruwały dookoła w poszukiwaniu pożywienia.

Pachołkowie podali Leonardowi Dümplowi napój z mandragory, który wprawił go w stan swego rodzaju odurzenia. Po dotarciu do miejsca straceń zdjęto mu kajdany. Bezwolnie wykonywał polecenia, a nawet kiwał radośnie ręką tłumowi, jakby to wszystko w ogóle go nie obchodziło. Oparłszy się o słup szubienicy, ksiądz wysłuchał spowiedzi

skazańca. Wydany na śmierć, zachowywał się zdumiewająco spokojnie, mamrotał bowiem coś raz po raz:
— Tak będzie dobrze. Tak będzie dobrze.
— Zaczynaj już! — zawołał jakiś zniecierpliwiony starzec w stronę kata. — Chcemy zobaczyć, jak ten łajdak wisi.
— Chcemy zobaczyć, jak wisi! — powtórzył chórem tłum.
W końcu kat oparł drabinę o poprzeczną belkę, wszedł po szczeblach na górę i nawet nie w odległości sążnia od zgniłych zwłok umocował linę z pętlą. Następnie przytoczył beczkę, ustawił ją pionowo i dał skazańcowi znak, żeby na nią wszedł. Sam podążył za nim i założył przyszłemu wisielcowi pętlę na szyję.
Wśród gapiów zaległa nagła cisza. Z otwartymi gębami i pożądliwymi oczyma śledzili, jak kat schodzi z beczki i odsuwa drabinę. Nic się nie poruszało. Jedynie lina, na której wisiały na pół zgniłe zwłoki, trzeszczała na wietrze. Niemal z dumą, że poświęcają mu tyle zainteresowania, Dümpel spoglądał w dół na widzów.
— Chcemy usłyszeć chrzęst! — wołał starzec, który już wcześniej dał się poznać z różnych okrzyków. Wszyscy w tłumie wiedzieli, co miał na myśli: chodziło o chrzęst, który rozlegał się, gdy pętla zaciskała się na szyi skazańca i przerywała kręgi szyjne.
— Chcemy usłyszeć ten chrzęst! — wrzeszczał starzec bez opamiętania.
Ledwie umilkł, gdy kat gwałtownie kopnął beczkę, która się przewróciła. Dümpel osunął się i zawisł, a pętla zacisnęła się na jego szyi, powodując wymarzony chrzęst. Jeszcze ostatni zryw, jeszcze nadaremna próba rozpostarcia ramion, jakby wisielec chciał pofrunąć, i było po egzekucji.
Tłum klaskał w dłonie. Kobiety w fartuchach opinających brzuchy, tak jak opuściły swoje kuchnie, lamentowały udawanym tonem płaczek. Kilku wyrostków biegło z rozpostartymi ramionami, naśladując ostatnie ruchy wisielca.

W tym samym czasie łaziebne kąpały i nacierały pięknie pachnącymi ziołami właściwego inspiratora zbrodni.

Afra miała wyrzuty sumienia z powodu sukni, którą krawiec Varro da Fontana dostarczył dwa dni później. Jeszcze nigdy nie posiadała tak pięknej szaty z lśniącej zielonej materii, sukni z długą spódnicą, która zaczynała się pod biustem i bez fałdów sięgała ziemi. Kwadratowy, obszyty aksamitnymi lamówkami dekolt, ozdobiony szerokim, wystającym aż za ramiona kołnierzem, wyglądał niczym okno, za którym kryją się setki obietnic. A takie szerokie rękawy nosiły tylko szlachetne damy. Fontana skroił Afrze suknię, która leżała na niej jak ulał.

W domu rybaka Bernwarda nie było lustra, w którym Afra mogłaby się zobaczyć w całej okazałości, kiedy jednak spoglądała po sobie, jej serce biło mocniej. Na jaką okazję prosta szynkarka mogłaby włożyć suknię tego rodzaju?

Zachowanie Ulryka von Ensingena stanowiło dla Afry następną zagadkę. Nie wiedziała, w jaki sposób traktować architekta. Z jednej strony zachował się wobec niej tak nieprzychylnie, że krępowała się ponownie go odwiedzić. Z drugiej zaś kazał jej uszyć drogą suknię, która z pewnością wzbudziłaby zazdrość każdej bogatej mieszczki. Niekiedy nachodziły Afrę wątpliwości, czy mistrz Ulryk sobie z nią nie igra, czy nie dworuje sobie z niej, obdarowując ją suknią, która w ogóle do niej nie pasuje. Podczas bezsennych godzin nocnych zajmowała ją wyłącznie ta jedna myśl. Wstawała wtedy, zapalała świecę i przyglądała się zielonej sukni, którą powiesiła na bocznej ścianie szafy.

Kiedy Afra śniła, raz za razem widziała dziewczynę w zielonej sukni. Nie wiedziała, czy to ona sama, czy też ktoś inny, nie mogła bowiem dostrzec jej twarzy. Dziewczyna biegła przez plac katedralny, a za nią gnała tłuszcza hałaśliwych mężczyzn, w pierwszym rzędzie zaś Ulryk von Ensingen.

Ale podczas gdy w snach człowiek zazwyczaj nie może ruszyć się z miejsca, bo ma członki ciężkie jak z ołowiu, dziewczyna w snach Afry uciekała zbirom lekko jak piórko i niczym ptak lądowała na dachach dużego, starego miasta. Wtedy Afra regularnie się budziła, ale na próżno usiłowała wytłumaczyć sobie to osobliwe marzenie senne.

I może trwałoby to tak dłużej, nawet do dnia Sądu Ostatecznego, gdyby nie wydarzyło się coś całkowicie nieoczekiwanego, coś, w co Afra nigdy by nie uwierzyła, jak w absolutne odpuszczenie wszystkich grzechów.

3. Pusty pergamin

Nastał maj i zawitała wiosna. Ale nie była tak ciepła jak w poprzednich latach. Od południa wiały jednak łagodne wiatry, pozwalające zapomnieć o wilgoci i zimnie. Święto wiosny na rynku przyciągnęło młodych i starych. Ludzie przybywali z daleka. Kupcy i rzemieślnicy miejscy zachwalali swoje towary. Byli między nimi kuglarze, muzykanci i mnóstwo wędrownych cyrkowców, którzy prezentowali się poczciwym mieszczanom. W gospodach i tawernach tańczono.

Rybak Bernward i jego żona Agnieszka poznali się niegdyś pierwszej majowej niedzieli właśnie podczas święta wiosny. Zdarzyło się to w trakcie majowej zabawy „Pod Jeleniem", w porządnej gospodzie na Hirschgasse, dokąd z reguły zachodzili majstrowie. Było to tak wiele lat temu, że dzisiaj sami już wszystkiego dokładnie nie pamiętali. Od tej pory jednak regularnie raz w roku wracali na miejsce swojego pierwszego spotkania. Również tej wiosny starzy małżonkowie postanowili dochować wierności tradycji.

Dzień wolny od prac budowlanych przy katedrze Afra spędziła na jarmarku. Lubiła zgiełk, obcych ludzi i atrakcje, które można było zobaczyć. Poza tym mało było w jej życiu urozmaicenia. Czeladnik kamieniarski, który zaprosił Afrę na tańce „Pod Jeleniem", otrzymał odmowną odpowiedź. Nie, nie myślała o mężczyznach i nawet z tego powodu nie cierpiała.

Na próżno wyglądała mistrza Ulryka, jedynego człowieka, który rzeczywiście coraz silniej ją pociągał. Oczywiście Afra miała świadomość, że Ulryk von Ensingen jest znacznie starszy od niej, a oprócz tego żonaty, ponadto nie wiedziała zbyt dobrze, czego sama od niego oczekuje, ale to jej nie przeszkadzało o nim myśleć. A może tylko pociągała ją ponad miarę jego powściągliwość?

Tuż przed nadejściem zmroku wróciła zadowolona do domu. Rybak Bernward z żoną nie przyszli jeszcze z tańców, postanowiła więc udać się wcześniej na spoczynek. Właśnie zdjęła suknię, ale nawet nie zdążyła rozpuścić włosów, gdy ktoś gwałtownie zapukał do drzwi. W pokoju Afry było tylko jedno okno wychodzące na rzekę, tak że nie mogła zobaczyć, kto o tak niezwykłej porze domaga się gościny.

Najpierw nie zareagowała, ale gdy pukanie się nasiliło, zeszła na dół i spytała przez zamknięte drzwi:

– Kto tam o tak późnej godzinie? Rybak Bernward i jego żona Agnieszka jeszcze nie wrócili.

– Nie szukam rybaka Bernwarda ani jego żony!

Afra natychmiast rozpoznała ten głos. Był to Ulryk von Ensingen.

– Czy to wy, mistrzu Ulryku? – zawołała zdumiona.
– Nie wpuścisz mnie?

W tej chwili Afra uświadomiła sobie, że została tylko w długiej lnianej koszuli. Instynktownie ściągnęła tę cienką szatę pod szyją. Sytuacja sama przez się była wystarczająco niezwykła, ale to, że mistrz Ulryk odwiedził ją o wieczornej porze, speszyło dziewczynę do tego stopnia, że zadrżała na całym ciele. Wreszcie otworzyła drzwi i Ulryk wśliznął się do domu.

– Mistrz Varro powiadomił mnie, że w jego sukni jest ci bardzo do twarzy – powiedział, jakby taka późna wizyta była czymś najzwyklejszym pod słońcem.

Afra czuła, jak serce łomocze jej w piersi. Bała się, że udzieli jakiejś głupiej odpowiedzi. Z bezradności skinęła tyl-

ko głową, niemo i z wymuszonym uśmiechem. Gdy jednak nagle usłyszała swoje własne słowa, trwoga ją zdjęła:
— Zapewne krawiec ma rację, mistrzu Ulryku. Chcecie się przekonać na własne oczy?
— Po to tu jestem, panienko Afro — odparł Ulryk, znów takim tonem, jakby to było całkiem oczywiste.
Jego głos promieniował spokojem i opanowaniem, tak że Afra w jednej chwili wyzbyła się wszelkich skrupułów.
— To chodźcie — powiedziała teraz z równą oczywistością i ruchem ręki zaprosiła go, by udał się za nią na górę.
Wchodząc do swojej izdebki, przerwała pełne zakłopotania milczenie:
— Rybak i jego żona, którzy stali się dla mnie prawie rodzicami, są dzisiaj na tańcach „Pod Jeleniem". Dlaczego was tam nie ma?
— Ja? — zaśmiał się szeroko mistrz Ulryk. — Sporo czasu już minęło od chwili, gdy po raz ostatni podniosłem nogę do tańca. Ale co ciebie przed tym powstrzymuje, panienko Afro? Jak słyszałem, kamieniarze i cieśle darzą cię dużym szacunkiem.
— Ale ja ich nie — odpowiedziała Afra zuchwale. — Te chłopy biegają za każdą spódniczką, jeśli tylko nie nosi jej ktoś starszy od ich matek. Nie, wolę zostać sama.
— Wtedy pewnego dnia wylądujesz w klasztorze. Byłoby szkoda takiego pięknego dziecka jak ty.
Pochlebstwa nie były Afrze obce, ale niewiele sobie z nich robiła. Tym razem jednak działo się inaczej. Z rozkoszą, niczym świeże powietrze letniego poranka, chłonęła słowa Ulryka. Już wystarczająco długo czekała na jakieś wyrazy sympatii lub niewinny flirt.
W izbie uprzątnęła z krzesła swoje codzienne odzienie, miała bowiem tylko to jedno miejsce do siedzenia. Później wyjęła z szafy suknię uszytą przez Varra i podsunęła ją Ulrykowi pod nos.

– Piękna, bardzo piękna – zauważył gość.

Nie uszło uwadze Afry, że Ulryk prawie nie spojrzał na dzieło krawca.

– Chcecie... – zaczęła nieśmiało.

– ... żebyś włożyła tę suknię. Suknia bez zawartości jest nudna jak litania do wszystkich świętych.

– Skoro tak uważacie, mistrzu Ulryku.

Chociaż Afra miała na sobie długą koszulę, pod wzrokiem Ulryka czuła się naga. Właściwie nie znała wstydu. Komuś, kto jak ona przez całe lata żył na wsi wśród prostych, dobrodusznych ludzi, wydawało się, że wszelkie uczucia wstydu wynikają raczej z zarozumiałości. Ale teraz, będąc z Ulrykiem sam na sam, krępowała się ubierać na jego oczach.

Architekt, człowiek obyty z ludźmi i na pozór potrafiący sprostać każdej sytuacji, spostrzegł jej wahanie, siadł więc okrakiem na jedynym krześle w izbie, tak że był teraz odwrócony plecami do Afry. I powiedział, puszczając oko:

– No, ubierz się. Już nie patrzę.

Afra zaczerwieniła się jak burak. Inaczej niż wówczas, gdy rozbierała się przed malarzem Altem z Brabancji, obleciał ją strach. Nagle śmiertelnie się przeraziła, nie wiedziała bowiem, co zrobi, gdy Ulryk von Ensingen się do niej zbliży. Właściwie na nic innego nie czekała z większym utęsknieniem, ale po różnych doświadczeniach z mężczyznami wyzbyła się wszelkich złudzeń. Jakże często zastanawiała się w ciągu samotnie spędzanych godzin, czy jeszcze kiedykolwiek uda się jej z całkowitą ufnością oddać jakiemuś mężczyźnie. Czuła się wtedy pusta i niezdolna do żadnych namiętnych uczuć.

Teraz, gdy zdjęła koszulę, przez chwilę stała naga przed Ulrykiem. On jednak na nią nie patrzył. Afra była nieomal rozczarowana, że mężczyzna się nie odwraca. Od kiedy mistrz Alto namalował ją jako świętą Cecylię, piękne ciało napawało ją dumą. Zgrabnie wślizgnęła się w zieloną suknię, poprawiła

biust i wygładziła szeroki kołnierz. A doprowadziwszy do porządku koronę włosów splecionych w warkocz, zawołała swawolnie, jak czynią to dzieci podczas zabawy z chowanego:
— Mistrzu Ulryku, teraz możecie się odwrócić!

Budowniczy katedr podniósł się i zdumionym wzrokiem spojrzał na Afrę. Już od dawna wiedział, że dziewczyna jest piękna, piękniejsza od córek wszystkich mieszczan z Ulm prowadzanych w niedziele do kościoła. Odróżniała się od tamtych. Jej ciemne włosy lśniły jedwabiście. Policzki miała lekko zarumienione, wargi doskonałe, a z oczu tryskało tysiąc obietnic.

Mistrz Alto nauczył ją odpowiedniej postawy, która ukazuje zalety ciała. Stała więc na prawej nodze, lewą lekko podwinęła, a ręce trzymała z tyłu głowy, jakby ciągle jeszcze zajmowała się włosami. Ta poza w szczególny sposób uwydatniała piersi w dekolcie, trwało więc dobrą chwilę, zanim Ulryk oderwał od niego oczy i powędrował wzrokiem po szczupłym ciele dziewczyny.

Był wyraźnie speszony. Jej twarz przypominała mu twarz Uty, rzeźby z katedry w Naumburgu, najpiękniejszego kamiennego oblicza na północ od Alp. Ciało Afry w niczym nie ustępowało też posągom panien roztropnych, które od prawie dwustu lat zdobiły Rajski Portal katedry w Magdeburgu.

Afra z uśmiechem popatrzyła na Ulryka. Zdumiona zobaczyła, że nawet sławny budowniczy katedr może popaść w zakłopotanie. Kiedy tak na niego spoglądała, okazywał wyraźne oznaki niepewności. Unikał jej wzroku, tak że po raz pierwszy w życiu poczuła, że potrafi zawładnąć mężczyzną.

— Nic nie mówicie — spróbowała mu pomóc. — Wyobrażam sobie, dlaczego. Myślicie, że taka elegancka suknia nie pasuje do szynkarki z ulicznej jadłodajni. Prawda?

— Wręcz przeciwnie — uniósł się Ulryk. — Twój widok odebrał mi mowę. Powiedziałbym raczej, że taka piękna dziewczyna jak ty nie pasuje do jadłodajni.

– Mistrzu Ulryku, teraz wyśmiewacie się ze mnie!
– Bynajmniej! – zrobił krok w jej stronę. – Od naszego pierwszego spotkania na górze w mojej pracowni jestem oczarowany twoją urodą.
– Ale potraficie to dobrze ukrywać – odparła Afra. Pochlebstwa Ulryka dodawały jej coraz większej pewności siebie.
– Uważałam was raczej za dziwaka ożenionego z architekturą. W każdym razie nie wyglądaliście na zbyt przystępnego, chociaż może nawet uratowałam wam życie.
– Wiem. Jeśli chodzi o dziwactwo, masz właściwie rację. Wszyscy prawdziwi artyści zajmują się tylko sobą i swoją sztuką. Nie ma różnicy, czy są to poeci, malarze, czy architekci. Jedno jest im wszystkim wspólne: muza, piękna istota płci żeńskiej, którą wielbią i gloryfikują w swoich dziełach. Przypomnij sobie, kogo opiewał Walter von der Vogelweide w *Mädchenlieder*. Albo pomyśl o Hubercie van Eycku, najznakomitszym malarzu współczesnym. Jego madonny to nie święte osoby, lecz godne uwielbienia kobiety z obnażonymi piersiami i zmysłowymi wargami. A postaci, które członkowie mojego cechu wystawiają przy portalach wielkich katedr, rzekomo ku większej chwale bożej, są w istocie wizerunkami ich muz albo utrwalonymi w kamieniu marzeniami mężczyzn.

Ulryk zbliżył się o krok. Afra cofnęła się bezwiednie. Nastąpiło teraz to, czego się tak lękała i na co zarazem miała nadzieję. Jakże tęskniła do jego bliskości, jak bardzo pragnęła, żeby to kiedyś nastąpiło, a teraz nagle schodzi mu z drogi. Czegóż więc pragnie? Najchętniej zapadłaby się pod ziemię.

Ulryk spostrzegł jej wahanie i przystanął.
– Nie musisz się mnie bać – powiedział cicho.
– Nie boję się was, mistrzu Ulryku – zaręczyła Afra.
– Z pewnością jeszcze nigdy nie spałaś z żadnym mężczyzną.

Dziewczyna poczuła, że krew uderza jej do głowy. Jej zmysły gwałtownie się wzburzyły. Jak powinna się zachować?

Czy ma skłamać i oświadczyć: "Nie, mistrzu Ulryku, wy bylibyście pierwsi"? Czy może jednak powinna mu opowiedzieć, co się jej za młodu przydarzyło? Podjąwszy w jednej chwili decyzję, wyznała jeśli nie całą, to chociaż połowiczną prawdę:

– Mój pan lenny, u którego służyłam od dwunastego roku życia, skrzywdził mnie, gdy akurat skończyłam czternaście lat. Uciekłam od niego dwa lata później, kiedy ponownie stał się natrętny. Teraz już wiecie, jak to ze mną jest.

Zaczęła płakać. Gdyby Ulryk zapytał o powód tych łez, nie umiałaby odpowiedzieć. W głowie czuła pustkę, wszystkie myśli gdzieś nagle uleciały. Nie zauważyła nawet, jak Ulryk wziął ją ze współczuciem w ramiona i jął delikatnie gładzić po plecach.

– Przebolejesz to – zauważył spokojnie.

Nagle Afra odniosła wrażenie, jakby zbudziła się z jakiegoś snu. Ale ten sen okazał się jawą. Gdy sobie uświadomiła, że spoczywa oto w ramionach Ulryka, błogie uczucie przeniknęło jej ciało. Poczuła gwałtowną potrzebę przytulenia się do tego mężczyzny. I nagle uległa temu pragnieniu. Choć jeszcze przed chwilą roniła łzy, teraz zaczęła się śmiać. Tak, naśmiewała się ze swoich łez i ocierała oczy dłonią.

– Wybaczcie, tak mnie naszło.

Wiele dni później, gdy rozmyślała o tym, co zdarzyło się tego wieczoru – a zdarzyło się nie tylko raz – potrząsała głową i co rusz zadawała sobie pytanie, jak mogło się to stać: Ulryk jeszcze trzymał ją w objęciach, gdy niespodziewanie się wyzwoliła, cofnęła o krok i opadła na łóżko. Bezbronna leżała przed architektem. Na chwilę oboje zamarli w bezruchu. Później zebrała suknię, podciągnęła ją do góry, odsłaniając łono, i w taki właśnie sposób ofiarowała się mistrzowi Ulrykowi.

– Pragnę cię – usłyszała jego szept.

– Ja też ciebie pragnę – odparła z powagą.

Gdy Ulryk zległ na niej, gdy wszedł w nią krótkim, gwałtownym ruchem, miała ochotę krzyczeć, nie z bólu, lecz z rozkoszy. Odczuwała coś, czego nigdy wcześniej nie zaznała: wzlot, upojenie, zatracenie w nieświadomości. W zapomnienie poszły wstręt i odraza, które przez długi czas dawały o sobie znać na samą myśl o tym, że mógłby jej dotknąć jakiś mężczyzna. Ulryk kochał ją tak delikatnie i z takim oddaniem, że pragnęła, aby to się nigdy nie kończyło.

– Czy chcesz być moją muzą? – zapytał niemal dziecinnie.

– Tak, chcę! – wykrzyknęła podniecona Afra.

Ulryk podsunął ręce pod jej talię i uniósł ją tak wysoko, że ciało dziewczyny napięło się jak łuk nad kościelnym portalem. On zaś nadal poruszał się w niej niczym łagodne fale w rzece i powiedział:

– Wobec tego wystawię ci pomnik w mojej katedrze. Jeszcze za tysiąc lat będą o tobie pamiętać, moja piękna muzo.

Jego ruchy stały się gwałtowniejsze. A dyszący oddech wprawił ją w zachwyt. Wyprężyła się i poczuła siłę płynącą z męskości Ulryka. Nagle najgłębsze tajniki ciała Afry zalał ogień. Miała wrażenie, że wokół rozbrzmiewają wysokie dźwięki chorału. Raz, drugi raz, i jeszcze raz, a potem zapadła się w sobie.

Miała zamknięte oczy i nie śmiała ich otworzyć, żeby spojrzeć na Ulryka. Chociaż ciężar spoczywający na jej ciele zapierał dech w piersiach, pragnęła, aby ten mężczyzna pozostał w tej pozycji jak najdłużej.

– Mam nadzieję, że nie zniszczyłem twojej pięknej sukni – usłyszała jego głos, dochodzący jakby z ogromnej dali.

Ta uwaga nie wydała się Afrze na miejscu. Za to, co właśnie przeżyła, z największą chęcią oddałaby swoją suknię i cały dobytek. „Prawdopodobnie jednak – pomyślała – chwila ta była dla Ulryka von Ensingena równie porywająca jak dla niej".

Minęło trochę czasu, zanim Afra odzyskała w pełni jasność umysłu. Pierwsze, co przyszło jej do głowy, to rybak i jego żona! Strach pomyśleć, co by się stało, gdyby odkryli ją w jej izbie z architektem.
– Ulryku – zaczęła ostrożnie. – Byłoby lepiej...
– Wiem – przerwał i odsunął się od niej. Pocałował ją w usta i usiadł na skraju łóżka. – Chociaż – podjął zaczętą myśl – nie jesteś już dzieckiem. Rybak nie może czynić ci wyrzutów.

Afra wstała i doprowadziła suknię do porządku. A układając z powrotem koronę z włosów, rzekła:
– Masz żonę i wiesz, co to znaczy dla takiej kobiety jak ja.
Wtedy Ulryk von Ensingen podniósł głos:
– Nikt, słyszysz, nikt nigdy cię nie oskarży. Potrafię temu zapobiec.
– Co chcesz przez to powiedzieć? – Afra spojrzała pytająco na Ulryka.
– Oskarżenie o nierząd może wnieść tylko sędzia miejski. Ale do tego potrzeba świadka. Poza tym nie będzie miał śmiałości tego zrobić, bo wówczas musiałby obwinić sam siebie i swoją kochankę. Nie jest wielką tajemnicą, że Benedykt dwa razy w tygodniu sypia z żoną pisarza miejskiego Arnolda. Nieprzypadkowo ostatnie oskarżenie o wiarołomstwo pewnej kobiety wpłynęło w tym mieście przed siedmiu laty. – Ujął Afrę za ręce: – Nie bój się. Ochronię cię.

Słowa Ulryka podniosły ją na duchu. Jeszcze nigdy nikt czegoś podobnego do niej nie mówił. Ale gdy tak stali naprzeciw siebie i patrzyli sobie głęboko w oczy, w głowie dziewczyny zrodziły się pierwsze wątpliwości: Czy słusznie ulega swoim uczuciom do Ulryka?

Zdawało się, że architekt czyta w jej myślach:
– Przykro ci? – zapytał.
– Przykro? – Usiłowała ukryć jakoś brak pewności siebie. – Wierz mi, nie chciałabym uronić ani jednej sekundy

z ostatniej godziny. Ale lepiej będzie, jeśli wyjdziesz, zanim Bernward wróci z żoną do domu.

Ulryk skinął potakująco głową. Potem pocałował Afrę w czoło i zniknął.

Dzielnica rybacka była pogrążona w mroku. Tu i ówdzie gromadki hulaków z pochodniami w rękach powracały z tańców.

Jakiś pijany przechodzień potrącił mistrza Ulryka i wybełkotał przeprosiny. Zaledwie kilka kroków od domu rybaka Bernwarda wałęsał się dość podejrzany mężczyzna z latarnią. Gdy architekt się do niego zbliżył, wydało mu się, że rozpoznaje Gera Guldenmundta. Nagle jednak światło latarni zgasło, a tajemnicza postać zniknęła w bocznej uliczce.

Tej nocy i przez następne dni Afra bujała w obłokach. Uciekła od swojej przeszłości. Jej życie, polegające do tej pory wyłącznie na jałowych próbach przetrwania z dnia na dzień, nagle nabrało sensu. Chciała żyć, przeżywać. Wrodzona nieśmiałość i powściągliwość, jak to przystoi szynkarce z jadłodajni, ustąpiły naraz pewności siebie. Niekiedy okazywała nawet pychę. Cieszyły ją swobodne kontakty z kamieniarzami i cieślami, a na ich pochlebstwa, żarty i docinki odpowiadała tak śmiałymi słowami, że ci nieokrzesani młodzieńcy milkli zawstydzeni.

Oczywiście nie uszło uwadze robotników budujących katedrę, że mistrz Ulryk von Ensingen, który do tej pory jeszcze nigdy nie pokazał się w jadłodajni, od niedawna zaczął spożywać tutaj posiłki. Przed czujnym okiem nie dało się też ukryć, że gdy Afra podawała misy budowniczemu katedry, ich ręce delikatnie się dotykały. Dało to powód do gadania. Poza tym Afra i Ulryk, kiedy spotykali się wieczorami po pracy, nie robili tajemnicy z uczucia wzajemnej sympatii.

Ulryk otworzył Afrze oczy na architekturę, wyjaśnił jej różnicę między starym i nowym rodzajem stylu, między sklepieniem kolebkowym i krzyżowo-żebrowym, wytłumaczył jej też regułę złotego podziału, który w niewyjaśniony sposób przymila się do ludzkiego oka jak pieśń miłosna do ucha uwielbianej bogdanki. Wprawdzie treść *sectio aurea*, zgodnie z którym należy dzielić odcinek na dwie części tak, aby stosunek długości dłuższej z nich do krótszej był taki sam jak całego odcinka do części dłuższej, nadal pozostawał dla Afry nader zagadkowy, to jednak sama prawidłowość, która wywodziła się od Greka Euklidesa, a z którą igrali wielcy budowniczowie, niezwykle ją fascynowała. Naraz zaczęła innymi oczami patrzeć na katedrę, a jeśli czas na to pozwalał, niekiedy na całe godziny zagłębiała się w szczegółach budowli.

Nierzadko kochali się nocami wysoko, w zawieszonej w przestworzach pracowni architekta albo na nadrzecznych łąkach, gdy były piękne dni. A kiedy Afra pewnego razu w trakcie swawoli zniszczyła kosztowną zieloną suknię, Ulryk zamówił u mistrza Varra dwie nowe, jedną czerwoną, a drugą żółtego koloru.

Afra już od dawna się nie krępowała i ubierała się elegancko jak bogata mieszczka, chociaż z powodu modnych strojów brano ją na języki. W jadłodajni nieraz dochodziło do jej uszu złośliwe zdanie: „Na pewno dobrze mu robi".

To, że akurat żółta suknia przyniesie jej zgubę, wydawało się dziewczynie równie nieprawdopodobne, jak światło słońca w Zaduszki. Stało się jednak tak, a nie inaczej.

Kosztowny materiał na tę suknię przywiózł Varro da Fontana z Włoch, gdzie lśniąco żółty kolor uchodził za szczególnie elegancki. Ani krawiec z Południa, ani Afra nie pomyśleli, że żółtym ubiorom na północ od Alp przypisuje się całkiem inne znaczenie. Żółte suknie nosiły przede wszystkim łaziebne i ladacznice, chcące zwrócić na siebie uwagę.

Najpierw dostrzegły to przekupki na targu. Kiedy Afra przechadzała się po rynku, gdzie wcześniej sama sprzedawała ryby, przekupki pieniły się ze złości:

- Zdaje się, że rozkładanie nóg to dochodowy interes. Niech ją diabli porwą!
Niektóre przy spotkaniu spluwały jej pod nogi albo odwracały się do niej plecami. Afra nie rozumiała tej zmiany nastawienia wśród ludności Ulm, toteż nie wahała się nadal nosić swojej żółtej sukni.
Pewnej niedzieli, gdy w jadłodajni jak zwykle wesoło spożywano jadło i napitki, zdarzyła się niepojęta rzecz. Pewien cieśla, którego ze względu na potężny wzrost nazywano olbrzymem, rzucił Afrze pięć ulmskich fenigów na stół i zawołał, wyzbywszy się skrupułów po cienkim piwie:
– Chodźże no, mała ladacznico, zrób mi dobrze, tu, na tym stole!
Dzikie wrzaski robotników budowlanych ustały natychmiast. Wszystkie oczy skierowały na Afrę, podczas gdy olbrzym zaczął wyjmować genitalia z nogawek spodni.
Afra zamarła.
– Myślisz pewnie, że jestem jedną z tych, które można kupić za pięć fenigów? – cisnęła cieśli prosto w twarz. I pogardliwie mierząc wzrokiem jego niekształtną męskość, dodała: – Czegoś tak ohydnego nie widziałam jeszcze nigdy w życiu.
Stojący dookoła gapie ryczeli i walili pięściami w stół.
– Tu leżą pieniądze, zrób coś za nie! – zawołał olbrzym i z wyciągniętymi rękami zbliżył się do Afry. Żelaznym chwytem złapał ją i przycisnął do stołu. Gapiący się mężczyźni wyciągali szyje.
Afra broniła się jak wściekła.
– Pomóżcie mi! – krzyczała.
Ale mężczyźni nadal tylko się gapili. Sama nie była w stanie przeciwstawić się olbrzymowi. Ostatkiem sił kopnęła go kolanem między nogi. Cieśla zgiął się z wrzaskiem, puścił ją i stoczył się na ziemię. Dziewczyna zerwała się i pognała do wyjścia w obawie, że pozostali będą próbowali ją zatrzymać.

Wtedy w drzwiach stanął Ulryk von Ensingen. Wesołe krzyki rzemieślników umilkły.
Architekt chwycił Afrę w ramiona. Dziewczyna załkała. Ulryk pogładził ją delikatnie po włosach, gniewnym wzrokiem lustrując zebranych mężczyzn.
– Wszystko w porządku? – zapytał cicho.
Potaknęła głową, a on wypuścił ją z objęć i podszedł do olbrzyma, który, skulony z bólu, siedział jeszcze w kucki na ziemi.
– Wstań, ty bydlaku – powiedział mistrz Ulryk cicho i kopnął cieślę ponaglająco. – Wstań, żeby wszyscy mogli zobaczyć, jak wygląda bydlak.
Olbrzym wybełkotał coś, co miało brzmieć jak przeprosiny, i podniósł się z trudem. Właśnie w chwili, gdy się wyprostował, mistrz Ulryk chwycił oburącz za krzesło, wywinął nim w powietrzu i zdzielił olbrzyma w głowę. Krzesło rozleciało się w drzazgi, a cieśla upadł na ziemię, nie wydając z siebie głosu.
– Sprzątnijcie go. Śmierdzi – syknął Ulryk, zwracając się do stojących wokół mężczyzn. – A jak już dojdzie do siebie, powiedzcie mu, że nie chcę go więcej widzieć na budowie. Zrozumieliście?
Robotnicy nigdy jeszcze nie widzieli mistrza Ulryka tak wzburzonego. Trwożliwie szarpali olbrzyma za ubranie. Krew płynęła mu z głowy jak zarżniętej świni. A kiedy wlekli go na dwór, zostawiał za sobą ciemny ślad.

Od tego dnia mieszkańcy Ulm wytykali Afrę palcami. Jadłodajnia opustoszała. Na ulicy schodzono dziewczynie z drogi.
Pewnego ranka – od nieszczęsnego zajścia minęły akurat dwa tygodnie – ktoś podrzucił pod drzwi rybaka Bernwarda odciętą kurzą łapę.
– Wiesz, co to znaczy? – zapytał zdenerwowany rybak.
Afra spojrzała na niego trwożliwie.

Bernward zrobił zatroskaną minę.
– Chcą cię oskarżyć o to, że jesteś czarownicą.
Afra poczuła ukłucie w okolicy serca.
– Ale dlaczego? Przecież nic nie zrobiłam.
– Mistrz Ulryk jest żonaty, a jego żona to pobożna kobieta. Twoja żółta suknia również nie pomaga ci uchodzić za przyzwoitą panienkę. Przeciągnęliście strunę i ty musisz za to zapłacić.
– Co mam uczynić?
Bernward wzruszył ramionami. Wreszcie podeszła do nich Agnieszka, która zawsze okazywała Afrze dużo serdeczności. Dobrze jej życzyła. Wzięła dziewczynę za rękę i powiedziała:
– Afro, nigdy nie wiadomo, jak coś takiego się skończy. Jeśli jednak chcesz posłuchać mojej rady, to odejdź stąd. Potrafisz pracować, wszędzie więc znajdziesz posadę. Z mieszkańcami Ulm nie ma żartów. Oni sami są największymi łotrami i rzezimieszkami pod słońcem, ale na zewnątrz udają nie wiadomo jakich świętoszków. Posłuchaj się mnie. Tak będzie dla ciebie najlepiej.
Słowa żony rybaka sprawiły, że w oczach Afry pojawiły się łzy. Znalazła w Ulm dom rodzinny i po raz pierwszy w życiu czuła się dobrze w otaczającym ją świecie. Przede wszystkim jednak był tu Ulryk. Po prostu nie mieściło jej się w głowie, że szczęście, które ją spotkało, miałoby trwać tak krótko.
– Nie, po trzykroć nie! – zawołała ze wściekłością. – Zostanę, bo nie czuję się winna. Niech mnie oskarżają.

Również Ulryk von Ensingen spostrzegł nagle, że ma więcej wrogów niż przyjaciół. Rzemieślnicy utworzyli grupki i postawili sobie za cel, że będą bojkotować jego poczynania. Kamieniarze przestali wyszukiwać najlepsze okazy do obróbki i wybierali najkruchsze. W belkach dostarczanych przez cieśli znajdowało się coraz więcej dziur po sękach. Nawet majstrowie pracujący przy wznoszeniu katedry, z którymi mistrz żył w największej zgodzie, zaczęli naraz unikać spotkań z nim, a porad zasięgali u jego syna Mateusza, który tymczasem zakończył okres czeladniczy i sam został majstrem.

W tej trudnej sytuacji Afra i Ulryk jeszcze bardziej przylgnęli do siebie. Teraz, kiedy już tak czy inaczej wszyscy wiedzieli o ich związku, całkiem przestali ukrywać swoje uczucia. Trzymając się pod rękę, spacerowali po rynku albo mocno objęci stawali na przystani rzecznej i odprowadzali wzrokiem barki ulmskie, które wypływały w dalekie rejsy. Ale gwiazdy nie sprzyjały szczęściu obojga.

Olbrzym, którego Ulryk von Ensingen potraktował tak ostro w jadłodajni, oczernił Afrę przed sędzią miejskim. Nakłonił go do tego opłacony przez Gera Guldenmundta adwokat i krętacz, mający świadomość, że sam budowniczy katedry jest poza ich zasięgiem. Oskarżenie Afry o uprawianie czarów wymagało natomiast zaledwie dwu świadków, którzy byliby gotowi potwierdzić, że widzą w niej coś osobliwego. Osobliwe zaś były w tych czasach na przykład rude włosy albo aksamitna suknia.

Gdy Ulryk von Ensingen dowiedział się o tym, poszedł do Afry, która prawie przestała wychodzić z domu. Było już późno. Rybak Bernward zaklinał architekta na wszystkie świętości, żeby dodatkowo nie narażał jego rodziny na nieszczęście. Gdyby ktoś dowiedział się o tej wizycie, można by zarzucić Bernwardowi, że wspiera ów grzeszny związek. Ale architekt nie pozwolił się odprawić.

Afra domyślała się, że nocna wizyta Ulryka nie wróży niczego dobrego, z płaczem więc padła w jego ramiona. Ten zrobił poważną minę i zaczął bez ogródek:

– Afro, kochanie, wszystko, co ci powiem, mnie samemu łamie serce. Ale wierzaj mi, to bardzo ważne, i jest to jedyna możliwość wyjścia z tej zawikłanej sytuacji.

– Wiem, co chcesz powiedzieć – zawołała z wściekłością i gwałtownie potrząsnęła głową. – Chcesz, żebym jak jakaś zbrodniarka w obawie przed siepaczami potajemnie zniknęła z miasta. Wytłumacz mi jednak, na czym polega moja zbrodnia? Może na tym, że się broniłam, gdy ten łotr chciał mnie skrzywdzić? Może na tym, że cię kocham? A może na tym, że moja powierzchowność jest bardziej ponętna niż powierzchowność innych mieszczańskich córek? Powiedz!
– Nie ponosisz żadnej winy – odpowiedział Ulryk uspokajająco. – Na pewno nie. Szczególne okoliczności sprawiły, że ty, i nie tylko ty, znalazłaś się w takiej sytuacji. Ja sam nie mogę sobie wyobrazić, że cię stracę, ale nie musi to być na zawsze. Jeśli jednak nie znikniesz teraz z miasta, oni...

Ulryk przełknął ślinę. Nie potrafił wypowiedzieć tej myśli.

– Wiesz, co oni robią z kobietami oskarżonymi o czary – powiedział. – I mogę ci przysiąc, że moja żona pierwsza złoży zeznanie przeciw tobie. Uciekaj. Zrób to dla mnie! Twoje życie jest w niebezpieczeństwie!

Afra słuchała tego w milczeniu i raz po raz kręciła głową, a uczucia wściekłości i zarazem strachu narastały w niej z każdą chwilą. Co to jest za świat? Przyłożywszy zaciśnięte ręce do piersi, jakby chciała się pomodlić, wbiła wzrok w ziemię. Długo milczała, aż wreszcie spojrzała Ulrykowi w twarz:

– Odejdę pod warunkiem, że i ty ze mną pójdziesz.

Ulryk skinął głową, jakby chciał powiedzieć, że spodziewał się takiej odpowiedzi. W końcu rzekł:

– Afro, już to rozważałem. Nie byłaby mi nawet niemiła myśl, że rzucam tę budowę i znajduję sobie zajęcie w innym mieście – w Strasburgu, Kolonii albo gdziekolwiek indziej. Nie zapominaj jednak, że mam żonę. Nie mogę jej tak po prostu zostawić, chociaż nasze małżeństwo nie jest bynajmniej związkiem z miłości. Ponadto żona od pewnego czasu niedomaga. Straszliwy ból, jak mówi, pewnego dnia rozsadzi jej głowę. Nie pomagają nawet surowe, głośne modły, na których spędza całe noce. Nie mogę odejść z tobą. Musisz to zrozumieć!

Afra zaszlochała, po czym bez słowa wzruszyła ramionami i spojrzała w bok. Po dłuższej chwili, kiedy jedno nie śmiało spojrzeć na drugie, zdecydowanie podeszła do szafy, wyciągnęła spod bielizny podniszczoną skórzaną szkatułkę obciągniętą rzadkim płótnem i podsunęła ją Ulrykowi pod nos.

– Co to jest? – zapytał zaciekawiony.

– Mój ojciec – zaczęła Afra z wahaniem – zmarł, kiedy nie miałam jeszcze dwunastu lat. Mnie jako najstarszej z pięciu córek zostawił tę szkatułkę wraz z listem. Nigdy zbyt dobrze nie rozumiałam, o co w tym chodzi, a w jeszcze mniejszym stopniu docierało do mnie, co znaczy zawartość tej szkatułki. W zawirowaniach moich młodych lat list ojca gdzieś się zapodział. Gdy o tym myślę, mam ochotę wytrzaskać samą siebie po twarzy. Jednak szkatułki i jej zawartości strzegę jak oka w głowie.

– Teraz naprawdę budzisz moją ciekawość.

Ulryk zabrał się do otwarcia płaskiej szkatułki, ale Afra położyła dłoń na jego ręce i powiedziała:

– Z listu, który napisał ojciec, wynikało, że zawartość tej szkatułki jest warta majątek i że mam zrobić z niej użytek jedynie w chwili, gdy nie będę już wiedziała, jak sobie dalej w życiu poradzić. Wtedy jednak nie będzie można wykluczyć, że zawartość szkatułki sprowadzi nieszczęście na cały rodzaj ludzki.

– To brzmi dość tajemniczo. Czy kiedykolwiek zaglądałaś do środka, żeby się dowiedzieć, co się tam znajduje?

Dziewczyna potrząsnęła przecząco głową.

– Nie. Coś mnie zawsze przed tym powstrzymywało. – Spojrzała na Ulryka. – Ale teraz myślę, że właśnie nadeszła chwila, gdy oboje bardzo potrzebujemy pomocy.

Ostrożnie rozwiązała skórzane tasiemki, którymi było przewiązane ozdobne etui, i odwróciła się.

– No, powiedz wreszcie, co jest w tej tajemniczej szkatułce! – niecierpliwił się Ulryk.
– Pergamin. – W głosie Afry pobrzmiewało rozczarowanie. – Niestety, nie można go odczytać.
– Pokaż! – poprosił.
Pergamin miał jasnoszary kolor i był dwukrotnie złożony na wielkość dłoni. Dobywała się z niego osobliwa, ale dość miła woń. Gdy Ulryk rozłożył go ostrożnie i obejrzał z obu stron, zamilkł zdumiony.
Afra potaknęła głową:
– Nic. Pusty pergamin.
Ulryk podsunął kartkę ku światłu łuczywa:
– Rzeczywiście, nic!
Rozczarowany opuścił pergamin.
– Może – zaczęła Afra niepewnie – ta kartka jest bardzo stara i pismo już dawno zblakło?
– To całkiem możliwe. Ale wówczas i twój ojciec nie mógłby go już przeczytać.
– W ogóle o tym nie pomyślałam. W takim razie ta kartka musi mieć jakieś inne znaczenie.
Ulryk von Ensingen ostrożnie złożył pergamin i oddał go Afrze.
– Powiadają – zaczął w zadumie – że alchemicy posługują się sekretnym pismem, które, ledwie znajdzie się na papierze, natychmiast znika, podobnie jak śnieg na wiosennej łące, i że trzeba mieć tajemniczą miksturę, aby się znowu ukazało.
– Myślisz, że ten pergamin skrywa takie pismo?
– Kto wie? W każdym razie byłaby to wskazówka dotycząca jego wspaniałej treści, której poznanie najwyraźniej nie jest dane wszystkim ludziom.
– To brzmi ciekawie. Gdzie jednak znajdziemy alchemika, który mógłby nam pomóc?
Mistrz Ulryk przygryzał wargi, a w końcu powiedział:

– Dawno temu pewien alchemik o imieniu Rubald zachwalał mi swoje usługi. To byli dominikanin, w każdym razie mnich jak większość alchemików. Posługując się obrazami i zagadkami, opowiadał o podobieństwie metali i planet, a przede wszystkim o księżycu, któremu podczas wznoszenia katedr przypada szczególna rola. I tak na przykład: jeśli budowla ma przetrwać tysiąc lat, zwornik sklepienia wolno zakładać tylko w czasie nowiu. Tak w każdym razie twierdził ten mnich.

– Nie kierowałeś się tą wskazówką?

– Oczywiście, że nie. Kładłem zworniki, gdy była po temu pora. W każdym razie przed ukończeniem sklepienia nie spoglądałem na nocne niebo. Myślę, że Rubald miał mi za złe, że go wówczas odprawiłem. Miał nadzieję na spore dochody podczas budowy katedry. Jak słyszałem, mieszka dzisiaj na drugim brzegu rzeki, gdzie oddaje tajemne usługi biskupowi Augsburga. W przeciwnym razie byłby już chyba umarł z głodu. Alchemia nie jest nauką, która przynosiłaby jakieś znaczne dochody.

– Nie jest też pobożna. Czy Kościół nie potępia alchemii?

– Oficjalnie tak. Ale potajemnie i w bezpiecznej odległości każdy biskup utrzymuje swojego alchemika, licząc na jakiś cud. Że może kiedyś jednak uda się zmienić żelazo w złoto albo znaleźć eliksir prawdy. Było wielu biskupów, a nawet papieże, którzy czytali więcej ksiąg na temat alchemii niż dzieł teologicznych.

– Powinniśmy odwiedzić tego mistrza Rubalda. Mój ojciec był mądrym człowiekiem. Skoro więc powiedział, żebym otworzyła szkatułkę wyłącznie w największej potrzebie i kiedy już naprawdę nie będę wiedziała, co dalej ze sobą począć, to z pewnością miał coś na myśli. Może ta szkatułka przyniesie ratunek nam obojgu. Nie odmawiaj mojej prośbie.

Ulryk popatrzył sceptycznie na Afrę. Do czego mógłby się im przydać kawałek pustego pergaminu? I czy wizyta u alchemika nie jest nazbyt niebezpieczna w obliczu oskarżeń o czary? Potem jednak dostrzegł błagalny wzrok Afry, przystał więc na jej pomysł.

Nazajutrz rano o bladym świcie przeprawili się płytką łódką przez rzekę Blau, nieopodal miejsca, gdzie jej wody uchodzą do Dunaju. Przewoźnik spoglądał zaspanym wzrokiem na poranne słońce i nie odzywał się ani słowem. Było to na rękę Afrze i Ulrykowi, gdyż oboje błądzili myślami daleko stąd.

Dom alchemika stał nieco na uboczu, na niewielkim wzniesieniu, i był wyższy niż szerszy. Na każdym z dwóch pięter znajdowało się tylko jedno okno. Nie wyglądał zachęcająco. Już z daleka widziało się wszystkich nadciągających przybyszów.

Tak więc gdy Ulryk von Ensingen zastukał do drzwi, podając swoje nazwisko, ich wizyta nikogo nie zaskoczyła. Mimo to musieli długo czekać, zanim im otworzono. Wreszcie w drzwiach uchyliła się na szerokość dłoni klapka i ukazała się blada jak prześcieradło twarz o szklistych oczach. Usłyszeli niski, ochrypły głos:

– Ach, mistrz Ulryk, budowniczy katedr! Czyżbyście zmienili zdanie i jednak potrzebowali mojej pomocy? Coś wam powiem, mistrzu Ulryku: idźcie do diabła. I tak zawarliście już z nim pakt. – Rozległ się zrzędliwy śmiech, zanim głos zaczął mówić dalej: – Jak inaczej wyjaśnicie, że wasza wzbijająca się ku niebu katedra jeszcze nie runęła, chociaż naśmiewaliście się z wpływu księżyca na budowę świątyń. Nie zapomniałem waszych słów: księżyc przyświeca nocą wracającym do domu hulakom, ale podczas wznoszenia katedry jest wszystko jedno, czy rośnie, czy maleje, czy świeci, czy też nie. Idźcie sobie, razem z tą waszą piękną towarzyszką!

Zanim jeszcze rozeźlony Rubald zdążył zamknąć klapkę w drzwiach, Ulryk podetknął mu pod nos złotą monetę, co sprawiło, że twarz alchemika natychmiast się rozjaśniła. Odsunął rygiel i otworzył drzwi.

– Wiedziałem, że można się z wami dogadać, mistrzu Rubaldzie – powiedział Ulryk z ironią w głosie i włożył mu do ręki sztukę złota.

Rubald wskazał głową na Afrę i zapytał:

– A to kto?

– Afra, moja kochanka – odparł Ulryk bez ogródek. Wiedział, jak zaintrygować alchemika. – O nią właśnie chodzi.

Rubald spojrzał z zaciekawieniem. Alchemik był dziwaczną osobą. Sięgał Afrze ledwie do ramion. Spod czarnego, spiętego paskiem w talii kaftana do połowy ud wystawały dwie chude nogi w pończochach. Na głowie Rubald nosił czapkę z pomponem, która okalała jego twarz aż po szyję i tworzyła kołnierz spadający na ramiona.

– Zaczarowała was, a teraz chcecie się jej pozbyć – powiedział trzeźwo Rubald głosem w ogóle niepasującym do tego niskiego człowieczka.

– Bzdura. Nie wierzę w tego rodzaju gusła.

Ulryk zrobił poważną minę, a alchemik wcisnął głowę w ramiona, jakby chciał zaszyć się w swojej czapie niczym w skorupie ślimaka.

– Powiadają, że alchemicy znają pewien rodzaj sekretnego pisma, które znika po napisaniu, i że trzeba pewnych sztuczek, aby je ponownie odczytać.

Po twarzy Rubalda przemknął podstępny uśmieszek.

– Tak, tak powiadają. – Jego głowa wychynęła z powrotem z kołnierza. Z dumą w głowie oznajmił: – Tak, tak, macie rację, mistrzu Ulryku. Już Filon z Bizancjum, który trzysta lat przed narodzeniem naszego Pana napisał dziewięć ksiąg o wiedzy w swoich czasach, znał tajemny atrament galasowy. Jednak księga, w której Filon opisuje, w jaki sposób można ponownie odczytać niewidzialne pismo, zaginęła.

– Chcecie przez to powiedzieć, że tego, jak to powiedzieliście, atramentu galasowego nie można z powrotem zobaczyć?

Afra wpatrywała się z nadzieją w alchemika.

– Bynajmniej – odpowiedział Rubald po długiej, artystycznej pauzie, którą się wielce napawał. – Nie ma jednak wielu ludzi, którzy znają recepturę mikstury, sprawiającej, żeby pismo było na powrót widoczne.

– Rozumiem – powiedział Ulryk – ale jak was znam, mistrzu Rubaldzie, zaliczacie się do tych osób, dla których ta receptura nie stanowi zagadki.

Alchemik z udawanym zakłopotaniem zatarł dłonie, a przy tym chytrze zachichotał.

– Zgłębienie tej tajemnicy wymaga oczywiście ogromnych zachodów. Myślę, że lek na ból głowy albo na trawienie jest dużo tańszy.

Ulryk spojrzał na Afrę i skinął potakująco głową. Potem zwrócił się do Rubalda i zapytał krótko:

– Ile?

– Guldena.

– Oszaleliście. Tyle nie zarabia kamieniarz przez cały miesiąc!

– Ale nie potrafi też odtworzyć tajemnego pisma. O co w ogóle chodzi?

Afra wyjęła ze szkatułki złożony pergamin i podała alchemikowi, który obmacał go ostrożnie, a później podniósł przy oknie pod światło i obrócił na wszystkie strony.

– Nie ma wątpliwości – powiedział wreszcie – pergamin skrywa litery, jakieś bardzo stare litery.

Ulryk spojrzał badawczo na Rubalda.

– A więc dobrze, mistrzu alchemii, jeśli na naszych oczach uda ci się uwidocznić zapis na pergaminie, dostaniesz guldena!

W trakcie, gdy Ulryk mówił, na wąskich schodach prowadzących po prawej stronie na piętro ukazała się rosła postać – kobieta w długiej szacie, z pewnością o dwie głowy wyższa od alchemika.

– To jest Klara – zauważył Rubald bez zbędnych wyjaśnień, tyle że zaczął przewracać oczyma, cokolwiek to miało znaczyć. Klara skinęła uprzejmie głową i bez słowa zniknęła w bocznych drzwiach.

– Chodźcie ze mną – powiedział Rubald, zapraszając ich ruchem ręki na schody, które składały się z masywnych, surowych desek, tak że każdy krok wywoływał skrzyp lub pisk, jakby poszczególne stopnie cierpiały pod brzemieniem obcych przybyszów.

Afra nigdy w życiu nie widziała pracowni alchemika. To ponure pomieszczenie wydało się jej groźne. Setki rzeczy, których znaczenie i przeznaczenie nasuwało równie wiele pytań, sprawiały, że oboje zamilkli zdumieni. Półki na ścianach były wypełnione szklanymi i glinianymi pojemnikami o osobliwych kształtach. Misy z suszonymi ziołami, jagodami i korzonkami rozsiewały cierpkie zapachy. Widać było tabliczki opisane niedbałym charakterem pisma: *wilcza jagoda*, *lulek*, *mak*, *bieluń dziędzierzawa*, *cykuta*, *wilczomlecz*. W szklanych naczyniach z żółtą i zieloną cieczą pływały martwe zwierzęta, jak skorpiony, jaszczurki, żmije, chrząszcze i inne, nieznane jej dotąd dziwolągi.

Podszedłszy bliżej, odkryła w jednym ze słojów homunkulusa, swego rodzaju ludzką istotę, może wielkości dłoni na szerokość, z niekształtną dużą głową i drobnymi, wyraźnymi członkami. Cofnęła się w śmiertelnym przerażeniu, gdy nagle spojrzała w otwartą paszczę jaszczurki długości przekraczającej rozpiętość ramion dorosłego człowieka.

Rubald, który zauważył jej przerażenie, zachichotał cicho pod nosem.

– Nie bój się, moja droga, to zwierzę jest już od dawna martwe i wypchane. Pochodzi z Egiptu, a zwą je krokodylem. Dla Egipcjan krokodyl jest nawet święty.

Właściwie Afra inaczej wyobrażała sobie świętych – jako szlachetne, piękne i godne uwielbienia postaci, po prostu święte. Słowa alchemika zbiły ją z tropu, tak że straciwszy pewność siebie, zaczęła szukać ręki Ulryka.

W pomieszczeniu nakrytym sufitem z masywnych belek zaległa cisza. Można było usłyszeć syk płomienia palącego się pod okrągłym szklanym balonem. Wystająca z naczynia zakrzywiona retorta co pewien czas wydawała z siebie bulgoczące odgłosy.

– Dajcie mi ten pergamin – powiedział alchemik, zwracając się do Afry.

– Ale czy jesteście pewni, że nie zniszczycie tego pisma na zawsze?

Rubald potrząsnął przecząco głową.

– W tym życiu tylko jedno jest pewne: śmierć. Ale postaram się i będę postępował ostrożnie. No, dajcie go wreszcie!

Na stole pośrodku pokoju alchemik rozpostarł coś w rodzaju filcu. Położył na nim pergamin, którego rogi przymocował cienkimi igłami. Następnie podszedł do jednej ze ścian, pod którą leżały w stertach niezliczone księgi, zwoje pism i luźne kartki. „Jak, do czorta – pomyślała Afra – człowiek może połapać się w tym chaosie?" Grzbiety niektórych ksiąg były opisane brązowym inkaustem i podawały treść lub autora danego dzieła, nazwiska i tytuły, które dla normalnego chrześcijanina przedstawiały się bardzo zagadkowo – pewne z nich były napisane pismem, które Afrze wydawało się dziecięcymi bazgrołami. Po łacinie wyróżniały się takie nazwiska jako Konrad von Vallombrosa, Nicolaus Eymericus, Alexander Neckham, Johannes von Rupescissa albo Robert von Chester. Były tam tak tajemniczo brzmiące tytuły, jak: *De occultis operibus naturae*, *Tabula Salomonis* albo *Thesaurus nigromantiae*. Pewien tytuł w języku niemieckim brzmiał: *Eksperymenty, które wymyślił król Salomon, gdy zabiegał o miłość pewnej szlachetnej królowej, a które są eksperymentami naturalnymi*.

– Dlaczego prawie nie ma ksiąg w języku niemieckim, które by zajmowały się waszą sztuką? – dopytywała się Afra.

Wzrok Rubalda powędrował po ścianach z księgami, ale nie pozwolił się odwieść od poszukiwania czegoś konkretnego. Nie podnosząc oczu, odparł:

– Nasz język jest tak ubogi i zaniedbany, że nawet nie zna słów na określenie wielu pojęć. Na opisanie zaś treści innych, jak choćby „lapidarium" czy „nigromantia", a nawet „alchemia", potrzebuje niezwykle skomplikowanych i długich wyjaśnień.

Alchemik jakimś cudem znalazł po chwili to, czego szukał. Kaszląc, jakby płuca podrażnił mu dym, wyciągnął ze sterty ksiąg cienki zeszyt. To, że inne dzieła upadły przy tym na ziemię, zdawało się mu równie mało przeszkadzać, co wzniecony w ten sposób tuman kurzu.

Rubald wygładził przed sobą na stole zszyty cienkimi nićmi egzemplarz i zaczął czytać. Z niezrozumiałych powodów strasznie przy tym wykrzywił twarz, a ponadto poruszał bezgłośnie wargami, jak to robi pobożny człowiek podczas cichej modlitwy.

– A więc to tak! – powiedział w końcu, przygotował czarę i zdjął z półek pół tuzina flakoników i fiolek. Menzurką, którą ciągle brał pod światło, odmierzał różne ilości płynów. War w czarze kilkakrotnie zmieniał kolor, przeszedł z czerwonego w brązowy, aż wreszcie uzyskał niewytłumaczalną klarowność.

Afra była podekscytowana i w tym podekscytowaniu – przecież człowiek nieczęsto ma okazję spoglądać alchemikowi przez ramię! – przeżegnała się. Nie mogła sobie przypomnieć, kiedy ostatnio to zrobiła.

Ten świętoszkowaty przypływ nabożności nie uszedł uwadze Rubalda. Nie przerywając pracy, zachichotał:

– Przeżegnajcie się spokojnie jeszcze raz, skoro myślicie, że to wam pomoże. Mnie to w każdym razie nic nie daje. To, co się tutaj odbywa, nie ma nic wspólnego z wiarą, tylko z wiedzą. A wiedza jest, jak wiadomo, wrogiem wiary.

– Za pozwoleniem – odezwał się Ulryk von Ensingen. – Spodziewałem się po was więcej czarnoksięskich sztuczek.

Alchemik zamarł w bezruchu, przekrzywił głowę tak, że długi róg czapki sięgał prawie ziemi, i zaskrzeczał:

– Mistrzu Ulryku, niedoczekanie wasze, żebym za marnego guldena pozwolił się obrażać. To, co się tu dzieje, to nie czary, tylko eksperyment naukowy. Zabierajcie się do diabła z tym głupim pergaminem. Co on mnie obchodzi?

– On nie miał nic złego na myśli – Afra próbowała ułagodzić alchemika.

– Nie, naprawdę nie – zapewnił mistrz Ulryk. – Ale o alchemii krąży tyle plotek...

– O was i o sztuce wznoszenia katedr wcale nie mniej – odciął się Rubald. – Podobno zamurowaliście w tajemnym miejscu pieniądze i złoto, a niektórzy twierdzą nawet, że żywą dziewicę.

– Bzdura – oburzył się mistrz Ulryk.

Rubald wpadł mu w słowo:

– Widzicie, tak samo jest z alchemią. O ludziach mojego pokroju opowiada się rzeczy, od których włos staje dęba na głowie, a przecież ja też, podobnie jak wszyscy inni ludzie, urodziłem się nagi. I jeśli nie uda mi się wynaleźć eliksiru nieśmiertelności, umrę jak każdy z nas.

Afra słuchała słów alchemika jednym uchem.

– Pracujcie dalej, proszę was – ponaglała.

Wreszcie wyglądało na to, że Rubald skończył sporządzać miksturę.

– Połóżcie guldena przede mną na stole! – zażądał dobitnie, zwracając się do Ulryka von Ensingena i palcem wskazującym zaczął wiercić w blacie stołu.

– Obawiacie się, że was oszukamy? – zapytał obrażony budowniczy katedr.

Alchemik wzruszył ramionami, tak że jego głowa po sam nos zniknęła w czapie z kołnierzem.

W końcu mistrz Ulryk wyjął guldena z kieszeni, po czym kciukiem i palcem wskazującym wprawił go w ruch, aż moneta, obróciwszy się kilka razy, padła z brzękiem na blat stołu. Alchemik chrząknął z zadowoleniem i zabrał się do dzieła. Kłaczkiem wełny, który zanurzył w miksturze, zaczął ostrożnie opukiwać pergamin. Po lśniących oczach można było poznać, jak bardzo Afra jest podekscytowana. Stała z prawej strony mistrza Rubalda, Ulryka miała naprzeciw siebie. Skąpe światło poranka padało na pergamin z lewej. W chwilę później nabrał on ciemniejszej barwy, ale nie ukazały się nawet ślady liter.

Afra rzuciła Ulrykowi zatroskane spojrzenie. W jakim celu jej ojciec tak niedorzecznie bawił się w chowanego?

Mijały minuty, a Rubald bez przerwy zwilżał przypięty igłami pergamin. Wcale nie wyglądał na zdenerwowanego. Bo i dlaczego? W jego wypadku chodziło zaledwie o jednego guldena, nic więcej. Alchemik dostrzegł za to niepokój Afry. Jakby na pocieszenie albo żeby ją uspokoić, powiedział:

– Wiecie, im starsze jest takie wyblakłe pismo, tym dłużej trwa jego wywołanie.

– Myślicie...

– Ależ oczywiście. Wytrwałość jest najwyższym nakazem wszystkich alchemików. Alchemia nie należy do nauk, które liczyłyby w sekundach czy minutach. W naszym cechu nawet dni są krótkim czasem. Zazwyczaj myślimy latami, a niektórzy wręcz wiecznością.

– Tak długo, niestety, nie możemy czekać – odparł niecierpliwie Ulryk von Ensingen. – Ale warto było spróbować.

Bardzo mało brakowało, żeby z powrotem schował guldena do kieszeni, lecz alchemik zdzielił go po palcach. Równocześnie architekt zauważył jego wzburzone spojrzenie. Rubald pokazał głową na pergamin.

Teraz i Afra zobaczyła, że jakby malowane ręką ducha, pojawiają się w rozmaitych miejscach znaki pisma, najpierw delikatne, niczym spowite welonem, później jednak za sprawą, zdawałoby się, czarodziejskich mocy coraz wyrazistsze, jakby diabeł maczał palce w tej grze.

Głowy wszystkich trojga nieomal się zetknęły, gdy pochyleni nad pergaminem, zaczęli obserwować cud stawania się pisma. Nie było wątpliwości, bo chociaż ani jedna litera nie była podobna do tych, których nauczali szkolarze, to jednak oczom zebranych ukazywał się najprawdziwszy rękopis.

– Potrafisz już coś odczytać? – zapytała Afra nabożnie.

Ulryk, wiedzący, jak obchodzić się z projektami i starymi pismami, skrzywił się. Nie udzielił odpowiedzi, tylko pokręcił przecząco głową.

Alchemik uśmiechał się wszechwiedząco, a nawet naraził się na gniew gości, gdy odpiął igły, którymi kartka była przytwierdzona do filcowej podkładki, i odwrócił pergamin na drugą stronę.

– Płyn sprawia, że każdy pergamin staje się przezroczysty – zauważył z ukontentowaniem. – A trudno jest czytać pismo od tyłu.

Mistrz Ulryk zdenerwował się, że sam na to nie wpadł. Teraz zobaczyła to również Afra. Przed jej oczami pojawiały się słowa, całe zdania, które, chociaż nie potrafiłaby ich wytłumaczyć, miały sens, gdy się je czytało. Litery były mistrzowsko wykaligrafowane i wyglądały tak, jakby je ktoś namalował.

– Mój Boże – powiedziała z przejęciem.

Ulryk zaś rzekł, zwracając się do Rubalda:

– Wasza łacina jest z pewnością lepsza od mojej. Przeczytajcie, co ma nam do powiedzenia ów tajemniczy skryba.

Alchemik, sam pod wrażeniem eksperymentu, odchrząknął i zaczął czytać niskim, szorstkim głosem:

– *Nos Johannes Andreas Xenophilos, minor scriba inter Benedictinos monasterii Cassinensi, scribamus hanc epistulam propria manu, anno a natavitate Domini octogentesimo septuagesi-*

mo, Pontificatus Sanctissimi in Christo Patris Hadriani Secundi, tertio ejus anno, magna in cura et paenitentia. Moleste ferro...
— Co to znaczy? — Afra przerwała alchemikowi potok wymowy. — Na pewno umiecie to przetłumaczyć.
Rubald przesunął palcami po ciągle jeszcze wilgotnym pergaminie.
— Sprawa nie cierpi zwłoki — oznajmił i po raz pierwszy wydało się, że jest zdenerwowany.
— Dlaczego nie cierpi zwłoki? — dopytywał się Ulryk von Ensingen.
Alchemik popatrywał na opuszki swoich palców, jakby sprawdzał, czy tajemna mikstura zostawiła na nich ślady. Następnie powiedział:
— Pergamin zaczyna schnąć. Gdy tylko wyschnie, litery ponownie znikną. Nie wiem, jak często można powtarzać ten zabieg, tak żeby litery nie uległy zniszczeniu.
— Wobec tego przetłumaczcież w końcu, coście przeczytali! — zawołała poirytowana Afra, przestępując z nogi na nogę.
Wreszcie Rubald wyciągnął nad pergaminem zakrzywiony palec wskazujący i zrazu jąkając się, później jednak coraz bardziej płynnie, zaczął tłumaczyć, podczas gdy Ulryk za jego plecami schwycił gęsie pióro i drobnymi literami jął notować na dłoni:
— *My, Johannes Andreas Xenophilos... najpośledniejszy skryba pośród mnichów klasztoru na Monte Cassino... piszemy ten list własnoręcznie... w roku osiemset siedemdziesiątym od chwili narodzin naszego Pana... za pontyfikatu Ojca Świętego w Chrystusie Hadriana II, w trzecim roku jego panowania... z ogromną troską i skruchą... Trudno mi znosić brzemię, które na mnie nałożono... tak że przez całe życie wzdragało się moje pióro... zapisać to, co mi trawi duszę jak ogień piekielny... teraz jednak, gdy trucizna każdego dnia coraz bardziej zaczyna paraliżować mój oddech niczym chłód odchody much... spisuję na*

pergaminie to, co ani mnie, ani papieżowi nie przynosi chwały... Z lęku, że jeszcze przed śmiercią zostanę odkryty, zapisuję krwią Ducha Świętego, która pozostanie niewidoczna na tę chwilę... Pan Bóg niechaj sam zdecyduje, czy i kiedy jakaś dusza ludzka powinna się dowiedzieć o moim nieprawym uczynku... faktem jest, że ja, Johannes Andreas Xenophilos, dla którego skryptorium klasztoru Monte Cassino stało się drugą ojczyzną... otrzymałem pewnego dnia polecenie spisania pergaminu na podstawie pobieżnego wzoru... który, naskrobany mocną lubryką, stanowił obrazę dla oczu każdego obserwatora. Dla kogoś takiego jak ja, niedoświadczonego w interesach państwowych ani sprawach Kościoła rzymskiego, treść pozostała tajemnicza... zagadkowe było dla mnie przede wszystkim to, dlaczego, wbrew dotychczasowym praktykom obowiązującym przy sporządzaniu podobnych dokumentów, mam się podpisać imieniem Constaninus Caecar... i uległem temu żądaniu dopiero po zasięgnięciu języka u wyższej instancji, gdzie pouczono mnie, żebym się nie przejmował sprawami, które najpośledniejszego pośród skrybów nie powinny nic obchodzić... Oczywiście moje wykształcenie utrzymuje się w pewnych granicach, wytyczonych kopiście klasztornemu... ale nie jestem aż tak głupi, żeby nie wiedzieć, jakie podstępne polecenie kazano mi wykonać. Dlatego też mówię z całą wyrazistością: to JA własnoręcznie napisałem CONSTITUTUM CONSTANTINI gwoli bezprawnej korzyści Kościoła rzymskiego... tak jakby wyżej wymieniony cezar spisał je własną ręką, chociaż w tym czasie nie żył już od pięciuset lat...

Alchemik zamarł w bezruchu i utkwił wzrok w próżni. Zdawało się, że jakaś myśl trafiła weń niczym piorun:

– Co z wami? – spytała Afra.

A Ulryk von Ensingen dodał:

– Jeszczeście nie skończyli, mistrzu Rubaldzie. Dalej! Litery zaczynają już blaknąć.

Nieobecny duchem Rubald skinął potakująco głową. A potem tłumaczył dalej:

– *Mój opat, którego imienia wystrzegam się wymówić, sądzi, że nie zauważam trucizny... którą od wielu tygodni dodają mi do skąpego pożywienia, aby mnie na zawsze uciszyć... chociaż smakuje gorzko jak czarny orzech i...*

Alchemik urwał, ale Ulryk, sam władający łaciną, podszedł do Rubalda i energicznym głosem czytał dalej:

– *... i nawet miód, którym słodzą moje poranne mleko, nie potrafi zabić tego zapachu. Niech Bóg ma w opiece moją biedną duszę. Amen. Post scriptum: Wkładam ten pergamin do księgi w najwyższym rzędzie w skryptorium, o której wiem, że jeszcze nigdy nikomu z naszego klasztoru nie służyła jako lektura. Księga ta nosi tytuł: „O otchłani ludzkiej duszy".*

Ulryk von Ensingen podniósł wzrok. Następnie skierował go na Afrę, która sprawiała wrażenie zmartwiałej. Wreszcie spojrzał pytająco na Rubalda. Ten przetarł oczy z zakłopotania, jakby szukał jakiegoś wyjaśnienia. W końcu sięgnął po guldena i schował go na piersi w kieszeni kaftana.

Afra położyła kres przytłaczającemu milczeniu:

– Jeśli dobrze zrozumiałam, dowiedzieliśmy się właśnie o zbrodni.

– Popełnionej na dodatek w najsłynniejszym klasztorze świata, na Monte Cassino – dodał Ulryk.

A Rubald uszczegółowił:

– Tyle że doszło do niej ponad pięćset lat temu. Świat jest zły, po prostu zły.

Właściwie mistrz Ulryk nie wiedział, jak rozumieć zachowanie alchemika, który jeszcze kilka chwil wcześniej wydawał się poruszony, a nawet wstrząśnięty, teraz zaś nagle porzucił wszelką powagę. Można by niemal pomyśleć, że naśmiewa się z pergaminu.

– Rozumiecie, o co chodzi w tym dokumencie? – zapytał budowniczy katedr, zwracając się do alchemika.

– Nie mam pojęcia – odparł Rubald krótko i nieco za szybko. – Musielibyście chyba spytać jakiegoś teologa. Wystarczająco wielu chodzi ich w Ulm, po drugiej stronie rzeki.

– Mistrzu Rubaldzie, a czy wy sami nie macie mniszej przeszłości? – Ulryk spojrzał na niego poważnie.

– Skąd to wiecie?

– Mówi się o tym w Ulm. W każdym razie pojęcie CONSTITUTUM CONSTANTINI nie powinno być wam obce.

– Nigdy o nim nie słyszałem!

Odpowiedź Rubalda zabrzmiała opryskliwie. I jak gdyby chciał uniknąć dalszych pytań, podszedł do okna, skrzyżował ręce na plecach i znudzony zaczął wyglądać na zewnątrz.

– Jedyne wyjaśnienie, jakiego mogę wam udzielić, dotyczy krwi Ducha Świętego. Tak nazywa się wśród alchemików ów sekretny inkaust, który blaknie tuż po napisaniu czegoś i który można wydobyć na światło dzienne jedynie za pomocą określonej mikstury. Jeśli mnie pytacie, to powiem, że jakiś nic nieznaczący benedyktyn chciał tylko przydać sobie wagi. Benedyktyni są znani z gadulstwa. Myślą, że są mądrzejsi od innych mnichów, przenoszą więc na papier każde pierdnięcie. Nie, wierzcie mi, ten pergamin nie jest wart więcej niż podkładka, na której go spisano. – Wrócił do stołu, gdzie leżał dokument. – Powinniśmy go zniszczyć, zanim spowoduje nieszczęście.

Wtedy Afra ruszyła w jego kierunku i zawołała:

– Ani się ważcie! To moja własność. Chcę ją zachować.

We troje obserwowali bladoszary pergamin. Pismo znów rozpłynęło się w niebycie. Afra chwyciła zagadkowy dokument, złożyła go ostrożnie i schowała z powrotem do szkatułki.

Przeprawa przez rzekę upłynęła w podobnym milczeniu jak poprzednio. Przewoźnik pozornie bez zainteresowania patrzył przed siebie. Afra na próżno usiłowała przypomnieć sobie okoliczności, w których weszła w posiadanie pergaminu. Przed śmiercią ojciec zostawił każdej z pięciu córek jakiś drobiazg. Nie należał bynajmniej do ludzi zamożnych i mógł być rad, że rodzina w tych podłych czasach nie głoduje. Afra jako najstarsza otrzymała szkatułkę i jako najstarszej przypadała jej zapewne szczególna odpowiedzialność. Ojciec nigdy wcześniej nie napomknął o tym pergaminie, a potem zmarł nagle. Gdyby było inaczej, z pewnością zostałaby jej w pamięci jakaś wskazówka dotycząca tego pergaminu.

– O czym myślisz? – spytał Ulryk, patrząc na falę, którą wytwarzał dziób płaskiego czółna rozdzierającego wody rzeki.

Afra potrząsnęła głową.

– Nie wiem, co myśleć. Jakie to wszystko ma znaczenie?

Po długiej pauzie, gdy już prawie przybili do brzegu, Ulryk wreszcie się odezwał:

– Może się mylę, ale odnoszę wrażenie, że coś się tutaj nie zgadza. Gdy Rubald tłumaczył tekst spisany na pergaminie, urwał nagle, jakby nie wiedział, co jest dalej. Wydało mi się, że myślami odpłynął bardzo daleko stąd. I spostrzegłem, że drżą mu ręce.

Afra spojrzała na Ulryka:

– Nie zauważyłam tego. Mnie zastanowiło tylko, że na koniec chciał zniszczyć ten pergamin. Jak to powiedział? „Żeby nikomu nie wyrządził szkody", czy jakoś podobnie. Albo treść pergaminu ma szczególne znaczenie, co znaczy, że musimy go strzec jak oka w głowie, albo rzeczywiście jest to tylko paplanina pyszałka, ale wtedy wcale nie musimy tego dokumentu niszczyć. Wszystko to brzmiało moim zdaniem dość tajemniczo. – Afra westchnęła. – Ale jak zapamiętać te zagadkowe słowa? Ja już połowę zapomniałam. A ty?

Ulryk von Ensingen uśmiechnął się swoim chytrym uśmieszkiem, który Afra tak u niego lubiła. Potem wyciągnął ku niej lewą rękę i odwrócił ją dłonią do góry. Ujrzawszy litery, Afra otworzyła szeroko oczy ze zdumienia. Ulryk wzruszył ramionami.

– To typowe dla nas, architektów. Co sobie zapiszesz na dłoni, tego nigdzie nie posiejesz ani nie zgubisz. A garścią wilgotnego piasku z rzeki w każdej chwili wszystko wytrzesz.
– Powinieneś był zostać alchemikiem!
Ulryk potaknął głową.
– Prawdopodobnie oszczędziłoby mi to niejednej chwili gniewu. Poza tym, jak właśnie zobaczyliśmy, taki alchemik całkiem nieźle zarabia. Złoty gulden za tajemniczy płyn!
– Jesteśmy na miejscu! – przerwał im przewoźnik rozmowę i oboje wyskoczyli na brzeg.

Na zboczu Ulryk wziął dziewczynę w ramiona i powiedział:
– Przemyśl sobie wszystko raz jeszcze. Zrób to dla mnie!
Afra natychmiast zrozumiała, o czym mówi. Skrzywiła się, jakby poczuła ból:
– Zostanę z tobą. Albo odejdziemy stąd oboje, albo...
– Wiesz, że to niemożliwe. Nie mogę porzucić ani Gryzeldy, ani pracy.
– Wiem – odpowiedziała z rezygnacją Afra i odwróciła głowę.
– Umiem wprawdzie zbudować najwyższą wieżę świata chrześcijańskiego, ale nie potrafię obronić cię przed oskarżeniami o czary.
– A niech mnie oskarżają! – powiedziała Afra gniewnie. – Stosowanie jakich czarodziejskich sztuczek można mi zarzucić?
– Wiesz przecież, że nie o to chodzi. Wystarczy dwóch świadków, którzy stwierdzą, że widzieli cię w towarzystwie mężczyzny na koźlej nóżce albo że w kościele oplułaś wizerunek Najświętszej Marii Panny, a już zostaniesz osądzona jako czarownica. Nie muszę ci mówić, co to oznacza.

Afra wyrwała się z objęć Ulryka i pobiegła przed siebie. Przybywszy do domu, zamknęła się z płaczem w komorze, cisnęła szkatułkę z pergaminem w kąt, a sama rzuciła się na łóżko.

Gdy tak rozmyślała o treści zagadkowego dokumentu, krew się w niej wzburzyła. Rozgniewana wspomniała słowa ojca. To jest właśnie sytuacja, w której – jak ojciec się wyraził – całkiem nie wie, co robić dalej. Ale do czego komu pergamin, z którym nie wiadomo co począć? Czuła się opuszczona, zostawiona sama sobie.

Dawno już zapadł wieczór, ale Afrze wśród bezsilnych łez cisnęła się do głowy myśl, żeby ponownie odwiedzić Rubalda. Poznała alchemika jako człowieka żądnego pieniędzy. Może właśnie za pieniądze uda się odkupić od niego informacje. Dziewczyna nie wątpiła, że jest to związane z zapisanym na pergaminie tekstem.

Nie była bogata, ale sporo zaoszczędziła, odkładając zarobki i napiwki z jadłodajni. W skórzanym mieszku, który trzymała w szafie na ubrania, miała pewnie ze trzydzieści guldenów, skromny, ale jednak majątek. Bez wahania ofiarowałaby całą kwotę alchemikowi, gdyby zechciał jej wyjawić znaczenie pergaminu.

Tej nocy Afra prawie nie spała. Nazajutrz wstała wcześnie rano, włożyła zieloną suknię i udała się na drugą stronę rzeki. Mieszek z pieniędzmi wetknęła za dekolt.

Z domu alchemika unosił się w poranne niebo cienki słup dymu. Afra przyspieszyła kroku. Dotarłszy na górę, zastukała mocno w drzwi, aż uchyliła się klapka, którą zapamiętała z ubiegłego dnia. W otworze pojawiło się jednak zamiast twarzy alchemika oblicze Klary.

– Muszę rozmawiać z Rubaldem – powiedziała Afra bez tchu.

– Nie ma – odparła kobieta i chciała zatrzasnąć klapę. Ale Afra wsunęła rękę do środka.

– Posłuchajcie mnie. Nie będzie miał krzywdy. Powiedzcie mu, że za jego pomoc zapłacę dziesięć guldenów.

Wtedy Klara odsunęła zasuwę i otworzyła drzwi.

– Powiedziałam już, że mistrza nie ma.
Afra jej nie uwierzyła.
– Źle mnie zrozumieliście. Powiedziałam dziesięć guldenów! Wyciągnęła palce obu rąk i podsunęła je Klarze pod nos.
– Choćbyście dawali mi i sto, nie wyczaruję wam Rubalda.
– Zaczekam.
– To niemożliwe.
– Dlaczego?
– Mistrz już wczoraj udał się do Augsburga. Miał nadzieję, że znajdzie statek, który w ciągu jednego lub dwóch dni podróży zawiezie go w dół rzeki. Był bardzo podenerwowany i jak najszybciej chciał się dostać do biskupa.
Afra była bliska łez.
Klara spojrzała na nią ze współczuciem:
– Naprawdę bardzo mi przykro. Jeśli poza tym mogę wam w czymś pomóc...
– Czy mistrz Rubald coś wam powiedział? – zapytała Afra. – Proszę, przypomnijcie sobie!
Klara uniosła ramiona.
– Tak... Napomknął coś o jakimś bardzo ważnym piśmie. Dużo więcej nie mówił. Musicie wiedzieć, że Rubald uważa właściwie kobiety za głupie, ponieważ mózg Ewy, jak twierdzi, był o jedną trzecią mniejszy od mózgu Adama. I według niego, po dziś dzień nic się w tym nie zmieniło.
Afra miała już przekleństwo na końcu języka, ponieważ jednak alchemik był jej jeszcze potrzebny, stłumiła je w sobie. Zadała natomiast pytanie:
– Czy jesteście żoną Rubalda? Wybaczcie moją ciekawość.
Inaczej niż poprzedniego dnia, gdy Klara była odziana w delikatną, nieomal przezroczystą szatę, dzisiaj miała na sobie surową suknię z rodzaju tych, które służące noszą przy

pracach polowych. Była rosła, a jej surowe, regularne rysy twarzy zdradzały niewątpliwą urodę. Długie, ciemne włosy nosiła związane z tyłu.

— Czy bylibyście zdziwieni, gdybym na wasze pytanie odpowiedziała twierdząco? — odwzajemniła Klara pytanie. I nie czekając na odpowiedź, ciągnęła: — Myślicie tak dlatego, że wcale do siebie nie pasujemy wyglądem?

— Tego naprawdę nie chciałam powiedzieć.

— Nie, nie. W zupełności macie rację. Ale nie jest tajemnicą, że niscy mężczyźni mają pociąg do wysokich kobiet. Aby nie pozostawać wam dłużną odpowiedzi: nie, nie jestem jego żoną. Nazywajcie mnie jego nałożnicą, gospodynią czy co tam innego przychodzi wam do głowy.

— Nie musicie się przecież przede mną usprawiedliwiać! Wybaczcie głupie pytanie.

Afra poczuła, że dotknęła Klarę w czułe miejsce. Było jej przykro. Ale po prostu podtrzymywała rozmowę, aby kobieta nie odprawiła jej z kwitkiem. Miała bowiem niejasne przeczucie, że wie ona więcej, niż jest skłonna przyznać.

— Musicie wiedzieć — zaczęła Afra od nowa, z nadzieją, że dowie się czegoś więcej na temat pergaminu — że znajduję się w bardzo kiepskim położeniu. Życie źle się ze mną obeszło. Wcześnie straciłam rodziców. Przyjął mnie do pracy pewien starosta, a gdy uwydatniła się moja kobiecość, posiadł mnie dla własnej przyjemności. — Afra poczuła, że do oczu napływają jej łzy. — Pewnego dnia uciekłam od niego, a gdy na swojej drodze spotkałam mistrza Ulryka, po raz pierwszy w życiu zrozumiałam, czym może być szczęście. Ale mistrz Ulryk ma już żonę. A szczęście kłuje w oczy i zawistnicy chcą mnie teraz oskarżyć o uprawianie czarów.

Poruszona Klara spoglądała na młodą kobietę w aksamitnej sukni.

— Nie wiedziałam o tym — powiedziała cicho. — Myślałam, że jesteście z bogatego domu, ot, jedną z tych rozpieszczonych córek mieszczańskich, których życiowym celem jest tylko znalezienie majętnego męża.

Afra zaśmiała się gorzko.

– Bo i nie ubieracie się jak wiejska dziewka – dodała Klara.

– Pozory mylą.

– Wobec tego i ja nie będę ukrywać przed tobą swojej przeszłości. Zanim Rubald mnie stamtąd wyciągnął, byłam praczką w łaźni. – Klara pokazała Afrze dłonie. Miały bordowy kolor, a w miejscach, gdzie uwydatniały się kostki, były szorstkie i nieomal przezroczyste. – Rubald orzekł, że to ma związek z jakimiś szkodliwymi grzybami i od tamtego czasu przyrządza mi pewną miksturę. Ale alchemik to nie aptekarz i środek do tej pory nie skutkuje. Co wspólnego ma jednak pergamin z tym, że oskarżają cię o uprawianie czarów? – zapytała Klara po chwili zadumy.

– Właściwie nic – odpowiedziała Afra. – Mój ojciec mówił zawsze, że jest on bardzo cenny i może mi się przydać, jeśli kiedyś znajdę się w tarapatach.

– I taka chwila teraz nastąpiła?

Afra skinęła głową.

– Mistrz Rubald był moją ostatnią nadzieją. Odniosłam wczoraj wrażenie, że wie o tym pergaminie coś więcej i chce to przed nami ukryć.

– To bardzo prawdopodobne – odparła Klara w zamyśleniu. – Trudno przejrzeć takiego alchemika jak Rubald. Napomknął tylko, że musi przekazać biskupowi Augsburga pewną pilną wiadomość. I to natychmiast. Może i jestem głupia, ale prawie mam pewność, że ta wiadomość wiąże się z pergaminem. Zaczekaj!

Klara odwróciła się na pięcie i wbiegła po stromych schodach na górę.

W chwilę później wróciła z kartką w ręce.

– Znalazłam to na stole w jego laboratorium. Może ten świstek będzie miał dla ciebie jakieś znaczenie? Umiesz czytać? Ale daj mi słowo, że mnie nie zdradzisz.
– Przyrzekam – odpowiedziała podekscytowana Afra, wpatrując się w papier. Pismo alchemika składało się ze wstęg, pętli i girland, w każdym razie Rubald raczej malował litery, niż je pisał, takie były piękne. Niestety, prawie tak samo nieczytelne. Minęło trochę czasu, zanim Afra odcyfrowała słowa widniejące w dwóch linijkach tekstu.

Pierwsza linijka brzmiała: *Monte Cassino – Johannes Andreas Xenophilos.* W drugiej zaś znajdowały się słowa: *CONSTITUTUM CONSTANTINI.* Nic więcej.

Klara pytająco spojrzała na Afrę:
– Czy to ci wystarczy?
Rozczarowana Afra potrząsnęła przecząco głową.

W drodze powrotnej do dzielnicy rybackiej Afrę prześladowały ponure myśli. Zrezygnowana i osowiała wlokła się przed siebie noga za nogą. Gdy doszła do miejsca, gdzie wąska drewniana kładka z kunsztowną poręczą rozpinała się nad rzeką Blau, drogę zastąpił jej pewien młodzieniec. Afra natychmiast go rozpoznała, chociaż jeszcze nigdy nie spotkali się twarzą w twarz. Był to Mateusz, syn Ulryka. Miał na głowie wybrzuszoną aksamitną czapkę z pawim piórem i wyglądał nieco lalusiowato, jak większość młodych ludzi z bogatych domów.

Jego ciemne oczy roziskrzyły się gniewnie, gdy cisnął w stronę Afry słowa:
– Wreszcie dopięłaś swego, ty podła dziewko, ty czarownico!
Dziewczyna zadrżała. Po chwili jednak wzięła się w garść i odparła:
– Nie wiem, o czym mówisz. A teraz zejdź mi z drogi!
– Jedno ci powiem. To ty podżegałaś mojego ojca do tego, żeby otruł moją matkę. Ona nie żyje. Słyszysz? Nie żyje!

Głos mu się załamał, chłopak chwycił Afrę za ramiona i potrząsnął nią. Przeraziła się.
— Nie żyje? — powtórzyła wtrącona z równowagi. — Co się stało?
— Jeszcze wczoraj — podjął opowieść Mateusz — nie było najmniejszych oznak choroby, a dziś rano znalazłem ją w łóżku bez życia, z sinymi wargami i ciemnymi paznokciami. Medyk, którego wezwałem na pomoc, powiedział tylko: Boże, zmiłuj się nad jej biedną duszą, została otruta.
— Ale nie przez twojego ojca!
— Przez kogo zatem? Matka już od wielu dni nie wychodziła z domu. Nie, to ty opętałaś ojca, żeby otruł mi matkę.
— Ale to przecież bzdura. Ulryk by tego nigdy nie zrobił!
— Nie wypieraj się. Przewoźnik widział was, ojca i ciebie, jak szliście do alchemika po truciznę.
— To prawda, że byliśmy u alchemika, ale nie kupowaliśmy tam trucizny! Przysięgam na wszystkie świętości!
Mateusz odpowiedział pogardliwie:
— Taka jak ty niech lepiej nie składa przysiąg. Ale gdybyś chciała posłuchać mojej rady, to jeszcze dzisiaj opuść Ulm i jeśli ci życie miłe, idź, dokąd cię nogi poniosą. Przysięgam, że już nigdy nie ujrzysz mojego ojca.
Splunął jej pod nogi i oddalił się w stronę placu katedralnego.

Wieczorem Bernward zażądał od Afry wyjaśnień:
— Czy to prawda, co gadają ludzie? Podobno budowniczy katedr otruł żonę.
To pytanie zabolało dziewczynę tym mocniej, że znała małżeństwo rybaków jako ludzi poczciwych, którzy zawsze stawali po jej stronie.
— Powiedzcie w takim razie, co ludzie jeszcze gadają! — wybuchła Afra. — Powiedzcie, że podobno opętałam mi-

strza Ulryka, żeby uśmiercił swoją żonę. Dlaczego tego nie powiecie, mistrzu Bernwardzie?!

– Tak – przyznał Bernward trwożliwie, a jego żona Agnieszka skinęła głową na potwierdzenie: – Ludzie rzeczywiście tak gadają. Nie myśl jednak, że bierzemy tę gadaninę za dobrą monetę. Chcieliśmy tylko usłyszeć wyjaśnienie z twoich ust.

W słowach Afry zabrzmiał gniew:

– Mój Boże, nie opętałam Ulryka. Nawet bym nie wiedziała, jak to zrobić. I jestem pewna, że Ulryk nie uśmiercił żony. Niedomagała już od wielu lat. Sam mi o tym opowiadał.

– A trucizna od alchemika?

– Nie ma żadnej trucizny od alchemika. Byliśmy u mistrza Rubalda w całkiem innej sprawie. Ale on, niestety, nie może tego potwierdzić, bo znajduje się właśnie w drodze do Augsburga.

– Wierzymy ci przecież – załagodziła sprawę Agnieszka i chciała przytulić Afrę.

Ale dziewczyna wymknęła się z objęcia i poszła do swojej izby. Porzuciła nadzieję, że sytuacja zmieni się na lepsze. I po raz pierwszy poważnie zaczęła rozważać myśl, żeby odejść z Ulm. Wcześniej jednak chciała jeszcze coś zrobić.

Dzień chylił się ku zachodowi, gdy Afra pod osłoną zmierzchu szła ukradkiem na plac katedralny. Wokół budowli było wystarczająco dużo ciemnych zakątków, w których można się było skryć. Tam chciała zaczekać, aż Ulryk opuści pracownię.

Nie widzieli się już od trzech dni. Nie miała pojęcia, jak uporał się z nagłą śmiercią żony. Miała ochotę wziąć go niezwykle czule w ramiona i pocieszyć, ale musiała przyznać się przed sobą, że płynąca od niego pociecha również jej by się teraz bardzo przydała. W tej chwili jednak pragnęła, żeby po raz ostatni utwierdził ją w przeświadczeniu, że zarówno dla niej, jak i dla niego będzie rzeczywiście lepiej, jeśli opuści miasto. Zamyślona, naciągnęła kaptur głęboko na twarz i podążyła w stronę muru, który miał ją osłonić. Przecięła przy tym drogę pewnej przekupce, która z koszem jabłek na plecach szła do domu. Przekupka potknęła się i upadła na ziemię, a dojrzałe owoce potoczyły się na bruk.

Afra wybełkotała „przepraszam" i chciała pójść dalej, ale kobieta podniosła przeraźliwy pisk, który przeniknął cały plac katedralny:

– Patrzcie no, to ona! Afra, ta, która opętała naszego budowniczego!

– ... która opętała naszego budowniczego?
Ze wszystkich stron zaczęli się schodzić ciekawscy.
– Dziewka architekta!
– Jego biedna żona jeszcze nie całkiem ostygła, a już się pojawia ta zdzira.
– I to przez nią zabił żonę?
– Co takiego ona ma w sobie?!
– Właściwie to ona powinna iść do więzienia, nie on.
– Dzisiaj go aresztowali. Widziałem.
– A ta czarownica jeszcze chodzi wolno?

Skądś poleciało w stronę Afry jabłko i trafiło ją w czoło. Spowodowany tym ból nie równał się jednak ogromnemu cierpieniu, jakie pociągało za sobą ludzkie gadanie. Ulryk aresztowany? Dziewczyna przycisnęła ręce do uszu, aby nie słyszeć krzyków. Wtedy nadleciał kolejny pocisk: ostry, kanciasty kamień trafił ją w grzbiet dłoni. Poczuła, jak krew spływa do rękawa. Zaczęła biec w stronę Hirschagasse, a za nią leciały kamienie. Na szczęście chybiały celu. Gdy uznała, że znajduje się już w bezpiecznej odległości, przystanęła z bijącym sercem i jęła nasłuchiwać. Z oddali nadal dochodziły ją okrzyki rozwścieczonego tłumu:

– Oboje na stryczek! Razem powinni zawisnąć!

Afra miała wrażenie, że ta noc nigdy się nie skończy. Poddała się i było jej wszystko jedno, co się z nią stanie – teraz, gdy Ulryk siedzi w więzieniu. Potem znowu pomyślała o ojcu i nagle poczuła do niego nienawiść, że swoimi zagadkowymi słowami tchnął w nią nadzieję, a w końcu jednak zostawił ją na pastwę losu. Dawno już minęła północ, gdy usłyszała bojaźliwe pukanie do drzwi i ciche głosy. „Przyszli po ciebie siepacze" – pomyślała w półśnie.

Skrzypienie podłogi. Dziewczyna zerwała się ze snu. W skąpym świetle księżyca, które wpadało przez okno w izbie, zobaczyła, jak drzwi się otwierają. Za nimi migotał płomień latarni.

– Afro, obudź się!

Był to głos rybaka, który w towarzystwie dwóch krępych mężczyzn wszedł do jej izby.

– Słucham? – zapytała i usiadła.

Nie okazała strachu nawet w chwili, gdy jeden z dwóch mężczyzn w czerni podszedł do niej.

– Ubierz się, panienko – powiedział stłumionym głosem.

– Pospiesz się i zawiąż w węzełek wszystko, co masz. A nie zapomnij pergaminu.

Afra osłupiała. Spojrzała w twarz mężczyzny, który tak się do niej zwrócił. Skąd, do diaska, wie o pergaminie? Nigdy na oczy nie widziała tego człowieka. Tego drugiego też nie. Była zbyt speszona, aby jakoś zareagować na ich słowa. Nie robiło jej też różnicy, że mężczyźni przyglądają się, jak się ubiera i zawija cały swój dobytek w dwa węzełki.

– Chodź wreszcie – ponaglił ją jeden z nich, gdy była już niemal gotowa.

Odwróciła się raz jeszcze, rzuciła okiem na skąpo oświetloną izbę, która przez trzy lata była jej domem, i wzięła węzełki pod pachy.

Rybak Bernward z żoną stali w nocnej bieliźnie przy drzwiach. Zapłakali, gdy Afra cicho się z nimi żegnała.

– Byłaś nam jak córka – powiedział Bernward. Agnieszka zaś, wstydząc się swojego wzruszenia, odwróciła głowę.

Afra niemo przytaknęła i uścisnęła dłonie obojga. Później mężczyźni w czerni wypchnęli ją przez drzwi i wzięli w środek, między siebie.

Z przyciemnionymi latarniami przeszli po kładce nad rzeką Blau, podążyli kawałek wzdłuż miejskiego muru i dotarli do bramy wiodącej nad Dunaj. Strażnicy byli wtajemniczeni. Krótki gwizd i sezam się otworzył.

Gdy Afra w towarzystwie dwóch mężczyzn wyszła za miasto, nisko wiszące czarne chmury zasłoniły tarczę księżyca. Dziewczyna rozpoznała zaledwie zarysy ulmskiej barki przy brzegu rzeki. Mężczyźni chwycili ją za ramiona, żeby się nie potknęła, i zboczem zeszli wraz z nią do czekającego statku.

„Co oni chcą ze mną zrobić?" – zapytywała się Afra w duchu, gdy odebrali od niej węzełki i łagodnie popchnęli ją po chwiejnej kładce wiodącej od brzegu do łodzi. Nad wodą wiał lodowaty wiatr, który mieszał się z odorem ścieków miejskich.

Jak wszystkie ulmskie barki, także ten statek miał na rufie drewnianą nadbudówkę chroniącą załogę przed wiatrem i niepogodą. Gdy dziewczyna wsiadła, drzwi kajuty się otworzyły.

– Ulryk – wybełkotała Afra.

I nie mogła wydusić z siebie ani jednego słowa więcej.

Budowniczy katedr przytulił ją do siebie. Przez dobrą chwilę trwali w objęciach, a potem Ulryk rzekł:

– Chodź, nie mamy czasu do stracenia!

Delikatnie wepchnął ją do kajuty.

Okienka po obu stronach były zaciemnione. Na stole paliło się światło. Pojemnik z rozżarzonymi węglami w rogu promieniował miłym ciepłem. Mężczyźni, którzy przyprowadzili tu Afrę, odstawili jej węzełki.

– Nic z tego nie rozumiem – powiedziała speszona dziewczyna. – W mieście mówią, że jesteś w więzieniu.
– Byłem – odparł spokojnie Ulryk, jakby to wszystko nic a nic go nie obchodziło. Wziął dłonie Afry w swoje ręce i powiedział: – Świat jest zły, można więc zwalczać go wyłącznie złem.
– Co masz na myśli, Ulryku?
– Cóż, im wyższe katedry, tym niższa moralność.
– Nie wyjaśnisz mi tego wreszcie?
Ulryk von Ensingen sięgnął do kieszeni, po czym wyjął rękę i podsunął Afrze pod nos zaciśniętą pięść. Zrozumiała dopiero, gdy rozchylił palce. Na jego dłoni leżały trzy sztuki złota.
– Wszystko jest tylko kwestią ceny – powiedział, uśmiechając się szyderczo. – Żebrak kosztuje feniga, więzień guldena. A sędzia miejski?
– Sztukę złota? – odparła Afra pytająco.
Mistrz Ulryk wzruszył ramionami:
– Może nawet dwie lub trzy... – Uderzył dłonią w drzwi kajuty i zawołał: – W drogę, na co jeszcze czekacie?
– Robi się! – usłyszeli głos. Załoga odcumowała łódź i pomagając sobie długimi żerdziami, wyprowadziła ją na rzekę.
Bezpiecznie prowadzić w nocy tak duży statek jak ulmska barka, nie było wcale łatwą sztuką. Ale u steru stał doświadczony żeglarz. Znał każdy zakręt między Ulm a Pasawą, każdą ławicę piasku i każdy prąd. Wiózł ładunek wełny i płótna znad Jeziora Bodeńskiego. A za pieniądze, które zaoferował mu mistrz Ulryk, wyruszyłby o każdej porze dnia i nocy.
– Nie jesteś ciekawa, dokąd płyniemy? – zapytał Ulryk.
Pogrążona w myślach Afra odparła:
– Cel jest mi obojętny. Ważne, że wybieramy się w tę podróż wspólnie. Na pewno jednak zaraz mi powiesz, dokąd się udajemy.
– Do Strasburga.

Afra spojrzała na niego z niedowierzaniem.

– Nie mogę tu zostać po wszystkim, co się zdarzyło. Nawet gdyby dowiedziono, że nie jestem winien śmierci Gryzeldy, nienawiść motłochu byłaby ogromna, niepodobna więc wyobrazić tu sobie dalszej, spokojnej pracy. A jeśli chodzi o ciebie, kochanie, z pewnością znaleziono by jakiś powód, aby skazać cię na śmierć.

Oszołomiona Afra odchyliła się do tyłu. Od tych wszystkich wydarzeń kręciło się jej w głowie. Strasburg! Słyszała o tym mieście, które zaliczano do największych w Niemczech, wymieniając je jednym tchem z Norymbergą, Hamburgiem i Wrocławiem. Mieszkańcom tego miasta przypisywano niewyobrażalne bogactwo i wielką dumę.

– Wzięłaś ze sobą pergamin?

Głos Ulryka wyrwał Afrę z zamyślenia. Skinęła potakująco i przesunęła ręką po kieszeni płaszcza.

– Wzięłam, chociaż straciłam wszelką nadzieję, że jeszcze kiedykolwiek nam się przyda – powiedziała po chwili.

Ulryk von Ensingen spojrzał na nią poważnie.

Ulmska barka płynęła bardzo szybko. Od czasu do czasu fale biły o burtę, co brzmiało jak nieregularne uderzenia młota. Poza tym na rzece panowała cisza. Gdy zaczęło dnieć, a wiatr przegnał niskie, ciemne chmury, Ulryk zdjął zaciemnienie z okienek.

Afra wyjrzała na zewnątrz, na krajobraz to górzysty, to znów pełen rozpościerających się szeroko łąk. Po chwili powiedziała z wahaniem:

– Opowiadałam ci o klasztorze, w którym na jakiś czas znalazłam schronienie. W bibliotece wisiała mapa. Były na niej zaznaczone Ren i Dunaj, właśnie tak jak płyną z południa na północ i z zachodu na wschód. I widać też było duże miasta...

– Do czego zmierzasz?

– Jeśli dobrze pamiętam tę mapę, to Strasburg znajdował się akurat w przeciwnym kierunku do tego, w którym się poruszamy.

Ulryk się roześmiał.

– Nie można cię zwieść. Ale nie martw się. Płyniemy tylko do Günzburga, gdzie przesiądziemy się na inny statek. To zmyłka na wypadek, gdyby ktoś zdradził kierunek naszej ucieczki. W Günzburgu jest wystarczająco wielu przewoźników, którzy za pieniądze wszędzie nas zawiozą.

– Jesteś o wiele sprytniejszy, niż myślałam – powiedziała Afra, spoglądając z podziwem na Ulryka.

Kiedy tak wzajemnie się komplementowali, uszło ich uwadze, że pod oknem stoi ktoś, kto z zainteresowaniem przysłuchuje się każdemu ich słowu.

4.
Czarny las

– Dokąd się wybieracie? – zapytał woźnica i uniósł wysoko brwi. Na oko wyglądał dość wytwornie, gdyż jego odzienie wyraźnie różniło się od ubioru innych furmanów. Również on nie podróżował sam, tylko w towarzystwie uzbrojonego po zęby lancknechta.

– Obojętne dokąd – odparł Ulryk von Ensingen. – Ważne, żeby na zachód.

– To chętnie ubiję z wami interes – powiedział wytworny woźnica i obrzucił Afrę i Ulryka badawczym wzrokiem. Podróżni zrobili na nim wrażenie ludzi zamożnych.

Na przystani rzecznej, gdzie Günz i Nau niemal w tym samym miejscu uchodzą do Dunaju, czekało ponad dziesięć furmanek, dwukołowe wózki z krowami w zaprzęgu, potężne wozy drabiniaste zaprzężone w woły, ale konny był tylko ten jeden pojazd – kryty powóz najnowszego rodzaju, zapewniający podróżnym ochronę przed wiatrem i niepogodą. Przystań pod Günzburgiem, gdzie Ulryk i Afra wysiedli z ulmskiej barki, uchodziła za najpopularniejszy port przeładunkowy. Tutaj przenoszono towary, aby transportować je dalej ze statków na furmanki i odwrotnie.

Tylko szlachetnie urodzeni podróżowali własnymi powozami. Poza tym było w zwyczaju, że furmani jeżdżący z materiałami budowlanymi, żywą zwierzyną, skórami i tkaninami zabierali podróżnych za brzęczącą monetę.

Woźnica, z którym Ulryk von Ensingen wdał się w rozmowę, wiózł z Augsburga ładunek naczyń cynowych i srebrnych i zażądał sześć fenigów za dzień od osoby. Oznaczało to wprawdzie podwójną cenę, ale zaprzęg konny, jak wyjaśnił furman w odpowiedzi na zarzut Ulryka, jest również dwukrotnie szybszy niż zwykły wózek zaprzężony w wołu, a poza tym ma dach.

– Kiedy odjeżdżasz? – dopytywał się Ulryk.

– Jeśli chcecie, mogę jechać od razu. Zapłaćcie mi tylko za każdy z trzech dni z góry. Nawiasem mówiąc: ja mam na imię Alpert, a lancknecht nazywa się Jörg.

Architekt spojrzał pytająco na Afrę. Skinęła głową na znak zgody, od ręki zapłacił więc furmanowi żądaną sumę.

– Pod warunkiem, że nie pojedziesz przez Ulm.

– Wielki Boże, czego miałbym szukać w Ulm, gdzie mieszkają sami zdziercy i rzezimieszki!

– Masz pewnie złe doświadczenia?

– Panie, możecie mówić o tym głośno. Celnicy z Ulm nie obliczają myta od pojazdu, tylko od wartości ładunku. Furmanka z kamieniami na budowę katedry płaci znacznie mniej niż ktoś taki jak ja, kto podróżuje ze srebrnymi naczyniami. A przecież wozy z kamieniem budowlanym wrzynają się w drogę znacznie głębiej niż zaprzęg konny wiozący lekkie naczynia. To przeklęte rzezimieszki! Ale sami przecież wiecie, że diabeł sra zawsze na największą kupę.

Umieszczając pokaźny bagaż budowniczego katedr i węzełki Afry na wozie, woźnica objaśniał, jaką pojadą trasą:

– Dwie mile stąd przejedziemy przez rzekę, później pojedziemy dalej na zachód przez Las Naddunajski, a Ulm zostawimy na południu. Pora jest korzystna do jazdy przez Alb. Mieliśmy w nocy pierwszy mróz, który utwardza drogi i czyni je przejezdnymi. Ruszajmy więc!

Ulryk pomógł Afrze wejść na wóz, gdzie zajęli wygodne miejsca na ławce za woźnicą i lancknechtem. Alpert smagnął batem, a dwa okazałe, zimnokrwiste konie o kudłatych brązowych grzywach ruszyły z kopyta.

Afra jeszcze nigdy nie podróżowała tak szybko, a przede wszystkim tak komfortowo. W Lesie Naddunajskim, który na zachodzie z obu stron okalał rzekę, drzewa przemykały obok niczym źdźbła trawy na wietrze. Później, gdy już dawno zostawili Ulm za sobą, pod Blaustein droga trafiła na rzekę Blau, która im dalej zmierzali na zachód, tym bardziej nieokiełznanie wiła się przez okolicę, jakby wciąż nie mogła się zdecydować, w którą stronę ostatecznie popłynąć. Woźnica i jego lancknecht okazali się rozmownymi towarzyszami podróży, gdyż o każdej mijanej miejscowości i drogach, po których jechali, potrafili opowiedzieć jakąś anegdotkę.

Wilgotna mgła zasnuła kraj. W ciągu krótkich dni słońce prawie nie miało siły bronić się przed zimnem. Afra marzła pod pledem, który Ulryk narzucił jej na ramiona.

– Jak daleko zamierzacie dzisiaj dotrzeć? – zawołał do woźnicy. – O tej porze roku szybko zapada zmrok. – I dodał: – Poza tym dokucza nam głód! Przez cały dzień nie mieliśmy nic w ustach.

Woźnica odwrócił się z batem w ręku i wskazał nim do przodu:

– Widzicie ten dąb na wzgórzu? Tam droga się rozwidla. W prawo prowadzi do Wiesensteigu i dalej na północ. W lewo pozostają już tylko dwie mile do Heroldsbronn. Tam czeka na nas zajazd i stajnia dla koni. Będziecie zadowoleni.

Przez cały dzień Ulryk i Afra niewiele rozmawiali. Nie żeby panowało między nimi jakieś napięcie, byli po prostu zbyt zmęczeni. Do tego doszła jazda po wybojstych drogach, co działało usypiająco jak wywar makowy. Tak więc każde z nich oddawało się własnym myślom. Afra miała trudności z odnalezieniem się w nowej sytuacji. Jeszcze poprzedniej nocy myślała, że jest bliska śmierci, a teraz, zaledwie o jeden zachód słońca później, znajdowała się wraz z Ulrykiem von Ensingenem w drodze ku nowemu życiu. Jak będzie się im wiodło w Strasburgu?

Również Ulryk był pod wrażeniem ostatnich wydarzeń. Nagła śmierć Gryzeldy dotknęła go bardziej, niż się tego spodziewał. Jednak najbardziej wyczerpało go nerwowo to, że sprzyjające mu dotąd okoliczności tak nagle się odmieniły i obróciły na niekorzyść. Nigdy by nie przypuszczał, że kiedykolwiek wyląduje w więzieniu w Ulm, w mieście, które mu tyle zawdzięczało. W głębi jego duszy smutek mieszał się z wściekłością. A im bardziej oddalali się od Ulm, tym bardziej narastała wściekłość. Mistrz Ulryk wyobrażał sobie w myślach, że teraz wzniesie w Strasburgu najwyższą wieżę świata chrześcijańskiego – na złość mieszkańcom Ulm.

– Heroldsbronn!

Woźnica kilkakrotnie świsnął batem, żeby wydusić resztkę sił z koni.

Plama rynku trwożliwie tuliła się do wzgórza, którego szczyt wieńczyły rudawe skały przypominające koguci grzebień. Nie było muru miejskiego. Ciasno stojące obok siebie domy, zwrócone do wewnątrz, ku placowi rynkowemu, stanowiły wystarczającą ochronę przed intruzami. Miało się wrażenie, że to nie budynki, a waleczni mieszczanie ze skrzyżowanymi na piersiach rękami wychodzą na spotkanie obcych przybyszów.

Fosa z drewnianym mostem broniła wjazdu do miasta. Alpert dobrze znał strażników, którzy strzegli bramy miejskiej z wieżą. Zeskoczył z kozła i uiścił żądane myto, po czym wóz, turkocząc, wjechał na rynek.

Przed miastem nie widzieli ani jednego człowieka, ale na placu panował ożywiony ruch. Widok nie był jednak najpiękniejszy. Świnie, owce, kury i furmanki zaprzężone w woły cisnęły się pospołu na rynku, będącym właściwie tylko poszerzoną ulicą. Handlarze byli już zajęci zwijaniem straganów.

Matki chwytały biegające między nimi dzieci. Roztrajkotane dziewki służebne stały w grupkach i wymieniały nowinki. Nagromadzone przez cały dzień odpady walały się na bruku, przybrane krowimi plackami i odchodami owiec oraz świń. Afra zatkała nos.

Niemal na samym skraju placu, z krótszej strony ograniczonej starym kościołem, stał po lewej stronie wąski dom ze schodkowatym zwieńczeniem szczytu. Wykonany z mosiądzu i umocowany na żelaznej żerdzi wizerunek słońca jasno wskazywał, że właśnie tutaj mieści się zajazd „Pod Słońcem". Nad zakończoną ostrym łukiem bramą wejściową, pod którą wóz konny ledwie się mieścił, zgodnie z powszechnym obyczajem był umocowany łeb odyńca, ubitego przez właściciela w okolicznych lasach.

Pewny siebie Alpert skierował wóz przez bramę na wewnętrzny dziedziniec. Przyjechali późno. Na podwórcu i w oficynach stały już między chlewami dla tuczników i kurnikami inne wozy. Dwaj parobcy karmili zwierzęta.

Właściciel jak kiepski aktor załamał ręce nad głową, gdy Alpert zameldował, że na nocleg zjechało czworo nowych gości. Jedzenia ma wprawdzie w bród, ale wszystkie miejsca do spania są zajęte. Jeśli jednak zadowolą się workami ze słomą ułożonymi na schodach…

W tym momencie Ulryk podszedł do właściciela, ukradkiem wsunął mu monetę w dłoń i powiedział:

– Jestem pewien, że znajdziesz jeszcze izdebkę dla mnie i mojej żony.

Właściciel obejrzał monetę i skłonił się nisko:

– Ależ oczywiście, dostojny panie, oczywiście!

Afra z ukontentowaniem przyjęła do wiadomości, że Ulryk von Ensingen nazwał ją „swoją żoną". Nigdy nie myślała, że kiedykolwiek do tego dojdzie. A teraz powiedział to tak, jakby to była najbardziej oczywista rzecz pod słońcem: „izdebkę dla mnie i mojej żony"! Miała ochotę go uścisnąć.

177

Jak można się było spodziewać, właściciel przydzielił im pokaźną alkowę z tak wysokim łożem, że potrzebny był stołek, żeby się na nie wspiąć. Było przysłonięte drewnianym baldachimem, mniej ku ozdobie, bardziej dla ochrony przed niemiłymi owadami, które w nocy spadały z sufitu. Za podkład nie służyła surowa słoma, tylko miękkie siano.

– Musiałbym się bardzo mylić – zauważył Ulryk, uśmiechając się pod nosem – gdyby to nie była sypialnia samych właścicieli tego zajazdu.

– Ja też sobie tak pomyślałam – odparła Afra. – W każdym razie, jeszcze nigdy nie nocowałam tak wygodnie.

W sali na parterze prawie niepodobna było znaleźć wolne miejsce. Stał tam tylko jeden długi, wąski stół, sięgający od ściany do ściany. Kiedy Afra i Ulryk weszli do pomieszczenia, w jednej chwili zaległa cisza. Afra była tutaj jedyną kobietą. Poczuła niemal cieleśnie, jak spoczęły na niej wszystkie spojrzenia. Prawdę mówiąc, przywykła do takich sytuacji w jadłodajni w Ulm. Nie zrobiło to więc na niej większego wrażenia.

– Chodźcie tutaj! – zawołał jakiś pobożnie i posępnie wyglądający handlarz paramentami, przesuwając się na drewnianej ławce i robiąc im miejsce. – Inni będą wam tylko chcieli coś sprzedać.

Egzorcysta przy prawym rogu stołu, dominikanin, który jechał do lewitującej zakonnicy opętanej przez diabła, zrobił obrażoną minę. A wędrowny medyk z Aten przy drugim końcu stołu rozzłościł się, nawet nie rzuciwszy okiem na Afrę:

– Nie wiem, jakie interesy miałbym załatwiać z babą.

– Słuszna uwaga – zawtórował mu jakiś kleryk, który nie chciał zdradzić ani pochodzenia, ani też celu swojej podróży.

– Ach, gdyby mi się udało opchnąć wam Biblię albo jakieś inne pożyteczne dzieło – rozmarzył się księgarz z Bambergu – tylko bym się cieszył. Mam na wozie dwie beczki pełne

foliałów i pergaminów. Interesy idą źle. Mnisi sami przepisują wszystkie księgi.
— Czy tego właśnie nie powiedziałem? — gorączkował się sprzedawca paramentów. — Wszyscy chcą tylko robić interesy.
— A od kiedy jest to zabronione? — Handlarz relikwiami, siedzący po przeciwległej wąskiej stronie stołu, zachwalał relikwiarz świętej Urszuli z Kolonii, która uchodziła za patronkę dobrych małżeństw, a przy tym porozumiewawczo mrugnął do Afry lewym okiem.
— Relikwiarz?
Afra spojrzała z niedowierzaniem.
— Lewe ucho świętej wraz z ekspertyzą arcybiskupa Kolonii, który ręczy za jego prawdziwość.
Afra wpadła w przerażenie. Ale nie z powodu oferty handlarza relikwiami, tylko dlatego, że jego sąsiad przy stole, mężczyzna o wychudłej twarzy i przerzedzonych włosach, zmienił się nagle w pobielonego wapnem ducha, z głęboko osadzonymi ciemnymi oczami i długim krogulczym nosem. Minęło trochę czasu, zanim Afra uświadomiła sobie, że włożył maskę.
— Pochodzę z Wenecji, wyrabiam takie maski — powiedział, znów odsłoniwszy twarz. — Dla was miałbym oczywiście bardziej powabny egzemplarz przedstawiający kokotę. Pozwólcie, że coś wam pokażę...
Afra podniosła ręce w geście obronnym.
— A nie mówiłem! — powtórzył sprzedawca paramentów.
— Mówisz bezbłędnie po niemiecku — zauważyła Afra z uznaniem, gdy tymczasem oberżysta wniósł kufle z piwem, żelazne misy pełne mięsa z kością oraz rozgotowanej parującej kapusty i kosz z przylepkami chleba.
— To konieczna umiejętność, jeśli chcę sprzedać swój towar. Nie mam tak dobrze, jak ten tam. — Spojrzał w bok i zauważył prawie lekceważąco: — Malarz fresków z Cremony. Szuka zajęcia. Nie musi znać ani słowa po niemiecku.

Reszta obecnych roześmiała się głośno, a obgadywany malarz przyglądał się bez zrozumienia.

– Zostało jeszcze tylko tych dwóch, siedzących u szczytu stołu po obu stronach egzorcysty. – Sprzedawca paramentów pokazał ich palcem. – Nie są nazbyt rozmowni. Ale to zrozumiałe. Jeden jest kaleką, któremu po upadku z rusztowania nogi odmówiły posłuszeństwa. Ma teraz nadzieję, że uzdrowi go święty apostoł Jakub z Santiago de Compostela. Biedaczysko. A ten tam nie odezwał się jeszcze ani słowem.

Wskazał kciukiem na zewnątrz.

– Jestem posłańcem w tajnej misji! – odparł zagadnięty, marszcząc przy tym nos, jakby to wszystko było dlań zbyt uciążliwe.

Jego czarne odzienie i bufiaste rękawy nadawały mu wytworny wygląd.

– A wy? Skąd pochodzicie? Dokąd zmierzacie?

Egzorcysta skierował nagle te pytania do Afry, a ociekającymi tłuszczem ustami i nielicznymi zębami ogryzał mięso od kości.

– Pochodzimy z Ulm – odparła zwięźle dziewczyna.

Ulryk kopnął ją pod stołem i sam podjął odpowiedź:

– Pochodzimy z Pasawy. Jedziemy przez Ulm do Trewiru.

– Ale nie wyglądacie na pielgrzymów.

– Bo nimi nie jesteśmy – odpowiedziała Afra.

– Zamierzamy rozpocząć handel suknem – dodał Ulryk, wykazując dużą przytomność umysłu.

Afra potwierdziła to skinieniem. Kątem oka zauważyła, że sprzedawca paramentów bez przerwy się w nią wpatruje. Poczuła się nieswojo.

– Czy to możliwe, że już kiedyś się spotkaliśmy?

Afra się przeraziła.

– Wasza twarz wydaje mi się znajoma.

– Nie mam pojęcia, skąd.

Dziewczyna błagalnym spojrzeniem szukała pomocy u Ulryka. Ożywiona rozmowa przy stole w jednej chwili zamarła, ale bynajmniej nie z powodu prostackiego pytania sprzedawcy paramentów. To handlarz relikwiami skupił na sobie zainteresowanie biesiadników. Niepostrzeżenie wyciągnął spod stołu kuferek i bez skrępowania zaczął rozkładać relikwie, objaśniając przy tym wszystko po kolei:

– Lewe ucho Urszuli z Kolonii, kość ogonowa Gaubalda z Ratyzbony, strzępek śmiertelnego giezła Sybilli z Gages, lewy kciuk Idesbalda z Dünen i paznokieć dużego palca u nogi Pauliny z Paulinzelli. Wszystko z ekspertyzami!

Afra z obrzydzeniem odsunęła talerz na bok, a w tej samej chwili do parującej izby weszli woźnica i jego lancknecht Jörg.

– Wciśnijcie się gdzieś – powiedział właściciel i zaczął upychać jednego z drugim między innymi gośćmi. Alpert znalazł miejsce obok handlarza relikwiami. Ujrzawszy przed swoim talerzem święte szczątki, skrzywił się:

– Jesz coś takiego?

Pozostali wybuchnęli śmiechem, zaczęli ryczeć i bić się po udach. Jedynie handlarz relikwiami zachował powagę i patrzył z wściekłością w oczach. Krew nabiegła mu do twarzy, tak że można by podejrzewać, że w każdej chwili pęknie. Prychnął ściśniętym głosem:

– To są wyłącznie relikwie znamienitych świętych, a ich prawdziwość jest potwierdzona przez czołowych biskupów i kardynałów.

– Ile chcecie za ucho świętej Urszuli? – zapytał sprzedawca paramentów.

– Pięćdziesiąt guldenów, jeśli łaska.

Oberżysta, który spojrzał handlarzowi relikwiami przez ramię, wykrzyknął z przerażeniem:

– Pięćdziesiąt guldenów za zasuszone ucho! U mnie gotowane ucho świńskie kosztuje dwa fenigi, świeżo z masarni, i to z kapustą! A ekspertyzę mogę dodać całkiem ekstra.

Tymi słowami oberżysta zdobył sobie przychylność wesołków, a handlarz relikwiami musiał schować do kuferka wszystkie nieapetyczne świętości.

Zasłaniając usta dłonią, wytwórca masek z Wenecji szepnął do swojego sąsiada przy stole, księgarza z Bambergu:

– U nas, w Lombardii, całe rodziny żyją z tego, że chowają swoich dziadków w pobielonej wapnem ziemi, a po roku ponownie ich wykopują. Suszą potem ich kości w piekarniku i sprzedają jako relikwie. Zawsze znajdzie się łasy na pieniądze biskup, który potwierdzi świętość tych szczątków.

– Księgarz potrząsnął głową. – Kiedy ten bzdurny proceder wreszcie się skończy?

– Nie przed dniem Sądu Ostatecznego – zauważył mistrz Ulryk i w ten oto sposób wdał się w rozmowę z księgarzem.

– Mówiliście, że nastały złe czasy dla ksiąg. Nie wierzę w to. Przecież dżuma i cholera bardzo zdziesiątkowały klasztory, dlatego w wielu skryptoriach brak kopistów, podczas gdy wasz główny odbiorca, szlachta, w znacznie mniejszym stopniu ucierpiał wskutek tej plagi.

– To oczywiście prawda – odpowiedział księgarz – ale szlachta wciąż jeszcze odczuwa skutki wypraw krzyżowych. Liczba wysoko urodzonych skurczyła się o ponad połowę i wytworni państwo nie szastają już pieniędzmi tak jak dawniej. Przyszłość nie należy do szlachty folwarcznej, lecz do miejskiego kupiectwa. W Norymberdze, Augsburgu, Frankfurcie, Moguncji i Ulm znajdziecie tak zamożnych kupców, że mogliby kupić nawet cesarza. Niestety, tylko niewielu z nich umie czytać i pisać. Z punktu widzenia takiego księgarza jak ja sprawy przybierają zły obrót.

– I nie macie nadziei, że ta sytuacja się zmieni?

Księgarz wzruszył ramionami.

– Przyznaję, książki są po prostu za drogie. Lekko licząc, pilny mnich przepisuje przez trzy lata tysiąc stron Biblii. Nawet jeśli zapewnicie mu tylko codzienne wyżywienie i co roku nowy habit, to koszty atramentu i pergaminu stanowią znaczne kwoty. Nie mogę więc sprzedawać takiej Biblii za dwa guldeny. Ale nie chcę się uskarżać.

Ulryk von Ensingen skinął głową w zamyśleniu.

– Powinniście nauczyć się czarów i sprawiać, żeby raz napisana księga powielała się sama przez się po dziesięćkroć, może nawet po stokroć, tak żeby ręka ludzka nie dotykała pióra.

– Panie, jesteście marzycielem i macie urojenia.

– Oczywiście, ale marzenia to podstawa każdego wielkiego wynalazku. Dokąd was droga prowadzi?

– Do moich najlepszych klientów zalicza się arcybiskup Moguncji. Przedtem jednak złożę jeszcze wizytę hrabiemu Wirtembergii. Jego biblioteka jest sławna, a namiętność do ksiąg utrzymuje przy życiu ludzi mojego pokroju.

– Hrabia Eberhard Wirtemberski? – Afra ze zdumieniem spojrzała na księgarza.

– Znacie go?

– Tak, to znaczy nie, bo to jest tak... – Dziewczyna bardzo się zmieszała. – Mój ojciec był bibliotekarzem u hrabiego Wirtembergii.

– Ach! – Zdumienie odmalowało się teraz na twarzy księgarza. – Magister Diebold?

– Tak się nazywał.

– Jak to „nazywał"?

– Jadąc pewnego razu do Ulm, spadł z konia i skręcił sobie kark. Jestem Afra, jego najstarsza córka.

– Jaki mały jest ten nasz świat. Spotkałem Diebolda przed laty w klasztorze Monte Cassino. Monumentalna budowla, położona wysoko nad doliną, odrębne miasto, w którym mieszka trzystu mnichów, teologów, historyków i uczonych i w którym znajduje się największa biblioteka świata chrześcijańskiego. Podobnie jak magister Diebold słyszałem o tym, że mnisi chcą spieniężyć całkiem pokaźną część swoich ksiąg, przede wszystkim antycznych autorów. Benedyktyni uważali ich za bezbożnych, my jednak bardzo ich cenimy.

– Obawiam się, że w tej kwestii poróżniliście się z moim ojcem.

– Tak było. Hrabia Eberhard Wirtemberski wyposażył waszego ojca w mnóstwo pieniędzy. Nie mogłem dotrzymać mu kroku. Wyszukałem już sobie ponad dwadzieścia starych pism. Przyniosłyby mi znaczny zysk. Ale wtedy przybył magister Diebold i za jednym zamachem kupił wszystkie księgi wystawione na sprzedaż. Taki drobny księgarz jak ja musiał wtedy spasować.

– Bardzo mi przykro z tego powodu. Ale on taki już był.

Księgarz się zadumał.

– Później próbowałem odkupić od niego kilka z tych foliałów, odmówił jednak. Nie udało mi się wyłudzić ani jednej z ponad pięciuset ksiąg. Do dzisiaj nie rozumiem, dlaczego tak się uparł, żeby mieć każdy wolumin z tego klasztoru.

Afra rzuciła Ulrykowi ukradkowe spojrzenie. Również on się nad czymś zastanawiał. Swoim opowiadaniem księgarz wzbudził ich ciekawość.

– Co przez to rozumiecie? – zapytała Afra.

Księgarz długo nie odpowiadał. Wreszcie odparł:

– Starzy Rzymianie mieli przysłowie: *Habent sua fata libelli*, co znaczy: *Księgi mają swój własny los* albo też *Księgi mają swoje tajemnice*. Może magister Diebold znał tajemnicę, której nie znał nikt inny? Nawet ja? Nie wyjaśniałoby to wprawdzie, dlaczego nie chciał mi odstąpić żadnej księgi z biblioteki klasztoru Monte Cassino, ale może jest to wskazówka, że jego zachłanność miała poważne podstawy.

Nie spuszczając wzroku z księgarza, Ulryk von Ensingen poszukał dłoni Afry. Dziewczyna w lot zrozumiała jego delikatny dotyk: teraz nie wolno powiedzieć ani jednego niewłaściwego słowa. Lepiej milczeć.

– Wszystko to zdarzyło się już dawno temu – zauważyła raczej mimochodem.

— Będzie chyba z piętnaście lat — potwierdził księgarz. A po przerwie zaczął od nowa: — Mówisz pani, że magister Diebold spadł z konia?

Afra niemo skinęła głową.

— Jesteś pewna?

— Nie rozumiem waszego pytania.

— Cóż, czy widziałaś na własne oczy, jak wasz ojciec spadał z konia?

— Oczywiście, że nie. Nie było mnie przy tym. Kto jednak mógłby mieć interes w wyrządzeniu ojcu krzywdy?

Mistrz Ulryk spostrzegł z niezadowoleniem, że ich rozmowa z księgarzem wzbudziła powszechne zainteresowanie. Rzekł więc rozdrażniony:

— Mówcie, jeśli coś rzeczywiście wiecie i macie do powiedzenia w tej sprawie. A jak nie, to lepiej w ogóle nie zabierajcie głosu!

Afra była podekscytowana. Chętnie ciągnęłaby tę rozmowę. Ale księgarz tylko machnął ręką i zwracając się do dziewczyny, powiedział:

— Wybacz, pani, nie chciałem dotykać zadawnionych ran. To wszystko tak jakoś samo ułożyło się w moich myślach.

Później, w drodze do alkowy w oficynie, Afra szepnęła do Ulryka:

— Myślisz, że mój ojciec został zamordowany z powodu pergaminu?

Budowniczy katedr odwrócił się, podniósł latarnię, która wskazywała im drogę po stromych schodach, i podsunął ją do twarzy dziewczyny. Na murze zatańczył niekształtny cień.

— Kto to wie? — powiedział cicho. — Morduje się ludzi z najbardziej niedorzecznych przyczyn.

— Mój Boże! — wyjąkała Afra. — Nikomu nigdy coś takiego nie przyszło do głowy. Gdy to się zdarzyło, byłam zbyt młoda i naiwna, żeby pomyśleć o czymś takim.

— Czy kiedykolwiek widziałaś zwłoki ojca?

– Tak, oczywiście. Nie wykazywały żadnych obrażeń. Ojciec wyglądał, jakby spał. Hrabia Eberhard urządził mu godny pogrzeb. Dobrze to pamiętam. Przez trzy dni nic tylko płakałam.
– A twoja matka?
– Również płakała.
– Nie to mam na myśli. Powiedziałaś, że odebrała sobie życie...
Afra przycisnęła dłoń do ust. Oddychała gwałtownie. Po chwili spytała:
– Myślisz, że mogło być tak, że wcale nie sama poszukała śmierci?
Architekt milczał. Potem objął ją ramieniem i rzekł:
– Chodź!

Tej nocy Afra i Ulryk mogli wreszcie po raz pierwszy spać razem w jednym łóżku. Do tej pory, pomijając pierwsze zbliżenie, kochali się na podłodze jego pracowni albo pośród wilgotnych traw na naddunajskich łąkach. Strach, że zostaną przyłapani, zostawiał zawsze pewien niesmak. Ale cały ten teatr oraz świadomość, iż czynią coś grzesznego, miały też w sobie szczególny urok.

Pogrążona w myślach Afra zdjęła suknię i wślizgnęła się pod szorstką kołdrę. Marzła. Nie tylko z powodu zimna panującego w tej nieogrzewanej izbie. Również jej duszę ogarnęło uczucie lodowatego chłodu.

Aluzje i przypuszczenia księgarza sprawiły, że stała się zamyślona i milkliwa. Oczywiście księgarz był pleciugą i nie miał żadnych dowodów na poparcie swoich podejrzeń. Ale czy ona ma dowody na to, że rodzice rzeczywiście zmarli tak, jak to jej przedstawiono? Gdy Ulryk położył się obok, mimowolnie odwróciła się do niego plecami. Nie chciała odtrącać ukochanego, zrobiła to podświadomie, bezwiednie.

Ulryk instynktownie czuł, co dzieje się z Afrą. Jej zachowanie było mu zresztą na rękę. Zbyt dużo zmieniło się również w jego życiu, nazbyt wiele, żeby po prostu przejść nad tym do porządku dziennego, jakby nic się nie stało. Przytulił się więc do jej pleców i lewą ręką objął ją w talii. Delikatnie pocałował Afrę w kark i już się nie odzywając, spróbował zasnąć. Dziewczyna oddychała regularnie, toteż Ulryk myślał, że już dawno zasnęła, gdy po dobrej godzinie usłyszał jej głos.

– Ty też nie możesz zasnąć, prawda?

Poczuł się niezręcznie.

– Nie – szepnął jej prosto w kark.

– Myślisz o Gryzeldzie, mam rację?

– Tak. A tobie nie chce wyjść z głowy gadanina księgarza?

– Mhm. Po prostu nie wiem, co o tym myśleć. Wydaje się, jakby na tym pergaminie ciążyła jakaś klątwa, klątwa, która dosięga także nas.

– Bzdura! – zamruczał Ulryk von Ensingen i delikatnie pogłaskał Afrę po brzuchu. – Do tej pory nie miałem powodu, żeby wierzyć w działanie sił nieczystych.

– Tak, do tej pory! Ale odkąd się spotkaliśmy...

– ... nic się w tej kwestii nie zmieniło.

– A śmierć Gryzeldy?

Ulryk głęboko zaczerpnął powietrza i wydmuchnął je przez usta tak, że Afra poczuła łaskotanie na karku. Nie odzywał się.

– Czy ty właściwie wiesz, że twój syn odnalazł mnie w dzień śmierci Gryzeldy?

– Nie, ale to mnie nie dziwi. Nasze stosunki nie były w ostatnich czasach najlepsze. Zarzucał mi, że popchnąłem Gryzeldę w objęcia śmierci.

– A mnie oskarżył o to, że cię opętałam. Groził mi i na przyszłość kazał zostawić cię w spokoju.

– Opętanie nie jest właściwym słowem. Raczej zaczarowanie. Albo jeszcze lepiej: oczarowanie. – Ulryk zaśmiał

się cicho. – W każdym razie udało ci się nadać nowy sens mojemu życiu.
– Pochlebca!
– Jeśli chcesz to tak nazwać. Musisz wiedzieć, że interesował mnie wyłącznie projekt mojej katedry. Niekiedy łapałem się na tym, że rozmawiam z kamiennymi postaciami z filarów. To co nieco mówi o stanie duszy mężczyzny w sile wieku.
– Twoje małżeństwo nie było najszczęśliwsze?
Ulryk długo milczał. Nie chciał tym Afry obarczać. Ale ciemność w alkowie i poczucie, że dziewczyna jest całkiem blisko, ułatwiły mu wyznanie.
– Gryzelda była córką prałata kapitulnego – zaczął, jąkając się. – Nigdy nie poznała nazwiska ojca ani matki. Zaraz po urodzeniu oddano ją do klasztoru w Bawarii wittelbachskiej, gdzie została przyjęta jako nowicjuszka. Aż do dwudziestego roku życia nie widziała żadnego innego mężczyzny poza księdzem. Nawiasem mówiąc, miał szlachetne oblicze o ciemnych oczach i wąskim nosie. Po kłótni z przeoryszą opuściła zakon jeszcze przed złożeniem ślubów wieczystych. Nauczyła się wprawdzie czytać i pisać, a oprócz tego na pamięć Nowego Testamentu po łacinie, ale w kontaktach z ludźmi, przede wszystkim z mężczyznami, była bardzo skrępowana. Imała się tu i ówdzie poślednich zajęć, nie znajdując jednak spełnienia. Jej powierzchowność i okazywana powściągliwość wyjątkowo mnie w niej pociągały. Byłem młody, dzisiaj powiedziałbym, że zbyt młody, toteż nieśmiałość i ucieczkę od spraw świata doczesnego tłumaczyłem sobie jako swego rodzaju kobiece wyrafinowanie. Kiedy pocałowałem ją po raz pierwszy, spytała, czy to będzie chłopczyk, czy dziewczynka. Wymagało pewnej siły przekonywania, zanim mi uwierzyła, że jej wiedza w tych sprawach jest niewystarczająca. Po konfrontacji z prawdą nastąpiła jednak w Gryzeldzie zgubna przemiana. Mając nadzieję, że uda się zmienić jej nastawienie, zawarliśmy związek małżeński. Ale potem, urodziwszy naszego syna, uznała, że wszystko,

co cielesne, jest obrzydliwe i ohydne. Ledwie udało mi się zapobiec, żeby pewnej nocy nie użyła przeciw mnie noża, który ukryła pod łóżkiem. Chciała mi odciąć moją męskość i – jak się wyraziła – rzucić świniom na pożarcie. Wówczas miałem jeszcze nadzieję, że Gryzelda podniesie się po przeżyciach związanych z porodem i odnajdzie radość w normalnym związku uczuciowym, ale stało się odwrotnie. Większość czasu spędzała u klarysek. Najpierw myślałem, że na modlitwach. Dopiero później dowiedziałem się, że za murami klasztoru hołdowano cielesnym rozkoszom między kobietami.

Afra przekręciła się na drugi bok i odwróciła twarzą do Ulryka, ale nie patrzyła na niego.

– Musiałeś wiele wycierpieć – powiedziała w ciemności.

– Najgorsza była dla mnie konieczność zachowania pozorów na zewnątrz. Budowniczy katedr, którego żona zabawia się z zakonnicami w klasztorze, a mężowi próbuje odciąć przyrodzenie, nie zasługuje na szczególne poważanie i respekt. Nawet jeśli katedra, którą wznosi, jest niesłychanie wysoka i budzi emocje.

– A twój syn Mateusz? Czy on wiedział, co wyczynia jego matka?

– Nie, nie sądzę. W przeciwnym razie nie mnie przypisywałby winę za nasze złe stosunki. Jesteś naprawdę pierwszą osobą, z którą o tym rozmawiam.

Afra w ciemnościach ostrożnie poszukała palcami twarzy Ulryka, po czym wzięła jego głowę w dłonie i przyciągnęła do siebie. Pocałunek w mroku udał się dopiero przy drugiej próbie.

Z daleka dobiegało wołanie nocnego strażnika, ogłaszającego północ. Jego głos napominał monotonną melorecytacją: „Pogaście ludzie ognie i światła, żeby nie było nieszczęścia".

Mglisty poranek nieszczególnie zachęcał do dalszej podróży.

Na ceglanych dachach domów i na suchych gałęziach drzew pojawił się pierwszy szron. Wystarczyło wyjrzeć przez okno, żeby się przekonać, że są spóźnieni. Woźnica już nakładał koniom uprząż.

– Pospieszcie się! – zawołał, ujrzawszy w oknie głowę Afry. – Mamy dzisiaj przed sobą daleką drogę!

W karczmie wypili dzban ciepłego mleka i zjedli po piętce chleba z tłustą słoniną.

– Gdzie jest księgarz? – zapytała Afra właściciela zajazdu, który tylko się na to roześmiał.

– Pierwszy był na nogach. Trzeba było wcześniej wstać, młoda pani.

Afra nie kryła rozczarowania. W nocy ułożyła sobie tyle pytań.

– Czy wiesz, dokąd on zmierza i skąd pochodzi? Znasz jego imię? – drążyła.

– Nie mam pojęcia. W równie małym stopniu znam jego imię jak i wasze. Dlaczego sama go nie zapytałaś?

Afra wzruszyła ramionami.

– A dokąd wiedzie wasza droga?

– Na zachód, nad Ren – wyręczył Ulryk Afrę w odpowiedzi.

– Przez Czarny Las?

– Tak, sądzę, że tak.

– Nie jest to łatwe przedsięwzięcie o tej porze roku. Każdego dnia może nadejść zima z lodem i śniegiem.

– Nie będzie tak źle – roześmiał się Ulryk. Następnie zapłacił właścicielowi i zajął się bagażem.

– Ładne miasteczko, ten Heroldsbronn – zauważyła Afra, gdy woźnica skierował powóz ku wąskiej bramie miejskiej. Mali ulicznicy, którzy, żebrząc, uwiesili się jego ścian, zeskoczyli. Gdy wóz minął most, lancknecht trzasnął z bicza, a konie ruszyły kłusem.

Owinięta w pled Afra schroniła się za plecami lanc-

knechta przed podmuchami zimnego wiatru. Istotnie, nie była to najlepsza pora na podróż. Ulryk ścisnął dziewczynę za rękę.
– Jak daleko chcesz dzisiaj zajechać? – krzyknął do woźnicy.
Woźnica się odwrócił.
– Bóg jeden wie. Coś więcej będę mógł powiedzieć dopiero, gdy miniemy wąwóz eisbachski.
Naraz mgły się rozstąpiły, a przed nimi wyłoniły się pierwsze kępy lasu: niewielkie, gęste bory jodłowe, które po pół mili przeszły w ciągnące się daleko łąki. Na szczycie wzgórza, ukazującego widok na zachód, woźnica pokazał batem w stronę horyzontu:
– Czarny Las – zawołał pod wiatr, tak że można było zobaczyć obłoki pary dobywające się z jego ust.
Jak okiem sięgnąć, nad rozległymi wzgórzami rozpościerał się las, bezkresny ciemny las. Pokonanie tej przeszkody wozem zaprzężonym w konie graniczyło wręcz z cudem.
Ulryk stuknął woźnicę w plecy:
– Stary, mam nadzieję, że znasz drogę przez las!
Woźnica się odwrócił:
– Bez obaw. Przejechałem go co najmniej sześć razy. Wprawdzie nie o tej porze roku, ale nie martwcie się!
Od jakiegoś czasu nie napotykali już osad ludzkich ani żadnych innych wozów. Gdy nieutwardzona droga zanurzyła się w Czarnym Lesie, stało się jasne, dlaczego nosi on taką nazwę. Rosnące gęsto obok siebie wysokie jodły nie przepuszczały ani odrobiny światła na leśną ściółkę. Woźnica ściągnął konie lejcami.
Panowała tutaj nabożna cisza, jak w katedrze. W tej uroczystej ciszy odgłosy jazdy wydawały się prawie niestosowne. Tu i ówdzie wzleciał jakiś ptak, czując, że ktoś zakłóca mu spokój. Afra i Ulryk nie śmieli ze sobą rozmawiać. A las zdawał się nie kończyć.

Aby poprawić ponury nastrój, woźnica – przemierzyli akurat dwadzieścia mil – puścił w obieg butelkę winiaku. Afra wzięła głęboki łyk. Alkohol palił jak ogień. Ale grzał.

Głośnym „prr!" woźnica zatrzymał konie. Przed nimi leżała w poprzek drogi powalona jodła. Z początku wyglądało to tak, jakby wiatr złamał drzewo, gdy jednak woźnica przyjrzał się przeszkodzie, ogarnął go niepokój.

– Coś tu jest nie tak! – zawołał cicho. – To drzewo zostało świeżo ścięte.

I zmrużywszy oczy, rozejrzał się w gęstwinie po obu stronach drogi. Z otwartymi ustami nasłuchiwał podejrzanych odgłosów, ale poza sapaniem koni i dźwiękiem uprzęży nic nie było słychać. Afra i Ulryk siedzieli jak wryci.

Lancknecht powolnym ruchem wyciągnął kuszę spod siedzenia. Przezornie unikając wszelkich odgłosów, zszedł z kozła.

– Co to ma znaczyć? – wyszeptała zalękniona Afra.

– Wygląda na to, że wpadliśmy w pułapkę – wymamrotał Ulryk, przeszukując las wzrokiem.

Gwałtownym ruchem ręki woźnica przyzwał do siebie mistrza Ulryka.

– Siedź tutaj i nie ruszaj się z miejsca – przykazał Ulryk Afrze, po czym wysiadł z powozu.

Trzej mężczyźni naradzali się szeptem, jak powinni się zachować. Leśny dukt był wąski, a przydrożne chaszcze i drzewa tworzyły tak ciasny przesmyk, że nie było mowy o zawróceniu. Jeśli więc nie chcieli tchórzliwie i małodusznie poddać się przeznaczeniu, musieli działać. Drzewo nie wydawało się na tyle grube, żeby trzej silni mężczyźni nie zdołali go podnieść i cisnąć na bok.

Musieli jednak mieć świadomość, że zbiry w każdej chwili mogą wyłonić się z gęstwiny. Wskazany był pośpiech. Stanąwszy tuż obok siebie, podłożyli ręce pod pień i na wspólną komendę kawałek po kawałku zaczęli odsuwać drzewo na skraj dróżki.

Właśnie dopięli celu, gdy budowniczy katedr zerknął na Afrę. To, co zobaczył, zmroziło mu krew w żyłach. Jakiś ponury opryszek stał na wozie i od tyłu zaciskał rękę na ustach dziewczyny. Drugi usiłował zerwać jej suknię z ciała, trzeci zaś zaczął dobierać się do ładunku wewnątrz wozu. Lancknecht chwycił za kuszę, woźnica złapał bat, a Ulryk jednym susem wskoczył na kozła.

– Wracaj, wracaj! – krzyknął lancknecht, składając się z kuszą do strzału. Ale Ulryk nie dał się powstrzymać. Jakby postradał wszystkie zmysły, zaczął walić pięściami w rozpustnika, który, trafiony straszliwym ciosem w kark, nagle puścił Afrę i zwrócił się ku Ulrykowi. Gdy między dwoma mężczyznami doszło do rękoczynów, Afra zaczęła tak głośno krzyczeć, jakby ją ktoś obdzierał ze skóry. Ulryk nigdy nie myślał, że w razie konieczności znajdzie w sobie tyle siły. Kiedy jednak drugi zbir, który wcześniej dobierał się do Afry, zaczął go dusić, a pierwszy wepchnął mu kolano w brzuch, poddał się. Czuł, że powoli traci przytomność. Zobaczył mroczki przed oczyma.

Uszło więc jego uwadze, że lancknecht, który, złożony do strzału, obserwował tę bójkę, nacisnął spust. Niczym buchający w piecu płomień bełt przeleciał ze świstem w powietrzu i wbił się w plecy drugiego łotra. Ten odruchowo wyrzucił ręce w górę, stanął dęba niczym dzikie zwierzę i tyłem runął z wozu, gdzie zległ bez ruchu między przednim i tylnym kołem. Dwaj pozostali, ujrzawszy kompana w takiej pozycji, wzięli nogi za pas, unosząc ze sobą skąpy łup.

Zatroskana Afra pochyliła się nad Ulrykiem bez przytomności leżałącym na koźle. Jej suknia była na piersi podarta w strzępy, ale ona sama nie odniosła poważniejszych obrażeń.

– Ocknij się! – zawołała płaczliwym głosem.

W tej chwili Ulryk otworzył oczy. Gwałtownie potrząsnął głową, jakby chciał strząsnąć z siebie wszystko, co dopiero przeżył.

– Gdzie jest ten łajdak? – zasyczał z twarzą wykrzywioną bólem. – Zabiję go!
– Nie trzeba – odparła Afra. – Lancknecht już cię uprzedził.
– A pozostali?
Afra podniosła rękę i pokazała przed siebie.
– Na co więc jeszcze czekamy? Za nimi!
Ulryk podźwignął się z trudem.
– Spokojnie, spokojnie – wtrącił woźnica. – A co poczniemy z tym tutaj?
Dopiero teraz Ulryk zobaczył leżącego pod wozem rozbójnika.
– Nie żyje? – zapytał ostrożnie.
Lancknecht podetknął architektowi kuszę pod nos:
– Celny strzał z tej broni powala rosłego byka. Ale ten łajdak z pewnością nie był bykiem. Raczej słabeuszem.
– Chciał mnie zabić! Już myślałem, że mnie udusi.
Ulryk zwlókł się z kozła.
Napastnik leżał twarzą do dołu na zamarzniętej ziemi. Jego kończyny były w dziwaczny sposób powykręcane. Na ciele nie widać było obrażeń – ani krwi, ani postrzału. Nic.
– Czy on naprawdę nie żyje? – zapytał Ulryk, nie oczekując odpowiedzi. Nie bez wstrętu schwycił trupa za wykręconą do tyłu lewą rękę i wyciągnął go spod wozu. – Nie możemy go tutaj tak po prostu zostawić – powiedział z wahaniem.
– Myślicie, że te łotry wyprawiłyby nam uroczysty pogrzeb, gdybyśmy to my leżeli tu martwi?
Woźnica miał wypisaną wściekłość na twarzy.
Gdy Ulryk odwrócił trupa na plecy, znieruchomiał. Jakby go trafił grom z jasnego nieba, spojrzał w górę na Afrę. Następnie rzucił pytające spojrzenie lancknechtowi, który stał obok niego.
– To przecież jest… – wybełkotał cicho i dalej nie mógł wydusić z siebie ani słowa.

– ... kaleka z zajazdu. Jednak nie był wcale taki sparaliżowany, jakiego udawał, ani godny współczucia.
– Zapewne wykorzystał pobyt w zajeździe w Heroldsbronn tylko w tym celu, żeby się wywiedzieć, gdzie można się najlepiej obłowić.
– Na to wygląda – zauważył lancknecht. Po czym dodał:
– Niejedno już przeżyłem, ale jeszcze nigdy nie spotkałem się z taką zuchwałością. Udaje politowania godnego kalekę i równocześnie planuje kolejny napad. Mam nadzieję, że nic wam nie zginęło. Przeboleję te dwa cynowe dzbany, których mnie pozbawili.

Ulryk von Ensingen rzucił Afrze pytające spojrzenie. Dziewczyna schwyciła oburącz podartą na piersiach suknię.
– Pergamin – powiedziała cicho.
– Ukradli?

Skinęła potakująco głową.

Budowniczy katedr w zamyśleniu spojrzał w bok.
– A pieniądze? – zapytał woźnica, wiedząc, że jego pasażer wiezie ze sobą większą sumę pieniędzy.

Ulryk podszedł do koni i podniósł uprzęże. Znajdowały się pod nimi dwa tak zwane trzosy, skórzane wybrzuszenia służące do potajemnego przewożenia większych kwot. Ulryk uderzył dłonią w trzosy i usłyszał brzęk monet.
– Wszystko w porządku – powiedział zadowolony. – Ale teraz pochowajmy jakoś tego łotra. To też człowiek, chociaż zły.

We trzech zawlekli zwłoki do lasu i ułożyli je między wysokimi korzeniami dwóch drzew. Przykryli trupa gałęziami jodły. Potem wsiedli na wóz i ruszyli w dalszą drogę.

Tymczasem nastało południe. Najwyższy czas, aby przekroczyć wąwóz eisbachski. Z wcześniejszych podróży woźnica wiedział, że trzeba być przygotowanym na wszystko: na osunięcie się ziemi po silnym deszczu albo na lawinę kamieni podczas mrozu czy suszy. Już zbliżający się z naprzeciwka pojazd mógł na tej wąskiej drodze, na której nie sposób było cokolwiek wyminąć, wpędzić woźnicę w prawdziwe tarapaty.

Wszyscy nadal odczuwali skutki zuchwałego napadu. Minęła przeszło godzina, a nikt się jeszcze nie odezwał. Afra drzemała. Nie wiedziała, czy śmiać się, czy płakać z powodu utraty pergaminu.

Oczywiście osobliwe dziedzictwo ojca jeszcze bardziej wzmogło ciekawość dziewczyny – teraz, kiedy księgarz wygłosił tak dziwne uwagi o śmierci jej rodziców. W jakiś sposób jednak poczuła ulgę i swobodę. W ostatnich dniach pergamin spoczywał na jej piersi niczym kamień, ale ciążył jej i dręczył ją. Teraz to minęło. W Strasburgu zamierzała wraz z Ulrykiem zostawić przeszłość za sobą, rozpocząć nowe życie, które będzie biegło spokojnym torem.

Jednak los chciał inaczej.

Bez większych problemów zostawili za sobą wąwóz eisbachski. Na jakiejś polanie woźnica zatrzymał konie. Nieufnie przeszukał okolicę wzrokiem, po czym zeskoczył z kozła i poszedł kilka kroków w kierunku jasnego przedmiotu, który niedbale leżał na skraju zamarzniętej łąki.

Szybciej niż pozostali Afra zrozumiała, co to jest. Bandyci, którzy ukradli jej szkatułkę, po prostu wyrzucili pozornie bezwartościowy pergamin.

Woźnica obejrzał zwój z obu stron i właśnie zamierzał go wyrzucić, gdy dziewczyna zawołała:

– Hola, to moja własność!

– Wasza? – Woźnica nieufnie zamrugał oczami.

– Tak, nosiłam to w niewielkiej szkatułce na piersi. Pamiątka po ojcu.

Wyjaśnienie Afry nie przezwyciężyło nieufności woźnicy.

– Pamiątka? – zapytał. – Na tym pergaminie nie ma ani jednej linijki tekstu!

– Dajcie to już! – architekt przyszedł Afrze z pomocą. Woźnica niechętnie spełnił to żądanie. Wymamrotał coś pod nosem, podał Afrze pergamin, wdrapał się na kozła i pognał konie batem.

Kiedy wóz ruszył, obejrzał się jeszcze za siebie i powiedział do Afry:

– Ale chyba nie stroicie sobie ze mnie żartów? Co to za pamiątka? Pusta kartka!

– Kto wie? – odparła Afra wieloznacznie, a po jej twarzy przemknął wymuszony uśmiech.

5.
Tajemnice katedry

Mieszkańcy Strasburga gromadnie ciągnęli w stronę Schindbrücke. Ta kamienna budowla rozpinała się nad płynącą leniwie w dal rzeką Ill, która rozwidlała się na południu, aby na północy ponownie się połączyć, przy czym obie odnogi wykrawały z lądu wyspę o kształcie świńskiego żołądka. Most, znajdujący się nieopodal katedry, był raz w miesiącu sceną makabrycznego widowiska, które zwabiało młodzież i starców.

Z samego rana obradował tutaj sąd, który skazał na zanurzenie w rzece fałszerza win, fałszerza monet, nieuczciwego rzeźnika, sprzedającego mięso kocie jako zajęcze, i mieszczanina, który, nie stawiając oporu, pozwolił, aby pobiła go żona. Poza tym rozeszła się pogłoska, że mają dzisiaj utopić nierządnicę, której spowiednik zrobił dziecko za ołtarzem kościoła świętego Stefana.

W drodze do katedry Afra została porwana przez tłum. Nie wiedziała, co ją czeka, ale taka ogromna rzesza ludzi obudziła jej ciekawość. Mieszkańcy Strasburga stali głowa przy głowie po obu stronach rzeki i wyciągali szyje. Nieśmiałe promienie słońca roztaczały pierwsze wiosenne ciepło. Od leniwej rzeki, o której nigdy nie było wiadomo, w jakim właściwie kierunku płynie, zalatywał nieznośny odór ścieków. Kto by się przyjrzał dokładniej, mógłby dostrzec w wodzie zdechłe zwierzęta, koty i szczury, odpadki i ekskrementy. Ale nikt tam nie spoglądał. Wszyscy wpatrywali się w most, pośrodku którego wzniesiono drewnianą platformę z żurawiem podobnym do drewnianych dźwigów używanych przy budowie katedry. Na krótszym końcu belki umocowano duży kosz, przypominający klatki, w jakich na pobliskim rynku oferowano drób i zwierzęta domowe.

Kiedy sędzia miejski w czarnej todze i usztywnionym birecie na głowie wdrapał się na wielką beczkę służącą za podium, gapie w jednej chwili zamilkli. Sześciu siepaczy w skórzanych zbrojach dość brutalnie poczynało sobie z mężczyznami, których dopiero co osądzono na placu przed ratuszem. Poszturchiwali ich i popychali przed sobą, a następnie ustawili wszystkich w szeregu przed sędzią. Sędzia odczytał imiona skazańców oraz wyroki za ich niegodziwe czyny, co tłum za każdym razem kwitował okrzykami radości i oklaskami, ale także wyrazami niechęci.

Z najmniejszą karą wyszedł z tego fałszerz win: jednokrotne zanurzenie. I to od niego zaczęło się wykonywanie wyroków. Dwaj siepacze schwycili go i zamknęli w klatce. Czterej inni wdrapali się na długie ramię dźwigni tak, że kosz ze skazańcem poszybował w górę, po czym odwrócili żurawia w stronę rzeki i zanurzyli klatkę w wodzie.

Zawrzało, zabulgotało i zakipiało jak świńska krew w kotle do gotowania kiełbas, a kosz z fałszerzem win zniknął w rzece, w obrzydliwej brei pełnej fekaliów. Sędzia miejski zaczął bezgłośnie liczyć do dziesięciu, wyrzucając daleko przed siebie jeden palec za drugim. Potem wyciągnięto fałszerza win z cuchnącej rzeki.

Kobiety w pierwszym rzędzie piszczały i uderzały pokrywką o pokrywkę. Rozległy się chóralne wołania:

– Dalej! Dalej! Wsadźcie tego fałszerza w gówno!

Całą tę procedurę powtórzono z pozostałymi skazańcami, przy czym rzeźnik musiał znieść najwyższą karę – czterokrotne zanurzenie. Gdy po czwartym zanurzeniu wyciągnięto złoczyńcę z rzeki, przedstawiał sobą widok godny pożałowania. Pokryty fekaliami i odpadkami, prawie nie widział na oczy. Klęcząc, czepiał się prętów klatki i łapał powietrze. Kiedy zaś oprawcy uwolnili go z jego więzienia, padł bez ruchu na moście.

– Już nigdy nie będzie sprzedawał nam zdechłych kotów jako zajęcy – zawołała jakaś wściekła matrona.

A pewien rosły mężczyzna o czerwonej twarzy zacisnął pięść i wrzasnął ponad głowami zebranych:

– To zbyt łagodna kara. Ten łotr powinien zawisnąć!

Jego okrzyk spotkał się z gwałtowną aprobatą. Natychmiast bowiem tłum zaczął ryczeć:

– Na stryczek z nim!

Minął jakiś czas, zanim te wściekłe wrzaski wybrzmiały. Potem jednak nastała cisza. Taka cisza, że było słychać turkot taczki zaprzężonej w osła, która od strony dużego placu nadjeżdżała w kierunku mostu. Gapie w milczeniu utworzyli szpaler. Tylko od czasu do czasu słyszało się westchnienia „och!" i „ach!". Na widok dwukołowego wózka niektórzy widzowie żegnali się znakiem krzyża.

Na dnie wózka leżał zasznurowany worek. Nietrudno było rozpoznać jego żywą zawartość – ze środka dobywały się ciche jęki. Na worku leżał kosmyk miedzianorudych włosów uczesanych jak koński ogon. Pachołek w czerwonym odzieniu musiał wciągnąć osła na środek mostu, bo krnąbrne zwierzę na ostatnich metrach odmówiło służby.

To, co się potem stało, wprawiło Afrę w osłupienie i przerażenie. Ledwie wózek stanął, podeszli do niego dwaj oprawcy, wyjęli trzepoczące się zawiniątko i wrzucili je przez balustradę mostu do rzeki. Zasznurowany worek dryfował krótką chwilę po cuchnącej wodzie, po czym wyprostował się jak tonący okręt i zanim ktokolwiek się spostrzegł, zniknął w falach rzeki.

Gapie patrzyli oniemiali na przepyszny kosmyk włosów, który jeszcze kilka metrów płynął w dół rzeki. Ulicznicy bawili się, rzucając w niego kamieniami, aż wreszcie nurt pochłonął również tę pamiątkę po nierządnicy.

Ostatni wyrok wykonano prawie niepostrzeżenie. Mamrocząc szybko pod nosem, znudzony sędzia miejski oznajmił, że ksiądz dla własnej korzyści przywłaszczył sobie jałmużnę od wiernych, za co sąd biskupi skazał go na odcięcie prawej ręki. Jeden z oprawców obojętnie rozwinął jakiś łachman, wyjął z niego amputowaną rękę i wysokim łukiem cisnął ją do wody.

Świadomość, że była świadkiem egzekucji, wycisnęła Afrze łzy z oczu. Z wściekłością jęła przeciskać się przez tłum w stronę placu katedralnego. „Dlaczego – zastanawiała się – ta dziewczyna musiała zginąć, a rozpustnemu spowiednikowi nie spadł włos z głowy?"

W drodze do katedry Afra przechodziła uliczką z czarnymi od sadzy ruinami domów. Ciągle jeszcze nie usunięto śladów wielkiego pożaru, który zniszczył w mieście czterysta budynków. Wszędzie rozchodził się nieprzyjemny swąd gruzu i zwęglonych belek.

Wiedziała, gdzie szukać Ulryka: w uliczce wiodącej wprost do zachodniej fasady katedry. Siedząc na kamieniu, spędzał tam całe dnie, a niekiedy również wieczory, żeby obserwować z podziwem, jak piaskowiec wogezyjski, z którego wzniesiono katedrę, jeszcze mocniej czerwienieje o zachodzie słońca.

Od trzech miesięcy Ulryk von Ensingen nieomal codziennie przemierzał tę samą drogę do rezydencji biskupa Wilhelma von Diesta. Ale za każdym razem otrzymywał odpowiedź, że Jego Eminencja jeszcze nie wrócił z podróży zimowej.

Było tajemnicą poliszynela, że biskup Strasburga, pijak i hazardzista bez święceń kapłańskich, dochrapał się urzędu i godności nie ze względu na uczoność ani tym bardziej pobożność, tylko dzięki błękitnej krwi i protekcji papieża rzymskiego. Nie budziło więc prawie zdumienia, że okres zimy Jego Eminencja spędzał zazwyczaj w towarzystwie konkubiny w cieplejszych okolicach Włoch. Nic też dziwnego, że był w ciągłym konflikcie z własną kapitułą, przede wszystkim zaś z dziekanem Hügelmannem von Finstingenem, który sam dążył do zdobycia godności biskupa.

Hügelmann, uczony mąż o nienagannym wyglądzie i takich samych manierach, odmówił Ulrykowi, gdy ten, powołując się na pismo biskupa Wilhelma, dopominał się o zatrudnienie na stanowisku budowniczego katedry. Zarządzanie budowami już od stuleci nie znajduje się w gestii biskupów, ale zależy od rady miejskiej, a ta dopiero niedawno zatrudniła nowego architekta i powierzyła mu zadanie wzniesienia nad zachodnim frontonem katedry takiej wieży, która usunie w cień wszystkie dotąd istniejące.

Pogrążony w obserwacji fasady, której portal zwieńczony gotyckim szczytem przypominał kadłub okrętu – tkwiącego rufą w ziemi, dziobem jednak mierzącego wprost w niebiosa, ku słońcu – Ulryk von Ensingen nie zauważył nadchodzącej Afry. Dopiero gdy położyła mu dłoń na ramieniu, podniósł na chwilę wzrok i rzekł:

– Ten mistrz Erwin był zaiste geniuszem. Niestety, nie doczekał, żeby jego plany urzeczywistniły się do końca.

– Nie musisz chować światła pod korcem i pomniejszać swoich zasług – odparła Afra. – Pomyśl tylko o Ulm. Tam jest twoje dzieło i tamtą katedrę zawsze jednym tchem będą nazywać twoim imieniem.

Ulryk ścisnął rękę Afry i uśmiechnął się, jednak był to uśmiech zaprawiony goryczą. Wreszcie powędrował spojrzeniem w górę, ale w słowach, które wyrzekł, brzmiała rezygnacja:

– Wszystko bym dał za to, żeby na tej środkowej nawie móc wznieść wieżę nie mniej genialną niż dzieło samego mistrza Erwina.

– Otrzymasz to zlecenie. – Afra starała się pocieszyć ukochanego. – Nikt inny nie potrafi sprostać takiemu zadaniu.

Architekt oponował:

– Nie musisz mnie pocieszać, Afro. Zbyt ufnie postawiłem na niewłaściwego konia.

Przygnębienie Ulryka sprawiało Afrze ból. Oczywiście nie cierpieli biedy. Budując katedrę w Ulm, Ulryk von Ensingen zarobił więcej, niż potrzebowali na dostatnie życie. Wynajęli też wygodny dom przy Bruderhofgasse. Architekt nie był jednak człowiekiem, który by się zadowolił tym, co już zdołał osiągnąć. Tryskał pomysłami i sam widok świątyni doprowadzonej zaledwie do kalenicy wprawiał go w stan ogromnego podekscytowania.

Dzień później Afra zebrała się na odwagę i udała do burmistrza, najwyższego rajcy, który wraz z czterema zastępcami rządził tym bogatym miastem. Ubrała się w elegancką suknię z jasnego lnu. Ale wrażenie, jakie zrobiła swoim strojem na burmistrzu, skostniałym starcu, było umiarkowane. On sam wyglądał wyzywająco z ciemnymi włosami, które z okalającego czaszkę wianuszka opadały mu na ramiona jak u jakiegoś korsarza.

Rezydował na pierwszym piętrze ratusza w ogromnej sali o wyszukanym umeblowaniu. Sam stół, za którym przyjmował interesantów, miał długość wozu drabiniastego. Można by sądzić, że prawie niepodobna dostać się do burmistrza, żeby zanudzać go swoimi problemami. Ale było wręcz przeciwnie: włodarz Strasburga przyjmował dziennie dwa do trzech tuzinów petentów przybywających ze skargami czy wnioskami, jeśli tylko ustawiali się w kolejce, wychodzącej w niektóre dni aż na ratuszowy dziedziniec.

Kiedy Afra przedłożyła swoją prośbę, burmistrz podniósł się z krzesła, którego oparcie wystawało o dobre dwa łokcie ponad jego głowę, i podszedł do olbrzymiego okna, sprawiającego, że ten niepozorny starzec wydawał się jeszcze niższy.

Z rękami skrzyżowanymi na plecach spojrzał na plac przed ratuszem i nie patrząc na Afrę, zaczął mówić:
— Co to za czasy nastały, żeby kobiety przemawiały w imieniu swoich mężczyzn? Czyżby mistrz Ulryk stracił mowę, a może jest niemy, że wysyła was przodem?

Afra spuściła głowę i odparła:
— Dostojny panie, Ulryk von Ensingen nie jest niemy. Jest raczej dumny, zbyt dumny, żeby zachwalać wam swoją pracę tak, jak chłop zachwala własne jarzyny. Ulryk to artysta, a artyści chcą, aby ich prosić. Poza tym on w ogóle nie ma pojęcia, że ja z wami rozmawiam.
— Artysta! — uniósł się burmistrz, a jego głos zabrzmiał głośniej i przynajmniej o trzy tony wyżej niż poprzednio. — Też mi coś! Mistrz Erwin, który niczym magik wydobył tę katedrę z piaszczystej ziemi, ani razu nie nazwał się artystą.
— Dobrze, niech będzie, że on jest tylko mistrzem podobnie jak mistrz Erwin. Prawdą jednak pozostaje, że zbudował katedrę w Ulm, która wśród ludzi wywołuje taki sam podziw jak katedra strasburska.
— Ale jak słychać, katedra w Ulm nie jest jeszcze ukończona. Może zdradzicie mi, dlaczego mistrz Ulryk przerwał pracę?

Afra wyobrażała sobie, że ta rozmowa przebiegnie łatwiej. „Żeby tylko nie zdradzić się teraz ani jednym niewłaściwym słowem — pomyślała. — W przeciwnym razie wszystko przepadnie". Z drugiej strony mogła zawsze utrzymywać, że do Strasburga zwabił mistrza Ulryka biskup Wilhelm, chociaż on sam nie ma już nic wspólnego z budową katedry.
— Jak mi się zdaje — zaczęła rozsierdzona dziewczyna — jeszcze nie dotarła do was wieść o tym, że mieszkańcy Ulm są bigotami. Większość z nich wiedzie grzeszny żywot. Kiedy jednak mistrz Ulryk miał zamiar wznieść na szczycie katedry najwyższą wieżę świata chrześcijańskiego, oskarżyli go o profanację, myśleli bowiem, że katedra będzie pięła się

pod same niebiosa. Dobrze się więc złożyło, że wasz biskup, Wilhelm von Diest, przysłał mistrzowi Ulrykowi list, zapraszając go do Strasburga, żeby wzniósł tutaj najwyższą wieżę świata zachodniego.

Już samo imię Wilhelma von Diesta sprawiło, że burmistrz zapałał gniewem. Kiedy się odwrócił, miał mroczną minę.

– Przeklęty skurwysyn – wymamrotał urywanie, a Afra aż nie mogła uwierzyć własnym uszom. – Budowa katedry – ciągnął burmistrz – gówno Jego Eminencję obchodzi. Ten jurny Wilhelm nie ma nawet pozwolenia na odprawianie mszy. Na co mu katedra?

„A na co wam katedra?" – Afra chciała odpowiedzieć pytaniem na pytanie, ale w końcu przebolała słowa burmistrza w milczeniu.

– Dlaczego mistrz Ulryk nie zgłosił się do mnie wcześniej? – zapytał burmistrz bardziej pojednawczym tonem.
– Właśnie zatrudniłem Werinhera Botta jako nowego budowniczego katedry. Przykro mi, ale drugiego nie potrzebujemy.

Zrezygnowana Afra wzruszyła ramionami:
– Skąd mieliśmy wiedzieć, że wasz biskup nie ma nic wspólnego z budową katedry? Od chwili naszego przybycia do początku nowego roku mistrz Ulryk prawie codziennie dopytywał się w rezydencji biskupiej, czy Wilhelm von Diest już wrócił. Mimo to dziękuję wam, że zechcieliście mnie wysłuchać. Gdybyście jednak potrzebowali usług mistrza Ulryka, znajdziecie nas przy Bruderhofgasse.

Afra przemilczała przed Ulrykiem swoją rozmowę z burmistrzem. Doszła do przekonania, że jej wyznanie jeszcze bardziej rozsierdziłoby architekta, który wciąż miał nadzieję na korzystny obrót wydarzeń. W każdym razie nie można go było odwieść od sporządzania szkiców i projektów, obrazujących, jak mogłyby wyglądać dwie wieże na szczycie katedry.

W dzień świętego Józefa rozeszła się po Strasburgu pogłoska, że „jurny Wilhelm" – jak powszechnie nazywano biskupa – wrócił z podróży zimowej. Ponadto Jego Eminencja zamienił paryską konkubinę, z którą niemal od roku dzielił stół i łoże, na podobną, tyle że z Sycylii: kobietę o piwnych oczach, czarnych włosach i cerze gładkiej a ciemnej jak skórka oliwki.

Zanim jednak mieszkańcom Strasburga było dane po raz pierwszy ujrzeć swojego biskupa, minął jeszcze tydzień, podobnie bowiem jak jego poprzednicy, także Wilhelm von Diest mieszkał poza miastem w jednym ze swoich zamków – w Dachstein lub w Zabern. W usytuowanej naprzeciw katedry rezydencji miejskiej można było go spotkać raczej rzadko.

Mieszczanie i biskupi Strasburga nieszczególnie się lubili. Przyczyny wspólnej niechęci sięgały daleko w przeszłość, a sto pięćdziesiąt lat temu doprowadziły nawet do bitwy, która dla ówczesnego biskupa zakończyła się klęską. Od tej pory duchowy zwierzchnik Strasburga, który dotychczas panował nad miastem według własnego widzimisię, oficjalnie nie posiadał żadnej władzy. Miał jednak jeszcze wielu zwolenników, którzy wprawdzie na zewnątrz złorzeczyli na „jurnego Wilhelma", ale w rzeczywistości dawali posłuch wszystkim jego życzeniom.

Biskup przyjął mistrza Ulryka w ponurej sali audiencyjnej, która prawie w niczym nie przypominała dawnej świetności. Wilhelm, człowiek wyglądający jak szafa, z wręcz wypisaną na twarzy żądzą uciech, wyszedł na spotkanie architekta w swego rodzaju szlafroku, głowę zaś przyozdobił złocistą mitrą jako oznaką biskupiej godności. Wyniośle wyciągnął prawą rękę do pocałowania i zawołał z przesadną egzaltacją:

– Mistrz Ulryk von Ensingen! Witam was w imię Chrystusa, Pana naszego. Jak słyszę, czekacie na mnie od dość dawna.

Lekkie seplenienie nieomylnie zdradzało holenderskie pochodzenie biskupa.

Budowniczy katedr posłużył się równie zgrabną formułką powitalną i wyraził biskupowi współczucie z powodu śmierci jego posłańca:

– Jak wam donosiłem, było to tragiczne nieszczęście, spowodowane przez wynajętego łotra, którego już dawno dosięgnęła sprawiedliwa kara. Jego nazwisko brzmiało Leonhard Dümpel. Niech Bóg zmiłuje się nad jego marną duszą.

– Już dobrze! *De mortuis nil nisi bene**, czy jak to się mówi. Nie miałem pojęcia, że posłańca spotkała śmierć. Dawno go nie widziałem.

– Ale przecież posłałem wam wiadomość!

– Ach tak?

– Tak, przesłałem wiadomość o śmierci posłańca i moje wyrazy współczucia.

Wtedy sceptyczne oblicze biskupa się rozpogodziło, jakby otrzymał co najmniej sześć z siedmiu darów Ducha Świętego, i postukał się palcem w swoją biskupią czapę:

– A owszem, teraz sobie przypominam. Otrzymałem od was odmowę, *imprudentia causa***. Odmówiliście wzniesienia w Strasburgu najwyższej wieży świata chrześcijańskiego. Pragnąłbym, żebyście zmienili zdanie.

Ulryk von Ensingen skinął potakująco głową:

– Zaszły pewne okoliczności, które obrzydziły mi dalszą pracę nad budową katedry w Ulm. Wiąże się z tym również śmierć waszego posłańca. Pozwólcie mi jednak zadać pytanie. Czy to prawda, co ludzie gadają? Że zarządzanie budową katedry wcale nie leży w waszej gestii?

Najwyraźniej wzburzony Wilhelm von Diest pokręcił z niechęcią głową, tak że złocista mitra zsunęła mu się na kark i odsłoniła łysą, różową czaszkę. Biskup spiesznie przywrócił

---

* O zmarłych należy mówić tylko dobrze.
** Wskutek nieznajomości rzeczy.

sobie godny wygląd, nad którym przez moment przestał tak niefortunnie panować. Po chwili odpowiedział urażony:

– Mistrzu Ulryku, komu wierzycie bardziej: motłochowi z ulicy czy Wilhelmowi von Diestowi, biskupowi Strasburga?

– Wybaczcie, Wasza Eminencjo, nie chciałem was urazić. Ale burmistrz powierzył już zadanie wzniesienia wież katedralnych Werinherowi Bottowi.

– Wiem – odparł biskup spokojnie – ale zwróć uwagę na jedno: złoto przechodzi przez wszystkie drzwi. Pewien mądry wódz powiedział kiedyś, że można by zdobyć każdą warowną twierdzę, gdyby tylko wprowadziło się na górę jednego osiołka obładowanego złotem. Nie martwcie się więc. Zaufajcie mi: to wy będziecie wznosić wieże naszej katedry, mówię wam to ja, Wilhelm von Diest.

– Wasze słowo jest święte. Zdradźcie mi jednak, dlaczego to akurat ja mam zaszczyt cieszyć się waszym zaufaniem?

Wtedy biskup uśmiechnął się podstępnie i odpowiedział:

– Są po temu powody, mistrzu Ulryku.

Budowniczy katedr nie umiał sobie wytłumaczyć zachowania biskupa. Jego bezradność nie dała się ukryć, toteż biskup powiedział:

– Możecie mi zaufać. Wykonajcie dla mnie projekt i pokażcie, jak, zgodnie z waszym wyobrażeniem, miałyby wyglądać wieże katedralne. Przygotujcie kosztorys i zapotrzebowanie na ludzi i materiały. Ile czasu zajmie wam zaplanowanie tego wszystkiego?

– Tydzień, nie dłużej – odparł architekt bez namysłu. – Muszę się przyznać, Eminencjo, że podczas waszej nieobecności pracowałem już nad projektem.

– Widzę, że się rozumiemy!

Biskup Wilhelm podał mistrzowi rękę do pocałowania. Mimo że budziło to w Ulryku niechęć, dopełnił rytuału.

Architekt nie był pewien, czy istotnie może ufać obietnicom dziwacznego biskupa Strasburga. Ale tak czy inaczej, gdy od rana do wieczora rozmyślał teraz nad projektami wież katedralnych, zajęcie to stanowiło jakiś promyk nadziei i skuteczny środek na melancholię. Mistrz Ulryk miał jasność, że wieże należy zbudować w stylu odbiegającym od charakteru środkowej nawy. Nie tylko ze względu na statykę, ale także z przyczyn optycznych wymagały pewnej określonej lekkości, ba!, zwiewności, żeby swoim wyglądem nie przytłoczyły miasta.

Trzy dni minęły od rozmowy mistrza Ulryka z biskupem Wilhelmem, gdy na Bruderhofgasse zawitał burmistrz Strasburga. Inaczej niż podczas wizyty Afry w ratuszu, Michel Mansfeld pokazał się z najlepszej strony.

– Jak to dobrze, że zwróciliście mi uwagę na mistrza Ulryka – zaczął, zwracając się do Afry. Po czym wyjaśnił: – Zaszły niespodziewane okoliczności. Mistrz Werinher Bott spadł wczoraj z rusztowania. Ubolewania godny wypadek.

Ulryk poczuł, jak przez głowę przebiegła mu błyskawica. Oczyma duszy ujrzał znów podstępny uśmiech biskupa.

– Czy on nie żyje? – zapytał, jąkając się.

– Tak jakby – odparł sucho burmistrz. – W każdym razie od szyi w dół. Nie może poruszać rękami ani nogami. Mistrzu Ulryku, wykonujecie niebezpieczny zawód.

– Wiem – wybełkotał Ulryk jak odurzony, rzucając Afrze pytające spojrzenie.

– Mistrzu Ulryku, domyślacie się zapewne, dlaczego was odwiedzam?

Budowniczy katedr spojrzał niepewnie.

– Nie mam pojęcia, do czego zmierzacie – zełgał.

Kłamał, bo przecież nietrudno było domyślić się zamiaru burmistrza.

– Wobec tego nie będę was dłużej torturował. Posłuchajcie mnie. W porozumieniu z radą miejską chciałbym powierzyć wam zadanie wzniesienia wież naszej katedry.

Niewiele brakowało, a Ulryk von Ensingen wybuchłby głośnym śmiechem. Dwukrotnie to samo zlecenie na wykonanie tego samego projektu. Usiłował zachować powagę, nie wiedział jednak, co powiedzieć.

Wreszcie burmistrz pomógł mu wybrnąć z kłopotu.

– Do jutra macie czas na zastanowienie. Przed wieczorem chciałbym poznać waszą decyzję. Wtedy porozmawiamy o całej reszcie. A teraz z Bogiem!

I zniknął nagle i niepostrzeżenie, podobnie jak się pojawił.

– Myślę, że powinnam ci coś wyjaśnić – zaczęła Afra z wahaniem.

– Ja również odnoszę takie wrażenie. Skąd znasz burmistrza?

Afra przełknęła ślinę.

– Odwiedziłam go i poprosiłam, żeby powierzył ci zadanie wzniesienia wież katedralnych. Bądź co bądź, już wcześniej otrzymałeś taką propozycję od biskupa.

– Powiedziałaś o tym burmistrzowi?

– Tak.

– Myślę, że to nie był dobry pomysł. Wiesz, że burmistrz i biskup lubią się jak pies z kotem? Po prostu się nie znoszą.

Afra wzruszyła ramionami.

– Przecież miałam dobre zamiary.

– Wierzę ci. Ale wyobrażam sobie, jak burmistrz zareagował.

– Tak, nietrudno to zgadnąć. Myślałam, że pęknie, gdy wymieniłam imię biskupa, dlatego też odprawił mnie z kwitkiem. Tak czy inaczej, udało mi się jednak zwrócić na ciebie jego uwagę.

– Czy nie pytał, dlaczego sam nie przyszedłem?

Afra osłupiała ze zdumienia.

– Dobrze go oceniłeś. Rzeczywiście, zadał to pytanie.

– A ty co odpowiedziałaś?

– Powiedziałam, że jesteś artystą, a artyści mają swoją dumę i chcą, żeby ich proszono.
– Sprytna z ciebie dziewczyna!
Afra odparła z cieniem ironii w głosie:
– Zapewne, od czasu do czasu.
Chociaż budowniczy katedr mógł być właściwie zadowolony z rozwoju wydarzeń, zrobił nagle poważną minę.
– Nie wiem, co o tym sądzić. Jeszcze trzy dni temu wszystko wydawało się beznadziejne. A tu nagle nastąpiło dokładnie to, co zapowiedział ten dziwaczny biskup.
– Myślisz, że to wcale nie był wypadek?
Ulryk von Ensingen skrzywił się, jakby połknął rybę razem z wszystkimi ośćmi. A potem rzekł:
– Są trzy możliwości, a każda jest bardziej prawdopodobna od drugiej. Albo Wilhelm von Diest jest jasnowidzem, bo podobno tacy istnieją.
– Albo?
– Albo podstępnym łajdakiem i mordercą, czego bym się również po nim spodziewał.
– A trzecia możliwość?
– Być może jednak za dużo o tym myślę i wszystko to tylko zbieg okoliczności.
– Myślę, że nie powinieneś się tym zamartwiać. Nie ty jesteś winien takiemu obrotowi spraw. Wierzę raczej w tę trzecią możliwość.

Jeszcze tego samego dnia budowniczy katedr wystarał się o audiencję u biskupa. Chciał się koniecznie wywiedzieć, kto rzeczywiście będzie teraz jego zleceniodawcą i w co tak naprawdę gra Wilhelm von Diest. Na dowód, że do tej pory nie próżnował, zabrał ze sobą wstępne projekty.

Jak można się było spodziewać, biskup Wilhelm został już poinformowany o wypadku mistrza Werinhera. I jak można się było spodziewać, nie okazał zbytniego współczucia. Wręcz przeciwnie. Z zimną krwią oznajmił, że tak czy inaczej nie ma o nim zbyt dobrego mniemania. Znacznie bardziej interesowały biskupa projekty, które Ulryk przyniósł ze sobą i teraz je przed nim rozpostarł. A gdy architekt zasugerował, że to zawsze jemu pierwszemu będzie pokazywał następne plany, Wilhelm von Diest wpadł w taki zachwyt, że zaczął przestępować z jednej nogi w czerwonej pończosze na drugą i chwalić Boga, który z czystej gliny stworzył takich artystów.

Nie było to pozbawione pewnego komizmu, toteż mistrz Ulryk z trudem zachował powagę. W końcu ośmielił się zapytać o to, co obecnie najbardziej go zajmowało: kto jest właściwym zleceniodawcą budowy wież – biskup czy burmistrz?

Inaczej niż jeszcze kilka dni temu, Wilhelm von Diest odpowiedzialnością za budowę obarczył burmistrza i jego czterech zastępców. W końcu, powiedział z przekonaniem, to oni będą regulować wszystkie rachunki. Inną sprawą jest, że motłochowi i jego przywódcom brak gustu i umiejętności oceny.

Mistrz Ulryk sam nie potrafił powiedzieć, czym zasłużył sobie na sympatię biskupa. Kiedy się nad tym zastanawiał, cała ta sprawa wydawała mu się niesamowita. W przeszłości nauczył się, że od życia nie dostaje się niczego, ale to niczego, w podarunku. Czy Wilhelm von Diest naprawdę ma na myśli wyłącznie budowę wież?

Z tymi samymi projektami, które przedstawił biskupowi Strasburga, Ulryk von Ensingen udał się nazajutrz do ratusza, gdzie oznajmił burmistrzowi, że zgadza się przyjąć zlecenie.

Kiedy niewielki Michel Mansfeld podniósł się zza dużego, niczym nie nakrytego stołu, sprawiał wrażenie jeszcze niższego.

– Wobec tego spełniło się pragnienie waszej żony – uśmiechnął się z przekąsem, wyciągając rękę do Ulryka.

Nie kryjąc wzruszenia, budowniczy katedr potaknął głową. A w końcu powiedział:

– Przyniosłem wam również pierwsze projekty, w każdym razie tyle, ile w tak krótkim czasie udało mi się sporządzić. Potraktujcie je na razie jako plan, swego rodzaju model, i nie zwracajcie uwagi na kwestie statyki.

Otwierając szeroko oczy i z wyraźnym zadowoleniem burmistrz oglądał projekty, które Ulryk von Ensingen rozpostarł na stole.

– Jesteś, mistrzu, prawdziwym czarodziejem – zauważył z zachwytem. – Jak to możliwe, że wykonałeś je w tak krótkim czasie? Przenajświętsza Panienko, nie zawarłeś chyba paktu z diabłem?

Z Mansfeldem nigdy nie było wiadomo, czy mówi poważnie, czy też akurat żartuje.

– Mówiąc szczerze – odparł Ulryk – już od pewnego czasu zajmuję się tymi wieżami katedralnymi.

– Chociaż wiedzieliście, że powierzyłem to zadanie mistrzowi Werinherowi? Musieliście przecież liczyć się z tym, że wasze plany nigdy nie zostaną urzeczywistnione!

– A mimo to.

– Mistrzu Ulryku, nie mogę was rozgryźć. Ale pomówmy o przyszłości. Jak myślicie, ile czasu będzie wam potrzeba na realizację tych zamierzeń?

– Trudno powiedzieć. – Mistrz Ulryk potarł nos, jak zawsze, gdy nie znał właściwej odpowiedzi. – To zależy od wielu czynników. Przede wszystkim jednak od środków, jakie jesteście gotowi wydać. Tysiąc robotników pracuje nad wykonaniem projektu szybciej niż pięciuset. Jeszcze ważniejsze są materiały budowlane. Jeśli trzeba je załadowywać na statek i transportować z daleka drogą wodną, wymaga to czasu i zwiększa koszty.

W tym momencie burmistrz schwycił Ulryka za rękaw i pociągnął do okna, skąd rozciągał się widok na zatłoczony, tętniący życiem rynek. Kupcy oferowali tam rozmaite towary: cenne materie z Włoch i Brabancji, meble i przedmioty do urządzenia mieszkań, galanterię i zbytkowne artykuły ze wszystkich stron świata.

Mansfeld podniósł wzrok ku Ulrykowi:

– Przyjrzyjcie się temu, popatrzcie na tych dobrze ubranych ludzi – kupców z sakiewkami w rękach, handlarzy wymieniających pieniądze i wielu innych. To miasto jest jednym z najbogatszych na świecie. I właśnie dlatego należy mu się jedna z najwspanialszych katedr na tej ziemi. Jeśli mówicie, że potrzeba wam tysiąca robotników do wzniesienia wież, to będziecie ich mieli. W każdym razie pieniędzy nie zabraknie. A z pewnością nie zabraknie ich, dopóki to ja jestem burmistrzem Strasburga. Co się zaś tyczy materiałów budowlanych, mistrzu Ulryku, to pracownia architektoniczna już od czasów mistrza Erwina ma własne kamieniołomy w Wasselnheim, Niederhaslach i Gressweiler. Okoliczni chłopi poczytują sobie za zaszczyt, mogąc w dzień świętego Alfonsa zająć się transportem za Bóg zapłać i dzban wina. Ile zatem lat w tych okolicznościach potrwa budowa?

Ulryk von Ensingen ponownie zwrócił się ku swoim planom, przyłożył jeden do drugiego i z zakłopotaniem pogładził pergamin wierzchem dłoni.

– Dajcie mi trzydzieści lat – powiedział w końcu – a wówczas wasza katedra będzie miała najwyższe wieże w świecie chrześcijańskim, tak wysokie, że ich szczyty znikną w chmurach.

– Trzydzieści lat? – W głosie burmistrza zabrzmiało rozczarowanie. – Za pozwoleniem, mistrzu Ulryku, świat został stworzony w ciągu siedmiu dni. Nie jestem pewien, czy obaj dożyjemy ukończenia budowy tych wież!

– Przyznaję wam rację, ale taki już jest los budowniczego katedr, że rzadko dożywa wykonania swoich projektów. Pomyślcie tylko o mistrzu Erwinie! Chociaż środkowa nawa jeszcze nigdy nie pięła się tak szybko ku niebu, nie zobaczył swojej wspaniałej budowli. A co się tyczy wież katedry, musicie wiedzieć, że każda stopa, o jaką wieża rośnie w górę, wymaga coraz większych nakładów. Pomyślcie tylko o prostym murze: pierwszy rząd kamieni układa się szybko, również drugi i trzeci, ale gdy tylko mur przekracza wysokość człowieka, budowa postępuje wolniej i jest znacznie trudniejsza. Potrzebujecie rusztowania i podnośnika, żeby transportować kamienie na górę. A wzniesienie wieży wymaga nieporównanie większego wysiłku.

Burmistrz ze zrozumieniem pokiwał głową. Później spojrzał architektowi w oczy i zapytał:

– Ile chcecie za swoją pracę?

Ulryk von Ensingen był oczywiście przygotowany na to pytanie. Odparł więc z pewnością siebie:

– Dajcie mi za każdą stopę każdej wieży złotego guldena. Wiem, że gdyby obie wieże miały po pięćset stóp, byłoby to dużo pieniędzy. Ale dla was nie wiąże się to z żadnym ryzykiem. Wy zapłacicie tylko za to, co będziecie widzieć, a nie za to, co niewidoczne kryje się w mojej głowie.

Na twarzy Michela von Mansfelda odmalowała się zaduma. Nie zdarzyło mu się jeszcze, żeby ktoś zażądał aż tak wysokiej zapłaty. Aby zyskać na czasie, wezwał miejskiego pisarza. Kiedy mężczyzna w półdługiej, czarnej todze, spod której wystawały cienkie nogi, wkroczył do środka, burmistrz upewnił się po raz ostatni:

– A więc jako architekt poważnie żądacie takiej zapłaty?

– Absolutnie poważnie – uparł się mistrz Ulryk.

Burmistrz wyciągnął rękę w kierunku pisarza:

– Piszcie więc: *Mieszkańcy Wolnego Miasta Rzeszy Strasburga i ich przedstawiciel Michel Mansfeld, burmistrz, trzeciego dnia po piątej niedzieli postu zawierają z budowniczym katedr Ulrykiem von Ensingenem następującą umowę. Kropka. Budowniczy katedr Ulryk, który przybył z Ulm wraz z żoną Afrą i mieszka obecnie przy Bruderhofgasse, otrzymuje zlecenie wzniesienia wież naszej katedry ku wyższej chwale Bożej, przy czym nie wolno mu przekroczyć wysokości pięciuset stóp strasburskich. W tym to celu przydziela mu się tysiąc robotników i ustala zapłatę w wymiarze jednego złotego guldena za jedną stopę.* Kropka.

– ... *jednego złotego guldena za jedną stopę.* Kropka – powtórzył pisarz miejski.

– Napiszcie to po raz drugi – nakazał Mansfeld – aby każdy otrzymał jeden egzemplarz.

Pisarz uczynił, co mu kazano. Następnie nasypał piasku na oba pergaminy, po czym zdmuchnął delikatne ziarenka, tak że w pomieszczeniu wzniósł się tuman kurzu.

– Podpiszcie tutaj!

Burmistrz podsunął Ulrykowi najpierw jeden pergamin, potem drugi. A gdy architekt złożył podpis na obu pergaminach, podpisał je również burmistrz.

– Teraz wszystko będzie dobrze – powiedziała Afra, gdy Ulryk wrócił z radosną wieścią do domu. Afra podobała się sobie w roli żony budowniczego katedr. A chociaż była to jedynie rola, którą grała, to jednak dziewczyna żywiła nadzieję, że w jej życiu zapanuje jeszcze jakiś ład.

Po świętach wielkanocnych Ulryk całe dnie, często do późnych godzin nocnych, spędzał w pracowni znajdującej się w bocznej kaplicy katedry. Tam również natknął się na stare projekty mistrza Erwina. Były już bardzo pożółkłe, mimo to jednak dały Ulrykowi ważną wskazówkę: katedra była częściowo wzniesiona na fundamentach starszej budowli, druga połowa spoczywała zaś na grubych palach z drewna jesionowego, wbitych na trzydzieści stóp w głąb ziemi.

Na nieszczęście mistrz Erwin nie uwzględnił w swoich projektach wież katedralnych. Albo może do tego stopnia pogubił się w planach, że zlekceważył zagadnienie, jak lub gdzie wznieść jedną wieżę albo dwie wieże.

Pewnego dnia Ulryk w towarzystwie Afry wszedł na górę po stopniach balustrady nad zachodnim portalem. Wziął ze sobą drewnianą listwę i pion. W porównaniu z katedrą w Ulm, gdzie chybotliwe drabiny utrudniały wejście, tutaj wspinaczka była nieomal przyjemnością. Kiedy znaleźli się już u celu, rozpostarł się przed nimi widok jak z wierzchołków wysokich gór. Tyle że te góry znajdowały się w samym środku miasta. Głęboko pod nimi ulice przypominały nitki w sieci pajęczej. Niczym namioty pięły się wzwyż dachy domów zwieńczonych ostrymi szczytami. Większość była kryta słomą lub drewnem, co niosło ze sobą stałe zagrożenie pożarem. Z góry można było zajrzeć w głąb niektórych kominów. Pierwsze bociany wróciły z ciepłych krajów i zaczęły właśnie budować gniazda na najwyższych blankach. Znad środkowej nawy wzrok mknął ku soczystej zieleni łąk nadreńskich, gdzie ogromna rzeka połyskiwała w świetle wczesnego popołudnia.

Ulryk poklepał Afrę po ramieniu. Do drewnianej listwy przymocował jak do wędki sznur z pionem. Z najbardziej zewnętrznego, wysuniętego na południe występu na platformie architekt wystawił wędkę z ciężarkiem za balustradę. Następnie zaczął powoli przesuwać sznur z pionem przez palce, aż ciężarek niemal dotknął ziemi.

– Tak ma być! – powiedział zadowolony i przymocował drugi koniec swojej „wędki" do balustrady. Po czym powiedział do Afry:

– Pilnuj, żeby wędka nie przesunęła się w bok. Jeśli przesunie się bodaj o włos, zostanie zafałszowany wynik każdego pomiaru.

Sam zaś zszedł na plac przed wielkim portalem.

W jednej chwili zebrało się grono ludzi, którzy z zaciekawieniem obserwowali ten osobliwy eksperyment. Lotem błyskawicy rozniosła się bowiem wieść, że w miejsce Werinhera Botta wieże katedry będzie budował mistrz Ulryk von Ensingen. Mieszkańcy Strasburga nie przepadali szczególnie za Werinherem Bottem, a to ze względu na jego próżność. Poza tym był pijakiem i pomawiano go o to, że nie przepuszcza żadnej spódniczce, co wcale nie przysparzało mu przyjaciół. Już choćby z tego powodu lud okazywał wiele sympatii nowemu architektowi.

Jeśli bowiem chodzi o budowę katedry, istniały w Strasburgu cztery różne stronnictwa, które żyły ze sobą jak pies z kotem, a nawet jeszcze gorzej. Burmistrz miał za sobą lud. Bogaci patrycjusze ustanawiali czterech zastępców burmistrza i uosabiali zasadę: pieniądze to władza. Kapituła, blisko czterdziestu szlachetnie urodzonych panów, którzy ze strony ojca i ze strony matki mogli dowieść co najmniej czternastu przodków z tytułem księcia lub hrabiego, poza tym jednak niewiele mieli wspólnego z dogmatami wiary, dysponowała mnóstwem pieniędzy i równie wielkimi wpływami. Lud nazywał ich arystokratycznymi nierobami. Następnie był jeszcze biskup, nielubiany przez żadne ze stronnictw i mający przeważnie kłopoty finansowe, ale za to sprzymierzeniec papieża, toteż nie należało lekceważyć jego wpływów, przede wszystkim jednak jego podstępności.

Sympatia okazywana nowemu architektowi przez lud i biskupa miała ten skutek, że zwróciły się przeciw niemu przynajmniej dwie inne grupy interesów: kapituła i patrycjusze.

Z łatą mierniczą, która pośrodku miała poprzeczną belkę niczym krzyż, mistrz Ulryk kroczył przez plac katedralny. W odległości odpowiadającej mniej więcej połowie wysokości fasady zachodniej postawił łatę pionowo, żeby znalazła się w jednej linii ze sznurem pionu. Na łacie w ogóle nie była potrzebna poziomica, aby można było zobaczyć, że wszystkie linie pionowe po prawej stronie są odchylone od pionu. Mimo powolnego ruchu wahadłowego, jaki wykonywał, Ulryk von Ensingen stwierdził, że południowa część fasady się przechyla.

– Co to znaczy? – zapytała Afra, gdy architekt ponownie wspiął się na platformę.

Ulryk zrobił poważną minę.

– Oznacza to, że fundamenty wykonane z pali się opuściły, podczas gdy stare fundamenty kamienne po drugiej stronie utrzymują ciężar.

– Ulryku, ale to przecież nie twoja wina!

– Oczywiście, że nie. Jeśli w ogóle, to można tylko zarzucać mistrzowi Erwinowi, że zbyt naiwnie wziął się do dzieła i sądził, że pale jesionowe mają taką samą wytrzymałość jak fundamenty z kamienia.

Architekt odwrócił się i spojrzał w dal. Afra domyśliła się, jakie konsekwencje będzie miało odkrycie Ulryka.

– Czy to znaczy – spytała ostrożnie – że fundamenty katedry są zbyt słabe, aby zdołały udźwignąć wieże? I że katedra mogłaby się z tej strony dalej opuszczać, a wcześniej czy później nawet zawalić?

Ulryk się odwrócił.

– Właśnie tyle to znaczy.

Afra objęła go czule ramieniem. Ponad nadreńskimi łąkami, które leżały jeszcze w blasku słońca, podnosiła się mgła, zasłaniając horyzont. Wydawało się, że zamierzenia Ulryka także stają się coraz bardziej mgliste.

Kiedy Ulryk podciągał sznur z pionem, Afra wychyliła się przez balustradę i spojrzała w dół. Rozmyślała. Nie podnosząc wzroku, powiedziała nagle:

– Katedra w Ulm ma tylko jedną wieżę. Dlaczego mieszkańcy Strasburga nie mieliby się również zadowolić jedną?

Mistrz Ulryk potrząsnął głową.

– Na starych planach katedry widać dwie wieże nad fasadą zachodnią. To kwestia harmonii. Katedra strasburska z jedną wieżą wyglądałaby jak Polifem, jednooki olbrzym, ohydny i godny pogardy.

– Przesadzasz, Ulryku!

– Ani trochę. Czasem myślę, że nad Strasburgiem zawisła klątwa. W każdym razie nad moją osobą.
– Nie wolno ci tak mówić.
– Ale to prawda.

Przez trzy pełne dni Ulryk von Ensingen zachowywał tajemnicę dla siebie. Nie odzywał się słowem, nie jadł ani kęsa, a Afra zamartwiała się jego stanem. Od wczesnego rana do późnych godzin wieczornych rozmyślał w pracowni nad rozwiązaniem mającym ocalić zewnętrzny wygląd katedry.

Czwartego dnia, kiedy w zachowaniu Ulryka nadal nie zaszła żadna zmiana i architekt znów wyszedł bez słowa z domu, Afra postanowiła odwiedzić go w jego samotni.

– Musisz poinformować burmistrza, że ten projekt jest niewykonalny w takim kształcie, jak to zostało zaplanowane. To przecież nie hańba. Jeśli chcesz, pójdę z tobą.

Ulryk zerwał się, rzucił lubrykowym ołówkiem o ścianę i krzyknął z wściekłością:

– Już raz mnie ośmieszyłaś, udając się do burmistrza bez mojej wiedzy. Czy uważasz, że sam nie umiem temu dostojnikowi niczego wyjaśnić?

Afra się wystraszyła. Nigdy dotąd nie widziała Ulryka w takim stanie. Jego sytuacja nie była łatwa, to prawda, ale dlaczego wyładowuje swoją wściekłość na niej? Wspólnie przeżyli już przecież o wiele gorsze rzeczy. Poczuła się zraniona.

Wyczerpany Ulryk zgarnął wszystkie projekty i wyszedł, zostawiając ją samą w pracowni. Dziewczyna miała łzy w oczach. Nigdy nie myślała, że jej ukochany tak się zmieni. Nagle ogarnął ją lęk, lęk przed przyszłością.

Kiedy szła do domu, wysokie, wąskie domy tańczyły jej przed oczami. Zaczęła biec. Nikt nie powinien zobaczyć, że płacze. Całkiem pomieszana, nie wiedziała, jaką podąża drogą. Na Predigergasse, nieopodal klasztoru Dominikanów zwolniła kroku, aby się rozeznać, gdzie jest, bo zupełnie straciła

orientację. Jednoręki żebrak, który nadchodził drogą, zauważył jej bezradność, zapytał więc, mijając ją:
— Piękna pani, niechybnie zabłądziłaś? Bo na pewno nie tutaj jest wasze miejsce.
Afra otarła rękawem łzy z twarzy.
— Zapewne dobrze znasz tę okolicę? — odpowiedziała pytaniem na pytanie.
— Trochę — odparł żebrak. — Trochę. Powiedzcie, dokąd chcecie iść. Z pewnością nie na Judengasse ani nie na Brandgasse.
Afra zrozumiała, co żebrak ma na myśli. Te ulice nie należały do najwytworniejszych.
— Na Bruderhofgasse — odpowiedziała szybko.
— Tam już lepiej pasujecie.
— To wskaż mi wreszcie drogę! — zażądała niecierpliwie, lekceważąco mierząc wzrokiem jednorękiego mężczyznę.
Nie sprawiał jednak wrażenia tak zaniedbanego, jak większość żebraków, którzy z lubością włóczyli się po placu przed katedrą i wokół klasztorów świętego Arbogasta, świętej Elżbiety i świętej Klary na Końskim Targu, choć jego ubranie nieco już ucierpiało wskutek żebraczego życia. Surdut był podarty na rękawach, mimo to jednak uszyty z lepszego sukna i całkiem modnie skrojony. Krótko mówiąc: powierzchowność żebraka pozwalała się domyślać, że w przeszłości przeżywał lepsze chwile.
— Jeśli nie wstydzicie się pójść za mną — powiedział żebrak z opuszczoną głową — chętnie wskażę wam drogę. Możecie przecież iść dziesięć kroków za mną.
Przypuszczając, że starzec pragnie swoją życzliwością zasłużyć na jałmużnę, Afra wysupłała feniga zza pazuchy i wcisnęła go żebrakowi do lewej dłoni.
Ten grzecznie się ukłonił i przeprosił:
— Wybaczcie, że wyciągam lewą rękę, ale prawica kiedyś mi się gdzieś zapodziała.

– Nie musisz się usprawiedliwiać – powiedziała Afra. Kiedy mężczyzna pochylił się dziękczynnie, nie uszło jej uwagi, że jego krótko ostrzyżone włosy noszą ślady tonsury, co czyniło go jeszcze bardziej zagadkowym.

– Mówię to tylko dlatego, że większość ludzi sądzi, że lewa ręka pochodzi od diabła, ale po prostu tylko tę mam.

– Przykro mi – odparła Afra. – Jak to się stało?

Z pogardliwym wzrokiem żebrak wyciągnął w górę kikut prawej ręki, zarośnięty w łokciu niekształtną grudą mięsa.

– Tak kończy ktoś, kto narusza własność Kościoła!

– Macie na myśli...?

Żebrak skinął potakująco głową.

– Do dzisiaj boli w dni, kiedy zapowiada się zmiana pogody.

– Co ukradłeś? – spytała Afra z czystej ciekawości, gdy tymczasem oboje zaczęli zdążać w kierunku Bruderhofgasse.

– Z pewnością będziecie mną pogardzać i nie dacie mi wiary, jeśli powiem wam prawdę.

– Dlaczego miałabym się tak zachować?

Przez chwilę szli obok siebie w milczeniu. Ta niedopasowana para budziła nieufność, ale Afra się tym nie przejmowała.

– Sięgnąłem do skarbonki na datki od wiernych – zaczął nagle żebrak, a kiedy Afra na to nie zareagowała, ciągnął dalej: – Byłem kanonikiem w kościele świętego Tomasza, co nie przynosi szczególnego bogactwa. Pewnego dnia jakaś młoda kobieta, niewiele młodsza od was, poprosiła mnie o pomoc. Potajemnie wydała na świat dziecko kleryka z mojej gminy. Przez ten potajemny poród młoda matka straciła pracę. Ona i dziecko dosłownie przymierali głodem. Ja dysponowałem bardzo skromną gotówką, włamałem się więc do skarbonki na datki i dałem pieniądze tej młodej matce.

Afra przełknęła ślinę, bo ta opowieść poruszyła ją do żywego.

– I co się potem stało? – zapytała ostrożnie.

- Ktoś mnie podpatrzył i wydał. A był to akurat ów kleryk, który zrobił dziecko tej młodej kobiecie. Aby chronić matkę, zataiłem powody swojego postępku. Zresztą i tak nikt by mi nie uwierzył.
- A kleryk?

Odpowiedź na to pytanie przyszła żebrakowi z widocznym trudem:
- Jest dzisiaj kanonikiem w kościele świętego Tomasza. Mnie pozbawiono urzędu, gdyż ksiądz nie może lewą ręką udzielać błogosławieństwa. A prawą wrzucono z Schindbrücke do rzeki Ill.

Kiedy doszli do kamienicy na Bruderhofgasse, Afra czuła się jak zbity pies.
- Poczekajcie tu chwilę - rzekła, po czym zniknęła w domu, aby za chwilę znów się pojawić. - Oddajcie mi tego feniga - poprosiła niepewnie.

Żebrak znalazł monetę w kieszeni surduta i bez wahania oddał ją Afrze.
- Wiedziałem, że mi nie uwierzycie - powiedział przygnębiony.

Afra wzięła od niego monetę. Drugą ręką dała żebrakowi inną.

On zaś nie wiedział, co się z nim dzieje. Wytrącony z równowagi, patrzył na pieniądz.
- Tóż to pół guldena! Na Przenajświętszą Panienkę, czy wiecie, co czynicie?
- Wiem - odrzekła Afra cicho. - Wiem.

Opowiadanie żebraka obudziło w niej wspomnienie o jej własnym losie. W ciągu ostatnich lat pogrzebała w niepamięci obraz zawiniątka, bezradnie wiszącego na gałęzi świerka, i uwierzyła, że wszystko to się jej tylko przyśniło. Nawet przed Ulrykiem zataiła fakt, że kiedyś urodziła dziecko.

Teraz wszystko nagle wróciło: jak czepiając się drzewa, powiła syna, jak to stworzenie wypadło z plaśnięciem na mech, jak podartą w strzępy koszulą wytarła krew i jak piskliwe dźwięki wydawane przez noworodka niosły się po lesie. Co stało się z chłopcem? Czy przeżył? A może rozszarpały go dzikie zwierzęta? Sumienie gryzło ją z tej niepewności.

Tymczasem nastał wieczór i Afra poszła do swojej izby na piętrze. Z ulicy docierała do niej na górę wrzawa podnoszona przez próżniaków, którzy ożywiali się o tej porze. Dziewczyna nie mogła się powstrzymać i dała upust łzom, co złagodziło dręczący ją ból.

Jeśli chłopiec przeżył, ma dzisiaj dziesięć lat. Czy jest postawnym paniczem w wytwornym stroju? Czy też obdartym parobkiem u jakiegoś starosty? A może żebrakiem w łachmanach, który bez wytchnienia wędruje z miejsca na miejsce i błaga ludzi o kromkę chleba? „Gdyby ich drogi skrzyżowały się na placu katedralnym – pomyślała Afra – nawet nie rozpoznałaby własnego dziecka". W głowie waliło jej jak młotem. „Jak mogłaś to zrobić?"

Pozostawiona swojemu zmartwieniu i melancholii, usłyszała nagle jakiś odgłos. Sądząc, że to wraca Ulryk, otarła łzy z oczu i zeszła po schodach.

– Ulryku, czy to ty? – zawołała cicho w głąb ciemnego pomieszczenia.

Ale nie usłyszała odpowiedzi. Naraz ogarnął ją niezrozumiały lęk. Jak oszalała wpadła do kuchni w tylnej części domu i w żarze płonącego w piecu ognia rozniecała pochodnię smołową, a od niej zapaliła latarnię.

Nagle – znowu ten sam odgłos, jakby drzwi obracały się w zawiasach. Niosąc przed sobą latarnię niczym broń, Afra zaczęła się skradać, aby zobaczyć, co się dzieje. Drzwi domu były zamknięte. Szyby witrażowe na parterze chroniły wprawdzie przed ciekawskimi spojrzeniami, ale nie pozwalały również wyjrzeć na zewnątrz. Dlatego też udała się na górę. Uchyliła odrobinę okno i badawczo wyjrzała na dół. Wydało się jej, że w niszy domu spostrzegła jakąś postać, była jednak zbyt zdenerwowana, aby mieć absolutną pewność.

Wydawało się jej także urojeniem, gdy z tyłu dwie ręce chwyciły ją za szyję i ścisnęły mocno niczym imadło. Z trudem chwytała powietrze. Wtedy na jej twarz opadła jakaś pachnąca zasłona. „To nie sen!" – taka była ostatnia myśl dziewczyny. Później dookoła zapadła noc, błoga czarna noc.

Jakby z innego świata zaczął do Afry docierać głos Ulryka, najpierw cichy i trwożliwy, później jednak coraz głośniejszy i coraz bardziej natarczywy. Poczuła, że ktoś ją szarpie, poczuła też kilka gwałtownych uderzeń w twarz. Z najwyższym trudem udało się jej otworzyć oczy.

– Co się stało? – spytała zmieszana, gdy leżąc na podłodze, ujrzała tuż nad sobą twarz Ulryka.

– Nie martw się, wszystko w porządku – odparł architekt.

Nie uszło jej uwagi, że Ulryk swoim ciałem celowo coś przed nią zasłania.

– Co się stało? – powtórzyła pytanie.

– Myślałem, że ty mogłabyś mi to wyjaśnić!

– Ja? Ja pamiętam tylko dwie ręce, które ścisnęły mi szyję. I jeszcze zasłonę.

– Zasłonę?

– Tak, pachniała tak osobliwie. A potem zobaczyłam mroczki przed oczami.

– Czy to była ta zasłona?

Ulryk podetknął Afrze pod oczy jaskrawozielony strzępek materiału z wzorem w złote krzyże.

– Być może tak. Nie wiem. – Usiadła. – Mój Boże – wyjąkała. – Myślałam, że już po mnie.

Pokój był spustoszony. Porozrzucane krzesła, wypatroszona skrzynia i szafa. Afra dopiero po pewnym czasie pojęła cały wymiar tego zajścia.

– Pergamin? – zapytał Ulryk, mierząc ją długim spojrzeniem.

„Pergamin!" – przemknęło Afrze przez głowę. Ktoś poszukiwał pergaminu. Doścignęła ją przeszłość. Podniosła się z trudem i chwiejnym krokiem podeszła do szafy. Na podłodze leżały w nieładzie różne części garderoby. Ale zielona suknia ciągle wisiała na swoim miejscu. Afra obszukała ją, wyciągając ręce. Nagle znieruchomiała, po czym się odwróciła. Na poważnej jeszcze przed chwilą twarzy odmalował się uśmiech, a zaraz potem dziewczyna się roześmiała, po prostu wybuchła głośnym śmiechem. Jej głos stał się piskliwy, a ona sama jak opętana zaczęła tańczyć po spustoszonym pokoju.

Ulryk nieufnie śledził jej zachowania. Dopiero po chwili zrozumiał, że Afra zaszyła pergamin w sukni, chroniąc go w ten sposób przed rabusiami. Gdy się wreszcie uspokoiła, powiedział:

– Myślę, że nie jesteśmy całkiem bezpieczni, trzymając w domu ten pergamin. Powinniśmy się zastanowić, czy nie ma jakiejś pewniejszej kryjówki.

Afra podniosła porozrzucane dookoła krzesła i potrząsając raz po raz głową, zabrała się za robienie porządku.

– Jeśli dobrze widzę, niczego nie brakuje. Rabusie nie zainteresowali się nawet srebrnymi kielichami. Bo w gruncie rzeczy chodziło im wyłącznie o pergamin. Powstaje oczywiście pytanie, kto w ogóle wiedział o jego istnieniu.

– Uprzedziłaś moje pytanie. Odpowiedź brzmi: alchemik.

– Ale alchemik nie mógł wiedzieć, że zbiegliśmy do Strasburga…

Afra nagle zmartwiała i pogrążyła się w myślach.

– Co ci jest? – zapytał Ulryk.

– Muszę ci coś wyznać. Dzień po tym jak byliśmy u Rubalda, poszłam tam jeszcze raz. Sama. Chciałam dać mu dziesięć guldenów, żeby zdradził mi, jakie znaczenie może mieć ten pergamin.

– A dlaczego przemilczałaś to przede mną?

Zakłopotana Afra odwróciła wzrok.

– I czego się dowiedziałaś? – Ulryk wiercił jej dziurę w brzuchu.
– Niczego. Rubald wczesnym rankiem niespodziewanie wyjechał. Klara, która sama nazwała się jego nałożnicą i która obdarzyła mnie zaufaniem, powiedziała, że udał się do biskupa Augsburga. Przypuszczała, że ten nagły wyjazd ma coś wspólnego z pergaminem. A przecież wobec nas udawał kogoś, kto nie ma o niczym pojęcia.
– Alchemicy są z powołania wielkimi aktorami.
– Myślisz, że Rubald dobrze wiedział, o co chodzi z tym pergaminem, i tylko grał niczego nieświadomego człowieka?
– Tego nie wiem. Ale można pomylić się nawet co do żebraka. A cóż dopiero, gdy chodzi o alchemika. Jeśli tuż po naszej wizycie rzeczywiście pojechał do biskupa Augsburga, podkreśla to tylko znaczenie, jakie przypisuje pergaminowi. Kto wie, może złożono meldunek w tej sprawie nawet papieżowi w Rzymie lub w Awinionie albo jeszcze gdzie indziej. Niech nas Bóg ma w swojej opiece!
– Przesadzasz, Ulryku!
Architekt wzruszył ramionami.
– Kościół rzymski dysponuje całą siecią agentów i donosicieli, nietrudno więc odnaleźć budowniczego katedr i jego kochankę. Pewne jest, że pergamin musi zniknąć.
– Ale gdzie, Ulryku?
– W katedrze jest wystarczająco dużo załomów, które nadają się do tego, żeby zamurować w nich taki pergamin. Jak pomyślę o tych wszystkich, którzy uwiecznili się w murach katedry w Ulm. – Lekceważąco machnął ręką. – Wielu ludzi, nie tylko dostojne duchowieństwo, wierzy w to, że posiadając różne precjoza, pieniądze, złoto i biżuterię, może kupić sobie kawałek nieba albo trochę nieśmiertelności. Mają nadzieję, że kiedy w dzień Sądu Ostatecznego katedra zawali się wskutek trzęsienia ziemi, ukaże się ich majątek i imię, i że będą pierwszymi, którzy wstąpią do nieba.

– Co za bzdura! Czy ty też w to wierzysz?
– Nie. Ale możesz zabrać człowiekowi wszystko, tylko nie wiarę. Wiara to ucieczka od rzeczywistości. A im gorsze czasy, tym silniejsza wiara. Teraz zaś mamy złe czasy. I to jest powód, dla którego ludzie wznoszą tak wysokie katedry, jak jeszcze nigdy dotąd w dziejach ludzkości.
– Wobec tego nasze katedry są prawdziwymi skarbcami!
– Jest to pod każdym względem prawda. Właściwie złożyłem przysięgę na wszystkie świętości, że będę na ten temat milczał. Ale ufam ci. A poza tym przecież nie zdradziłem ci miejsc, w których ludzie najchętniej zamurowują te swoje skarby.

Afra milczała. Po chwili jednak rzekła:
– Czy to znaczy, że wiedziałbyś nawet, gdzie je zamurowano w katedrze, której progu nigdy wcześniej nie przekroczyłeś?
– W zasadzie tak. Istnieje pewien określony schemat, dający się zastosować do każdej świątyni. Właściwie jednak za dużo ci już powiedziałem.
– Nie, Ulryku! – Po Afrze było bardzo wyraźnie widać podekscytowanie. – Nie myślę o skarbach zamurowanych w katedrach. Myślę o tym, że kościół nie jest odpowiednim miejscem do przechowywania takiego cennego pergaminu. Wyobrażam sobie, że ci, których ten dokument interesuje, wiedzą również o tych tajemnych skrytkach.

Ulryk się zastanawiał.
– Przynajmniej nie można tego wykluczyć. Masz rację. Póki treść nie jest jeszcze jasna, musimy poszukać innego bezpiecznego miejsca dla pergaminu. Ale gdzie?
– Na razie – orzekła Afra – obrąbek mojej sukni ciągle jeszcze jest najbezpieczniejszy. Nie sądzę również, żeby te łotry nas tutaj powtórnie nawiedziły.

Kilka dni później Ulryka von Ensingena spotkała niespodzianka. Oczekiwał, że jego obliczenia oraz stwierdzenie, że fasada katedry udźwignie wyłącznie jedną wieżę, wywołają wściekłe protesty. Dziwnym trafem jednak zarówno biskup oraz burmistrz, jak i rajcy miejscy zadowolili się planem wzniesienia zaledwie jednej, północnej wieży. Miała tylko być wyższa niż wszystkie inne w świecie chrześcijańskim. Zarzut architekta, że ta gigantyczna budowla jest zaprojektowana na dwie wieże, obalili, twierdząc, że świat chrześcijański ma znacznie więcej katedr, które w ogóle nie mają wież albo mają co najwyżej jedną. Mistrz Ulryk wziął się zatem do dzieła. W samym mieście i w okolicach Strasburga zwerbował pięciuset robotników – kamieniarzy, murarzy i silnych tragarzy, przede wszystkim jednak rzeźbiarzy, którzy umieli obchodzić się z wrażliwym piaskowcem. Mistrz Ulryk miał bowiem zamiar wznieść na fasadzie filigranową, ażurową wieżę, która mimo swojej wysokości stawiałaby niewielki opór częstym burzom, pędzącym jesienią i zimą w dół Renu. Platforma nad głównym portalem umożliwiała ustawienie dwóch drewnianych dźwigów z dalekimi wysięgnikami, żeby można było podnosić materiały budowlane na podniebne wysokości.

Latem, które było brzydkie i chłodne, jak wszystkie poprzednie letnie miesiące, praca Ulryka von Ensingena posuwała się szybko naprzód. Podobnie jak już wcześniej w Ulm, wprowadził się w stan istnego odurzenia pracą. Robotników ponaglał do pośpiechu, jakby trzeba było ukończyć budowlę w ciągu roku. Zleceniodawcy okazywali ogromne zadowolenie, ale kamieniarze i rzeźbiarze szemrali. U mistrza Werinhera nie musieli aż tak harować.

W niektóre dni architekt czuł się obserwowany przez pewnego mężczyznę. Podejrzewał, że podglądaczem może być tylko Werinher Bott. Ponieważ po upadku nie mógł poruszać kończynami, jeden z jego czeladników skonstruował ruchome krzesło z dwoma wysokimi kołami po obu stronach i jednym małym z przodu dla podparcia. Poprzeczny drąg z tyłu służył czeladnikowi do tego, aby mógł obwozić swojego pana po mieście, jak handlarz obwozi towary na sprzedaż. Kilka razy dziennie Werinher zmieniał więc miejsce pobytu, żeby potem znowu całymi godzinami śledzić każdy krok Ulryka von Ensingena.

Pewnego dnia zdenerwowany budowniczy katedr podszedł do Werinhera i odezwał się w te słowa:

– Bardzo mi przykro, że możecie się tylko przyglądać. Ale ktoś przecież musi wykonać tę robotę.

Werinher Bott spojrzał na Ulryka głęboko osadzonymi oczami. Przełknął ślinę, jakby chciał zdusić w sobie jakąś uszczypliwość. Jednak słowa, które po chwili z siebie wydobył, były ciągle jeszcze wystarczająco złośliwe. Powiedział bowiem:

– Ale dlaczego musisz to być akurat ty, mistrzu Ulryku?

Nienawiść płynącą ze słów Werinhera architekt przypisał jego cierpieniu. „Kto wie – pomyślał – jak ty byś zareagował w podobnej sytuacji". Dlatego nie przywiązał wagi do tej pełnej goryczy uwagi, tylko powiedział, chcąc przerwać przykre milczenie:

– Jak widzicie, roboty posuwają się do przodu szybciej, niż to było zaplanowane.

Wtedy Werinher splunął wysokim łukiem na ziemię i wykrzyknął ochrypłym głosem:

– Też mi coś, skoro zadowalacie się jedną jedyną wieżą. Mistrz Erwin w grobie się przewraca. Katedra z jedną wieżą to hańba, tania szarlataneria, jak ta wasza katedra w Ulm.

Ulryk się oburzył:

– Mistrzu Werinherze, nie chełpcie się tak. Jeśli się nie mylę, jeszcze do niedawna byliście prostym kamieniarzem, a przedtem mnichem. Nie zaprojektowaliście nawet wiejskiego kościółka, nie mówiąc już o katedrze. Myślicie, że kamień jest cierpliwy. To błąd. Kamień podlega takim samym prawom ciężkości, jak każda rzecz na tym bożym padole. Jego ogromny ciężar stanowi nawet dla niego jego własne prawa.

– Bzdura! Jeszcze nigdy nie słyszałem, żeby jakaś katedra się zawaliła.
– Właśnie, mistrzu Werinherze, właśnie. Brak wam doświadczenia. Przypuszczalnie jeszcze nigdy nie wyjechaliście ze Strasburga dalej niż o dzień drogi. W przeciwnym razie wiedzielibyście o strasznych katastrofach, które wydarzyły się w Anglii i we Francji, gdzie zapadające się mury pogrzebały pod sobą setki robotników.
– A wy to oczywiście wiecie!
– Owszem. Badałem projekty tych katedr i szukałem przyczyn katastrof. Stwierdziłem przy tym, że kamień wcale nie jest tak cierpliwym elementem, jak się sądzi. Jeśli człowiek nie przyjmie jego warunków, potrafi być nawet nader niecierpliwy.

Werinher Bott z trudem chwytał powietrze, a głowa, jedyna ruchoma rzecz w jego pożałowania godnej postaci, zaczęła drżeć ze zdenerwowania.

– Zasrany mędrek! – zawołał gniewnie. – Myśli, że pozjadał wszystkie rozumy! Czego wy w ogóle szukacie tutaj, w Strasburgu? Dlaczego nie zostaliście w Ulm? Pewnie macie coś na sumieniu, hę?

Mistrz Ulryk na chwilę zamilkł, zbity z tropu tą niestosowną uwagą.

– Co chcecie przez to powiedzieć? – spytał wreszcie.

Zgorzkniała mina Werinhera zmieniła się w jednej chwili w złośliwy, podstępny uśmieszek:

– Cóż, cieśle i kamieniarze pochodzący z Ulm opowiadają dziwne historie o waszym wcześniejszym życiu. Każdy podaje inny powód, dla którego zrezygnowaliście z posady.

– Co opowiadają? Gadajcie! – Ulryk podszedł do kaleki, schwycił go za kołnierz, potrząsnął i zawołał z najwyższym oburzeniem: – Otwórz gębę! Co opowiadają?

– Aha, teraz wreszcie pokazujecie swoje prawdziwe oblicze – zadyszał dręczony w wózku mężczyzna. – Pastwicie się nad bezbronnym kaleką. No, uderzcie mnie!

Na to wkroczył czeladnik, który z lękiem obserwował spór obu mistrzów budowlanych. Odepchnął Ulryka, odwrócił wózek w drugą stronę i pospieszył ze sparaliżowanym Werinherem w kierunku Münstergasse. Z bezpiecznej odległości ponownie odwrócił wózek, a Werinher krzyknął tak, że jego głos rozbrzmiał na całym rozległym placu:

– Nie było to nasze ostatnie spotkanie, mistrzu Ulryku. Jeszcze sobie porozmawiamy!

Ulryk von Ensingen zrozumiał, że ma śmiertelnego wroga.

6. Boża odszczepieńców

Wiele tygodni minęło od spotkania z jednorękim żebrakiem, gdy pewnego dnia wpadł on w ramiona Afry, idącej właśnie do pracowni Ulryka. Byłaby prawie nie poznała tego mężczyzny, teraz bowiem, inaczej niż za pierwszym razem, nosił czyste codzienne ubranie. Ani przez chwilę nie przypominał podupadłego człowieka, który jakiś czas temu obudził w Afrze współczucie.

– Co się z tobą działo? – zapytała z zaciekawieniem. – Często cię wypatrywałam. Na rynku, w kuchniach dla ubogich u franciszkanów i augustianów wypytywałam o jednorękiego mężczyznę, bo przecież nie znałam twojego imienia, ale nikt nie umiał albo nie chciał mi nic powiedzieć.

– Jakub Luscinius – odezwał się jednoręki żebrak. – Zapomniałem się wam przedstawić. Kto jednak ma ochotę poznać imię żebraka? Właściwie nazywam się Jakub Nachtigall*. Luscinius to tylko tłumaczenie na łacinę. Wydało mi się, że to stosowne imiona na rozpoczęcie nowego życia.

– Brzmi nieźle. Przede wszystkim nader uczenie.

Jednoręki się roześmiał:

– Trzeba wam było zasięgnąć języka u dominikanów przy Bartholomäushof, tam by wam udzielono informacji.

---

* Niem. słowik (przyp. tłum.).

Afra spojrzała pytająco na Lusciniusa:
— Dlaczego akurat tam?
— Pewnego dnia usłyszałem przy bramie klasztoru dominikanów, gdzie żebracy dostają codziennie ciepłą zupę, że brata bibliotekarza, zbzikowanego starca, zabrano do domu dla obłąkanych znajdującego się za bramami miasta i że w ten sposób zwolniło się miejsce. Niechybnie było to zrządzenie niebios, w każdym razie bez ceregieli zaproponowałem, że przynajmniej dorywczo mógłbym wykonywać pracę bibliotekarza. Wiązało się to oczywiście z ryzykiem, znacie przecież moją historię. Ale albo opat mnie rzeczywiście nie znał, albo też nie interesowała go moja przeszłość. Nie wiem. Oczywiście trochę mu nakłamałem. W każdym razie przyjęto mnie jako nowicjusza, już choćby ze względu na moją znajomość łaciny, czym zaskoczyłem przeora. Od tej pory jestem panem nad sklepieniem z dziesięcioma tysiącami pism i ksiąg. Chociaż, prawdę mówiąc, nieszczególnie znam się na książkach.
— To cudowne zajęcie — powiedziała zachwycona Afra.
— Wiem, o czym mówię. Mój ojciec również wykonywał zawód bibliotekarza. Był jednym z najszczęśliwszych ludzi na świecie.
— Cóż — wtrącił Luscinius. — Bywają może gorsze zajęcia od szukania zielnika pośród dziesięciu tysięcy innych pism, ale z pewnością są także bardziej pożądane. Nie uskarżam się jednak. Mam dach nad głową i jeden stały posiłek dziennie. To więcej, niż mogłem oczekiwać jeszcze miesiąc temu.

Afra pokiwała głową.

— Od dzieciństwa kocham książki, a właściwie od chwili, gdy ojciec nauczył mnie czytać i pisać. Przede wszystkim jednak kocham biblioteki i zapach, który rozsiewają, kocham tę mieszankę świeżo wygarbowanej skóry i zakurzonego pergaminu.

— Pozwólcie mi na pewną uwagę. To niezwykłe jak na kobietę szlachetnego stanu. Myślałem, że wasz zachwyt będzie budził raczej zapach róż lub fiołków. Jeśli jednak czas wam na to pozwoli, odwiedźcie mnie w mojej piwnicy. Wierzcie mi, zawód bibliotekarza to zawód przede wszystkim dla samotników.

Afra bez namysłu obiecała przyjść. Już nazajutrz.

Klasztor Dominikanów przy Bartolomäushof zaliczał się do nowszych instytucji tego typu w Strasburgu. Ci biali mnisi, znani z surowego trybu życia i sztuki kaznodziejskiej, mieszkali pierwotnie za miastem, w Finkenweiler. Dopiero sto pięćdziesiąt lat temu znaleźli nowe schronienie w murach miasta, nieopodal klasztoru Franciszkanów, i w krótkim czasie doprowadzili do świetności zakon i szkołę wyższą, w której nauczały tak sławne umysły, jak Albert Magnus – święty Albert Wielki.

Furtian przy niskiej bramie wejściowej spojrzał rozeźlony, gdy kobieta poprosiła o wpuszczenie i możliwość poszukania pewnej księgi w bibliotece. Afra miała na sobie skromną suknię, a ponieważ żadna dominikańska reguła nie zabraniała kobietom wstępu do klasztoru, furtian otworzył wąskie drzwi i poprosił, żeby podążyła za nim w imię Pana.

Dziewczyna miała własne doświadczenia z klasztorami, ten zaś wywarł na niej przygnębiające wrażenie. Kiedy przeszli przez wewnętrzny dziedziniec, obramowany z wszystkich czterech stron łukami krużganka, furtian poprowadził Afrę do przejścia znajdującego się po przeciwległej stronie. Ich kroki głośno rozbrzmiewały w pustym, ponurym korytarzu, który ukazał się za nim. Na koniec dotarli po kamiennych schodach piętro niżej. Tam przyjęło gości sklepienie tak niskie, że wyciągniętymi do góry rękami można było dotknąć sufitu.

Na głośne wołanie furtiana z bocznego korytarza wyszedł, kaszląc, Luscinius.

– Nie wierzyłem, że odważycie się wkroczyć w to królestwo cieni i myśli – powiedział i ruchem głowy odesłał brata furtiana z powrotem.

— Mówiłam przecież, że księgi przyciągają mnie w magiczny sposób — odparła Afra. — Jednakże...
Umilkła. Rozejrzała się trwożliwie dookoła. Światło świec bardzo skąpo oświetlało piwnicę, w której nie było okien.
— Pewnie inaczej wyobrażaliście sobie bibliotekę? — roześmiał się Jakub Luscinius i podszedł bliżej.
— Prawdę mówiąc, tak!
Afra jeszcze nigdy nie widziała takiego zabałaganionego księgozbioru: książki walały się jedna obok drugiej lub były niedbale rzucone na sterty. Stan półek, gdzie ktoś ustawił woluminy według systemu, który niepodobna było zdefiniować, przekraczał wszelkie pojęcie. Deski jak spróchniałe belki załamywały się pod ciężarem słowa pisanego. Foliały ustawione w kolumny chwiały się, gdy tylko ktoś przechodził obok. Nad tym wszystkim wisiał gryzący, trudny do określenia odór, a mgielny welon z jasnosrebrnego kurzu spowijał całe pomieszczenie.
— Może teraz zrozumiecie, dlaczego mój szacowny poprzednik postradał rozum — powiedział Luscinius z cieniem ironii. — Ja także znajduję się na najlepszej drodze do domu dla obłąkanych.
Afra uśmiechnęła się pod nosem, chociaż słowa Jakuba zabrzmiały nader wiarygodnie.
— W każdym razie wydaje się, że był on szczególnym człowiekiem — ciągnął Luscinius. — Brat Dominik, bo tak miał na imię, nigdy nie studiował i nie miał zielonego pojęcia o teologii. Był opętany ideą przeczytania wszystkich ksiąg, które przechowywał w tej piwnicy. Udawało mu się to, jak mi opowiadano, przez połowę życia. Uczeni mnisi z klasztoru wierzyli nawet, że stał się cud, gdy brat Dominik zaczął nagle, jak niegdyś apostołowie, przemawiać w obcych językach. Mówił po grecku i hebrajsku, angielsku i francusku. Współbracia częstokroć rozumieli tylko urywki jego mów. Ale wraz z rosnącą

wiedzą brat bibliotekarz coraz bardziej wycofywał się z klasztornego życia. Unikał uczestnictwa w godzinkach, responsoriach i litaniach. Rzadko pojawiał się w refektarzu na wspólnych posiłkach. Współbracia byli zmuszeni stawiać mu miskę z jedzeniem pod drzwiami biblioteki, którą zresztą zamykał. Bał się zapewne, że ktoś mógłby zburzyć jego chaos. Bo chociaż nieporządek wydaje się tutaj całkiem nieprzenikniony, to jest to tylko pozór, za którym niewątpliwie kryje się dobrze przemyślany system. Brat Dominik w ciągu kilku sekund potrafił przynieść żądaną księgę. Niestety, nigdy nie okazał gotowości do wyjawienia zasad tego systemu. Teraz moim zadaniem jest wprowadzenie ładu w ten chaos. A to wcale nie jest łatwe.

Afra oddychała płytko. Nie śmiała wciągnąć głębiej do płuc gryzącego odoru, który był całkiem odmienny niż w innych bibliotekach.

– Czy to nie powietrze przyprawiło brata Dominika o szaleństwo? – Dziewczyna niepewnie popatrzyła na Lusciniusa. – Powinieneś być ostrożny.

Luscinius wzruszył ramionami.

– Jeszcze nigdy nie słyszałem, żeby ktoś zwariował od złego powietrza. W takim razie wszyscy mieszkańcy Strasburga, mieszkający w domach, których fasady wychodzą na rzekę Ill, musieliby zwariować. Bo nigdzie na świecie nie cuchnie tak strasznie jak tam.

W bocznym korytarzu Afra oglądała cenne okładziny starych ksiąg. Luscinius opisał już ich grzbiety niezgrabnym pismem człowieka leworęcznego, poczynając od „A", jak Albertus Magnus, i ustawił je w alfabetycznym porządku.

– Nie wyszedłem jeszcze poza literę „C" – uskarżał się Luscinius. – Trudność polega zresztą na tym, że w wypadku wielu pism nie ma nazwiska autora. Trzeba więc zamiast autora zaszeregować alfabetycznie niektóre tytuły ksiąg. Rzecz jeszcze bardziej się komplikuje, gdy księga jest też pozbawiona tytułu. Wielu teologów zaczynało bowiem kiedyś po prostu pisać, nie zastanawiając się nad tym, jak ich dzieło ma się właściwie nazywać. Skutkiem tego są mądre, grube księgi, których nazwy nikt nie potrafi wymienić, nie mówiąc już o autorze. Rozejrzyjcie się spokojnie, jeśli was to interesuje, pani.

Luscinius zniknął. Afra wykorzystała tę okoliczność. Z najwyższego rzędu, gdzie, jak przypuszczała, księgi były już uporządkowane według nowego systemu, wyjęła spod litery „C" gruby tom oprawiony w ciemną skórę cielęcą. Nosił on łaciński tytuł *Compendium theologicae veritatis*. Następnie uniosła spódnice. Pewnym chwytem, jakby wielokrotnie ćwiczyła ten proceder, rozpruła obrąbek sukni od wewnętrznej strony i wyjęła pergamin. Sprawnymi palcami schowała złożony dokument między gęsto zapisanymi stronicami foliału, po czym odstawiła księgę na miejsce.

„*Compendium theologicae veritatis*" – wymamrotała kilkakrotnie, raz za razem, aby zakarbować sobie w głowie tytuł księgi. „*Compendium theologicae veritatis*".

– Mówiliście coś? – zawołał Luscinius ze znajdującego się naprzeciw bocznego korytarza, gdzie właśnie przekładał stertę ksiąg z pozycji pionowej w poziomą, co niewątpliwie wydawało się bardziej stosowne w celu ich przechowywania.

– Nie... To znaczy... Tak – odpowiedziała Afra. – Oglądam tylko tę jedną półkę i raduje mnie porządek na niej. To z pewnością twoja zasługa, bracie Jakubie, i tak to na pewno pozostanie przez następne sto lat.

Mówiąc to, cały czas patrzyła na księgę, która posłużyła jej za skrytkę.

Luscinius przyczłapał z ponurego zaplecza. Afra nie mogła się powstrzymać, by się głośno nie zaśmiać, chociaż ręce ciągle jeszcze drżały jej ze zdenerwowania. Bibliotekarz miał na głowie coś osobliwego. Jego czaszkę opinała skórzana taśma. Z lewej i prawej strony były umieszczone, po dwie z każdego boku, płonące świece, które, gdy szedł, rozprzestrzeniały migotliwe światło.

– Wybacz mi – poprosiła Afra, ciągle walcząc ze śmiechem – wcale nie mam zamiaru śmiać się z ciebie, ale to twoje oświetlenie wygląda po prostu niezwykle zabawnie!

– To wynalazek brata Dominika – odparł bibliotekarz i przewrócił oczami, trzymając głowę niezwykle prosto. – To może sobie wyglądać zabawnie, ale dla człowieka jednorękiego jak ja jest to jedyna możliwość, żeby mieć dobre światło do pracy. Gdziekolwiek się odwrócę, światło jest równie szybkie jak moje spojrzenie.

Na dowód prawdziwości tych słów odwrócił głowę najpierw w lewo, a potem w prawo.

– Miałam na myśli ten regał – zaczęła Afra od nowa.

Luscinius z zapartym tchem skinął głową:

– Tak, to jest moje pierwsze dzieło, by tak rzec. Śmiem jednak wątpić, czy przez następne sto lat przetrwa akurat w takim porządku.

Uśmiechnął się szyderczo i wrócił do swojej pracy.

Afra z ulgą wypuściła przez nos stęchłe powietrze. Wygładziła zieloną suknię, której przez ostatnie tygodnie prawie nie zdejmowała ze strachu, że ktoś mógłby ukraść pergamin. Całkiem spontanicznie powzięła decyzję, że ukryje ten dokument tutaj, w bibliotece dominikanów. Na widok takiego mnóstwa ksiąg uświadomiła sobie, że dla zagadkowego listu mnicha z klasztoru Monte Cassino nie ma bezpieczniejszego miejsca niż foliał w bibliotece klasztornej. Przecież ten dokument właśnie dzięki podobnemu schowkowi pozostał przez pół tysiąclecia nieodkryty.

Na pożegnanie Afra obiecała bibliotekarzowi, że jeszcze go tu odwiedzi. Przyrzekła to, mając na względzie również własny interes.

– Jeśli nie zrobi wam to różnicy – powiedział Luscinius nieomal zawstydzony – wypuszczę was przez Bramę Biednych Grzeszników.

– Brama Biednych Grzeszników? – Afra spojrzała niepewnie.

– Musicie wiedzieć, że każdy klasztor ma taką bramę. Nie jest pokazana na żadnym projekcie, oficjalnie nie istnieje, i przypuszczalnie nawet Pan Bóg nie ma o niej pojęcia albo po prostu nie chce o niej słyszeć. Przez Bramę Biednych Grzeszników mnisi wypuszczają dziewki albo i chłopców – przeżegnał się lewą ręką – którzy właściwie nie mają czego szukać w tym klasztorze. Rozumiecie?

Afra pokiwała głową. Oczywiście, że rozumiała. Jak się dobrze zastanowić, to owo tajemne wyjście było jej akurat bardzo na rękę.

Raz w miesiącu biskup Wilhelm von Diest zapraszał do swojego pałacu naprzeciw katedry na wielkie obżarstwo połączone z zupełnym odpustem na sto lat. To wielkie obżarstwo uchodziło w Strasburgu za najważniejsze wydarzenie towarzyskie, toteż było czymś niewyobrażalnym, by nie skorzystać z zaproszenia Jego Eminencji.

Uroczystość nie była jednak pozbawiona pewnej pikanterii, gdyż biskup Wilhelm miał zwyczaj sadzać przy jednym stole zarówno wrogów, jak i przyjaciół. Zdarzało się więc niekiedy, że zagorzali przeciwnicy, którzy – gdy tylko gdzieś się spotkali – omijali się wielkim łukiem, tutaj siedzieli naprzeciw siebie, ku przewrotnej uciesze Jego Eminencji.

Afra i Ulryk słyszeli już o tej błazenadzie ekscentrycznego biskupa. I o tym, że podawano tylko jedno danie, ale za to do woli: kapłona, wykastrowanego i utuczonego koguta, o którym już starzy Rzymianie twierdzili, że jego spożycie przydaje szczególnej urody. Biskup miał zwyczaj spożywać dwa lub trzy takie kapłony, co jednak nieszczególnie służyło jego powierzchowności, ale za to zapewniło mu przydomek: Eminencja-Kapłon.

Czterech lokajów z pochodniami strzegło bramy wejściowej do rezydencji, każdy gość musiał zaś najpierw podać swoje imię, a dopiero potem wpuszczano go do środka.

– Mistrz Ulryk von Ensingen z żoną Afrą – oznajmił budowniczy katedr.

Główny lokaj poszukał nazwiska na liście. Łaskawym ruchem ręki wskazał przybyłym drogę. W westybulu panował tłok: panowie we wspaniałych strojach, aksamicie i brokacie, panie w jedwabnych sukniach z kołnierzami wielkości koła u wozu, a między tym duchowni dostojnicy w wytwornej czerni, obwieszeni świecidełkami i błyskotkami, i nierządnice, które wystawiały na pokaz swoje wdzięki.

Westchnąwszy, Afra powiedziała, zasłaniając usta ręką:
– Ulryku, sądzisz, że jesteśmy tu na właściwym miejscu? W mojej sukni wydaję się sobie żebraczką.

Budowniczy katedr skinął potakująco, nie spoglądając na Afrę, a podczas gdy jego wzrok prześlizgiwał się po gościach, powiedział:

– W istocie, piękna żebraczko, w istocie. Najchętniej z miejsca bym zawrócił.

– Nie możemy sobie na to pozwolić – odparła Afra i uśmiechnęła się nieruchomą twarzą. – A ty przede wszystkim! Musimy więc zacisnąć zęby i iść naprzód!

Mistrz Ulryk skrzywił się.

Ledwie przebrzmiały wieczorne dzwony z katedry, gdy na szerokich schodach prowadzących na piętro pojawił się mistrz ceremonii w białej szacie, zakrywającej mu tylko górną część ud, i z kartki odczytał nazwiska zaproszonych gości. Większość z nich ginęła wśród nieprzychylnych okrzyków lub w gwałtownym aplauzie. Wymienieni utworzyli potem procesję, która wreszcie do wtóru kapeli, składającej się z wszelkiego rodzaju piszczałek, trąbek i bębnów, ruszyła na górę.

– Jak się czujesz? – zapytała Afra szeptem mistrza Ulryka.

– Jak Zygmunt Luksemburski w drodze na koronację.
– Jesteś błaznem, Ulryku.
– Bóg jeden wie, kto tu jest większym błaznem – odszepnął i wywrócił oczami.
– Ale teraz weź się już w garść. Nie co dzień jada się u biskupa.

W sali przyjęć czekał uroczyście nakryty stół z mnóstwem świec. Miał kształt podkowy i zajmował prawie całą komnatę. Po jego obu stronach mogło się zmieścić sto osób. Afra wzięła Ulryka pod rękę i popchnęła go ku prawej stronie, gdzie – taką przynajmniej miała nadzieję – oboje najmniej będą rzucać się w oczy.

Ale się przeliczyła, ponieważ mistrz ceremonii przejrzał jej zamiar, podszedł do obojga i poprowadził ich do szczytu stołu, gdzie przydzielił im miejsce w odległości dwu krzeseł od siebie.

Afra się zaczerwieniła i rzuciła Ulrykowi spojrzenie błagające o pomoc. Zawołała cicho ponad dwoma krzesłami:
– Jesteś tak daleko. W ogóle nie wiem, jak się zachowywać.

Krótkim, ale gwałtownym ruchem głowy w bok mistrz Ulryk dał jej do zrozumienia, żeby poświęciła uwagę sąsiadowi po prawej ręce. Ten brodaty starzec, który już dawno miał za sobą zenit życia, uprzejmie skinął głową. Oczy ukrywał za grubymi, okrągłymi szkłami w cienkich drewnianych oprawkach, które mocno wczepiały się w nasadę nosa.

– Domenico da Costa, astrolog Jego Eminencji – powiedział niskim głosem z niewątpliwie włoskim akcentem.
– Jestem żoną budowniczego katedr – odparła Afra, wskazując ręką na Ulryka.
– Wiem.
– Słucham? – Afra zmarszczyła czoło. – Znacie mnie?

Kciukiem i palcem wskazującym astrolog pogładził się po brodzie.

— Niezupełnie, moje dziecko. Chcę przez to powiedzieć, że jeszcze się nie spotkaliśmy. Ale gwiazdy zdradziły mi, że dzisiejszego dnia...

Astrolog nie zdołał dokończyć zdania, gdyż z tyłu rozległ się chorał wysokich głosów:

— *Ecce sacerdos magnus*...*

Do wtóru tych niebiańskich dźwięków dwóch giermków otworzyło drzwi znajdujące się naprzeciw i biskup Wilhelm von Diest niczym jakaś nieziemska postać wkroczył do sali w towarzystwie sycylijskiej konkubiny.

Miał na sobie przetykany złotem płaszcz, szatę liturgiczną przytrzymywaną pod szyją kosztowną zapinką. Każdy krok odsłaniał nogi w czerwonych pończochach, wystające spod białej komży. Gdyby na głowie nie miał mitry, można by go wziąć za rzymskiego gladiatora.

Eminencja był znany z błazeńskich występów. Nos z tektury wywołał oburzenie wśród obecnych opatów i zakonników, przede wszystkim zaś wśród wysokich dostojników kapituły. Pod wpływem najbardziej nieczystych myśli miał on niewątpliwie wygląd męskiego narządu płciowego. Co się zaś tyczyło towarzyszki biskupa, to ciemnooka Sycylijka sprawiała wrażenie osóbki raczej niefrasobliwej w swojej pajęczej szacie, która ledwie co skrywała, to zaś, co miała odsłonić, obnażała w niezwykle ponętny sposób.

Kiedy biskup zajął miejsce między Afrą a budowniczym katedr, w sali zaległa pełna napięcia cisza. Afra nie wiedziała, co się z nią dzieje. Z zakłopotaniem obserwowała, jak giermkowie podają kapłony, a biskup w imię Pańskie trybularzem okadza pachnące ptaki. Donośnym głosem zawołał:

— Oto dzień, który stworzył Bóg. Cieszmy się i radujmy!

---

* Patrzcie, wielki kapłan...

Następnie zaczęło się wielkie obżarstwo. Goście palcami rozrywali chrupiący drób. Przez rzędy osób niosło się mlaskanie, chrumkanie i chrząkanie. To należało do dobrego tonu. Afra jakoś nie miała apetytu na kapłona. Nie żeby nie był wyborny – nie, była zwyczajnie nazbyt podekscytowana, żeby cieszyć się jedzeniem. Biskup pochłonął już pierwszego ptaka i ciągle jeszcze nie zamienił z nią słowa. Co to mogło znaczyć? Nie wiedziała, jak ma się zachować.

Podczas gdy Wilhelm von Diest zabrał się za drugiego kapłona, Afra spod oka obserwowała, jak siedząca za biskupem Sycylijka obmacuje pod stołem Ulryka. „Wstrętna flądra!" – pomyślała i już zamierzała się zerwać i dać tej rozwiązłej konkurentce w twarz, gdy pochylił się ku niej biskup, który szepnął jej cicho do ucha:

– A was pragnąłbym na deser. Zechcecie się ze mną przespać, piękna Afro? Nie pożałujecie.

Afrze krew uderzyła do głowy. Była przygotowana na wiele, ale nie na to, że najprawdziwszy biskup z tłustymi paluchami i ustami ociekającymi tłuszczem uczyni jej tak nieprzyzwoitą propozycję.

Jak się zdawało, biskup wcale nie oczekiwał odpowiedzi. Jakże inaczej można by wytłumaczyć fakt, że bez żenady oddał się spożywaniu drugiego kapłona? „Może – pomyślała Afra – ta propozycja to jeden z okrutnych żartów Jego Eminencji, których wszyscy się obawiali". Tak więc teraz z większą ochotą zwróciła się ku kapłonowi, od czasu do czasu uprzejmie kiwając głową biskupowi i astrologowi, siedzącym po obu jej stronach.

Tymczasem biesiadnicy rozpływali się w ożywionych rozmowach. Serwowane w cynowych dzbanach wino dopełniło reszty i rozwiązało również języki opatów i kanonika po przeciwnej stronie stołu. Donośnie i żarliwie dyskutowali o Senece i jego dziele *De brevitate vitae*, pogańskiej księdze, której ku zdumieniu wszystkich nie brakowało w żadnej bibliotece klasztornej, a która tak dalece była odległa od słów Ewangelii jak niegdyś Mojżesz od Ziemi Obiecanej. Dziekan kapituły katedralnej Hügelmann von Finstingen, kanonik Eberhard i kilku innych kanoników prześcigało się w domysłach, czy Seneka, gdyby żył pięćset lat później, zostałby ojcem Kościoła, a nie pogańskim filozofem.

Wtedy biskup podniósł się z krzesła, zdjął nos z tektury, skłonił się niczym aktor na scenie i ku zdumieniu wszystkich odezwał się w te słowa:

– *Soli omnium otiosi sunt qui sapientiae vacant, soli vivunt; nec enim suam tantum aetatem bene tuentur: omne aevum suo adiciunt; quicquid annorum ante illos actum est, illis adquisitum est.*

Goście z uznaniem bili brawo. Oklasków nie szczędziła nawet kapituła katedralna. Jedynie kilku kupców, którzy lepiej znali się na cyfrach arabskich niż na łacińskich literach, zerkało z taką paniką w oczach, że biskup był zmuszony własnymi słowami przetłumaczyć mądre wynurzenia Seneki:

– Swobodnie żyją jedynie ci, którzy mają czas dla filozofii, jedynie oni żyją naprawdę. Oni bowiem nie tylko dobrze strzegą czasu własnego życia, ale umieją też dodać każdy czas do własnego. Niezależnie od tego, ile lat upłynęło przed nimi, oni uczynili je swoją własnością.

Na skinienie Jego Eminencji wkroczyli teraz do sali muzykanci z bębnami i piszczałkami, którzy zaintonowali mauretański taniec. W jego rytm niczym podrygujące źrebaki poruszało się sześć nałożnic. Nosiły szerokie, szeleszczące spódnice i staniki, które odsłaniały ich piersi, jakby to były dojrzałe owoce. Z wysoko upiętych włosów wystawały pawie pióra i kołysały się niczym gałęzie wierzby w wiosennym wietrze. Ich wyuzdane ruchy w niczym nie ustępowały sztuczkom przedstawianym przez kuglarzy na jarmarkach. Tyle że ladacznice pilnowały, aby wystawiać na pokaz różowe tyłeczki i trójkąciki z przodu. Ponadto zadzierały spódnice i tak nimi wymachiwały, że aż świece, które zanurzały salę w ciepłym świetle, migotały, jakby diabeł przechadzał się między ich szpalerami.

Bardziej niż powaby nałożnic podobały się Afrze wytrzeszczone oczy opatów i kanoników, którzy ze złożonymi na kolanach rękami siedzieli na krzesłach i z wypiekami na twarzach obserwowali, co też Pan Bóg stworzył szóstego dnia pracy, zanim udał się na spoczynek.

– Odrobina grzeszności nie zaszkodzi – powiedział biskup, pochylając się ku Afrze – w przeciwnym razie Kościół nie wymyśliłby rozgrzeszenia. Ale czy w ogóle jest grzechem cieszyć oko rzeczami, które stworzył Pan Bóg?

Afra rzuciła Wilhelmowi von Diestowi niepewne spojrzenie i wzruszyła ramionami. W tym zdenerwowaniu nie zauważyła, że Ulryk zniknął z sycylijską kochanką biskupa.

– Dajcie mu trochę swobody – szepnął biskup, spostrzegłszy jej badawcze spojrzenia.

Minęło trochę czasu, zanim Afra zrozumiała, co Wilhelm von Diest ma na myśli. Skrzywiła się w kwaśnym uśmiechu. Czuła bezsilną wściekłość.

Dźwięki fletów i piszczałek przybrały na sile, a muzykanci zaczęli głośniej walić w bębny. Niepodobna już było myśleć o jakiejkolwiek rozmowie. Wtedy biskup podniósł się, podał ramię Afrze i zawołał, przekrzykując hałaśliwą muzykę:

– Chodźcie, coś wam pokażę.

Biskup w komży, w czerwonych pończochach i butach, mający na głowie mitrę, która przekrzywiała mu się przy każdym ruchu, nie wyglądał na kogoś, kto miał promieniować powagą i godnością. Mimo to Afra, wziąwszy go pod ramię, postanowiła za wszelką cenę zachować spokój.

Po kamiennych schodach, oświetlonych smolnymi łuczywami i pilnowanych przez dwóch lokajów, Wilhelm von Diest poprowadził Afrę na piętro. Na ścianach długiego korytarza wisiały malowane na desce obrazy przedstawiające sceny ze Starego Testamentu. Większość z nich była sprośna, jak choćby przedstawienie Zuzanny w kąpieli czy Adama i Ewy w raju.

Na końcu korytarza biskup otworzył drzwi. Ruchem ręki nakazał Afrze, aby weszła do środka. Zawahała się, podejrzewając, co może ją spotkać, i już powzięła decyzję o ucieczce, gdy jej wzrok padł przez na wpół otwarte drzwi do pokoju. Przez chwilę myślała, że zmysły płatają jej figla. Nie byłoby to nic dziwnego po przeżyciach tego wieczoru. Im dłużej jednak wpatrywała się w matowo rozświetlone pomieszczenie, tym bardziej umacniało się w jej umyśle wrażenie, że to, na co patrzy, jest rzeczywiste. Dech zaparło jej nie łoże, które zajmowało nieomal połowę pokoju, lecz wiszący nad łożem naturalnej wielkości obraz: wizerunek świętej Cecylii, do którego pozowała niegdyś w klasztorze pod jej wezwaniem.

– Podoba się wam? – zapytał biskup i wepchnął Afrę do pokoju.

– Tak, oczywiście – odparła zmieszana dziewczyna. – Jest cudowny. To święta Cecylia.

– W istocie, ona.

Afra chciała zapytać: „Jak, na miłość boską, to malowidło trafiło tutaj, do waszej komnaty?". To pytanie paliło jej język, ale nie ośmieliła się go zadać. Czy był to tylko niewiarygodny przypadek, czy też biskup znał sytuację?

Była rada, że biskup uprzedził jej pytanie, mówiąc:

– Kupiłem go od pewnego handlarza dziełami sztuki w Wormacji. Twierdził, że malowidło pochodzi z pewnego szwabskiego klasztoru, gdzie służyło za obraz ołtarzowy. Z biegiem czasu jednak… – Urwał na chwilę i zawstydzony uśmiechnął się pod nosem. – Ta naga święta wydała się zakonnicom nazbyt uwodzicielska. Obraz budził w nich uczucia, którymi nie godzi się pałać w murach klasztornych. Podobno dochodziło do nader zmysłowych wybryków, tak że przeorysza musiała go sprzedać.

Kiedy Wilhelm von Diest mówił, Afra przyglądała mu się z boku. Nie była pewna, czy gra nieświadomego rzeczy, czy też naprawdę nie ma o niczym pojęcia.

– Jesteś równie piękna i uwodzicielska, jak święta Cecylia... – zaczął biskup i pogładził Afrę po włosach. Niedostrzegalnie zadrżała. Najchętniej nie dopuściłaby do tych nikczemnych pochlebstw i uciekłaby. Ale stała jak sparaliżowana, niezdolna powziąć żadnej decyzji.

– Można by się nawet dopatrzyć pewnego podobieństwa między wami a świętą Cecylią – dodał biskup. – Nie chcę was dłużej zamęczać, piękne dziecko. Od dawna wiem, kto pozował do tego obrazu.

– Skąd to wiecie, Eminencjo?

Afra z trudem chwytała powietrze.

Biskup uśmiechnął się z zakłopotaniem.

– Muszę wyznać, że przyprawiliście mnie o bezsenne noce. Jeszcze żaden obraz z mojej kolekcji nie podniecał mnie tak jak ten. I jeszcze nad żadnym tak sobie nie łamałem głowy.

– Jak mam to rozumieć?

– Cóż, kiedy handlarz dziełami sztuki pokazał mi ten obraz po raz pierwszy, stało się dla mnie jasne, że malarz nie namalował tej świętej z wyobraźni, lecz według żyjącego wzorca. Mówiąc w zaufaniu: jeśli opaci i kanonicy ze Strasburga twierdzą, że ich biskup nie ma pojęcia o teologii, to nawet mają rację. Wierzcie mi jednak, że za to znacznie lepiej znam się na sztuce. Toteż natychmiast poczułem właśnie to, wskutek czego zakonnice z klasztoru pod wezwaniem świętej Cecylii odchodziły od zmysłów. Jeszcze nigdy nie widziałem tak realistycznego wizerunku kobiety. Ten malarz jest prawdziwym artystą w swoim fachu.

– To Alto z Brabancji, garbus.

– Wiem. Długo trwało, ale wreszcie udało mi się go znaleźć. Za chlebem powędrował w dół Dunaju.

— Czego chcieliście od niego, Eminencjo?

Biskup potrząsał głową.

— Malarz zajmował mnie w drugiej kolejności. Moje właściwe zainteresowanie dotyczyło jego frapującej modelki. Wysłałem więc z misją swoich dwóch najlepszych szpiegów. Bez względu na koszty mieli się dowiedzieć nazwiska i miejsca pobytu pięknej Cecylii. W klasztorze pod wezwaniem świętej znano tylko imię modelki — Afra, wiedziano poza tym, że wyjechała z tym brabanckim malarzem do Ratyzbony albo do Augsburga. Wreszcie szpiedzy odnaleźli mistrza Alta w Ratyzbonie. Wzdragał się jednak wyjawić, gdzie przebywacie. Zmiękł dopiero na widok większej sumki i wyjawił, że skierował was do swojego szwagra do Ulm. Posłałem więc szpiegów do Ulm...

— Chcecie przez to powiedzieć, że wasi ludzie obserwowali mnie w Ulm?

Wilhelm von Diest skinął potakująco głową.

— Przecież nic o was nie wiedziałem. Ale teraz wiem wszystko.

— Wszystko? — Afra uśmiechnęła się drwiąco.

— Możecie mnie wystawić na próbę. Najpierw jednak dowiedzcie się, w jaki sposób uzyskałem tę wiedzę. Moi szpiedzy zatrudnili się przy budowie katedry. Byli więc ciągle blisko was. W każdym razie wystarczająco blisko, aby dowiedzieć się, że zostaliście kochanką mistrza Ulryka. A nawet więcej...

— Dość! Nie chcę tego słuchać.

Czuła się jak zbity pies. Po raz kolejny doścignęła ją przeszłość. Nie ma wątpliwości, że ten jurny biskup trzyma ją w garści. Jak, na miłość boską, powinna się zachować?

— Mądrze to wszystko ukartowaliście — powiedziała Afra.

Biskup zrozumiał jej cyniczną uwagę jako komplement, toteż ciągnął dalej:

— Stało się dla mnie jasne, że musiałem zwabić mistrza Ulryka do Strasburga, aby móc do was dotrzeć.
— A więc list do niego napisaliście tylko z mojego powodu?
— Nie mogę zaprzeczyć. Na swoją obronę muszę jednak powiedzieć, że posada architekta była naprawdę w tym czasie wolna.

Słowa biskupa obudziły w Afrze mieszane uczucia. Wilhelm von Diest był z pewnością człowiekiem podstępnym i dbającym wyłącznie o własne korzyści. Dla osiągnięcia swoich celów posługiwał się niecnymi metodami. To jednak, że akurat ona stała się obiektem jego niesłychanych starań, wzmogło jej pewność siebie, a nawet dało niejakie poczucie mocy.

— I co teraz? — zapytała szorstko.
— Musicie oddać mi swoje ciało stworzone przez Boga — odpowiedział biskup. — Proszę was.

Wilhelm von Diest, stojący przed Afrą w czerwonych pończochach i białej komży, wyglądał doprawdy śmiesznie. Gdyby sytuacja nie była poważna, Afra z pewnością roześmiałaby się w głos. Odpowiedziała jednak z całą powagą:

— A jeśli odmówię?
— Jesteś o wiele za mądra, aby to uczynić.
— Tacy jesteście tego pewni?
— Bardzo pewni. Nie macie chyba zamiaru zrujnować życia sobie ani temu swojemu architektowi.

Afra spojrzała na biskupa wielkimi oczami. Tak przemawia diabeł. Musiała wziąć się mocno w garść, żeby nie stracić panowania nad sobą.

Jeszcze kiedy się zastanawiała, co biskup może wiedzieć, ten rzucił raczej mimochodem:

— Pod nieobecność Ulryka von Ensingena wniesiono przeciw niemu oskarżenie. Podobno otruł swoją żonę Gryzeldę.

– To kłamstwo, podłe kłamstwo! Żona mistrza Ulryka od dawna cierpiała na zagadkową chorobę. To podłość, żeby obarczać go odpowiedzialnością za śmierć żony.
– Być może – odparował biskup. – Prawdą jest, że świadkowie przysięgają, że budowniczy katedr zaopatrzył się w truciznę u alchemika. Dzień później żona mistrza Ulryka wyzionęła ducha w Chrystusie Panu.
– Kłamstwo! – wykrzyknęła Afra, tracąc opanowanie. – Alchemik Rubald może potwierdzić, że odwiedziliśmy go w zupełnie innej sprawie.
– Nie będzie to możliwe.
– Dlaczego?
– Jego zwłoki znaleziono przy Jakobentor w Augsburgu, dzień po wizycie Rubalda u biskupa.
– Rubald nie żyje? To nieprawda!
– Prawda jak amen w pacierzu.
– W jaki sposób, na miłość boską, alchemik poniósł śmierć? Czy wiadomo, kto go zabił?
Biskup wykrzywił twarz w grymasie:
– Zbyt wiele zadajecie mi pytań. Jak słyszałem, w jego szyi tkwił nóż, ale nie taki zwyczajny nóż rzeźniczy, jakich używają zwykli mordercy, lecz szlachetny, wytworny nóż ze srebrnym trzonkiem.
„Morderstwo to morderstwo – przemknęło Afrze przez myśl. – Wszystko jedno, czy ktoś odbiera ci życie zardzewiałą klingą, czy też srebrnym nożem". Znacznie bardziej interesowało ją pytanie, czy śmierć Rubalda ma związek z pergaminem. Poza nią i Ulrykiem tylko on znał treść tajemniczego listu. I jak się zdaje, wbrew swoim twierdzeniom, bardzo dobrze ją zrozumiał. To przecież był powód jego nieoczekiwanego wyjazdu do Augsburga.
– Nad czym się zastanawiacie? – Wilhelm von Diest przywrócił Afrę do rzeczywistości. – Zapewne znaliście tego alchemika.

— Zależy, co się rozumie przez „znać". Tylko raz spotkałam tego osobliwego człowieka, wówczas, gdy odwiedziliśmy go wraz z Ulrykiem von Ensingenem.

— A więc jednak!

— Tak, ale nie złożyliśmy mu wizyty z powodu, jaki przypisujecie mistrzowi Ulrykowi.

— Ja niczego mistrzowi Ulrykowi nie przypisuję. Przytoczyłem wyłącznie to, co mi doniesiono z Ulm! A więc, po co poszliście z mistrzem Ulrykiem do alchemika?

Afra się zawahała. Była bliska wyjawienia biskupowi prawdziwego powodu tej wizyty. W końcu musiała liczyć się z tym, że Wilhelm von Diest i bez tego jest na tropie tajemnicy. Później jednak postanowiła postawić wszystko na jedną kartę i odpowiedziała:

— Mistrz Ulryk negocjował z alchemikiem cenę pewnego cudownego środka do budowy katedry. Podobno Rubald miał więcej takich cudownych środków. Ulryk był zainteresowany kupnem pewnej specjalnej tynktury, która w połączeniu z wodą miała prowadzić do szybszego schnięcia zaprawy, a poza tym podnosić jej wytrzymałość. Ale Rubald stawiał zbyt wysokie żądania, tak że interes nie doszedł do skutku.

Sama się zadziwiła, jak dobrze wypadło to kłamstwo. Cała ta historia brzmiała absolutnie wiarygodnie. Poza tym biskup Wilhelm nie sprawiał wrażenia, jakby wątpił w te słowa, co dodało jej szczególnej pewności siebie, toteż powiedziała:

— Aby wrócić do waszej propozycji, Eminencjo, dajcie mi jeden lub dwa dni. Jestem skłonna dzielić z wami łoże, nie jestem jednak ladacznicą, która dzisiaj sypia z jednym, a jutro z drugim. Nie byłoby dla was przyjemnością spółkowanie z kobietą, która zgadza się na wszystko. Muszę sama ze sobą dojść do ładu, jeśli rozumiecie, co mam na myśli.

Wilhelm von Diest zmrużył oczy, co bynajmniej nie uczyniło go poważniejszym. Afra już się zlękła, że zaraz się na nią rzuci. Ale on wbrew jej oczekiwaniom odpowiedział:

– Dobrze was rozumiem. Tak długo czekałem na tę chwilę, liczyłem miesiące i lata, nie będę się więc spierał o kilka godzin.

Mówiąc te słowa, długo i promiennym wzrokiem wpatrywał się w wiszący na ścianie obraz. Wreszcie odezwał się, nie odwracając oczu:

– Mam tylko nadzieję, że mogę dać wiarę waszym słowom i że nie pogrywacie sobie ze mną. Źle by się to dla was skończyło.

– Eminencjo, jak możecie tak myśleć!

Afra udawała oburzoną, chociaż w myślach już dawno zastanawiała się nad sposobem wydostania się z tej fatalnej sytuacji. Jej nadzieje zostały jednak gwałtownie zniweczone, gdy biskup, nadal pogrążony w widoku świętej Cecylii, zaczął ponownie mówić:

– Świetnie wiem, że nie jesteście niewinną dziewicą, którą uosabiacie na tym obrazie.

W przypływie ironii Afra cisnęła w jego stronę słowa:

– Tak, przyznaję, że spałam już z mężczyzną. Nie bylibyście zatem pierwszym.

Biskup rzucił Afrze karcące spojrzenie:

– Nie to mam na myśli. Zresztą dziewica w łóżku to coś obrzydliwego. – Wskazał palcem na obraz: – To malowidło co nieco zdradza.

– Na przykład?

– To, że jesteście dzieciobójczynią!

Słowa biskupa zabrzmiały w głowie Afry jak rozpryskujące się szkło. Myślała, że głowa jej pęknie. Poczuła, że serce jej stanęło. Zapomniała oddychać.

– A skąd to niby wiecie? – zapytała bezbarwnie.

Właściwie było jej wszystko jedno, skąd Wilhelm von Diest o tym wie. Decydujące było, że posiadł tajemnicę, którą ona do tej pory zatajała nawet przed Ulrykiem. Jak on by zareagował, gdyby się o tym dowiedział? Nie, tak naprawdę wcale nie chciała poznać źródeł wiedzy biskupa i najchętniej wycofałaby pytanie.

Ale biskup już odpowiadał:

– Tylko kilku alchemików, teologów i magistrów sztuk jest wtajemniczonych w arkana ikonografii. Zalicza się ona do nauk tajemnych, podobnie jak jatromatematyka, gałąź sztuki leczniczej, która skuteczność medykamentów ustala według godziny ich przygotowania i podania, albo nigromantia, która za zadanie postawiła sobie magiczne zaklinanie demonów. Nie studiowałem wprawdzie teologii, ale za to sztukę ikonografii w Pradze, gdzie mieszkają najznamienitsi artyści w tym fachu. Również Alto z Brabancji opanował tę umiejętność.

Afra słuchała wywodów biskupa jednym uchem. Podejrzewała, że Wilhelm von Diest wie wszystko, ale to absolutnie wszystko o niej i o jej godnej ubolewania przeszłości. Toteż naraz wylało się z niej jak potok górski:

– W moich młodych latach wykorzystał mnie starosta. W strachu i z wielkim trudem udało mi się zataić ciążę. Gdy zbliżył się czas porodu, poszłam do lasu i wydałam dziecko na świat. Będąc w opałach, włożyłam je do koszyka, który zawiesiłam na drzewie. Gdy nazajutrz poszłam zobaczyć, co się stało, koszyk zniknął. Czy wiecie coś więcej na ten temat? Powiedzcie mi prawdę.

Wilhelm von Diest potrząsnął głową.

– Wiecie, że nasze prawa karzą porzucenie dziecka śmiercią.

Jego głos brzmiał poważnie, niemal współczująco, czego trudno się było po tym człowieku w ogóle spodziewać.

Afra patrzyła nieruchomo przed siebie. Wydawało się, że jej myśli błądzą gdzieś daleko. Sama była zdziwiona, że nie jest zdolna do ani jednej łzy. Życie ją zahartowało bardziej, niż myślała.

– Jeśli wiecie coś więcej, powiedzcie to wreszcie – powtórzyła swoją prośbę.

— Nie wiem nic więcej ponad to, co Alto z Brabancji przekazuje na swoim obrazie. Widzicie tę białą wstążkę z kokardą powyżej łokcia świętej Cecylii?

Afra zwróciła się w stronę obrazu. Nie przypominała sobie, żeby kiedykolwiek, gdy pozowała malarzowi, nosiła taką wstążkę. Pamiętała jak przez mgłę, że kiedy Alto zachwycał się jej nieskazitelnym ciałem, opowiedziała mu o porodzie i o porzuceniu dziecka.

— Wstążka — powiedziała zdziwiona Afra. — Ozdoba, nic więcej.

— Ozdoba, oczywiście, dla zwykłego widza. Ale dla kogoś, kto zna się na ikonografii, oznacza to ni mniej, ni więcej, że ta kobieta zabiła swoje dziecko. Wybaczcie, że mówię to tak ostro. Myślałem początkowo, że ta wskazówka odnosi się do samej świętej Cecylii. Ale teologowie z kapituły katedralnej oświecili mnie w tym względzie. Cecylia była podobno tak niewinna, że odmówiła współżycia nawet swojemu młodemu małżonkowi Walerianowi. Zrozumiałem więc, że dzieciobójczynią musi być dziewczyna, która pozowała do postaci świętej Cecylii.

Afra obojętnie wyciągnęła w stronę biskupa ręce skrzyżowane w przegubach.

— Co to ma znaczyć?

— Z pewnością oddacie mnie w ręce siepaczy, co przecież jest waszą powinnością!

— Bzdura!

Wilhelm von Diest nieśmiało wziął Afrę w ramiona. Dziewczyna spodziewała się wszystkiego innego, tylko nie tego, pozwoliła więc na to bezwolnie.

— Gdzie nie ma oskarżyciela, nie ma też sędziego — powiedział biskup spokojnym głosem. — Mam tylko nadzieję, że nie opowiadaliście o tym nikomu poza Altem z Brabancji.

— Nie — odparła Afra równie smutno, co z uczuciem ulgi. Milczała w trwożliwym oczekiwaniu. Co jeszcze objawi jej przebiegły biskup? Nie zdziwiłaby się, gdyby w następnej chwili oznajmił, że wie o tajemniczym pergaminie, który ukryła w bibliotece klasztoru dominikanów. Ale do tego nie doszło.

Z kamiennych schodów dochodził przytłumiony łoskot bębnów i piszczałek, pomieszany z wyuzdanymi okrzykami rozkoszy ladacznic, które po nocnych hulankach zabawiały się z czcigodnymi przeorami i kanonikami, gdyż ci mogli być pewni zupełnego odpustu i łaski Najwyższego.

Afra i biskup stali przez chwilę niezdecydowani naprzeciw siebie. Dziewczyna była zbyt zmieszana, żeby jasno myśleć. Z jednej strony nie mogła potraktować biskupa szorstko, z drugiej zaś postanowiła sprzedać skórę jak najdrożej.

Jeszcze kiedy z opuszczonym wzrokiem usiadła na brzegu łóżka, myśląc o tym, co uczynić dalej, z korytarza dobiegł wzburzony krzyk: muzykanci natychmiast przestali grać. Przez zamknięte drzwi wdarł się głos kamerdynera:

– Niech nas Bóg ma w swojej opiece, Eminencjo!

– O tej porze nie należy wzywać Boga. Już dawno po północy i zaczyna świtać. Idź do diabła!

– Eminencjo, katedra!

Kamerdyner nie pozwolił się odprawić z kwitkiem.

Biskup kilkoma gwałtownymi krokami podszedł do wejścia, z wściekłością otworzył drzwi i schwycił kamerdynera za kołnierz. Zanim jednak zdołał wyrzucić z siebie przekleństwo, kamerdyner jął lamentować:

– Eminencjo, katedra się wali! Widziałem na własne oczy.

Biskup zamierzył się i spoliczkował ogłupiałego sługę. Ten skamlał jak zbity pies:

– Przecież wam mówię! Kanonik Hügelmann też to widział.

– Co w tym dziwnego? Żłopał za dwóch. A ty pewnie dopijałeś resztki z dzbanów!

— Na Przenajświętszą Panienkę, ani kropli. — Kamerdyner podniósł przy tym rękę do przysięgi. — Ani kropli!

Krzyki na klatce schodowej wzmagały się coraz bardziej. Głośno wzywano budowniczego katedr.

— Gdzie jest Ulryk? — zapytała Afra, dla której cała ta sprawa stawała się powoli niesamowita.

— Czemu mnie pytacie? — szepnął biskup w odpowiedzi. — Czy ja jestem stróżem architekta?

— Zniknął z waszą nałożnicą.

Wilhelm von Diest wzruszył ramionami. Wydawał się rozeźlony. Wreszcie podszedł do okna. Z placu katedralnego dobiegała wrzawa. Gdy biskup otworzył okno, usłyszał rozlegające się na placu wołania i komendy: „Tu!" i „Tam!" albo „Dawajcie tutaj!". Strażnicy miejscy z halabardami gotowymi do ataku biegli, tupiąc po bruku buciorami.

— Muszę znaleźć mistrza Ulryka — wyjąkała Afra, która potraktowała tę sytuację poważniej niż biskup.

— Zróbcie to więc, skoro nie możecie inaczej.

Nie żegnając się, Afra wstała, pognała w dół po schodach i przez salę bankietową. Na podłodze leżał brzuchem do góry kanonik w czerni, upojony winem i odurzony miłosnymi usługami ladacznic. Można było pomyśleć, że zasnął błogo w Panu, gdyby nie jego prawica, która szczęśliwa niczym ręka dziecięcia pluskała się w kałuży wina. Jakiś mnich, któremu w orgiastycznym tańcu zapodział się habit, zwisał śpiąc nad stołem, z twarzą schowaną w rękach niczym uczeń Pański na Górze Oliwnej. Reszta gości wyszła już z sali, aby zobaczyć, co się dzieje na placu katedralnym.

Na schodach Afra zaczęła wzywać Ulryka, kiedy jednak nie otrzymała odpowiedzi, pobiegła za innymi. Ciemne chmury pędziły po ołowianym niebie i chociaż znad równiny nadreńskiej nadciągał świt, trudno było połapać się w sytuacji. Mężczyźni ze smolnymi pochodniami ganiali pozornie bez celu tam i z powrotem. Ludzie w długich płaszczach z kapturami wykrzykiwali do siebie niezrozumiałe komendy. Kobiety piszczały histerycznie, że ukazał się im diabeł wcielony, inne wzywały egzorcystę. Od strony katedry niosły się przez plac wołania o mistrza Ulryka.

Drzwi głównego portalu, zazwyczaj jeszcze zamknięte o tej porze, dzisiaj były otwarte na oścież. Żebracy i włóczędzy, którzy spędzili noc na schodach katedry, wzięli – oprócz jednego – nogi za pas ze strachu, że ktoś mógłby ich obarczyć winą za te niezwykłe wypadki.

– Co się stało? – fuknęła Afra na włóczęgę, który został na schodach.

Najprawdopodobniej jego młody wiek sprawił, że był mniej bojaźliwy i nie widział powodu do ucieczki jak reszta kompanów. Z wejścia do świątyni sunął ponury, ciemny tuman pyłu, tak że żebrak najpierw się straszliwie rozkasłał, a dopiero potem odpowiedział na pytanie Afry.

– Było tuż po północy. Nagle usłyszałem osobliwe odgłosy dochodzące z katedry. Nigdy dotąd nie słyszałem takich dźwięków. Wydawało się, jakby kamienie młyńskie ocierały się o siebie. Mam mocny sen, ale to, co dochodziło z katedry do moich uszu, brzmiało tak niesamowicie, że myślałem, że to sam Belzebub próbuje wywrócić budowlę. Było nas dwunastu i budził się jeden po drugim. Większość obleciał strach. Pozbierali swoje węzełki i z głośnym krzykiem rzucili się do ucieczki. Gdy odgłosy stały się donośniejsze, a pierwsze odłamki kamieni zaczęły spadać na ziemię, również ja poczułem się nieswojo. Przytknąłem ucho do portalu, żeby posłuchać, czy nie dojdą mnie jakieś głosy, ale nic, tylko hałas kamieni spadających na ziemię. Naszły mnie myśli o końcu świata i zmartwychwstaniu nieboszczyków z grobów, jak to jest przedstawione w niektórych świątyniach. Niczym duch pojawił się nagle kościelny. Myślał, że nastąpiło trzęsienie ziemi i chciał sprawdzić, co się dzieje w katedrze. Gdy otworzył odrzwia, naszym oczom ukazał się upiorny widok...

Afra rzuciła włóczędze niedowierzające spojrzenie.
— Sami zobaczcie! — powiedział.
Z dwuskrzydłowego portalu głównego nadal wydostawał się tuman pyłu. Suchy kurz kładł się na płucach, a oczy zaczynały łzawić. Przez pomalowane na czerwono i niebiesko szyby wnikało do środka skąpe światło poranka. Niczym obce ciała z innego świata odłamki kamieni leżały rozproszone po katedrze, największe były wyższe i szersze niż łokieć. Pierwszy filar nieomal wisiał w powietrzu. Tuż u jego podstawy ziała głęboka dziura. Tylko cienki kawałek muru dźwigał cały jego ciężar. Cud, że się nie zawalił.
Afra trwożliwie podniosła oczy ku pajęczej sieci sklepienia krzyżowo-żebrowego. Tam, w samym środku, ziała ogromna dziura. Części zwornika, który je zamykał, leżały rozrzucone na ziemi. „Na Przenajświętszą Panienkę i wszystkich świętych, co to miało znaczyć?"
Afra się odwróciła. Nie miała czym oddychać. Mijając ciekawskich, którzy pchali się do środka, wybiegła na zewnątrz, gdzie wpadła na Hügelmanna von Finstingena, dziekana kapituły.
— Wielki Boże! — zawołał bełkotliwie. — Gdzie się podziewa mistrz Ulryk?
— Nie wiem — odpowiedziała wzburzona dziewczyna.
— Sami przecież wiecie, że podobnie jak wy był na przyjęciu u biskupa. I nagle gdzieś zniknął.
Nie zdążyła powiedzieć nic więcej, gdyż w tej samej chwili z platformy nad głównym portalem, gdzie wieża wystrzelała w niebo, spadł ogromny głaz i rozprysnął się niedaleko niej. Również Hügelmann znieruchomiał z przerażenia. Zmrużywszy oczy, spoglądał trwożliwie w górę:
— Tam!
Kanonik przebił palcem powietrze. Jakiś zakapturzony człowiek przemykał wzdłuż poręczy. Również inni go zobaczyli.

– Człowiek w kapturze! – wołał jeden przez drugiego.

– Łapać go!

Horda silnych mężczyzn pospieszyła z portalu na boczne kamienne schody, które prowadziły zakrętami na górę, na platformę. Korpulentny kanonik puścił ich przodem. Sam zaś, ciężko dysząc, człapał za nimi. Dotarłszy na górę, z trudem chwytał powietrze:

– Macie tego drania? – zawołał zdyszany.

Młodzieńcy, z których żaden nie miał więcej niż osiemnaście lat, uzbroili się w łaty dachowe, które wpadły im w ręce w drodze na platformę. Przeszukali każdy zakątek, ale po zakapturzonym człowieku nie było ani śladu.

– A przecież widziałem go na własne oczy! – zapewniał kanonik.

– Ja też! – potwierdził zdecydowanie młodzieniec z długimi czarnymi włosami.

– Nie mógł się chyba rozpłynąć w powietrzu.

Rozczarowany Hügelmann von Finstingen spojrzał w dół. Mimo że na platformę zawitał już dzień, wielki plac w głębi spoczywał jeszcze w mroku.

– Tam jest! – zawołał nagle kanonik.

Mężczyźni podbiegli do balustrady: jakiś człowiek w rozwianym płaszczu z kapturem biegł przez plac w kierunku południowym.

– Zatrzymajcie go!

– Człowiek w kapturze.

– Pojmać go!

Wprawdzie te wołania docierały do placu katedralnego, ale ogłupiali ludzie patrzyli w górę, nie rozumiejąc słów w całym tym chaosie i zdenerwowaniu. Tak więc zakapturzonemu człowiekowi udało się bez przeszkód zniknąć w bocznej uliczce.

Tymczasem zrozpaczona Afra szukała Ulryka. Nie znalazła go w pracowni, gdzie zazwyczaj panował pedantyczny porządek. Teraz wszystkie projekty i pergaminy leżały rozrzucone bezładnie, a szuflady i skrzynie były poprzewracane. Wyglądało to tak, jakby hordy azjatyckich jeźdźców splądrowały całe pomieszczenie.

Podnosząc ten i ów przedmiot i stawiając go na swoim miejscu, usiłowała uporządkować wydarzenia minionej nocy i tego wczesnego poranka, co wcale nie było łatwe. Zbyt dużo wydarzyło się rzeczy, które pozornie nie wiązały się ze sobą, a które przecież musiały pozostawać w jakimś określonym związku.

Nawet jeśli nie potrafiła powiedzieć z całą pewnością, jaki cel miał ten zamach na katedrę, wiele wskazywało na to, że pewni ludzie szukali czegoś w wyznaczonych miejscach świątyni. Czyż niedawno nie rozmawiała o tym z Ulrykiem? Dziwne tylko, że ci ludzie znali właśnie te miejsca, które rzekomo były przekazywaną z pokolenia na pokolenie, dobrze strzeżoną tajemnicą cechu budowniczych katedr.

Afra odruchowo pomyślała o Werinherze Botcie, który nadal miał wielu sprzymierzeńców. Jaki cel mógł mieć jednak on i jego ludzie? Wydawało się niewyobrażalne, żeby mistrz Werinher z nienawiści do Ulryka von Ensingena chciał zburzyć katedrę. Po co więc zakapturzeni ludzie przetrząsnęli całą pracownię? Równie mało prawdopodobne wydawało się to, że Werinher Bott mógłby mieć jakieś powiązania z osobnikami szukającymi tajemniczego pergaminu.

Najmniej przejrzystą rolę odgrywał tu niewątpliwie biskup Wilhelm von Diest. Wiedział po prostu o wszystkim i zdawało się, że słowo „tajemnica" jest mu całkowicie obce. Dominikanie, krwawe pachołki inkwizycji, mogli, jeśli chodzi o zakres ich wiedzy, uchodzić w porównaniu ze szpiegami biskupa za okazy niewiniątek. Zygmunt Luksemburski byłby w siódmym niebie, gdyby dysponował tego rodzaju zastępem szpiegów.

Tymczasem coraz więcej wzburzonych mieszczan cisnęło się do katedry. Zgromadzili się w nawie poprzecznej, gdzie nie było widać żadnych uszkodzeń. Brodaci starcy padali na kolana i wznosili ręce do nieba, myśląc, że nadszedł koniec świata, zagłada ludzkości, którą kaznodzieje pokutni wieszczyli od trzystu lat. Kobiety wyrywały sobie włosy i biły się w piersi ze strachu przed nadchodzącym Sądem Ostatecznym.

Jedynie stojący na platformie chłopcy, którzy dotąd na próżno szukali człowieka w kapturze, przedarli się teraz z dziką stanowczością przez rozmodlony, lamentujący tłum, wywijając łatami dachowymi i pałkami nad głowami gawiedzi. Jeden z nich wdrapał się na żelazną kratę zagradzającą drogę do ambony. Znalazłszy się na górze, zawołał:

– Tutaj! Tutaj!

Jego głos odbił się straszliwym echem od chóru.

Ludzie zgromadzeni w katedrze patrzyli oniemiali. Tam, skąd zazwyczaj głoszono im ewangelię, trwała właśnie gwałtowna walka. Niedorostek zdzielił pałką zakapturzonego człowieka, który ukrył się na ambonie. Nieznajomemu udało się odeprzeć pierwsze ciosy, po chwili doszło jednak do walki wręcz i młodzieniec zrzucił go w dół. Tłuste ciało uderzyło głucho o kamienną posadzkę. Człek nadaremnie próbował się podnieść, upadł, ale podjął następną próbę.

Tymczasem przybiegli pozostali rębacze.

– Zatłuczcie go na śmierć! – zagrzewali chłopców rozsierdzeni mieszczanie.

Trzech, czterech, pięciu z nich okładało kijami zakapturzonego człowieka, aż trysnęła krew, a on sam prawie przestał się ruszać.

– Niech Bóg się ulituje nad jego grzeszną duszą! – zawołała energicznym głosem młoda kobieta. Po czym zaczęła się raz po raz żegnać znakiem krzyża.

Dopiero gdy wokół mężczyzny w czarnej szacie powstała ciemna kałuża krwi, a on przestał wykazywać znaki życia, rębacze odstąpili od niego.

Całe to straszne zajście oglądało około stu ludzi. Wszyscy chcieli rzucić okiem na szubrawca. Rozlegające się jeszcze przed chwilą dzikie wrzaski ustąpiły teraz miejsca bogobojnej modlitwie i trwożliwemu pytaniu, czy istotnie zatłukli diabła.

Kanonik Hügelmann prężnie utorował sobie drogę wśród gapiów. Gdy ujrzał martwego człowieka w kapturze, zawołał purpurowy ze złości:

– Kto to był? Kto zabił tego człowieka w domu Pana?

– On chciał zburzyć naszą katedrę – bronił się młody siłacz, który zrzucił zakapturzonego mężczyznę z ambony.

– Zasłużył na śmierć.

– Tak jest, zasłużył na śmierć! – gorączkowali się ludzie, stojący dookoła. – Teraz przynajmniej nie wyrządzi już żadnej szkody. Mieliśmy czekać, żeby katedra się zawaliła? Chłopiec słusznie uczynił!

Hügelmann popatrzył w te rozwścieczone, przepełnione nienawiścią twarze i wolał zamilknąć. Uklęknął na prawe kolano. Bynajmniej nie z szacunku wobec zmarłego, tylko dlatego, że ze względu na tuszę była to dla niego jedyna możliwość dotknięcia człowieka w kapturze. Ostrożnie zdjął mu go z głowy. Ukazała się wykrzywiona z bólu twarz o szeroko otwartych ustach, z których trysnął strumień krwi.

Gdy Hügelmann odwrócił na bok roztrzaskaną głowę trupa, przez tłum przebiegł cichy okrzyk. Na potylicy było wyraźnie widać, że człowiek ten dawno temu nosił tonsurę. Koliście wygolone włosy, co jest typowe dla mnichów, zostawiają ślad na całe życie. Hügelmann potrząsnął głową.

– Panie Boże w niebiosach! – wymamrotał ledwie zrozumiale pod nosem. – Mnich, dlaczego akurat mnich?

Kanonik się zawahał. Wreszcie odsunął prawy rękaw płaszcza nieboszczyka. Na wewnętrznej stronie przedramienia ukazało się wypalone rozżarzonym stemplem znamię wielkości rozpostartej dłoni: krzyż, przez którego środek przechodziła poprzeczna belka.

– Tak też myślałem – szepnął kanonik pod nosem. A głośno, tak żeby wszyscy usłyszeli, dodał: – Tym człowiekiem zawładnął diabeł! Wynieście trupa, żeby swoją krwią nie bezcześcił dłużej domu Pana.

Wówczas kaznodzieja pokutny Elias, dominikanin udający się na poranną mszę, uznał, że nadeszła jego chwila. Bano się ostrego języka, którym piętnował grzeszność bliźnich. Niejeden uciekał przed jego kazaniami, nie mogąc znieść chłoszczących słów. Mnich szybko wszedł na ambonę i silnym głosem, jak to miał w zwyczaju, zaczął:

– O wy, wstrętni grzesznicy!

Zmieszani ludzie zgromadzeni w katedrze unieśli wysoko głowy.

Kaznodzieja pokutny wyciągnął ręce i oba palce wskazujące skierował na tłum gapiów:

– Wy, małoduszni, uważacie, że to diabeł maczał palce w zdarzeniach minionej nocy. O wy, małoduszni! Kto obrócił w proch Sodomę i Gomorę? Dwaj aniołowie. Kto utopił faraona w Morzu Czerwonym? Aniołowie Pańscy. *Ille puniebat rebelles* – każdy anioł ukarał wrogów. Kogo postawił Pan przed wejściem do raju i kogo wyposażył w płonący miecz? Anioła ognistego. O czym wnioskujemy z tych faktów? Że moce anielskie wielokrotnie przewyższają moce diabelskie. O wy, grzesznicy, diabeł w ogóle nie miałby siły zburzyć tej katedry. Skoro jednak istnieją znaki, że ta budowla ma się zapaść jak niegdyś mury Jerycha, dzieje się to zgodnie z wolą Najwyższego, który wysyła swoich aniołów, by obalili to dzieło ludzkich rąk.

Umilkł na chwilę, żeby jego słowa odniosły pożądany skutek.

– Dlaczego Pan nas tak doświadcza? – zapytacie wy, wstrętni grzesznicy. Zdradzę wam odpowiedź. Pan posłał swoich aniołów, aby głosili koniec świata. Aby dali znak do Sądu Ostatecznego, który jest bliższy, niż myślicie.

O wy, przeklęci grzesznicy!
O wy, przeklęci rozpustnicy!
O wy, przeklęci cudzołożnicy!
O wy, przeklęci mściciele!
O wy, przeklęte sknery!
O wy, przeklęte moczymordy!
O wy, przeklęte pyszałki!
Czyż nie słyszycie lamentów dusz potępionych? Płaczu i zgrzytania zębów piekielnych wilków? Straszliwego ryku tysiąca diabłów? Gorące, rozpalone płomienie piekielne przeżerają się przez ziemię, płomienie, wobec których wszelki ogień ziemski jest zaledwie chłodną rosą!

Słowa dominikanina padały z plaskiem na głowy słuchaczy jak mokre strzępki. Rozlegały się ciche skomlenia i szlochy. Tęgiej żonie jednego z zastępców burmistrza pot wystąpił na czoło i padła bez przytomności. Wystarczający powód dla kaznodziei pokutnego, żeby zaostrzyć ton swojej mowy.

– O wy, wstrętni grzesznicy! – ciągnął dalej. – Zapomnieliście, że śmierć w jednej chwili zabiera wszystko, co w trakcie waszego nędznego żywota miało jakiekolwiek znaczenie? Są tu najwyższe i najpiękniejsze budowle, którymi w mniejszym stopniu Najwyższemu, bardziej zaś sami sobie chcecie wystawić pomnik niczym bezbożni królowie Egipcjan. Są tu jaskrawe maski łaziebnych, którym to ladacznicom, gnani chęcią zaspokojenia cielesnych żądz, rzucacie więcej pieniędzy niż ubogim, których są nieprzebrane rzesze w waszym mieście.

Nic nie nadaje się lepiej do przezwyciężenia żądz cielesnych, niż to, żebyście zobaczyli, jak będzie wyglądać po śmierci obiekt waszej miłości. Jasne jak kryształ oczy, które zraniły niejedno serce, zaschną w swoim własnym śluzie. Purpurowe policzki, które obsypywaliście pożądliwymi pocałunkami, zapadną się i zaczną je nawiedzać robaki. Ręka, którą tak często ściskaliście, rozpadnie się na poszczególne kostki. Na falującej piersi, która przyprawiała was o drżenie, będą harcować ropuchy, pająki i karaluchy. Całe ciało waszej nałożnicy, które z rozkoszą tuczyliście, zgnije cuchnące w ziemi. *Nihil sic ad edomandum desiderium appetituum carnavalium valet.* Nic zatem nie będzie miało siły stłumić pożądliwości ciała, jak tylko to najprawdziwsze wyobrażenie.

W tłumie dały się słyszeć wołania: „O ja, wstrętny grzesznik!". Jakiś statecznie ubrany kupiec wyrzucił ręce ponad głowę. „Boże, przebacz mi moją mściwość!" – wołał inny. A pewna dziewica o bladym obliczu szeptała wysokim głosem: „Panie, pozbaw mnie wszelkiej cielesności!".

Kaznodzieja pokutny znów podjął swoją mowę:

– O wy, wstrętni grzesznicy. Sprawiedliwy Bóg, poruszony ohydnymi przywarami zdemoralizowanego świata, już nieraz zrzucał ogień z nieba, aby spalić grzeszników, którzy nie chcieli odbywać pokuty. *In cinere et cilicio* – w popiele i pokutnej szacie. A ponieważ wy nie jesteście skłonni okiełznać swojej wyniosłości, ponieważ pod płaszczykiem wiary chrześcijańskiej budujecie katedrę większą i wspanialszą od wszystkich innych, Bóg, nasz Pan, zesłał swoich aniołów, aby położyć kres temu dziełu i...

Nie dokończył tego zdania, gdy w południowej części nawy poprzecznej, na filarze ozdobionym figurami aniołów, dał się słyszeć jakiś niezgłębiony odgłos, jakiś syk, jakby delikatnie żeberkowana kolumna się rozpadała.

Przerażony kaznodzieja umilkł. I jak na komendę głowy słuchaczy zwróciły się w tę samą stronę. Jak urzeczeni wszyscy patrzyli na dmącego w tubę anioła w drugim rzędzie, wzywającego na Sąd Ostateczny. Pochylił się do przodu, niby ponaglany ręką jakiegoś ducha, i trwał tak przez chwilę, chcąc uchronić się przed upadkiem. A później, gdy ugiął się ścienny cokół dźwigający go bez mała dwieście lat, anioł runął na łeb na szyję i roztrzaskał się na ziemi na kilka części. Tuba, ręka, która ją trzymała, aureola i jedno skrzydło leżały rozrzucone na ziemi niczym szczątki potępionych w dzień Sądu Ostatecznego. Kiedy do ludzi zebranych w katedrze dotarło, co właśnie wydarzyło się na ich oczach, z krzykiem rzucili się do ucieczki.

– W katedrze szaleje diabeł! – Słyszało się wołania. – Strzeżcie się szatana!

Młody siłacz, który zrzucił z ambony zakapturzonego człowieka, chwycił trupa za nogi i zostawiając okropny ślad krwi, wywlókł go przez główny portal na zewnątrz.

Tam, nieco na uboczu, czekał w swoim wózku inwalidzkim Werinher Bott.

– To wszystko jest dziełem mistrza Ulryka! – zawołał do dziekana kapituły. – A gdzie on się w ogóle podziewa?

Hügelmann von Finstingen podszedł do kaleki:

– Zdaje mi się, że nie cierpicie mistrza Ulryka?

– Nie mylicie się, dostojny panie. To pyszałek, który zachowuje się tak, jakby wynalazł architekturę. – Werinher obserwował, jak siłacz wynosi trupa z katedry. – Co to wszystko ma znaczyć? – zapytał Hügelmanna.

– Horda zakapturzonych ludzi usiłowała dzisiaj rano zburzyć katedrę. Jeden z nich nie zdążył uciec. Wzburzeni mieszczanie go zatłukli.

– Tego tam?

Werinher wskazał głową na wynoszone zwłoki. Hügelmann skinął potakująco.

– Pozwólcie mi zgadnąć. To był Ulryk von Ensingen!

– Nonsens. Mistrzu Werinherze, do pewnego stopnia rozumiem wasze rozgoryczenie, ale nie macie prawa przypisywać całego zła Ulrykowi von Ensingenowi. Naprawdę myślicie, że mistrz Ulryk mógłby mieć interes w zburzeniu katedry?

– Zatem kto to jest? – zapytał Werinher, spoglądając na trupa leżącego przed portalem.

– Były mnich – odpowiedział Hügelmann – co daje mi do myślenia. Ale to zaledwie jeden z całej hordy, która grasowała tu dzisiaj w nocy. Na przedramieniu ma piętno, przekreślony krzyż.

– Zdradźcie mi znaczenie tego piętna!

– Nie wolno mi.

– Dlaczegóż to?

– Zalicza się ono do siedmiu razy siedem tajemnic kurii rzymskiej, których nie wolno zdradzić nikomu, kto nie otrzymał wyższych święceń.

– Wobec tego pozwólcie, że zgadnę, magistrze Hügelmannie. Przekreślony krzyż znaczy po prostu tyle, że napiętnowany człowiek zdradził swoją wiarę albo nie dotrzymał ślubów, jest to więc odszczepieniec albo ekskomunikowany mnich.

– Mistrzu Werinherze! – zawołał oburzony dziekan kapituły. – Skąd macie wiedzę na temat tego znaku?

Werinher starał się uśmiechnąć, co jednak słabo mu się udawało.

– Jestem wprawdzie kaleką, jeśli chodzi o moje nieruchome, sztywne członki, ale umysł funkcjonuje mi nadal całkiem normalnie. Również budowniczy katedr posługują się w swojej pracy znakami i symbolami. My jednak nie wypalamy znamion ani symboli na gołej skórze. Rzeźbimy je subtelnie w kamieniu. To bardziej eleganckie, a poza tym trwalsze.

Mówiąc te słowa, niepewnie spoglądał z boku na dziekana kapituły.

Hügelmann von Finstingen stał się nagle powściągliwy i odparł kwaśno:

– Co was to obchodzi?

Tłum wylewający się z katedry z każdą minutą coraz bardziej gęstniał. Jakiś parobek w łachmanach przygnał skądś ociągającego się osła. Powrozem spętano nogi martwego człowieka w kapturze i przytroczono je do zwierzęcia, które parobek uderzył. W orszaku tańczącej ekstatycznie, lamentującej i wybuchającej głośnymi skargami rzeszy ludzi osioł włókł trupa w stronę Schindbrücke nad rzeką Ill.

Mężczyźni i kobiety, a nawet dzieci, które w ogóle nie wiedziały, co się wokół nich dzieje, wszyscy miotali przekleństwa i złorzeczenia. W głębokim przekonaniu, że utłukli diabła we własnej osobie, pluli i sikali na zwłoki, z których stopniowo ściągali na bruku odzienie. Warcząc i skowycząc, psy wgryzały się w dyndające ręce trupa. Ta rozszalała procesja celebrowała śmierć Lucyfera niczym sumę w katedrze. W uliczkach, które motłoch przemierzał z łupem, z okien zwisały grona ludzi pragnących rzucić okiem na zamęczonego diabła. Wylęknione kobiety reagowały spazmatycznym śmiechem albo, gdy wleczono zwłoki obok ich domów, wypróżniały na nie zawartość nocników.

Dotarłszy do Schindbrücke, parobek zdjął martwemu człowiekowi w kapturze – albo lepiej: temu, co z niego zostało – pęta, oburącz podniósł trupa do pionu, a następnie wśród wesołych okrzyków tłumu, wrzucił go do rzeki Ill.

– Płyń do piekła, zakapturzony zbirze! – zawołał potężny mężczyzna ogolony na łyso, którego kanciaste, groteskowe ruchy sprawiały wrażenie ruchów mechanicznego człowieka, wyłudzającego na jarmarkach od ludzi pieniądze.

– Płyń do piekła, zakapturzony zbirze! – powtórzył motłoch setkami gardeł.

To straszliwe wołanie rozbrzmiewało przez wiele godzin na uliczkach Strasburga. Ludzie zachowywali się, jakby im rozum odebrało.

Do Afry niewiele z tego wszystkiego dotarło. Miała wystarczająco dużo własnych zmartwień, przede wszystkim jednak musiała uporać się z przeżyciami minionej nocy. Akurat gdy usiłowała zaprowadzić jakiś ład w pracowni architektonicznej, kiedy sortowała projekty i rachunki oraz odkładała na miejsce rzeczy, które walały się w nieładzie na ziemi, drzwi otworzyły się gwałtownie.

Właściwie spodziewała się Ulryka i wyjaśnienia jego długiej nieobecności, ale kiedy się odwróciła, spojrzała w szyderczo uśmiechniętą twarz mistrza Werinhera, którego lokaj wsunął na wózku do środka.

– Gdzie on jest? – zapytał bezwstydnie kaleka, nawet jej nie pozdrowiwszy.

– Jeśli macie na myśli mistrza Ulryka – odparła Afra chłodno – nie ma go tutaj.

– Widzę. I dlatego pytam, gdzie jest.

– Nie wiem. Ale nawet gdybym wiedziała, nie czułabym się zobowiązana do udzielenia wam informacji.

Na to *dictum* Werinher Bott złagodził swój wyzywający ton:

– Wybaczcie gwałtowność moich słów. Ale wydarzenia ostatniej nocy nie pozwalają na zachowanie spokoju. Czy słyszycie te wrzaski na placu katedralnym? Ludzie zachowują się jak opętani, myśląc, że to diabeł macza palce w tej grze.

– A co? Wy nie wierzycie w diabła, mistrzu Werinherze? Kto nie wierzy w diabła, grzeszy przeciw nakazom Kościoła, naszej Świętej Matki. Powinniście przecież o tym wiedzieć!

Sparaliżowany architekt pokręcił bezradnie głową i odparł:

– Tak, oczywiście. Ale nie idzie tutaj o wiarę w diabła, lecz o odpowiedź na pytanie, kto stoi za napadem na katedrę. Motłoch ma skłonność zbyt szybko obwiniać diabła o wszystko, czego się nie da wyjaśnić.

– Jeśli dobrze was rozumiem, nie wierzycie, że diabeł maczał palce w tym nieszczęściu?

Rozeźlony Werinher uniósł brwi.

– Ten diabeł, który nawiedził katedrę, miał z pewnością wykształcenie architektoniczne. Osobliwe jak na diabła, nie uważacie?

– Tak, z pewnością. Ale jak na to wpadliście?

– Przyjrzeliście się bliżej uszkodzeniom?

— Nie. To, co widziałam z daleka, wyglądało wystarczająco źle.

Werinher dał lokajowi znak głową, żeby przysunął wózek bliżej Afry. Wydawało się, że żywi podejrzenie, że jakiś niepożądany świadek mógłby podsłuchać tę rozmowę. Cicho powiedział:

— Ktokolwiek był zleceniodawcą tego dzieła zniszczenia, znał projekty budowlane i określone problemy architektoniczne, o których ludzie z zewnątrz nie mają pojęcia. — I bez wyraźnego związku zadał pytanie: — Czy znacie właściwie przeszłość mistrza Ulryka?

Afra rzuciła mistrzowi Werinherowi wściekłe spojrzenie.

— Co ma znaczyć to pytanie? Nie wiem, co macie na myśli? Najlepiej będzie, jak stąd odejdziecie!

Werinher nie pozwolił zbić się z tropu.

— Mam na myśli to — ciągnął — że Ulryk von Ensingen jest od was sporo starszy. Można zatem wątpić, czy zaznajomił was ze wszystkimi szczegółami swojego życia.

— Możecie być tego pewni, mistrzu Werinherze. Ulryk nie miał powodu zatajać przede mną swoich życiowych doświadczeń.

— Naprawdę jesteś tego pewna, pani?
— Naprawdę. Do czego właściwie zmierzacie?

Afra zaczęła stopniowo popadać w zwątpienie.

— Myślę, że człowiek nie rodzi się budowniczym katedr. Czy nie jest możliwe, że mistrz Ulryk, zanim zdecydował się budować katedry, robił coś zupełnie innego?

Ta przebiegła gadanina sparaliżowanego architekta w jednej chwili uświadomiła Afrze, że właściwie bardzo mało wie o przeszłości Ulryka. Oczywiście poznała go jako prawego, ale skrytego człowieka, który nie z każdym się zaprzyjaźniał. Co jednak wie o nim ponadto? To, co wynikało z odpowiedzi na niektóre jej pytania, ale nie było tego zbyt dużo. Czyżby pomyliła się co do Ulryka? Serce zaczęło jej bić jak szalone.

– A co takiego mógł zrobić? – spytała szorstko.

Werinher przekrzywił głowę i odpowiedział z bezwstydnym, szyderczym uśmiechem:

– Istnieje wiele możliwości. Może na przykład był kiedyś mnichem albo nawet kanonikiem kapituły katedralnej lub legatem papieskim, który z jakiegoś powodu złożył urząd.

– Ulryk? Śmiechu warte!

– Czy już kiedyś przyjrzeliście się bliżej jego prawemu przedramieniu?

„Nie tylko przedramieniu" – chciała odpowiedzieć Afra, ale sytuacja była zbyt poważna, tak że odpowiedź uwięzła jej w gardle. Jeśli bowiem miała być szczera, jeszcze nigdy nie widziała zbyt dokładnie przedramienia Ulryka. Zawsze nosił kitel z długimi rękawami. Jakie znaczenie miała temu przypisywać?

Afra zmierzyła Werinhera ponurym wzrokiem:

– Co ma znaczyć to niedorzeczne pytanie?

Werinher odpowiedział z wyższością:

– Nie ma głupich pytań, są raczej głupie odpowiedzi. To, co się stało w katedrze, nosi znamię loży odszczepieńców, związku mądrych ludzi, którzy postawili sobie za cel rozbicie Kościoła, naszej Świętej Matki. Przeważnie są to odszczepieńczy mnisi albo ekskomunikowani dostojnicy Kościoła, którzy zawarli pakt z diabłem. Są oni niezwykle niebezpieczni, bo ze względu na swoją przeszłość dysponują szczegółową wiedzą o wszystkich instytucjach kościelnych. Sieć ich powiązań sięga aż kurii rzymskiej. Powiadają nawet, że jeden z trzech papieży, którzy obecnie rządzą Kościołem, należy do loży odszczepieńców. Jeśli przyjrzeć się ich życiorysom, rzeczywiście nie wiadomo, którego za takiego uważać. W każdym razie wszyscy noszą na wewnętrznej stronie prawego przedramienia piętno – krzyż z poprzeczną belką.

– I sądzicie, że mistrz Ulryk ma takie piętno na przedramieniu?

Afra przycisnęła rękę do ust. Zbyt straszne wydało się jej wyobrażenie, że Werinher mógłby mieć rację. Przez jej głowę przemykało tysiąc myśli, które wprawiały ją w coraz większe pomieszanie.

Jaki powód miał Werinher Bott, żeby tak głęboko nienawidzić Ulryka von Ensingena? Zarówno na to pytanie, jak i na pytanie o przeszłość Ulryka Afra nie znalazła, niestety, odpowiedzi. Skąd pochodził, czym się zajmował przed budowaniem katedry w Ulm – to nigdy nie stanowiło przedmiotu ich rozmów. Ulryk von Ensingen pewnego dnia wkroczył po prostu w jej życie. A może to ona wkroczyła w jego życie? Sama nie znała dokładnej odpowiedzi.

„Pergamin!" Ta myśl uderzyła ją niczym błyskawica w czasie kotłującej się burzy. „Może Ulrykowi von Ensingenowi wcale nie zależało na niej, tylko na pergaminie?" Mój Boże, jaka też była naiwna! Nazbyt dobrze pamiętała pytanie zdenerwowanego architekta o pergamin, gdy pod osłoną nocy opuszczali Ulm. Dobrze chociaż, że Ulryk nie wie, w którym miejscu klasztornej biblioteki ukryła ten dokument.

Wpatrując się badawczo w Werinhera Botta, Afra po raz pierwszy dostrzegła na jego twarzy pewne oznaki szczerości. Ani śladu drwiny, ani śladu szyderczego uśmiechu, naraz zniknął nawet cynizm, który cechował rysy architekta. Nie wdając się w zarzuty wobec Ulryka, zadała sparaliżowanemu mężczyźnie pytanie:

– Mistrzu Werinherze, skąd właściwie wiecie tyle o loży odszczepieńców?

Werinher uśmiechnął się z wyższością, w ogóle niepasującą do jego sytuacji. Uśmiechnął się tym bezwstydnym, szerokim uśmiechem, do którego wszyscy przywykli i który mógł oznaczać wszystko albo nic. Uśmiechem przyprawiającym Afrę o wściekłość.

Bez namysłu, wiedziona instynktem, podeszła do mężczyzny w wózku i odsłoniła jego prawy rękaw. A potem odwróciła mu przedramię na zewnątrz. I wtedy ujrzała piętno – krzyż z poprzeczną belką. Zastygła w bezruchu.

– To wy jesteście… – wybąkała w końcu.

Werinher przytaknął niemo.

– Ale dlaczego…?

– Tak, należałem do loży odszczepieńców aż do dnia, gdy zostałem kaleką. Ale podobnie jak kaleka nie może piastować żadnego urzędu duchownego, tak też nie może być odszczepieńcem. Prawdopodobnie bym zawadzał. Ledwie uciekłem śmierci spod łopaty, a już jakiś nieznajomy zapukał w nocy do drzwi. Mój sługa otworzył i przyprowadził go do mnie. Nieznajomy miał na sobie ciemny płaszcz z kapturem, jak wszyscy odszczepieńcy, a jego głos brzmiał obco. Powiedział, że zgodnie z wolą Najwyższego nie mogę już należeć do loży odszczepieńców. Później bez słowa wsunął mi fiolkę do ust. Na odchodnym odwrócił się raz jeszcze i szepnął: „Wystarczy rozgryźć, mistrzu Werinherze!". Ale ja ją wyplułem i ukryłem w kaftanie. Od tej pory ciągle noszę ją ze sobą.

Stropiona Afra patrzyła na mężczyznę w wózku i po raz pierwszy mu współczuła. Jego hardość i cyniczne zachowanie nie dawały jej dotychczas najmniejszego po temu powodu. Zastanowiło ją, że Werinher Bott akurat jej powierza swoją tajemnicę.

– W każdym razie dziękuję wam, że wtajemniczyliście mnie w tę sprawę – powiedziała głosem, który zabrzmiał nieco bezsilnie.

Wtedy mistrz Werinher uśmiechnął się, ale był to całkiem inny uśmiech niż ten, który częstokroć widywała u tego kaleki: nie cyniczny czy urągliwy, lecz raczej zakłopotany.

– Może powinienem był milczeć – odezwał się po chwili, a później zawołał lokaja, który czekał za drzwiami.

Lokaj podszedł od tyłu do wózka. Werinher spoglądał nieruchomo przed siebie. Bez słowa opuścili pracownię.

Afra odetchnęła głęboko. Spotkanie z Werinherem wytrąciło ją z równowagi. Nie wiedziała, w co wierzyć. Czy Ulryk von Ensingen gra w jakąś złą grę? „Dlaczego – zastanawiała się – zaczęła nagle okazywać więcej zaufania mistrzowi Werinherowi niż Ulrykowi?" Była oszołomiona i opadły ją wątpliwości co do swojego rozumu. Kalekę zabrał inny lokaj niż ten, który go tu przywiózł, chociaż miał na sobie takie samo ubranie. Tego była całkiem pewna. Nie miała natomiast pewności, co to wszystko ma znaczyć. W ogóle była głęboko zaniepokojona. I po raz pierwszy zadała sobie pytanie, czy ona sama niepostrzeżenie nie stała się czasem pomocniczką sił zła, z którymi właściwie chciała walczyć.

Kiedy o tym rozmyślała, nie posuwając się w tych rozważaniach ani o krok do przodu, drzwi pracowni otworzyły się gwałtownie i do środka wkroczył Ulryk von Ensingen. Nie szedł prostym krokiem, tylko się zataczał. Włosy w nieładzie zwisały mu z czoła. Z politowania godnym wyrazem twarzy podszedł do Afry. Widać po nim było, jak bardzo się stara wyglądać na trzeźwego. Miał jeszcze na sobie ciemny odświętny strój, w którym wystąpił na orgii u biskupa, ale ubiór sprawiał wrażenie, jakby mistrz Ulryk tarzał się po rżysku.

Ten widok przyprawił Afrę o wściekłość. A ponieważ Ulryk nawet się nie odezwał, cisnęła w niego słowa:

– Dobrze, że przynajmniej nie zapomniałeś, jaki wykonujesz zawód!

Budowniczy katedr skinął głową. Ogłupiały rozejrzał się po pracowni. Nadal panował tu spory bałagan, ale wydawało się, że mniej mu on przeszkadza. Zapytał bowiem raczej obojętnie:

– Jaki dzień mamy dzisiaj?
– Piątek.
– Piątek? A kiedy było święto u biskupa?
– Wczoraj. Potem nastąpiła noc i cały dzień!

Ulryk skinął głową:

– Rozumiem.
Ta odpowiedź rozwścieczyła Afrę:
– Ale ja nie rozumiem! – krzyknęła oburzona i dotknięta do żywego. – Uważałam cię za przyzwoitego człowieka. A ty czepiasz się pierwszej lepszej spódniczki. Co ma w sobie ta sycylijska zdzira biskupa, czego ja nie mam? Powiedz mi. Chcę to wiedzieć!

Jak jakiś opryszek przyłapany przez siepaczy, Ulryk von Ensingen spokojnie pozwolił, żeby ta burza z piorunami przetoczyła się nad nim i wybrzmiała. Wreszcie usiadł na jednym z drewnianych krzeseł, wyciągnął nogi przed siebie i utkwił wzrok w spiczastych butach, bo prawy wyraźnie różnił się od lewego.

Afra natychmiast dostrzegła to okropieństwo.

– Pewnie w pośpiechu złapałeś obuwie biskupa? – zauważyła sarkastycznym tonem.

– Przykro mi – rzekł Ulryk słabym głosem. – Naprawdę bardzo mi przykro.

– Phi! – Afra odrzuciła głowę na kark. Jej duma była do głębi zraniona. – Czy ty w ogóle wiesz, co się działo, podczas gdy używałeś sobie z tą sycylijską przybłędą? Całe miasto jest wzburzone. Jacyś zakapturzeni ludzie usiłowali zburzyć katedrę.

– Ach, to stąd ten niepokój – powiedział Ulryk pogrążony w myślach.

Zmrużywszy oczy, Afra przyglądała się architektowi. Coś z nim było nie tak. Sprawiał wrażenie obojętnego, apatycznego, jakby to wszystko wcale go nie obchodziło.

– Nic z tego do mnie nie dotarło, naprawdę nic – powiedział cicho.

– Noc z tą dziwką musiała być bardzo wyczerpująca! – Afra zrobiła pauzę. A potem odezwała się z poważną miną:
– Ulryku!
Była bliska łez.

– Co? – zapytał mężczyzna.
Wtedy znów zaczęła krzyczeć:
– Tylko mi nie mów, że z tą tam… – wyciągnęła przy tym lewą rękę w stronę pałacu biskupiego – … odmawiałeś Anioł Pański albo różaniec czy też wyznanie wiary. Nie rozśmieszaj mnie!
– Wybacz. O niczym nie wiem. Nic nie pamiętam.
Afra podeszła tuż do Ulryka i ze ściągniętymi wargami powiedziała:
– To jest chyba najgłupsza wymówka, na jaką może sobie pozwolić mężczyzna. Jest ona niegodna męża twojego stanu. Wstydź się.
Nagle wydało się, że Ulryk obudził się z letargu. Wyprostował się na krześle i odparł donośnym głosem:
– Jest naprawdę tak, jak mówię. Ostatnia jasna myśl w mojej głowie to wspomnienie stołu biesiadnego u biskupa. Ktoś musiał wsypać mi jakiegoś eliksiru do wina…
– Bzdura! – przerwała mu Afra. – Szukasz tylko wymówki, bo parzyłeś się z tą Sycylijką. Dlaczego nie masz przynajmniej na tyle siły charakteru, żeby się do tego przyznać?
– Ponieważ nie jestem świadom żadnego haniebnego czynu!
Przyciskając dłonie do skroni, Afra zaczęła krzyczeć.
– Ach nie?! A może umiesz mi powiedzieć, jak wszedłeś w posiadanie tego prawego buta? Jest z bardzo delikatnej skórki, w jakiej chadzają wyłącznie biskupi i książęta.
– Mówię przecież, że nie wiem. Ktoś musiał mnie odurzyć. Gdybyś mogła mi uwierzyć!
– Płakać mi się chce!
Afra nadal stała tuż obok Ulryka. Naraz pewna myśl przemknęła jej przez głowę. Bez ostrzeżenia spróbowała podnieść prawy rękaw szaty architekta.
On jednak spojrzał na nią zdziwiony i cofnął rękę.
– Co to ma znaczyć? – krzyknął rozgniewany.

Nie odpowiedziała. Odwróciła się z wściekłością i poszła ku wyjściu.

Gdy ciężkie drzwi zamknęły się z hukiem, budowniczy katedr się wzdrygnął, jakby trafiło go uderzenie biczem. Później ukrył twarz w dłoniach.

Afra zastanawiała się, w jaki sposób bronić się przed mrocznymi myślami napływającymi do niej ze wszystkich stron. Już zmierzchało, ale to nie przeszkadzało ludziom przyłączyć się do niesamowitej procesji, która jak niekończący się robak wiła się wokół katedry.

Wieść, że diabeł usiłował zburzyć świątynię, wywabiła ludzi z domów. Uzbrojeni w pochodnie i krzyże, mające bronić ich przed szatanem, wyglądali go na uliczkach, które z czterech stron świata biegły ku katedrze. Kiedy jednak zamiast tego Niewymownego odkrywali tylko kanoników, mnichów i klechy, egzorcystów i ochlapusów, którzy nie unikali żadnych widowisk, zbierali się na odwagę i jeden za drugim zaczynali przyłączać się do tego stada.

Pobożne modlitwy poszczególnych osób ginęły w łacińskiej litanii, którą odklepywali członkowie kapituły katedralnej. Ich monotonne śpiewanie zagłuszał tylko skrzekliwy głos egzorcysty, który wywijając krzyżem trzymanym w lewej dłoni, a kropidłem ściskanym w prawej, kropiąc święconą wodą zbezczeszczoną budowlę, powtarzał raz po raz następujące słowa:

— Wynijdź, szatanie, z tego domu bożego i zanurz się ponownie w piekielnych otchłaniach!

Wtórowało mu mnóstwo psów towarzyszących procesji.

Mimo że zapadła noc, cała ludność Strasburga była na nogach. Nawet lud żebraczy zza bram miejskich przyłączył się do pochodu, chociaż nie znał bliższych okoliczności. Zdarzyło się nawet tak, że czcigodni panowie z kapituły katedralnej, którzy właściwie przewodzili procesji, byli teraz prowadzeni przez kaleki i łachmaniarzy, ponieważ wąż procesyjny ugryzł się we własny ogon.

Śpiewanie litanii i modlitw, które odbijały się echem od ścian domów, oraz dymiące pochodnie smolne rzucające niekiedy dziwaczne cienie, tworzyły upiorną atmosferę. Nigdy, nawet w dzieciństwie, Afra nie wierzyła w istnienie diabła. Teraz jednak opadły ją wątpliwości. Wciśnięta w wąską szczelinę między murami przeciwpożarowymi dwóch domów naprzeciw portalu katedry, śledziła straszliwe wydarzenia. Ledwie oddychała ze względu na odór biorący się stąd, że ludzie załatwiali swoje potrzeby naturalne w przejściach między domami. Przed samym portalem, nawet nie w odległości rzutu kamieniem i bez lokaja, siedział w wózku mistrz Werinher, obserwując czujnym wzrokiem całą procesję.

Afra poczuła lęk. Dogonił ją ów strach, przed którym, jak myślała, udało się jej uciec. Tylko na krótko wrócił jej spokój duszy, gdy się zakochała – po raz pierwszy w swoim niespokojnym życiu. Ale teraz miała wątpliwości, czy nie została oszukana przez mężczyznę, który podstępem sprawił, że za nim podążyła.

Ze ściśniętym gardłem wyszła z kryjówki naprzeciw katedry i udała się do domu przy Bruderhofgasse. Po drodze nie spotkała żywej duszy. Wszystkie ulice wydawały się wymarłe. W domu zaryglowała drzwi od środka. Powzięła mocne postanowienie, że nie otworzy nikomu – nawet Ulrykowi, gdyby wrócił.

Noc spędziła w półśnie, w ogóle się nie rozbierając. Wsłuchiwała się w każdy odgłos. Myśli i senne marzenia zmieszały się ze sobą tak, że gdy zaczęło szarzeć, nie potrafiła odróżnić przywidzeń od rzeczywistości.

Rano zjadła kromkę suchego chleba i wypiła kubek zimnego mleka. Od czasu biesiady u biskupa nie miała nic w ustach. Gnana osobliwym niepokojem, wyszła z domu i udała się do katedry. Zaczęło mżyć i w uliczkach wiał nieprzyjemny wiatr. Panująca wszędzie cisza sprawiała jednak niesamowite wrażenie. Nie było widać nawet psów i świń, które kiedy indziej o każdej porze dnia i nocy włóczyły się po ulicach.

Plac katedralny ział pustką. Tam, gdzie poprzedniego wieczoru wielotysięczny tłum w gorączkowej ekstazie oblegał katedrę, dzisiaj nie było widać żywej duszy. Przechodząc obok głównego portalu, Afra kierowała się już w stronę pracowni architekta, gdy kątem oka dostrzegła siedzącą postać.

– Mistrzu Werinherze! – zawołała wzburzona dziewczyna.

Werinher patrzył obojętnie ponad placem katedralnym w stronę, z której nadchodziła Afra. Ale udawał, że jej nie widzi. Nawet kiedy znalazła się bliżej, w ogóle się do niej nie odwrócił.

– Mistrzu Werinherze! – zaczęła Afra od nowa. – Nie musicie się bać, że zdradzę cokolwiek z tego, co mi zawierzyliście. Mistrzu Werinherze!

Afra położyła kalece rękę na ramieniu, gdy poczuła jakiś ruch. Sztywne ciało sparaliżowanego mężczyzny jakby się wyprostowało, ale było to tylko złudzenie. W rzeczywistości bowiem siedząca postać pochyliła się tylko do przodu. Afra odskoczyła na bok. A Werinher Bott niczym posąg runął głową na bruk.

– Mistrzu... – Afra wydała z siebie stłumiony okrzyk.

Przez kilka niekończących się chwil gapiła się z szeroko rozwartymi oczami na tego pożałowania godnego człowieka, który z podwiniętymi nogami i rękami leżał przed nią na ziemi. Oczy i usta miał otwarte. Nie było wątpliwości: mistrz Werinher Bott nie żył.

Afra uklękła, aby przyjrzeć się bliżej jego twarzy. I wtedy poczyniła straszne odkrycie. Między policzkiem a językiem tkwiła rozbita szklana rurka, maleńka fiolka.

Dziewczynie przemknęło przez głowę, że jest to ta fiolka, o której opowiadał jej Werinher. Ale już w następnej chwili pomyślała: „Werinher Bott był sparaliżowany, w żaden sposób więc nie mógł sam włożyć sobie do ust tej śmiercionośnej ampułki". Chciała uciec, wszystko jedno dokąd, byle jak najdalej stąd, gdzie nikt jej nie zna i gdzie nikt nie będzie jej już łączył z wszystkimi tymi zajściami. Ale coś ją powstrzymało. Zaczęła płakać. Były to łzy bezsilności. Jakby obraz przed jej wilgotnymi oczami nie był wystarczająco osobliwy, dziwaczna pozycja zwłok czyniła tę scenę jeszcze bardziej groteskową. Zrozpaczona dziewczyna podniosła wzrok.

Stał przed nią Ulryk.

Zapewne obserwował ją już dobrą chwilę. W każdym razie wydawało się, że w ogóle nie jest zdenerwowany i daleko mu do współczucia dla zmarłego Werinhera Botta. Zaciekawiony, ale obojętny skrzyżował ręce na plecach.

– Patrz! – powiedziała Afra, wskazując na rozbitą fiolkę w otwartych ustach Werinhera. – Nosił ją ciągle przy sobie. Sam mi to powiedział. Ale przecież nie mógł zadać sobie śmierci własną ręką.

Ulryk zrobił ponurą minę.

– Co miałaś z nim wspólnego, że ci się z tego zwierzył?

Afra nadal wpatrywała się w martwego Werinhera i nie odpowiedziała na pytanie.

Po krótkim milczeniu Ulryk von Ensingen ponownie się odezwał. I nagle bez jakiegokolwiek związku zadał pytanie:

– Gdzie jest pergamin?

„Pergamin!" Afra rzuciła architektowi podejrzliwe spojrzenie. Usiłowała odtworzyć tok myśli, który w tej sytuacji doprowadził Ulryka do postawienia tego pytania: Na widok zwłok Werinhera jego przeciwnik, Ulryk von Ensingen, spytał o pergamin. Chociaż jednak bardzo intensywnie się nad tym zastanawiała, w tak krótkim czasie nie przyszło jej do głowy żadne wyjaśnienie. Wreszcie odpowiedziała, jąkając się:

– Pergamin? Tam, gdzie zawsze! Dlaczego pytasz?

Ulryk wzruszył ramionami i speszony odwrócił wzrok. Po twarzy architekta przebiegł chytry uśmieszek, który jednak natychmiast zniknął, gdy poczuł na sobie badawcze spojrzenie Afry.

– Szukali go we wszystkich możliwych miejscach w katedrze, dokładnie tam, gdzie według dawnej tradycji budowniczych katedr zamurowuje się przedmioty czyniące cuda, żywe zwierzęta i ważne dokumenty. Kierując się zawsze liczbą „siedem": siedem łokci od dołu, siedem łokci od następnego rogu.

Kiedy to mówił, Afra nie spuszczała go z oka. Krytycznie obserwowała każde poruszenie na jego twarzy w nadziei, że z zachowania Ulryka zdoła wyciągnąć jakieś wnioski. Dla niej sprawa była jasna: Ulryk gra nieszczerze.

– W każdym razie jesteś w ogromnym niebezpieczeństwie! – dodał nieoczekiwanie.

Ta uwaga wzmogła niepokój Afry. „Przypuszczalnie – pomyślała – Ulryk chce w ten sposób zapędzić ją w kozi róg, żeby oddała mu pergamin. Kto wie, może istotnie jest on wart majątek?"

Patrzyła nieruchomym wzrokiem na budowniczego katedr. Jakże obcy stał się jej ten mężczyzna! Jedno wiedziała z całą pewnością: on wie więcej, niż wyjawia. To znak, że nadużył jej zaufania. Jeszcze kilka dni temu nigdy by nie uwierzyła w to, że jest do tego zdolny.

Tymczasem na placu przed katedrą nastąpiło pewne ożywienie, gdyż Hügelmann von Finstingen, kierownik kapituły katedralnej, przeszedł spiesznie w towarzystwie burmistrza Michela Mansfelda i pisarza miejskiego. Patrząc podejrzliwie, mieszczanie wylegali z bocznych uliczek.

– Przecież to Werinher Bott, sparaliżowany budowniczy katedr! – zawołał Hügelmann już z daleka. – Co się stało?

– Nie żyje – odpowiedział chłodno mistrz Ulryk. – Jak się zdaje, został zamordowany.

Burmistrz się przeżegnał:

– Kto mógł zrobić coś takiego? Zamordować sparaliżowanego kalekę!

Podczas gdy Hügelmann i burmistrz ładowali zastygłe ciało architekta na wózek, dookoła nich zaczęło się gromadzić coraz więcej ludzi. Werinher Bott ofiarą mordercy? W jednej chwili wybuchła zażarta dyskusja o okropieństwie tej zbrodni.

Większość ludzi łączyła ów czyn z zakapturzonymi osobnikami, którzy usiłowali zburzyć katedrę. Aż Hügelmann, przełożony kapituły katedralnej, nagle spośród gapiów skierował pytanie do Ulryka:

– Mistrzu Ulryku, czy to prawda, co opowiadają ludzie? Ponoć byliście z mistrzem Werinherem wrogo do siebie nastawieni?

Oczy wszystkich skierowały się na Ulryka von Ensingena.

Afra poczuła zimny strach pełznący jej po plecach w górę. Odwróciła się jak odurzona i zniknęła w tłumie.

7.
Księgi, nic oprócz ksiąg

Afra czuła się osamotniona i zostawiona samej sobie. Od wielu dni nie miała żadnych wieści o Ulryku. Po sprzeczce na placu katedralnym nie wrócił już do domu. Podobno spędzał dzień i noc w pracowni. Jak więc powinna się zachować? Z jednej strony tęskniła do jego bliskości, z drugiej zaś zawładnęły nią nieufność i strach. W stanie samotności z wyboru, w jakim się znajdowała, wszystkie jej myśli krążyły wokół tajemniczego pergaminu i jego znaczenia. Uczucie, że Ulryk ją tylko wykorzystał, przyprawiało dziewczynę o wściekłość.

Nie mogło się jej pomieścić w głowie, że między Ulrykiem, pergaminem a zamordowaniem alchemika Rubalda, zakapturzonego człowieka i mistrza Werinhera istnieje jakikolwiek związek. Wszystko było zbyt niedorzeczne, zwłaszcza zaś to, że dotychczas jej samej udawało się ujść z życiem.

Całymi dniami dręczyło Afrę pytanie, jakie motywy powodowały jej ojcem, że naraził ją na takie niebezpieczeństwa. Im bardziej jednak próbowała zgłębić pamięcią spędzone z nim chwile, tym bardziej mgliste stawały się jej wspomnienia.

Świat jawił się jako ponury i zagadkowy – a może ona to sobie po prostu wmawiała? Błądząc bez celu po Strasburgu, Afra za każdym murem, za każdym drzewem i w każdej furmance jadącej w jej stronę spodziewała się zbira. Wzdrygała się, słysząc krzyki bawiących się dzieci, również parobek z workiem na plecach albo mnich w czarnym habicie zbliżający się od tyłu przyprawiali ją o dreszcze.

Podczas jednej z tych niezrozumiałych włóczęg po mieście Afra zaczęła wędrować na południe. Jakby ją ktoś gonił, przeszła przy kościele świętego Tomasza przez most na rzece Ill, bez celu pobiegła kawałek w dół rzeki, aż wreszcie na gościńcu skręciła na wschód w kierunku nadreńskich łąk.

Rozległy krajobraz podziałał uspokajająco. Dziewczyna usiadła na grubym, spróchniałym drzewie, które powaliła ostatnia jesienna burza. Z wilgotnych traw unosił się odór zgnilizny, a w oddali przetaczały się przelotne pasma mgły. Zasłaniały one widok na swego rodzaju twierdzę – otoczony murem bastion z dzwonnicą zamiast wieży obronnej. Budowla przypominała położone na uboczu, umocnione klasztory, które Afra poznała już dawniej w okolicach Wirtembergii.

Myśl o tym, aby bezimiennie zaszyć się w klasztorze, aż wszystko porośnie trawą, nie wydała się jej niedorzeczna. Co w końcu miała do stracenia? Powrót do Ulryka był w tym momencie nie do pomyślenia. Niepewność dotycząca przyszłości i niejasne zamiary architekta napawały ją lękiem. Ślepo oddała się Ulrykowi, zdała się na jego łaskę i niełaskę. I nawet przez chwilę nie pomyślała o tym, że on użyje jej wyłącznie jako środka do osiągnięcia celu.

Odpocząwszy nieco, gnana ciekawością Afra skierowała kroki ku twierdzy. Im bliżej jednak podchodziła, tym dziwniejszy wydawał się jej ten bastion. Osada wyglądała na wymarłą. Ani na drodze, ani przed bramą wejściową nie było żywej duszy. Okna widoczne powyżej muru otaczającego całość zabudowań były zamknięte. Na zewnątrz nie przedostawał się żaden dźwięk.

Potężna drewniana furta sprawiała wrażenie, jakby od wielu tygodni nikt jej nie otwierał. Wąskie drzwi, przez które ponadto można było przejść tylko w przygarbieniu, prowadziły do nisko sklepionego pomieszczenia z następnymi drzwiami i zamkniętym oknem po prawej stronie. Obok znajdował się żelazny pręt. Gdy Afra za niego pociągnęła, gdzieś rozległ się dźwięk dzwonka. Czekała niezdecydowana, czy coś się wydarzy.

Nie trwało długo, gdy w końcu usłyszała dochodzący z wnętrza trzask. Wreszcie otworzyło się okno. Afra przestraszyła się śmiertelnie. Sama nie wiedziała, czego właściwie się spodziewa. Może brodatego mnicha albo zatroskanej zakonnicy, nawet uzbrojony lancknecht nie napędziłby jej takiego stracha, jak postać, która ukazała się w otwartym oknie: homunkulus, karykatura człowieka, łysy mężczyzna z balonowatą głową, z jednym okiem na czole, a drugim na policzku; nos był zaledwie zgrubiałą chrząstką. Tylko usta z wydętymi, wilgotnymi wargami wydawały się człowiecze i nienaturalnie się do niej uśmiechały.

– Chyba pomyliliście adres – powiedział homunkulus niskim, gulgoczącym głosem.

Wychylił się z okna, aby zobaczyć, czy dziewczynie towarzyszy jeszcze jakiś inny gość.

Zatrwożona Afra cofnęła się o krok.

– Gdzie ja jestem? – wyjąkała bezradnie i spojrzała na wyraźnie zaznaczony garb karła.

Wychylając się za balustradę okna, homunkulus zmierzył Afrę od stóp do głów. A robił przy tym takie miny, jakby ten widok sprawiał mu ból.

– *Sankt Trinitatis* – zagulgotał gardłowo i ponownie przybrał tajemniczy uśmiech.

– A więc klasztor Trójcy Przenajświętszej!

– Jeśli tak chcecie go nazwać. – Rękawem zwykłego fartucha garbus wytarł sobie nos, z którego mu ciekło. – Inni mówią o domu wariatów. Ale oczywiście nie są tak szlachetnie urodzeni jak wy, panienko.

„Dom dla obłąkanych, o którym opowiadał jednoręki bibliotekarz Jakub Luscinius – przemknęło Afrze przez myśl.
– Mój Boże!" Już chciała się odwrócić i zniknąć bez słowa, gdy ów godny pożałowania człowieczek zadał jej pytanie:
– Czego szukacie, panienko? Trzeba wam wiedzieć, że rzadko ktoś tu zagląda. A już z pewnością nie samotnie. Kto by dobrowolnie odwiedzał dom wariatów?!
Podczas gdy mówił, wisząca na sznurze na jego piersi drewniana kołatka klekotała głucho.
– Każdy z nas nosi coś takiego – powiedział furtian, spostrzegłszy pytające spojrzenie Afry. – Żeby strażnicy słyszeli, gdy ktoś zbliża się do nich od tyłu. Niektórzy jednak nauczyli się unosić w powietrzu jak aniołowie. Prawie ich nie słychać. – Zaśmiał się kilkakrotnie, wypychając powietrze przez okaleczony otwór nosowy. – Kogo więc chcecie odwiedzić, panienko?
– Podobno przebywa tutaj bibliotekarz z klasztoru dominikanów – powiedziała Afra, podążając za nagłym impulsem.
– Ach, ten geniusz! Oczywiście, że jest tutaj. To znaczy, jeśli akurat nie buja gdzieś w obłokach.
– W obłokach?
– Tak, owszem. Musicie wiedzieć, że brat Dominik jest nie z tego świata. Przeważnie błądzi myślami gdzieś daleko. Bywa wśród filozofów starożytnej Grecji albo wśród egipskich bogów. Często całymi godzinami recytuje antyczne dramaty i eposy w językach, których nikt nie rozumie. Dlatego nazywamy go geniuszem.
– Mówicie, że on wcale nie jest wariatem?
– Brat Dominik? Bo pęknę ze śmiechu! Prawdopodobnie ma w głowie więcej niż cała kapituła katedralna. Poza tym wśród wariatów jest więcej mędrców niż wariatów wśród mędrców. Brat Dominik po prostu wszystko wie.
– Muszę z nim rozmawiać! – powiedziała nagle Afra.

— Czy jesteście jego krewną, panienko?
— Nie.
— W takim razie nie widzę możliwości...
— A to dlaczego?
— Widzicie te drzwi, panienko? Każdy, za kim te drzwi się zamkną, na zawsze żegna się ze światem, z którego wy przybywacie. Rozumiecie? My wszyscy tutaj jesteśmy wyrzutkami: kalekami, przewlekle chorymi, heretykami, szaleńcami — ludźmi, którzy urągają wizerunkowi Pana Boga. Spójrzcie na mnie. Ktoś o mojej powierzchowności w sam raz się nadaje, żeby postawić na głowie Stary Testament. Tam Bóg mówi: „Stworzę człowieka na swoje podobieństwo". Teraz mniej więcej wiecie, panienko, jak wygląda Bóg.
Kaleki furtian kokieteryjnie przekrzywił głowę i ujął się pod boki.
— Muszę rozmawiać z bratem Dominikiem! — nalegała Afra. — Skoro jest taki mądry, jak mówicie, to może przyjdzie mi z pomocą.
Szerokimi ustami homunkulus zachichotał gardłowo. Można było odnieść wrażenie, że rozpogodził się, uświadomiwszy sobie nagle swoją niezwykłą władzę.
— Ile byłoby to dla was warte? — zapytał niespodziewanie.
Afra była zdumiona.
— Chcecie pieniędzy?
— Pieniędzy? Na Przenajświętszą Panienkę, a co miałbym robić z pieniędzmi?
— Jesteście pierwszą osobą, która zadaje mi takie pytanie. Ale rozumiem, że niewiele możecie począć z pieniędzmi. Czego zatem żądacie?
Furtian jakby nie dosłyszał tego pytania.
— Kiedy mnisi odmawiają nonę, jestem jedynym strażnikiem. Nona trwa długo, nieraz całą godzinę. Mógłbym więc to całkiem spokojnie zrobić.
— Za jaką cenę?

– Pokażcie mi piersi, panienko. Wzgórki na waszej sukni zdradzają raj.
– Oszaleliście.
– Nie mówcie tak. Proszę was. Nie chcę nic więcej, raz tylko pragnąłbym dotknąć piersi kobiety. A potem będę gotów spełnić wszystkie wasze życzenia. Nawet jeśli mnie na tym przyłapią.

Pragnienie kaleki spadło na Afrę tak niespodziewanie, że przez jakiś czas nie wiedziała, co odpowiedzieć. Najpierw chciała wyzwać furtiana od zboczonych świntuchów i niegodziwych podglądaczy, ale w jego słowach było coś wzruszającego.

– Wyobrażam sobie, co teraz myślicie – ciągnął homunkulus. – Jest mi to jednak obojętne. Jeszcze nigdy nie widziałem tak pięknej kobiety jak wy, panienko. Bo i gdzie miałbym ją zobaczyć? Od drugiego roku życia mieszkam tutaj wśród samych mężczyzn. Dobrze, że w *Sankt Trinitatis* nie ma luster. Mogę się tylko domyślać, jak wyglądam. Całkiem niedawno wpadł mi w ręce modlitewnik jednego z mnichów. Oprócz pobożnych modlitw zawierał on miniatury ze Starego Testamentu. Wśród nich przedstawienie Adama i Ewy w raju. Wtedy zobaczyłem piersi Ewy. Nigdy wcześniej nie widziałem niczego tak podniecającego. Moje ciało drżało w miejscach, które do tej pory raczej lekceważyłem. Kiedy jednak mnich nakrył mnie ze swoim modlitewnikiem, wychłostał mnie, wyzwał od świntuchów i przepowiedział mi wieczne potępienie.

Afra badawczo spojrzała na mnicha:
– A jeśli się przed wami obnażę...
– ... wtedy spełnię wszystkie wasze życzenia, zrobię wszystko, co tylko leży w mojej mocy!
– To otwórzcie drzwi!

Kaleka zniknął za oknem i otworzył drzwi.
W niewielkiej izbie furtiana cuchnęło stęchlizną. Był

tam tylko prosty ciemny stół z drewna i kanciaste krzesło. Odpinając kołnierz sukni i zdejmując go, Afra nie spuszczała mnicha z oka. Jej piersi ukazały się niczym dojrzałe owoce. Dziewczyna nigdy by się nie spodziewała, że ta sytuacja tak ją podnieci.

Kaleka nieśmiało wyciągnął ku niej rękę. Ale nie odważył się jej dotknąć. Padł za to przed nią na kolana i złożył ręce jak do modlitwy.

Dziewczyna widziała, jak wargi mu drżą. Zrodziło się w niej nawet coś na kształt współczucia. Kilka chwil później podniosła wysoko suknię.

Furtian podniósł się i skłonił przed Afrą teatralnie niczym ksiądz na początku mszy. Oddychał ciężko i potrząsał głową, jakby nie chciał uwierzyć w to, co właśnie przeżył.

– Poczekajcie tutaj – powiedział wreszcie. – Zobaczę, czy nona już się zaczęła.

Gdy drzwi się zamknęły, Afra spostrzegła, że wewnątrz nie ma klamki. Chociaż jednak była uwięziona, nie odczuwała lęku. Naszły ją tylko wątpliwości, czy słusznie postępuje.

Jeszcze się nad tym zastanawiała, kiedy usłyszała zbliżające się kroki. Furtian wsunął głowę w drzwi.

– Chodźcie – powiedział cicho. – Droga wolna. Skoro wytrzymaliście mój widok, zniesiecie również to, co was teraz spotka.

„Oczywiście" – chciała odpowiedzieć, ale wolała milczeć.

Żadne z nich się nie odzywało. Afra w milczeniu podążała za kaleką pustym korytarzem, który kończył się na klatce schodowej. Schody ze startego kamienia z tufu wiodły stromymi zakrętami dwa piętra w górę. Stamtąd korytarz prowadził pod kątem prostym do poprzecznego traktu. Ciemne, strzeliste dwuskrzydłowe drzwi, do których wysoko umieszczonych klamek trzeba się było porządnie wyciągać, zagradzały wejście do długiej sali.

Gdy garbus otworzył prawe skrzydło drzwi, uderzyło ich cuchnące, ciepłe powietrze, jakby dobywało się z jakiejś obory. Po obu stronach sali znajdował się szereg drewnianych przegród. Na prymitywnych pryczach i stęchłej słomie marniały politowania godne postaci. Ludzie-potworki, jak furtian, i mężczyźni, którzy postradali rozum, wieszali się niczym zwierzęta na drewnianych prętach okratowań i gapili przed siebie. Niektórzy zaryczeli na widok wchodzącej dwójki osób. Stojące powietrze zaparło Afrze dech.

Z opuszczoną głową popatrywała z boku na furtiana.

– Chcieliście tego – powiedział, idąc. – Z pewnością przywykliście do innych zapachów.

Afra ledwie dyszała.

Podchodząc bliżej, usłyszała silny głos starca deklamującego jakiś łaciński tekst. Nie przestał recytować nawet wtedy, gdy Afra i garbus stanęli przed jego przegrodą, która, w przeciwieństwie do wszystkich innych, nie była zamknięta. Afra nie śmiała przerwać starcowi. Wyglądał niczym prorok. Gęste, kędzierzawe włosy połyskiwały siwizną, podobnie jego broda sięgająca mu do piersi i poruszająca się tam i z powrotem, kiedy mówił.

Gdy skończył, spojrzał przelotnie na Afrę i gwoli wyjaśnienia powiedział:

– Horacy, *Do muzy Melpomeny*.

Dziewczyna uprzejmie skinęła głową i zwracając się do garbusa, zapytała:

– Zechcielibyście zostawić nas na chwilę samych?

Furtian warknął coś pod nosem i zniknął.

Przez chwilę oboje stali bez słowa naprzeciw siebie, potem starzec spytał niechętnie:

– Czego chcecie? Nikogo nie wzywałem. Kim w ogóle jesteście?

– Mam na imię Afra i przybywam w szczególnej sprawie. Rozpowiadają o waszej niezwykłej mądrości. Mówią, że przeczytaliście wszystkie księgi z biblioteki dominikanów.

– Kto tak twierdzi?
Wydawało się, że starzec nagle okazał zainteresowanie.
– Jakub Luscinius, który przejął wasze zadanie.
– Nie znam. A co się tyczy mądrości... – Machnął ręką.
– Sokrates, jeden z największych mędrców, powiedział pod koniec życia: wiem, że nic nie wiem.
– Tak czy inaczej, jesteście bardzo oczytanym człowiekiem!
– Byłem, panienko, byłem. Proszę, oto Stary Testament, jedyne, co mi pozostawiono. Moje oczy też już tak dobrze nie widzą. Prawdopodobnie zamykają się na okropieństwa tego świata. Została mi tylko głowa albo lepiej to, co przeczytałem w dawnych latach. Ale mówię wyłącznie o sobie. Powiedzcie wreszcie, czego chcecie!

„Od czego tu zacząć?" Afra ślepo podążyła za nagłym impulsem w nadziei, że brat Dominik jej pomoże. Od samego początku nie wierzyła w to, że ten mędrzec oszalał. Teraz jej nieufność znalazła potwierdzenie. Może był po prostu zbyt mądry dla pozostałych mieszkańców klasztoru. Może wiedział więcej, niż pozwalała na to jego wiara. A może traktowali go jak heretyka, ponieważ z głowy recytował teksty pogańskich autorów, poetów, którzy hołdowali obcym bogom. Afra podziwiała obojętność, z jaką starzec znosił swój los.

– Bracie Dominiku, wiem, że zamknięto was tu niesłusznie – zaczęła, jąkając się.

Starzec machnął ręką.

– Skąd możecie to wiedzieć, panienko? Ale nawet gdybyście mieli rację, to w ciągu kilku spędzonych tu miesięcy człowiek upodabnia się do reszty mieszkańców. Nadal jednak nie odpowiedzieliście na moje pytanie.

– Bracie Dominiku – podjęła Afra wątek, lecz mówiła urywanym głosem – ojciec... zostawił mi... prastare pismo, którego znaczenie... stanowi dla mnie zagadkę...

– Cóż, skoro wy nie rozumiecie, o co w nim chodzi, jak ja miałbym to zrozumieć?!

- Tego dokumentu nie napisał mój ojciec. Wyszedł on spod pióra pewnego mnicha z klasztoru Monte Cassino.

Starzec nagle nastawił uszu i zapytał:

- Macie ten dokument przy sobie?
- Nie. Jest w tajemnym miejscu i nawet nie umiem powtórzyć wam tekstu. Mam jednak powód przypuszczać, że to jakiś zakazany dokument, na który pewni ludzie nastają jak diabeł na biedną duszę. Znajduje się w nim wzmianka, dotycząca CONSTITUTUM CONSTANTINI. Najwyraźniej idzie tu o jakiś sekretny układ. Nic więcej nie wiem.

Podczas gdy Afra mówiła, brata Dominika ogarnął widoczny niepokój. Spoglądał to na sufit, to na twarz Afry. Wreszcie z zakłopotaniem pogładził się po brodzie i po chwili namysłu spytał cicho:

- Powiedzieliście CONSTITUTUM CONSTANTINI?
- Tak jest napisane w pergaminie.
- I nie wiecie nic więcej?
- Nie, bracie Dominiku. To wszystko, co zapamiętałam z tego tekstu. Powiedzcie mi w końcu, co znaczy to CONSTITUTUM? Z pewnością wiecie coś więcej.

Starzec potrząsnął głową i zamilkł.

Afrze po prostu nie chciało się wierzyć, że ten mądry, stary mnich, którego wiedzy wszyscy się lękali, nigdy dotąd nie słyszał o CONSTITUTUM. Było jasne, że usiłował coś zataić.

Nagle, jakby chciał skierować rozmowę na inne tory, Dominik zapytał:

- Jak w ogóle się tu dostaliście? Czy ktoś wie, że tutaj jesteście?
- Tylko furtian. Musiałam mu się troszkę przypodobać. Powiedział, że podczas nony prawie nie istnieje niebezpieczeństwo, że ktoś mnie odkryje. Dlaczego jednak nie powiecie mi, bracie Dominiku, co wiecie?
- Biedaczysko – odparł mnich. – Jasny umysł w demonicznym ciele. Z nim jedynym mogę tutaj w ogóle rozmawiać.

– Bracie Dominiku, dlaczego nie powiecie mi, co wiecie? Głos Afry brzmiał błagalnie.

Drewniana kołatka zdradzała, że z drugiego końca sali zbliża się furtian.

– Jeśli mogę wam coś doradzić – powiedział jeszcze spieszniej starzec – weźcie ten pergamin i wrzućcie go do ognia. I nie mówcie nikomu, że kiedykolwiek go posiadaliście.

– Myślicie, że jest bezwartościowy?

– Bezwartościowy? – Mnich roześmiał się drwiąco. – Gdybyście przekazali ten pergamin papieżowi w Rzymie, przypuszczalnie obsypałby was złotem i szlachetnymi kamieniami, a poza tym podarowałby wam ziemie jak jakiejś królowej. Obawiam się tylko, że do tego nie dojdzie.

– A dlaczego nie, bracie Dominiku?

– Bo inni…

– Już czas, panienko! – furtian grubiańsko przerwał rozmowę. – Nona się kończy. Chodźcie!

Afra byłaby gotowa skoczyć garbusowi do gardła. Że też musiał wkroczyć akurat teraz, gdy mnichowi właśnie rozwiązał się język!

– Czy mogę odwiedzić was ponownie? – zapytała Dominika na pożegnanie.

– To nie miałoby sensu – odpowiedział starzec stanowczym głosem. – Już i tak zbyt dużo wam powiedziałem. Jeśli mogę wam dać radę: strzeżcie się zrobić kiedykolwiek użytek z tego pergaminu.

Garbus przytaknął skinieniem, jakby wiedział, o co idzie. A później wypchnął dziewczynę z drewnianej przegrody. Oboje oddalili się szybkim krokiem i zeszli po stromych schodach. Gdy niskie drzwi furty zamknęły się za Afrą, poczuła się jak wyzwolona. Dzień chylił się ku zachodowi, a ona wciągnęła chłodne powietrze głęboko do płuc.

Słowa mądrego starca wprawiły ją raczej w zakłopotanie, niż przybliżyły do wyjaśnienia zagadki. Trwożliwie rozglądała się na wszystkie strony, czy przypadkiem ktoś za nią nie idzie. Bez wątpienia żyje w zagrożeniu. Ale żyje. Prawdopodobnie to nawet ten nieszczęsny pergamin trzyma ją przy życiu. „Dopóki znajduje się w jej posiadaniu – pomyślała – może się czuć bezpieczna".

Podczas gdy zbliżała się do mostu, po głowie chodziły jej słowa mnicha: „Gdybyście przekazali ten pergamin papieżowi w Rzymie, przypuszczalnie obsypałby was złotem i szlachetnymi kamieniami, a poza tym podarowałby wam ziemie jak jakiejś królowej". Podobnie, chociaż może nie tak jasno, wyraził się dawno temu również jej ojciec.

Ciemna rzeka Ill płynęła leniwie w dal pod kamiennym mostem, przez który przechodziła Afra na drugą stronę. Dał się tam jednak odczuć jakiś nerwowy ruch. Ludzie biegli w kierunku północnym. Kobiety zadzierały spódnice, żeby szybciej się poruszać. Z bocznych uliczek wybiegali mężczyźni ze skórzanymi wiadrami. Nagle rozległy się też głośne wołania:

– Pożar! Pali się!

Afra przyspieszyła kroku. Nieprzebrany tłum cisnął się przez Predigergasse. Od strony Münstergasse zbliżał się drugi strumień uciekających. W twarze buchał im gryzący dym i odór spalonej trzciny. Gdy Afra doszła do Bruderhofgasse, niebo zabarwiło się krwiście. Zmysły miała napięte do ostatecznych granic. Naszło ją niejasne przeczucie niczym groźba Sądu Ostatecznego. Mężczyźni utworzyli łańcuch aż do rzeki i podawali sobie z ręki do ręki wiadra pełne wody.

– Hej-ho! – Ich wołania odbijały się upiornym echem od ścian domów. – Hej-ho!

U wejścia na Bruderhofgasse Afra przystanęła. Spojrzała przed siebie: to płonął jej dom. Pomarańczowy słup ognia dobywał się z pokrytego trzciną dachu. Kłęby czarnego dymu wydostawały się z okien. Mężczyźni gaszący pożar spisali już ten budynek na straty. Z ruchomej drabiny na próżno usiłowali zapobiec przeniesieniu się ognia na inne domy.

To była pora gapiów. Ogień stanowił zawsze coś ekscytującego. Większość uważała pożar za okazję do jarmarcznej zabawy, ludzie śpiewali więc, tańczyli i szczycili się tym, że sami zostali oszczędzeni.

Afra patrzyła na płomienie, nie mogąc się poruszyć z przerażenia. Ogień zniszczył nie tylko dom, lecz unicestwił także kawałek jej życia, o którym myślała, że był najszczęśliwszy. Ale się pomyliła. Teraz odnosiła wrażenie, jakby te buchające płomienie i ten spowity dymem dom były symbolem jej życia w Strasburgu, które właśnie rozpadało się w oczach.

Za każdym razem, gdy spadała jakaś belka lub zawalała się część muru, gapie wydawali radosne okrzyki jak na jarmarku, gdzie za dwa fenigi strasburskie można było w ogromnej kadzi z wodą zanurzyć zaślinionego głupca. Afra, wściekła i u kresu sił, ukryła twarz w dłoniach.

Kiedy tłum się nieco uspokoił, rozległy się pytania: „Czyją własnością jest ten dom? Gdzie są jego mieszkańcy?".

Afra stała jak wryta. Bała się, że ktoś ją rozpozna.

Przekupka z koszem na plecach wyjaśniła ciekawskim gapiom, że w tym domu mieszkał budowniczy katedr Ulryk z żoną i że byli to dziwacy unikający publicznego życia. Jakiś brodaty mężczyzna, którego wytworne odzienie wskazywało, że jest rajcą, wiedział, że sędzia miejski kazał aresztować mistrza Ulryka jako podejrzanego o zamordowanie sparaliżowanego Werinhera Botta.

Wiadomość ta rozeszła się lotem błyskawicy, Afra wołała się więc oddalić. Było jej obojętne, jak doszło do pożaru. Wszystko straciła, cały skromny dobytek, ubrania i mężczyznę, któremu tak bardzo zaufała.

„Ulryk mordercą!" – waliło jej w skroniach. Może więc zamordował także żonę? Niezdolna jasno myśleć, doszła do klasztoru Dominikanów. Tam, w bibliotece, leżał pergamin, ostatnia rzecz, jaka jej jeszcze pozostała.

Dziewczyna czuła się pusta i bezradna. To rozpacz pognała ją do klasztoru. Czyż ojciec nie mówił jej, żeby posłużyła się pergaminem jedynie wtedy, kiedy naprawdę nie będzie wiedziała, co dalej począć w życiu? Czy więc nie wyglądało to na zrządzenie opatrzności, że zdążyła ukryć pergamin w bibliotece dominikanów?

Nad miastem zapadł wieczór. Dotarłszy do furty klasztornej, Afra trzęsła się z zimna. Z kościoła dochodziły monotonne głosy mnichów odśpiewujących psalmy przewidziane na nieszpory. Dziewczyna musiała długo pukać, zanim wreszcie jej otworzono. Przez drzwi wysunął głowę Jakub Luscinius, jednoręki bibliotekarz.

– Wizyty o tej porze zdarzają się raczej rzadko – powiedział na usprawiedliwienie. – Brat furtian i mnisi są w kościele na nieszporach.

– Bogu dzięki – odparła Afra – wobec tego nie muszę składać długich wyjaśnień. Wpuście mnie.

Luscinius z wahaniem posłuchał żądania Afry.

– Chodźcie za mną i pospieszcie się. Nieszpory mogą się w każdej chwili skończyć. Jeśli ktoś mnie z wami zobaczy, zostanę wyrzucony. Czego w ogóle chcecie o tak późnej porze?

Afra nie udzieliła mu żadnej odpowiedzi, milczała do chwili, gdy wreszcie znaleźli się na dole w piwnicznych pomieszczeniach biblioteki. Tam odrzekła szeptem:

– Bracie Jakubie, z pewnością pamiętasz jeszcze, że nie tak dawno pomogłam ci w bardzo trudnej sytuacji.

Jednoręki mężczyzna machnął zakłopotany lewą, ocalałą ręką:

– Tak, oczywiście. To jest tylko… jestem rad, że nie muszę już chodzić o żebraczym kiju i wystawiać się na ludzkie urągania. Musicie to zrozumieć.

– Bardzo dobrze to rozumiem, bracie Jakubie, i wcale nie chcę przysparzać wam kłopotów. Ale znajduję się w bardzo trudnym położeniu. Mąż siedzi w więzieniu. Oskarżono go o zamordowanie mistrza Werinhera. Jakieś łotry podpaliły mój dom. Nie zostało mi nic oprócz tego, co mam na sobie. Nie wiem, co robić. Przyjmijcie mnie na kilka dni, dopóki nie uporządkuję myśli.

Zuchwała prośba Afry wprawiła jednorękiego mężczyznę w zaniepokojenie.

– Panienko, jak to sobie wyobrażacie? Dominikanie to surowy zakon dla mężczyzn, którzy bardzo rzadko pozwalają wchodzić kobietom na teren klasztoru. Nie do pomyślenia, co się stanie, jak was tu ktoś odkryje.

– Żaden mnich nigdy się nie dowie, że grzech kiedykolwiek był w zasięgu jego ręki – powiedziała Afra z domieszką drwiny. – Te góry ksiąg znakomicie nadają się na kryjówkę. A poza tym sam mówiłeś, że rzadko kiedy jakiejś duszy ludzkiej chce się zbłądzić do tej biblioteki.

– Tak, owszem...

– Bracie Jakubie, możesz być pewien, że nie przysporzę ci kłopotów.

Afra usiadła na stercie zakurzonych foliałów, podparła głowę rękami i zamknęła oczy.

Siedząc w tej pozycji, nie sprawiała wrażenia osoby, którą Luscinius kiedykolwiek zdołałby przekonać do opuszczenia biblioteki. Jednoręki musiał się powoli oswoić z myślą, że udziela dziewczynie azylu u mnichów – przynajmniej na kilka dni.

– Dobrze – rzekł w końcu. – Reguły świętego Dominika nakazują ubóstwo i pobożność. Nigdzie nie ma mowy o tym, żeby odmówić noclegu bezdomnej kobiecie. Możecie tu zostać. Gdyby was jednak ktoś przyłapał, to się nie znamy. Powiecie, że zakradliście się tu potajemnie.

Afra wyciągnęła do bibliotekarza lewą rękę.

– Zgoda. Nie martw się!

Jakub Luscinius zdawał się do pewnego stopnia uspokojony. Zanim zamknął za sobą drzwi, odwrócił się jeszcze raz i przytłumionym głosem zawołał:

– Panienko, tylko ostrożnie ze światłem. Wiecie, że nic nie płonie łatwiej niż biblioteki. A zatem do jutra, do prymy.

Afra nasłuchiwała cichnących gdzieś na górze odgłosów kroków oddalającego się Lusciniusa. W najdalszym kącie poprzecznego traktu, gdzie nieporządek był największy, a ściany ksiąg tworzyły nieprzenikniony labirynt, odsunęła na bok kilkadziesiąt foliałów z obciągniętymi skórą drewnianymi okładzinami. Z pergaminowych foliałów i ksiąg o miękkich okładzinach z owczej skóry zbudowała legowisko. Za poduszkę posłużył jej gruby wałek Armandusa de Bellovisu ze szczególnie miękkiego pergaminu: *De declaratione difficilium terminorium tam theologiae quam philosophiae ac logicae*. Znajomość łaciny nie wystarczała Afrze do przetłumaczenia tego niekończącego się tytułu. To dzieło miało zresztą dla niej znaczenie tylko o tyle, że było bardziej miękkie od wszystkich pozostałych.

Sypiała już na wygodniejszych, a przede wszystkim bardziej miękkich posłaniach, ale jeszcze nigdy na tak uczonych. Ogólnie jednak była zadowolona. Stojąca na podłodze świeca łojowa dawała łagodny blask. Z rękami założonymi za głowę Afra wpatrywała się w sufit i rozmyślała. Musi jeszcze raz odwiedzić brata Dominika, tego godnego pożałowania geniusza w domu dla obłąkanych. W jakiś sposób musi skłonić go do mówienia. Jak? – tego sama jeszcze nie wie. Wie tylko, że wyłącznie brat Dominik może wnieść światło w mrok spowijający pergamin. Jego napomknienia były nie od rzeczy. Starzec dokładnie przemyślał każde słowo, zanim je wypowiedział, a jeszcze dokładniej wszystkie te, których nie wygłosił.

Leżąc na twardym posłaniu, Afra ułożyła sobie plan. Po pierwsze, musi sporządzić kopię pergaminu. W tym celu jednak znów będzie jej potrzebna pomoc alchemika. W Strasburgu jest więcej alchemików niż w jakimkolwiek innym mieście. Większość osiadła na północy, wokół kościoła świętego Piotra, w dość niesamowitej okolicy, którą w nocy lepiej było omijać z daleka. Ale poproszenie alchemika o pomoc oznaczało wtajemniczenie w sprawę następnej osoby. I z pewnością nie będzie on gotów działać za Bóg zapłać.

Rozmyślając nad tą sytuacją bez wyjścia, dziewczyna zasnęła. Śniło się jej, że ubrana w kosztowną szatę i otoczona usługującymi jej dwórkami stoi na wysokich, szerokich schodach z białego marmuru. W dłoni trzyma pergamin. Z daleka zbliża się grupa jeźdźców w lśniących uniformach. Wymachują białymi proporcami i chorągwiami z żółtym krzyżem pośrodku. Za nimi jedzie powóz zaprzężony w szóstkę koni. Ze złotego tronu łaskawie kiwa ręką papież.

U podnóża szerokich schodów papież wysiada z powozu i zaczyna wspinać się po marmurowych stopniach, które zdają się nie kończyć. Jego świta niesie złoto i kamienie szlachetne. Chociaż jednak bardzo się starają wchodzić po schodach, ciągle znajdują się w tym samym miejscu. W tym momencie Afra obudziła się z czołem zroszonym potem.

„Jaki dziwny sen" – pomyślała i znużona spojrzała na płomień świecy palącej się obok na podłodze. Z niewyjaśnionych przyczyn płomień zaczął naraz migotać. Czyżby w tej szeroko rozgałęzionej piwnicy zrobił się przeciąg? Wydało się jej, jakby ktoś otworzył drzwi. Spoglądając w stronę głównego wejścia, zmartwiała ze strachu. Prawie nie śmiała oddychać. W uszach waliła krew. Afra odnosiła wrażenie, że całe wieki trwa w takim bezruchu.

Wtedy nagle jakaś księga spadła z hukiem na ziemię. Dreszcz trwogi przebiegł dziewczynie po plecach. Chciała krzyknąć, zawołać coś, wyjść na spotkanie nieznajomego, ale członki miała zdrętwiałe, nieruchome i sztywne.

Świeca! Musi zgasić świecę. Zanim jednak zdążyła cokolwiek zrobić, zauważyła w środkowym trakcie niepewnie chwiejące się światło. Stawało się coraz jaśniejsze, aż nagle, w odległości niespełna dziesięciu łokci od niej, przemknęła bezgłośnie czarna postać, jakiś zakapturzony człowiek z latarnią w ręce. Później znowu zapadł mrok.

Bliska rozpaczy Afra rozmyślała, jak powinna się zachować. „Zakapturzony człowiek!" Ożyły straszne wspomnienia. Czy był to ktoś z tej nieobliczalnej hordy, która nieomal zburzyła katedrę? Czego szukał o nocnej porze w tej piwnicy? Nawet nie śmiała pomyśleć, że powodem tych nocnych odwiedzin mógł być jej pergamin. Nikt nie widział, jak wchodziła do klasztoru. Skąd zresztą nieznajomy miałby wiedzieć, w którym z tych wielu tysięcy woluminów ukryła dokument?

Z daleka słyszała, jak zakapturzony człowiek wyjmuje księgi z półek i wertuje je. Wydawało się przy tym, że ma czas do końca świata, bo swoje zadanie wykonywał bez jakiegokolwiek pośpiechu. Im dłużej był pochłonięty zajęciem, tym bardziej rosła w Afrze ciekawość, kto też kryje się pod tym obszernym płaszczem i jakie tu wykonuje zadanie. W jej członki zaczęło powoli wracać życie, a strach opadł z niej jak przemoczona od deszczu peleryna. Wyprostowała się, podniosła bezszelestnie i bacząc, żeby nie spowodować żadnego hałasu, zaczęła skradać w stronę środkowego traktu, później zaś dalej w kierunku, w którym poszedł zakapturzony człowiek.

Na końcu długiego korytarza dostrzegła blask światła. Strach, który odczuwała jeszcze kilka chwil wcześniej, gdzieś się ulotnił. Odważnie, na paluszkach, zbliżała się ku światłu migoczącemu w tylnej części bocznego traktu. Ostrożnie wyjrzała zza rogu. Człowiek w kapturze stał odwrócony plecami do niej. Beztrosko zagłębiony w jakiejś księdze, nie zauważył, jak Afra podeszła do niego od tyłu.

Dała susa i zerwała nieznajomemu kaptur z głowy. Nawet przez chwilę nie zastanowiła się nad skutkami swojego czynu. Ani nad tym, kto kryje się pod płaszczem z kapturem. Uległa impulsowi. Teraz jednak, na widok niespodziewanego gościa, nie znalazła słów i tylko wybąkała bezradnie:

– Brat Do-mi-nik!

– Ale mnie przestraszyłaś, panienko! – odparł zakonnik.
– Powiedz jednak, czego szukasz tutaj o tej porze?
Afra z trudem chwytała powietrze. Wreszcie mowa jej wróciła.
– O to samo mogłabym i ja was zapytać, bracie Dominiku. Myślałam, że jesteście zamknięci w domu dla obłąkanych!
Starzec z uśmiechem pogładził się po długiej brodzie i odparł z przebiegłym spojrzeniem:
– Jestem, jestem, panienko. Kto jednak, tak jak ja, spędził całe życie za klasztornymi murami, ten zawsze znajdzie sposób, żeby się jakoś wydostać. Chyba mnie nie wydacie!
– Dlaczego miałabym was wydać? – odpowiedziała Afra uprzejmie. – Jeśli wy nie wydacie mnie…
Brat Dominik potrząsnął przecząco głową i nakreślił w powietrzu znak krzyża:
– Na Przenajświętszą Panienkę!
Przez kilka chwil stali oboje naprzeciw siebie, uśmiechając się uprzejmie, a każde z nich zastanawiało się na tym, jak i po co to drugie się tutaj dostało.
– Ja weszłam przez furtę. Otworzył mi Jakub Luscinius, nowy bibliotekarz – szepnęła Afra, jakby odgadła pytanie starca.
Dominik zaś powiedział:
– Kostnica pod apsydą kościoła ma tajemne dojście z zewnątrz. Kto się nie lęka stąpać po leżących tam od stuleci czaszkach i szczątkach ludzkich, prostą drogą dochodzi do piwnicy prowadzącej do biblioteki. A jeśli chodzi o dom dla obłąkanych, jest on, jak sama nazwa wskazuje, urządzony dla obłąkanych, którzy nie panują nad sobą i swoim umysłem. Przeciętnie inteligentny człowiek znajdzie wiele możliwości, żeby uciec mnichom z *Sankt Trinitatis*.
– Bracie Dominiku, czego szukacie akurat tutaj?
– A czegóż by – rozzłościł się starzec. – Ksiąg, panienko, ksiąg! Pozwolono mi posiadać jedną księgę, jedną jedyną!

Wyobraźcie to sobie! Człowiek, który ma tylko jedną jedyną księgę, choćby to była i Biblia, zaczyna wariować. A więc co tydzień przynoszę sobie nową, a starą odstawiam na miejsce.
– I nikt tego jeszcze nie zauważył? Nie wierzę.
– Ach, panienko! – Mnich nieoczekiwanie posmutniał.
– Z księgami jest tak samo jak z ludźmi. Jeśli patrzeć powierzchownie, jeden jest podobny do drugiego. Dopiero przy bliższych oględzinach zaczynają się ujawniać różnice. Czy naprawdę myślicie, że mnichów w domu dla obłąkanych interesują jakieś księgi?

Podobnie jak podczas pierwszego spotkania umysłowe ożywienie starca zdumiało Afrę. Jeszcze nigdy nie spotkała człowieka, który by tak jak on, całkiem bez skarg, pogodził się ze swoim ciężkim losem. Oczywiście schronił się w świecie urojonym, w świecie swoich ksiąg. Cóż jednak było w tym złego, skoro dawało mu to szczęście. W każdym razie brat Dominik na pewno nie wydawał się nieszczęśliwy.

– Teraz jednak to wy musicie mi wyjawić, czego szukacie akurat w tej pełnej ksiąg piwnicy. Z pewnością nie Starego Testamentu ani Dziejów Apostolskich. Niech zgadnę: nie chodzi wcale o żadną konkretną księgę. Biblioteka dominikanów służy wam raczej za miejsce ukrycia tajemniczego pergaminu, o którym wspominaliście.

Afra przestraszyła się śmiertelnie. Do tej pory uważała dominikanina jedynie za mądrego starca. Czy jednak ma on też zdolność jasnowidzenia? Czuła się jak osoba przyłapana na gorącym uczynku. Wyglądało na to, że jest zdana na łaskę i niełaskę starca oraz jego wiedzę. Bała się też, że brat Dominik podzieli się swoją wiedzą z kimś innym. A może już działa na polecenie tych ciemnych mocy, które prześladują ją od pewnego czasu?

Nie znajdując odpowiedzi, zaśmiała się sztucznie, jakby była ponad tym wszystkim i nie przypisywała pergaminowi żadnego wielkiego znaczenia.

– A nawet gdyby tak było, bracie Dominiku? Gdybym rzeczywiście ukryła pergamin w tej bibliotece?

Zmierzyła starca poważnym wzrokiem.

– Nie mógłbym sobie wyobrazić lepszej kryjówki – odpowiedział brat Dominik. – Chyba że...

– Chyba że co...?

– ... żeby cała biblioteka padłaby pastwą płomieni.

Trzeźwość i chłód, z jakimi to powiedział, zaniepokoiły Afrę. Mimo woli spojrzała na latarnię, którą starzec zawiesił na szerokim grzbiecie jednej z ksiąg.

Zdawało się, że mnich nie zauważył nagłej podejrzliwości Afry. Zdejmował księgi z półki, jedną po drugiej, zagłębiał się przez chwilę w ich treści, po czym odstawiał je z powrotem na miejsce. Wreszcie zadowolił się pewnym dziełem, z ulgą skinął głową i odwrócił się:

– Opuszczę was teraz. Jeszcze przed świtem muszę być w *Sankt Trinitatis*. A wy, panienko, dokąd zamierzacie się udać?

Niepewna, czy ma się opowiedzieć starcowi ze swoich planów, Afra spojrzała na brata Dominika. Owszem, jego zachowanie było niejasne i zagadkowe, kiedy jednak patrzyła w szczerą twarz mnicha, nachodziły ją wątpliwości, czy swoją podejrzliwością nie wyrządza mu krzywdy. Nadal niezdecydowana, odpowiedziała:

– Muszę spędzić tutaj noc. Straciłam dom.

Mnich patrzył pytająco na Afrę i milczał. Był pewien, że ta młoda kobieta nie poprzestanie na wypowiedzianych zdaniach.

Tak jak się spodziewał, Afra ciągnęła dalej:

– Jestem Afra, żona budowniczego katedr. Kiedy wczoraj wróciłam od was, nasz dom stał w płomieniach. Jestem pewna, że było to dzieło podpalaczy. Podpalili dom w nadziei, że zniszczą pergamin. Znalazłszy się w opałach, przyszłam do brata Jakuba, który teraz piastuje wasze stanowisko. Ma wobec mnie pewne zobowiązania. Wiem, oczywiście, że klasztor

dominikanów nie jest stosowną kryjówką dla młodej kobiety, ale nie widziałam innego wyjścia z sytuacji, jeśli nie chciałam spędzić nocy wśród żebraków na schodach katedry.
Dominik skinął głową.
– Nie martwcie się, panienko Afro! Do tego sklepienia z księgami rzadko kiedy zagląda jakiś mnich. Póki ja tu urzędowałem, panowała opinia, że między półkami przechadza się diabeł. Przyznaję, że w tej plotce było trochę mojej winy. W Wielki Piątek i w dzień Wniebowstąpienia Pańskiego wykładałem zawsze kilka kości z kostnicy na schody prowadzące do podziemi. To wywoływało panikę wśród braci, tak że na długo miałem znów spokój. Jeśli chcecie, to zanim wyjdę, położę na schodach jakąś piszczel, a wtedy nie będziecie musieli się niczego obawiać.
Uśmiechnął się chytrze.
Ale żarty nie były Afrze w głowie.
– Poradziliście mi wczoraj, żebym wrzuciła ten pergamin do ognia – zaczęła ostrożnie. – Równocześnie jednak stwierdziliście, że jest on wart majątek.
– Tak, tak powiedziałem. Jak wspomnieliście, pisarz powoływał się na CONSTITUTUM CONSTANTINI.
– Tak jest, bracie Dominiku.
– Pokażcie mi ten pergamin!
Afra ukradkiem spojrzała w kierunku, gdzie ukryła dokument. Ale trakt leżał w mroku.
– To nic nie da – odparła zdecydowanie.
– Jak mam to rozumieć, panienko?
– Pergamin jest zapisany tajemnym pismem, które można zobaczyć tylko z pomocą odpowiedniej tynktury. Już raz zatrudniłam alchemika, który odsłonił mi tekst. Nazajutrz alchemik zniknął, a wkrótce potem znaleziono go martwego. Ktoś go zasztyletował.
– Czy odnieśliście wrażenie, że alchemik zrozumiał treść tego dokumentu?

– Z początku nie, później jednak, gdy jeszcze raz odtworzyłam sobie w głowie cały przebieg spotkania, pojęłam, że alchemik natychmiast zrozumiał, co czyta. A kiedy podzielił się z kimś tą swoją wiedzą, został zamordowany.

– Gdzie?

– Jego zwłoki znaleziono za bramami Augsburga. Żona alchemika powiedziała, że pojechał odwiedzić biskupa tego miasta.

Bratu Dominikowi na chwilę odjęło mowę. Było widać, jak jego umysł pracuje. Niczego nie wyjaśniając, wziął latarnię, przeszedł przez środkowy trakt i zniknął w biegnącym naprzeciw bocznym korytarzu. Afra stała w ciemnościach i nasłuchiwała.

W najdalszej części piwnicy usłyszała wściekłe mamrotanie. Aby dotrzeć do swojego światła, po omacku i przytrzymując się ksiąg, ruszyła w stronę miejsca, gdzie znajdowało się jej legowisko. Była już najwyższa pora. Świeca łojowa wypaliła się i został zaledwie ogarek szerokości palca. Dziewczyna zapaliła nową świecę i udała się na poszukiwanie brata Dominika.

W połowie drogi starzec wyszedł jej na spotkanie. Wydawało się, że jest rozdrażniony.

– Głupcom powinno się zabronić kontaktu z księgami – złorzeczył pod nosem, podając Afrze książkę małego formatu, ale z dwiema niekształtnymi sprzączkami.

– Co to jest? – Afra otworzyła tom i przeczytała tytuł napisany eleganckim charakterem pisma pełnym wywijasów: *Castulus a Roma* – *ALCHIMIA UNIVERSALIS*.

– Dawniej panował tu jeszcze porządek – mamrotał swarliwie mnich. – Każdą księgę znajdowałem w ciągu kilku sekund. Jak, powiadacie, nazywa się ten nowy bibliotekarz?

– Jakub Luscinius.

– Straszny człowiek!

– Znacie go?

– Nie z widzenia. Ale ktoś, kto tak się obchodzi z księgami jak ten Luscinius, może być tylko strasznym człowiekiem. – I natychmiast zmieniając temat, dodał: – W tym dziele znajdziecie przepis na sporządzenie tynktury, dzięki której będzie można zobaczyć treść zapisu na pergaminie. Teraz jednak wybaczcie. Niedługo zacznie świtać.

Afra chciała zatrzymać mnicha, ale zrozumiała, że w ten sposób stworzy tylko zagrożenie dla niego i siebie.

Zanim starzec zamknął za sobą drzwi, zawołał szeptem:
– Panienko, wrócę tutaj za tydzień, postarajcie się do tej pory załatwić tynkturę. Wtedy jeszcze raz porozmawiamy o tym dokumencie – jeśli oczywiście zechcecie.

Jeszcze jak chciała! Wydawało się, że to opatrzność zesłała jej brata Dominika. Był jedyną osobą bezinteresownie zaciekawioną pergaminem. „Jakie korzyści – pomyślała – mógłby mu w domu dla obłąkanych przynieść ten dokument?" Złoto i bogactwa były ostatnimi rzeczami, na jakich starcowi zależało.

Afra wróciła na posłanie i spróbowała jeszcze na chwilę zasnąć, gdy nagle ogarnął ją niezrozumiały niepokój. Jakiś wewnętrzny głos kazał jej wstać i zobaczyć, czy pergamin jest na swoim miejscu. Podniosła się więc, wzięła świecę łojową i ruszyła do korytarza znajdującego się w tylnej części sklepienia. Odnalazłaby tę drogę nawet przez sen, także tytuł książki, w której ukryła pergamin, znała na pamięć jak ojczenasz: *Compendium theologicae veritatis*.

Dotarłszy do regału, na którym w najwyższym rzędzie stała ta księga, podniosła światło nad głowę. Regał był pusty. Ziało ku niej pustką pięć półek, z których ktoś zabrał wszystkie księgi. Dopiero po pewnym czasie zrozumiała doniosłość swojego spostrzeżenia: księga z pergaminem zniknęła.

Kobieta zaczęła świecić we wszystkie strony. Z wyjątkiem ogołoconego regału inne półki wyglądały dokładnie tak samo jak kilka dni temu. Jeszcze nie mogła uwierzyć, że szukanej księgi nie ma już w bibliotece. Z pewnością Luscinius ustawił brakujące woluminy w innym miejscu.

Chociaż do prymy pozostało już niewiele czasu i brat Jakub, którego mogła o to zapytać, powinien się niebawem pojawić, Afra zaczęła szukać *Compendium* na własną rękę. Jak, nie wyjawiając tajemnicy, ma wyjaśnić Lusciniusowi, że szuka akurat tej księgi? Musi ją znaleźć, zanim jednoręki mnich pojawi się w bibliotece.

Jest przecież najprostszą rzeczą na świecie znaleźć księgę pośród ksiąg ustawionych w porządku alfabetycznym, poczynając od autorów na „A". Zakłada to jednak dwie rzeczy: po pierwsze, że znany jest autor danego dzieła, a po drugie, że wszystkie księgi są tej samej wielkości. Ponieważ jednak większość ksiąg w tej piwnicy nie ma autora, a z wielkością tomów różnie bywa, do zaprowadzenia ładu potrzebny jest tu jakiś szczególny system. Ponieważ Afrze daleko było do rozszyfrowania systemu brata Jakuba, jej poszukiwania *Compendium* przypominały poszukiwanie igły w stogu siana. I jak można było się spodziewać, nie przyniosły żadnego rezultatu.

Wreszcie, nad ranem, pojawił się Luscinius z dzbanem wody i sporą ilością chleba, który pod jakimś pretekstem wyprosił w kuchni klasztornej.

Afra sprawiała wrażenie zupełnie wytrąconej z równowagi.

– Gdzie są księgi z ostatniego regału? – fuknęła na jednorękiego bibliotekarza.

– Macie na myśli kopie dzieł teologicznych?

– Księgi z ostatniego regału! – Afra chwyciła Lusciniusa za rękaw i pociągnęła go do tylnej części biblioteki. – Z tego miejsca – powiedziała na widok pustego regału. – Gdzie podziały się te księgi?

Brat Jakub spojrzał na Afrę ze zdumieniem.

– Czy szukacie jakiejś konkretnej księgi? – zapytał niepewnie.

– Tak, *Compendium theologicae veritatis!*
Luscinius z ulgą pokiwał głową.
– Chodźcie za mną! – Zdecydowanym krokiem przeszedł przez szeroki trakt środkowy i udał się do korytarza, w którym w nocy myszkował brat Dominik. – Tu jest – powiedział, wyciągając z najniższej półki rzeczoną księgę. Dodał też zaciekawiony: – Teraz jednak powiedzcie mi, dlaczego spodobało się wam akurat to dzieło teologiczne? Jest napisane po łacinie, a poza tym trudno je zrozumieć. Mimo to jest w kręgach teologicznych bardzo popularne.

Co Afra miała odpowiedzieć? Zapędzona w ślepą uliczkę, zdecydowała się na powiedzenie prawdy, a przynajmniej półprawdy.

– Bracie Jakubie, muszę ci coś wyznać. W tej teologicznej księdze ukryłam pewien ważny dokument. Przy czym nie treść tego dzieła odegrała tu rolę, tylko jego rozmiar. Wydawało mi się, że będzie się ono najlepiej nadawało do ukrycia w nim złożonego pergaminu. No, teraz już wiesz! – Afra otworzyła księgę. Wcześniej ukryła pergamin między ostatnią stroną a okładką. Ale teraz go tam nie było. Wyciągniętym kciukiem i palcem wskazującym wertowała strony foliału.

– Zniknął – wybełkotała i zamknęła księgę.

– Bo to nie jest ta księga, której szukacie!

– Nie ta sama? Przecież tutaj jest napisane: *Compendium theologicae veritatis!* – Ale już w chwili, kiedy to mówiła, ogarnęło ją zwątpienie. Zapamiętała inny krój pisma i układ tekstu. – Co to ma znaczyć? – zapytała niepewnie.

– Chętnie wam to wyjaśnię – zaczął Luscinius ceremonialnie. – Księga, którą trzymacie w dłoniach, to oryginalny tekst autora, mający nieomal trzysta lat. Księga zaś, którą wybraliście sobie na skrytkę dla waszego dokumentu, to kopia, sporządzona przez mnicha tego klasztoru dla benedyktynów z Monte Cassino. Zresztą nie jedyna kopia. Ogółem skopiowano czterdzieści osiem ksiąg, których nie ma w klasztorze

Monte Cassino. Klasztor Dominikanów otrzyma za nie trzydzieści sześć kopii ksiąg, których my nie mamy. *Manus manum lavat* – ręka rękę myje. Rozumiecie, co mam na myśli?

– Bardzo dobrze rozumiem – rozzłościła się Afra – ale mnie interesuje tylko jedna kwestia: gdzie jest teraz kopia *Compendium*?

Zakłopotany Luscinius wzruszył ramionami:

– Gdzieś w drodze do Włoch.

– Powiedz, że to nieprawda!

– To jest prawda.

Afra miała ochotę udusić jednorękiego bibliotekarza, ale dotarło do jej świadomości, że Luscinius jest tu w najmniejszym stopniu winny. Nie mógł przecież wiedzieć, że ukryła pergamin akurat w jednej z tych ksiąg.

– Czy to był ważny dokument? – zapytał Luscinius ostrożnie.

Afra nie udzieliła odpowiedzi. Sprawiała wrażenie nieobecnej. „Co ma teraz zrobić?" Przełknęła ślinę. W najśmielszych przypuszczeniach nie przewidziała takiego obrotu spraw. Dlatego początkowo nie zwróciła szczególnej uwagi na słowa Lusciniusa:

– Gereon, syn bogatego kupca Michela Melbrügego, udał się wczoraj w podróż do Salzburga. Z tamtejszego klasztoru świętego Piotra ma zabrać następną przesyłkę ksiąg. Jeśli dobrze pamiętam, chciał jechać dalej do Wenecji, Florencji i Neapolu, gdzie zamierzał kupić siodła i inne skórzane towary. Powiedział, że jeśli tylko pogoda dopisze, wróci za jakieś cztery miesiące.

Myśl, że ma na zawsze utracić pergamin, bardzo Afrę przygnębiła. Jej zdenerwowanie było ogromne, aż przycisnęła rękę do ust w obawie, że zaraz zwymiotuje.

Luscinius, który to zauważył, starał się uspokoić Afrę.

– Nie wiem, czy taki trud się opłaci – powiedział z wyraźnym opanowaniem – dlaczego jednak nie weźmiecie woźnicy i nie spróbujecie dogonić młodego kupca? Gereon Melbrüge ma wprawdzie dzień przewagi, ale zanim dotrze do Salzburga, na pewno go dogonicie!

Afra spojrzała na jednorękiego bibliotekarza, jakby usiłował wytłumaczyć jej Apokalipsę świętego Jana.

– Myślisz, że mogłabym...? – zapytała, nie kończąc zdania.

– Jeśli to rzeczywiście ważne, to przynajmniej powinnaś, pani, spróbować. Powiedz młodemu Melbrügemu, że przysyła cię bibliotekarz klasztoru Dominikanów. I że w jednej z ksiąg zostawił ważny dokument zakonny. Nie widzę powodu, dlaczego Melbrüge nie miałby wam oddać pergaminu.

Dopiero przed chwilą Afra chciała udusić Lusciniusa, teraz zaś musiała się powstrzymać, żeby go nie uścisnąć. Nie wszystko wydawało się stracone.

– Dzień jeszcze młody – zauważył bibliotekarz. – O tej porze w cieniu katedry zbierają się woźnice i czekają na transport oraz ładunki. Pospieszcie się, wtedy będziecie mieli przed sobą cały dzień. Bóg z wami na wszystkich waszych drogach!

Jakub Luscinius w jednej chwili rozwiał wszystkie wątpliwości Afry.

– Żegnaj – powiedziała pozornie bez wzruszenia i zwróciła się ku wyjściu. – Wyjdę Bramą Biednych Grzeszników. Nie martw się!

Na odchodnym zabrała tom *ALCHIMIA UNIVERSALIS*, który sobie wcześniej przygotowała.

W nocy się ochłodziło, tak że Afra, idąc z klasztoru Dominikanów przez Predigergasse, trzęsła się na całym ciele. Słońce stało jeszcze nisko nad horyzontem. Ani jeden jego promień nie zabłąkał się w wilgotne i ocienione uliczki miasta, które powoli budziło się do życia.

Celem dziewczyny była Münstergasse, ulica zamieszkała przez kantorzystów trudniących się wymianą pieniędzy. Tam, u bogatego Salomona, zdeponowała wcześniej całą swoją gotówkę. „Co za szczęście – pomyślała. – Gdybym bowiem trzymała pieniądze w domu, padłyby one pastwą płomieni i teraz stałabym tutaj bez grosza przy duszy".

Salomon, potężny człowiek w średnim wieku, nosił zaniedbaną ciemną brodę i czarną jarmułkę na łysej głowie. Właśnie otworzył kantor i stanął za drewnianym kontuarem. Osowiale czekał na interesy finansowe, jakie przyniesie nowy dzień.

Kantor znajdował się trzy schody niżej niż Münstergasse i nawet Afra, która nie była szczególnie wysoka, musiała schylić się pod niską belką drzwiową. W środku panował taki mrok, że niepodobna było odróżnić feniga strasburskiego od ulmskiego. Pieniądze czynią chciwym, toteż Żyd najwyraźniej wzdragał się zapalać światło po wschodzie słońca, chyba żeby ponownie nastały egipskie ciemności.

Chociaż Salomon znał Afrę z widzenia, w wypadku każdej osoby, która przychodziła do jego kantoru, uparcie powtarzał stały rytuał. Pochylony nad pulpitem, podnosił na chwilę wzrok, nie patrząc na wchodzącego, i w ledwie zrozumiałej melorecytacji wygłaszał następujący tekst:

– Kim jesteście, powiedzcie, jak się nazywacie, i wymieńcie sumę swoich zobowiązań.

– Dajcie mi dwadzieścia guldenów z mojego dobytku. Ale szybko, bo bardzo się spieszę.

Ponaglający ton z samego rana sprawił, że Salomon jeszcze bardziej zmarkotniał. Zrzędząc, podniósł się zza pulpitu i zniknął.

Afra chodziła po kantorze tam i z powrotem, gdy do tego niskiego pomieszczenia weszła jakaś stateczna kobieta. Miała na sobie podróżne odzienie, a w ręce bat. Afra skłoniła się jej uprzejmie, ta zaś zaczęła bez ogródek:

– Czy nie jesteście żoną budowniczego katedr Ulryka von Ensingena? Znam was z uroczystości u biskupa.
– Tak... I co z tego? – odpowiedziała Afra ze złością.
Nie mogła sobie przypomnieć, żeby kiedykolwiek spotkała tę kobietę. Tym bardziej słowa damy w stroju podróżnym wprawiły ją w zdumienie:
– Słyszałam o waszym losie: spalony dom, mąż w więzieniu. Jeśli potrzebujecie pomocy...
– Nie, nie... – odparła Afra, chociaż nie miała nawet dachu nad głową. Duma zabraniała jej prosić kogokolwiek o pomoc.
– Możecie mi spokojnie zaufać – powiedziała kobieta, podchodząc bliżej. – Jestem Gizela, wdowa po tkaczu wełny Reginaldzie Kuchlerze. Życie samotnej kobiety jest trudne. Mężczyźni bardzo często traktują nas jak łup. Biskup nie stanowi tu wyjątku.
Afra zastanawiała się, czy w tych słowach kryje się aluzja do tego, że żona Kuchlera widziała, jak jurny biskup się do niej umizguje. Ale kiedy szukała słów, żeby coś na to odpowiedzieć, Gizela ją uprzedziła, mówiąc:
– Próbował już z każdą, którą zapraszał na uroczystość. Nie byliście wyjątkiem.
Naraz znowu dopadły Afrę ponure myśli związane z biesiadą u biskupa. Nadal miała otwarte konto u Wilhelma von Diesta. Oczywiście biskup miał wszelką władzę i możliwości wydobycia jej z tego rozpaczliwego położenia. Ale za jaką cenę! Wprawdzie życie nauczyło Afrę hardości, ale miałaby wyrzuty sumienia, gdyby zachowała się jak ladacznica.
– Może powinniście na chwilę zniknąć ze Strasburga? – usłyszała nagle głos Kuchlerowej.
Dziewczyna spojrzała na nią z wahaniem:
– Właśnie mam taki zamiar – wyjaśniła.
– Szukam kogoś, kto by mi towarzyszył w podróży do Wiednia. Właściwie potrzebowałabym woźnicy. Ale droga

na wschód nie jest bardzo trudna, a mój ładunek wełny niezbyt pokaźny. Myślę, że takie dwie kobiety jak my mogłyby same temu podołać.
– Wybieracie się do Wiednia? – zapytała zdumiona Afra.
– Toć po drodze jest Salzburg.
– A jakże.
– Kiedy zamierzacie wyjechać?
– Konie są już zaprzężone. Mój powóz czeka na placu za katedrą.
– Niebo mi was zsyła! – zawołała podekscytowana Afra. – Muszę pilnie dostać się do Salzburga. Pilnie, słyszycie!?
– Nie widzę przeszkód – odparła wdowa po Kuchlerze.
– Powiedzcie jednak, co was tak nagli, że musicie pilnie znaleźć się w Salzburgu?

Zanim jeszcze Afra zdążyła odpowiedzieć, wrócił Salomon z małą skórzaną sakiewką, odliczył dwadzieścia guldenów i położył je na pulpicie.

– Planujecie chyba dłuższy pobyt – zauważyła Gizela na widok tak znacznej sumy. – Mój cały ładunek nie jest tyle wart.

Wręczywszy pieniądze Afrze, Salomon zwrócił się w stronę Kuchlerowej:
– Kim jesteście, powiedzcie, jak się nazywacie, i wymieńcie sumę swoich zobowiązań.
– Dajcie mi dziesięć guldenów z mojego majątku.

Żyd załamał ręce nad głową i zaczął lamentować, że już z samego rana musi wyjmować ze skrzyni tyle pieniędzy. Zniknął, zrzędząc i utyskując.

Obie kobiety umówiły się za godzinę na placu woźniców. Afra musiała się jeszcze zaopatrzyć w ubranie i najpotrzebniejsze rzeczy na podróż, pozostało jej bowiem jedynie to, co miała na sobie.

8.
Przez jeden dzień i jedną noc

Były spragnione i głodne, a ponadto tak zmęczone, że ledwie trzymały się na koźle. Kiedy jednak na wschodzie wyłoniło się wzniesienie z twierdzą i zarys miasta, zdawało się, że głód, pragnienie i zmęczenie w jednej chwili gdzieś zniknęły. Na ostatnich milach Gizela puściła konie w kłus, jak jeszcze nigdy podczas tej dziewięciodniowej podróży, aż Afra musiała trwożliwie uczepić się siedzenia.

Chociaż oba przysadziste, zimnokrwiste rumaki były silne, a Kuchlerowa doświadczona w powożeniu końmi, podróż ze Strasburga do Salzburga trwała dwa dni dłużej, niż przewidywały. Winna była temu pogoda, szczególnie gwałtowne burze i oberwania chmur, które zaskoczyły je w Szwabii. Gizela Kuchler martwiła się o swój ładunek i w pobliżu Landsbergu schroniła się z zaprzęgiem w opuszczonej zagrodzie. Kiedy jednak nazajutrz ruszyły w dalszą podróż, drogi były tak rozmoknięte, że koła nieraz zanurzały się po osie w błocie. W niektórych miejscach jazdę uniemożliwiały im też gałęzie, które wiatr odłamał z drzew.

Jesienne słońce stało ukosem za Mniszą Górą, a wciśnięte w nieckę między to wzniesienie a rzekę Salzach miasto tonęło w głębokim cieniu. Wdzięcznie położony w pięknej okolicy Salzburg nie imponował wielkością ani architekturą. Górowała nad nim obronna twierdza nie do zdobycia, po obu stronach rzeki znajdowało się kilka klasztorów, a przy rynku stała klocowata katedra i parę statecznych domów mieszczańskich – nic poza tym nie było godne wzmianki.

Salzburg uzyskał znaczenie dzięki lokalizacji – krzyżowały się tutaj najważniejsze drogi wiodące z północy na południe i z zachodu na wschód, a górską rzeką o nazwie Salzach, czasami bardzo rwącą, transportowano z gór w niziny cenną sól.

Furman, który przy bramie miejskiej przepuścił Gizelę i Afrę, polecił im zajazd Bruckenwirta na drugim brzegu rzeki, gdzie, jak zapewniał, najlepiej zadbają o obie podróżne i o konie. Dwie kobiety na koźle budziły też w Salzburgu mniejsze zainteresowanie niż w miejscowościach, w których zatrzymywały się dotychczas.

Bruckenwirt potraktował obie kobiety nadspodziewanie uprzejmie i bez podejrzliwości, z którą spotykały się do tej pory. Potrafił rozpoznać kokoty i ladacznice, jak nazywano wędrowne dziewki, i nigdy by sobie nie pozwolił na przyjęcie którejkolwiek z nich pod swój dach. Ale już stateczna furmanka świadczyła, że Gizela i Afra to eleganckie damy, którym należało okazać szacunek.

Podczas tej wyczerpującej podróży kobiety stały się sobie bliższe, łączył je podobny los. Obie, chociaż z rozmaitych powodów, straciły mężów i były zmuszone wziąć swoje życie we własne ręce. Kuchlerowa, zaledwie kilka lat starsza, okazała się podczas tej długiej podróży znacznie rozmowniejsza. Afra natomiast odsłoniła przed nią jedynie pewne karty ze swojej przeszłości, ale nawet mimo kilkakrotnego nagabywania zataiła prawdziwą przyczynę podróży do Salzburga.

Kiedy już parobkowie Bruckenwirta nakarmili konie i zajęli się wozem, obie panie udały się do gospody, żeby zaspokoić głód i pragnienie. Gośćmi byli zazwyczaj nieokrzesani mężczyźni, flisacy pływający łodziami z solą, którzy stawali tutaj na nocleg oraz posiłek. Ujrzawszy podróżujące samotnie kobiety, gapili się na nie jak cielęta na malowane wrota. Niektórzy robili dwuznaczne ruchy rękami albo rzucali ku nim wiele mówiące spojrzenia. Wrzawa w gospodzie umilkła tylko na krótko, bo Gizela, gdy znalazły już miejsce na samym końcu długiego stołu, zawołała:

– Co, mowę wam odjęło? Nie widzieliście nigdy dwóch statecznych mieszczek?

Rezolutne zachowanie Kuchlerowej wprawiło mężczyzn w zakłopotanie. Szybko wrócili do rozmów i już po chwili przestali się interesować podróżującymi kobietami.

Każdy taki zajazd był również miejscem znakomicie służącym wymianie informacji. Zdarzali się woźnice, którzy zdradzali nowinki jedynie pod warunkiem, że wynagrodzono ich za to jadłem i napitkiem. Za darmowy posiłek opowiadano więc czasami o morderstwach, do których nigdy nie doszło, i o cudach, które się nigdy nie zdarzyły. Ale lud, od żebraków po szlachtę, był żądny takich plotek opowiadanych przy zupie. Nawet jeśli okazywały się nieprawdziwe, to także stanowiły świetny materiał do rozmów.

Pewien flisak, który, sądząc po odzieniu, miał już za sobą lepsze czasy, opowiadał uduchowionym głosem kaznodziei, że w Wiedniu widział na własne oczy, jak wykonany z płótna smok uniósł pewnego człowieka w przestworza i bez uszczerbku osadził go na ziemi rzut kamieniem dalej. Cud ten udał się podobno dzięki ciepłu, które dał ogień rozniecony pod owym płóciennym smokiem. Kupiec z północy opowiadał z kolei, że kusze wyszły już z użycia jako broń, toteż w przyszłości podczas wojny będzie się używało jedynie dział na proch, które miotają żelazne kule o wadze pół kilograma na odległość pół mili w stronę nieprzyjaciela.

Afra mimo woli wzdrygnęła się, gdy jakiś podróżny z Nadrenii zaczął opowiadać o Ulm. Jest to podobno pierwsze miasto niemieckie, w którym przepędzono z ulic świnie i drób. Wszyscy mają nadzieję, że w ten sposób będzie można uniknąć dżumy, która szaleje w całej Francji i we Włoszech, pochłaniając tysiące ofiar.

Dżuma była głównym tematem rozmów podróżnych w tamtym okresie. Zaraza, której wszyscy lękali się jak ognia, mogła wybuchnąć każdego dnia w dowolnym miejscu. Kupcy i wędrowni rzemieślnicy, podróżując, sprawiali, że ta śmiertelna choroba szerzyła się z prędkością wiatru w kolejnych krajach.

Pewien akademik w czerni, którego kaftan z białym kołnierzem i szerokimi wyłogami na rękawach świadczył o tym, że jest magistrem sztuk, wzbudził podejrzenia, gdy oznajmił z dumą, że w Wenecji, gdzie właśnie szaleje dżuma, okazał się odporny na tę zarazę. Sąsiedzi przy stole, którzy dotychczas z zainteresowaniem słuchali jego opowieści o sztuce i kulturze tego południowego ludu, odsuwali się od niego po kolei, aż wreszcie akademik został sam u końca stołu i milczał.

Afra i Gizela, nasycone pożywną kolacją i strasznymi opowieściami na wszystkie możliwe tematy, poszły do izby, w której, jak już podczas wszystkich minionych nocy, spały we wspólnym łóżku.

Około północy monotonne zawodzenia nocnego strażnika rozbrzmiewające na Bruckengasse wyrwały Afrę ze snu. Jego przenikliwy, wibrujący głos już dawno przebrzmiał, ale dziewczyna nie mogła zasnąć. Myślami błądziła wokół ukrytego w księdze pergaminu, który nagle stał się jej bardzo bliski.

W pewnym momencie, gdy częściowo zapadła już w sen, poczuła, jak czyjaś ręka głaszcze ją delikatnie po piersiach, pieści jej brzuch, wpycha się między uda i podnieca ją kolistymi ruchami. Dziewczyna wpadła w przerażenie.

Do tej pory Gizela nie dawała najmniejszego powodu do przypuszczeń, że ma skłonność do własnej płci. Bardziej jednak zaniepokoiło Afrę to, że sama wcale nie starała się położyć kresu lubieżnym zachowaniom wdowy. Wręcz przeciwnie – jej czułe dotknięcia sprawiały Afrze dużą rozkosz. Pozwoliła się pieścić, oddała swoje ciało drugiej kobiecie, wreszcie zaś sama wyciągnęła ramiona i najpierw z wahaniem, później zaś coraz natarczywiej zaczęła poznawać okazałe ciało Gizeli.

Na wszystkie świętości, nigdy by nie pomyślała, że ciało kobiety może sprawić tyle rozkoszy! Kiedy poczuła język Gizeli między nogami, wydała z siebie krótki, stłumiony krzyk i gwałtownie odwróciła się na bok.

Resztę nocy spędziła z otwartymi oczami i rękami skrzyżowanymi pod głową. Rozmyślała o tym, czy kobieta może kochać zarówno kobiety, jak i mężczyzn. Była wzburzona i wytrącona z równowagi tym nocnym zajściem. Z ogromnym niepokojem oczekiwała kolejnego dnia.

Nie wiedziała zbyt dobrze, jak ma się następnego ranka zachowywać w stosunku do Gizeli. Dlatego też o świcie wymknęła się ze wspólnego posłania, ubrała się i udała do klasztoru Świętego Piotra po drugiej stronie rzeki.

Klasztor wznosił się w cieniu katedry, u podnóża Mniszej Góry, i częściowo wbijał nawet w skałę otaczającą miasto niczym gruby wał obronny. Żelazna brama zagradzała drogę do opactwa, gdzie już od wczesnego brzasku trwał jak co dzień ożywiony ruch. Przed furtą koczowali wszelkiego rodzaju żebracy, kilka dziewek, którym noc nie przyniosła zarobku, oraz czterech młodych studentów podążających do Pragi, proszący o poranną zupę.

Gdy Afra przeciskała się do wejścia obok czekających, zatrzymał ją jakiś bezzębny starzec, na którym odzienie zwisało w strzępach, i napomniał ją, żeby ustawiła się w kolejce jak wszyscy pozostali, chociaż może myśli, że w tej swojej wytwornej sukni jest kimś lepszym. Na szczęście w tej samej chwili otwarto furtę i żebracy wdarli się na dziedziniec klasztorny.

Młody furtian, niedoświadczony nowicjusz ze świeżą tonsurą, popatrzył nieufnie na Afrę, gdy oświadczyła mu, że w bardzo pilnej sprawie pragnie rozmawiać z bratem bibliotekarzem. Powiedział, że pryma jeszcze się nie skończyła, Afra musi się więc uzbroić w cierpliwość. Jeśli jednak chce porannej zupy...

Dziewczyna podziękowała, chociaż z czarnego od sadzy kotła z mleczną zupą, którą dwaj mnisi wnieśli na dziedziniec, rozchodził się smakowity zapach. Żebracy niczym zwierzęta rzucili się na kocioł z miskami oraz skorupami, które przynieśli ze sobą, nabierając porcje białej brei.

Wreszcie pojawił się brat bibliotekarz – mnich wyglądający raczej jak młodzieniec. Nie miał jeszcze wypisanej na twarzy surowości życia klasztornego i uprzejmie zapytał, czego Afra sobie życzy. Z konieczności posłużyła się kłamstwem. Bibliotekarz nie powinien przecież nabrać żadnych podejrzeń.

– W ciągu najbliższych dni ma się u was pojawić pewien kupiec ze Strasburga – zaczęła z ogromną pewnością siebie. – Jest w drodze do Włoch i wiezie ze sobą ładunek ksiąg przeznaczony dla klasztoru na Monte Cassino.

– Masz na myśli młodego Melbrügego! Co z nim?

– Mnisi w Strasburgu przez pomyłkę dali mu niewłaściwą księgę. Chodzi o *Compendium theologicae veritatis*. Poproszono mnie, żebym przywiozła ją z powrotem do Strasburga.

Bibliotekarz wykrzyknął:

– Bóg chciał inaczej! Przybywacie za późno, panienko. Melbrüge odjechał już dwa dni temu do Wenecji!

– To niemożliwe!

– Dlaczego miałbym was okłamywać, panienko? Melbrüge bardzo się spieszył. Zaproponowałem mu nocleg. Ale odmówił, wyjaśniając, że jeszcze przed nastaniem zimy chce przemierzyć przełęcz w górach zwanych Taurami. Później byłoby to zbyt niebezpieczne.

Afra nabrała powietrza.

– Wobec tego dziękuję – powiedziała zrezygnowana. Zatrzymała się na drewnianym moście i pogrążona w myślach patrzyła na turkusową górską rzekę Salzach. W porannej ciszy można było usłyszeć głośny plusk wody, którą niosła ze sobą. Afra pomyślała, że może powinna dać sobie spokój. Może lepiej będzie, jeśli wszystko potoczy się swoim trybem? Nagle poczuła muśnięcie wiatru. Obok jej głowy przefrunął gołąb, wystrzelił jak strzała i poleciał w górę rzeki – na południe!

Od strony Bruckengasse zbliżała się ku Afrze Gizela. Wyglądała na zmieszaną i zaczęła jej robić wyrzuty:
– Martwiłam się. Potajemnie wykradasz się z łóżka. Gdzie byłaś o tak wczesnej porze?
Afra spuściła wzrok, mniej z powodu wyrzutów, które spotkały ją ze strony wdowy po Kuchlerze, bardziej zaś ze względu na wydarzenia minionej nocy. Gizela za to zdawała się w ogóle na to nie zwracać uwagi, jakby nic się nie stało. Wreszcie Afra odpowiedziała:
– Miałam coś do załatwienia w klasztorze Świętego Piotra. To był powód mojej podróży. Niestety, nie udało mi się zrobić tego, co zamierzałam. Muszę jechać dalej do Wenecji. Znaczy to, że tutaj nasze drogi się rozchodzą.
Gizela zmierzyła Afrę przenikliwym wzrokiem.
– Do Wenecji? – zapytała po chwili. – Chyba zwariowałaś! Nie słyszałaś, że tam szaleje dżuma? Nikt dobrowolnie nie naraża się na takie niebezpieczeństwo.
– Wcale nie robię tego dobrowolnie. Mam do załatwienia pewne zlecenie. Poza tym nie będzie tak źle, może znajdę u Bruckenwirta jakiegoś woźnicę, który ma zamiar przejechać przez Alpy. Tobie w każdym razie dziękuję za to, że mi pomogłaś i przywiozłaś mnie aż tutaj.
Obie kobiety zmierzały w milczeniu w stronę zajazdu Bruckenwirta.

– Kazałam już zaprzęgać – powiedziała Gizela, gdy znalazły się przed wykończoną okrągłym łukiem bramą zajazdu.
– Twój bagaż jest jeszcze w izbie.
Afra w milczeniu skinęła głową. Nagle obie padły sobie w ramiona i zaszlochały. Afra najchętniej odepchnęłaby od siebie Gizelę – w każdym razie tego domagał się jej wewnętrzny głos – ale to było niemożliwe. Czuła się nieco bezradna w jej objęciach, powiedziała więc:
– Konie są zaprzężone!
Bruckenwirt wyszedł z bramy i położył kres pożegnaniu kobiet. Gizela zamilkła na chwilę, po czym odezwała się:
– Obie pojedziemy do Wenecji.
Afra spojrzała na nią ze zdumieniem.
– Przecież masz jechać do Wiednia! Po co ci Wenecja?
– Ach, co tam! Właściwie jest mi wszystko jedno, gdzie sprzedam swoje towary, czy w Wiedniu, czy w Wenecji, co to za różnica?
– Nie wiem – odparła Afra, którą zdumiała ta nagła przemiana Kuchlerowej. – Nie mam pojęcia o handlu tkaninami. Czy jednak sama przed momentem nie przestrzegałaś mnie przed podróżą do Wenecji?
– Plotę, co mi ślina na język przyniesie – rzekła Gizela, śmiejąc się.
Jeszcze tego samego dnia wyruszyły w kierunku Wenecji.

Przejście przez Taury, góry, do których dotarły nazajutrz, było strome, uciążliwe i konie pokonały je ostatkiem sił. Miejscami Afra i Gizela musiały iść obok wozu i pchać go, żeby wejść na wzniesienie. Opuszczone wraki wozów na skraju drogi i szkielety zdechłych zwierząt pociągowych były świadectwem dramatów, które się rozgrywały na kamienistej drodze wiodącej na południe.

Czwartego dnia, już u kresu sił, dotarły do doliny rzeki Drawy i tętniącego życiem miasteczka Villach, utrzymującego się z pobliskich kopalń i licznych przedsiębiorstw handlowych, których interesy sięgały aż do Augsburga, Norymbergi i Wenecji. Biskupi Bambergu od kilkuset lat opiekowali się tym przynoszącym zyski miastem, rządząc nim twardą ręką.

W jednym z licznych zajazdów, którymi został obudowany ruchliwy plac rynek, kobiety zrobiły sobie dzień odpoczynku. Gospodarz uważał, że pogoda jest korzystna, zatroszczył się również o wyczerpane konie. Twierdził, że za trzy dni dojadą do Wenecji, zwrócił im jednak uwagę, że również od trzech dni nie przyjechała stamtąd żadna furmanka.

Gdy wdowa zajmowała się ładunkiem i końmi, Afra rozpytywała w innych zajazdach, czy ktoś może widział strasburskiego kupca Gereona Melbrügego. Pewien sukiennik z Konstancji spotkał kiedyś podobno starego Michela Melbrügego, ale było to wiele lat temu. Na pytania Afry o młodego Gereona wszędzie tylko kręcono przecząco głową, co przygnębiało ją coraz bardziej.

Nagła sympatia, która niczym ogień wybuchła między Afrą a Gizelą, bez wyraźnego powodu zmieniła się podczas tej uciążliwej podróży w zakłopotanie. Chociaż, podobnie jak dawniej, spały w zajazdach we wspólnym łóżku, unikały wszelkich czułości, wzbraniały się nawet przed jakimkolwiek możliwym dotknięciem w obawie, że towarzyszka może z tego wyciągnąć niewłaściwe wnioski.

Dalsza podróż przebiegała więc raczej w milczeniu. Często godzinami żadna z nich nie odzywała się słowem. Obserwowały krajobraz, który stawał się coraz bardziej płaski. Droga długo prowadziła wzdłuż wyschniętego koryta rzeki wijącego się niezdecydowanymi zakolami przez spaloną słońcem równinę.

Trzeciego dnia około południa zobaczyły na horyzoncie słupy ciemnego dymu. Afra pomyślała, że to ogniska rozpalone z powodu dżumy, ale milczała. Gizela chyba nie zwróciła na dym specjalnej uwagi i batem ponagliła konie do kłusu. Utwardzona droga z dawnych czasów ciągnęła się prosto jak po sznurku przez rozległą równinę. Dotarły zatem do celu szybciej, niż myślały.

Od pewnego czasu nie spotkały po drodze żadnej furmanki. Prawie więc się ucieszyły, gdy nagle zagrodził im drogę mężczyzna o zdecydowanym spojrzeniu, trzymający w poprzek halabardę.

– *Dove, belle signore?* – zawołał do nich, a Gizela już wyciągnęła monetę, aby się wykupić. Kiedy jednak zauważył, że kobiety przybywają zza Alp, zapytał łamaną niemczyzną:
– Dokąd, piękne panie?
– Mówicie naszym językiem? – Gizela nie kryła zdumienia. Mężczyzna wzruszył ramionami i rozłożył ręce.
– Każdy wenecjanin mówi kilkoma językami, jeśli nie upadł na głowę. Musicie wiedzieć, że Wenecja to światowe miasto. Chcecie się tam dostać?

Obie skinęły potakująco głowami.

– Wiecie, że w Wenecji szaleje dżuma? Popatrzcie na te ognie po drugiej stronie na wyspach. Palą tam trupy, chociaż to wbrew naukom Kościoła, naszej świętej Matki. Lekarze znający się na dżumie mówią, że to jedyny sposób, aby zapanować nad zarazą.

Afra i Gizela popatrzyły po sobie stropione.

– Oficjalnie nikt nie może wjechać do miasta ani go opuścić – ciągnął wenecjanin. – Tak postanowiła Signoria, rada Wenecji. Ale miasto jest duże i składa się z wielu wysepek niezbyt oddalonych od wybrzeża. Kto by więc to wszystko skontrolował?

– Jeśli dobrze was zrozumiałam, moglibyście przeprawić nas do miasta? – zapytała ostrożnie Gizela.

– Tak właśnie, nie inaczej, *belle signore!* – stopniowo mężczyzna stawał się dla nich milszy. – Jestem Jacopo, rybak z Santa Nicola, najmniejszej zamieszkałej wyspy w lagunie.

Jeśli chcecie, przeprawię was razem z ładunkiem moją barką do Rialto, gdzie mieszkają kupcy i handlarze. Co wieziecie?
– Tkaniny wełniane ze Strasburga – odpowiedziała Gizela.

Jacopo cicho gwizdnął przez zęby.

– W takim razie na pewno chcecie się dostać do *Fondaco dei Tedeschi*.

Gizela znała tę nazwę – w tym budynku na Rialto miały swoje siedziby najważniejsze domy handlowe z Niemiec. Chociaż Gizela była zaledwie skromną wdową po tkaczu wełny, prowadzącą interesy po śmierci męża, powiedziała jednak:

– Tak, właśnie tam chcemy się dostać.

Rybak zaproponował ponadto, że zadba o konie i wóz, aż *signore* załatwią swoje sprawy. Zapytany o cenę za taką uprzejmość, odparł, że co do tego już się jakoś zgodzą.

Podobnie jak większość rybaków z laguny, Jacopo miał na lądzie drewnianą chatę, gdzie było miejsce na zaprzęg konny i materiały budowlane. Tam skierował obie kobiety. Niedaleko na płytkiej wodzie kołysała się jego barka. Nad morzem zapadł zmierzch. Spoza tumanów gryzącego, ciemnego dymu można było tylko się domyślać zarysów Wenecji.

– Pora jest sprzyjająca – powiedział Jacopo, gdy rozładowywali wóz. Ponaglał kobiety: – Zanim nad wyspami zapadnie noc, musimy znaleźć się u celu. Zdradzi nas każdy blask światła.

Afra po raz pierwszy ujrzała bele materiałów, które Gizela, dobrze zapakowane, wiozła ze sobą. Były wśród nich delikatne jednobarwne materiały koloru przytłumionej ochry i błyszczącej purpury, ale znajdowały się tam także tkaniny o artystycznych wzorach, z kwiatami i girlandami, odpowiadających gustom epoki. Wyładowując jedną belę za drugą, pogrążona w myślach Afra oglądała materiały. Nagle znieruchomiała.

Nie zdumiał jej tak jadowicie zielony kolor sukna, to wzór zwrócił jej uwagę. Naraz jak żywa stanęła jej przed oczami scena, kiedy to napadnięto ją w Strasburgu, w domu na Bruderhofgasse, i odurzono nasączonym czymś kłębem materiału. Miał ten sam kolor, ten sam wzór utkany ze złota: krzyż z poprzeczną belką. Afra z trudem chwytała powietrze. Czuła się tak, jakby krew kipiała jej w żyłach.

Zdawało się, że Gizela nie dostrzegła niepokoju, który ogarnął Afrę. Była skupiona na swojej pracy, nie zauważyła więc również, że dziewczyna drży na całym ciele. Nosząc na barkę bele z tym osobliwym wzorem, usiłowała nadać jakiś sens swojemu odkryciu. Jej myśli gnały jak szalone. Wahały się między: „wszystko to tylko przypadek" a: „napuszczono Gizelę na ciebie, aby wydarła ci tajemnicę pergaminu". Z trudem udało się Afrze zachować pozorny spokój.

Kiedy zakończono przeładunek, Jacopo, odpychając łódź drągami od dna, poprowadził barkę po płaskiej lagunie w kierunku dalej położonych wysp. Przepłynąwszy pół mili, dotarli na głęboką wodę, gdzie rybak chwycił za wiosła. Nie byli jedynymi osobami, które pod osłoną zmroku zbliżały się do leżącego na wyspach miasta. Wioślarze porozumiewali się ze sobą cichymi gwizdnięciami. Dzięki temu mogli być pewni, że nie spotkają żadnego z wartowników, którzy szybkimi, wąskimi łodziami krążyli po lagunie, pilnując, aby nikt się nie przedostał do zadżumionego miasta. Poza tym ani Jacopo, ani jego pasażerowie nie odzywali się słowem.

Wydawało się, że podróż tą łodzią nigdy się nie skończy. W Afrze rósł paniczny lęk. Lęk przed nieznanym, przed zarazą i przed Gizelą, gdyż czuła, że nie może jej już ufać.

W ciemnościach, z rzadka tylko rozświetlanych przez sierp rosnącego księżyca, wyspy przesuwały się obok nich jak olbrzymie statki. Wydawało się, że Jacopo trafiłby w odpowiednie miejsce nawet we śnie. Pewnie skierował barkę przez cieśninę między wysepkami San Michale i San Christofano, wreszcie zaś przybił do długiego budynku o wąskich otworach okiennych.

Kamienne, opłukiwane wodą stopnie wiodły do otwartej drewnianej bramy. Za nią ukazało się niskie pomieszczenie, w którym leżały sterty drewna, skór, wełny oraz niezliczone skrzynie i beczki. Jacopo poinformował je, że tutaj ich ładunek będzie na razie bezpieczny.

Cannaregio, bo tak nazywała się najbardziej wysunięta na północ dzielnica Wenecji, była zamieszkana głównie przez rzemieślników i handlarzy, właścicieli małych sklepików. Wszyscy tutaj żyli we wspólnocie, a obcy przybysze budzili raczej nieufność. Między stałymi mieszkańcami panowała jednak harmonia, kto by się więc ośmielił zamknąć na noc dom, spotkałby się z podejrzliwością i dałby powód do niejednej wątpliwości.

Odosobnienie mieszkańców Cannaregio miało ten skutek, że dżuma była tu rozpowszechniona w znacznie mniejszym stopniu niż w południowej i wschodniej części Wenecji, królestwie handlu i warsztatów okrętowych, gdzie w pewnych okresach liczba obcych przybyszów przewyższała liczbę wenecjan.

Afra i Gizela znalazły nocleg w skromnym zajeździe w pobliżu składu. Właściciel wynajmował na pierwszym piętrze swojego zmurszałego domu legowiska na słomie, która – sądząc po rozsiewanych zapachach – pochodziła z ubiegłorocznych żniw. Obie kobiety musiały jeszcze dzielić to leże z dużą rodziną z Triestu, która tu wylądowała i której od trzech tygodni uniemożliwiano dalszą podróż.

Niezbyt miłe warunki były Afrze właściwie na rękę. Noc sam na sam z Gizelą w jednej izbie wprawiłaby ją w ogromny niepokój. Czuła się śledzona i nie wiedziała, jak ma się zachowywać.

Powiedzenie Gizeli prawdy w oczy wydawało się zbyt ryzykowne. Afra nie była pewna, jak Kuchlerowa zareagowałaby na wieść, że jej podwójna gra została przejrzana. Póki więc utrzymywała ją w przekonaniu, że nie ma pojęcia o jej tajemnych knowaniach, nie musiała się niczego obawiać.

Nazajutrz rano obie porozumiały się co do tego, że każda z nich zajmie się własnymi sprawami. Ich stosunki wyraźnie się ochłodziły. W każdym razie Gizela przestała dopytywać się o to, jakie są dalsze plany jej towarzyszki podróży.

Gdzie szukać Gereona Melbrügego? Wenecja była jednym z największych miast świata i miała więcej mieszkańców niż Mediolan, Genua i Florencja razem wzięte. Poszukiwanie przysłowiowej igły w stogu siana nie mogło być trudniejsze niż znalezienie kupca Gereona Melbrügego ze Strasburga.

Afra wątpiła, żeby Gereonowi udało się w ogóle przedostać do Wenecji, gdyż bez pomocnika w rodzaju Jacopa, który znał lagunę jak własną kieszeń, było prawie niemożliwe dotrzeć z lądu do tego miasta położonego na licznych wyspach. W zasięgu wzroku okolice patrolowały szybkie łodzie strażników egzekwujących przepisy związane z dżumą. A jeśli kupcy byli uparci i nie chcieli się do nich stosować, strażnicy podpalali obce okręty strzałami ognionośnymi i zatapiali je wraz z ładunkiem i załogą.

Minęło akurat pięćdziesiąt lat od czasu, gdy czarna śmierć zabrała połowę wenecjan. Okręty z dalekich krajów przywiozły na wyspy razem z ładunkami tysiące szczurów, a z nimi zarazę. Poświęcone dżumie niezliczone obrazy i ołtarze w wąskich uliczkach informowały o tysiącach ludzi, których czarna śmierć pozbawiła życia.

Wenecjanie wierzyli, że pobożne modlitwy do świętego Rocha, kadzidła mężów znających się na ziołach i środki ostrożności podczas rozładowywania okrętów raz na zawsze wybawią ich od zarazy. Nagle jednak, po pięćdziesięciu latach, kiedy miasto czuło się bardzo bezpieczne, na ulicach zaczęto spotykać ludzi z napuchniętymi szyjami, z guzami i wrzodami na twarzach i całym ciele, a ci, których spotykano dzisiaj, jutro już nie żyli.

Pestilenza! Wołanie to raz po raz rozbrzmiewało w Wenecji i rozchodziło się po mieście lotem błyskawicy. Na pustych uliczkach odbijało się echem, jakby jakiś niesamowity dzwonnik wzywał na Sąd Ostateczny.

Afra sama nie umiała powiedzieć, jaki diabeł w nią wstąpił, że zdecydowała się na tę zakazaną przeprawę. Teraz błądziła bez celu po zadymionych uliczkach. Kadzidłami z tajemnych ziół, za które z bezmiernego strachu płacono ogromne sumy, wenecjanie usiłowali zniszczyć czarną śmierć.

Praktyki tego rodzaju przynosiły niewielkie korzyści. Im bardziej bowiem Afra zbliżała się do Rialto, dzielnicy eleganckich handlarzy i bogatych kupców, tym więcej mężczyzn i kobiet, a nawet dzieci w ramionach matek, leżało pozornie bez życia w uliczkach, z nieruchomym wzrokiem i szeroko rozwartymi ustami. Nie byli jednak martwi.

Medyk od zadżumionych, mężczyzna w długim czarnym płaszczu, którego kołnierz wystawał mu aż nad głowę, w kapeluszu z szerokim otokiem, z twarzą ukrytą za maską wyobrażającą dziób ptaka, aby nikt nie podchodził do niego zbyt blisko, człapał od jednego do drugiego i badał ukłuciem, czy dają jeszcze znaki życia. Jeśli zauważył jakiś ruch, wyciągał butelkę z mleczną zawartością i wlewał łyk w otwarte usta chorych. Jeśli zaś nie dostrzegł żadnych objawów życia, kredą na bruku rysował krzyż.

To był znak dla *beccamorti*, grabarzy, którzy wykonywali swoje czynności w stanie absolutnego upojenia alkoholowego. Aby w ogóle znaleźć ludzi do wykonywania tej pracy, rada miejska zapewniała każdemu grabarzowi tyle winiaku, ile tylko mógł wypić. Zataczali się więc po uliczkach między dyszlami dwukołowych wózków, na które ciskali trupy, żeby następnie przewieźć je na miejsce spalenia.

Stosy płonęły na wszystkich placach, wzniecane ludzkimi pochodniami. Było widać, jak ciała prostują się pod wpływem ognia, jakby chciały się przeciwstawić tak strasznemu końcowi. Afra widziała starców z płonącymi brodami i małe dzieci zwęglone jak szczapy drewna. Zaczęła biec, byle dalej od tego okropnego widoku. Z odrazą przycisnęła do twarzy podkurczoną rękę. W ten sposób przeszła przez kilka mostów, pod którymi płynęły towarowe łodzie ze zwłokami.

Dotarłszy do Rialto, gdzie nad kanałem rozpinał się wysoki drewniany most, przystanęła. Z Canale Grande, który przecinał miasto niczym odwrócone „S", wydobywał się wprawdzie jeszcze wystarczająco silny odór, ale Afra była bardzo zadowolona, że nie cuchnie już dymem i spalonymi ludzkimi ciałami.

Na Rialto, gdzie mieszkańcy byli znacznie zamożniejsi niż w Cannaregio, śmierć okazała się nie mniej straszna niż w innych dzielnicach miasta. Jak wszędzie z lęku przed zarażeniem układano trupy przed drzwiami domów. Tyle że tutaj przykrywano je białymi płótnami. Był to wątpliwy zwyczaj, kiedy bowiem przybywali *beccamorti* i ściągali płótna, musieli najpierw walczyć ze sforami tłustych szczurów, swobodnie żerującymi na zadżumionych. Niektóre z tych ohydnych gryzoni osiągały wielkość kotów i rzucały się na grabarzy, gdy ci usiłowali przepędzać je kijami.

Ze wspaniałego domu z kolumnami i balkonami wychodzącymi na Canale Grande dobiegała swawolna muzyka i pisk pijanych kobiet, chociaż przed drzwiami leżały dwa trupy. Afra nie potrafiła zrozumieć, co odbywa się w tym budynku, toteż przyspieszyła kroku. Wtedy jednak drzwi się otworzyły. Wyskoczył z nich jakiś młodzieniec w zielonym aksamitnym ubraniu, chwycił ją za nadgarstki i wciągnął do środka. Afra nie wiedziała, co się z nią dzieje.

W atrium domu urządzonego kosztownymi meblami muzykanci wygrywali orientalne melodie na rozmaitych trąbkach, lutniach i bębenkach. Tańczyły do niej jaskrawo uszminkowane dziewczęta w kolorowych kostiumach. Kociołki z kadzidłami rozprzestrzeniały odurzający zapach.

– *Venga, venga* – wykrzyknął młodzieniec, usiłując nakłonić Afrę do tańca. Ona jednak pozostała sztywna jak posąg. Młodzieniec przekonywał ją coraz gwałtowniej, ale Afra go nie rozumiała. Wreszcie spróbował ją pocałować. Wtedy kobieta tak mocno go od siebie odepchnęła, że upadł na podłogę. Całe to zajście wywołało powszechny śmiech.

Z głębi pomieszczenia podszedł do Afry medyk od zadżumionych. Pod pachą trzymał maskę wyobrażającą głowę ptaka. Na jego twarzy pojawił się miły uśmiech.

– Zapewne przybywacie z północy, zza Alp? – zapytał w jej języku, ale z wyraźnym akcentem.

– Tak – odparła Afra. – Co się tutaj dzieje?

– Co się tutaj dzieje? – Doktor się roześmiał. – Życie, panienko, życie! Czyż bowiem wiemy, jak długo jeszcze potrwa? Dwoje zmarłych w tym domu jednej nocy! Nie pozostaje nic więcej, jak tańczyć. A może macie jakąś lepszą propozycję?

Afra potrząsnęła przecząco głową. Nieomal zawstydziła się swojego pytania.

– I nie macie żadnego lekarstwa na tę pustoszącą zarazę?

– Jest wystarczająco dużo różnych napitków i tajemniczych eliksirów. Powstaje tylko pytanie, jak bardzo pomagają. Niektórzy wenecjanie twierdzą, że to sprawka różnych zielarzy i konowałów, którzy przywlekli tutaj dżumę, aby zarobić na swoich eliksirach. Już niejeden wenecjanin na łożu śmierci zapisał konowałowi pałac w testamencie, jeśli tylko nie pozwoli mu umrzeć.

Doktor wywrócił oczyma.

Afra omiotła wzrokiem rozbawionych ludzi. Na dwóch kanapach ze złotożółtego brokatu, stojących przed czarnym od sadzy kominkiem, na oczach wszystkich spółkowały ze sobą dwie na wpół ubrane parki. Potężna matrona o rudych włosach zadarła spódnice i pocierając się drewnianym fallusem, wprawiała się w stan ekstazy. Młodzi mężczyźni zagrzewali ją przy tym sprośnymi okrzykami.

Medyk wzruszył ramionami i spojrzał na Afrę, jakby chciał ją przeprosić.

– Każdy nadrabia to, co, jak mu się wydaje, zaniedbał w życiu. Kto bowiem wie, czy jutro będzie jeszcze w stanie to zrobić!

Nie trupy, które widziała na ulicach, tylko to rozpaczliwe wyuzdanie, ten strach mimo udawanej wesołości wypisany na wszystkich twarzach uświadomił Afrze, w co się właściwie wpakowała. I po raz pierwszy naszły ją wątpliwości, czy pergamin jest wart tego wszystkiego.

Nigdy nie wierzyła w diabła. Traktowała go zawsze jako wymysł Kościoła usiłującego nastraszyć swoje owieczki. Strach był najważniejszą kościelną metodą ucisku, strach przed wszechmocnym Bogiem, strach przed karą, strach przed śmiercią, wieczny strach. Było to absurdalne, ale sobie w tym momencie Afra zadała pytanie, czy to nie sam diabeł sprawił, że pergamin dostał się w jej ręce.

– Co właściwie sprowadza was w takich czasach do Wenecji? – usłyszała pytanie medyka.

Jego głos brzmiał, jakby dochodził z bardzo daleka.

– Przybywam ze Strasburga i szukam kupca o nazwisku Gereon Melbrüge. Jest on w drodze do klasztoru Monte Cassino. Nie spotkaliście go przez przypadek?

Medyk się zaśmiał.

– Równie dobrze moglibyście mnie zapytać, czy zauważyłem konkretne ziarnko piasku na wyspie Burano. Kupców w Wenecji jest jak ziarenek piasku nad morzem. Jeśli mogę wam coś doradzić, zapytajcie w *Fondaco dei Tedeschi*, ciągnącym się długo budynkiem, który znajduje się tuż przy wielkim moście. Być może tam ktoś będzie umiał wam pomóc!

Afra obserwowała z zainteresowaniem, jak medyk odkorkowuje dwie butelki wina. Jedną podał jej, drugą sam przytknął do ust. Zauważywszy wahanie młodej kobiety, powiedział:

— Pijcie! Czerwone wino z Reneto to najlepsze lekarstwo na dżumę, może nawet jedyne. Pijcie z butelki i nie oddawajcie jej nikomu innemu. Przede wszystkim jednak, jeśli chcecie przeżyć w tym mieście, strzeżcie się wody.

Afra bez namysłu przytknęła butelkę do ust i opróżniła ją do połowy. Wino smakowało cierpko, ale dobrze się po nim poczuła. Kiedy zakorkowywała butelkę, dostrzegła młodzieńca w zielonym aksamicie. Oparty o marmurową kolumnę, siedział na podłodze i szeroko otwartymi oczami przyglądał się tańczącym dziewczętom.

Podeszła do niego i przekrzykując głośną muzykę, zawołała:

— Wybaczcie, jeśli tak prostacko popchnęłam was na ziemię. Ale nie lubię, jak mi się kradnie całusy.

Podszedł medyk. Ponieważ młodzieniec nie reagował, rzekł:

— On nie rozumie waszego języka! — W końcu przetłumaczył słowa Afry na dialekt wenecki, gdy jednak chłopak nadal się nie ruszał, schwycił go za ramię i wykrzyknął:

— *Avete il cervello a posto?*

Ale młodzieniec osunął się na bok jak worek grochu.

Muzykanci, którzy byli świadkami tego zajścia, jeden po drugim zamilkli. Dobosz krzyknął:

— *E morto!* Nie żyje!

Wśród jeszcze tańczących i bawiących się, rozhukanych gości wybuchła panika.

— *La pestilenza!* — rozległy się liczne krzyki w całym pałacu. — *La pestilenza!*

Roześmiane tancerki, które właśnie ukazywały zalety swoich nieskazitelnych ciał, przykucnęły półkolem wokół młodzieńca leżącego z podwiniętymi nogami i z przerażeniem patrzyły w jego otwarte oczy. Później rzuciły się do ucieczki i wraz z innymi gośćmi wybiegły na ulicę.

Również Afra w towarzystwie medyka podążyła ku wyjściu. Potrząsnął głową:

– Przez jeden dzień i jedną noc był to najbogatszy wenecjanin, syn armatora Pietra Castagny. Dopiero wczoraj zaraza zabrała mu matkę i ojca. Takie jest życie.

Inaczej niż zwykle w *Fondaco dei Tedeschi* panowała grobowa cisza. Już od dwóch tygodni nie zawitał tu żaden kupiec. W składach handlowych w nieprzejrzanym chaosie nawarstwiały się skóry, materiały, przyprawy korzenne, egzotyczne drewna, beczki z winem i suszone ryby. Niewyobrażalny odór przenikał rozległe hale. Uzbrojeni strażnicy zagradzali wstęp wszystkim niepowołanym.

W jednym rogu hali wejściowej nudzili się dwaj osowiali kantorzyści. Wyglądali na wenecjan, mimo to jednak władali językiem niemieckim, a ich twarze wyraźnie się rozjaśniły, gdy Afra spytała o Gereona Melbrügego, kupca ze Strasburga, który ponoć zatrzymał się tu na postój.

Dawniej, powiedział jeden z nich, najwyraźniej poruszony widokiem Afry, kupiec Melbrüge pojawiał się w *Fondaco* co najmniej dwa razy do roku, ale od dwóch czy trzech lat nikt go tutaj nie widział. Jest to jednak całkiem zrozumiałe w jego wieku. Nie, już dawno go nie widzieli.

Afra musiała użyć całej swojej siły przekonywania, zanim zdołała wyjaśnić kantorzystom, że nie jest zainteresowana starym Michelem Melbrügem. Ten już nie żyje. Ona szuka jego syna Gereona, który podobno przebywa w Wenecji.

Obaj mężczyźni spojrzeli dziwnie po sobie, jakby tym pytaniem wzbudziła w nich jakieś podejrzenia. Po czym jeden z nich odpowiedział, że nie znają nikogo o nazwisku Gereon Melbrüge. Poza tym od ponownego wybuchu *pestilenzy* żaden cudzoziemski kupiec nie przekroczył ani nie opuścił bram miasta. Kąśliwą uwagę Afry, że przecież dobrze wiedzą, że jest wystarczająco dużo ukrytych przejść, o ile tylko ktoś jest gotów za to zapłacić, obaj skwitowali udawanym oburzeniem. Jest to plotka, jedna z wielu, które w tych dniach krążą po uliczkach i kanałach.

Afra wyszła z *Fondaco* z uczuciem niepewności. W każdym razie zachowanie obu kantorzystów wydawało się jej jakieś dziwne. Chociaż jednak rozmyślała nad tym bardzo intensywnie, nie zbliżyło jej to do żadnego rozwiązania. Bez celu błąkała się po mieście w poszukiwaniu mężczyzny, którego nigdy wcześniej nie widziała, gdyby więc nawet go spotkała, w żaden sposób by go przecież nie rozpoznała.

Cierpienie tym szybciej słabnie, im gwałtowniej się pojawia. Tak więc Afra, zobojętniała na wszystko, co się wokół niej dzieje, udała się w drogę powrotną do zajazdu w Cannaregio. Przestała myśleć o tysiąckrotnych zgonach, z którymi się spotykała, i o powodach swojego pobytu w Wenecji. Jakby z oddali dostrzegała stojące otworem domy, kredowe krzyże na drzwiach, znaki tego, że już wszyscy mieszkańcy padli ofiarą czarnego moru.

Również półnagie, krwawiące postaci biczowników, którzy wzajemnie smagali się aż do krwi i ciągnęli przez miasto w rozmodlonych, lamentujących procesjach, prawie w ogóle nie budziły jej zainteresowania. I chociaż tylko kwestią czasu było, żeby i ona padła ofiarą zarazy, zachowywała osobliwy spokój. Od czasu do czasu pociągała łyk wina z butelki, którą podarował jej medyk w ptasiej masce. Czuła się niemal tak, jakby to nie ona, lecz jakaś obca kobieta chodziła po mieście.

W drodze przez pełne zaułków uliczki za punkt orientacyjny służyła jej wieża kościoła pod wezwaniem Madonny dell' Orto. Świątynia znajdowała się na północy, w pobliżu zajazdu, gdzie się poprzedniego dnia zatrzymały. Spróchniały, omszały most z drewna prowadził od Campo dei Mori na plac przed kościołem wzniesionym z czerwonej cegły, a przez to przypominającym raczej północny zamek warowny niż wenecką świątynię. Okrągłe okno na fasadzie było większe niż portal, który z daleka wyglądał jak furta klasztoru Dominikanów w Strasburgu.

Afrze natychmiast rzuciła się w oczy postać kobiety obok bram kościoła. Była to Gizela. Można było sądzić, że kogoś wypatruje. Afra wcisnęła się w murowaną niszę w pobliżu mostu. Po niedługim czasie od strony lewego brzegu kanału zaczął się zbliżać mężczyzna w czarnej todze. Jego strój nie przypominał ani stroju księdza, ani też mnicha, raczej już kaftan eleganckiego akademika.

Z tego, co dziewczyna mogła ocenić z oddali, Gizela nie znała tego mężczyzny. W każdym razie powitanie obojga wyglądało na dość powściągliwe. Oczywiście Afrze od razu przemknęła przez głowę myśl, że ten nieznajomy to właśnie Gereon Melbrüge. Dlaczego jednak, na Boga, ma na sobie to osobliwe przebranie?

Po krótkiej wymianie zdań oboje weszli przez ciemny portal do wnętrza kościoła. Co to mogło znaczyć?

Afra szybko przeszła przez plac i podążyła za nimi do kościoła. Wewnątrz panował mrok. Przed bocznymi ołtarzami po obu stronach środkowej nawy paliło się mnóstwo maleńkich światełek. Na kamiennej posadzce klęczało, siedziało lub leżało kilkudziesięciu rozmodlonych ludzi. Powietrze wypełniał gryzący odór spalenizny i modlitewna mamrotania wiernych.

Na ławce przed jednym z bocznych ołtarzy dziewczyna ujrzała Gizelę i obcego mężczyznę. Jak gdyby pogrążeni w cichej modlitwie, siedzieli zgodnie obok siebie. W półmroku zbliżyła się do obojga i ukryła za kolumną, w odległości niespełna pięciu kroków, w każdym razie wystarczająco blisko, żeby być świadkiem ich rozmowy.

– Powiedzcie jeszcze raz, jak się nazywacie! – zażądała szeptem Gizela.

– Joachim von Floris – odparł ubrany na czarno mężczyzna cienkim głosem kastrata.

– Nie jest to nazwisko, które mi podano!
– Oczywiście, że nie. Spodziewaliście się Amanda Villanovusa.
– Słusznie. To jest to imię!
– Amand Villanovus nie mógł przyjść. Musicie zadowolić się mną.

Obcy podwinął prawy rękaw i podetknął Gizeli pod nos przedramię.

Kuchlerowa odsunęła się trochę od nieznajomego i spojrzała mu w twarz. Milczała.

– Co to za dziwne imiona – powiedziała, gdy trochę doszła do siebie po początkowym przerażeniu. – Nie są chyba prawdziwe?

– Oczywiście, że nie. Byłoby to zbyt niebezpieczne. Żaden z nas nie zna prawdziwego nazwiska drugiej osoby. W ten sposób wszystkie ślady, które zostawiliśmy w przeszłym życiu, zostały wymazane. Na przykład Amand wziął sobie imię od sławnego filozofa i alchemika o tym samym imieniu, który z powodu swoich pism popadł w konflikt z inkwizycją. Sto lat temu postradał życie podczas dziwnego zatonięcia okrętu. Jeśli zaś idzie o mnie, to moje imię wywodzi się od proroka i uczonego Joachima von Florisa, którego pisma zostały potępione przez papieża na soborach w Lateranie i Arles. Joachim nauczał, że znajdujemy się w trzeciej epoce dziejów ludzkości, w epoce Ducha Świętego. Nazywał ją *Saeculum* czasów końca. I kiedy dzisiaj wyściubiam nos zza drzwi, myślę, że miał rację.

Gizela przez chwilę chłonęła słowa Joachima. Wreszcie zadała tajemniczemu mężczyźnie pytanie:

– Skoro ludzkość tak czy inaczej zmierza ku zagładzie, to po co nadal szukacie tego pergaminu? To znaczy, jaką korzyść mógłby wam jeszcze przynieść?

Słysząc te słowa, Afra poczuła się jak rażona piorunem. Nasłano na nią Gizelę, której o mało co by się zwierzyła!

W ciągu kilku sekund ułożyła sobie całą konstrukcję myślową. Materiał z wzorem przekreślonego krzyża, nagła gotowość Gizeli, żeby zamiast do Wiednia pojechać do Wenecji – wszystko to znalazło raptem wyjaśnienie. Oddychała z trudem. Poczuła nagłą potrzebę, żeby wypaść na dwór i głęboko do płuc nabrać powietrza. Stała jednak jak sparaliżowana, mocno trzymając się kolumny służącej za oparcie. Bez tchu słuchała dalszej rozmowy tych dwojga.

– Kto wie, jak długo potrwa jeszcze agonia ludzkości – zauważył Joachim w odpowiedzi na pytanie Gizeli – Wy nie, i ja nie. Ba!, nawet ten, od kogo wziąłem imię, nie miał pojęcia o dokładnym końcu tego świata, chociaż przepowiedział go swojemu stuleciu. A od tamtej pory minęło już dwieście lat.

– Myślicie więc, że na dokładnej wiedzy o tym, kiedy nastąpi koniec świata, można by jeszcze zbić niezły kapitalik?

Joachim von Floris zaśmiał się cicho. A potem przybliżył się jeszcze bardziej do Gizeli. Oboje dotykali się głowami, tak że Afra musiała zadać sobie sporo trudu, żeby zrozumieć następne zdania.

– Ufam, że nikomu nawet o tym nie napomkniecie! Pomyślcie o Kuchlerze, waszym mężu! – powiedział Joachim von Floris.

– Możecie mi zaufać.

– Otóż jest tak: oficjalnie pracujemy na zlecenie papieża Jana XXIII. Chociaż nasza organizacja jest z nim zwaśniona, rzymski *pontifex* poprosił nas o pomoc. Jan jest absolutnym głupcem. Ale znowu nie takim, żeby nie wiedzieć, że odszczepieńcy są bardziej przebiegli niż cała kuria z jej żądnymi pieniędzy kardynałami i skonfundowanymi *monsignori*. Dlatego też nawiązał kontakt z Melancholosem, naszym *primus inter pares*, i zaoferował dziesięć razy po tysiąc złotych dukatów, jeśli się nam uda dostarczyć pergamin do jego rąk.

– Dziesięć razy po tysiąc złotych dukatów? – powtórzyła Gizela z niedowierzaniem w głosie.

Joachim von Floris skinął potakująco głową.

– Melancholos, którego *pontifex* osiem lat wcześniej pozbawił godności kardynała, był nie mniej zdziwiony niż wy. Papież Jan XXIII jest, o czym wszyscy wiedzą, uosobieniem chciwości. Za pieniądze sprzedałby własną babkę i robiłby interesy z samym diabłem. Skoro więc, pomyślał Melancholos, jest on skłonny dać tyle pieniędzy za jakiś pergamin, to w rzeczywistości dokument musi być wart o wiele więcej. Za tysiąc złotych guldenów *pontifex* obdziela tytułem kardynalskim wraz z biskupstwem lub prebendą klasztorną od Bambergu po Salzburg. Ale *pontifex* daje dziesięciokrotnie więcej! Macie teraz wyobrażenie o wartości tego świstka.

– Matko Boska! – wyrwało się Gizeli.

– Przypuszczalnie jeszcze i tę by dorzucił na dokładkę.

– Ale co jest napisane w tym pergaminie?

Podekscytowana Gizela zapytała o to głośno.

Zagadkowy nieznajomy położył palec na ustach.

– Psyt. Nawet jeśli ludzie są zajęci innymi sprawami, ostrożności nigdy dosyć.

– Co jest napisane w pergaminie? – Gizela szeptem powtórzyła pytanie.

– To właśnie jest to wielkie pytanie, na które nie potrafi odpowiedzieć również nikt z naszych szeregów. Głowiły się już nad tym najtęższe umysły i tworzyły najrozmaitsze teorie. Jednak dla żadnej nie można znaleźć choćby najmniejszego punktu oparcia.

– Być może ten pergamin w jakiś sposób kompromituje papieża?

– Jana XXIII? Bo pęknę ze śmiechu! Jak jeszcze można by skompromitować tego potwora? Wszyscy wiedzą, że Jego Świątobliwość spółkuje z żoną własnego brata, podczas gdy ten żyje z siostrą kardynała Neapolu. Mało tego! Ulega niemoralnym popędom do kleryków i honoruje ich usługi miłosne, mianując ich przeorami bogatych klasztorów. Potajemnie

ludzie opowiadają sobie najdziksze historie o perwersyjnych skłonnościach Jego Świątobliwości!
– A wy w to wierzycie?
– Bardziej w każdym razie niż w dogmat Trójcy Przenajświętszej. Już sama nazwa „Trójca" to nadużycie! Nie, tego papieża nie można już bardziej skompromitować. Myślę raczej, że pergamin odsłania jakieś olbrzymie oszustwo, w którym chodzi o mnóstwo pieniędzy, jakie nie należą się papieżowi. Ale i to jest tylko przypuszczenie.
– Ponieważ nikt do tej pory nie widział tego pergaminu?
– Nie. Widział go nawet jeden z naszych. Pewien odszczepieńczy franciszkanin, który został alchemikiem. Miał na imię Rubald.
– Jak to miał?
– Rubald zachował się bardzo niezręcznie. Wydawało mu się, że zdoła sprzedać swoją wiedzę biskupowi Augsburga, dla którego warzył wszelkiego rodzaju eliksiry, żeby ten mógł zachować potencję, tę duchową. Jak się zdaje, eliksiry nawet skutkowały. Jakiś czas później znaleziono alchemika zasztyletowanego w Augsburgu.

Oparta o dającą schronienie kolumnę Afra ukryła twarz w dłoniach. Kiedy dwójka odszczepieńców cicho rozmawiała, przed jej oczami przemknęły jeszcze raz ostatnie lata życia. Wiele niewyjaśnionych zdarzeń zaczęło się z wolna układać w zrozumiałą całość. Po wszystkim, co dotychczas usłyszała, Afra była nawet rada, że nie ma już pergaminu przy sobie. Zbyt duże było ryzyko, że po raz kolejny ktoś ją napadnie i obrabuje, jak podczas podróży do Strasburga. Mogła tylko żywić nadzieję, że niemający o niczym pojęcia Gereon Melbrüge dotarł cały i zdrowy do klasztoru na Monte Cassino.

– Alchemik został zamordowany? – usłyszała Afra pytanie Gizeli.
– Nie przez naszych ludzi – zapewnił Joachim von Floris. – Myślę, że biskup Augsburga, jak wiadomo zwolennik

papieża rzymskiego, kazał usunąć alchemika Rubalda po tym, gdy ten opowiedział mu o treści pergaminu i okolicznościach, w jakich ją poznał. W każdym razie papież Jan dowiedział się o istnieniu pergaminu od biskupa Augsburga.

– A wy jesteście pewni, że to żona budowniczego katedr jest w posiadaniu tego pergaminu?

Afra w napięciu nasłuchiwała odpowiedzi.

– Co znaczy „pewni"? – odpowiedział pytaniem Joachim von Floris. I dodał po chwili: – Prawdę mówiąc, wcale już nie jestem tego taki pewny. Obserwowaliśmy tę kobietę, śledziliśmy ją i wszystko w jej życiu wywróciliśmy do góry nogami. Nadal jednak pozostaje zagadką, w jaki sposób akurat ona weszła w posiadanie tego dokumentu.

– To mądra kobieta – odparła Gizela. – Mądra i doświadczona w wielu życiowych sprawach. Jej ojciec był uczonym bibliotekarzem i przekazał jej wiele ze swojej wiedzy. Czy wiedzieliście o tym?

Joachim von Floris roześmiał się z rezerwą.

– Oczywiście, że ten fakt jest nam znany. I jeszcze więcej faktów z jej życia. Na przykład ten, że wcale nie jest żoną budowniczego katedr Ulryka von Ensingena, tylko jego konkubiną. Znamy też powód, dla którego on na łeb na szyję wyjechał z Ulm. Ale cała ta wiedza, którą nasi ludzie wydobyli na światło dzienne, w ogóle nie posuwa nas do przodu. Myślę, że kluczową postacią w całej tej historii jest jej ojciec, bibliotekarz. Ale on już nie żyje. Jakkolwiek jest, musimy odnaleźć ten pergamin, zanim wpadnie w ręce zbirów z papieskiej kurii. Jeśli on w ogóle jeszcze istnieje.

– Tego jestem pewna – powiedziała podekscytowana Gizela. – Afra, pytana o powód podróży, zapewniała, że ma ważną misję do spełnienia. Najpierw pojechała do Salzburga. Tam jednak nagle zmieniła plany i postanowiła jechać dalej do Wenecji. Ale chociaż ciągle ją obserwowałam, nie zdołałam się dowiedzieć, z kim spotkała się w Salzburgu i kto

przekonał ją, żeby jechała dalej. Kto wie, może nawet Wenecja nie jest ostatnią stacją tej podróży.
– A gdzie jest teraz ta kobieta?
Gizela wzruszyła ramionami.
– Spotkamy się w zajeździe. Tam zostawiła swój bagaż. Wszystko przeszukałam.
– I?
– Nic. Bądźcie pewni, że z pewnością nie ma tego pergaminu przy sobie. Przejrzałam nawet podszewki jej sukien, sądząc, że może zaszyła w nie ten dokument. Ale i ten trop okazał się mylny.

Odszczepieniec skinął potakująco głową.
– Sam wiem, jak trudno jest znaleźć ten przeklęty pergamin. Do tej pory świetnie się spisywaliście. Zapłatę znajdziecie w jednej z bel materiału z naszym znakiem.
– Skąd wiecie, gdzie składuję materiały?
Joachim von Floris zaśmiał się z wyższością.
– Czy naprawdę sądziliście, że to przypadek, gdy rybak Jacopo stanął wam na drodze?
Przerażona Gizela spojrzała na mężczyznę w czerni.
– Dokądkolwiek się udacie, będą was tam oczekiwać nasi ludzie. Zwracajcie tylko uwagę na ten znak. – Ponownie podsunął Gizeli pod nos przedramię. – Wydaje mi się jednak, że w ten sposób nie zajdziemy daleko. Powinniśmy wziąć tę kobietę w obroty i naszymi metodami zmusić ją do mówienia. A jeśli wie, gdzie jest pergamin, to zdradzi to nam, przysięgam, inaczej nie nazywam się Joachim von Floris!

Afra uznała, że nadszedł czas, aby opuścić kościół. Usłyszała wystarczająco dużo. Serce waliło jej jak młotem. Ukradkiem rozejrzała się wokół siebie. Modlący się starzec, pobożna młoda kobieta, zatopiony w myślach mnich – każde z nich mogło być szpiegiem odszczepieńców. Musi zniknąć z tego nieszczęsnego miasta, i to szybko! Ale w tym celu powinna się najpierw ukryć. Wenecja jest wystarczająco duża, żeby zapewnić schronienie obcej podróżnej. Jak najprędzej musi zabrać bagaż i poszukać innego zajazdu.

Opuściwszy kościół pod wezwaniem Madonny dell'Orto, Afra świadomie ruszyła w przeciwnym kierunku. Dopiero gdy mogła być pewna, że pozbyła się ewentualnych prześladowców, zbliżyła się do zajazdu. Pospiesznie uregulowała rachunek i z bagażem w zawiniątku odeszła tą samą pokrętną drogą, którą przyszła.

Później w panice skierowała wreszcie kroki ku wschodowi, bacząc ciągle, czy nikt za nią nie idzie. Groźba, którą wymówił zakapturzony mężczyzna w kościele, napędziła jej takiego stracha, że prawie nie dostrzegała już strasznych widoków wokół siebie.

Mijając stosy, na których płonęły trupy, i liczne zwłoki spowite w białe prześcieradła, dotarła do wschodniej części miasta Castello, gdzie niedaleko kościoła pod wezwaniem Santi Giovanni e Paolo, którego fasada przypominała fasadę kościoła Madonny dell'Orto, znalazła odpowiednie schronienie. Wprawdzie Leonardo, właściciel tego hoteliku, zdziwił się na widok podróżującej samotnie kobiety, na dodatek jeszcze w czasie dżumy, ale gdy Afra zapłaciła z góry za trzy dni pobytu, przestał o cokolwiek pytać. Na razie mogła odetchnąć.

Dostała osobną izbę na drugim piętrze wąskiego zajazdu. Jedyne okno wychodziło na fronty kamienic naprzeciwko. Między nimi przeciskał się wąski kanał, w którym pływały nieczystości z okolicznych domostw i mnóstwo szczurów. Z obrzydzeniem zamknęła okno i położyła się na łóżku, od którego już odwykła. Od białego dymu, który niósł się przez wszystkie piętra domu, rozbolała ją głowa.

W misie na klatce schodowej Leonardo palił mieszankę ziół: rozmaryn, liście laurowe, lulek i szczyptę siarki, tajemną recepturę, którą jakiś alchemik zdradził mu za brzęczącą monetę. Była to podobno pewna metoda oczyszczenia zadżumionego powietrza i trzymania z dala od domu oddechu diabła.

Afra nawet za młodu nie wierzyła w sztuczki szarlatanów. Ale widok śmierci i bezsilność w obliczu zarazy zmieniły jej nastawienie. Nawet jeśli to nie pomaga, to na pewno niczemu nie szkodzi. Jakby chcąc oczyścić swoje wnętrze z całego zła, wciągnęła biały dym w płuca, aż odurzona opadła na posłanie.

Nie mógł jej wyjść z głowy piękny młodzieniec, którego dżuma w jednej chwili zabrała z tego świata. Raz po raz powracało wspomnienie chwili, kiedy usiłował ją pocałować. Nie opuszczały jej też jego żywe oczy, które niedługo później patrzyły tępo w nicość.

Między jawą a snem myślała o Gizeli. Była zła na własną głupotę, naiwność, z powodu której dała się wziąć na lep Kuchlerowej. Jeśli zaś chodzi o podsłuchaną rozmowę z odszczepieńcem, to ją uderzyło, że w całej sprawie Ulryk von Ensingen w ogóle nie odegrał żadnej roli. Joachim von Floris wspomniał tylko, że mistrz nie jest bynajmniej jej prawowitym mężem. Nie można było jednak z tej rozmowy wywnioskować, żeby również należał do odszczepieńców. Czy zatem niesłusznie go podejrzewała? Afra nie wiedziała już, co myśleć.

Musiała się zdrzemnąć, bo gdy zerwała się z łóżka, było już ciemno. Ktoś pukał do drzwi jej izby. Rozległ się głos Leonarda.

– *Signora*, przyniosłem wam coś do jedzenia!

Leonardo był zażywnym miłym człowiekiem w średnim wieku. Jego dobre maniery stały w wyraźnej sprzeczności ze stanem podupadłego zajazdu.

– Musicie coś zjeść – powiedział, uśmiechając się pod nosem, i na stołku obok posłania postawił tacę z dzbanem i talerzem parującej zupy. Nie było tam stołu. Na niskiej belce przechodzącej w poprzek izby zawiesił latarnię. – Macie za mało sił, by bronić się przed dżumą – wyjaśnił i skinął głową. – W każdym razie nie wyglądacie szczególnie zdrowo, jeśli mogę sobie pozwolić na tę uwagę.

Afra z przerażeniem dotknęła oburącz twarzy. Nie czuła się zbyt dobrze. Poruszenia ostatnich dni kładły się ciężarem na jej piersi.

– Nie macie wina w butelce? – ofuknęła Leonarda. Ale już w następnej chwili pożałowała swojego szorstkiego tonu, dodała więc pojednawczo: – Medyk, którego przez przypadek spotkałam, polecił mi czerwone wino z Wenecji jako skuteczny eliksir na dżumę. Mam jednak uważać, żeby butelka była jeszcze zakorkowana.

Właściciel zajazdu uniósł krzaczaste brwi, jakby nie dowierzał temu tajnemu przepisowi. Zbyt wiele informacji o takich cudownych środkach krążyło po Wenecji. Potem jednak zniknął bez słowa i wrócił z zamkniętą butelką ciemnego wina weneckiego.

– Wasze zdrowie – powiedział z drwiącym uśmieszkiem. I z wyraźnym zadowoleniem obserwował, jak niezgrabnie Afra odkorkowuje butelkę.

– Pijaczką w każdym razie nie jesteście – zauważył.

– Jeszcze nie – odparła Afra. – Ale w takich czasach jak te bardzo łatwo można stać się pijakiem!

Leonardo badawczo przyglądał się Afrze.

– Niech zgadnę. To, co każe wam tak tułać się po świecie, to wcale nie lęk przed dżumą. Raczej mężczyzna. Prawda?

Afra nie miała najmniejszej ochoty opowiadać Leonardowi o swoim życiu, chociaż całkiem obcy ludzie wcale nie są najgorszymi doradcami w trudnych sytuacjach. Nagle jednak przyszło jej na myśl, że do swoich celów mogłaby wykorzystać właściciela zajazdu. Odpowiedziała więc z pełną cierpienia miną:

– Tak, mężczyzna!

I pociągnęła głęboki łyk z butelki.

Leonardo ze zrozumieniem skinął głową.

Afra zaś ciągnęła dalej:

– Gdzie szukalibyście w tych dniach kupca ze Strasburga, który miał zatrzymać się tu w mieście?

– W *Fondaco dei Tedeschi* – padła spodziewana odpowiedź.

– Już się tam o niego rozpytywałam. Niestety, bez skutku.

– To wasz mąż czy kochanek? – Leonardo spoglądał chytrze. A kiedy Afra nie odpowiedziała na to pytanie, pospieszył dodać. – Wybaczcie moją ciekawość, *signora*. Jeśli jednak kobieta jedzie za mężczyzną ze Strasburga aż do Wenecji, to może chodzić wyłącznie o kochanka.

– Nie macie jakiegoś innego pomysłu? – spytała rozdrażniona Afra. – Mam na myśli, czy wiecie, gdzie jeszcze mogłabym go szukać?

Leonardo pocierał w zamyśleniu brodę. Jak wszyscy wenecjanie był świetnym aktorem i nawet zwykłą rozmowę umiał odegrać tak, jakby to było przedstawienie teatralne.

– Szukaliście już na Lazaretto Vecchio, małej wyspie na południowym skraju laguny, niedaleko San Lazzaro?

– San Lazzaro?

– U nas, wenecjan, każda rzecz ma swoją wyspę. San Lazzaro to nasz zakład dla umysłowo chorych. Mówiąc w zaufaniu: ciągle przepełniony. Nic dziwnego w tym mieście. A jeśli chodzi o Lazaretto Vecchio, tę wysepkę na horyzoncie, to ma ona urozmaiconą historię. Służyła niegdyś za schronisko dla pielgrzymów w drodze do Jerozolimy i za skład amunicji. Obecnie budowle te znajdują zastosowanie jako stacja kwarantanny i szpital dla zadżumionych obcokrajowców.

– To znaczy, że cudzoziemiec, który zachoruje na dżumę, nie zostanie przyjęty do jednego ze szpitali w Santa Croce czy Castello?

– Tak to już jest, *signora*. Wenecjanie są w tym względzie dość osobliwi. Przynajmniej w chwili śmierci chcą pozostać

we własnym gronie. Poza tym każdy obcy przybysz, którego mimo surowego zakazu przeszmuglowano w ciągu ostatnich dwóch tygodni do Wenecji, zostaje wygnany na wyspę Lazaretto Vecchio. Jak długo przebywacie już w Wenecji?
– Dobre trzy tygodnie! – skłamała Afra, przygotowana na to pytanie. – Miałam pokój w dzielnicy Cannaregio.
Leonardo pokiwał głową z zadowoleniem. Wreszcie powiedział:
– Zupa wam stygnie, *signora*.

Przez całą noc nie opuszczała Afry myśl, że młody Melbrüge jest być może na wyspie Lazaretto. Zdawało się, że Leonardo odgadł jej zamiary, gdyż nazajutrz rano przy śniadaniu zaskoczył ją propozycją przewiezienia swoją łodzią na Lazaretto Vecchio. On sam nie postawi stopy na tej wyspie wygnańców, zaofiarował się jednak, że zakotwiczy łódź w pobliżu wyspy i poczeka, aż ona przeprowadzi poszukiwania.

Wskutek wydarzeń ostatnich tygodni Afra z coraz większą nieufnością podchodziła do ludzi, którzy okazywali jej życzliwość. Zanim jeszcze zdołała odrzucić propozycję Leonarda, ten, dostrzegłszy jej wahanie, spytał ostrożnie:
– Czy to wam nie odpowiada, *signora*?
– Ależ skąd, oczywiście – wybąkała zaniepokojona.
– Na co więc czekamy?
„Bez wątpienia – pomyślała Afra – Lazaretto Vecchio to ostatnia szansa na odnalezienie Gereona Melbrügego. Wytropienie go gdziekolwiek indziej musiałoby być dziełem przypadku".

Obok tylnego wjazdu do kanału kołysała się prosta barka, żadna tam pyszna gondola z *ferro* na podniesionym wysoko dziobie, która to ozdoba symbolizowała nakrycie głowy doży, a sześć metalowych zębów poniżej obrazowało sześć dzielnic miasta. Nie, była to prosta, wąska łódź, służąca głównie do przewożenia towarów codziennego użytku.

Zapowiadała się burzowa pogoda, toteż łódź Leonarda z trudem posuwała się do przodu pod wiatr wiejący z północy. W pobliżu arsenałów stał na kotwicy żaglowiec właściciela zajazdu. Każdy szanujący się wenecjanin szlachetnego rodu dysponował nie tylko własną barką, lecz także statkiem, którym o każdej porze mógł dotrzeć na stały ląd.

Afra, znająca wyłącznie fale Renu i Dunaju, zaczęła się nie na żarty bać na widok spienionych fal, które porywiste powiewy gnały przed siebie. Leonardo usiłował ją uspokoić, mówiąc, że ten północny wiatr przyszedł w samą porę, bo tylko przyśpieszy przejazd na Lazaretto Vecchio.

W szybkim tempie minęli cieśninę między wysuniętą najbardziej na wschód częścią Wenecji i przybrzeżnymi wyspami ogrodami, gdy wiatr północny niespodziewanie ucichł. Słońce z rzadka wyzierało spomiędzy niskich, ciemnych chmur. Leonardo, który spokojnie prowadził trzeszczący i jęczący żaglowiec przez lagunę, był niezadowolony i niechętnie mamrotał coś pod nosem.

Kiedy powoli zaczęli się zbliżać do celu, z wieży kościoła na wyspie rozległ się dzwon pogrzebowy. Słup czarnego dymu wzniósł się w niebo. Wyspa przypominała twierdzę. Jedyny dojazd od strony morza znajdował się za wbudowanym w morze portalem.

Przed wejściem do portu stały już zakotwiczone inne okręty, którymi przewożono chorych na noszach. Utrzymując żaglowiec na redzie, Leonardo wyciągnął nasączoną octem chustkę, przycisnął ją do ust i zawiązał końce z tyłu głowy. Drugą chustkę podał Afrze:

– Nie pachnie wprawdzie najlepiej, ale podobno chroni przed zadżumionym powietrzem.

Kołyszący się statek i kwaśne powietrze, które Afra wdychała, przyprawiły ją o mdłości. Wydało się jej więc wybawieniem, kiedy Leonardo wreszcie zacumował żaglowiec i pozwolił zejść z pokładu na ląd.

– Powodzenia! – zawołał za nią. Kobieta odwróciła się na chwilę, a potem zniknęła, wbiegając po kamiennych schodach, które wiodły pod górę.

W zimnej hali wejściowej *lazaretto* uderzył Afrę słodkawy zapach. Przez wąskie otwory okienne prawie nie przenikało światło. Po bokach dwie drewniane bramy z żelaznymi okuciami wiodły w przeciwnych kierunkach. Na wprost, naprzeciw okien stał długi, wąski stół z ciemnego drewna. Był podzielony wzdłuż niewysoką deską, za którą siedziały w kucki trzy straszne postaci w obszernych czarnych płaszczach z kapturami. Ich twarze zasłaniały białe ptasie maski, a ręce miały ukryte w białych rękawiczkach.

Afra zwróciła się do pierwszej z tych osób z pytaniem, czy może na wyspie jest zameldowany kupiec Gereon Melbrüge. Ku jej zdumieniu jeden z ludzi ptaków, za którego maską podejrzewała mężczyznę, odpowiedział kobiecym głosem. Ale ta kobieta, najwyraźniej zakonnica, wzruszyła tylko ramionami. Nic nie dało nawet przeliterowanie nazwiska „M-e-l-b-r-ü-g-e". Wreszcie zakonnica w masce podała jej przez ścianę z desek listę. Była opatrzona nagłówkiem *QUARANTENA*, a pod spodem znajdował się niekończący się rząd cudzoziemskich nazwisk.

Pomagając sobie wyciągniętym palcem wskazującym, Afra odczytywała jedno nazwisko za drugim. Było ich chyba ze dwieście. Ale nie znalazła wśród nich Gereona Melbrügego. Rozczarowana oddała listę. Zamierzała już odejść, gdy zakonnica z drugiego końca stołu zawezwała ją gestem, żeby podeszła bliżej.

Podała jej drugi spis, noszący tytuł *PESTILENZA*. Afra jak w transie przeglądała nazwiska. Było ich znacznie więcej niż na pierwszej liście i przy ponad połowie widniał krzyż. Nie musiała długo myśleć, żeby zrozumieć, co to znaczy.

Nie natknąwszy się na nazwisko Melbrügego, dotarła na sam koniec listy i tu znieruchomiała. W pierwszej chwili pomyślała, że to może złudzenie albo że umysł płata jej jakiegoś figla. Później jednak jeszcze raz przeczytała nazwisko: Gizela Kuchlerowa, Strasburg.

Usiadła na krześle. Palec nadal trzymała na imieniu Gizeli. Czarna zakonnica w ptasiej masce zwróciła się w jej stronę. Zza białej maski można było dojrzeć roziskrzone oczy kobiety.

– *Votra sorella?* – zapytała pustym głosem.

Niewiele myśląc, Afra skinęła potakująco głową. Wtedy zakonnica dała znak, żeby podążyła za nią. Droga wiodła przez nieskończenie długi korytarz. W nieregularnych odstępach stały naczynia z kadzidłami, rozprzestrzeniając gryzący dym, który zapierał jej dech w piersiach. Cuchnęło tranem i zepsutą rybą, a z tym wszystkim mieszał się niezgłębiony, słodkawy zapach jakby przypalonego marcepanu.

Korytarz kończył się przed jakąś salą po lewej stronie. Zamiast drzwi wstępu broniło okratowanie. Afrę uderzył przeciąg. Dostała mdłości. Strach pełzł jej po plecach. Po co w ogóle poszła za tą zakonnicą?

Mniszka wyciągnęła klucz spod czarnego płaszcza i otworzyła kratę. Bez słowa wepchnęła Afrę do sali. Dziewczyna zatrzymała się przed pryczą przykrytą brudnym prześcieradłem. W niekończącym się szeregu stało tam mniej więcej sto takich prycz po obu stronach pomieszczenia, każda oddalona od drugiej zaledwie na rozpiętość dłoni.

– Afro, ty tutaj?

Afra usłyszała swoje imię. Głos był jej obcy. Podobnie zresztą kobieta na posłaniu, której ciemne włosy zwisały w strąkach. Twarz miała napuchniętą jak zgniłe jabłko i całą w plamach. Ciało ledwie dawało jakieś oznaki życia. Jedynie wargi sformułowały niesłyszalnie kilka słów. I to ma być Gizela, którą jeszcze wczoraj pełną siły widziała w kościele?

Kobieta spróbowała się uśmiechnąć, jakby nie traktowała tej sytuacji całkiem poważnie. Ale to jej się nie udało, co strasznie Afrę poruszyło.

– Spotyka mnie zapewne kara boża za moje niecne zachowanie – usłyszała Afra szept Gizeli. – Musisz bowiem wiedzieć...

– Wiem, wiem – przerwała jej Afra.

– ...że szpiegowałam cię na zlecenie odszczepieńców.

Afra skinęła głową.

– Wiedziałaś o tym? – szepnęła Gizela z niedowierzaniem.

– Tak.

Po długiej pauzie, kiedy obie szukały odpowiednich słów, Gizela odezwała się ze łzami w oczach:

– Wybacz mi! Nie zrobiłam tego dobrowolnie, zmuszono mnie.

Mówienie najwyraźniej sprawiało jej trudność.

– Już dobrze – odparła Afra.

Nad tym niespodziewanym spotkaniem unosił się oddech śmierci, nie czuła więc najmniejszej potrzeby, żeby czynić Gizeli wyrzuty.

– Mój mąż Reginald był niegdyś dominikaninem, mądrym umysłem – zaczęła cicho Gizela. – Kiedy wybrano go inkwizytorem, opuścił zakon, bo nie chciał być współodpowiedzialny za knowania inkwizycji. Odszczepieńcy, loża byłych kleryków, przyjęli go z otwartymi ramionami i zapewnili mu utrzymanie. Gdy jednak Reginald przejrzał ich intrygi, stał się odszczepieńcem nad odszczepieńcami. Stało się to właśnie w czasie, gdy starał się o moją rękę. Wtedy, po nagłej śmierci ojca, chciałam jak najszybciej mieć w domu mężczyznę, który by poprowadził dalej tkalnię wełny. Był to związek z rozsądku, nic więcej. Pobraliśmy się, ale miłość nigdy między nami nie rozgorzała. Kto to jednak wie, czym jest miłość. A może ty wiesz?

Afra wzruszyła ramionami. Brakowało jej odpowiednich słów.

Skierowawszy wzrok na sufit, Gizela ciągnęła dalej:
— Były w moim życiu takie chwile, że czułam pewną sympatię do Reginalda. Ale nigdy ze sobą nie spaliśmy. Zachowywaliśmy się jak podstarzała para, żyjąca w białym małżeństwie. Nie, prawdziwą miłość i namiętność poczułam jedynie raz w życiu – z tobą.

Afra odwróciła głowę w bok. Nie chciała, żeby Gizela zobaczyła jej łzy.

— Możesz myśleć o mnie, że jestem dziwką dla kobiet – mówiła dalej Gizela słabym głosem. – Nie zależy mi na tym. Cieszę się, że zdążyłam ci to jeszcze powiedzieć.

Afra najchętniej uścisnęłaby rękę chorej. Ale rozum nakazywał jej powściągliwość.

— Już dobrze – powiedziała uspokajająco, czując dławienie w gardle. – Wszystko będzie dobrze.

Gizela zaczęła się śmiać, aż litość brała.

— Właściwie powinnyśmy być wrogami. W końcu bowiem to ty stałaś się przyczyną śmierci Reginalda.

— Ja?

Kobieta kontynuowała z wysiłkiem.

— To było ostatnie zadanie Reginalda, które wykonał dla odszczepieńców. Miał cię otumanić jakimś eliksirem prawdy, uczynić bezwolną i nakłonić do zdradzenia, gdzie ukryłaś ten przeklęty pergamin.

— A więc to twój mąż napadł mnie na Bruderhofgasse?

Afra straciła panowanie nad sobą.

— Eliksir jednak nie zadziałał, jak należy. Upadłaś, a wtedy Reginald pomyślał, że cię zabił. Nazajutrz, gdy otrzymał wiadomość, że żyjesz, kamień spadł mu z serca. Od tej pory nie chciał mieć nic wspólnego z odszczepieńcami. Ale ludzie w czarnych habitach traktowali to jak żelazną zasadę: kto raz został odszczepieńcem, musi pozostać nim na zawsze. Tylko śmierć jest w stanie wyrwać jakiegoś członka z ich szeregów.

– Ale ludzie opowiadali, że Reginald Kuchler popełnił samobójstwo!

Gizela podniosła rękę, chcąc zaprzeczyć tym słowom:
– Czego to ludzie nie mówią? Każdy odszczepieniec nosi przy sobie fiolkę z trucizną mogącą w ciągu kilku sekund zabić konia. Kiedy pewnego dnia Reginald nie wrócił z targu, miałam złe przeczucia. A wieczorem jego zwłoki pływały już w rzece Ill. Nikt nie potrafił powiedzieć, w jaki sposób się tam znalazły. Ale w jego ubraniu brakowało fiolki z trucizną. Medyk, który stwierdził zgon, uznał, że Reginald utopił się z własnej woli.

Stojąca w końcu sali zakonnica pokazała skinieniem, że już pora, ale Gizela kontynuowała spowiedź:
– Po śmierci Reginalda odszczepieńcy chcieli moim kosztem powetować sobie straty. Ostatecznie wspierali go całymi latami, gdy nie miał żadnych dochodów. Ale moje środki były skromne. Dlatego zaproponowali mi interes. Miałam tropić ciebie. Wiesz, dlaczego. Jesteś w wielkim niebezpieczeństwie...

Zakonnica ponaglała.
– Żegnaj – szepnęła Gizela.
– Żeg.. – Całe słowo nie chciało przejść Afrze przez gardło.

Na odchodnym mniszka jeszcze raz się obejrzała. Jakby idąc za nagłym impulsem, zawróciła i doszła do legowiska Gizeli. Chora tak jak wcześniej miała wzrok skierowany w sufit. A jednak nastąpiła gwałtowna zmiana. Zakonnica czubkami palców chwyciła prześcieradło, którym była przykryta Gizela, i naciągnęła jej na głowę, po czym pospiesznie uczyniła znak krzyża.

Stało się to tak szybko i w sposób tak oczywisty, że Afra nie od razu zrozumiała, co się właściwie dzieje. Dopiero gdy zakonnica, mamrocząc niezrozumiałe modlitwy, otworzyła kratę, młoda kobieta pojęła, że Gizela umarła.

Tak bardzo przyspieszyła kroku, że mniszka została daleko w tyle. Przyciskając do ust nasączoną octem chustkę, gnała nieskończenie długim korytarzem do hali wejściowej. Łzy płynęły jej po twarzy i z widocznym trudem udawało się jej powściągać szloch. W potoku łez zakonnice w ptasich maskach, które nieruchomo się w nią wpatrywały, zmieniły się w dziwaczne stwory. Afra nie przywiązywała wagi do ich pustych okrzyków. Jakby ją furie goniły, otworzyła z impetem drzwi i potykając się, popędziła po kamiennych schodach do przystani, gdzie na żaglowcu oczekiwał jej Leonardo.

Niezdolna powiedzieć ani słowa, zrobiła gwałtowny ruch ręką. Leonardo zrozumiał i odbił od brzegu, nie zadając żadnych pytań. Oczami pełnymi łez Afra patrzyła w promienie słoneczne, które na zachodzie pojedynczo przebijały się przez chmury.

Do schroniska zawitał nowy gość. Leonardo ze zwykłą gorliwością pozdrowił cudzoziemca. Afrze rzuciło się w oczy, że obcy przybysz podróżuje bez bagażu, była jednak zanadto zajęta sobą, aby przywiązywać do tego spostrzeżenia jakąkolwiek wagę. Zmierzchało się już, poszła więc do swojej izby.

W ubraniu położyła się na łóżku i pogrążyła w rozmyślaniach. W takich chwilach jak te przeklinała nieszczęsny pergamin. Do szesnastego roku życia wiodła spokojny, pracowity żywot, jak przystało w służbie u starosty, a potem los zaatakował ją z siłą orkanu. Wydawało się, że ten zagadkowy pergamin roztacza taką moc, iż przyciąga ją niby magnes. Nie mogła się tej mocy oprzeć, chociaż bardzo się broniła. Już dawno przestała uciekać od przeszłości. Ta przeszłość była wszędzie obecna. Nawet tutaj, w dalekiej Wenecji, gna ją przed siebie niczym rozszalała burza jesienna i kieruje jej myślami. Zaczęły teraz przeważać obce Afrze w młodości uczucia, jak strach i podejrzliwość. Czy w ogóle istnieje jeszcze ktoś na tym świecie, komu mogłaby zaufać?

Oddając się takim rozmyślaniom, obmacywała ciało w poszukiwaniu guzów i jakichś wybrzuszeń skóry, które zwiastowały dżumę. Wcale by jej nie zdziwiło, gdyby na wyspie Lazaretto zaraziła się tą chorobą. Ludzie opowiadali, że objawia się ona z dnia na dzień. Tchnienie śmierci owiewa człowieka bardzo szybko. „Nawet gdyby tak się stało – pomyślała – nie będzie lamentować. Bo śmierć oznacza również zapomnienie".

Na schodach dały się słyszeć kroki. Leonardo prowadził nieoczekiwanego gościa do jego izby. Afra mieszkała piętro niżej, od strony ulicy, gdzie znajdowało się wejście. Obaj mężczyźni byli pogrążeni w ożywionej rozmowie i oczywiście był tylko jeden temat – dżuma i nieprzewidywalne skutki tej zarazy dla Wenecji.

Afra uchyliła odrobinę drzwi swojej izby. Im bardziej wsłuchiwała się w głos obcego przybysza, tym gwałtowniejszy niepokój ją ogarniał. Potok wymowy i piskliwy głos nie były jej nieznane. Nawet jeśli wracając do zajazdu, widziała tego człowieka tylko w mroku i od tyłu, mężczyzna w czarnej pelerynie wydawał się jej znajomy. Była nawet pewna, że jest to Joachim von Floris, odszczepieniec, z którym Gizela spotkała się w kościele pod wezwaniem Madonny dell'Orto.

„To nie przypadek!" – przemknęło jej przez myśl. Wprawdzie w ciągu dnia opróżniła całą butelkę wina weneckiego, ale w żadnym razie nie zamąciło ono jej umysłu. Nasłuchując jednym uchem cichej rozmowy obu mężczyzn, Afra zastanawiała się gorączkowo, co powinna teraz zrobić.

Musi stąd uciekać, musi uciekać z Wenecji, a co więcej – nie wolno jej zostawić najmniejszego śladu. Jeszcze nie poniechała myśli o przedostaniu się do Monte Cassino. Na szczęście nie wyjawiła Gizeli właściwego celu swojej podróży. Dlatego też odszczepieńcy nie mogą go znać. Chyba że…

Nagle stanął jej przed oczami jednoręki bibliotekarz z klasztoru Dominikanów. Luscinius wiedział, że Afra chce jechać śladem Gereona Melbrügego. A ten znajdował się w drodze na Monte Cassino. Z drugiej jednak strony Luscinius nie miał pojęcia o tajemniczym pergaminie. I jak się zdawało, nic nie łączyło go z odszczepieńcami.

Zmartwienia Afry natychmiast gdzieś się ulotniły i szybko został ułożony plan działania. Przy tylnym wyjściu do kanału w słabym świetle księżyca kołysała się barka Leonarda. Dostęp do wody Afra miała tuż pod swoim oknem. Gdyby się jej udało niepostrzeżenie wsiąść do łodzi, mogłaby dotrzeć do kanału San Giovanni i stamtąd przebijać się dalej drogą lądową. Wprawdzie brakowało jej doświadczenia w prowadzeniu barek weneckich, ale widziała, jak Leonardo przeprowadza łódkę przez kanały, odpychając się drągami, była więc przekonana, że dotrze przynajmniej do kanału San Giovanni. Z pewnością nie będzie to proste, ale przeszłość już nieraz dowiodła, że właśnie w sytuacjach bez wyjścia Afra wykazywała się zgoła męską odwagą.

Drzwi znajdujące się naprzeciw jej izby prowadziły na strych domu. Tam oprócz narzędzi i worków z najrozmaitszymi zapasami, jak groch, orzechy, suszone owoce i zioła, rzeczywiście przechowywano wiosła i liny do łodzi.

Ostrożnie, żeby nie narobić hałasu, Afra weszła na strych. Musiała liczyć się z tym, że piętro niżej ktoś usłyszy jej kroki. Dlatego też zatrzymywała się po każdym stąpnięciu i nasłuchiwała jakichś odgłosów. W ten sposób udało się jej wreszcie dotrzeć do wspornika. Na haku wisiała zwinięta lina. Kobieta ostrożnie przerzuciła ją sobie przez lewe ramię, po czym ruszyła z powrotem. Znalazłszy się w swojej izbie, związała ubrania w węzełek. W migoczącą na talerzu świecę wcisnęła w odstępie czterech palców od rozpalonego knota gwóźdź. Mniej więcej za cztery godziny łój wypali się tak dalece, że gwóźdź spadnie na talerz. Będzie to znak do wymarszu.

Światło palące się w izbie Afry nie budziło podejrzeń. W całej Wenecji okna były w nocy rozświetlone, od kiedy jakiś konował obwieścił, że dżuma szerzy się tylko w zupełnych ciemnościach. Przekonana, że czyni słusznie i że nie ma innego wyjścia, dziewczyna położyła się w ubraniu na łóżku. Była wyczerpana przeżyciami minionego dnia, toteż natychmiast zasnęła.

Uderzenie gwoździa o talerz obudziło Afrę trzy i pół godziny po północy. Natychmiast zerwała się na równe nogi. Ostrożnie otworzyła okno i wciągnęła do płuc chłodne, rześkie powietrze. Wiał lekki wiatr, który gnał nieregularne fale przez kanał, tak że niczym ciche uderzenia werbla obijały się pod jej oknem o burtę barki.

Wzięła linę i na jednym jej końcu zawiązała pętlę, w którą wsunęła węzełek i spuściła go na dół. Silne pociągnięcie i węzełek wpadł do barki. Wciągnąwszy linę z powrotem, kobieta opasała się pętlą dookoła klatki piersiowej. Drugi koniec zawiązała wokół kamiennego krzyża okiennego, po czym wysunęła się na balustradę.

W Ulm i Strasburgu często obserwowała kamieniarzy, którzy, lekkonodzy, odbijali się na linach od fasad katedr, aby wykonywać pracę na zawrotnych wysokościach. Dokładnie zapamiętała, jak owijać linę wokół ciała. Zaparłszy się nogami o mur domu, zaczęła spuszczać się po linie. Przychodziło jej to łatwiej, niż myślała. Kiedy jednak unosiła się mniej więcej dziesięć łokci nad barką, coś się zacięło. Lina zaplątała się wokół krzyża okiennego i nijak nie można jej było poluzować. Nie pomagało ani szarpanie, ani ciągnięcie. Jeśli Afra nie chciała, żeby ją ktokolwiek odkrył, musiała skakać.

Mozolnie poluzowywała pętlę wokół klatki piersiowej, ale był to beznadziejny trud, bo wskutek ciężaru ciała lina mocno się zaciągnęła. Afra nie miała też noża, którym mogłaby przeciąć sznur. Była uwięziona!

W podobnie beznadziejnej sytuacji ktoś inny słałby pewnie modły pod niebiosa do jednego z czternastu pomocników w potrzebie albo do świętej Ludmiły, przedstawianej z liną, gdyż ludzie stają się pobożni tylko w potrzebie. Afra natomiast sprzeczała się z Bogiem w niebiosach. „Skoro w ogóle istniejesz, to dlaczego mi nie pomożesz? Dlaczego stajesz zawsze po stronie leniwego ludu, świętych albo takich, którzy z braku innych zajęć chcieliby nimi zostać?"

Ponownie szarpnęła linę i roześmiała się rozpaczliwie i drwiąco. Serce waliło jej jak młotem i podchodziło do gardła. „O pierwszym brzasku ktoś odkryje ją zawieszoną na sznurze, a to – przemknęło jej przez głowę – będzie oznaczało koniec jej ucieczkowych planów". Ale oto coś drgnęło. Lina ustąpiła. Afra zjechała w dół i uderzyła z hukiem o dno łodzi, gdzie przez chwilę leżała jak odurzona.

Po przeciwnej stronie kanału zaszczekał pies. Nieco później zwierzę się uspokoiło i znów zaległa cisza. Afrę bolały plecy. Ostrożnie spróbowała poruszyć rękami, nogami, wreszcie głową. Nie obeszło się bez cierpienia, ale jakoś się udało. Na szczęście nie uszkodziła sobie żadnej części ciała. Mimo bólu postarała się wstać. W chyboczącej się barce próba ta spełzła na niczym. Dopiero przy drugim podejściu kobiecie udało się niepewnie stanąć na nogach.

Lina, która posłużyła jej do ucieczki, do połowy spoczywała w wodzie. Wciągnęła ją i ukryła na dziobie barki obok swojego bagażu. Następnie chwyciła za drąg. Niejednokrotnie podziwiała zręczność gondolierów, którzy za pomocą jednego drąga przeprowadzali barki prościutko przez kanały. I wcale nie doceniała tej ich zręczności. W każdym razie, łódź wskutek jej mizernych umiejętności wioślarskich wykonywała niekontrolowany taniec, obracała się wokół własnej osi i – to dziobem, to znów rufą – uderzała o domy po obu stronach kanału.

Zniechęcona Afra poddała się. Wciągnęła drąg do łodzi i wzdłuż prawej ściany domów posuwała się w kierunku wąskiej kładki, która przechodziła przez kanał. Niebo nad dachami zaczęło szarzeć, kobieta wolała więc opuścić łódź. Przymocowała barkę do belkowania mostu, z rozmachem przerzuciła węzełek przez poręcz i po zewnętrznej stronie wdrapała się na kładkę.

Wyczerpana odczekała kilka chwil, aby się zorientować, gdzie jest. Skoro nie mogła drogą wodną dostać się na południe, musiała przebić się tam lądem. Ale wąskie uliczki biegły niezbadanymi zygzakami. Po długim błądzeniu nierzadko lądowało się w punkcie wyjścia. Ponadto o tej porze w ciasnych wąwozach między domami było jeszcze dość mroczno.

W ciemnościach zdawało się Afrze, że w oddali słyszy jakieś wysokie głosy. Przemknęło jej przez głowę, że mogą to być benedyktynki z San Zaccaria. Leonardo podał jej klasztor San Zaccaria jako punkt orientacyjny na wypadek, gdyby się kiedyś zgubiła. Nie omieszkał też wspomnieć o rozwiązłym trybie życia, jakiemu hołdowano za murami konwentu, zamieszkiwanego w większości przez szlacheckie córki, którym nie udało się wyjść za mąż. Klasztor San Zaccaria znajdował się nieopodal portu, tak więc Afra skierowała kroki w stronę, skąd dobiegała melodia porannej modlitwy.

W ten sposób niespodziewanie szybko dotarła do Campo San Zaccaria. Płomienie dwóch stosów przed kościołem zanurzyły Campo w upiornym świetle. Mężczyźni w długich szatach podżegali ogień, ciskając w niego szczapy drewna. Cienie rysowały dziwaczne obrazy na fasadach domów. Przed portalem kościoła leżały owinięte w płótna zwłoki, ułożone jedne na drugich, czekały na spalenie.

Nad Campo kłębił się gryzący dym, mieszając się z nieznośnym odorem ofiar zarazy. Afra trwożliwie przeciskała się wzdłuż zachodniej pierzei domów, gnana jedną jedyną myślą: „Opuścić to miasto!". Przejście na południu Campo prowadziło do Riva degli Schiavoni, szerokiej promenady portowej zawdzięczającej nazwę licznym kupcom ze Schiavoni (Dalmacji), których okręty przybijały do tego nabrzeża.

Chociaż wschodzący dzień nadal nie pokonał mroku, na Riva panowała już spora krzątanina. Z powodu dżumy prawie żadne towary nie przedostawały się do miasta. Dlatego też handlarze potroili ich ceny. Inaczej jednak niż to zwykle bywało, nikt nie chciał kupować towarów weneckich. W końcu nie było wiadomo, czy nie przeniesie się na nich dżumy.

W czasie zarazy wenecjan pod groźbą kary obowiązywał zakaz opuszczania miasta. Jedynie cudzoziemcy, którzy mogli się wylegitymować, mieli prawo, po zbadaniu i okadzeniu przez jednego z medyków oferujących swoje usługi w budynku portowym, kupić dokument, który uprawniał ich do wypłynięcia z Wenecji. Aby się zaokrętować, zamożni wenecjanie posługiwali się rozmaitymi charakteryzatorskimi sztuczkami, które nadawały im cudzoziemski wygląd. Inni znów, żeby otrzymać wymarzony dokument umożliwiający wyjazd, płacili za niego pokaźne sumy.

Afra stała cierpliwie w kolejce, która utworzyła się przed budynkiem portowym. Na twarzach oczekujących osób malowało się napięcie. Przede wszystkim jednak wenecjanie, w innych sytuacjach słynący z gadatliwości, teraz milczeli w obawie, że zdradzi ich typowa śpiewność dialektu weneckiego.

Był już jasny poranek, gdy wreszcie nadeszła kolej Afry. Młoda kobieta na wszystkie sposoby rozważała w myślach, co zrobić, aby wejść w posiadanie dokumentu zezwalającego na wyjazd. Znaczyłby on dla niej bowiem znacznie więcej niż pozwolenie opuszczenia Wenecji. Zapewniłby jej inną tożsamość.

Medyk, mrukliwy mężczyzna o ciemnych, głęboko osadzonych oczach, siedział w pustym, pobielonym wapnem pomieszczeniu za maleńkim stolikiem i ponurym wzrokiem przyglądał się Afrze. Jego asystent, młodzieniec z czarnymi

kędziorami, nudził się przy pulpicie, sporządzając jakieś pisma. Gdy ujrzał Afrę, w jednej chwili zmienił pozycję i trzeźwym głosem zapytał po niemiecku:
— Wasze nazwisko?
Kobieta przełknęła ślinę. A później, idąc za nagłym impulsem, powiedziała:
— Nazywam się Gizela Kuchlerowa. Jestem wdową po kupcu Reginaldzie Kuchlerze ze Strasburga.
— ... wdowa po kupcu Reginaldzie Kuchlerze ze Strasburga — powtórzył asystent i zanotował dane na papierze.
— I co? — odezwał się w końcu.
— Co „i co"?
— Czy macie jakiś dokument, który mógłby potwierdzić te dane?
— Ukradziono mi go w zajeździe — inteligentnie odparła Afra. — Kobieta jest bezsilna wobec podróżującego motłochu i zdana na jego pastwę.
— Czy podejrzewacie kogoś, *signora...* — rzucił okiem na swoje papiery — ... *signora* Gizela?
Serce podeszło Afrze do gardła. Spostrzegła, że ręce jej drżą. Przed oczyma jej duszy wyłonił się obraz Gizeli, która na lazaretowej wyspie nieruchomym wzrokiem wpatrywała się w sufit. Gdyby Afra przewidziała, jaką reakcję wywoła w niej to kłamstwo, byłaby z niego zrezygnowała. Teraz jednak musiała przy nim obstawać, toteż rzekła:
— Niestety, nie wiem, kto to mógł być.
Medyk spojrzał na nią i powiedział w weneckim dialekcie coś, czego nie zrozumiała:
— Doktor prosi was, abyście się rozebrali! — przetłumaczył asystent.
Afra posłuchała tego wezwania, wyskoczyła z sukni i nago stanęła przed młodzieńcem.
Ten speszył się i wskazał na medyka:
— Tam jest doktor!

Medyk osowiale podszedł do Afry i krytycznym wzrokiem obejrzał ze wszystkich stron jej ciało. Następnie bez słowa dał kobiecie znak, żeby się ubrała, i skinieniem przyzwał asystenta. Młodzieniec zaniósł doktorowi kartkę do podpisu. Następnie postawił na niej pieczęć Wenecji z lwem świętego Marka i podał pismo Afrze.

– Ile jestem wam winna? – zapytała cicho.

– Nic – odparł asystent. – Wasz widok znaczył dla mnie więcej niż najwyższe wynagrodzenie.

Kiedy Afra wyszła przed drzwi budynku portowego, poranne słońce przebijało się przez chmury dymu wiszące nad miastem. Z pewnością odkryto już jej ucieczkę. Teraz, jeśli chciała zbiec prześladowcom, musiała się bardzo spieszyć.

Przy nabrzeżu stało kilkanaście statków handlowych gotowych do odpłynięcia, wśród nich trójmasztowa koga nieznanego pochodzenia. Sięgające aż po kasztel rufowy tylne wiosło statku nieobciążonego ładunkiem wystawało do połowy z wody. Przed flamandzkim karrakiem najnowszego typu zebrało się grono ludzi targujących się o cenę podróży. Mniej zaufania budziły dwa statki handlowe z południowych krajów, wyposażone w trójkątne żagle łacińskie. Chociaż ich właściciele pełnym głosem werbowali pasażerów, nikt nie chciał się u nich zaokrętować.

Podczas gdy Hiszpanie i Francuzi, Grecy i Turcy, Niemcy i mieszkańcy Dalmacji, Żydzi i chrześcijanie niczym przekupnie na targu wykrzykiwali łamaną niemczyzną docelowe porty, Afra przedzierająca się przez hałaśliwy, podekscytowany i biegający tam i z powrotem tłum ludzi, czuła się obserwowana. Mężczyźni gapili się na nią albo szli jej otwarcie naprzeciw, aby później znów zniknąć w tłumie.

Spostrzegła, że rośnie w niej napięcie. Podenerwowana szukała statku, który by płynął w kierunku południowych Włoch. Ale przekupnie zachwalali wszystkie miejscowości w basenie Morza Śródziemnego, Paulę i Spoleto, Korfu i Pireus, pewien żeglarz wyruszał nawet w rejs do dalekiego Konstantynopola i do Marsylii, tylko nie do Bari czy do Pescary, skąd można by drogą lądową dotrzeć do Monte Cassino.

Bliska rozpaczy i niezdecydowana, który statek wybrać, Afra usiadła na murku nabrzeża i pogrążyła się w rozmyślaniach. Pula i Spoleto znajdowały się w odległości zaledwie jednego lub dwóch dni podróży. Może tam znajdzie jakiś okręt, który obierze kurs na dolną część Włoch. Bądź co bądź ma po raz pierwszy dokument, który zaświadcza, że jest wolną kobietą, uprawnioną do podróżowania.

Afra tak bardzo była zatopiona w myślach, że nie zauważyła, że otoczyło ją półkolem kilkunastu brudnych mężczyzn, najwyraźniej żeglarzy lub robotników portowych. Dwaj z tych ponurych osobników zaczęli szarpać ją za ubranie, trzeci próbował zadrzeć jej spódnicę, pozostali natomiast z założonymi rękami oglądali to widowisko.

Znalazłszy się w opałach, jęła na oślep walić wokół rękami, a kiedy to nie pomogło, zaczęła krzyczeć. Ale w głośnej krzątaninie portowej nie zwróciła niczyjej uwagi. Śmiertelnie przerażona spostrzegła, że jej siły zbyt szybko się wyczerpują, by mogła się dłużej bronić. I wtedy usłyszała donośny, niski głos. Mężczyźni odstąpili od niej w jednej chwili i rozpierzchli się na wszystkie strony.

– Czy coś wam się stało? – zapytał ów niski głos.

Afra doprowadziła spódnice do ładu i podniosła wzrok:

– Już dobrze – odpowiedziała, purpurowa z gniewu. – Wielkie dzięki.

Mężczyzna o niskim głosie był człowiekiem statecznej postury. Bordowy aksamitny płaszcz i wysoki kapelusz na głowie wskazywały, że jest to jakiś dostojnik państwowy albo wysoki urzędnik.

– Wielkie dzięki – powtórzyła Afra niepewnie.

Szlachetny pan położył rękę na piersi i skłonił się z lekka, co przydało mu pewnej godności i wyniosłości.

– To nie jest miejsce, w którym powinna przebywać szlachetnie urodzona dama – zaczął nieznajomy. – Marynarze traktują samotną kobietę na murku nabrzeżnym jak ladacznicę. A niemało ich w tym mieście. Musicie wiedzieć, że w Wenecji w normalnych czasach kręci się około trzydziestu tysięcy sprzedajnych kobiet. Innymi słowy, co trzecia w tym mieście uprawia nierząd.

– Nikt mi nie proponował pieniędzy – odpowiedziała Afra opryskliwie. – Ci mężczyźni usiłowali zadać mi gwałt.

– Bardzo mi przykro, ale jak już powiedziałem, raczej powinniście unikać okolic portowych.

Ta troskliwa gadanina mężczyzny podziałała Afrze na nerwy.

– Możecie mi zatem powiedzieć, dostojny panie, gdzie mam wsiąść na statek, jeśli nie tutaj?

– Wybaczcie, zapomniałem się przedstawić. Nazywam się *messer* Paolo Carriera, jestem posłem jego wysokości króla Neapolu w Rzeczpospolitej Weneckiej.

Afra spróbowała godnie skinąć głową, co jednak ze względu na niedawne przeżycia raczej się jej nie udało.

– Ja nazywam się… – urwała, po czym podjęła – …Gizela Kuchlerowa, wdowa po tkaczu wełny Reginaldzie Kuchlerze ze Strasburga.

– A dokąd droga prowadzi?

Afra machnęła ręką.

– Moim celem jest klasztor Monte Cassino, gdzie muszę załatwić pewną sprawę.

– Powiedzieliście Monte Cassino?

– Tak powiedziałam, *messer* Carriera!

– Czy moglibyście mi wyjaśnić, czego akurat szukacie w tym klasztorze Benedyktynów? Wybaczcie moją bezpośredniość.

– Ksiąg, *messer* Carriera. Odpisów starych ksiąg!
– Wobec tego jesteście wykształconą osobą!
– Co znaczy „wykształconą"? Nie każdy, kto bierze księgę do rąk, jest wykształcony. Sami przecież o tym wiecie.
– Ale potraficie czytać i pisać.
– Nauczył mnie tego ojciec. Był bibliotekarzem.

Mówiąc to, Afra uświadomiła sobie, że właśnie jest bliska wyjawienia swojej nieszczęsnej przeszłości. Dlatego też postanowiła zamilknąć.

– Czy macie jakiś dokument, który poświadcza, że wy to wy, i potwierdza, że nie zachorowaliście na dżumę?

Afra wyciągnęła zza dekoltu papier z pieczęcią i podsunęła go posłowi pod nos.

– Dlaczego pytacie?

Paolo Carriera wyciągnął rękę i wskazał w kierunku wschodzącego słońca.

– Popatrzcie na „Ambrozję", ten trójmasztowy statek! Załoga właśnie stawia żagle. Jeśli chcecie... – Poseł rzucił okiem na dokument. – Jeśli chcecie, możecie z nami popłynąć. O ile Neptun będzie nam przychylny i ześle sprzyjające wiatry, za dziesięć dni dotrzemy do Neapolu. Stamtąd do klasztoru Monte Cassino są już tylko dwa dni drogi lądem.

Afra odetchnęła z ulgą.

– To bardzo miłe z waszej strony. Czemu...

Poseł podniósł głowę i spuścił oczy niczym próżny uwodziciel.

– W końcu nie powinniście wynieść z Wenecji tylko niemiłych wspomnień. Pospieszcie się zatem!

Afra wzięła swój węzełek i podążyła za Carrierą. „Ambrozja" ostatnia cumowała przy murze nabrzeża Riva degli Schiavoni. Był to nie tylko największy, ale również najpiękniejszy statek w całym porcie. Żagle i olinowanie lśniły w świetle poranka. W kasztelu rufowym i dziobowym brzuchaty żaglowiec miał kabiny z oszklonymi lukami. Wąski drewniany trap, którego pilnowało dwóch pyszniących się muskułami Murzynów, prowadził stromo na pokład niczym drabina w kurniku. Paolo Carriera puścił Afrę przodem.

Ledwie znaleźli się na pokładzie, dwaj marynarze w czarno-czerwonych uniformach wciągnęli trap na pokład, dwudziestu kilku innych z pajęczą zwinnością wspięło się na olinowanie i postawiło grotmaszt. Afra jeszcze nigdy nie podróżowała tak wspaniałym statkiem. Z szeroko otwartymi oczami patrzyła, jak „Ambrozja" odbija od brzegu. Wydawało się jej nieomal cudem, że potężny żagiel główny, który jeszcze przed chwilą wiotko zwisał z masztu, teraz, jakby poruszany ręką jakiegoś ducha, zaczął się powoli obracać w ledwie wyczuwalnym wietrze i wzdymać niczym brzuch przeżuwającej krowy. Wśród głośnych okrzyków dwaj marynarze ściągali liny grubości ręki, którymi był przycumowany ów dumny statek. „Ambrozja" ruszyła niemal niedostrzegalnie, wydając przy tym osobliwe odgłosy – trzeszczała, jęczała i skamlała, a z jej wnętrzności dochodził taki rumor, jakby dusze marnotrawne wzdychały w czyśćcu.

Ze wzrokiem skierowanym na kontury miasta, nadal spowitego szarym dymem stosów, na których palono zadżumionych, Afra uczepiła się relingu. Z morza domów niczym kapelusze grzybów w gęstwinie wyrastały kopuły bazyliki świętego Marka, a z boku klocowata kampanila, jakby w ogóle nie była jego częścią.

I Afra poczuła ulgę.

9. Przepowiednia messera Liutpranda

Afrze wydawało się jakimś snem, że jej los tak niespodziewanie i nagle odmienił się na dobre. Jeszcze przed godziną sytuacja wydawała się jej beznadziejna. Teraz zaś, błądząc gdzieś daleko myślami, słyszała komendy i wołania marynarzy, którzy ze zwinnością ludzi pająków wspinali się po olinowaniu i stawiali jeden żagiel po drugim, bezan za masztem głównym, topsel nad żaglem na grotmaszcie i na samym końcu przed galionem mały żagiel rozprzowy. Laik potrzebowałby nosa wyżła i oczu orła, żeby ten ociężały statek wyprowadzić na pełne morze, lawirując między licznymi wyspami laguny, rozrzuconymi jak liście lilii wodnych po stawie.

Podczas gdy Afra nasłuchiwała szumu i bulgotania fali dziobowej, z boku podszedł do niej poseł w towarzystwie wytwornej kobiety w długiej, pofałdowanej szacie, wziętej pod biustem w pasek i zapiętej po samą szyję. Z postawionego okrągłego kołnierza wyłaniało się szlachetne oblicze o ciemnych oczach i jasnych pobielanych włosach, które, splecione w ślimaki, zasłaniały uszy.

– To jest pani Kuchlerowa, ta samotnie podróżująca dama ze Strasburga – powiedział Carriera zwrócony w stronę kobiety. Do Afry zaś rzekł, robiąc uprzejmy ruch ręką:

– Moja małżonka Lukrecja.

Obie kobiety w milczeniu skinęły sobie uprzejmie głowami, a Afra natychmiast poczuła napięcie towarzyszące temu spotkaniu.

– Jesteście jedynymi kobietami na pokładzie wśród trzydziestu ośmiu mężczyzn – zauważył poseł. – Mam nadzieję, że przez następne dziesięć dni jakoś ze sobą wytrzymacie!

– To nie będzie zależało ode mnie – powiedziała z irytacją żona posła. Jej głos brzmiał ochryple jak u wielu Włoszek i w ogóle nie pasował do miłej powierzchowności. Lukrecja krótko skinęła Afrze głową i oddaliła się w stronę kasztelu rufowego na górnym pokładzie, gdzie znajdowały się kajuty.

Poseł odprowadził żonę wzrokiem, po czym zwrócił się do Afry:

– Mam nadzieję, że zadowolicie się kajutą na środkowym pokładzie. Zazwyczaj służy ona za sypialnię płatnikowi. Ale wykwaterowałem go.

– Na miłość boską, *messer* Carriera, proszę nie robić sobie kłopotu. Jestem rada, że mnie zabieracie ze sobą i nie mam żadnych wymagań.

Neapolitański poseł poprosił Afrę, żeby poszła za nim. Na śródokręciu wąskie, strome schody prowadziły w dół. W razie wysokiej fali to wąskie przejście można było zamknąć klapą. Afra miała kłopot z przeciśnięciem przez ten otwór swojego węzełka z rzeczami.

Środkowy pokład był tak niski, że rosły Paolo Carriera musiał wciągnąć głowę w ramiona, aby nie zawadzić o sufit. Pod pokładem znajdowały się kajuty różnej wielkości. Można było do nich zajrzeć z zewnątrz, a służyły załodze za miejsca do spania.

Z tyłu, dokładnie pod kasztelem rufowym, znajdowała się kajuta płatnika oddzielona od reszty pomieszczeń. Za masywnymi drzwiami z żelaznym ryglem była prosta drewniana prycza, skrzynia i kanapka na szerokich nogach, niepoddająca się nawet wysokim falom sztormowym.

Chociaż tej sypialni nie można było z pewnością nazwać wygodną ani komfortową, Afra była zadowolona, a nawet w pewien sposób szczęśliwa, co dodawało jej otuchy. Wreszcie pozbyła się swoich prześladowców. Ponieważ zaś podróżowała pod obcym nazwiskiem, mogła czuć się tak pewnie, jak jeszcze nigdy dotąd.

Jeśli zaś chodziło o pergamin, który, jak przypuszczała, znajdował się w drodze do Monte Cassino, wiedziała już i dużo, i mało. Znała jego wartość, o której napomykał także jej ojciec, a która przekraczała wszelkie wyobrażenia. Nie mieściło się w głowie, że ten świstek pergaminu jest wart więcej niż bryłka złota. I że odszczepieńcze zbiry usiłowały burzyć katedry, sądząc, że jest w nich ukryty ów pergamin. Absurdalne, że ludzie w pogoni za tym dokumentem dosłownie szli po trupach. I niezrozumiałe, że ona sama do tej pory wyszła z tego bez jakiegokolwiek uszczerbku.

W takich chwilach jak ta, Afra tęskniła do Ulryka von Ensingena, jedynego mężczyzny w życiu, który stanowił dla niej ostoję. W każdym razie tak myślała aż do tego momentu, kiedy to po raz pierwszy zakiełkowało w niej podejrzenie, że architekt może mieć powiązania z odszczepieńcami. Od nieszczęsnych wydarzeń w Strasburgu minęły prawie dwa miesiące. I od dwóch miesięcy Afra żyła w rozdarciu: gdy myślała o dziwnych zachowaniach Ulryka, wierzyła w to, że jej podejrzenie jest uzasadnione, ale było niepoparte jednoznacznym dowodem. Nurtowało ją poza tym, co tymczasem dzieje się z Ulrykiem.

Te rozmyślania przerwały jej odgłosy kłótni docierające przez sufit kajuty. Jednym uchem słyszała wymianę zdań między neapolitańskim posłem i jego żoną Lukrecją, dyskusję, która najpierw w ogóle nie wzbudziła jej zainteresowania. Zmieniło się to jednak w jednej chwili, gdy w głośnej sprzeczce padło nagle jej nazwisko, a dokładniej: to przybrane.

– Po prostu śmieszne! – Usłyszała Afra słowa *donny* Lukrecji. – Ta kobieta za nic w świecie nie jest tą, o której mówił ci *messer* Liutprand. Prawdopodobnie przyprowadziłeś ją na pokład tylko dlatego, że robiła do ciebie słodkie oczy.

Afra przeraziła się śmiertelnie. „Co, na miłość boską, mają znaczyć słowa Lukrecji?" Prawie nie śmiała oddychać, chcąc zrozumieć każde słowo dochodzące przez sufit.

– *Messer* Liutprand mówił o samotnie podróżującej kobiecie, a donna Gizela była jedyną, do której pasowały jego słowa. – Był to głos posła przeciwstawiającego się żonie. – Zresztą – ciągnął zdenerwowany – twoja zazdrość jest chorobliwa. Gdyby wszystko miało się dziać po twojej myśli, musiałbym przejść przez życie z opaską na oczach, którą mógłbym zdejmować wyłącznie tam, gdzie jak okiem sięgnąć, nie widać żadnej istoty płci żeńskiej.

– Nie bez powodu, *messer* Paolo, nie bez powodu! Ty sam jesteś na weneckie warunki nadzwyczajnym bałamutem i kobieciarzem. Kilkanaścioro dzieci nazywa cię ojcem, a wszystko to bękarty, potomstwo kobiet znanych z lekkiego trybu życia.

– Ale wszystkie z dobrych domów, z najszlachetniejszych rodzin w mieście!

Spór stawał się coraz głośniejszy.

– Tak, wiem, że przestajesz tylko z córkami najbardziej majętnych mieszczan albo z kobietami wywodzącymi się ze starej szlachty, jak przystało posłowi króla Neapolu!

– A co ma robić poseł, którego własna żona krótko trzyma?

– Nie zawsze tak było, wiesz o tym.

– Owszem. Jestem mężczyzną i mam swoje potrzeby. A to, czego wilk nie znajduje w lesie, przynosi sobie ze stada owczarza.

– Ty potworze!

W kajucie tylnego kasztelu zaczęły fruwać krzesła. Afra nie mogła sobie inaczej wytłumaczyć łomotu, od którego drżał cały sufit. Najwyraźniej to jej obecność na pokładzie doprowadziła do kryzysu małżeńskiego. Wydawało się jednak, że poseł nie przypadkiem zaoferował Afrze miejsce na swoim statku.

Kiedy na górnym pokładzie sytuacja się uspokoiła, dziewczyna w zamyśleniu poszła na górę. Jak okiem sięgnąć było widać błękitne niebo z kilkoma pierzastymi obłoczkami. Pociemniałe morze i wzburzone fale przywodziły na myśl sztormową pogodę minionej nocy. Teraz można było zobaczyć tylko wąską szarą kreskę lądu, która niczym ułamana gałąź dryfowała po wodzie.

Pojawienie się Afry na pokładzie wywołało wśród załogi wyraźne poruszenie. Poza kapitanem i dwoma oficerami załoga składała się z afrykańskich Murzynów, którzy okazali się nader biegli w chrześcijańskiej żegludze. Na szczęście Afra nie rozumiała sprośnych zawołań, za pomocą których porozumiewali się między sobą marynarze, szczerzący szyderczo zęby, aż pojawił się Luca, kapitan, który uciszył ich donośnym: „Do pioruna!".

– Wybaczcie, *donna* – powiedział kapitan, podchodząc do Afry. – To nieprzyzwoite dzikusy. Ale za dwa dukaty bardzo dobrze wykonują swoją żeglarską robotę.

– Dwa dukaty? – Afra się zdziwiła. – Wcale niezły zarobek dla marynarza.

Wtedy Luca zaśmiał się tak, że aż echo poniosło się po pokładzie.

– Żartujecie, donna. *Messer* Paolo kupił ich na murzyńskim targu i zapłacił po dwa dukaty za sztukę. Stali się jego własnością do końca swojego życia! Poza tym od czasu do czasu dostają coś do jedzenia i są zadowoleni.

Afra przełknęła ślinę. Jeszcze nigdy nie spotkała prawdziwych niewolników. Chociaż na dworze starosty sama była niewolnicą, nie cierpiała wskutek swojego niskiego stanu. Wyobrażenie, że mogłaby zostać sprzedana na targu za kilka srebrników jak tuczona świnia, wydawało się jej absurdalne i odrażające.

Kapitan, jakby odgadując jej myśli, powiedział:
— Nie martwcie się, Murzyni to bez wyjątku nieochrzczeni poganie, którym wiara chrześcijańska jest równie daleka, jak nam kraj, z którego pochodzą.
— To znaczy, że nie są prawdziwymi ludźmi? — zapytała niepewnie Afra.
— Nie według *messera* Paolo Carriery i Kościoła, naszej świętej Matki!
— Rozumiem — powiedziała dziewczyna w zamyśleniu.
— Po co jednak rozmawiać o poganach? — zaczął Luca, aby zmienić temat. — Jeśli chcecie, pokażę wam statek. To duma posła, i nie bez racji. Chodźcie!
Po stromych schodach, które w śródokręciu prowadziły na dół, dotarli do wnętrza statku. Po jasności panującej na pokładzie trudno było teraz Afrze przyzwyczaić się do półmroku dolnego pokładu, który składał się wyłącznie z jednego niskiego pomieszczenia. Z pochyłych ścian, rozszerzających się ku górze, sterczały krokwie niczym żebra wieloryba. Podłoga była wyłożona deskami, które przy lekkim, kołyszącym ruchu statku trzeszczały i jęczały, jakby musiały dźwigać ciężar całej ziemi. Beczki z winami, beczki z wodą pitną i peklowane mięso, worki z mąką, jęczmieniem i owocami strączkowymi, skrzynie pełne suszonych ryb, suszonych owoców, chleba i kosze z owocami oraz ziołami — Afrze wydawało się, że te zapasy wewnątrz statku wystarczyłyby na podróż do Indii.

Przeraziła się, gdy zza worków — było ich chyba kilkadziesiąt — wyłonili się z mroku dwaj murzyńscy chłopcy. Każdy trzymał w ręce grubą pałkę, a jeden niczym trofeum wyciągnął w stronę kapitana jakiś bliżej niezidentyfikowany przedmiot.

— Nie bójcie się — powiedział Luca odwrócony do Afry. — To są nasze szczurołapy. Zdają egzamin znacznie lepiej niż wszystkie pułapki. Kto nie złapie szczura, nie dostaje jeść.

Roześmiał się.

Afra z obrzydzeniem odwróciła głowę, gdy zobaczyła, że chłopak okrętowy trzyma za ogon zakrwawionego szczura.
– Chcę stąd wyjść – zażądała od kapitana.

Na międzypokładzie, gdzie Afra miała kajutę na rufie, mieszkał również osobisty medyk posła, spowiednik donny Lukrecji oraz jej wróżbita i jasnowidz.

Zajęcia *dottore* Madathanusa w charakterze osobistego medyka sprowadzały się przeważnie do wykonywania żrących lewatyw posłowi, który cierpiał na silne wzdęcia i żył w ciągłym strachu, że pęknie. Choroby donny Lukrecji były natomiast raczej duchowej natury i wymagały, mimo albo też z powodu niewidocznych symptomów, znacznie większych wysiłków uzdrowicielskich. *Padre*, jak nazywano spowiednika, chociaż zatajał swoją rzeczywistą przynależność do zakonu, co drugi dzień spowiadał donnę Lukrecję w kasztelu rufowym, a *messer* Paolo nie był jedynym człowiekiem na statku, który zadawał sobie pytanie, jakie grzechy ta pobożna kobieta zdołała popełnić w tak krótkim czasie. Dodatkowo *messer* Liutprand, według jego własnych opowieści – wykształcony w nauce przepowiadania i tłumaczenia przyszłości, kierował losami Lukrecji, przy czym sam poseł, chociaż nie negował jego sztuczek, miał do nich jednak sceptyczny stosunek.

Podczas gdy pozostali raczej niepostrzeżenie i po cichu wykonywali przydzielone im zadania, *messer* Liutprand inscenizował swoje zajęcie ze zręcznością magika. Nosił zawsze szeroką, czarną pelerynę, sięgającą mu ledwie do kolan. Jego cienkie nogi tkwiły w obcisłych czarnych rajtuzach, czarny był również jego wysoki kapelusz, który zdejmował tylko na niskim międzypokładzie. W półmroku międzypokładu objawiała się także przyczyna zamiłowania do kapelusza: na jasno przypudrowanej głowie *messer* Liutprand nie miał już włosów, ale za to lekki świerzb.

Poseł zaprosił również Afrę do uczestniczenia we wspólnych posiłkach, odbywających się z udziałem kapitana, medyka, *padre* i tłumacza snów codziennie tuż przed zachodem słońca w kasztelu rufowym. Po sporze między posłem a donną Lukrecją Afra miała złe przeczucia. Wiedziała, że żona *messera* Carriery jest do niej uprzedzona, wiedziała też, że kobieta nie może mieć gorszego wroga od drugiej kobiety.

Afra spędziła cały dzień na pokładzie, żeby uciec od smrodu przenikającego cały kadłub statku. Słona piana i świetliście połyskujący Adriatyk dobrze jej robiły. Po raz pierwszy od dawna miała wystarczająco dużo czasu na rozmyślania. A chociaż jeszcze niedawno wątpiła, czy ta cała podróż nie jest bezsensowna i czy wystarczy jej sił, żeby odzyskać pergamin i poznać jego tajemnicę, teraz była pewna, że jest na właściwej drodze. Dopnie swego. Nawet jeśli będzie zdana wyłącznie na siebie.

Kajuta usytuowana na rufie poprzecznie do kierunku żeglugi była ciasna i znajdowała się nad wiosłami. W pomieszczeniu było akurat miejsce na wąski stół i osiem krzeseł, po cztery z każdej strony. Afra już wcześniej poznała uczestników kolacji, była więc zdumiona, w jakim milczeniu siedzieli naprzeciw siebie: poseł naprzeciw swojej żony Lukrecji, medyk naprzeciw *padre*, kapitan naprzeciw wróżbity. Afra zajęła miejsce na końcu stołu z prawej strony.

Panujące na statku zwyczaje były jej obce, toteż niczego nie podejrzewając, zapytała kapitana, ile mil „Ambrozja" zrobiła już od chwili wypłynięcia z Wenecji. Na pokładzie było przyjęte, że wspólną kolację rozpoczynano w milczeniu, aż wreszcie głos zabierał poseł i kierował pytania to do jednej, to znów do drugiej osoby, dzięki czemu wywiązywała się zazwyczaj błaha konwersacja.

Dlatego też kapitan Luca, szukając pomocy, rzucił spojrzenie na posła, aż ten wspaniałomyślnie ruchem ręki udzieli mu pozwolenia na udzielenie wyjaśnień.

– Około siedemdziesięciu mil – odpowiedział kapitan, po czym dodał, że wiatr nie był do tej pory nazbyt sprzyjający.

Jeśli tak dalej pójdzie, to podróż do Neapolu może potrwać nawet dzień do dwóch dni dłużej, niż zaplanowano.

Woń pieczystego, które wniósł kucharz, niski, krągły mężczyzna w ubraniu przesiąkniętym potem i tłuszczem, sprawiła, że Afrze napłynęła ślinka do ust. Od wielu dni nie jadła niczego porządnego, z rzadka tylko jakąś kromkę chleba. Oprócz mięsiwa, którego pokaźny kawałek podano każdemu na drewnianej tacy, była wędzona ryba i dla wszystkich ciepły, okrągły chleb wielkości talerza w wytwornych domach. Do tego wniesiono wino w szerokich pucharach cynowych, zwężających się ku górze, żeby były bardziej stabilne w czasie sztormu.

Podczas gdy Afra spożywała ostro przyprawioną kolację, nieustannie czuła na sobie wzrok wróżbity. Udawała, że tego nie widzi, ale oczy mężczyzny siedzącego po skosie naprzeciw niej zdawały się ją przewiercać niczym ostre noże.

W odróżnieniu od żony Paolo Carriera uważał zachowanie wróżbity za niestosowne, zwłaszcza że Afra, widoczna dla wszystkich, oblała się rumieńcem. Aby go odwieść od takich praktyk, Carriera zrugał Liutpranda, który nawet podczas obiadu nie zdejmował kapelusza.

– Myślę, *messer*, że w wypadku waszej przepowiedni chodziło wam raczej o miłe towarzystwo w podróży niż o prawdę.

Messer Liutprand dał wyraz swojemu oburzeniu.

– Nie muszę tego znosić!

– Nie, *messer* Liutprand nie musi tego znosić – zgodziła się z nim donna Lukrecja.

Poseł zrobił drwiącą minę.

– Może potraficie mi wobec tego powiedzieć, dlaczego od pewnego czasu tak niegrzecznie wpatrujecie się w donnę Gizelę?

Liutprand pochylił głowę.

Aby jakoś wybrnąć z tej przykrej sytuacji, ale także z ciekawości i dlatego, że dotyczyło to jej samej, Afra zapytała:

– *Messer* Paolo, mówiliście o jakiejś przepowiedni. Czy może dotyczyła ona mnie?
– Oczywiście, że nie!
Lukrecja wyjęła małżonkowi te słowa z ust.
Paolo rzucił jej rozbawione spojrzenie.
– Moja droga, tę odpowiedź powinnaś zostawić raczej *messerowi* Liutprandowi. – Ale kiedy ten się nie odezwał i tylko patrzył obrażony w bok, Paolo Carriera wyjaśnił z wyczuwalną wyższością w głosie: – Musicie wiedzieć, że moja żona Lukrecja jest bez swojego wróżbity bezradna w życiu. W przeddzień naszego wyjazdu z Wenecji *messer* Liutprand przepowiedział...
– ... z gwiazd! A gwiazdy nie kłamią! – wtrącił wróżbita.
– ... *messer* Liutprand przepowiedział z gwiazd, że będzie z nami podróżowała pewna kobieta o dużym dla nas wszystkich znaczeniu. A ponieważ prawie do chwili wypłynięcia nie pojawiła się żadna, która chciałaby z nami podróżować, poszedłem jej poszukać i zobaczyłem was, do tego w opałach.
– Kobieta o dużym znaczeniu? – Afra zachichotała zakłopotana. – Ja jestem prostą wdową, pełną wdzięczności, że wzięliście mnie na pokład. *Messer* Paolo, powinniście byli dłużej się rozglądać!
Mlaskając i chrząkając z zadowolenia, biesiadnicy zwrócili się na powrót ku talerzom, ale wtedy wróżbita uderzył pucharem do wina w stół i zawołał poirytowany.
– Nie zniosę, żeby w ten sposób ośmieszano moją sztukę. Niech nikt nie waży się tego robić!
Tak gwałtowny wybuch wściekłości przeraził Afrę.
– Wybaczcie, nie chciałam was urazić i jestem jak najdalsza od lekceważenia waszej sztuki. Te wątpliwości dotyczyły tylko mojej osoby. Jestem prostą kobietą i z pewnością nic dla nikogo nie znaczę.
Messer Liutprand z opuszczoną głową i w napięciu patrzył na Afrę, a białka lśniły w jego ciemnych oczach.

– Skąd możecie to wiedzieć? Może znacie przyszłość?
– Nie, nikt nie wie, co się wydarzy jutro!

Wtedy wróżbita oparł się mocno o stół, aż czarny kapelusz przechylił mu się na głowie, i zbliżył twarz do Afry, po czym syknął, zwilżywszy wargi:

– To wy nie wiecie, co się wydarzy jutro, *signora*. Wy tego nie wiecie! Przede mną jednak przyszłość każdego człowieka leży jak otwarta księga. Wystarczy, że rzucę na nią okiem.

Żona posła kiwała nabożnie głową, a *messer* Paolo kołysał się niespokojnie na krześle tam i z powrotem.

– Powiedzcie więc wreszcie, czy *donna* Gizela jest tą kobietą o dużym znaczeniu dla nas wszystkich, czy też może wziąłem na pokład nie tę osobę!

Liutprand niczym wygłodniała żmija rzucił się ku prawej ręce Afry, chwycił ją i odwrócił dłonią do góry. Przez chwilę trzymał ją niczym trofeum, później pochylił się nad nią, aż prawie dotykał jej nosem, a dyszał przy tym jak pies. Podczas gdy Liutprand uważnie wpatrywał się w dłoń Afry, na której linie układały się w literę „M", krzyżując się pośrodku, reszta obecnych pochyliła się jeszcze bardziej do przodu, aby być świadkami tej osobliwej czynności.

Padre gapił się ze złożonymi rękoma, kapitan szczerzył zęby w zbyt szerokim uśmiechu, *dottore* Madathanus robił wrażenie, że brzydzi się tą dłonią, z kolei poseł w napięciu uniósł brwi do góry i wydął wargi, dając w ten sposób wyraz swojemu sceptycyzmowi. Jedynie donna Lukrecja, jego żona, wykazywała ogromne zainteresowanie całym tym zajściem i przyciskała dłoń do ust.

To również ona wykrzyknęła, przerywając nagłą ciszę:

– Nic! Mam rację? Ta kobieta jest dla nas bez znaczenia.

Nie wypuszczając ręki Afry, wróżbita podniósł wzrok i w zamyśleniu pokiwał głową. Wreszcie rzucił Lukrecji pełne wyrzutów spojrzenie:

— *Donna* Lukrecja, jeśli mogę wam coś poradzić – powiedział poważnym głosem – to powinniście być w dobrych stosunkach z tą damą. Nie mogę wam powiedzieć, dlaczego, jak bowiem wiecie, wróżbita nie ma na swój honor prawa wypowiadać się o śmierci.

Całe towarzystwo jak urzeczone wlepiło wzrok w *messera* Liutpranda. Afra czuła nieprzyjemny chwyt wróżbity, który nadal trzymał ją mocno za koniuszki palców.

Różowa twarz Lukrecji zbladła. Afra zobaczyła, że powieki drżą jej jak liście na wierzbie. Ale sama też nie wiedziała, co począć ze słowami Liutpranda. Spytała więc raczej zakłopotana:

— I to wyczytaliście z mojej dłoni?
— To i jeszcze coś więcej – odparł osowiały wróżbita.
— Coś więcej? Proszę, odsłońcie przede mną swoją wiedzę!
— Tak, odsłońcie ją przed nami wszystkimi! – dodał Paolo Carriera.

Liutprand certował się przez kilka chwil, rozkoszując się wzmożonym zainteresowaniem biesiadników. Potem ponownie przysunął rękę Afry pod sam nos i podczas gdy jego oczy wędrowały żwawo po jej dłoni, zaczął urywanie:

— W waszej dłoni... *donna* Gizela... kryje się... niesamowita moc.

Zawstydzona Afra spojrzała na biesiadników. Nikt nie odezwał się słowem. Nawet poseł powstrzymał się od jakiejkolwiek uwagi.

— Moc – ciągnął Liutprand – która mogłaby zaniepokoić nawet papieża w Rzymie...
— Jakby się to miało odbyć?! – zapytała Afra, z trudem ukrywając niepokój. Czuła, jak krew pulsuje jej w skroniach. Czy wróżbita ma coś wspólnego z lożą odszczepieńców, czy też może naprawdę potrafi czytać z ręki?

Oczywiście panowała koniunktura dla wieszczbiarzy i niektórzy zarabiali krocie na swoich przepowiedniach. Nierzadko słyszało się o zdumiewających wróżbach, które spełniały się w jakiś dziwny sposób. Równie często jednak okazywały się one bezsensowną paplaniną, tak samo bezwartościową jak drogo wykupiony list odpustowy.

Spostrzegłszy, że wróżbita nie jest skłonny odpowiedzieć na jej pytanie, Afra powiedziała z udawaną obojętnością:

– To ciekawe, *messer* Liutprand, co zdradzają wam linie mojej dłoni. Powiedzcie jednak, czy nie są one takie same u każdego człowieka?

Wróżbita się roześmiał.

– *Donna* Gizela, nikt dokładnie nie wie, ilu ludzi mieszka na naszej planecie, ale jedno wiemy na pewno: pośród tych tysięcy ludzi nie spotkamy takich, którzy mieliby takie same linie. A dlaczego? Ponieważ każdy człowiek ma swoje własne przeznaczenie ukryte w liniach jego dłoni niczym drzeworyt. Wiedział już o tym mądry Arystoteles. W każdym razie z ich obserwacji wnioskował, czy dany człowiek będzie żył długo, czy krótko. Ja sam, jeśli mogę pozwolić sobie na tę uwagę, studiowałem w Pradze astrologię i chiromancję, co idzie ze sobą w parze. A więc ta nauka nie jest mi całkiem obca.

Messer Liutprand nadal trzymał mocno rękę Afry. Teraz jednak nie wyczuwał już oporu ze strony młodej kobiety. A jego zwinne palce wciąż przesuwały się po jej dłoni.

– Jesteście wdową? – podjął.

– Tak – odpowiedziała Afra z wahaniem. Do tej pory nie przejmowała się kłamstwem. Nie było najmniejszego powodu, żeby wątpić w jej słowa. Miała nawet dokument na nazwisko Gizeli Kuchlerowej. Ale pytanie astrologa nie wróżyło wcale niczego dobrego. – Czemu pytacie?

Liutprand pocierał kciukiem wnętrze jej dłoni, jakby chciał zamazać te linie niczym fragmenty rysunku lubryką. Potrząsał przy tym głową.

– Nie ma o czym mówić – powiedział w końcu i nieoczekiwanie puścił rękę Afry, jakby dopiero co dotknął rozpalonego kamienia.

Donna Lukrecja wtrąciła się, żądna wiedzy:
– No, mówcie już, *messer* Liutprand! Chcecie coś przed nami zataić?
– Tak, mówcie – poprosiła Afra. – Co poza tym jest zapisane na mojej dłoni?
– Niespodziewanie wkroczy w wasze życie pewien mężczyzna. To spotkanie przyniesie wam szczęście i smutek.

Afra spuściła oczy. Taka przepowiednia na oczach wszystkich ludzi wprawiła ją w zakłopotanie. Chciałaby jeszcze zadać tysiące pytań *messerowi* Liutprandowi, ale powstrzymał ją widok biesiadników, dla których odgadywanie jej przyszłości zdawało się tylko zabawą. Jakby nie wzięła słów wróżbity nazbyt poważnie, Afra zauważyła:
– Niezłe widoki na przyszłość, jeśli dobrze was rozumiem.

Liutprand poprawił kapelusz.
– Wszystko zależy od tego, w jaki sposób wyjdziecie na spotkanie swojego przeznaczenia.
– Co to znaczy?
– Cóż, każdemu człowiekowi jest pisany jakiś los, a mimo to tylko od niego samego zależy, co z nim zrobi. Spotkanie z mężczyzną może uszczęśliwić kobietę. Ale podobnie jak najsłodsze wino wskutek niewłaściwego leżakowania zamienia się w kwaśny ocet, tak i spotkanie dwojga ludzi może stać się piekłem, chociaż obiecywało niebo.
– Czy chcecie przez to powiedzieć…?

Liutprand podniósł obie ręce w geście obronnym:
– Bynajmniej, *donna* Gizela, pragnę tylko zwrócić wam uwagę na to, że przyrzeczone szczęście musicie pielęgnować jak delikatną roślinkę.

Słowa wróżbity wprawiły Afrę w zamyślenie. Ale *donna* Lukrecja rozwiała jej rojenia.
– Można by pomyśleć – zrugała *messera* Liutpranda – że to *donna* Gizela zapewnia wam wikt i mieszkanie, a nie ja.

– Jak już mówiłem, *donna* Gizela jest wam bliższa, niż myślicie. Nie zapominajcie o tym, *donna* Lukrecja!

Liutprand podniósł się, ganiąc żonę posła wzrokiem. Potem z głośnym tupotem opuścił kajutę. Za nim w milczeniu zaczęli wychodzić jeden po drugim pozostali biesiadnicy.

Zapadła noc, gdy Afra wyszła na pokład. Z zachodu wiał delikatny wiatr, „Ambrozja" zaś płynęła, jęcząc i skarżąc się jak spracowany drwal. Niczym lśniące owoce na jesiennym drzewie wisiały gwiazdy na nieboskłonie.

Zanim młoda kobieta wróciła do cuchnącego wnętrza statku, wciągnęła głęboko w płuca świeży wieczorny wiatr. Potem udała się pod pokład do swojej kajuty. Sen długo nie przychodził.

O brzasku niemal przy jej uchu zadźwięczał głośno i przenikliwie dzwon okrętowy. Na środkowym pokładzie rozbrzmiewały ostre komendy. Panował dziki chaos.

W półśnie Afra usłyszała wzburzone głosy: „Piraci, piraci!", a pomiędzy tymi okrzykami rozlegało się raz po raz gwałtowne uderzenie dzwonu.

Nagle ktoś z impetem otworzył drzwi kajuty. Afra podciągnęła kołdrę pod szyję.

– *Donna* Gizela! – zawołał kapitan. – Od wschodu zbliża się odebrany krzyżowcom okręt z piratami na pokładzie! – Luca rzucił jej jakieś ubrania na łóżko. – Włóżcie to, ale szybko. To męskie ubrania. Kobiecie nie do śmiechu podczas takiego napadu!

Zanim jeszcze Afra zdążyła coś powiedzieć, kapitan zniknął. Wskoczyła więc pospiesznie w te męskie rzeczy, w spodnie, które sięgały do kolan, do tego w białą koszulę i marynarkę z drewnianymi guzikami. Bujne włosy ukryła pod okrągłą skórzaną czapką, zakrywającą głowę aż po kark. Nie było lustra, żeby mogła przejrzeć się w swoim przebraniu, ale wcale nie czuła się w nim aż tak źle, jak się tego obawiała.

Załoga na pokładzie zajmowała się ściąganiem żagli. Te wielkie płachty materiału stanowiły największe niebezpieczeństwo na takim statku, jakim była „Ambrozja". Niezwykle łatwo można je było podpalić. Bez żagli dumny okręt posła neapolitańskiego był wprawdzie niezdolny do wykonywania jakichkolwiek manewrów, ale uzbrojenie, na którym marynarze znali się bardzo dobrze, wystarczyło, żeby zatopić każdego napastnika albo przynajmniej zmusić go do ucieczki.

Oczywiście piraci, którzy przeważnie przybywali ze Wschodu, znali tę taktykę, toteż starali się nadrabiać zwrotnością swoich okrętów, mających zazwyczaj dodatkowych wioślarzy na pokładzie. Zdawało się, że taki plan ma również statek, który powoli zbliżał się ze wschodu. Było wyraźnie widać, jak wiosła umieszczone w dwu rzędach, jedne nad drugimi, wynurzają się z wody i znów w niej znikają. Także piraci zwinęli żagle. Na głównym maszcie brakowało flagi ukazującej pochodzenie statku – nieomylny znak, że jego załoga ma nieczyste zamiary. Ze śródokręcia rozległ się rozkaz kapitana:

– Wszystkie działa na bakburtę! Armaty na pozycję: połowa na bakburtę, druga połowa na sterburtę!

Z gorączkowym wysiłkiem Murzyni przesunęli i zatargali cztery działa na lewą stronę statku, po czym przymocowali je do przewidzianych w tym celu cokołów.

– Szybciej, pospieszcie się, jeśli nie chcecie wszyscy zatonąć! – wołał kapitan, po którego głosie można było poznać, że jest znacznie bardziej zdenerwowany niż wcześniej. – Ładować działa i broń!

Marynarze utworzyli łańcuch i spod pokładu zaczęli wnosić na górę beczułki i skrzynki z indyjskim prochem czarnym. Mężczyźni dwójkami ładowali działo lub broń. Przed kasztelem rufowym leżało w pogotowiu kilkanaście napiętych kusz.

Podczas gdy okręt piracki zbliżał się niepowstrzymanie, kapitan Luca wdrapał się na beczkę prochu, aby móc się lepiej porozumiewać. W tym momencie z bocianiego gniazda rozległ się głos oficera wachtowego.

– Kolejny okręt z kierunku wschód–południe–wschód!

Kapitan podniósł rękę nad oczy i spojrzał w podanym kierunku. Mniej więcej milę za nieprzyjacielskim okrętem płynął drugi. Chociaż jeszcze trudno było wywnioskować, czy oba okręty mają ze sobą coś wspólnego, można było tak przypuszczać. Tureccy i albańscy piraci nader chętnie współdziałali ze sobą.

Pierwszy okręt podpłynął niebezpiecznie blisko, na odległość strzału z kuszy. „Ambrozja" powinna wyprzedzić atak. Piraci nie dysponowali na ogół bronią palną, którą trzeba by traktować poważnie. Należało się jednak obawiać ich celności jako łuczników i kuszników. Dlatego też ktoś, kto chciał pokonać piratów, musiał pierwszy uderzyć, zanim tamci zdołają wypuścić bełty.

Kapitan krzyknął głośniej:

– Działa gotowe do odpalenia?

– Działa gotowe! – padła odpowiedź.

– Działa jeden i dwa – ognia!

– Jeden i dwa – ognia!

Ogniomistrze podpalili lonty.

Zdawało się, że minęła wieczność, zanim płomień zbliżył się do komory prochowej. Jednak już w następnej chwili straszliwy huk rozdarł poranne powietrze, a siwa chmura wzniosła się niby olbrzymi grzyb ku niebu i wszystkim na pokładzie zasłoniła widok.

Afra w przebraniu znalazła schronienie pod kasztelem dziobowym, które to miejsce, wskazane jej przez kapitana, okazało się dość bezpieczne. Teraz, kasląc, z trudem chwytała powietrze. Czuła się tak, jakby huk wystrzałów rozerwał jej płuca.

Ledwie dym się rozwiał, okazało się, że oba działa chybiły celu.

– Doładować! – wydał rozkaz kapitan. – Reszta do dział.
Strzelcy z wrzaskiem rzucili się do broni. Tymczasem pierwsze nieprzyjacielskie strzały zaczęły uderzać o burtę. Okręt piracki był już na tyle blisko, że można było dostrzec ludzi na pokładzie.
– Ognia! Ognia! – ryczał kapitan.
W następnej chwili wybuchło piekło, jakby właśnie zaczynał się sądny dzień. Wydawało się, że powietrze drży od huku eksplozji. Cuchnęło prochem i rozżarzonym żelazem. Obsługujący działa członkowie załogi kwitowali każdy wybuch własnej broni głośnymi okrzykami, jakby to oni sami zostali trafieni. Afra trwożliwie zatkała sobie uszy palcami.
Strzelanina nagle się skończyła. Z bocianiego gniazda rozległ się krzyk oficera wachtowego:
– Nieprzyjacielski okręt usiłuje stanąć w dryf!
– Działo trzy i cztery ognia! – wrzeszczał kapitan.
Kanonierzy zapalili lonty.
Ale piraci tylko na to czekali. Teraz bowiem, z bliska i w zasięgu strzału, statek posła był wydany na pastwę ich kuszników. Bełty niczym lecąca szarańcza uderzały w działa. Pierwszy trafiony marynarz runął z krzykiem na ziemię. W tej samej chwili wypaliło trzecie działo, a zaraz po nim czwarte. Przez dymną zasłonę przebił się donośny trzask drewna rozłupującego się w drzazgi, a także krzyki rannych wzywających pomocy.
– Trafiony! – zameldował z bocianiego gniazda oficer wachtowy.
Mimo to bełty piratów nadal uderzały w „Ambrozję".
Kiedy dym się trochę przerzedził, można było zobaczyć sukces kanonierów: celne uderzenie trafiło maszt okrętu pirackiego w połowie wysokości i przewróciło go niczym drzewo podczas jesiennej nawałnicy. W morzu pływało w dziwacznych pozycjach mnóstwo trupów. Między nimi dryfowały roztrzaskane bale i belki. Ale piraci się nie poddawali.

Pod osłoną drewnianej obudowy otworów w burcie wioślarze smagali wodę i okręt podchodził coraz bliżej. Taktyka piratów była jasna. Postawili sobie za cel abordaż „Ambrozji", aby rozstrzygnięcia tego pojedynku dokonać na pokładzie w walce wręcz. I temu należało zapobiec.

Podczas gdy kapitan ponownie wprowadził działa do akcji, a strzelcy bronią brali przeciwnika na muszkę, pierwsze strzały ogniste uderzyły o główny pokład. Ostrza grotów były owinięte szmatami i nasączone smołą, a ich płomienie z prędkością wiatru wżerały się w burtę albo w nadbudówki statku. Oprócz tego kusznicy celowali do poszczególnych wrogów z bezpiecznego ukrycia.

Z podkurczonymi nogami i z podbródkiem wspartym na kolanach Afra siedziała w kucki u stóp kasztelu dziobowego i z szeroko otwartymi oczami śledziła przebieg walki. O dziwo, wcale się nie bała. Przeżyła już dżumę, a głos wewnętrzny podpowiadał jej, że również podczas tego napadu nie poniesie uszczerbku.

Marynarze odpalali ze wszystkich luf, a w huku eksplozji i dymie uszło uwadze Afry, że jedna ze strzał ognistych przebiła okno kasztelu rufowego i spowodowała pożar w kajucie. Wydostawał się stamtąd czarny dym. Naraz drzwi rozwarły się gwałtownie i na zewnątrz wypadł odurzony poseł. Paolo Carriera uczepił się chwiejących się drzwi, po czym zamknął je za sobą i padł bez przytomności.

„Gdzie jest Lukrecja?"

Afra wiedziała, że żona posła znajduje się w kajucie. Aby ją jednak wydostać, musiałaby przejść przez cały pokład i stać się żywym celem dla piratów. Oczywiście donna Lukrecja nie okazywała jej wcześniej sympatii, wręcz przeciwnie. Czy jednak tylko dlatego Afra miałaby skazać człowieka na pewną śmierć?

W jej duszy anioł toczył walkę z diabłem. Ale kiedy z walącym sercem próbowała akurat powziąć decyzję, ulegając jednak siłom zła, poseł na chwilę doszedł do siebie i na czworakach wyczołgał się poza zasięg strzału pirackich kuszników. Wydawało się, że nie ma świadomości, że Lukrecja nadal przebywa w kajucie.

Dym, dobywający się już stamtąd kłębami, coraz bardziej gęstniał. Nagle jednak, całkiem niespodziewanie, drzwi kajuty otworzyły się z impetem i stanęła w nich donna Lukrecja. Chociaż miała na sobie męskie ubranie i czapkę, Afra natychmiast ją rozpoznała. Donna Lukrecja z trudem chwytała powietrze jak ryba wyrzucona na ląd. Ostatkiem sił czepiała się drzwi kajuty.

Afra poczuła ulgę. Lukrecja uwolniła ją od powzięcia trudnej decyzji. Myśląc o tym, Afra zawstydziła się jednak swojego wahania. I nagle spojrzenia kobiet się spotkały. Przez chwilę obie patrzyły na siebie w milczeniu.

Wreszcie Lukrecja wyszła z kajuty i zamknęła za sobą drzwi. Stała oparta o nie, ciężko oddychając. Później otarła rękawem pot z czoła.

Kątem oka Afra dostrzegła, że na rufie okrętu pirackiego jeden z łuczników składa się do strzału. Ów silny chłopak napiął lewą ręką łuk, aż wydawało się, że pęknie. Afra oceniła wzrokiem, że łucznik celuje dokładnie w Lukrecję.

Bez zastanowienia zerwała się i chociaż nieprzyjacielskie strzały świstały nad pokładem, przebiegła na drugą stronę, rzuciła się na Lukrecję i przewróciła ją na ziemię. W samą porę, gdyż właśnie w tej chwili strzała leworęcznego łucznika wwierciła się z trzaskiem w drzwi kajuty, wydając wibrujący, skarżący się ton niczym naderwana struna jakiegoś instrumentu.

Obie kobiety wpatrywały się nieruchomym wzrokiem w śmiercionośny pocisk. Lukrecja zdawała się niezdolna do wykonania jakiegokolwiek ruchu. Afra jednak szybko się opamiętała. Schwyciła Lukrecję za nadgarstki i powlokła sparaliżowaną żonę posła przez pokład do kasztelu dziobowego, gdzie już wcześniej sama znalazła schronienie.

Ledwie dotarły do bezpiecznego występu nadbudówki, gdy powietrze rozdarły dwa gwałtowne wybuchy, którym towarzyszył huk, dźwięczący w uszach niczym grzmot letniej burzy.

– Trafiony! – wrzasnął kapitan i jak faun zatańczył na górnym pokładzie. Afra zrozumiała wymiar całego tego zdarzenia dopiero w chwili, gdy ujrzała, że dziób wrogiego statku podnosi się ku niebu, najpierw powoli, niemal leniwie, następnie stając gwałtownie dęba na podobieństwo spłoszonego konia, aż w końcu okręt prawie pionowo ustawił się w wodzie. Piraci z krzykiem rzucali się do morza. Kilku z nich usiłowało podpłynąć do „Ambrozji", żeby tutaj szukać ocalenia. Ale kusznicy nie znali łaski i strzelali, dopóki fale nie pochłonęły ostatniego z piratów.

Morze między tonącym wrakiem a „Ambrozją" zabarwiło się na czerwono. Na falach wirowały burty, belki, beczki i skrzynki.

Przez jakiś czas okręt piracki sterczał wyprostowany i pozornie pozbył się wszelkiego balastu, gdy nagle, jak na tajemny rozkaz, zniknął pionowo w głębinie. Wir spowodowany przez tonący wrak sprawił, że „Ambrozja" zaczęła się gwałtownie obracać dookoła własnej osi. Marynarze wznosili radosne okrzyki i wymachiwali bronią nad głowami. A kiedy z bocianiego gniazda nadszedł meldunek, że drugi okręt stanął w dryf i salwował się ucieczką, radosnej wrzawie nie było końca.

Afra na klęczkach obserwowała zagładę nieprzyjacielskiego okrętu. Lukrecja leżała na wznak u jej boku i z trudem chwytała powietrze.

„Powietrza, powietrza!" – bełkotała raz po raz. Niekiedy szeptała też „Pożar". Trudno ją było zrozumieć. Afra pochyliła się nad nią, a wtedy jej wargi ponownie złożyły się do imienia „Liutprand".

– Liutprand? Co z Liutprandem?

Wiotką ręką Afra wskazała na kasztel rufowy. Z roztrzaskanego okna i szczelin w drzwiach ciągle jeszcze dobywał się gryzący dym.

Podniosła się i jednemu z tańczących radośnie kuszników dała znak, żeby poszedł za nią.

Górny pokład był śliski, powalany krwią i usłany pirackimi strzałami. Zdawało się, że w ogłuszającym upojeniu zwycięstwem nikt nie przejmuje się dwoma zastrzelonymi marynarzami. Afra wyciągnęła rękę wprost przed siebie.

Najpierw marynarz ociągał się z wejściem do dymiącego kasztelu rufowego, kiedy jednak zobaczył, że Afra bez wahania idzie przodem, wszedł za nią do środka. Przycisnąwszy rękę do ust, kobieta przebijała się przez kłęby dymu. Dała marynarzowi znak, żeby rozejrzał się w kajutach znajdujących się po prawej stronie. Ona sama przeszukiwała lewą.

Z kabiny Lukrecji dobywał się dym. Drzwi były tylko uchylone. Afra otworzyła je nogą. Ognista strzała wroga podpaliła łóżko żony posła. Teraz płonęło jeszcze siano służące za siennik. Afra już chciała wyjść z zadymionego pomieszczenia, gdy na ziemi za stołem odkryła wróżbitę. Leżał nieruchomo na brzuchu, z twarzą schowaną w ramionach, jakby nie chciał widzieć tego, co dzieje się dookoła. Afra wezwała marynarza na pomoc.

Wspólnie wywlekli Liutpranda z kasztelu na górny pokład, gdzie na spotkanie wyszedł im Paolo Carriera. Wydawał się jeszcze odurzony, nie wykazał bowiem szczególnego zainteresowania leżącym na ziemi wróżbitą.

– Sprowadźcie medyka! – nakazała Afra posłowi.

Carriera skinął głową Po chwili podszedł do Afry i wreszcie, rzucając spojrzenie na strzałę, tkwiącą w drzwiach kajuty, powiedział, jąkając się:

– Ocaliliście życie *donnie* Lukrecji!

W jego słowach kryła się bezradność.

– Już dobrze! – odparła Afra. – Przyprowadźcie medyka. Zdaje mi się, że *messer* Liutprand nie żyje.

Ledwie to powiedziała, Liutprand otworzył oczy. Bez przydającego mu godności kapelusza łysy wróżbita wyglądał żałośnie.

– Boże w niebiosach, żyje! – zawołała słabym głosikiem Lukrecja, która właśnie podeszła.

– Żyje! – powtórzył poseł.

Klatka piersiowa Liutpranda podnosiła się i opadała w nieregularnych odstępach czasu. Wróżbita dyszał i gwałtownie chwytał powietrze.

Z dolnego pokładu wyczołgali się *dottore* Madathanus i *padre*. Nie dowierzając własnym oczom, spoglądali w jasne światło dnia. Kiedy zobaczyli na pokładzie ciężko oddychającego Liutpranda, medyk schylił się ku niemu i przyłożył ucho do jego piersi, *padre* zaś, nie umiejąc zrobić nic innego, złożył ręce i zaczął mamrotać jakąś niezrozumiałą modlitwę.

– No, powiedzcie coś wreszcie! – naciskała Lukrecja medyka.

Ten podniósł wzrok i w zamyśleniu potrząsnął głową.

Lukrecja odwróciła się i ukryła twarz w dłoniach. Na górnym pokładzie hałas umilkł. Marynarze obstąpili kołem leżącego na ziemi wróżbitę i gapili się.

– Czego tu tak stoicie i wybałuszacie ślepia, wy podłe szumowiny? – zawołał gniewnie kapitan. – Ugasić mi ogień w kasztelu rufowym, wyrzucić trupy za burtę i oczyścić pokład! Ale już, do roboty!

Marynarze odeszli, szemrząc. Kilku z nich spuściło drewniane kubły na wodę i tlący się ogień w kasztelu rufowym został niebawem ugaszony. Poza tym „Ambrozja" nie poniosła żadnych strat.

Medyk niezdecydowanie spoglądał na wróżbitę. Afra, która pochwyciła spojrzenie doktora, wpadła we wściekłość.

– *Dottore* Madathanus, dlaczego nic nie robicie?

Doktor wzruszył ramionami.

– Obawiam się...

– Dajcie mu eliksiru albo jednego z waszych cudownych środków! Bezczynność jest z pewnością najgorszym lekarstwem.

Poseł skinął potakująco głową, a Madathanus udał się na dół.

Liutprand coraz mocniej walczył z zadyszką. Wstrząsały nim spazmy, co stało się dla *padre* okazją do wzmożenia głośności i żarliwości modlitw.

Afra ciągle jeszcze klęczała obok wróżbity. Liutprand całkiem nieoczekiwanie otworzył oczy i rzucił na nią czujne, nieomal chytre spojrzenie, po czym nieśmiałym skinieniem poprosił ją, żeby się zbliżyła, jak gdyby chciał jej coś szepnąć do ucha. Afra ochoczo posłuchała tej prośby i pochyliła się nad rzężącym mężczyzną.

Liutprand z trudem formułował słowa. Było to po nim widać. Potem jednak powiedział powoli, ale tak, żeby wszyscy mogli go zrozumieć:

– Miałbym ogromną ochotę zobaczyć... jak kobieta... zmusza papieża, żeby padł na klęczki.

Były to ostatnie słowa wróżbity, któremu, jak wszystkim członkom jego cechu, zdawało się, że przeznaczenie innych ludzi nie ma dla niego tajemnic, a tymczasem jego własne pozostawało przed nim ukryte.

Kiedy do Lukrecji dotarło, że *messer* Liutprand nie żyje, zaczęła piszczeć i jak szalona bić na oślep rękami. Wznosiła je do nieba, przeklinała pogańskich piratów i dziękowała Bogu, że wymierzył im sprawiedliwą karę. Paolowi Carrierze i *padre* z wielkim trudem udało się uniemożliwić Lukrecji rzucenie się na jedną z nieprzyjacielskich strzał, które walały się po pokładzie.

Ledwie Lukrecja trochę się uspokoiła, zaczęła od nowa lamentować, ponieważ poseł polecił kapitanowi owinąć ciało wróżbity w płótno i marynarskim zwyczajem wrzucić je do morza. Dopiero kiedy *padre* wziął Boga na świadka, że ten zwyczaj można pogodzić z zasadami Kościoła, naszej świętej Matki, i że papież na niego wyraźnie pozwala, Lukrecja zgodziła się, żeby wykonano polecenie posła.

Owinięto więc zmarłego wróżbitę w biały żagiel rozprzowy, bo jego płótno najlepiej nadawało się do tego celu. Dla pewności dodano trupowi w gieźle krzyż i dwa odłamki skalne, którymi zazwyczaj obciąża się solone ryby i peklowane mięso. A potem, gdy załoga ustawiła się, a *padre* odmówił pobożną modlitwę wraz z trzykrotnym *Requiescat in pace*, dwóch marynarzy wrzuciło *messera* Liutpranda do morza.

Usuwanie śladów walki zajęło cały dzień. Dopiero pod wieczór kapitan Luca dał rozkaz postawienia żagli.

W milczeniu przebiegała wspólna kolacja w kasztelu rufowym, aż wreszcie poseł wzniósł swój puchar i pełnym godności głosem rzekł:

– Wypijmy za *messera* Liutpranda, który przez długie lata był nam wiernym towarzyszem.

– Za Liutpranda! – powtórzyli jednym głosem biesiadnicy.

Lukrecja potrząsnęła głową:

– Nie potrafię wyobrazić sobie dalszego życia bez niego.

Jej słowa brzmiały absolutnie wiarygodnie. Niemal przez dziesięć lat wróżbita podejmował za nią wszystkie decyzje i odpowiadał na jej pytania, na które *padre* nie miał na podorędziu odpowiedzi. Nawet jeśli poseł zawsze z niedowierzaniem traktował jego przepowiednie, to jednak umiał cenić inteligencję oraz doświadczenie życiowe Liutpranda.

– Znajdziemy nowego wróżbitę – uspokajał Paolo Carriera Lukrecję. – Każdego człowieka można zastąpić.

– Nie *messera* Liutpranda! – jego żona jak rozgniewane dziecko obstawała przy swoim. – To był całkiem szczególny człowiek.

Afra skinęła potakująco głową, a poseł wziął to za okazję do poczynienia uwagi:

– Także na was, *donna* Gizela, *messer* Liutprand wywarł szczególne wrażenie. Czyżbym się mylił?

– Bynajmniej.

– Myślę jednak, że również wy albo raczej wasze przeznaczenie wywarło wrażenie na *messerze* Liutprandzie. W końcu swoje ostatnie słowa wypowiedział do was.

Afra nieco zakłopotana popatrzyła po biesiadnikach.

– Co to on jeszcze powiedział? – ciągnął Paolo Carriera. – Jeśli dobrze pamiętam, Liutprand z ogromną ochotą zobaczyłby, jak kobieta zmusza papieża, żeby padł na klęczki. Osobliwe pożegnanie z życiem. Umielibyście te słowa jakoś wyjaśnić?

Oczywiście słowa Liutpranda nie chciały wyjść Afrze z głowy. Wróżbita był na pewno mistrzem w swoim fachu. Jeśli jego przepowiednia rzeczywiście miała się spełnić, miało to niewątpliwie związek z pergaminem. Już brat Dominik ze Strasburga robił niejasne aluzje na ten temat.

Zatopiona w myślach Afra odrzekła:

– Nie, *messer* Paolo, nie znam żadnego wyjaśnienia. Chciałabym jednak poddać pod rozwagę, że w obliczu śmierci człowiek nierzadko wygłasza osobliwe słowa.

– Wypowiedź Liutpranda nie była wcale bezładna. Wydawało się prawie, jakby chciał coś wyśmiać.

– Rzymskiego papieża? – zapytał wzburzony *padre* i szybko zrobił znak krzyża.

Poseł, wsparłszy się na łokciach, pochylił się ponad stołem do *padre*.

– A kogo innego nazwalibyście *pontifeksem*, jeśli nie rzymskiego papieża?

Padre skinął potakująco głową, nic jednak nie odpowiedział.

Przez chwilę wszyscy milczeli poruszeni. Wreszcie poseł przerwał panującą ciszę.

– Myślę – zaczął z wahaniem – że *donna* Lukrecja ma nam wszystkim coś do powiedzenia.

Żona posła odchrząknęła zakłopotana i zaczęła ceremonialnie:

– Przypuszczalnie wszyscy już się dowiedzieliście, a ci, do których to do tej pory nie dotarło, niechaj dowiedzą się w tej chwili, że podczas napadu *donna* Gizela ocaliła mi życie. Gdyby nie jej odwaga, leżałabym teraz na dnie morza owinięta w żagiel rozprzowy jak *messer* Liutprand. – Przełknęła ślinę. – Jej uczynek jest tym bardziej godny podziwu, że bez powodu zachowywałam się wobec niej lekceważąco i odpychająco. – Zwróciła się do Afry. – Mam nadzieję, że mi wybaczycie.

– *Donna* Lukrecja, nie musicie prosić mnie o wybaczenie. To w końcu ja wtargnęłam w wasze życie. Poza tym moja pomoc wynikała tylko z nakazu chrześcijańskiej miłości bliźniego.

Wypowiadając te słowa, Afra nie czuła się najlepiej. Świetnie wiedziała, że wcale nie poszła za nakazem chrześcijańskiej miłości bliźniego, lecz że przed śmiercionośną strzałą pirata kazał jej ratować Lukrecję jakiś bliżej niezrozumiały odruch.

– Nieważne, jak to było – Lukrecja podniosła obie ręce, wykonując nimi przeczący ruch. – To wam zawdzięczam życie. W podzięce przyjmijcie to, co mam najcenniejszego. – Wielkimi oczami Afra obserwowała, jak żona posła zdejmuje z palca duży pierścionek z iskrzącymi się kamieniami. Był to rubin otoczony pięcioma diamentami. – Ten pierścionek ma długą historię. Inskrypcja po jego wewnętrznej stronie obiecuje osobie, która go będzie nosiła, szczęśliwą przyszłość.

Afra zaniemówiła. Nigdy dotąd nie miała żadnych klejnotów. Złoty pierścionek z iskrzącymi się kamieniami – o czymś takim nie śmiałaby nawet marzyć. Nabożnie i niczym jakiś skarb trzymała w rękach ten nieoczekiwany dar.

– Weźcie go, jest wasz! – zapewniła Lukrecja.
– Nie mogę go przyjąć – wybełkotała Afra, odzyskawszy na powrót mowę. – Naprawdę nie mogę. Ten prezent jest zbyt cenny!
Na twarzy Lukrecji pojawił się uśmiech zdradzający jej wyższość:
– Co jest w ogóle cenne w tym życiu? Życie jest na pewno cenniejsze niż złoto i kamienie szlachetne. Weźcie ten pierścionek i zachowajcie go na moją pamiątkę!
Afra jak odurzona wsunęła klejnot na serdeczny palec lewej ręki. Pierścionek, mieniący się i skrzący w blasku świec, przypomniał jej dzieciństwo, kiedy to ojciec opowiadał historie i legendy z zamierzchłej przeszłości. Takie roziskrzone pierścionki nosiły w wyobraźni Afry królowe i księżniczki. A teraz jeden z nich tkwił na jej palcu. Była bliska łez.
Wspólna kolacja przebiegała w nastroju przygnębienia. Świadomość, że ktoś, z kim jeszcze wczoraj wieczorem siedziało się przy stole, nie żyje, kładła się ciężarem na sercu wszystkich stołowników. Nawet posła, który nie zaliczał wróżbity do swoich najlepszych przyjaciół, dotknęła jego śmierć, toteż spożył tyle wina, że powieki zrobiły mu się ciężkie, a żołądek się zbuntował. Paolo Carriera podniósł się z trudem i zataczając się, i bekając, wyszedł na zewnątrz, gdzie zwymiotował, wychyliwszy się przez reling. Zanim wszyscy udali się na spoczynek, Lukrecja uścisnęła Afrę i pocałowała ją w policzek.
Napad piratów opóźnił wprawdzie podróż o cały dzień, ale za to wiatry zaczęły im odtąd sprzyjać. Tak więc dziesięć dni po wypłynięciu z Wenecji „Ambrozja" przybiła w dobrym stanie do macierzystego portu w Neapolu.

Neapol, położony nad zatoką między Monte Calvario a potężnym Castel San Elmo, był gęsto zaludnionym miastem, gdzie bieda rybaków i marynarzy szła w parze ze zbytkiem życia duchowieństwa i przepychem licznych kościołów. Neapol był głośny, brudny i zbuntowany, ale jego położenie i widok ściętego stożka wulkanu w tle oraz zatoki otwartej w kierunku południa nie miały sobie równych. Neapolitańczycy, którzy właściwie wcale nie istnieli, bo składała się na nich barwna mieszanina różnych ludów i ras, twierdzili, że ich miasto można tylko albo kochać, albo nienawidzić. Innej możliwości nie ma.

Poseł i *donna* Lukrecja należeli bez wątpienia do tych, którzy kochali Neapol. Po dłuższej nieobecności za każdym razem wracali do swojego miasta i rozpływali się w zachwytach, mimo że pałac, w którym rezydowali w Wenecji, znacznie przewyższał luksusem ich własny dom na stokach Monte Posillipo.

Chociaż Afra pozyskała sobie szczerą sympatię Lukrecji i jej małżonka, a w domu Carrierów dostała samodzielny pokój z widokiem na Zatokę Neapolitańską, dała posłowi do zrozumienia, że nie chce dłużej nadużywać jego gościnności. Od kiedy podróżowała pod obcym nazwiskiem, nie czuła się dobrze we własnej skórze.

Poseł oświadczył gotowość oddania jej do dyspozycji powozu ze stangretem, który bezpiecznie zawiezie ją na Monte Cassino i z powrotem. Ale podziękowała. Ostatecznie Paolo Carriera postanowił ofiarować Afrze dwukółkę oraz najlepszego ze swoich koni i obstawał przy tym, żeby Afra przyjęła jedno i drugie, a na dodatek sakiewkę pieniędzy.

Tak hojnie obdarowana, ruszyła w drogę. Wprawdzie minęło już trochę czasu od chwili, gdy sama powoziła, ale koń, krępa zimnokrwista klacz o łagodnym usposobieniu, szedł posłusznie w cuglach. Poseł doradził Afrze, żeby pojechała Via Appia, bo była to droga wybrukowana i wystarczająco szeroka dla dwóch mijających się powozów.

10.

Za murami Monte Cassino

Pierwszego dnia podróży droga wiodła Afrę przez żyzną, ale niezdrową równinę. Miriady komarów dokuczały koniowi i powożącej kobiecie. Powietrze było wilgotne i duszące. Wszędzie cuchnęło pleśnią i zgnilizną. Pod wieczór Afra dotarła do Kapui, warownego miasteczka leżącego w pętli rzeki Volturno, słynnego zwłaszcza z upadku obyczajów, które jednak swoje złote dni miało już dawno za sobą.

W schronisku, gdzie nader chętnie zatrzymywali się handlarze i wędrowni rzemieślnicy, Afra znalazła skromny nocleg. Trzeba było pewnej sztuki perswazji i znacznego napiwku, żeby właściciel, skostniały Grek, jak wielu jemu podobnych oberżystów między Neapolem a Rzymem, zmienił z góry powzięte przekonanie, że samotnie podróżująca kobieta może być wyłącznie *puttana* lub, jak to się mawiało na północ od Alp, ladacznicą. To doświadczenie wcale nie sprawiło, że Afra z poczuciem bezpieczeństwa zaczęła myśleć o dalszej podróży.

Podczas długiej drogi na północ kobieta zastanawiała się, czy nie byłoby korzystniej przebrać się za mężczyznę. Ta myśl zrodziła się w niej już na okręcie do Neapolu. Strój, który kapitan dał jej wówczas ze strachu przed piratami, nadal znajdował się w jej bagażu. Oczywiście wymagało to dość sporego dystansu do siebie, żeby wyobrazić sobie, że na kilka dni, tygodni czy miesięcy – kto to wiedział – trzeba będzie wejść w rolę mężczyzny. Musiałaby bowiem nie tylko wyglądać jak mężczyzna, ale również tak się zachowywać. „Z drugiej strony – myślała – jako kobieta tak czy inaczej nie zdoła dostać się do klasztoru Monte Cassino".

W małej miejscowości u podnóża Monte Petrella, gdzie odgałęziała się nieutwardzona droga do Monte Cassino, Afra udała się do wiejskiego balwierza, który skrócił jej włosy i ułożył fryzurę na pazia. Balwierz mówił językiem zupełnie dla niej niezrozumiałym. Nie musiała więc tłumaczyć się z tego, czemu chce być akurat uczesana po męsku.

Kamienna ścieżka przez góry była uciążliwa, a jej pokonanie zabierało sporo czasu, toteż podróż trwała jeden dzień dłużej, niż to sobie zaplanowała. Aby dać trochę wytchnienia koniowi i wypróbować siebie w roli mężczyzny, zatrzymała się na ostatnią noc we wsi San Georgio nad rzeką Liri. W tej romantycznej, kapryśnej rzeczce, która częstokroć zmienia kierunki, zanim połączy się z Garigliano, o tej porze roku prawie nie było wody. Dni stały się krótsze. Zajazdy, w których wiosną i latem, gdy do grobu świętego Benedykta podążało mnóstwo pielgrzymek, nie można było wręcz znaleźć noclegu, były teraz opustoszałe.

Właściciel jedynego zajazdu i tawerny w tej miejscowości uradował się niezwykle na widok niespodziewanego gościa i zwracał się do przebranej za mężczyznę Afry per „paniczu". Podczas gdy parobcy zajmowali się koniem, powozem i bagażem, ona wypróbowywała przy kolacji męskie zachowania – smarkała i wykasływała sobie płuca z piersi, czego można było się spodziewać po zawziętym woźnicy, mającym za sobą cały dzień wyczerpującej podróży.

Kiedy nazajutrz rano wyruszyła w dalszą drogę, była dość pewna, że nikt nie wątpi w jej męskość. Około południa dotarła do Monte Cassino, niewielkiej, podupadłej miejscowości, która dała nazwę klasztorowi znajdującemu się na przylegającej do niej górze.

Macierzysty klasztor zachodnioeuropejskiego stanu zakonnego górował na stromym grzbiecie góry nad doliną niczym twierdza warowna, która oparła się już niejednej wojnie. Wysokości czterech pięter, z mnóstwem okien ze wszystkich stron, przypominających otwory strzelnicze, pozwalał domyślić się wielkości tego kompleksu budynków i liczby jego mieszkańców. Nikt dokładnie nie wiedział, ilu mnichów, przede wszystkim jednak ilu uczonych, teologów, historyków, matematyków i bibliotekarzy kryło się za murami Monte Cassino. Krążyła plotka, że między mnichami dochodzi do ciągłych zatargów. Pięćdziesiąt sześć lat wcześniej trzęsienie ziemi obróciło w perzynę spore fragmenty klasztornej budowli. Przed wieloma wiekami Longobardowie, Saraceni i cesarz Fryderyk II napadli na klasztor, z którego cesarz wygnał mnichów i założył tu garnizon.

U stóp góry, po której wiła się wzwyż wąska ścieżka, niepozwalająca właściwie minąć się dwóm powozom, Afra została zagadnięta przez pewnego mnicha:
– Bóg z wami, paniczu. Dokąd droga prowadzi?
– Do klasztoru świętego Benedykta – odparła. – Czy wy się również tam udajecie?
Młody mężczyzna w czarnym habicie skinął potakująco głową.
– Jeśli pozwolicie mi wsiąść, chętnie wskażę wam drogę.
– To wsiadajcie!
Mnich podniósł habit i wdrapał się na wóz.
– Pozwólcie mi na pewną uwagę, paniczu. Jeśli chcecie dotrzeć do celu jeszcze przed zmrokiem, powinniście się pospieszyć.
Afra podniosła rękę do czoła i spojrzała na grzbiet góry.
– Niech was to nie mami – wyjaśnił benedyktyn. – Droga jest stroma i ma wiele zakrętów. Nawet tak dobry koń, jak wasz, będzie potrzebował trzech godzin, nie licząc odpoczynku.

– A czy znajdzie się też nocleg dla mnie i mojego konia?
– Bez obaw, paniczu. Przed naszym klasztorem jest dom gościnny dla pielgrzymów i uczonych, którzy tu przez jakiś czas zajmują się swoimi sprawami. Co was sprowadza na górę świętego Benedykta?
– Księgi, księgi, księgi!
– Pewnie jesteście bibliotekarzem!
– Kimś w tym rodzaju. – Afra starała się nie tracić opanowania. – A wy? Jaki zawód wykonujecie za murami klasztoru Monte Cassino?
– Jestem alchemikiem.
– Alchemikiem? Mnich z klasztoru Benedyktynów alchemikiem?
– Co w tym dziwnego, paniczu?
Afra zaśmiała się chytrze.
– Jeśli jestem dobrze poinformowany, to alchemia nie zalicza się bynajmniej do nauk mających błogosławieństwo Kościoła.

Mnich uniósł ostrzegawczo palec wskazujący:
– Posłuchajcie, paniczu! Klasztor Monte Cassino jest wolny. Oznacza to, że podlega jedynie papieżowi w Rzymie. Poza tym alchemia jest taką samą nauką jak inne. Nie nauka jest zdrożna, lecz cel, jakiemu ma służyć. A nasz cech cieszy się złą sławą nie z powodu alchemii, ale z powodu alchemików. Większość z nich haniebnie obchodzi się z tajemnymi formułkami i recepturami, które po prostu są wynikiem sztuki matematycznej bądź nauki o przyrodzie. To zaś ma niewiele wspólnego z uprawianiem czarów.

– Jesteście wobec tego jednym z niewielu w waszym cechu, którzy tak twierdzą!

– Wiem. Ale Monte Cassino zawsze było znane z niepokornego charakteru swoich mnichów. Na pewno jeszcze się z tym spotkacie. Jeśli zaś chodzi o mnie, w życiu przestrzegam ściśle zasad świętego Benedykta – w przeciwieństwie do wielu innych w tym klasztorze. Odprawiam z moimi braćmi w Panu godzinki i znam na pamięć obszerne fragmenty Nowego Testamentu. Jeśli jednak spytacie mnie jako alchemika, czy cuda, opisywane w Biblii przez Mateusza, Marka, Łukasza i Jana, były rzeczywiście cudami, to odpowiedź, którą usłyszycie z moich ust, was zaskoczy: kiedy Pan wędrował po ziemi, posługiwał się różnymi metodami nauk przyrodniczych i alchemii.

– Jezus Maria! Mówicie, że Jezus był alchemikiem?

– Nonsens. To, że nasz Pan posługiwał się alchemią, nie oznacza przecież, że był z zawodu alchemikiem. Jest to tylko dowód na jego wiedzę i inteligencję. A wykorzystywanie obu tych cech nie umniejsza przecież jego świętości, wręcz przeciwnie.

Podczas gdy Afra w drodze pod górę trzymała konia na wodzy, z boku przyglądała się alchemikowi. Ten mężczyzna z mocno wygoloną tonsurą nie był od niej wiele starszy. Jak wszyscy mnisi miał różową cerę, ale czujne, chytre oczka. W porównaniu z Rubaldem, którego spotkała w Ulm i który otaczał siebie i swoje słowa tajemnicą, benedyktyn sprawiał raczej wrażenie otwartego i komunikatywnego, w każdym razie nie wyglądał na maga ani na czarnoksiężnika.

Droga stawała się coraz bardziej kamienista i stroma, a poza tym prowadziła przez rosnące po obu stronach nieprzeniknione zarośla. Dęby, dęby ostrolistne i cyprysy walczyły o jak najlepsze miejsce na marnej ziemi. Niekiedy rosły tak gęsto, że zasłaniały widok na dolinę. Na jednym z zakrętów Afra zatrzymała powóz, aby dać odetchnąć koniowi.

– Czy to jeszcze daleko? – zapytała mnicha.

– Mówiłem przecież, że droga jest dalsza, niż człowiek myśli. Jeszcze nawet połowy nie mamy za sobą.

– Dlaczego, na Boga, wasz klasztor znajduje się akurat na najwyższej górze, jak okiem sięgnąć, aż mojemu koniowi chce wyrwać płuca z piersi?

Afra jak wytrawny furman walnęła dłonią konia po zadku.

– To właśnie chcę wam powiedzieć – odparł brat alchemik. – Święty Benedykt wybrał tę spokojną miejscowość, aby uciec od hałasów świata doczesnego.

Afra skinęła głową i powędrowała wzrokiem po dolinie. Mnich miał rację. Nie dochodził tutaj prawie żaden dźwięk. Jedynie od czasu do czasu zaskrzeczał kruk, który samotnie, na rozpostartych nieruchomo skrzydłach, leciał swoim torem.

– Prawdopodobnie potomek trzech oswojonych kruków świętego Benedykta – zauważył mnich, podczas gdy Afra ponownie zagrzewała konia do dalszej jazdy. A dostrzegłszy niedowierzające spojrzenie Afry, dodał: – Wydaje mi się, że nie znacie dziejów świętego Benedykta.

– Nawet jeśli weźmiecie mnie za głupca, za pozwoleniem: nie znam. Co to ma wspólnego ze skrzeczącym krukiem?

– Pod koniec piątego wieku po Chrystusie – zaczął mnich – niedaleko stąd mieszkał Benedykt z Nursji. Przedłożył samotność pieczary górskiej nad głośne obcowanie z ludźmi. Tylko kruk dotrzymywał mu towarzystwa. Niełatwo było jednak wytrzymać dobrowolnie wybraną samotność. Kuszącym wizjom rozpustnych kobiet dawał odpór, tarzając się w pokrzywach i cierniach. Wreszcie postanowił, że założy dwanaście klasztorów. W nich pragnął z podobnie myślącymi wieść żywot kontemplacyjny, ale także poświęcić się aktywnemu życiu. I tak się stało. Ale w pobliskiej miejscowości mieszkał ksiądz o imieniu Florentin. Za skórą miał chyba diabła. Rozwój wypadków zdaje się potwierdzać to przypuszczenie: Florentin posłał Benedyktowi zatruty chleb. Jednak Benedykt w cudowny sposób przejrzał niecny zamiar księdza i powiedział do swojego kruka, który zawsze był przy nim: „Spróbuj, czy ten chleb jest jadalny". Kiedy oswojony ptak się zawahał, Benedykt rozkazał: „Zanieś go na wysoką górę, tam, gdzie nigdy nie zbłądzi żaden człowiek, aby ten chleb nikomu nie wyrządził szkody". Kruk spełnił polecenie Benedykta. Gdy wreszcie ksiądz pod postacią diabła usiłował nakłonić do grzechu Benedykta i jego współbraci, przysyłając im do ogrodu przyklasztornego siedem nieczystych dziewcząt, które obnażyły przed nimi swoje wdzięki, wówczas Benedykt i jego zwolennicy spakowali swoje manatki i wyruszyli w drogę, by w innym miejscu założyć klasztor. Towarzyszył im oswojony kruk, do którego przyłączyły się dwa następne. A kiedy wszystkie trzy usiadły na szczycie Monte Cassino, Benedykt postanowił właśnie tam założyć nowy klasztor.

Przez chwilę Afra siedziała cicho i rozmyślała. Potem zapytała:

– I wy w to wierzycie?

Mnich pokiwał głową.

– Jeśli ta historia nie jest prawdziwa, to została dobrze wymyślona. Komu to szkodzi?

– Nikomu. Macie rację. Ale czy Benedykt, do którego pielgrzymuje tylu ludzi, jest naprawdę pochowany w bazylice waszego klasztoru?

– To nie legenda – zapewnił mnich-alchemik. – Benedykt i jego siostra Scholastyka znaleźli wieczny odpoczynek na górze klasztornej. Podobno Benedykt przewidział swoją śmierć dokładnie co do dnia. Są rzeczy, które nawet takiego alchemika jak ja wprawiają w oniemienie. A przy okazji: jestem brat Jan.

Afra, mocno wstrząsana na dwukołowym wozie, milczała. Wreszcie odpowiedziała, ponieważ skądś było jej znane to imię:

– Elia. Ja mam na imię Elia.

Mnich patrzył w zamyśleniu prosto przed siebie. A później rzekł z poważną miną:

– Można by was istotnie wziąć za wcielenie proroka Eliasza, który na ognistym wozie wstąpił do nieba. Tak jest napisane w Księdze Królewskiej.

- Mnie? - zawołała zdumiona Afra i niechcący mocno przyciągnęła do siebie cugle. Koń, który do tej pory szedł stoicko swoją drogą, zaczął kłusować pod górę. Afra i brat Jan z trudem utrzymywali się na siedzeniu. Nie dało się klaczy powstrzymać. Parskając i tupiąc kopytami, kłusowała przed siebie aż do wolnego placu pod zabudowaniami klasztornymi, gdzie stanęła bez szczególnej komendy i otrząsnęła się, jakby chciała się pozbyć uprzęży.

Blady jak płótno brat Jan zeskoczył z wozu. Nie mógł wydobyć z siebie ani słowa. Z kolei Afra była rada, że cało i zdrowo dotarli do celu.

Trzymając konia za cugle, podprowadziła powóz pod jednopiętrowy budynek przytulony od zachodniej strony do muru klasztornego.

Schronisko dla pielgrzymów mogło pomieścić ponad setkę wędrowców. Była też tutaj jadłodajnia, remiza dla wozów i stajnie dla koni. O tej porze jednak wszystko wyglądało jak wymarłe. W stajniach czekały na porę karmienia dwa woły i kilka chudych mułów. Skromny inwentarz remiz stanowiły furmanka i kilka rozklekotanych wózków. Poza tym nie było żywej duszy.

- Jak długo zamierzacie tu zostać, paniczu? - zapytał brat Jan, który pomagał Afrze w zakwaterowaniu.

- To się okaże - odparła Afra. - Zobaczymy, jak szybko będzie się posuwała naprzód moja praca.

- Jeśli chcecie - zauważył alchemik z pewnym zakłopotaniem - zaprowadzę was do brata Atanazego, zarządcy schroniska. On się wami zajmie i zadba o to, aby i koniowi na niczym nie zbywało.

Afra przyjęła tę propozycję z podziękowaniem. Zbliżając się do wejścia, spojrzała w górę. Klasztor świętego Benedykta wyglądał stąd na jeszcze potężniejszy, jeszcze bardziej nieprzystępny i odpychający, niż można się było tego spodziewać, patrząc z doliny. Uwidoczniły się tu również uszkodzenia w murach i ziejące otwory okienne, przez które gwizdał wiatr. Tu i ówdzie klasztor przypominał ruinę. Zapadał już zmierzch, a słabnące światło dnia i cisza, pozwalająca zapomnieć o całym świecie, dodawały otoczeniu czegoś niesamowitego.

„To tutaj mnisi żyją zgodnie z regułą zakonną świętego Benedykta?" – chciała spytać Afra, ale brat Jan, który, jak się zdawało, odgadł myśli przychodzące jej do głowy na widok zrujnowanej twierdzy, uprzedził ją i powiedział:

– Nie chcę przed wami niczego zatajać, ale nad klasztorem Monte Cassino unoszą się ciemne chmury. I nie mówię tego metaforycznie. Zrujnowane są nie tylko budynki. Także ludzie, którzy je zamieszkują, są złamani i chorzy. W każdym razie większość z nich.

Zdawało się, że brat Jan sam przestraszył się własnych słów, przyłożył bowiem dłoń do ust i nagle zamilkł.

Również Afra okazała zaniepokojenie.

– Jak mam to rozumieć, bracie Janie?

Mnich zrobił przeczący ruch ręką.

– Trzeba mi było milczeć. Ale prędzej czy później i tak dociekłibyście tego, co rozgrywa się za murami Monte Cassino. Nie ukryło się to jeszcze przed nikim, kto przebywał tu dłużej niż dwie doby.

Takie słowa alchemika obudziły oczywiście ciekawość Afry. Była jednak zmęczona, a poza tym miała dość czasu, aby w następnych dniach zbadać sytuację.

Przy wejściu do domu pielgrzymów wyszedł im na spotkanie otyły mnich. Był odziany na biało i talię miał przepasaną długim do ziemi fartuchem. Brat Jan przedstawił mu panicza Elię, który na kilka dni chciałby skorzystać z jego gościnności.

– Jeśli to wam odpowiada – powiedział brat Jan, zwracając się do Afry – przyjdę po was jutro po tercji i zapoznam was z bratem bibliotekarzem.

Usłużność alchemika wydała się Afrze raczej natrętna. Mimo przebrania, a może właśnie dlatego, czuła się wystarczająco pewna siebie i od nikogo nie potrzebowała pomocy. Ale po krótkim namyśle przystała na propozycję brata Jana. Może naprawdę nie miał nic złego na myśli i może to tylko ona wskutek przeżyć ostatnich tygodni stała się po prostu nazbyt podejrzliwa.

Gospodarz schroniska, brat Atanazy, był jedynym benedyktynem nocującym poza murami klasztoru. Dla reszty braci ciężka żelazna brama zamykała się po nieszporach, a otwierano ją dopiero w porze prymy. Atanazy miał szeroką, okrągłą twarz niczym kula ognista, a wrażenie to wzmagały jeszcze jego rude włosy, obcięte podobnie jak włosy Afry.

Od większości innych mnichów odróżniała jednak tego benedyktyna pogoda ducha. Kiedy Afra zaraz na początku go o to zapytała, odparł:

– Chociaż ani w Starym, ani w Nowym Testamencie nie ma mowy o jakimkolwiek uśmiechu, to przecież nigdzie nie jest napisane, że śmiech i radość są na ziemi zakazane. Nie wyobrażam sobie zresztą, że Pan Bóg wymyślił śmiech, aby go potem zabronić.

Po skromnym posiłku – dziwnej potrawie z grzybów z kiełbaskowymi kluskami grubości palca – brat Atanazy przyniósł Afrze puchar czerwonego wina z ognistych stoków Wezuwiusza, o czym zapewnił, mrugając okiem.

Tymczasem zapadł wieczór. A ponieważ tylko jeden jedyny gość siedział w jadalni, brat Atanazy zajął miejsce przy długim końcu stołu i nieproszony zaczął gawędzić. Nieoczekiwanie, ale bez żadnego podtekstu, zadał Afrze pytanie:

– Paniczu Elia, skąd przybywacie?

Afra nie widziała powodu, żeby zataić swoje pochodzenie. Już wystarczająco mocno plątała się w kłamstwach. Dlatego też odpowiedziała:

– Mieszkam w Strasburgu, na północ od Alp.
– Ach! – odparł żywo otyły benedyktyn.
– Znacie Strasburg?
– Tylko z nazwy. Nigdy jeszcze nie zapuściłem się dalej niż do Rzymu. Nie, ale kilka dni temu był tutaj w gościnie pewien panicz ze Strasburga. Kupiec, któremu jednak bardzo się spieszyło.

Afrze ledwie udało się ukryć podekscytowanie. Ale głos, który zniżała w trakcie mówienia, żeby nikt nie wątpił w jej męskość, nagle i niespodziewanie zabrzmiał wysoko:

– Pamiętacie może jego nazwisko?

Winu, które brat Atanazy tęgo pociągał, można było zawdzięczać, że nie nabrał podejrzeń. Odpowiedział szczerze:

– Nie, zapomniałem jego nazwiska. Wiem tylko, że oddał coś w klasztorze, a później jechał dalej na targ do Messyny. Kupcom zawsze się spieszy.

– Czy nie nazywał się Melbrüge, Gereon Melbrüge?

Afra z oczekiwaniem patrzyła na brata Atanazego.

Wtedy mnich uderzył pięścią w stół, a następnie podniósł palec wskazujący, jakby właśnie przed chwilą wymyślił twierdzenie Pitagorasa.

– Świeć Panie nad duszą świętego Benedykta, w rzeczy samej nazywał się Melbrüge!

– Kiedy to było? – drążyła Afra dalej.

Otyły benedyktyn wykrzywił twarz, jakby w ten sposób chciał sobie lepiej przypomnieć.

– Było to chyba zaledwie tydzień temu. Pięć, sześć dni. Umówiliście się może z nim na spotkanie?

– Nie, nie – potrząsnęła głową kobieta i zaczęła głośno ziewać. – Jestem potwornie zmęczony. Jeśli pozwolicie, udam się na spoczynek.

– Niech was Bóg błogosławi!

Z zadowoleniem i ulgą zdjęła męskie przebranie. W głębi duszy uważała bycie mężczyzną za obrzydliwe, w końcu była kobietą, i to z prawdziwą przyjemnością. Brat Atanazy przydzielił jej osobną izbę, dodatkowo zamykaną na klucz, jakby podejrzewał, że nowy gość ma coś do ukrycia.

Po rozmowie z zarządcą schroniska Afra mogła założyć, że jest już blisko swojego pergaminu. Teraz chodziło o to, żeby niepostrzeżenie znów wejść w posiadanie tego tajemniczego dokumentu.

Dawno już nie spała tak dobrze i mocno. Podróżując pod fałszywym nazwiskiem i w męskim przebraniu, mogła czuć się bezpiecznie. Gdy z klasztoru rozległ się dzwon poranny, wzywający na prymę, Afra się przebudziła. O tej porze było jeszcze ciemno, a poza tym zimno, dlatego też z powrotem naciągnęła stęchły koc na głowę i trwała tak między jawą i snem.

W myślach już dawno odzyskała pergamin i wróciła do domu po drugiej stronie Alp. Gdzie jednak jest ten jej dom? Bo przecież nie w Strasburgu, do którego nie może wrócić. Kto wie, czy Ulryk von Ensingen w ogóle jeszcze żyje? Z kolei w Ulm musiałaby obawiać się oskarżeń o podżeganie budowniczego katedr do zabicia żony, a może nawet o czarnoksięstwo. Nie, musi rozpocząć całkiem nowe życie, gdzieś w obcym miejscu, gdzie los ofiaruje jej korzystniejsze warunki. Nie wiedziała jednak, gdzie miałoby to być. Wiedziała tylko, że musi jej w tym pomóc pergamin.

Drżała z podenerwowania na całym ciele, niepokojąc się o księgi, które Gereon Melbrüge miał przywieźć ze Strasburga do Monte Cassino. Z własnego doświadczenia znała niebezpieczeństwa długiej podróży. W końcu nie wytrzymała dłużej pod kocem. Wstała i wskoczyła w męskie przebranie. Piersi ukryła pod chustą, którą owinęła się dookoła.

Nieco później przyszedł po Afrę do schroniska brat Jan. Miał już za sobą jutrznię i prymę i wydawało się, że jest w dobrym nastroju. Słońce wysyłało od wschodu pierwsze promienie przez jesienną mgłę. Pachniało wilgotnym listowiem.

– Co nieco wyda się wam może dziwne – zauważył alchemik w drodze do furty klasztornej. Dla ochrony przed zimnem trzymał ręce ukryte w rękawach habitu.

– To już mówiliście, bracie Janie!

Mnich skinął głową.

– Nie mogę powiedzieć wam całej prawdy. I tak byście jej nie zrozumieli. Tylko tyle: nie w każdym habicie, który spotkacie w klasztorze świętego Benedykta, tkwi mnich. I nie każdy, kto nadaje sobie pozór świątobliwego i miłego Bogu, istotnie podoba się naszemu Panu.

Tajemnicze słowa alchemika rozzłościły Afrę:

– Wobec tego nie jesteście wcale benedyktynem?

– Na świętego Benedykta i jego cnotliwą siostrę Scholastykę! Jestem benedyktynem, tak mi dopomóż Bóg!

– Wobec tego nie rozumiem waszych słów, bracie Janie.

– Nie powinniście zresztą, paniczu Elia. Jeszcze nie.

– Czy moglibyście wyrażać się nieco jaśniej?

Mnich-alchemik wyciągnął prawą rękę z rękawa i położył palec na ustach, zbliżali się bowiem do furty klasztornej. Afra się zdziwiła: furta miała dwa wejścia. Jedno prowadziło w lewo, drugie w prawo – jednak podczas gdy prawe stało otworem, lewe było zamknięte. Brat Jan wskazał Afrze drogę na prawo. Minąwszy ogolonego na łyso furtiana, który krytycznym wzrokiem wyglądał z okna z zaokrąglonym łukiem, brat Jan kroczył otwartym krużgankiem. Można się było tylko domyślać jego pierwotnego przeznaczenia. Kolumny i sklepienia były w znacznej części zniszczone. Kamienie ciosowe leżały na stosie, zapewne czekając na możliwość użycia w przyszłości.

Na rogu, gdzie krużganek skręcał pod kątem prostym, wąziutkie drzwi prowadziły do spiralnych schodów. Obróciwszy się kilkakrotnie wokół własnej osi, dotarli na następne, wyższe piętro, skąd można było rzucić okiem na wewnętrzny dziedziniec klasztorny. Afra zauważyła przy tym niemożliwy do pokonania mur, który meandrami, niczym rzeka w Azji Mniejszej, od której nazwy słowo to się wywodzi, dzielił kompleks budynków na dwie części.

Zanim jeszcze zdążyła zapytać o znaczenie tego podziału, brat Jan chwycił ją za rękę i pociągnął za sobą, jakby wskazany był szczególny pośpiech. Afra marzła, ale nie z powodu zimna w ten jesienny poranek – dreszcz, a nawet osobliwy niepokój, wywoływała otaczająca ją stęchlizna klasztornych ruin. Inaczej niż wszystkie wielkie katedry na północ od Alp, których strzelista architektura sprawiała, że nawet serce poganina zaczynało mocniej bić, chylący się ku upadkowi klasztor Monte Cassino działał raczej przygnębiająco i zatrważająco.

Milcząc, dotarli wreszcie szybkim krokiem do biblioteki. Na kamiennej belce nad czarnym portalem widniała inskrypcja *SAPERE AUDE*. Kiedy mnich zauważył pytające spojrzenie Afry, wyjaśnił:

– Miej odwagę być mądrym. To jedno z najwspanialszych zdań rzymskiego poety Horacego.

Na trzykrotne stukanie drzwi otworzył brodaty, wyglądający na strapionego bibliotekarz, który krótkim spojrzeniem zlustrował przybyłych i szybko, bez słowa, zniknął w stęchłym powietrzu nieogarnionych ścian ksiąg.

– Brat Maur! – szepnął alchemik Afrze do ucha. – Jest trochę dziwaczny, jak wszyscy, którzy spędzają życie pośród stronic ksiąg.

Wspólnie udali się na poszukiwanie brata bibliotekarza, który tak nagle zniknął gdzieś w gąszczu zbiorów.

– Bracie Maurze! – zawołał alchemik szeptem, jakby się lękał, że donośniejszy głos mógłby przewrócić ściany woluminów. – Bracie Maurze!

Po chwili z głębi pomieszczenia dały się słyszeć kroki i bibliotekarz niczym pozaziemska zjawa wyłonił się, zrzędząc, z bibliotecznego labiryntu. Na widok brata Maura Afra mimo woli zadała sobie pytanie, dlaczego bibliotekarze muszą być zawsze tacy starzy i strapieni. Jej ojciec twierdził na ogół coś wręcz przeciwnego: „Księgi pomagają zachować młodość i uszczęśliwiają" – i tylko dlatego nauczył ją czytać i pisać.

– Mam na imię Elia, a mój ojciec był bibliotekarzem u hrabiego Eberharda Wirtemberskiego – przedstawiła się Afra.

Oczekiwała, że brat Maur zachowa się wobec niej równie mrukliwie, jak przedtem wobec alchemika, ale ku jej zdumieniu rysy jego twarzy się rozjaśniły, a nawet przy odrobinie wyobraźni można było dostrzec wręcz uśmiech, gdy ochrypłym głosem powiedział:

– Dobrze pamiętam bibliotekarza hrabiego wirtemberskiego! Wysoki, postawny mężczyzna o wykwintnym wykształceniu w prawdziwym znaczeniu tego słowa.

Urwał i rzucił niechętne spojrzenie bratu Janowi. Można by przypuszczać, że ma coś przeciw alchemikowi, i tak też było.

Brat Jan pożegnał się bez zwłoki, ale na odchodnym powiedział, zwracając się do Afry:

– Jeśli będziecie potrzebować mojej pomocy, znajdziecie mnie w moim laboratorium w piwnicy naprzeciw traktu budynków!

Ledwie ciężkie drzwi dębowe zamknęły się za zakonnikiem, bibliotekarz się rozzłościł:

– Chociaż jest to wbrew nakazowi miłości chrześcijańskiej, nie lubię go, nie znoszę. Jest fałszywy jak wąż zła, a jego nauka to źródło wszelkiej bezbożności na ziemi. Jak w ogóle się na niego natknęliście, paniczu Elia. Tak wam przecież na imię?

– Całkiem słusznie, tak się nazywam. A brata Jana spotkałem przypadkiem w drodze na Monte Cassino.

W tym momencie Afrze wydało się, że bibliotekarz świdruje ją na wskroś spojrzeniami. Przymrużywszy oczy, powoli oglądał gościa od stóp do głów, aż kobieta zaczęła się zastanawiać, czy może wygląda podejrzanie w męskim przebraniu.

– Paniczu Elia – powtórzył w zamyśleniu brat Maur, jakby to imię coś mu przypomniało. – A jak się wiedzie waszemu ojcu? – zapytał nagle. – Nie jest już chyba najmłodszy?

– Mój ojciec od dawna nie żyje. Zmarł po upadku z konia.

– Niech Bóg obdarzy wiecznym pokojem jego biedną duszę. – I zastanowiwszy się chwilę, ciągnął dalej: – A teraz pewnie wy, paniczu, przejęliście jego zadanie?

Po tym gdy brat Maur nieomal włożył jej odpowiedź w usta, Afra w jednej chwili zdecydowała się zmienić pierwotne plany.

– Tak – powiedziała do brodatego benedyktyna – ja również jestem bibliotekarzem, wprawdzie jeszcze młodym i bez doświadczenia, które byłoby konieczne dla wykonywania tak ważnej pracy. Ale, jak wiecie, waszego zawodu i tak nie można studiować jak teologii, medycyny czy matematyki. Jedynie doświadczenie i wieloletnie obcowanie z księgami wzbogacają wiedzę bibliotekarza. Taki w każdym razie pogląd prezentował mój ojciec.

– Mądre słowa, paniczu Elia! Chcecie więc teraz doskonalić tutaj swoje umiejętności?

– Otóż to, bracie bibliotekarzu. Mój ojciec często opowiadał o was i chwalił waszą fachową wiedzę. Mówił, że jeśli istnieje ktoś, kto jeszcze jego samego mógłby czegoś nauczyć, to byłby to brat Maur z klasztoru Monte Cassino.

Na to starzec wybuchnął złośliwym śmiechem. Skrzeczał głośno i sztucznie, aż się kilka razy zachłysnął. A kiedy wreszcie się uspokoił, wykrzyknął ochrypłym głosem:

– Faryzeusz! Ale z was faryzeusz, paniczu Elia! Chcecie mi pochlebić ze względu na bliżej nieznaną korzyść. Wasz ojciec nigdy w życiu by tak o mnie nie mówił. To był stary wyga, jakkolwiek bardzo mądry. Za kilka marnych dukatów wydębił ode mnie cały wóz ksiąg, o których twierdził, że mają niewielką wartość albo że istnieją w naszym księgozbiorze w dwóch lub trzech kopiach. A ja mu uwierzyłem i pozwoliłem wybrać to, co chciał. Po trzęsieniu ziemi klasztor cieszył się z każdego dukata. Nie tylko cele mnichów, ale także największy zbiór ksiąg chrześcijańskich był zarówno latem, jak i zimą wystawiony na kaprysy pogody, ponieważ dach się zawalił. Nieraz musieliśmy zmiatać śnieg z wielowiekowych foliałów. Opat Aleksy wydał polecenie sprzedania ksiąg, które nie były nieodzowne w klasztornym życiu. Nie całkiem bez racji Aleksy zastanawiał się, komu przyda się cała ta ostoja światowej wiedzy, kiedy zeżre ją pleśń i wilgoć, aż zostaną same okładziny. I w taki to sposób wasz ojciec skorzystał na okolicznościach losu i moim niedoświadczeniu. Dopiero wiele lat później, gdy w bibliotece ponownie zapanował ład, zrozumiałem, przeglądając spisy tytułów, że wasz ojciec zabrał najlepsze egzemplarze z naszych zbiorów. Trudno mi sobie zatem wyobrazić, że mógł wypowiadać się z uznaniem o moich umiejętnościach.

– Wierzcie mi, że to prawda!

Brat Maur uniósł obie ręce, jakby chciał powiedzieć: „Już dobrze, przestańcie mi mydlić oczy".

Głośna mowa bibliotekarza zwabiła następnych mnichów, którzy w bardzo rozgałęzionym labiryncie biblioteki pracowali jako archiwiści, kopiści czy osoby noszące księgi. Afra zawarła z nimi znajomość tylko z daleka. Dokądkolwiek zwróciła oczy, tam ciekawskie głowy znikały szybko za ścianami ksiąg niczym lisy w jamach.

Wreszcie podjęła rozmowę:

– Za waszym życzliwym pozwoleniem chciałbym spędzić u was kilka dni, aby wynotować tytuły dzieł, których kopie mogłyby być przydatne w naszych zbiorach, no i po to, żeby na podstawie waszej biblioteki nauczyć się archiwizacji i katalogowania ksiąg. Proszę, nie odmawiajcie tej prośbie. Nawet nie zauważycie mojej obecności!

Jakby trafił na trudny orzech do zgryzienia, brodaty mnich zrobił strasznie skrzywioną minę. Nietrudno było wyczytać z niej odpowiedź.

– A może powinniście przedstawić mnie najpierw waszemu opatowi? – drążyła Afra dalej.

Brat Maur niechętnie potrząsnął głową:

– Na Monte Cassino nie ma żadnego opata. Oficjalnie na tej świętej górze nie ma już nawet żadnych benedyktynów. W każdym razie nikt nie czuje się za nas odpowiedzialny, ani władze świeckie, ani kościelne. Zostało nas tu już kilkudziesięciu mnichów. Hańba dla zachodniego świata chrześcijańskiego.

W obawie, że bibliotekarz mógłby odmówić jej prośbie, Afra zaproponowała:

– Jeśli moja obecność wam przeszkadza, mógłbym przebywać w bibliotece nocą.

– O nie, w żadnym wypadku! – przerwał jej brat Maur. – Wraz z rozpoczęciem komplety biblioteka jest zamykana i nikt już nie ma do niej dostępu, nikt!

Afra nie umiała wytłumaczyć sobie gwałtownej reakcji bibliotekarza, toteż nie śmiała powtórzyć swojej prośby.

Tym bardziej wprawiła ją w zdumienie nagła odpowiedź brodatego benedyktyna, który zrzędliwie i z wyraźną niechęcią oznajmił:

– A zatem dobrze, paniczu Elia. Możecie zostać. Ze względu na Chrystusa i na księgi. Czy w ogóle macie gdzie nocować?

– O tak – odpowiedziała dziewczyna z radosnym podekscytowaniem. – Mam znakomite miejsce u brata Atanazego w schronisku dla pielgrzymów. Wielkie dzięki!

Pierwszego dnia Afra tylko pozornie oddawała się w bibliotece bliżej nieokreślonym zajęciom. Na pokaz notowała tytuły ksiąg i dzieł nieznanych jej autorów. Była bowiem świadoma, że znajduje się pod stałą obserwacją.

W rzeczywistości jednak interesowała ją tylko jedna gruba księga oprawna w cielęcą skórę, a nosząca tytuł: *Compendium theologicae veritatis*. Ale im bardziej wypatrywała tej księgi, tym więcej woluminów oprawnych w cielęcą skórę wpadało jej w oko. Na dodatek nie pamiętała już wielkości *Compendium*. Wydawało się jej, że na długość miało wymiar łokcia. W ogóle do tej pory dzieliła księgi wyłącznie na duże i małe. Teraz dowiedziała się, że mogą być różnych formatów, noszących tak dziwne nazwy, jak folio, kwarta, oktawa i dwunastka, co wcale nie ułatwiało poszukiwań.

Pod koniec pierwszego dnia czuła się bezradna i zdruzgotana. To, co wydawało się jej takie proste, okazało się nieomal beznadziejne. Półki z księgami sięgały na wysokość dwóch pięter, prawie pod sam dach, i trzeba było drabiny, żeby dostać się do stojących najwyżej. Tam wiatr gwizdał między cegłami. Powietrze było wilgotne i zimne.

Oczywiście mogła zapytać brata Maura o *Compendium theologicae veritatis*, ale to wydawało się jej zbyt niebezpieczne. Miała wrażenie, że stary bibliotekarz podejrzewa, że szuka ona czegoś konkretnego. W każdym razie podejrzliwość, jaką okazywali jej pozostali mnisi pracujący przy księgozbiorze, nie pozwalała na wyciągnięcie żadnych innych wniosków.

Dodatkowy powód do nieufności dała sama, gdy brat bibliotekarz pod wieczór zadzwonił dzwonkiem na znak, że zamyka pomieszczenie.

Raczej mimochodem, tak żeby nie nabrał podejrzeń, Afra zapytała go, czy w ostatnich dniach kupiec znad Renu o nazwisku Melbrüge nie przywiózł tutaj czasem ksiąg, kopii sporządzonych w strasburskim klasztorze dominikanów.

– Jak, powiedzieliście, brzmiało jego nazwisko?
– Melbrüge ze Strasburga.
– Nigdy nie słyszałem. A dlaczego pytacie, paniczu Elia?

Oczy mnicha zamigotały.

— Ach! — pospieszyła Afra z odpowiedzią. — Spotkaliśmy się w Salzburgu, gdzie powiedział mi, że ma między innymi załadowaną beczkę ksiąg przeznaczoną dla klasztoru Monte Cassino.

— Nie — zapewnił bibliotekarz — nie znam żadnego Melbrügego, a z dominikanami ze Strasburga również nie utrzymuję kontaktów.

Afra na pozór zadowoliła się tą odpowiedzią, pożegnała się więc. W głowie kłębiły się jej jednak tysiące myśli.

Dlaczego, na Boga, brat Maur zaprzecza, że Gereon Melbrüge złożył mu wizytę? Otyły Atanazy, gdy poprzedniego wieczoru wino ze stoków Wezuwiusza rozwiązało mu język, potwierdził przecież, że strasburski kupiec był tutaj i że miał dostarczyć coś do klasztoru. Jaki był więc powód, że Maur chciał zataić ten fakt? Czyżby ona sama po przybyciu do Neapolu popełniła jakiś błąd, który z powrotem zaprowadził prześladowców na jej ślad? Może nazbyt beztrosko uwierzyła w dowody nagłej sympatii, którymi obsypali ją poseł neapolitański i jego żona Lukrecja? Miałoby to wszystko być ukartowaną grą? Trudno było w to uwierzyć, wziąwszy pod uwagę cenny pierścień, który podarowała jej *donna* Lukrecja, a który ona od tej pory nosiła na piersi na skórzanym sznurze.

Już się prawie ściemniło. Afra szła po omacku po niekończącym się korytarzu na piętrze. Brat Maur zostawił ją bez latarni. Co znaczy „zostawił"? Poczuła się przez niego wypędzona z biblioteki. Nie, żeby doszło do przepychanek, ale przecież także wyrazistą gestykulacją można dać człowiekowi do zrozumienia, żeby opuścił dane pomieszczenie.

Po krętych kamiennych schodach, z konieczności doprowadzonych do pierwotnego stanu, ale nadal niebezpiecznych, Afra dotarła do krużganka na parterze, a wreszcie do furty klasztornej. Brama była jednak zamknięta, a cela łysego furtiana pusta.

Przyszła za późno. Z bazyliki dobiegała litania odmawiana przez mnichów zgromadzonych na komplecie. Litaniom tak czy inaczej daleko do wychwalania uciech życia doczesnego, ale tutaj ta zróżnicowana melorecytacja brzmiała tak niesamowicie jak skargi potępieńców w świecie podziemnym.

Wyobrażenie, że będzie musiała spędzić noc w klasztorze, wprawiło Afrę w przerażenie. Jedyną osobą, która mogła ją wybawić z opresji, był brat Jan. Udała się więc do traktu budynków w poszukiwaniu dostępu do piwnicy. Łatwiej to było powiedzieć niż zrobić, gdyż kompleks budynków, który już z zewnątrz wyglądał jak potężna twierdza, był w środku jeszcze większy. Wrażenie to potęgowały tu i ówdzie zniszczenia oraz prace remontowe, które nadawały całości wygląd labiryntu.

Poszukując zejścia do piwnicy, Afra otworzyła około tuzina drzwi, przeważnie jednak trafiała na opuszczone, ponure pomieszczenia, z których zalatywał ku niej obrzydliwy smród. Przede wszystkim były to komórki z beczkami, kadziami i starymi narzędziami, znajdował się tam również warsztat snycerski. Ze sklepionego pomieszczenia, gdzie mnisi załatwiali swoje potrzeby naturalne, buchał potworny odór. Była tam jednak tylko jedna belka i dziewięć wykopanych w ziemi otworów z ujściem wprost na zewnątrz. Na ścianie wisiała płonąca latarnia, jedyne źródło światła, jakie Afra tu dotychczas zobaczyła.

Wzięła ją i w ten sposób dotarła do wejścia na schody. Najpierw prowadziły kawałek w górę, na podest, z którego po prawej stronie biegły dalej na pierwsze piętro, podczas gdy po lewej stronie wiodły inne do piwnicznej sali z niskimi, ciężkimi kolumnami, jak w kryptach katedr budowanych na północ od Alp. Te masywne kolumny dźwigały niskie sklepienie krzyżowe, które podczas trzęsienia ziemi nie poniosło żadnego uszczerbku. W świetle latarni kolumny rzucały szerokie cienie na wybrukowaną ziemię.

– Kto tam? – Afra usłyszała za sobą czyjś głos. Odwróciła się. Z mroku wyłonił się brat Jan. – Ach, to wy, paniczu Elia!
– Furta klasztorna jest zamknięta, a brat furtian bierze zapewne udział w komplecie. Zbyt długo zostałem w bibliotece.
– Pewnie tak. Czy przynajmniej z powodzeniem?
– Co znaczy „z powodzeniem"? Szukam rzadkich ksiąg, które mogłyby zostać skopiowane dla biblioteki hrabiego wirtemberskiego.
– I znaleźliście je, paniczu Elia?
– Ależ oczywiście. Tyle tylko, że teraz nie wiem, jak mam się dostać do schroniska. Bracie Janie, czy moglibyście mi pomóc?
Mnich ze zrozumieniem skinął głową.
– Niech się najpierw skończy kompleta. Widzę, że drżycie z zimna. Chodźcie!
Na drugim końcu sali kolumnowej było niskie wejście prowadzące do laboratorium alchemika.
– Pochylić się! – ostrzegł brat Jan i położył Afrze obie ręce na ramionach.
Mocno przygarbieni weszli oboje do pracowni alchemika, a gdy Afra ponownie się wyprostowała, zapytała zdumiona:
– Dlaczego, na Boga, wejście do waszego królestwa jest takie niskie?
– Cóż... – mnich alchemik uśmiechnął się pod nosem. – żeby każdy, kto wchodzi do tego pomieszczenia, musiał pokłonić się zdobyczom alchemii.
– To się chyba udało! – zawołała Afra i dokładniej rozejrzała się po laboratorium.
Ciągle jeszcze miała w pamięci celę alchemika Rubalda za bramami Ulm. W przeciwieństwie do wszystkich tych „ochów" i „achów", jakimi otaczał się Rubald, laboratorium brata Jana sprawiało raczej wrażenie skromnego. Było urzą-

dzone po spartańsku, ale mnóstwo opisanych ścian z księgami, drzwi i szuflad, przede wszystkim jednak regały, na których woluminy prawie się nie mieściły, pozwalało wnioskować o tym, że ten benedyktyn pracował z o wiele większym nakładem sił i środków niż Rubald.

Szczególne zainteresowanie Afry wzbudziło stojące na drewnianym statywie wąskie lustro, mające prawie wysokość człowieka. Stanęła przed nim i obejrzała się nie bez przyjemności. Po raz pierwszy zobaczyła siebie w całej pełni, a na dodatek w męskim odzieniu.

Przy sześciokątnym stole w środku pozbawionego okien pomieszczenia stała szklana kadź o podstawie łokcia kwadratowego. W dwu trzecich była wypełniona wodą, a na dnie pływało coś klocowatego. Obok leżała otwarta Biblia.

Gdy brat Jan spostrzegł, że Afra przygląda się z zaciekawieniem, powiedział nie bez dumy w głosie:

– Próba zrozumienia biblijnych cudów naszego Pana, Jezusa Chrystusa, za pomocą wiedzy alchemicznej. Rozumiecie, co mam na myśli?

– Ani słowa – odparła Afra. – Czy nasz Pan, Jezus Chrystus, nie czynił cudów?

– Ależ oczywiście. Tego właśnie próbuję dowieść.

Afra podeszła bliżej do szklanej kadzi i cofnęła się z przerażeniem.

– Fuj, zdechły szczur! – zawołała i odwróciła głowę.

– Chyba nie boicie się zdechłego szczura jak jakaś panienka?

– Ależ nie – odparła Afra, chociaż szczury wywoływały w niej odrazę i obrzydzenie. – Zadaję sobie tylko pytanie, co zdechły szczur może mieć wspólnego z cudami naszego Pana, Jezusa Chrystusa.

– Z chęcią wam to pokażę, jeśli to was interesuje. Znacie z pewnością ten fragment Ewangelii świętego Mateusza, gdy Jezus wędruje po Jeziorze Genezaret.

– Tak, oczywiście. Jest to cud, tak jest napisane w Biblii.
– Błąd. Bóg nie potrzebuje dokonywać cudów, żeby chodzić po wodzie, On to potrafi. Ale u Mateusza czytamy, że gdy uczniowie ujrzeli Jezusa kroczącego po wodzie, zlękli się, a Piotr zawołał: „Panie, jeśli to ty jesteś, każ mi przyjść do siebie po wodzie". Na to Jezus powiedział do Piotra, który najwidoczniej, podobnie jak większość ludzi, nie umiał pływać: „Przyjdź!". I Piotr w dobrej wierze wszedł na taflę wody i zbliżył się do Jezusa, nie tonąc. To był cud. Właściwie bowiem Piotr powinien utonąć w Genezaret, jak ten szczur tutaj.

– Wybaczcie, bracie Janie, ale co wspólnego ma ten zdechły szczur ze świętym Piotrem?

– Uważajcie! – Alchemik wziął z szafy na ścianie czarkę z bezbarwnym granulatem. Następnie pochylił się nad kadzią i wpatrzył nieruchomym wzrokiem w zdechłego szczura na dnie naczynia. Wreszcie powiedział z demonicznym spojrzeniem: – Szczur utonął, bo ja tak chciałem. A mogłem przecież uchronić go przed utonięciem.

Z tymi słowy brat Jan sięgnął do czarki i nasypał granulatu do szklanej kadzi. Z początku nic się nie działo. Naraz jednak zdechły szczur zaczął się odrywać od dna i powoli, unoszony jakąś niewidzialną siłą, wypłynął na powierzchnię i do połowy wychynął z wody.

– Zaiste, cuda! – zawołała podekscytowana Afra. – Jesteście czarownikiem.

– Nie czarownikiem – przygasił alchemik zachwyt Afry. – Obserwujecie właśnie cud alchemii. To, co większość ludzi bierze za cud, jest w istocie jedynie pewną formą szczególnej wiedzy. A ponieważ Bóg jest samą wiedzą i mądrością, może dokonać dowolnego cudu, co pokazuje ten prosty przykład. Niewiara w cuda świadczy więc o głupocie.

– Wobec tego umiecie też pewnie uczynić widzialnym pismo, które pozostaje ukryte przed wzrokiem zwykłego śmiertelnika? – zapytała pogrążona w myślach Afra.

Alchemik podniósł wzrok.

– Skąd wam to przyszło do głowy?

– Słyszałem o tym. Istnieją podobno takie tajemne pisma, które znikają w cudowny sposób, a w razie potrzeby w równie cudowny sposób się ukazują.

Brat Jan pokiwał potakująco głową.

– Kryptografia zalicza się do najbardziej ulubionych dziedzin nauk tajemnych. Ale tylko laicy nazywają sztukę sekretnego pisania nauką. W rzeczywistości jest to wyłącznie wykorzystanie elementów alchemii do podstępnych celów. Tą czarną magią posługują się wyłącznie szarlatani.

– Przede wszystkim jednak alchemicy, jeśli mogę pozwolić sobie na tę uwagę. Zwykły chrześcijanin nie ma bowiem pojęcia o miksturach, które są nieodzowne, aby pismo mogło zniknąć, a w razie potrzeby znów w czarodziejski sposób wyłonić się z nicości.

– Niestety, paniczu Elia, macie rację. Nigdzie nie znajdziecie tylu szarlatanów co wśród alchemików. Nasza nauka podupadła i stała się błazeńskim i dochodowym widowiskiem jarmarcznym.

– Nie umiem sobie, niestety, wyobrazić, że coś takiego może działać – powiedziała Afra z pozorną obojętnością w głosie.

– Uwierzcie mi, że działa. Jutro wam pokażę, jak nagle na pustym pergaminie ukazuje się wiadomość.

– Bracie Janie, naprawdę to zrobicie?

– Nic łatwiejszego. Każdy alchemik ma na podorędziu wywołanie niewidocznego atramentu. A jeśli chodzi o „aqua prodigii", wymaga to jedynie zastosowania śmiesznej tynktury.

– Powiedzieliście „aqua prodigii"?

– To jest tynktura, za pomocą której można uwidocznić tajemne pismo. Nie ma w tym żadnych czarodziejskich sztuczek, jest to dość prosta recepta.

Brat Jan wyjął z regału jakąś księgę i otworzył ją.
Gdy Afra przeczytała tytuł: *ALCHIMIA UNIVERSALIS*, zaparło jej dech w piersiach. Była to ta sama księga, którą w Strasburgu wsunął jej do ręki brat Dominik.
– Jutro – powiedział alchemik – tynktura będzie gotowa.
Afra udała podekscytowaną:
– Jestem bardzo ciekaw!
Brat Jan czuł, że młody panicz go podziwia.
– Jeśli jesteście zainteresowani moją nauką, mogę wam pokazać jeszcze inne eksperymenty. Ale nie dzisiaj. Teraz zajmuję się pewnym doświadczeniem, które nawet tak zdeklarowanego alchemika jak ja przyprawia o niepokój.
– A czy można wiedzieć, o co chodzi w tym doświadczeniu?
Brat Jan odwrócił się, później jednak zwyciężyła próżność, przyrodzona wszystkim ludziom, nawet benedyktynom, i powiedział poważnym głosem:
– Ufam, że z nikim nie będziecie o tym rozmawiać. Chodźcie!
Poprowadził Afrę do drzwi o wyglądzie ściennej szafy. Było to wejście do małej, kwadratowej celi. Kiedy mnich zapalił lampy oliwne na ścianach, Afra ujrzała mnóstwo narzędzi alchemicznych, glinianych naczyń z łacińskimi napisami, szklane kolby powyginane w różne kształty i rurki z płynami o świecących barwach. Ta izba już bardziej przypominała pracownię alchemika Rubalda. Sprawiała wrażenie zatrważającej i groźnej.
Gdy brat Jan zauważył przerażone spojrzenia Afry, położył swoją rękę na jej ręce i spojrzał na nią rozmarzonym wzrokiem.
Afra poczuła podekscytowanie, którego raczej nie powinna była poczuć. W końcu ona była mężczyzną, a brat Jan mnichem. Już w trakcie podróży na klasztorną górę Afra zauważyła pochlebne spojrzenia alchemika. Nie żeby czuła do

niego antypatię, ale w tej sytuacji musiała powstrzymać benedyktyna. Delikatnie, ale jednak zdecydowanie uchyliła się przed jego dotknięciem.

Brat Jan się przeraził, chyba najbardziej sam siebie, i z udawanym spokojem zauważył:

– Tak to właśnie wygląda, gdy mnich wyrusza na poszukiwanie kamienia filozoficznego. Mówiąc w zaufaniu – jestem bliski jego znalezienia.

„Kamień filozoficzny?" Afra już nieraz o nim słyszała. Ale nikt, nawet ojciec, nie umiał jej wyjaśnić, o co w tym chodzi.

– Co niewykształcony chrześcijanin może wyobrazić sobie pod pojęciem „kamień filozoficzny"?

Brat Jan uniósł wysoko brwi i uśmiechnął się z wyższością.

– Według wszelkiego prawdopodobieństwa kamień filozoficzny nie jest wcale kamieniem, nawet nie kamieniem szlachetnym, tylko przypuszczalnie proszkiem, z którego pomocą można zamieniać w złoto takie pierwiastki, jak miedź, żelazo czy rtęć. W konsekwencji oznacza to, że kto znajdzie kamień filozoficzny, zdobędzie największe bogactwo.

– I wy, bracie Janie, jesteście istotnie zainteresowani zdobyciem bogactwa? A może mylę się, sądząc, że reguła zakonna świętego Benedykta stawia nakaz ubóstwa nad wszystkie inne?

– To oczywiście prawda, paniczu Elia. Ale w wypadku moich eksperymentów nie chodzi o zdobycie bogactwa, lecz o eksperyment sam w sobie. Chociaż... – Mnich z pewnym zawstydzeniem uśmiechnął się pod nosem. – ...skromny mająteczek nie zaszkodziłby biednym benedyktynom z Monte Cassino.

– I naprawdę jesteście na tropie kamienia filozoficznego?

– Aby oddać sprawiedliwość prawdzie, w naszej bibliotece odkryłem w tych dniach kopię księgi, którą sto lat temu napisał pewien franciszkanin, podobnie jak ja alchemik, we francuskim konwencie Aurillac. Tytuł *De confeditione veri lapidis** zaciekawił mnie, chociaż jeszcze nigdy nie słyszałem o Jeanie de Rupecissa, jak brzmi nazwisko tego mnicha. Brat Maur, bibliotekarz, który zalicza się do najtęższych umysłów na Monte Cassino, wiedział tylko tyle, że wskutek swoich odkryć alchemicznych mnich ten popadł w konflikt z papieżem. Jego pisma zostały zakazane, a brata Rupecissa spalono w Awinionie jako heretyka.

– A więc korzystacie z heretyckich pism, bracie Janie?

Alchemik rzucił Afrze pogardliwe spojrzenie, po czym wyciągnął z szuflady podniszczoną książeczkę. Była tak maleńka, że można ją było ukryć w dowolnym rękawie, a okładka z pergaminu fałdowała się, jakby cierpiała pod ciężarem treści. W tej samej chwili z laboratorium dobiegł odgłos podobny do odgłosu zamykania drzwi. Alchemik udał się na zewnątrz, aby zobaczyć, co się tam dzieje, wrócił jednak, nic nie odkrywszy, i otworzył książeczkę uczonego franciszkanina.

– Przeczytałem każdą linijkę tej książeczki, ale nigdzie nie natrafiłem na ani jedną heretycką myśl. Za to na stronie sto czterdziestej czwartej obok różnorakich teoretycznych rozważań, które dotyczą kamienia filozoficznego, znalazłem pod nagłówkiem *Kwintesencja antymonu* następujący zapis: „Zmiel kruchą rudę antymonu, aż będzie się rozsypywała w palcach. Wsyp ten proszek do destylowanego octu i poczekaj, żeby ocet zabarwił się na czerwono. Odcedź proszek i powtarzaj ten proces dopóty, dopóki ocet nie przestanie się zabarwiać. Wreszcie wydestyluj nasycony ocet. Potem przeżyjesz w szklanej szyjce alembiku wielki cud, kiedy krwistoczerwone krople jasnej rudy antymonu zaczną spływać niczym tysiąc żyłek. To, co spłynie, przechowaj w cennym naczyniu, gdyż jego zawartość jest nie-

---

* O tworzeniu kamienia filozoficznego.

porównywalna z żadnym skarbem świata. To jest czerwona kwintesencja".

– I wykonaliście już to doświadczenie?

– Nie. Ale dzisiaj dzieło to uda mi się z bożą pomocą.

– Wobec tego życzę wam wszystkiego dobrego, bracie Janie. Tylko wcześniej pomóżcie mi się stąd wydostać.

Benedyktyn przesunął ręką po twarzy i odparł:

– Furta klasztorna nie zostanie już dzisiaj otwarta. Ale posiadam *clavis mirabilis*, cudowny klucz otwierający każde drzwi. Oby nas tylko nikt nie zobaczył.

– Gdybyście mi zaufali – zauważyła Afra zuchwale – moglibyście zostawić mi ten klucz i wrócić do swoich eksperymentów. Odniosę go jutro.

Propozycja Afry była właściwie na rękę alchemikowi. Ochoczo wręczył jej narzędzie, które tylko kółkiem przypominało zwykły klucz. W miejscu, gdzie ów ma bródkę, temu z trzonka wyrastały sztywne żelazne nitki.

Afra znała drogę. Dotarłszy jednak do krużganku prowadzącego do furty, powzięła inną decyzję. Ponownie wspięła się po krętych schodach na górę i skierowała do biblioteki. Przytknęła ucho do drzwi, a nie usłyszawszy żadnego podejrzanego dźwięku, wsunęła *clavis mirabilis* do dziurki i przekręciła go w lewo. Zazgrzytał, jakby zamek był wypełniony piaskiem, i z lekkim szczękiem umożliwił wejście.

Afra powzięła mocne postanowienie, że tej nocy znajdzie księgę, w której ukryła pergamin, choćby to nawet miało trwać do brzasku. Gdzie jednak zacząć poszukiwania?

Jej pierwsza, raczej przypadkowa kwerenda w ciągu dnia nie przyniosła efektów, ponieważ czuła się obserwowana. Nawet gdyby odkryła wówczas *Compendium theologicae veritatis*, nie miałaby możliwości zabrania pergaminu, żeby jej ktoś na tym nie przyłapał.

Nadal się zastanawiała, dlaczego bibliotekarz wyparł się obecności Melbrügego w klasztorze. Ani brat Maur, ani też Melbrüge nie mogli wiedzieć o pergaminie. Skąd więc ta tajemniczość?

Poszukiwanie księgi utrudniał nie tylko fakt, że biblioteka na Monte Cassino mimo ogromnych strat nadal była jedną z największych w całym zachodnim świecie. Również to, że dział teologiczny, który gdzie indziej stanowi co najwyżej jedną trzecią wszystkich zbiorów, tutaj stanowił dziewięć dziesiątych. Nadto Afra nie znała nazwiska autora poszukiwanej księgi. A to oznaczało próbę odnalezienia jednego dzieła pośród siedemdziesięciu tysięcy innych.

Podczas gdy oświetlała latarnią pokryte kurzem kolejne ściany ksiąg, które piętrzyły się przed nią niczym fortyfikacje, i traciła przy tym nadzieję, że kiedykolwiek znajdzie coś w tym chaosie, jej wzrok padł na stertę woluminów ułożonych na kształt swego rodzaju rotundy, która sięgała jej po kolana i obudziła zainteresowanie.

Podchodząc bliżej, Afra doszła do wniosku, że ktoś, spiętrzywszy tutaj te księgi w największym pośpiechu, miał na celu ukrycie pośród nich czegoś innego. Ta konstrukcja osobliwie przypominała budowle brata Dominika, który zamurował się z księgami u dominikanów w Strasburgu.

Przez chwilę dziewczyna się wahała, później jednak zaczęła zdejmować najwyższy rząd książek, a w końcu następny. Nie musiała nawet zachowywać szczególnej ostrożności, gdyż tomy były ułożone warstwami dość dowolnie, a nie według jakiegoś logicznego systemu.

Kiedy usunęła trzeci rząd, pojawiła się okrągła pokrywa – wierzch drewnianej beczki. Afra poczuła, że głowa jej płonie, a po karku spływa zimny pot. Kiedy zaś na pokrywie ujrzała wypalony znak, szyld z szerokim pasem prowadzącym z lewej strony z góry w prawą stronę w dół, herb Strasburga, nie miała już wątpliwości: znalazła!

„Pergamin! – waliło jej w skroniach jak młotem. – Pergamin!" Wydawało się, że dotarła do celu. Kiedy jednak z całej siły poderwała w górę drewnianą pokrywę i zaświeciła latarnią w głąb, zamarła rozczarowana. Beczka była pusta.

Łzy bezsilnej wściekłości stanęły jej w oczach. Jakby nie chciała już mieć nic więcej wspólnego z tym wszystkim, ukryła twarz w dłoniach. Rozczarowanie i zniechęcenie do reszty ją przytłoczyły. Nagle dotarło do niej, że już od dłuższej chwili słyszy głosy i szczęk otwieranych zamków. Odgłosy te dobiegały jednak z przeciwnego kierunku, na pewno nie od strony drzwi, które z klasztoru prowadziły do biblioteki. Dlatego też początkowo nie przywiązywała szczególnej wagi do tego hałasu. Sama w końcu doświadczyła, że w klasztorach istnieją sekretne rury, równie tajemniczo przenoszące dźwięki. Później jednak usłyszała kroki. Tam, skąd przybywały, musiały być drugie drzwi.

Pośpiesznie uporządkowała rotundę z ksiąg i zgasiła światło, po czym podążyła w stronę wyjścia, przez które weszła do biblioteki. Bezgłośnie zamknęła za sobą drzwi, posługując się *clavis mirabilis*, i w ciemnościach doszła po omacku do furty klasztornej. Dzięki cudownemu kluczowi wydostała się wreszcie na wolną przestrzeń.

Noc była zimna i wilgotna. W drodze do schroniska dla pielgrzymów Afrze przebiegały ciarki po plecach. Ale to nie zimno przyprawiało ją o dreszcze. Drżała z podekscytowania. Bo chociaż nie znalazła księgi i ukrytego w niej pergaminu, to jednak beczka z wypalonym herbem Strasburga stanowiła dowód na to, że Gereon Melbrüge wykonał zadanie.

Znalazłszy się z powrotem w izbie, Afra natychmiast dostrzegła nieporządek w swoim bagażu. Nagle ogarnęła ją gorączkowa myśl, że w jej węzełku znajdują się przecież wyłącznie kobiece ubiory. Nadaremnie usiłując zasnąć, rozmyślała o nocnym przeżyciu w bibliotece klasztornej, a także o tym, kto i w jakim celu grzebał w jej rzeczach.

Nazajutrz rano Afra opatrzyła konia, a następnie spożyła obfite śniadanie: gęste płatki owsiane ze słoniną i rozbełtanymi jajkami, chleb, ser i kwaśne mleko. Czuła się osłabiona, gdyż w ostatnim czasie prawie nie zwracała uwagi na jedzenie.

Ku jej zdumieniu brat Atanazy, otyły zarządca schroniska, nie spytał, dlaczego wczoraj tak późno wróciła. A przecież dobrze wiedział, że w klasztorze zamykają furtę jeszcze przed kompletą i że o nocnej porze nie ma na świętej górze możliwości zatrzymania się gdzie indziej.

Podczas śniadania czuła, że brat Atanazy ją obserwuje. Co jakiś czas wysuwał głowę przez uchylone drzwi prowadzące do kuchni, jakby chciał sprawdzić, co się dzieje. Ale za każdym razem, gdy ich spojrzenia się krzyżowały, jego szeroka głowa znów znikała w szparze drzwi.

To spowodowało, że w sali jadalnianej schroniska zapanowało osobliwe napięcie, którego rzeczywistej przyczyny Afra nie znała. Kiedy głowa mnicha po raz kolejny pojawiła się w drzwiach, wezwała go do siebie. Spod kaftana wyciągnęła sakiewkę, wyjęła z niej dwie srebrne monety, rzuciła je przed siebie na stół, aż zadźwięczały.

– Nie obawiajcie się, że oszukam was przy zapłacie za mieszkanie – wykrzyknęła z wyrzutem. – To chyba wystarczy jako zaliczka!

Zarządca schroniska włożył jedną z monet między zęby, aby zbadać jej prawdziwość. Po chwili odpowiedział, skłoniwszy się nisko:

– Panie, to więcej niż mieszkanie i wyżywienie na dziesięć dni. Nie ma u nas zwyczaju płacić z góry.

– A ja to mimo wszystko zrobię. Wasza podejrzliwość działa mi na nerwy!

– To nie z powodu pieniędzy – odparł zarządca schroniska i chociaż nikogo poza nimi nie było w jadalni, rozejrzał się nieufnie na wszystkie strony, czy nikt nie podsłuchuje.

Wreszcie zaczął opowiadać urywanymi słowy:

– Mnisi z Monte Cassino już dawno pomarliby z głodu, gdybyśmy przed wielu laty nie pozwolili wkroczyć do naszego klasztoru minorytom. Przybyli w sandałach na gołych stopach i w wełnianych płaszczach z kapturami. Można by im współczuć, gdyby nie posiadali pieniędzy w nadmiarze. Ich przywódca, umyślnie nie mówię „opat" czy „gwardian", jakby wypadało mówić o przełożonym wspólnoty mniszej, ich przywódca obiecał odbudować Monte Cassino, a oprócz tego wspomagać nas stu złotymi dukatami rocznie. Była to wystarczająca kwota, żeby nasza wspólnota zakonna, której papież rzymski już dawno poniechał, mogła dalej istnieć. Ledwie się jednak zgodziliśmy, obcy mnisi zmienili się nie do poznania. Zamiast pokory uwydatniła się u nich pycha i wyniosłość. Początkowo dzieliliśmy wszystkie urządzenia klasztorne, tak że każdy miał wszędzie dostęp. Pewnego dnia jednak tamci zaczęli wznosić mur w poprzek naszego opactwa. Zamurowali drzwi i zaczęli ciągnąć wodę z jedynej studni w klasztorze. Zostawili jedynie na pół zrujnowaną bazylikę. Wtedy zrozumieliśmy, że nasłał ich diabeł.

– Dlaczego po prostu nie wyrzucicie tych innych mnichów? – spytała Afra w zadumie.

– Łatwo wam mówić – odpowiedział brat Atanazy. – Nie mamy już żadnych prebend ani włości, toteż nie chcąc umrzeć z głodu, musielibyśmy żyć ze skromnej jałmużny od pielgrzymów, którzy odwiedzają nas w lecie. Ale do grobu świętego Benedykta, który, jak wiadomo, sławił ubóstwo, nie pielgrzymują bogacze. Poza tym jałmużna biedaków powinna raczej iść do królestwa niebieskiego, jak sobie tego życzy Pan Bóg. Od papieża nie możemy oczekiwać pomocy, oficjalnie bowiem nasz klasztor został rozwiązany. Papież Jan odmówił mianowania opata dla pozostałej tu jeszcze garstki benedyktynów. Widzicie więc, że jesteśmy zdani na łaskę i niełaskę tych pasożytów po drugiej stronie muru, i żyjemy z tego, co nam dadzą. Przy tym usiłują oni w perfidny sposób wbić klin między nas, mnichów, i wyrywać poszczególne jednostki z naszej wspólnoty.

Ostatnie słowa brat Atanazy wypowiedział z wilgotnymi oczyma. Wreszcie zamknął prowadzące do kuchni drzwi, które nadal były uchylone. Wróciwszy, na chwilę utkwił wzrok w próżni.

Potem ciągnął dalej:

– Od tej pory panuje między nami, braćmi, niezgoda i nieufność. Łatwo sobie wyobrazić, że urąga to regule zakonnej świętego Benedykta. Jeden uważa drugiego za zwolennika tych fałszywych mnichów. A to podejrzenie wcale nie jest takie bezpodstawne. Kilku współbraci zniknęło nagle, toteż jesteśmy przekonani, że przeszli na drugą stronę. Ale udowodnić tego nie możemy. Istnieje jednak jeden słaby punkt w podziale klasztoru: biblioteka.

– Biblioteka?

Afra nastawiła uszu.

– Biblioteka to jedyne niepodzielone miejsce. Całe pokolenia musiałyby kopiować księgi. Ponieważ jednak mądrość i nauka u tych fałszywych mnichów odgrywają taką sama rolę jak u nas, zgodzono się, że z biblioteki będą korzystać obie strony: jedni mnisi za dnia, drudzy w nocy.

– Niech zgadnę – przerwała Afra Atanazemu. – Benedyktyni wykonują swoje prace biblioteczne w dzień, a ci fałszywi mnisi w nocy.

– Zgadliście, paniczu Elia, od prymy do komplety mądrość i nauka należą do benedyktynów, od komplety do jutrzni do fałszywych mnichów. Istnieje dwoje drzwi w bibliotece, stanowią one zresztą jedyne połączenie między obiema połowami, a są dziełem naszego alchemika. Już go poznaliście.

– Brata Jana?

– Tak. Właśnie tego. Wynalazł on cudowne urządzenie, pozwalające otwierać jedne z obojga drzwi tylko wtedy, gdy te drugie są zamknięte. Chyba że...

– Chyba że co?

– Brat Jan ma *clavis mirabilis*, cudowny klucz. Z jego pomocą, jak twierdzi, zdoła on przejść przez każde drzwi. Dowiódł tego już kilkakrotnie, nie pokazując go nikomu. Brat Jan jest, jak wszyscy alchemicy, nieco próżny, co stanowi cechę niezbyt pomocną w budowaniu wzajemnego zaufania.

– Rozumiem – zauważyła Afra w zadumie. – Odnoszę wrażenie, że brat bibliotekarz i brat alchemik nieszczególnie się lubią.

Zarządca schroniska uniósł wysoko ramiona, jakby to stwierdzenie niewiele go obeszło, i odparł:

– To nic dziwnego, brat Maur jest teologiem, poświęcił się więc mądrości i nauce. Natomiast brat Jan jest uczniem alchemii, nauki usiłującej wyjaśnić sprawy nadnaturalne w naturalny sposób. Nie dziwi zatem, że obaj pogardzają sobą jak papieże w Rzymie i Awinionie. Wybaczcie, że odniosłem się do was z nieufnością. Może teraz zrozumiecie moją postawę.

– Ale to w ogóle nie był jeszcze powód, żeby przeszukiwać mój bagaż!

– Co to za pomysł, paniczu Elia?

– Wczoraj po powrocie znalazłem wszystkie moje rzeczy poprzewracane.

– Na świętego Benedykta i jego cnotliwą siostrę Scholastykę, nigdy nie posunąłbym się do czegoś tak haniebnego!

Bratu Atanazemu patrzyło dobrze z oczu, trudno więc było mu nie uwierzyć.

Tak czy inaczej po uczynieniu wyznania nieufność zniknęła z jego twarzy. Ba, brat Atanazy, prosząc panicza Elię o to, żeby nikomu nie opowiadał o tej rozmowie, zdobył się nawet na gorzki śmiech.

Afra dała słowo honoru. Nie wiedziała jednak, czy wierzyć bratu Atanazemu. Komu w ogóle można zaufać w tym niesamowitym klasztorze, który, usytuowany na szczycie góry, jest tylko pozornie bliżej nieba niż złych mocy w świecie podziemnym? „Zaiste – przemknęło jej przez myśl – na tej świętej górze zagnieździł się diabeł".

Chociaż jednak wszystkie te rzeczy w najwyższym stopniu zbijały Afrę z tropu, jedno wiedziała na pewno: w klasztorze Monte Cassino dzieją się tajemnicze rzeczy i niebezpiecznie jest tu dłużej pozostawać. Czy jednak ma wszystko rzucić, zwłaszcza teraz, gdy jest już tak blisko pergaminu? Musi go znaleźć, niech się dzieje, co chce!

Po śniadaniu ponownie udała się do klasztoru, gdzie cerber przy furcie, zanim Afrę wpuścił, zmierzył ją lekceważącym wzrokiem. Nadal miała przy sobie cudowny klucz, który otrzymała od alchemika. Chociaż, a może właśnie dlatego, że *clavis mirabilis* oddał jej tak znakomitą przysługę, chciała się go jak najszybciej pozbyć.

Toteż skoro świt poszła do pracowni brata Jana. I chociaż było znacznie cieplej niż poprzedniego dnia, przeniknął ją ten sam zagadkowy dreszcz, jakby nagle powiało mrozem.

Drzwi do laboratorium były uchylone. Na swoje nieśmiałe wołanie Afra nie usłyszała odpowiedzi.

– Bracie Janie! – powtórzyła głośniej, a suche echo odbiło się od pustych ścian. Wreszcie weszła do środka.

Podobnie jak poprzedniego wieczoru laboratorium było spowite w magiczne białe światło lichtarzy ściennych. I jak poprzedniego wieczoru, gdy po raz pierwszy weszła do tego pomieszczenia, panował tu pedantyczny ład. Wydawało się, że wszystko leży uporządkowane i na właściwym miejscu.

Afra chciała już zawrócić, gdy jej wzrok padł na wąskie drzwi prowadzące do niewielkiej izby, gdzie brat Jan wyjaśniał jej eksperyment z kamieniem filozoficznym.

– Bracie Janie! – zawołała Afra ponownie.

I popchnęła drzwi.

W izbie było ciemno. Ale słaby poblask światła wpadający z laboratorium do pomieszczenia, gdzie brat Jan przeprowadzał doświadczenia, wystarczył, aby oświetlić buteleczkę i kartkę papieru znajdujące się na stole.

Wiedziona instynktem, Afra cofnęła się kilka kroków, wzięła lampę oliwną ze ściany w laboratorium i poświeciła nią do pomieszczenia. Przeraziła się.

– Bracie Janie! – zawołała półgłosem.

Z mroku zaczęła się powoli wyłaniać postać alchemika. Siedział pochylony nad stołem i spał z głową złożoną na skrzyżowanych rękach.

– Hej tam, słońce stoi już na niebie, a wy ciągle jeszcze śpicie. A może już śpicie? Pobudka!

Afra potrząsnęła brata Jana za ramię. A kiedy nie zareagował, odwróciła na bok jego głowę ukrytą w ramionach. Udało się to jej z trudem, ale gdy ujrzała jego twarz i ciemne, prawie poczerniałe wargi, przyszło jej na myśl, że musiało stać się coś strasznego.

Trwożliwie położyła palce na prawej skroni alchemika.

– Bracie Janie! – szepnęła cicho, jakby nie chciała zakłócać jego snu. W gruncie rzeczy jednak nie miała wątpliwości: brat Jan nie żył.

Wielokrotnie zetknęła się ze śmiercią, jako taka nie napawała więc jej ona lękiem. Ale że przyszła w sposób tak nieoczekiwany i niewyjaśniony spowodowało, że dziewczyna dostała gęsiej skórki. Chociaż znała tego mnicha dopiero od trzech dni i niewiele o nim wiedziała, jego śmierć tak bardzo ją poruszyła, że zaczęła drżeć na całym ciele.

Myśl, że ktoś mógłby odkryć ją sam na sam ze zmarłym alchemikiem, obudziła w niej niepokój. „Uciekać stąd jak najszybciej" – przemknęło jej przez myśl. Niczym ścigana sarna wybiegła przez posprzątane laboratorium z pracowni mnicha i właśnie w chwili, gdy ostrożnie zamierzała zamknąć za sobą niskie drzwi, naszła ją nowa myśl: „Papier!".

Bez namysłu wróciła do pracowni, porwała pusty papier, a także probówkę z napisem *AQ. PROD.* Już odwróciła się do wyjścia, gdy nastąpiła na coś twardego, co roztrzaskało się pod jej nogą. Schyliła się, żeby obejrzeć szkodę: szkło, dolna połówka wąskiej fiolki, była w pewien sposób podobna do kapsułek z trucizną, które nosili ze sobą odszczepieńcy.

Zmieszana Afra spojrzała na nieżywego alchemika. Jego szeroko otwarte oczy były niczym tajemny znak skierowane na miejsce, gdzie jeszcze przed chwilą leżała pusta kartka papieru. Nieskończenie martwe spojrzenie mnicha przyprawiało dziewczynę o szaleństwo. Chciała krzyknąć, ale krzyk uwiązł jej w gardle. Przełknęła ślinę.

Tyłem, jakby w obawie, że brat Jan się podniesie i zażąda zwrotu papieru oraz probówki, wyszła z pracowni. Myślała, że się udusi, z trudem więc chwytała powietrze. Bez zastanowienia wbiegła na piętro po wąskich, krętych schodach. Dotarłszy do krużganku, przystanęła. Pośpiech mógłby ją zdradzić.

A najgorsze, co teraz mogłoby się jej przytrafić, to niespodziewanie wpaść w czyjeś objęcia. Odczekała więc kilka chwil oparta o kolumnę podniszczonego krużganku. Najchętniej rozpłynęłaby się w nicości. Ale gdzie ma się teraz podziać?

Nadal miała przy sobie klucz, który, jak zapewniał brat Jan, otwiera wszystkie drzwi opactwa. Bezsilna weszła więc na najwyższe piętro, gdzie znajdowało się wejście do biblioteki. Ale zamiast w lewo, poszła w prawą stronę. Nie miała pojęcia, dokąd prowadzi korytarz. „Jeśli kogoś spotkasz, pomyślała, przynajmniej nikt nie będzie cię podejrzewał, że masz coś wspólnego ze śmiercią brata Jana".

Okna, akurat tej wielkości, że można było wytknąć przez nie głowę, skąpo oświetlały korytarz z lewej strony. Po prawej stronie było mnóstwo drzwi, jedne od drugich w odległości mniej niż dziesięciu kroków. Nad belkami drzwiowymi w surowym murze zostały wykute odnośniki do Pisma Świętego, na przykład: JEREMIASZ 8,1, PSALM 104,1 albo

MT 6,31. Afra nie wiedziała, co począć. Najwyraźniej znalazła się w skrzydle z celami mnichów. Większość wydawała się jednak opuszczona. Kilkoro drzwi stało otworem. Kurz i pajęczyny pokrywały surowe wyposażenie cel, składające się głównie ze stojącego pulpitu do studiowania Pisma Świętego, z klęcznika i łóżka.

Dziewczyna weszła do jednego z tych zatęchłych pomieszczeń i zamknęła drzwi za sobą. Na pulpicie rozpostarła czystą kartę papieru, którą znalazła obok martwego alchemika. Następnie wyjęła z kaftana probówkę.

Wiedziała oczywiście, że napis *AQ. PROD.* oznacza tyle co „aqua prodigii". Była to owa tynktura, za pomocą której można wywołać każde sekretne pismo.

Na drzwiach wisiała znoszona peleryna od stroju jakiegoś mnicha. Afra nasączyła rożek czarnego materiału przezroczystą cieczą. Ostrożnie rozpostarła papier na pulpicie. Następnie zaczęła przecierać rąbkiem peleryny pustą kartę, aż ta pod wpływem wilgoci jęła się lekko fałdować.

Dziewczyna z zaciśniętymi pięściami patrzyła na pęczniejący papier. Nie wiedziała, co naprawdę stało się z bratem Janem, ale okoliczności kazały jej myśleć, że alchemik zostawił na tym papierze wiadomość nieprzeznaczoną dla obcych oczu.

Z gorączką, wręcz zaklinając, pzesuwała wzrokiem po kartce, która tymczasem przybrała wprawdzie kolor ochry, ale nie ukazała ani jednego napisanego słowa. Pamiętając działania alchemika Rubalda, wiedziała, że cały proces wymaga cierpliwości.

Kiedy już myślała, że wyobraźnia spłatała jej figla, na papierze zaczęły się pojawiać wąskie, poziome pasy, najpierw w postaci cieni, tylko z trudem rozpoznawalne, później jednak niepohamowanie i z gwałtownością burzowej chmury.

W pierwszej linijce Afra przeczytała słowa napisane małymi i wąskimi literami, jakby chodziło o zmieszczenie możliwie obszernej treści na jednej karcie papieru: *In nomine Patris et Filii et Spiritus Sancti.*

Dziwnym zrządzeniem losu promień słońca padł przez maleńkie okienko na tajemniczy papier. Prosty krzyż okienny rozłożył blask światła na cztery promienie migotliwego kurzu. Z głodem ascety po czterdziestodniowym poście Afra pochłonęła następujące linijki: *Ja, brat Jan, ex ordine Sancti Benedicti, wiem, że tylko jeden chrześcijanin jest w stanie odkryć te moje ostatnie słowa: wy, paniczu Elia. Albo może powinienem raczej powiedzieć Gizelo Kuchlerowa? Tak, znam waszą tajemnicę. Nie na tyle długo żyję odwrócony od świata, aby nie wiedzieć, jak porusza się kobieta. A gdybym potrzebował jeszcze jednego dowodu na moje początkowe przypuszczenie, to dostarczyliście mi go przed lustrem w moim laboratorium. Osoba, która przegląda się w lustrze tak, jak wy to zrobiliście, może być tylko kobietą. O tyle mogłem oszczędzić sobie trudu przeszukania waszego bagażu w schronisku, gdzie poza kobiecymi strojami znalazłem dokument podróżny wystawiony na nazwisko Gizeli Kuchlerowej.*

Afrze oddech zamarł w piersi. Wyjaśnienie alchemika brzmiało całkiem logicznie. Dlaczego jednak, na Przenajświętszą Panienkę, brat Jan odebrał sobie życie?

Śledząc palcem wskazującym każdą następną linijkę, Afra czytała półgłosem, jakby cytowała wersety Starego Testamentu: *W mojej pamięci wszystko złożyło się w jedną całość, gdy pokazywałem wam moje laboratorium. Dziwnym sposobem mało interesowaliście się największym marzeniem ludzkości, czyli odkryciem kamienia filozoficznego. Nie, wy usiłowaliście dowiedzieć się wszystkiego o najbłahszym triku, którym posługuje się alchemia. Do ujawnienia wyblakłego pisma potrzeba, jak sami tego teraz doświadczacie, niewinnej tynktury. To, co mi się złożyło w jedną całość, miało następującą prehistorię: Niejaki Gereon Melbrüge, kupiec ze Strasburga, przywiózł nam kilka dni temu beczkę ksiąg, kopii innych dzieł, które nie zachowały się w bibliotece klasztoru*

Monte Cassino. *Musicie wiedzieć, że przeczytałem prawie każdą nową księgę znajdującą się na świętej górze, alchemia bowiem to nic innego, jak* summa *wszelkiej wiedzy. Pod podejrzliwymi spojrzeniami brata Maura przyjrzałem się więc bliżej i tym księgom, zanim jeszcze na długo znikną w nieprzejrzanym gąszczu biblioteki. Przy tym jedna zwróciła moją szczególną uwagę. Jej tytuł brzmi: „Compendium theologicae veritatis".* Afra myślała, że odejdzie od zmysłów. Zachwiała się i obiema dłońmi wczepiła w pulpit: brat Jan odkrył księgę z pergaminem. Ale czy również nabrał podejrzenia, że ma to związek z ukrytą wiadomością? Odpowiedź na to pytanie dały następne linijki. Afra czytała dalej jak w malignie: *Nie zaciekawiła mnie treść tej księgi – wydała mi się raczej miałka i o podrzędnym znaczeniu – nie, to złożony pergamin bez widocznej treści rozbudził we mnie ducha badacza. Człowiek mojego pokroju, któremu słowo pisane nie jest obce, zna szczególne właściwości pergaminu i wie, że grzechem wobec sztuki pisania byłoby przechowywać całymi latami bezużytecznie w jakiejś księdze cenną, wygładzoną skórę owczą lub kozlą. Zaświtała mi raczej myśl, która natychmiast ciśnie się alchemikowi do głowy, że pergamin zawiera z pewnością jakieś tajemne przesłanie. Nie muszę wam wyjaśniać, co się dalej stało. Posłużyliście się tą samą tynkturą, w przeciwnym razie nie moglibyście odczytać tych linijek.*

Jakby jakiś ciężki kamień zległ na piersi Afry, utrudniając jej myślenie, wyprostowała się i zaczerpnęła powietrza. Odniosła wrażenie, że pismo, które właśnie odsłoniła, zaczyna znikać na jej oczach. Maleńkie litery alchemika utrudniały jednak szybkie czytanie.

Z wielkimi oczami i bijącym sercem przyjąłem do wiadomości list mojego współbrata Johannesa Andreasa Xenophilosa, który, dręczony wyrzutami sumienia, napisał go w tym klasztorze w roku Pańskim 870. Przy tym, wyznaję to dobrowolnie, świat mi się zawalił – mój świat. Poznawszy wymienione przez

Johannesa Andreasa fakty dotyczące CONSTITUTUM CON-STANTINI, nie mogę i nie chcę dalej żyć. Niechaj Pan Bóg mi wybaczy i ulituje się nad moją duszą. Amen.

Post scriptum: Poza tym jestem pewien, że wy jesteście świadomi znaczenia tego pergaminu. W przeciwnym razie nie jechalibyście chyba tak daleko, żeby go posiąść. Pytanie, w jaki sposób dotarliście do tego niebezpiecznego dokumentu, zabiorę pewnie ze sobą do grobu.

Post post scriptum: Pergamin włożyłem z powrotem do księgi „Compendium theologicae veritatis". Nie znajdziecie tego dzieła w bibliotece, gdzie jest jego właściwe miejsce, ale bez tych wybuchowych treści, lecz w laboratorium, na trzeciej półce, w pierwszym rzędzie od góry. Nie martwcie się, przed śmiercią ani słówkiem nie zdradziłem się przed nikim na temat swojego odkrycia. Amen.

Afra z największym trudem odczytywała ostatnie słowa. Po pierwsze dlatego, że pismo alchemika stawało się coraz bardziej chwiejne. Po drugie, tekst już tak bardzo zaczął znikać, że z ledwością widziała poszczególne litery.

„Co – waliło jej jak młotem w skroniach – kazało bratu Janowi zwątpić w życie doczesne, że sam zadał sobie śmierć?" Musiał to być ten sam powód, który skłonił papieża i lożę odszczepieńców do zaangażowania całej swojej potęgi i wpływów w celu zdobycia pergaminu.

Afra pospiesznie złożyła papier w prostokąt wielkości dłoni i ukryła go na piersi. Potem pobiegła przez korytarz, a następnie schodami w dół na krużganek. Za parą kolumn schowała się przed dwoma mnichami, którzy, z rękami w rękawach habitów, miarowym krokiem i zagłębieni w sobie przechadzali się tam i z powrotem po dziedzińcu wewnętrznym. Na paluszkach zakradła się potem do wyjścia prowadzącego do laboratorium.

Pierwszy rząd, trzecia półka! Opis alchemika był precyzyjny. Afra musiała się mocno wyciągnąć, aby dosięgnąć księgi. Gdy wreszcie trzymała ją w rękach, jej palce drżały jak liście osiki. Otworzyła tylną okładzinę: pergamin!

Zabrała go i ukryła w kaftanie. Księgę odstawiła z powrotem na swoje miejsce.

Brat Jan! Chciała go jeszcze raz zobaczyć. Cicho podeszła do drzwi prowadzących do pracowni.

– Brat Jan?

Jego zwłoki zniknęły. Wszystko wydawało się takie, jak było dawniej. Tylko po martwym alchemiku nie było śladu.

Nagle Afrę ogarnął paniczny strach. Wypadła z pracowni, przebiegła przez laboratorium i krętymi schodami pospieszyła na górę. Dwaj mnisi z krużganka gdzieś zniknęli. Było cicho. Jedynie wiatr szeleścił w starych murach.

Nie chcąc wzbudzić podejrzeń, Afra jeszcze tego samego dnia dla pozoru oddawała się swoim zajęciom w bibliotece. Odetchnęła z ulgą, gdy brat Maur tuż przed nieszporami uderzył w dzwon biblioteczny i jął wszystkich ponaglać do wyjścia.

Do schroniska przybyli nowi goście – brodaty starzec z dorosłym synem, który z wyjątkiem wspaniałych włosów, mających u ojca bieluteńki kolor, był do niego podobny jak dwie krople wody. Obaj pochodzili z Florencji i chcieli jechać dalej, na Sycylię.

Podczas wspólnego posiłku w sali jadalnej Afra wdała się w rozmowę z florentyńczykami. Starszy, który co miał w sercu, to i na języku, opowiadał, że stracili cały dzień podróży, gdyż po drodze zostali zatrzymani przez oddziały papieskie. Jego Świątobliwość – starzec skłonił się przy tym szyderczo – wyruszył z ponad tysiącem kardynałów, biskupów, przeorów, zwykłych kleryków i niezwykłych zakonnic w drogę do Konstancji, miejscowości leżącej na północ od Alp, gdzie zwołał sobór. Aby papież Jan ze swoją armią mógł poruszać się szybciej naprzód, wszystkie drogi na trasie jego przejazdu zamknięto dla innych podróżnych. Zabroniono im nawet stać na skraju drogi, gdy mijał ich orszak papieski.

Starzec splunął przy tym pogardliwie na ziemię i starł plwocinę nogą.

Na szczęście brodacz szybko zmęczył się gadaniem, a młodemu wino uderzyło do głowy. W każdym razie obaj podnieśli się niczym na tajemniczy znak i bez pożegnania udali do swoich izb.

Jak to było w jego zwyczaju, brat Atanazy podsłuchiwał ten monolog. Ledwie florentyńczycy zniknęli, usiadł przy stole Afry.

– Robicie wrażenie zmęczonego, panie, czyżby studiowanie ksiąg tak was wyczerpało?

Afra, która tylko jednym uchem słuchała słów zarządcy schroniska, skinęła nieobecna duchem. W myślach była przy zmarłym bracie Janie i jego tajemniczym liście pożegnalnym, który wraz z pergaminem ukryła na piersi.

– Słyszeliście, że papież Jan zwołał sobór?

– Słyszałem, bracie Atanazy. I to akurat w Niemczech. Co to ma znaczyć?

Mnich wzruszył ramionami, a następnie nalał do dwóch kielichów wina z dzbana i jeden przesunął po stole w stronę Afry.

– Papieżowi – zaczął – wolno zwołać sobór w dowolnym miejscu na świecie. Ale oczywiście miejscowość, w której biskupi i kardynałowie spotykają się z jakiegoś konkretnego powodu, pozostaje z nim w związku.

– A co to znaczy w wypadku Konstancji?

– Cóż, najwyraźniej w Niemczech pojawiła się paląca kwestia, która, jak widać, stawia przed Kościołem rzymskim trudne zadania. Dziwne.

– Co jest takie dziwne, bracie Atanazy?

– Jeden z braci, który kilka tygodni temu wrócił z Pizy, mówił po raz pierwszy o tym soborze zwołanym przez Jana

XXIII. We Włoszech, opowiadał, sobór jest na ustach wszystkich ludzi. Prawdziwe powody nadal jednak pozostają zagadką, nad którą wielu się biedzi. Oficjalnie bowiem dwa tematy znajdują się na porządku dziennym podczas soboru: likwidacja schizmy, bo, jak wiecie, Kościół, nasza święta Matka, podarował nam obecnie trzech namiestników Boga na ziemi.

– Wiem o tym. A drugi temat?

– Ubolewania godne zjawisko w naszych oświeconych czasach. W Pradze mieszka nikczemny heretyk, na dodatek teolog i rektor tamtejszego uniwersytetu. Ma na nazwisko Hus. Jan Hus. Głosi kazania przeciw bogactwu Kościoła i klasztorów, jakbyśmy byli już nie dość ubodzy. Ludzie idą za nim jak szczury za szczurołapem.

– Ale ogromne bogactwo Kościoła jest przecież faktem i nie wszystkie klasztory są tak biedne jak Monte Cassino. Również wasz klasztor przeżywał już lepsze czasy.

– To oczywiście prawda – odparł brat Atanazy w zadumie – to oczywiście prawda. W każdym razie, kilka lat temu papież ekskomunikował Jana Husa w nadziei, że w ten sposób położy kres tym upiornym praktykom. Ale papież osiągnął coś wręcz przeciwnego. Od tej pory ludzie jeszcze bardziej słuchają słów Husa, a Czesi właśnie zamierzają odłączyć się od świętego Kościoła rzymskiego.

– Skoro ten Hus i jego nauka mają takie znaczenie dla Kościoła rzymskiego, to dlaczego papież nie zwołał soboru w Pradze?

– Właśnie to mnie tak dziwi! – Brat Atanazy dolał wina. – Nikt nie potrafi sobie wytłumaczyć, dlaczego sobór odbywa się akurat w Konstancji.

Mnich wziął głęboki łyk i spojrzał w próżnię, jakby tam spodziewał się znaleźć wyjaśnienie.

Podczas tej rozmowy Afry nie opuszczała myśl, co też mogło się stać ze zmarłym bratem Janem. Nie śmiała jednak zapytać o to wprost zarządcy schroniska. W każdym razie powzięła decyzję: jutro o świcie opuści klasztor Monte Cassino i mając już upragniony pergamin, wyruszy w drogę.

Gdy wstała od stołu, mnich chwycił ją za rękaw.

– Muszę wam coś powiedzieć – rzekł z przygnębieniem.

Afra spojrzała w jego błogą od wina twarz o wilgotnych oczach.

– Znacie przecież brata Jana, tego alchemika.

– Oczywiście. Cały dzień go dzisiaj nie widziałem. Najprawdopodobniej zaszył się w swoim laboratorium i przeprowadza jakieś skomplikowane eksperymenty.

Afra specjalnie udała, że nic nie wie.

– Brat Jan nie żyje – odparł mnich.

– Nie żyje?! – zawołała Afra z udawanym wzburzeniem.

Brat Atanazy położył palec na ustach.

– Alchemik z własnej woli położył kres swojemu życiu. Grzech śmiertelny zgodnie z nauką Kościoła, naszej świętej Matki!

– Mój Boże! Dlaczego to zrobił?

Mnich potrząsnął przecząco głową.

– Nie wiemy. Brat Jan sprawiał niekiedy wrażenie, jakby był nie z tego świata. To jednak miało zapewne związek z jego badaniami. Zajmował się sprawami dotykającymi granic ludzkiego istnienia, sprawami, od których chrześcijanin powinien się trzymać z daleka.

– A jak on…?

– Trucizna! Brat Jan wypił zapewne jeden z tych licznych eliksirów, które przyrządzał w swojej pracowni.

– Jesteście pewni, że sam sobie odebrał życie?

Brat Atanazy skinął ociężale głową.

– W zupełności. Dlatego też nie znajdzie miejsca ostatniego spoczynku w klasztornej krypcie mnichów. Kto sam sobie odbiera życie, nie może, zgodnie z nauką Kościoła, naszej świętej Matki, być pochowany w poświęconej ziemi.

– Surowy zwyczaj. Nie uważacie?

Stary mnich skrzywił się, jakby chciał powiedzieć: „To zależy". Potem jednak odpowiedział chłodno i na pozór bez jakiegokolwiek wzruszenia:

– Wyrzucili jego cielesną powłokę za tylny mur klasztorny i nieco później zagrzebali w zaroślach.

– I to nazywacie chrześcijańską miłością bliźniego? – zawołała wzburzona Afra.

Podniosła się i bez słowa wyszła z sali jadalnianej.

Brat Atanazy wsparł ciężką głowę na rękach i bez wyrazu patrzył przed siebie.

Nazajutrz rano Afra zaprzęgła konia do wozu i opuściła klasztor Monte Cassino, jadąc w kierunku północnym.

11.
Pocałunek połykacza ognia

Gdy sześciokonny zaprzęg zbliżał się od południa do bramy miejskiej, na masywne mury padały ostatnie promienie słońca. Siedzący na koniu Afry foryś klął i ze skórzanej kieski, którą miał ze sobą, wyjmował kamyki, rzucając je w tłum, aby motłoch zrobił miejsce powozowi jego pana.

Od kiedy Afra opuściła klasztor Monte Cassino, minęły ponad dwa tygodnie. Nigdy nie myślała, że w ten sposób będzie wracała w ojczyste strony. Chociaż podróż powrotna – przynajmniej jej pierwszy tydzień – wcale nie należała do przyjemnych. Wiosenne burze uniemożliwiały szybką jazdę i całymi dniami padał deszcz, który sprawił, że wiele dróg było nieprzejezdnych.

Gdzieś w okolicy Lukki wydarzyła się katastrofa: prawe koło dwukółki Afry się złamało, a drzazgi z drewnianych szprych uszkodziły oś. Dalsza podróż stała się niemożliwa. Po godzinie, bo chyba nie minęło więcej czasu od wypadku, z południa nadjechał powóz z dużym zaprzęgiem i forysiem.

Afra nie śmiała zatrzymać eleganckiego podróżnego. Rzeczywiście – sześciokonny zaprzęg przemknął obok. Po chwili woźnica wstrzymał jednak konie. Z powozu wyskoczył wytwornie ubrany mężczyzna, który zaoferował Afrze pomoc. Obejrzał uszkodzenie i stwierdził, że jeśli Afra odda konia ze swojej dwukółki do dyspozycji jego forysiowi – jeden z koni w ich zaprzęgu kuleje bowiem już od wczoraj – to bez problemów może przesiąść się do powozu. On jedzie do Konstancji.

Ta propozycja była Afrze bardzo na rękę, poza tym nie widziała innego wyjścia z sytuacji. Na szczęście – a może było to zrządzenie opatrzności? – zdjęła poprzedniego dnia męskie przebranie i odziała się, jak przystoi kobiecie. Dzięki temu mogła teraz wylegitymować się dokumentem podróżnym wystawionym jej przez neapolitańskiego posła Paola Carrierę.

Wówczas nowy znajomy bardzo się ucieszył, nazwał Carrierę swoim przyjacielem i powiedział, że on sam jest również w służbie króla Neapolu i jedzie jako specjalny wysłannik na sobór. Nazywa się Pietro de Tortosa.

Szlachcic, któremu oprócz forysia i stangreta towarzyszyli jeszcze sekretarz i służący, okazał się w następnym dniach podróży człowiekiem prawego charakteru, dla którego zawiezienie Afry swoim powozem aż do Konstancji stało się oczywistością, wręcz zaszczytem. W zamian Afra zaoferowała mu w prezencie konia, z którym i tak nie wiedziałaby, co począć. Pietro de Tortosa wyraził gotowość przyjęcia konia, ale tylko pod warunkiem, że będzie mu wolno zapłacić za niego stosowną cenę. *Messer* Pietro zaoferował dwadzieścia złotych dukatów – ogromną sumę nawet za tak dobrego konia jak ten.

W słoneczną, chociaż zimną pogodę dotarli bez przeszkód przez Genuę, Mediolan i wielkie przełęcze alpejskie do Konfederacji Szwajcarskiej, gdzie warunki na drogach poprawiały się z każdym dniem.

Afra była niezwykle zobowiązana specjalnemu wysłannikowi króla Neapolu. Bez jego pomocy, co zrozumiała już po kilku dniach, nigdy nie poradziłaby sobie w tak długiej podróży. Mimo to wciąż nie mogła pozbyć się podejrzliwości wobec Pietra de Tortosy.

Powóz specjalnego wysłannika przejechał przez Kreuzlinger Tor, jedną z miejskich bram. Dokumenty podróżne, osobiście podpisane i przypieczętowane przez króla Neapolu, ograniczyły formalności wjazdowe do minimum, sprawiając, że halabardziści po obu stronach wieży bramnej okazali im swoją czołobitność.

Jedynie wysocy dostojnicy duchowni, przeorzy, biskupi i kardynałowie oraz specjalni posłowie z krajów europejskich mieli prawo przekraczania bram wraz z zaprzęgami. Konstancja bowiem, miasto liczące niewiele ponad cztery tysiące dusz, pękała w szwach. Gdy papież rzymski, ku zdumieniu wszystkich, zwołał tutaj szesnasty sobór powszechny, do tego małego i romantycznego miasteczka zjechało nagle czterdzieści do pięćdziesięciu tysięcy osób.

Mieszkańcy tego wolnego miasta Rzeszy nad Jeziorem Bodeńskim od dawna cieszyli się sławą bardziej zapobiegliwych od innych mieszczan. Wynajmowali więc teraz swoje domy za brzęczącą monetę uczestnikom soboru i przez następne lata mieszkali albo poza miastem w namiotach, albo nawet w beczkach lub też gnieździli się z innymi ludźmi na bardzo ciasnej przestrzeni – wówczas dwoje lub troje dzieliło jedno łóżko. Dla marnej mamony niektórzy bez żenady koczowali w stajniach lub koziarniach, a także w miejskich kościołach.

Dla specjalnego wysłannika króla Neapolu kwaterunkowi wynajęli całe piętro w Wysokim Domu przy Fischmarktgasse. Położony zaledwie kilka kroków od katedry budynek nosił taką nazwę, ponieważ przewyższał większość pozostałych zabudowań w mieście o dwa piętra.

Jego właściciel, bogaty kupiec o nazwisku Pfefferhart, miał w herbie trzy puszki pieprzu. Zawistnicy, których w takim małym mieście jak Konstancja było sporo, twierdzili jednak, że tak naprawdę chodzi o puszki z pieniędzmi, do których ów skąpiec odkładał każdego zaoszczędzonego feniga konstanckiego. W każdym razie Pfefferhart był znany z tego, że nie przepuszczał żadnej okazji, która pozwalała zarobić trochę pieniędzy. Ponieważ jego jedyny syn wyprowadził się już od ojca, a niezamężne córki wiodły pobożny, ale nieodpłatny żywot w klasztorze cysterek w Feldbach, bogaty kupiec wynajął na czas trwania soboru pół domu.

Pietro de Tortosa, specjalny wysłannik króla neapolitańskiego, oddał Afrze jedno z wynajmowanych pomieszczeń w domu Pfefferharta, pozwalając jej tam mieszkać, dopóki nie zdecyduje się, co ma robić dalej. Doświadczenie nauczyło ją, że człowiek niczego, ale to niczego nie otrzymuje w życiu za darmo, jej szlachetny protektor, mimo swojej życzliwości, spotykał się więc w zamian raczej z podejrzliwością, a nie z wdzięcznością. Mimo wszystko Afra miała na razie dach nad głową, na dodatek bardzo wygodny.

Tymczasem w Konstancji rosło napięcie. Zgromadziła się już większość uczestników soboru – kardynałowie, biskupi, wysocy dostojnicy klerykalni, opaci, prałaci, archidiakoni, archimandryci, metropolici i patriarchowie, teolodzy, uczeni w Piśmie Świętym i posłowie licznych domów panujących. Nawet cesarz Zygmunt Luksemburski zechciał wziąć udział w soborze. Teraz wszyscy czekali już tylko na rzymskiego papieża Jana XXIII, które to imię obrał sobie sam. Miasto przypominało wrzący kocioł.

Przybywająca z Bolonii straż przednia Jego Świątobliwości zwiastowała rychłe pojawienie się samego papieża, później jednak rozeszła się pogłoska, że coś powstrzymuje namiestnika Boga, jak sam nader chętnie się tytułował. Powodem jego spóźnienia było podobno trzysta siostrzyczek klasztornych, którym Jego Świątobliwość, idąc za nakazem chrześcijańskiej miłości bliźniego, podarował swoje przenajświętsze nasienie i absolutny odpust. Wypełnienie takiego obowiązku wymagało czasu.

Rzeczywiście – sława poprzedzająca rzymskiego *pontifeksa* nie była najlepsza. Nikt nie mógł twierdzić, że jego konkurenci, antypapieże Benedykt XIII i Grzegorz XII, którzy do Konstancji posłali tylko obserwatorów, byli dziećmi smutku, biorąc jednak pod uwagę tryb życia rzymianina, byli doprawdy nędzarzami.

Oficjalnie papież współżył z siostrą kardynała Neapolu. Jako druga kobieta służyła mu jeszcze jego szwagierka, co nie przeszkadzało jednak namiestnikowi Boga dzielić łoże z nowicjuszami i młodymi klerykami, którzy w ten sposób zdobywali niespodziewane bogactwa. Jan był bowiem wspaniałomyślny w sprawach miłości i płacił prebendami z majątku kościelnego albo dochodowymi synekurami, opactwem lub biskupstwem.

Nazajutrz rano, po spokojnie spędzonej nocy, obudziły Afrę głośne wołania. Szybko podbiegła do okna. Okazało się jednak, że to, co przypominało wybuch wojny domowej, było jedynie codziennym zgiełkiem ulicznym. Tuż po wschodzie słońca ludzie tłoczyli się już na ulicach, krzyczeli i złorzeczyli we wszystkich językach. Miejscami nie można było w ogóle przejść. Raj dla złodziejaszków, oszustów i rabusiów.

Pietro de Tortosa, którego Afra nieco później spotkała na schodach, myślał pewnie o tym samym, ponieważ powiedział:

– Radziłbym umieścić cenne rzeczy w bezpiecznym miejscu. Oszustów, którzy przebywają w mieście, czuć już z daleka. Źli ludzie ciągną do wielkich wydarzeń jak ćmy do światła. Jeśli macie, pani, ochotę, możecie towarzyszyć mnie i mojemu sekretarzowi. Zamierzam zdeponować wszystkie pieniądze i dokumenty podróżne u pewnego kantorzysty.

Propozycja była z pewnością przyzwoita, ale obudziła w Afrze nieufność. Cała ta troska neapolitańskiego posła przepełniała ją podejrzliwością. Dlatego też odparła, śmiejąc się:

– Mój majątek, *messer* Pietro, nie jest aż tak cenny, żebym musiała oddawać go w żelaznej skrzyni kantorzyście na przechowanie.

Pietro podniósł obie ręce w przepraszającym geście:
— *Donna* Gizela, to była tylko życzliwa rada, nic więcej! Ton, którym wymówił jej rzekome imię, zaniepokoił Afrę.
— Oczywiście. Wielkie dzięki za tę wskazówkę — odparła uprzejmie.

Zrobiło jej się niedobrze na myśl, że uprzedzająco grzeczny poseł z Neapolu mógłby rozpoznać ją i tajemnicę, którą już od miesiąca nosiła na piersi.

Gdy wkrótce Pietro de Tortosa ze swoim sekretarzem wyszedł z domu, Afra ruszyła za nim. Chociaż plac katedralny, gdzie miała swoje siedziby większość kantorzystów, znajdował się niedaleko, droga zabrała im sporo czasu. Wąskimi uliczkami tłoczyli się mnisi w obco wyglądających strojach, sprzedawcy gęsi, gałganiarki, handlarze galanterią i krzemieniami, włóczędzy i żeglarze, beginki w szarobrązowych strojach zakonnych, Cyganie, bogate kokoty z miasta i rzekomi ślepcy, którzy znakomicie symulowali swoją ułomność, wieśniacy, doktorzy w beretach i w czarnych togach, rajfurki, dziewki na ich pasku, uduchowieni biskupi w mitrach i pluwiałach, kotlarze, błazny, szarlatani, obżartuchy w księżych komżach, fleciści, trębacze i minezingerzy, sprzedawcy relikwii, jednoręcy, kalecy pozbawieni nóg, którzy, domagając się współczucia, posuwali się do przodu na deskach z przytwierdzonymi kółkami, paserzy w obszernych płaszczach, czarni obywatele dalekiej Etiopii, Rosjanie o szerokich twarzach, piękne jak grzech anielskie istoty, pokutnicy i zbiry, ostro cuchnący fornale, Maurowie, dziwacy podrygujący w kobiecych sukniach, skrybowie piszący listy, otomańscy posłowie z zakwefionymi żonami w pludrach (że niech Bóg będzie im łaskaw), giermkowie, elegancko ubrane konkubiny, gotowe do zamążpójścia wystrojone dziewice i matrony w podeszłym wieku, heroldowie, ludzie prowadzący niedźwiedzie, straszydła w maskach, szczudlarze i miejscowi gapie tkwiący na skraju ulicy.

Afra już myślała, że specjalny wysłannik z Neapolu prowadzi z nią jakąś nieczystą grę, wybierając tak czasochłonną drogę przez miasto, gdy naraz zniknął jednak ze sługą w domu kantorzysty Betmingera, w każdym razie takie nazwisko znajdowało się na tabliczce nad wejściem. Nieco później znów się pojawił i razem ze sługą zginął gdzieś w tłumie.

Afra zastanawiała się, stojąc w bezpiecznej odległości, co robić. W końcu zdecydowała, że zarówno pergamin, jak i większość gotówki, którą ciągle jeszcze nosiła ukrytą w pasie, powierzy także kantorzyście na przechowanie.

Ponad trzydziestu kantorzystów pracowało podczas soboru w Konstancji. Był to dochodowy interes, wziąwszy pod uwagę, że każde większe miasto w Europie biło własny pieniądz. Nie istniały stałe kursy wymiany. Ile i za co się dostawało, było kwestią umiejętnych negocjacji, przy czym kantorzysta na pewno nigdy nie wychodził na tym źle.

Afra wybrała kantorzystę Pileusa na Brückengasse obok kanonii, kierując się wyłącznie tym, że miejsce jego pracy w arkadach domu patrycjuszowskiego sprawiało solidne wrażenie. Tam za zasłoną w tylnej części kantoru, przewidzianej do tego celu, pozbyła się swojego majątku i wręczyła go młodemu kantorzyście, który zdeponował wszystko w zamykanej żelaznej kasecie, dał Afrze klucz, a skrzynkę z pieniędzmi schował w ściennej szafie z ciężkimi drzwiami z czarnego drewna okutymi żelaznymi listwami. Za tę usługę Afra zapłaciła za miesiąc z góry. Wyszedłszy na ulicę, poczuła ulgę.

Z placu katedralnego było słychać bicie w werble i dźwięk piszczałek, przerywane donośnymi oklaskami i okrzykami: „Brawo!". Gnana ciekawością dziewczyna udała się na duży plac. Ledwie zdołała przejść między stłoczonymi i wyciągającymi szyje ludźmi. Wiatr niósł od placu nieprzyjemny odór z ulicznych kuchni. Cuchnęło trącącą tranem rybą, tłuszczem baranim i pieczystym przyprawionym gryzącym czosnkiem, a wszystko to mieszało się, tworząc raczej ohydny smród, który mógł człowiekowi odebrać cały apetyt na kilka dni.

Wydawało się jednak, że te mocne wonie nie przeszkadzają większości ludzi. Widzowie tłoczyli się bowiem z wyciągniętymi szyjami wokół grupy kuglarzy, którzy w cieniu kanonii rozbili okrągły namiot w czerwono-białe pasy, a przed nim ustawili scenę. Potężny niedźwiedź brunatny, prawie dwa razy wyższy od karłowatego pogromcy, tańczył na tylnych łapach pośrodku podestu. Jego podrygi w rytm muzyki w wykonaniu trzech grajków budziły zachwyt patrzących.

Wszyscy wrzeszczeli radośnie z zachwytu, gdy niezdarne zwierzę o wadze kilkuset kilogramów chciało zejść z okrągłej blachy, na której tańczyło. Później karłowaty pogromca pociągnął za żelazny łańcuch umocowany na kółku w nozdrzach niedźwiedzia, który wydał z siebie rozrywające serce wycie. Jedynie nieliczni mogli dojrzeć, że godne współczucia zwierzę tylko dlatego wykonywało ów taniec świętego Wita, że blacha została wcześniej rozpalona do czerwoności.

Samo to wyjątkowe przedstawienie było w oczach gapiów warte niejednego obola, a pieniądze wrzucali za dekolt dwóm dosyć podkasanym dziewczętom chodzącym między rzędami i uderzającym w tamburyny.

Ledwie niedźwiedź zakończył swój budzący litość występ, a na podium wskoczył młody połykacz ognia. Jego muskularny, opalony tors był nagi. Chłopak miał na nogach wściekle zielone spodnie, a na ciemnych włosach nosił biały turban niczym fakir z dalekich Indii. Sam jego widok wyrwał z piersi niejednej dziewczyny głębokie westchnienie. Piękny młodzieniec niósł w jednej ręce dwie płonące pochodnie, w drugiej butelkę z jakimś płynem. Upił z niej łyk i podał butelkę Afrze, która tymczasem przecisnęła się do pierwszego rzędu. Dziewczyna się zaczerwieniła.

Widzowie jak urzeczeni wpatrywali się w płonące pochodnie. Nagle fakir zrobił krok do przodu, jakby chciał poderwać się do skoku, i płynem, który przed chwilą upił z butelki, prychnął przez zaciśnięte usta w powietrze. Następnie szybkim ruchem podpalił go, a w ten sposób powstał promień, który niczym ognisty miecz świętego Michała zawirował w powietrzu. Przerażeni gapie z pierwszego rzędu odskoczyli do tyłu.

Afra stała jak wryta. Chociaż obserwowała występ z bardzo bliska i doskonale rozumiała, na czym polega to niby cudowne doświadczenie, podziwiała młodzieńca za odwagę i pewność siebie, z jaką radził sobie z płomieniami. Głośny aplauz zmusił fakira do powtórzenia pokazu. Uśmiechając się uprzejmie, wyciągnął do Afry rękę po swoją butelkę. Dziewczyna, wpatrzona w kuglarza, nie zareagowała. Gdy ich spojrzenia się spotkały, zdało się, że kobieta została wyrwana jak ze snu. Czuła na sobie spojrzenia otaczających ją ludzi. Otumaniona podała fakirowi butelkę z łatwopalnym płynem. Nie chciała już czekać kolejny popis, przecisnęła się między rzędami i zniknęła. Prześladował ją jednak widok młodzieńca o stalowym ciele.

W ciągu kolejnych dni nie udało się Afrze wymazać z pamięci obrazu pięknego połykacza ognia. Na próżno usiłowała zapomnieć o przenikliwym wzroku śmiałka. Miała przecież ważniejsze sprawy niż nagła miłość, a w dodatku zakochała się w połykaczu ognia. Musiała ułożyć sobie życie od nowa, polegając wyłącznie na sobie. Inne kobiety w podobnych okolicznościach włożyłyby welon, żeby resztę dni spędzić u klarysek, dominikanek lub franciszkanek. Ale nie Afra.

Na początku miała zamiar zrezygnować z fałszywego nazwiska, które tak bardzo przydało jej się w Wenecji. Później jednak uświadomiła sobie, że póki przedstawia się jako Kuchlerowa, może czuć się bezpieczna i nie będzie ofiarą podstępów odszczepieńców. Pomyślała, że skoro już zachowuje nazwisko wdowy, może również wykonywać jej zawód. Dlaczego nie miałaby handlować materiałami? Miała wystarczająco dużo gotówki, żeby uczynić pierwsze kroki w kupieckim fachu. Gdy o tym rozmyślała, do domu Pfefferharta zgłosił się jakiś obcy przybysz, prosząc o rozmowę z Gizelą Kuchlerową.

Afra przeraziła się śmiertelnie, gdy podszedł do niej nieznajomy, który przedstawił się jako Amandus Villanovus.

– Czy mam zaszczyt rozmawiać z Gizelą Kuchlerową ze Strasburga? – Wyglądający na strapionego nieznajomy, wysoki mężczyzna w czarnym surkocie i narzutce bez rękawów, uśmiechał się nieco sztucznie. Afra nie odpowiedziała. Zbita z tropu, przyglądała mu się uważnie. Gdzie i w związku z czym słyszała już jego nazwisko?

Nieznajomy zauważył, że dziewczyna zastanawia się nad tym, podsunął jej więc odpowiedź:

– Wenecja, kościół Madonny dell'Orto.

Po dłuższej chwili Afra odzyskała w końcu równowagę ducha. W myślach widziała już, jak Gizela Kuchlerowa rozmawia w kościele z odszczepieńcem, ale ten mężczyzna był jednak jakiś inny.

– Wy? Nie tak was zapamiętałam!

– Byliśmy umówieni, ale coś mi przeszkodziło. Rozmawialiście z Joachimem von Florisem.

– Tak, to być może – odparła z udawanym spokojem. Bardzo pragnęła, żeby Amandus nie dostrzegł jej zdenerwowania.

– Byłem zdziwiony, gdy przeczytałem wasze nazwisko, pani, na listach meldunkowych. Wszyscy myśleliśmy, że pochłonęła was dżuma w Wenecji!

– Błąd, jak widzicie!

– Co z Afrą, kobietą z pergaminem?

– Dlaczego zadajecie mi to pytanie?

Na to Amandus Villanovus podwinął rękaw i podsunął Afrze pod nos piętno – krzyż z poprzeczną belką.

– Czy muszę się jeszcze jaśniej tłumaczyć?

W tym momencie Afrze przemknęła przez głowę jedyna słuszna myśl, odpowiedziała więc z lekkim drżeniem w głosie:
– Afra nie żyje. To ona padła ofiarą dżumy!
– Co z pergaminem?
Afra wzruszyła ramionami.
– Kto to może wiedzieć?! Jeśli nosiła go przy sobie, to został spalony razem z jej zwłokami. – Przestraszyła się własnych słów.
Amandus Villanovus w zamyśleniu podrapał się po brodzie.
– Tym samym nasza misja się zakończyła. Wielka szkoda. Mogła przynieść nam wszystkim bogactwo, a zwłaszcza władzę i wpływy. Ten cały cyrk tutaj to jedna wielka farsa!
Afra zmarszczyła czoło i pytająco spojrzała na Villanovusa.
– Panie, musicie mi to dokładniej wytłumaczyć.
Nieznajomy uśmiechnął się chytrze.
– Czy naprawdę myślicie, pani, że ten komiczny *pontifex* zwołał sobór w Konstancji, aby zjednoczyć podzielone stado swoich owieczek?
– Tak przynajmniej wszyscy twierdzą. Jest to zresztą również wersja zaproszonych uczestników soboru.
Odszczepieniec machnął lekceważąco ręką.
– Każdy sobór potrzebuje jakiejś zbożnej okazji. Prawdę mówiąc, chodzi wyłącznie o zagrożenie władzy i próby jej utrzymania. Tak jest również w tym wypadku. Papież rzymski wierzy, że pergamin zagraża władzy jego organizacji. To także powód, dla którego zawezwał na pomoc nawet nas, swoich największych wrogów. Papież Jan jest człowiekiem bez kręgosłupa. Dla zachowania władzy jest gotów zupełnie wyrzec się swoich przekonań. W każdym razie, zjednoczenie podzielonego Kościoła wiąże się, zdaniem rzymianina, z ryzykiem, że straci urząd. Skoro bowiem każdy z trzech pa-

pieży utrzymuje, że jest jedynym prawowitym, istnieje tylko jedno wyjście z tej sytuacji: urząd musi objąć ktoś czwarty. Rozumiecie mnie, pani?

Zamyślona Afra skinęła głową. Słowa odszczepieńca nasuwały wiele pytań, które z wielką chęcią by mu zadała. Najbardziej interesowało ją, co by się stało, gdyby ten przeklęty pergamin jednak się tutaj pojawił, właśnie w chwili, gdy obrady soboru osiągają kulminacyjny moment. Zrobiło jej się słabo. Miała wątpliwości, czy udaje wystarczająco dobrze, żeby nie budzić podejrzeń Villanovusa. Już sama ta myśl ją zaniepokoiła. Błyszczące oczy, którymi patrzył na nią nieznajomy, pozwalały przypuszczać, że czytał w jej myślach. Aż zadrżała więc, gdy Amandus Villanovus spytał nagle po długim milczeniu:

– Czy macie pewność, że pergamin został spalony wraz ze zwłokami tej kobiety?

– Co znaczy pewność?! Na własne oczy widziałam, jak Afra kona na Lazaretto Vecchio. Nie był to piękny widok, proszę mi wierzyć. Ponieważ wszystkich zadżumionych, którzy zmarli, a nawet ich bagaże, palono na wyspie, wolno chyba przypuszczać, że i pergamin spłonął w ogniu.

– Przy założeniu, że miała go ze sobą!
– To prawda.

Rozmowa w domu Pfefferharta nie przebiegała tak, żeby Afra była z niej zadowolona. Im dłużej to trwało, tym bardziej dziewczyna traciła pewność siebie. Nie umiała po prostu pozbyć się odszczepieńca. Przede wszystkim jednak nie potrafiła go przekonać, że dalsze poszukiwanie pergaminu jest bezcelowe. Wydawało się, że Villanovus ma nieskończenie wiele czasu, w każdym razie w ogóle nie zbierał się do odejścia, chociaż wszystkie wątpliwości zostały już wyjaśnione.

– Długo zadawaliśmy sobie pytanie, dlaczego konkubina budowniczego katedr tak nagle wyruszyła ze Strasburga do Salzburga, a potem chciała jechać dalej do Wenecji – zaczął od nowa. – Wiecie, my wszędzie mamy swoich agentów, ale żaden z nich nie umiał wyjaśnić celu tej podróży. Istnieje tylko jeden logiczny powód: konkubina chciała sama negocjować z papieżem, który przebywał wówczas w Bolonii. Sama chciała zaoferować mu pergamin na sprzedaż. Znaliście, pani, Afrę. Czy uważacie, że to możliwe?

Afra potrząsnęła przecząco głową.

– Myślę, że przeceniacie tę dziewczynę. Z pewnością nie jest wcale głupia, a ojciec nauczył ją czytać i pisać, nauczył ją nawet łaciny i języka włoskiego. Mimo wykształcenia pochodzi jednak ze skromnej rodziny i kontakty z możnymi tego świata są jej obce.

– Czemu mówicie, pani, w czasie teraźniejszym, jakby Afra nadal była pośród żywych?

– Wybaczcie! – zawołała przerażona Afra. – To dlatego, że jeszcze tak niedawno z nią na ten temat rozmawiałam. Nie, nie umiem wyjaśnić, jaki cel przyświecał jej w tej podróży. Najprawdopodobniej szło o jakieś księgi. Kto jednak dla kilku ksiąg wybiera się w tak daleką podróż!

– Nie mówcie tak. Są ludzie gotowi popełnić morderstwo dla jakiejś księgi, nawet wśród tych, którzy noszą mitrę i habit.

– Villanovus uśmiechnął się szeroko. – Nie – powiedział po chwili. – Na wypadek, gdyby pergamin jeszcze istniał, powinniśmy zająć się budowniczym katedr Ulrykiem von Ensingenem. Wystarczająco długo żył z tą kobietą. Po prostu sobie nie wyobrażam, że nie powierzyła mu tej tajemnicy.

Afra poczuła się tak, jakby błyskawica przeszyła jej umysł. Zaczęła ciężko oddychać. „Żeby tylko odszczepieniec tego nie spostrzegł!" Chciała milczeć i móc w ogóle nie zareagować na wzmiankę o Ulryku, mimo to wyrwało się jej:

– Cóż, czy Ulryk von Ensingen nie jest aby jednym z waszych szeregów?

– Jednym z nas? Raczycie żartować! Ulryk von Ensingen to twarda sztuka, uparty, podstępny i przebiegły. Bardzo bym pragnął, żeby był jednym z nas. Na próżno usiłowaliśmy przeciągnąć go na swoją stronę. Nie dał się przekonać ani pieniędzmi, ani groźbami. Długo podejrzewaliśmy, że zamurował pergamin w jednej z katedr, które według jego projektów wzniesiono pod niebiosa. Niepostrzeżenie rozbiliśmy mury w miejscach, gdzie zwykle ukrywa się takie skarby. Ale kiedy nic tam nie znaleźliśmy, zagroziliśmy mistrzowi Ulrykowi, że jeśli nie zdradzi nam, gdzie ukrył pergamin, zburzymy jego katedry. Musicie bowiem wiedzieć, pani, że zawalenie takiej świątyni oznacza koniec kariery jej architekta. W Strasburgu prawie nam się udało. Później jednak zrozumieliśmy, że nie da się w ciągu jednej nocy tak spreparować kamieni węgielnych i zworników, żeby budowla runęła.

Afra bez tchu słuchała wyjaśnień odszczepieńca. Ta loża była bardziej podstępna, niż mogła kiedykolwiek sądzić. Skrzywdziła więc Ulryka. Może te szczególne okoliczności wyjaśniają jego dziwne zachowanie, ale czy usprawiedliwiają to, że zdradził ją z tą dziewką od biskupa?

– Słyszałem, że Ulryk von Ensingen bawi tutaj, w Konstancji – zauważył Amandus jakby mimochodem.

– Budowniczy katedr? – zapytała podekscytowana Afra.

Amandus skinął potakująco głową.

– Nie tylko mistrz Ulryk. Wszyscy wielcy budowniczowie katedr zjechali na sobór. To oczywiste, nigdzie indziej na świecie nie znajdą przecież tylu potencjalnych zleceniodawców zgromadzonych w jednym miejscu. Niech was to jednak nie niepokoi. – Zamilkł na moment, a potem nagle zapytał: – Jakie właściwie stosunki łączą was, pani, ze specjalnym wysłannikiem królestwa Neapolu, Pietrem de Tortosą?

– Chętnie wam to wyjawię – odparła oburzona Afra. – Żadne!

Odszczepieniec wymamrotał prośbę o wybaczenie i spiesznie się pożegnał. Na odchodnym położył palec na ustach i zanim zniknął, powiedział cicho:

– Mogę oczywiście mieć nadzieję, że zachowacie milczenie na temat naszej rozmowy?

Spotkanie z odszczepieńcem zbiło Afrę z tropu. Ogarnął ją lęk. Co ma o tym wszystkim myśleć? Czy Amandus Villanovus jej uwierzył? Może to wszystko to tylko podstęp, aby ją wybadać? Może ludzie w kapturach już ją przejrzeli i wiedzą, że podaje się za Kuchlerową?

Czuła się jeszcze bardziej zagubiona po usłyszeniu informacji, że Ulryk von Ensingen najwyraźniej nie jest w zmowie z odszczepieńcami. Wszystko to sobie zatem tylko wymyśliła? Stworzyła w wyobraźni sieć powiązań, które w ogóle nie istnieją? Gdy człowiek czuje się bardzo zagrożony, nader chętnie upatruje rozmaitych związków między rzeczami, które, ujrzane z odpowiedniego dystansu, okazują się fałszywe. Czy nie mogło być jednak tak, że Amandus Villanovus otrzymał tylko zadanie, które polegało na uspokojeniu jej właśnie tą informacją o Ulryku? Że zastawił w ten sposób pułapkę, aby na nowo uwierzyła architektowi? Po głębszym namyśle zrozumiała jednak, że w takim wypadku Villanovus powiedziałby jej jednak zbyt dużo o sobie i knowaniach odszczepieńców.

Po tej rozmowie Afra długo błądziła bez celu po mieście. Miała nadzieję, że zdarzy się coś, co skieruje jej myśli na inne tory. Tak się też stało. Nie rozśmieszyli jej wprawdzie kuglarze, błaźni ani wędrowni artyści prezentujący mnóstwo sztuczek na rogu każdej ulicy, za to zajął ją szczupły, brodaty mężczyzna w czarnej todze i czarnym birecie, który oświadczył, że jest tu uczony ksiądz, który na rynku wygłasza płomienną mowę. Za ambonę służyła mu beczka, frazy zaś, które świadom potęgi słowa miotał w lud, różniły się zupełnie od zdań używanych w zwykłych kazaniach.

W mgnieniu oka rozeszła się pogłoska, że na rynku przemawia Jan Hus, czeski reformator, którego papież trzy lata temu obłożył klątwą. Teraz cisnęli się tu ciekawscy z bocznych uliczek. Wszyscy chcieli zobaczyć tego niskiego mężczyznę, który swoimi mowami przeciwstawiał się papieżowi.

Zygmunt Luksemburski wezwał Husa, żeby bronił się na soborze, i zagwarantował mu wolność listem żelaznym. Hus zaś, człowiek mały wzrostem, ale o wielkim i mężnym sercu, przyjął zaproszenie.

Afra stanęła pośród słuchaczy, tłoczących się ramię w ramię i słuchających twardego akcentu czeskiego kaznodziei. Jego ostre słowa, skierowane przeciw papieżowi, Kościołowi i ich zeświecczeniu, smagały ją niczym uderzenia pejcza. Jan Hus mówił o tym, co ona i inni czuli w głębi duszy, ekscytujące było jednak to, że miał odwagę wypowiadać na głos prawdy, o których wielu innych tylko myślało.

– Wy wszyscy, którzy mienicie się chrześcijanami i przestrzegacie przykazań Kościoła! – grzmiał Hus, a jego głos niósł się gromko nad placem. – Wy wszyscy jesteście owcami pasterza, który mieni się arcyświętym, chociaż do świętości tak mu daleko, jak bramom piekielnym do firmamentu niebieskiego. Papież, który nie żyje jak Jezus, jest Judaszem i nie ma nic wspólnego ze świętością, nawet jeśli objął swój urząd zgodnie z prawem kościelnym!

Tylko kilku słuchaczy ośmieliło się przyklasnąć jego słowom, ale zaraz odwrócili głowy w bok, ze wstydu i w obawie, aby ktoś ich nie rozpoznał.

– W czasie, gdy Pan Jezus wędrował po ziemi, jego uczniowie żyli prosto, nie mieli tak wielkich potrzeb i pozostawali w miłości do swoich bliźnich – ciągnął dalej Jan Hus. – A dzisiaj? Dzisiaj apostołowie pańscy: księża, prałaci, przeorowie, kanonicy, opaci i biskupi, hołdują luksusowi i wszelakim głupim modom, ubierają się kolorowo, pysznie i paradują niczym koguty na gnoju, tańczą w wąskich spodniach i, grzesząc przeciwko szóstemu przykazaniu, wystawiają na pokaz mocno uwydatnione przyrodzenia. Nie muszę wspominać, że ci apostołowie pańscy utrzymują całe rzesze nałożnic. Sami tego doświadczyliście: ledwie ogłoszono, że to w waszym mieście odbędzie się sobór, a tysiące sprzedajnych kobiet wpadły tutaj jak szarańcza podczas plag egipskich. Gdy zbraknie im pieniędzy, apostołowie ci sprzedadzą wam relikwie Pańskie, chustę świętej Weroniki, strzępek szaty Jezusa, a nawet kroplę krwi jako rzeczy mogące zdziałać cuda. Bracia w Chrystusie, powiadam wam, Pan Jezus został w chwili Wniebowstąpienia zabrany z ziemi całym ciałem i duszą, nie zostawił więc po sobie nic doczesnego. Pomyślcie o słowach Pana: „Błogosławieni, którzy nie widzieli, a uwierzyli". Hańba tym, którzy z waszej ślepoty czynią sobie zyskowny interes!

– Hańba im!
– Tak, hańba klechom!

Kilkuset słuchaczy, wśród nich Afra, zaczęło naraz jednogłośnie skandować:

– Hańba klechom!

Ledwie tłum się uciszył, a jakiś młody dominikanin ze świeżą, bladą tonsurą podniósł groźnie pięść i zawołał:

– A wy, magistrze Hus? Czy wy sami nie jesteście z tych księżulków, co to się na wszystkich dorabiają majątku? Kimś, kto każe sobie płacić za każde duchowe wsparcie, za każde błogosławieństwo, a nawet za ostatnie namaszczenie?

Na placu zaległa cisza, a wszystkie oczy zwróciły się na Jana Husa, który nagle wrzasnął:

– Ty podły dominikaninie, zastanów się, zanim postanowisz pierwszy rzucić kamieniem! Czy to nie jeden z twoich współbraci niedawno w kościele zrobił dziecko pewnej zacnej kobiecie i z tego powodu trzeba było ponownie wyświęcać dom Pański?

Słuchacze wrzeszczeli z radości, ale Hus przerwał te krzyki:

– Nie kryję, że zostałem księdzem, żeby mieć pewne utrzymanie do końca życia, dobrze się ubierać i zdobyć uznanie wśród prostego ludu.

Odpowiedziały mu pojedyncze pomruki.

– Zanim jednak połamiecie na mnie kij, przyjmijcie do wiadomości, że wszystkie swoje dochody nauczyciela uniwersyteckiego i kaznodziei rozdaję ubogim i potrzebującym. Jeszcze żadna ladacznica nie wzbogaciła się na mnie, nie mówiąc już o nowicjuszach. Ale... – Hus wskazał palcem na mnicha dominikanina. – Może zadacie kiedyś to pytanie papieżowi rzymskiemu. Z pewnością udzieli na nie bardziej interesującej odpowiedzi niż ja.

Hus zakończył przemowę energicznym: „Amen". Otoczony zwolennikami i liczną świtą odszedł w kierunku Paulsgasse, gdzie, jak mówiono, zajmował umeblowany pokój u wdowy Fidy Pfister.

– Papież! Jego Świątobliwość!

Lotem błyskawicy rozeszła się wieść, że Jan XXIII i jego orszak, przybywający od strony klasztoru Kreuzlingen, w końcu dotarł do południowej bramy miejskiej. *Pontifex* wyruszył na początku października w otoczeniu setek dworzan, kardynałów, arcybiskupów, opatów i prałatów, z których pięćdziesięciu mianował dopiero w trakcie tej długiej podróży, a wybrał trasę przez Bolonię, Ferrarę, Weronę i Trydent. W Meranie przyjął go książę Fryderyk Austriacki, po czym przeprowadził papieża przez przełęcz Brenner i przez Arlberg aż do Jeziora Bodeńskiego.

Papież Jan miał więcej wrogów niż jakikolwiek książę w Europie, cenił więc sobie uzbrojoną eskortę. We własnej bulli mianował dzielnego Austriaka za jego służbę podczas podróży generałem-kapitanem Kościoła rzymskiego, co było wprawdzie bezsensownym, ale bądź co bądź intratnym tytułem związanym z dożywotnią pensją roczną wynoszącą sześć tysięcy guldenów.

Papież Jan XXIII, człowiek niskiego wzrostu o ciele tłustym i gąbczastym, ukrywający łysinę pod białym czepkiem, którego, jak głosiła plotka, nie zdejmował nawet podczas nocnych swawoli z damami, chyba że zmieniał go na okazałą mitrę, przybywał z mieszanymi uczuciami do Konstancji. Na próżno usiłował zwołać sobór w innym mieście. Konstancja była jedynym miejscem chrześcijańskiego świata zachodniego, na które zgodziły się pozostałe zaproszone strony.

Niewiele brakowało, a ten strasznie zabobonny *pontifex* tuż przed dotarciem do celu zrezygnowałby z dalszej podróży, gdyż jego powóz przewrócił się na krętych ścieżkach przełęczy Arlberg i Jego Świątobliwość wpadła głową w błoto. Papież Jan zinterpretował to jako znak ostrzegawczy i trzeba było zdecydowanych, bardzo pobożnych słów towarzyszących mu kardynałów i dworzan, aby, oczyszczony z brudu, kontynuował podróż.

Również widok ciężko uzbrojonych lancknechtów, ustawionych dla jego ochrony na murach miasta, dachach domów i wieżach, nie załagodził głębokiej nieufności towarzyszącej papieżowi przez całą drogę. Do ostatniej chwili upierał się, że wjedzie do Konstancji w powozie z zaciągniętymi zasłonami. Kiedy jednak ujrzał złoty baldachim i okazałego siwka, które rajcy miejscy wysłali na jego powitanie, zwyciężyła próżność Jego Świątobliwości i Jan XXIII wolał jednak wjechać przez bramę miejską pod złotym dachem i na lśniącym bielą koniu.

Już podczas ustawiania się pod Kreuzlinger Tor doszło między kościelnymi hierarchami i świeckimi dostojnikami do przepychanek, kto ma zająć jakie miejsce, ponieważ obecni już w Konstancji biskupi oraz królewscy i książęcy posłowie rościli sobie prawo do pierwszeństwa wobec dworzan i duchownych z orszaku papieskiego.

Przede wszystkim biskupi – w liczbie kilkuset – mogli się spodziewać lekceważenia, a nawet pogardy ze strony szacownych dostojników. W końcu było tajemnicą poliszynela, że papież Jan rozdaje urzędy i godności według własnego widzimisię i niejeden rajfur lub łajdak mieni się odtąd ordynariuszem biskupstwa, które nie jest znane nawet Duchowi Świętemu, bo w ogóle nie istnieje.

Pietro de Tortosa, specjalny wysłannik króla Neapolu, wdał się z papieskim mistrzem ceremonii i tytularnym arcybiskupem z Santa Eulalia w głośną dysputę na temat kwestii, kto ma prawo pierwszeństwa w tym uroczystym pochodzie – czy przypada ono błogosławionym koniom Jego Świątobliwości, czy też świeckim posłom. Pytanie, komu należy się więcej czci, rzymskokatolickiej szkapinie czy cudzoziemskiemu dyplomacie, rozpaliło umysły do czerwoności, co natychmiast spowodowało powstanie trzech stronnictw, przy czym Francuzi zażądali, żeby ten punkt sporny znalazł się na porządku dziennym soboru.

W zgiełku wielu głosów i języków używano również łaciny przetykanej najrozmaitszym cudzoziemskim słownictwem, ponieważ żaden słownik łaciny kościelnej nie znał wyrazów: „dureń", „idiota" czy „skurwysyn". Łacina była zresztą w czasie soboru najczęściej używanym językiem. To nie znaczy, że panowie klerycy tak dobrze ją znali, z pewnością nie, ale ich łacina nadal brzmiała bardziej zrozumiale niż cierpki angielski, hiszpańska czy włoska śpiewność z tamtych czasów, nie mówiąc już o gardłowym bełkocie niemieckim.

Spór o porządek wjazdu do Konstancji skończył się wreszcie jak w Pierwszej Księdze Królewskiej salomonowym wyrokiem: każdy, czy to koń, czy arcybiskup, pałacowy prałat czy poseł, ma ustawić się w pochodzie tam, gdzie chce. Tak się też stało.

Z murów bramy miejskiej rozległy się trąby. Dobosze nadawali rytm krokom. Chór szedł przodem, śpiewając *Te Deum* czystymi jak dzwon głosami. Papież o bladej cerze i wystraszonym spojrzeniu, jakie wyzierało spod białego czepka, w tym zgiełku z trudem utrzymywał na wodzy swojego siwka. Czasami podawał komuś z tłumu do pocałunku umocowaną na kiju rzeźbioną dłoń, tylko nieliczni dawali jednak posłuch życzeniu Jego Świątobliwości.

Mieszkańcy Konstancji zachowywali się wobec papieża rzymskiego dosyć powściągliwie. Wypatrywali go z ciekawością, tłoczący się ludzie wisieli w oknach – każdy chciał zobaczyć *pontifeksa*, którego poprzedzała taka straszna sława. Prawie nie było słychać jednak oklasków czy innych przejawów czci. Miejscami pochód, zmierzający w stronę placu katedralnego, przypominał niezwykle barwny pogrzeb.

Dużo większe zainteresowanie niż sam papież rzymski wzbudzał, przynajmniej wśród panien z miasta, orszak papieski – pałacowi prałaci, sekretarze apostolscy i chwaccy giermkowie, którzy, podobnie jak ich panowie, bardziej cieszyli się sławą ludzi nieprzyzwoitych niż pobożnych. Nagle Konstancja zmieniła się w coś w rodzaju raju – raju dla kobiet, inaczej bowiem niż w całej Rzeszy, gdzie wyraźnie kobiet było więcej, w Konstancji w czasie soboru na dziesięciu mężów przypadała zaledwie jedna.

– *Tu est Pontifex, Pontifex Maximus* – rozlegały się okrzyki na uliczkach miasta i gdy niebo nad Konstancją się ściemniło i czarne chmury zaczęły przetaczać się nad dachami domów, stu diakonów o mlecznych twarzach, którzy towarzyszyli procesji, wymachiwało trybularzami, spowijając uliczki żrącym dymem kadzideł, jakby chcieli wypędzić nimi diabła nawet z najodleglejszych zakamarków.

W takim małym mieście, jak Konstancja, nie dało się uciec od wydarzeń związanych z soborem. Również Afra nie mogła stać na uboczu, chociaż po rozmowie z Amandusem myślała o czymś zupełnie innym. Na Pfeffergasse zajęła miejsce w czwartym rzędzie, aby ujrzeć na własne oczy, jak papież Jan XXIII i uczestnicy soboru ze wszystkich części świata zachodniego ciągną do katedry.

Idący chór powtarzał raz po raz piskliwymi głosami: *Tu est Pontifex, Pontifex Maximus*, aby nawet pies z kulawą nogą nie miał wątpliwości, kto pod złotym baldachimem wjeżdża do miasta na okazałym białym koniu. Ustawieni po obu stronach przejścia giermkowie byli ubrani w białe rajtuzy sięgające po talię i krótkie kaftany z szerokimi rękawami. Z uduchowionym wzrokiem wymachiwali liśćmi palmowymi, jak niegdyś, gdy Jezus wkraczał do Jerozolimy.

Papież Jan posępnie wyglądał zza kadzidlanego obłoku dymu. Jego postawa zdradzała strach przed zamachem. Czuł go nie tylko dlatego, że od dawna sami Niemcy wydawali mu się podejrzani. *Pontifex* miał wystarczająco wielu wrogów, którzy wysłali swoje poselstwa do Konstancji. Tylko raz jego twarz rozjaśnił szczery uśmiech, gdy jadąc na koniu, dostrzegł całą gromadę wysztafirowanych ladacznic, które prezentowały mu głęboko wycięte dekolty. Papież Jan z radością przyjmował ten grzeszny widok i stworzonej przez Boga rozpuście udzielał swojego apostolskiego błogosławieństwa.

To trzęsące się papieżątko na wielokrotnie błogosławionym białym koniu wywoływało w Afrze prawie współczucie. Jego powierzchowność stała w jaskrawym przeciwieństwie do poprzedzającej go sławy. W tłumie było słychać pojedyncze oklaski. Afra należała do tych, którzy w milczeniu obserwowali wydarzenia. Los chciał, że ponury wzrok papieża i jej spojrzenie spotkały się i przez chwilę wzajemnie na sobie zawisły. Jedno pytające: „Dlaczego nie bijesz mi braw?", drugie udzielające przekornej odpowiedzi: „Dlaczego miałabym to robić?". Zanim jednak Afra się zorientowała, papież pojechał dalej.

Między papieżem a podążającymi za nim uczestnikami soboru utworzył się spory odstęp, co pozwalało na chwilę rzucić okiem na widzów po drugiej stronie ulicy. Na początku Afrze wydawało się, że ją wzrok myli. Nazbyt często myślała ostatnio o Ulryku von Ensingenie. Bardzo żałowała tego, co między nimi zaszło, jeszcze bardziej zaś od czasu, kiedy Villanovus wspomniał, że architekt bawi w Konstancji i że nie ma nic wspólnego z odszczepieńcami. Oczywiście wspomnienie o wspólnie spędzonych chwilach zblakło w ostatnich miesiącach niczym dąb w jesiennej mgle. Jeśli jednak miała być szczera, to nadal czuła, że pragnie Ulryka. Teraz stał tam, nawet bliżej niż na odległość rzutu kamieniem. Nie było wątpliwości, że to Ulryk von Ensingen!

Zupełnie nie wiedząc, jak się zachować, nie spuszczała z niego oczu. Spotkanie to wywołało w niej uczucie szczęścia połączone jednak z niepewnością, która uniemożliwiała jej zrobienie pierwszego kroku. Wspomnienie miłości i namiętności sprawiło w końcu, że zapomniała o swoich obawach. Nieśmiało wyciągnęła rękę i zawstydzona przelotnie skinęła budowniczemu katedr.

Zdarzyło się jednak coś niepojętego – jej gest nie został odwzajemniony. Wydawało się, że stojący naprzeciw mężczyzna patrzy na wskroś przez nią. Na pewno zauważył przecież ją i jej pozdrowienie! Afra chciała zawołać, zanim się jednak na to zdecydowała, widok zasłonili jej kolejni uczestnicy soboru, barwna grupa ludzi w zbytkownych, czasami nawet przesadnie kosztownych szatach, w asyście trębaczy i doboszy. Giermkowie nieśli przed swoimi panami herby i nazwiska, które w czasie ich pobytu w Konstancji miały zdobić domy, gdzie wynajmowali kwatery.

Szedł tam też w pierwszym rzędzie Pietro de Tortosa, specjalny wysłannik króla Neapolu, z pewnością zagorzały wróg papieża od chwili, gdy król wygnał Jana z Rzymu. Obok niego podążał biskup Monte Cassino Peloso, który mimo najlepszej woli nie umiał wyjaśnić, gdzie można znaleźć jego biskupstwo, a także poseł doży weneckiego, arcybiskup od świętego Andrzeja i poseł króla Szkocji, paradujący w podkolanówkach i czerwonej spódniczce do kolan. Za nimi biskup Cappacio z biskupem Astorgi, za którym znów podążał poseł króla i królowej Hiszpanii. Hrabiemu von Venafro towarzyszył z kolei sekretarz apostolski, podający się równocześnie za biskupa Cotrone. Ręka w rękę kroczyli pałacowy prałat apostolski z biskupem Badajozy, dość charakterystyczną postacią z długimi czarnymi włosami. Jego herb, największy ze wszystkich, ukazywał arcybiskupa Tarragony jako gubernatora Rzymu, za którym, po jego lewicy, nieomal znikał niski wzrostem arcybiskup Sagunt. Jako poseł króla Francji pojawił się teraz opat Saint Antoine z Vienne. W długiej, ciasno przylegającej fioletowej szacie i w trzewikach na wysokich obcasach szedł ruchem tanecznym niczym koń cyrkowy, usiłując nie przewrócić się na surowym bruku Konstancji. On i biskup Acerenzy, który wiódł ze sobą pewnego nowicjusza, zatroskany o jego duchowe zbawienie, wywoływali ciągły i absolutnie niestosowny w tych okolicznościach śmiech u podążającego za nimi hrabiego Palongi, Conzy i Palene oraz u księcia Graviny, którzy tworzyli własny szereg i wyróżniali się wytwornym, ciemnym ubraniem z aksamitu. Głośno i tak, że każdy to słyszał, sprzeczali się, krocząc za nimi, poseł księcia Mediolanu i poseł florencki, a spór wiedli o to, komu, jeżeli ich panowie pojawią się we własnych osobach na soborze, będzie się należało pierwszeństwo. Kiedy zaś po pokonaniu pół mili w pochodzie nie mogli się co do tego zgodzić, obaj postanowili, że będzie lepiej, jeśli każdy z nich włączy się w innym miejscu do tej procesji. Spór, którego powód był bliżej nieznany, toczyli również arcybiskup Acerenzy i Latery oraz uroczyście ubrany kleryk w wyszywanych złotem paramentach, właśnie jednak na Pfeffergasse, na oczach Afry wzburzony arcybiskup zdarł z niego ów paradny strój, a godny pożałowania kleryk został jedynie w komży, co dla niego oznaczało tyle co nagość, zaczął też deptać liturgiczne szaty, jakby musiał rozgnieść łeb żmii.

Zmierzający na plac katedralny pochód utknął w miejscu, Afra wykorzystała więc okazję, żeby przecisnąć się przez pierwsze rzędy na drugą stronę ulicy. Tam na próżno wypatrywała Ulryka von Ensingena. Budowniczy katedr zniknął!

Zmieszana pobiegła w stronę Fischmarktgasse, do domu, w którym mieszkała. Cały sobór, papież rzymski i wszyscy posłowie świata zachodniego stali się jej naraz obojętni. Przez kilka chwil myślała, że wszystkie jej sprawy zostaną korzystnie rozstrzygnięte. Teraz złościła się sama na siebie za własną głupotę. Nic nie mogło wymazać przeszłości, oboje niczym się nie obdarowali. Niewątpliwie Afra swoim zachowaniem wyrządziła Ulrykowi krzywdę. Ale przecież i on zachował się nie najlepiej wobec niej w Strasburgu.

Myśli kotłowały się w głowie dziewczyny. Była absolutnie pewna, że Ulryk ją rozpoznał. Im dłużej jednak rozmyślała nad tym, dlaczego przed nią uciekł, tym wyraźniej lęgła się w jej głowie straszliwa myśl: „Ulryk ma inną kobietę!".

Afra pomyślała, że przecież nikt nie może mieć o to do niego pretensji, bo ich rozstanie nie pozwalało żywić nadziei, że jeszcze kiedykolwiek się pogodzą. Wydawało jej się jednak, że Ulryk znajdzie w sobie tyle odwagi, żeby powiedzieć jej prawdę. On zaś tymczasem uciekł cichaczem, zaparł się jak Piotr, który zaprzeczył, że kiedykolwiek znał Pana Jezusa!

Piskliwe głosy chóru prześladowały Afrę aż do Fischmarktgasse. Przed Wysokim Domem mistrza Pfefferharta czekał jakiś mężczyzna o ujmującej powierzchowności, ktoś, kto obszerną czarną pelerynę nosił nie z powodu zimna, ale na znak swojej akademickiej godności.

Afra przeczuwała coś złego i chciała zawrócić, gdy nieznajomy podszedł do niej i w szybkich słowach powiedział:

– To wy z pewnością jesteście żoną posła z Neapolu. Ja jestem Jan von Reinstein, uczony, przyjaciel i sługa mojego pana Jana Husa z Czech.

Zanim jeszcze Afra zdołała sprostować tę pomyłkę, Reinstein, którego potok słów mogły zatrzymać tylko jego własne myśli, ciągnął dalej:

– Magister Hus przysyła mnie, abym uzgodnił termin rozmowy z *messerem* Pietrem de Tortosą. Jan Hus potrzebuje wsparcia posła przeciw papieżowi rzymskiemu. Jesteście przecież jego żoną?

– Na Przenajświętszą Panienkę, nie, ale przecież nie pozwalacie mi dojść do słowa! – odparła Afra w chwili przerwy, która posłużyła nieznajomemu do wzięcia oddechu.

– Ale mieszkacie tutaj, w Wysokim Domu mistrza Pfefferharta, gdzie poseł króla Neapolu wynajął kwaterę.

– To oczywiście prawda, ale poza wspólną podróżą nic mnie nie łączy z Pietrem de Tortosą. Nazywam się Gizela Kuchlerowa i jestem tu przejazdem.

Ta informacja sprawiła, że czeski uczony na chwilę zamilkł. Przy tym mierzył Afrę krytycznym wzrokiem, ale bez natarczywości.

Właściwie zostało powiedziane wszystko, co należało w tej sytuacji powiedzieć, gdy naraz Afrę olśniła pewna myśl. Myśl, która miała wszystko zmienić.

– Jesteście przyjacielem magistra Husa? – zaczęła ostrożnie.

– Tak mnie w każdym razie nazywają, to pewne.

Afra w zamyśleniu przygryzała dolną wargę.

– Słyszałam jego mowę. Od słów magistra Husa ciarki chodziły po skórze. To nieustraszony człowiek. Trzeba wiele odwagi, żeby wejść w spór z papieżem i klerem całego świata zachodniego. Innych ludzi z błahszych powodów skazywano za herezję.

– Ale Hus ma rację! Kościół, nasza święta Matka, zszedł na psy. Hus nieraz już głosił, że zaakceptuje każdą karę, jeśli herezja zostanie mu dowiedziona. Do tej pory nikomu się to nie udało. A więc wasza troska, piękna pani, jest nieuzasadniona. Ale widzę po was, że coś wam leży na sercu.

– Hus jest mądrym człowiekiem, znającym prawa Kościoła – zaczęła Afra ceremonialnie. A potem dodała: – Jestem w posiadaniu pewnego dokumentu, który, jak się zdaje, ma ogromne znaczenie dla papieża i Kościoła. W każdym razie już wielu ludzi próbowało zdobyć ten pergamin. Jego znaczenie po dziś dzień jest jednak dla mnie niejasne. Tymczasem dwa słowa z tekstu zapisanego na tym pergaminie przyprawiają pewne osoby o niesłychane wzburzenie.

– Jakie to słowa?
– CONSTITUTUM CONSTANTINI.

Jan von Reinstein, który do tej pory słuchał słów Afry raczej z dystansem, zdawał się nagle płomiennie zainteresowany.

– Powiedzieliście CONSTITUTUM CONSTANTINI?
– Tak powiedziałam.
– Wybaczcie, że spytam wprost. – Reinstein znów zaczął mówić bardzo szybko. – Jak właściwie weszliście w posiadanie tego dokumentu? Czy macie ten pergamin przy sobie? I bylibyście gotowi go nam pokazać?

– To są trzy pytania naraz – roześmiała się Afra. – Zostawił mi ten dokument ojciec, nadmieniając, że jest on wart majątek. To też jest powód, dla którego nie noszę go przy sobie. Znajduje się jednak w bezpiecznym miejscu tutaj, w mieście. A jeśli chodzi o wasze ostatnie pytanie, to byłby to dla mnie wielki zaszczyt, gdyby magister Hus go przeczytał. Mogę wam chyba zaufać?

Czeski uczony uniósł obie ręce i powiedział uspokajająco:

– Na świętego Wacława, odgryzłbym sobie język, zanim choćby jedno słowo w tej sprawie przeszłoby mi przez usta! Jeśli to wam jednak odpowiada, możecie jutro po dzwonach na Anioł Pański złożyć wizytę magistrowi Husowi. Mamy kwaterę u wdowy Fidy Pfister na Paulsgasse.

– Wiem – odparła Afra. – Całe miasto o tym mówi. Podobno nawet zwolennicy Husa oblegają dom i nie odchodzą, dopóki magister nie pokaże się w oknie.

Reinstein wywrócił oczyma, jakby chciał powiedzieć: „Co robić?". Ale potem rzekł:

– Zdumiewające, jak szybko jego nauki rozprzestrzeniły się po Niemczech. Byłoby lepiej, gdybyście nie wchodzili do domu wdowy Pfisterowej frontowymi drzwiami. Dom ma również wejście od tyłu, z Gewürzgasse. Tamtędy, nie budząc zainteresowania, możecie dostać się do środka. A jeśli chodzi o posła neapolitańskiego, spytajcie go, czy magister Hus mógłby się z nim spotkać?

Afra obiecała spełnić tę prośbę, chociaż myślami była daleko stąd. Wprawdzie jeszcze nigdy nie zamieniła ani słowa z Janem Husem, ale jego mowa na rynku natchnęła ją ufnością.

Kiedy uczony się oddalił, dziewczyna udała się po pergamin do kantorzysty Pileusa na Brückengasse. Następnie ukryła go w stałej kryjówce w staniku. Przed wyjściem z domu kantorzysty rozejrzała się na wszystkie strony, czy ktoś jej nie obserwuje. Dopiero później ruszyła na Fischmarktgasse.

Mniej więcej w połowie drogi zaczął padać deszcz. Lodowaty wicher smagał czarne chmury, pędząc je przed siebie, Afra znalazła więc schronienie pod daszkiem jakiegoś domu, gdzie schowali się już także inni ludzie. Grube krople bębniły o niski dach gontowy. Dziewczyna trzęsła się z zimna.

Musiała chyba przedstawiać sobą żałosny widok, bo nagle i niespodziewanie poczuła na ramionach dwie ręce, które okryły ją peleryną, chroniąc przed zimnem i wilgocią.

– Drżycie jak osika – usłyszała miły głos.

Afra się odwróciła.

– Nic dziwnego przy tym zimnie! – Urwała. – Czy nie jesteście tym połykaczem ognia, który wykonuje tysiące sztuczek?

– A wy nie jesteście tą panienką, która uciekła w szczytowym punkcie mojego popisu?

– Zauważyliście to?

– Musicie wiedzieć, że artyści to wrażliwi ludzie. A dla kuglarza nie ma większej obrazy, niż gdy publiczność opuszcza przedstawienie przed końcem występu.
– Wybaczcie, nie chciałam was zranić!
Połykacz ognia wzruszył ramionami.
– Już dobrze.
– Jak mogę to naprawić? – zapytała Afra, śmiejąc się.
– A co proponujecie?
Młodzieniec stanął przed nią i przyciągnął do siebie wstążki kołnierza peleryny.
„Jaki on piękny – pomyślała Afra. – I jaki młody". Ogarnęło ją to samo ciepłe uczucie, którego doznała podczas ich pierwszego spotkania.
– Nie wiem – odparła nieśmiało jak mała dziewczynka.
„Dziwne – przemknęło jej przez myśl. – Od czasów dzieciństwa całkowicie zapomniała, że istnieją takie uczucia, jak wstyd, nieśmiałość i zażenowanie. A teraz, po wszystkim, co przeżyła, nagle obudziła się w niej nieśmiałość. I to na widok młodzieńca".
Teraz i Afra poczuła, że drży na całym ciele, nie wiedziała jednak, czy to od zimna, czy też od bliskości młodego mężczyzny. W każdym razie poczuła wdzięczność, gdy połykacz ognia przytulił się do niej, aby ją ogrzać.
– Nazywają mnie Ognistym Jakubem – zauważył młodzieniec i puścił do niej oczko.
– Afra – odpowiedziała dziewczyna, która nie widziała powodu, żeby dalej ciągnąć z pięknym młodzieńcem tę zabawę w chowanego. – Zdaje mi się, że w ogóle nie boicie się ognia! – zauważyła dwuznacznie.
Wydawało się, że Ognisty Jakub w ogóle nie zwrócił uwagi na tę aluzję, bo odpowiedział:
– Nie, ogień to żywioł, jak powietrze, woda i ziemia, i jako taki nie budzi lęku. Należy tylko umieć właściwie korzystać z żywiołów. Weźcie wodę. Może być niebezpieczna,

nietrudno w niej utonąć. Z drugiej strony jednak jest też konieczna do życia. Tak samo jest z ogniem. Wielu ludzi upatruje w ogniu niebezpieczeństwa. A przecież jest równie konieczny do życia jak woda. Przede wszystkim w taki dzień jak dzisiaj. Chodźcie!

Deszcz ustał. Jakub popchnął Afrę w stronę kanonii.

– Tam stoi mój wóz, a w środku strzela wesoły ogieniek. Ciepło dobrze wam zrobi.

Afra dziwiła się, z jaką oczywistością traktował ją ów młodzieniec, ale także temu, z jaką oczywistością za nim podążyła.

Kanonia składała się z kilku budynków zachodzących na siebie pudełkowo. W rogu naprzeciw kościoła Świętego Jonatana rozstawili wozy kuglarze, przegnani poprzedniego dnia z dawnego, stałego miejsca. Przywykli do takiego traktowania. Lud ich lubił, bo wnosili urozmaicenie do smutnej codzienności, ale zwierzchność była wobec nich nieufna lub w ogóle im przeciwna.

– Tu mieszkam, wolny jak ptak – powiedział Jakub, robiąc zapraszający gest ręką.

Przed zewnętrznym murem pozbawionego okien budynku obozowały trzy kolorowo pomalowane wozy aktorów wędrownej trupy i jeden wóz z okratowaną klatką, po której niespokojnie tam i z powrotem człapał niedźwiedź. Wozy miały tylko dwa wysokie koła i dwa dyszle, za które ręka ludzka prowadziła je przez kraj.

Na jednym z wozów widniał napis OGNISTY JAKUB. Pojazd miał z boku maleńkie okno, a z tyłu wąskie drzwi, do których prowadziły rozkładane schodki. Na przedzie była umocowana pionowa rura, z której dobywały się kłęby ciemnego dymu.

– Nieszczególnie wystawnie, ale ciepło, przytulnie i sucho – powiedział Jakub i otworzył drzwi do swojego ruchomego domostwa.

Afra zdumiała się, widząc, że na tak niewielkiej przestrzeni można zmieścić tyle rzeczy: piec, łóżko, stół, wieszak na ubrania, i skrzynię obok okna. Kuglarz nie potrzebował niczego więcej. Afra jeszcze nigdy nie widziała wozu cyrkowego od środka. Zdjęła pelerynę, którą Jakub narzucił jej na ramiona i rozkoszowała się miłym ciepłem w tym maleńkim pomieszczeniu. Już dawno nie czuła się tak bezpieczna i chroniona.

– O czym myślicie? – zapytał Jakub, który już od pewnego czasu przyglądał się Afrze w milczeniu.

Dziewczyna się roześmiała.

– Jeśli wam to powiem, pomyślicie, że zwariowałam.

– Dlaczego? Zaciekawiacie mnie.

– Myślałam sobie właśnie, że to musi być coś cudownego, tak podróżować wozem cyrkowym przez kraj, zatrzymywać się tam, gdzie się człowiekowi żywnie podoba, a poza tym wyrzec się Boga i świata. Najchętniej pojechałabym razem z wami.

Młody połykacz ognia z zaniepokojeniem spojrzał Afrze w oczy, a potem odparł z wahaniem:

– Co wam w tym przeszkadza? Czy jesteś, pani, obiecana jakiemuś mężczyźnie, który na ciebie czeka, a może masz inne zobowiązania?

Afra zacisnęła wargi i bez słowa potrząsnęła głową.

– Dlaczego się więc ociągacie? Z mojej sztuki wyżywi się i dwoje. Zarabiam nieźle, chociaż mój wóz każe się domyślać czegoś raczej wręcz przeciwnego. Ale w czasach tak kiepskich, jak te, ludzie częściej szukają rozrywki niż w czasach dobrobytu. Nie wolno nam zostać tu dłużej niż tydzień, później wydalą nas z miasta. Tak to już jest z nami, kuglarzami. Macie więc jeszcze pięć dni, żeby się nad tym zastanowić.

Afra uśmiechnęła się szelmowsko pod nosem. Później sama nie umiała powiedzieć, co nią powodowało, że tak się zachowała. Jasne, miała przemoczone ubranie. Ale czy to usprawiedliwiało obnażenie się przed młodzieńcem? Czy nie był to raczej impuls albo wyobrażenie, że uwodzi młodzieńca, który może jeszcze nigdy nie spał z kobietą?

Jakby to było samo przez się zrozumiałe, Afra zdjęła suknię i rozwiesiła ją do wyschnięcia na oparciu krzesła. Później podeszła do Jakuba, który speszony siedział na brzegu łóżka i wielkimi oczami wpatrywał się w jej pępek. Wreszcie podniósł wzrok i zapytał:

– Co to za pierścień, który nosicie na szyi?

Afra dotknęła klejnotu wiszącego na skórzanej taśmie i przycisnęła go do piersi.

– Talizman, na szczęście. Dostałam go w prezencie.

Pożądliwie chwyciła chłopca za bujne włosy i przycisnęła jego głowę do swojego ciała. Jakub nie śmiał się poruszyć. Owinął ręce wokół jej bioder. I trwali tak kilka chwil w serdecznym uścisku.

– Ile masz lat? – zapytała w końcu Afra.

– Wiem – odparł Jakub, przy czym jego głos zabrzmiał nieomal płaczliwie. – Jestem za młody dla takiej kobiety jak wy! Tak przecież myślicie, prawda?

– Bzdura. Na miłość człowiek nie jest ani za młody, ani za stary.

– Dlaczego więc pytacie o mój wiek?

– Tak sobie. – Afra poczuła, jego język na brzuch. Nieopisane uczucie, które po dziś dzień kryło się przed nią w błogim cieple wozu cyrkowego. – Tak sobie – powtórzyła, starając się nie dać po sobie zauważyć ogromnego podniecenia. – Albo wyglądasz na młodszego, niż jesteś, albo też los zmusił cię do życia w sytuacji, która w żadnym razie nie przystoi chłopcu w twoim wieku.

Jakub podniósł głowę.

– Wydaje mi się, że macie szósty zmysł. Ale może i to, i to jest słuszne. Mój ojciec był linoskoczkiem, podobnie też matka. Ich sława sięgała daleko poza granice kraju. Żadna wieża kościelna nie była dla nich za wysoka, żadna rzeka za szeroka, żeby nie pokonali ich, poruszając się we dwoje po chwiejnej linie. To, co wyglądało na takie oczywiste, było jedynie walką ze strachem. Oboje potwornie bali się liny. Ale ta umiejętność dawała im utrzymanie. Pewnego dnia zdarzyło się nieszczęście. Rozwiązał się supeł liny rozpiętej na połowie wysokości katedry w Ulm. Rozwiązał się supeł, a ojciec i matka runęli na ziemię.

– Jakie to straszne. – Afra patrzyła w jego wilgotne oczy. Naga usiadła okrakiem na jego kolanach i całowała go po skroniach. Jakub przytulił się czule jak dziecko do jej piersi.

– Tak więc z dnia na dzień musiałeś zacząć sam zarabiać na swoje życie…

– Ojciec już od najwcześniejszego dzieciństwa zabronił mi chodzić po linie. Nauczył mnie, jak obchodzić się z ogniem. Mawiał, że błąd, który popełni się z ogniem, można naprawić, natomiast błąd na linie jest zawsze ostatni. Ileż miał racji.

Afra delikatnie przesunęła ręką po włosach chłopca. Jego smutek do głębi ją poruszył. A mimo to wahała się, czy ulec naglącemu pożądaniu. Zamiast szeptać pięknemu młodzieńcowi miłosne słówka, zamiast zawładnąć jego męskością i uczynić go sobie uległym, zapytała zakłopotana:

– Chyba bardzo kochałeś ojca i matkę?

Ledwie wymówiła to zdanie, uświadomiła sobie, jak głupio się zachowała. Przecież chłopiec, nie zadając zbędnych pytań, czekał tylko na to, żeby ona, starsza i doświadczona, wyszła mu naprzeciw, narzuciła mu się i – jeśli to konieczne – wprowadziła w miłosne arkana. Ale nie to miało się wydarzyć. Stało się coś zupełnie przeciwnego.

– Bardzo ich kochałem – odparł chłopiec – chociaż wcale nie byli moimi prawdziwymi rodzicami.

– Nie byli prawdziwymi rodzicami? Co to ma znaczyć?

– Ja jestem, jak to się nazywa, znajdą. Porzuconym w lesie wśród pachnących grzybów. Ojciec opowiadał, że były to bedłki. I dlatego wcale nie wołali na mnie „Jakub", które to imię dostałem na chrzcie, lecz „Bedłka".

– Bedłka – powtórzyła Afra bezbarwnie. I nagle zapach tych grzybów uderzył ją w nozdrza. Pojawił się w jednej chwili. Potrzebowała wielu lat, żeby wyprzeć z pamięci ostre wyziewy grzybów o żółtych blaszkach. Za każdym razem, gdy ten zapach zaczynał nią władać, wywoływał przykre wspomnienia. Wtedy wdychała delikatną woń bujnych kwiatów polnych albo wąchała morowy odór gnoju końskiego – tylko po to, aby wymazać z pamięci tamto straszliwe wydarzenie. I któregoś dnia, po wielu latach, wreszcie się to jej udało.

Teraz jednak zapach bedłek znów się ujawnił, a wraz z nim wróciła pamięć tamtego dnia. Poczuła mokry mech pod gołymi stopami, zobaczyła przed sobą pień świerka, o który oparła się, rodząc, a potem zakrwawioną grudkę na poszyciu leśnym. Ból ukłuł ją w trzewia, jak wówczas. Chciała krzyczeć, ale nie wydała z siebie głosu, niepewna, czy przeszłość rzeczywiście dogoniła ją w tak straszny sposób.

– Niech cię to nie zasmuca – szepnął Bedłka, którego uwadze nie uszła jej melancholia. – Nie wiodło mi się źle w życiu. Kto wie, jaki los stałby się moim udziałem przy prawdziwych rodzicach?

Chłopiec spojrzał na Afrę z uśmiechem. A potem nieśmiało pogładził jej piersi.

Jeszcze kilka chwil temu Afra byłaby się roztopiła pod wpływem tego delikatnego dotknięcia. Zbita jednak z tropu słowami Bedłki czuła, jak dostaje gęsiej skórki na plecach. Chciała nawet odepchnąć chłopca, uderzyć go w twarz, że ośmielił się ją uwieść. Ale nie uczyniła nic podobnego.

Przytłoczona chaotycznymi myślami i niezdolna do jakiegokolwiek działania, nieruchoma jak kamienny posąg, pozwoliła, żeby chłopiec ją zdobywał.

Nagle jednak schwyciła Bedłkę za lewą rękę i przytrzymała ją mocnym chwytem. Liczyła. Naliczyła pięć palców, jej straszliwe podejrzenie zaczęło się więc rozwiewać.

Już chciała się roześmiać, gdy Bedłka powiedział:

– Niech ci nie przeszkadza ta blizna na mojej ręce. Musisz wiedzieć, że przyszedłem na świat z sześcioma palcami u lewej ręki. A ponieważ to powszechnie jest tłumaczone jako znak nieszczęścia, a ja nie chciałem, żeby z powodu tej osobliwości szydzono ze mnie, poszukałem jakiegoś znachora, który siekierą odciął ten szósty palec. Byłbym się prawie wykrwawił, ale, jak widzisz, przeżyłem tę operację. Od tej pory noszę swój szósty palec ze sobą jako talizman. Chcesz go zobaczyć?

Afra zerwała się, jakby trafiła ją strzała. Twarz jej zbladła niczym woskowa świeca wielkanocna. Szybko porwała z krzesła na pół suchą suknię i naciągnęła ją przez głowę.

Bedłka, ciągle jeszcze siedząc na brzegu łóżka, patrzył na nią pytającym wzrokiem. Wreszcie spytał ze smutkiem w głosie:

– Teraz się mną pewnie brzydzisz? Skąd ten nagły pośpiech?

Afra nie słyszała żadnego z jego pytań. Czuła dławienie w gardle, przełknęła więc ślinę. Wreszcie stanęła przed chłopcem i powiedziała:

– Jak najszybciej powinniśmy zapomnieć o tym spotkaniu. Obiecujesz mi to? Nie możemy się nigdy więcej zobaczyć! Słyszysz? Nigdy więcej!

Ujęła głowę Bedłki w obie ręce. A potem pocałowała go w czoło i wybiegła na dwór.

Ze łzami w oczach przeszła przez kanonię. I wtedy usłyszała za sobą głos Bedłki.

– Afro, o czymś zapomniałaś!

Przestraszyła się, usłyszawszy swoje imię, które rozbrzmiało na placu. Odwróciła się.

Bedłka wymachiwał czymś nad głową. Był to pergamin! Przez chwilę Afra się wahała. Nie chciała już wracać. Nie chciała już mieć nic wspólnego z pergaminem ani z przeszłością.

Kiedy się jednak namyślała, Bedłka dogonił ją i wcisnął jej pergamin w dłoń.

– Dlaczego? – zapytał z wahaniem i spojrzał na nią przenikliwie, jakby z jej wilgotnych oczu mógł wyczytać odpowiedź.

Afra potrząsnęła przecząco głową.

– Dlaczego? – nalegał chłopiec.

– Wierz mi, tak będzie lepiej. – Wsunęła pergamin za stanik i wyciągnęła pierścień. Szybkim ruchem włożyła Jakubowi skórzaną tasiemkę na szyję. – Przyniesie ci szczęście – wyszeptała ze łzami. – I zawsze będzie ci mnie przypominał. Bądź pewien, że ja cię nigdy nie zapomnę.

Po raz ostatni spojrzała na syna. A potem odwróciła się i jak ścigane zwierzę pobiegła w kierunku Fischmarktgasse. Serce chciało jej wyskoczyć z piersi. Nie widziała ludzi, którzy, potrząsając głowami, odprowadzali ją spojrzeniami, nadaremnie wyglądając prześladowcy. W strasznym pomieszaniu Afra, jak ślepa, potrącała całkiem obce osoby. Gnała przed siebie, nie wiedząc dlaczego. Wstydziła się siebie – siebie i swojej przeszłości.

„Czy powinna była dać się Bedłce poznać?" Głos wewnętrzny mówił jej, że nie. Bedłka wiódł szczęśliwy żywot. Po co miała obarczać go swoją i jego przeszłością? Jeśli zachowa tę tajemnicę dla siebie, chłopiec nigdy się nie dowie, kim byli jego matka i ojciec. Czy tak nie będzie lepiej?

12. Garstka czarnego popiołu

Rok miał się ku końcowi i wcześnie zaczynało zmierzchać. Ze spelunek miejskich dobiegała wrzawa i śpiewy. Właściwymi beneficjentami soboru byli bowiem właściciele szynków. Gdy zapadał wieczór, w gospodach trudno było znaleźć miejsce siedzące, a miało to swoje przyczyny. Z konieczności, ale i przez wzgląd na własny zysk, nawet bardzo zacni mieszczanie wynajmowali łóżka dwa razy na dobę – od wieczora do północy i od północy do rana, tak że ludzie ciągle byli zmuszeni spędzać pół nocy w jednym z licznych szynków.

Błaźni, wędrowni artyści i śpiewacy umilali gościom czas. Ci zaś szczególnie upodobali sobie śpiewaków, którzy, grając na brzuchatych lutniach i grzechotkach, bawili lubiący sobie łyknąć ludek. Szczególnym wzięciem cieszył się niejaki Wenzel von Wenzelstein, czeski śpiewak, który z różnych przyczyn budził zainteresowanie: kalecząc język, śpiewał piosenki ze sprośnymi tekstami w rodzaju: „Dziewecki, dziewecki, myjcie pochewecki, inacej chłopocy nie spojzą wam w ocy!". Spory w karczmach kosztowały tego wędrownego śpiewaka jedno ucho i lewe oko. Można więc było powiedzieć o nim wszystko, tylko nie to, że grzeszy urodą. Idąc jednak za niewyjaśnionym prawem natury, zgodnie z którym brzydalom przypadają najpiękniejsze kobiety, Wenzlowi towarzyszyła

Lioba, orientalna piękność, która niekiedy tańczyła na stołach i – jak głosiły plotki – z lubością gubiła przy tym ubrania.

Wędrowni śpiewacy i aktorzy ciągnący przez miasto oferowali jednak jeszcze inną popłatną usługę. Przekazywali wieści w formie pisemnej i ustnej. Tak więc nie było przypadkiem, że Wenzel von Wenzelstein śpiewał przed drzwiami Afry, gdy załamana kobieta wracała od Bedłki. Nie zwróciła w ogóle uwagi na niepozornego mężczyznę ani na jego piękną towarzyszkę i już chciała chyłkiem przemknąć obok nich, gdy Wenzel przerwał grę na lutni i skierował do niej następujące słowa:

– To wy z pewnością jesteście Afra? Mam dla was wiadomość.

Afra ciągle jeszcze była pogrążona w myślach po spotkaniu z Bedłką. Wydawała się sobie pozbawiona godności i charakteru. Nie miała wcale ochoty zaznajamiać się z obcym śpiewakiem. Ale w tej samej chwili przemknęła jej przez głowę myśl: „Skąd on zna jej prawdziwe imię?".

I kiedy głowiła się nad tym, patrząc nieznajomemu w twarz i zastanawiając się, czy już go gdzieś nie spotkała, ten wytłumaczył sobie jej milczenie jako twierdzącą odpowiedź i ciągnął dalej:

– Przysyła mnie niejaki Ulryk von Ensingen, wytworny i ponadto wielkoduszny pan, co bynajmniej nie jest takie oczywiste w tych kręgach. Nawiasem mówiąc, ja nazywam się Wenzel von Wenzelstein, jeśli jeszcze o mnie nie słyszeliście.

Jednooki śpiewak zrobił coś w rodzaju ukłonu z szurnięciem nogą, co przy jego przesadzie i bezładnej powierzchowności wyglądało raczej komicznie. Na dodatek, gdy w tak przejaskrawiony sposób okazywał Afrze szacunek, jego lutnia wydała z siebie kilka fałszywych dźwięków, jakby Wenzel nadepnął kotu na ogon.

– Nie mam nic wspólnego z mistrzem Ulrykiem – odpowiedziała Afra bezradnie.

Czuła się zapędzona w kozi róg przez tego podejrzanego posłańca i podejrzewała, jak już czyniła to często i nie bez podstaw, że to jakaś pułapka.

— Mam przekazać — ciągnął Wenzel von Wenzelstein, raczej śpiewając, niż mówiąc — byście zechcieli wybaczyć mu jego zachowanie. Mistrz Ulryk jest obserwowany. Albo też szpiegują go pewni ludzie. Tak, tak właśnie się wyraził. Poza tym mam wam to przekazać.

Wenzel von Wenzelstein wyjął nieoczekiwanie z kieszeni jakiś papier, złożony na wielkość dłoni i trudno rozpoznawalny przed ponurym wejściem do domu.

— Gdybyście nie mieli nic przeciw temu, to mistrz Ulryk każe wam przekazać, że chciałby się z wami spotkać. Czas i miejsce poznacie z tego listu. Pozdrawia was Wenzel von Wenzelstein.

I zagadkowy posłaniec zniknął wraz ze swoją towarzyszką w ciemnościach.

Będąc u kresu sił, Afra poszła do swojej izby. Podekscytowana rozwinęła kartkę i przebiegła spojrzeniem delikatne litery. Widziała, jak ręce jej drżą.

W domu panował niepokój. Neapolitański specjalny wysłannik głośno ganił swojego sekretarza za jakieś trudne do zrozumienia zaniedbanie, a jego stangret i foryś zabawiali się głośno w towarzystwie dwóch cudzoziemskich ladacznic o donośnych głosach.

W życiu każdego człowieka są takie dni, że jedno wydarzenie goni drugie, a on sam nie ma na to wpływu. Dla Afry był to taki właśnie dzień. Położyła się już na spoczynek, niespokojna i pełna zmiennych myśli, gdy do drzwi zastukał mistrz Pfefferhart i zawołał szeptem:

— Wdowo Kuchlerowa, pod drzwiami stoi dwóch magistrów. Nie chcą zdradzić nazwisk. Mówią, że będziecie wiedzieli, o co chodzi. Czy mogę ich wpuścić do środka?

– Chwileczkę!

Afra wstała i otworzyła okno wychodzące na Fischmarktgasse. Przy drzwiach stali dwaj dobrze ubrani mężczyźni. Jeden miał kaptur naciągnięty głęboko na twarz, drugi pochodnię w ręce. Tego Afra rozpoznała natychmiast. Był to Jan von Reinstein.

– Wpuśćcie ich! – zawołała zza drzwi pokoju.

Pfefferhart się oddalił. Afra włożyła suknię. Nieco później rozległo się stukanie do drzwi.

– Mam nadzieję, że jeszcze nie leżeliście w łóżku – przytłumionym głosem przepraszał Jan von Reinstein – ale wasza opowieść o CONSTITUTUM CONSTANTINI nie daje spokoju mojemu przyjacielowi, magistrowi Husowi.

Towarzysz Reinsteina nawet się nie poruszył. Niemo patrzył w twarz Afry, która nagle pojęła, kto to. Magister Jan Hus.

– To wy? – wykrzyknęła zdumiona.

Hus zdjął kaptur i położył palec wskazujący na ustach.

– Będzie lepiej dla nas wszystkich, jeśli zataimy to spotkanie.

Ruchem ręki Afra poprosiła obu mężczyzn, aby weszli do środka. W jednej chwili się rozbudziła.

– Zrozumcie mnie dobrze – zaczął brodacz, kiedy już usiedli przy stoliku w niszy okiennej – nie chodzi mi o zawłaszczenie tego dokumentu, lecz wyłącznie o jego treść. Reinstein powiedział, że znajduje się on tutaj, w mieście, w jakimś tajemnym miejscu.

Afra jak urzeczona wpatrywała się w czeskiego uczonego. Dręczyły ją wątpliwości, nie wiedziała, jak się zachować. „Jeśli jednak – przemknęło jej przez myśl – był jakiś człowiek, gotów odsłonić tajemnicę tego zapomnianego pergaminu, nie upatrując w tym własnych korzyści, był to magister Hus".

Sporo ją jednak kosztowało, zanim się podniosła i wyciągnęła pergamin spod siennika na swoim posłaniu, żeby następnie położyć go na stole przed Husem i Reinsteinem.

– Magistrze Hus – powiedziała z udawanym opanowaniem. – Jak widzicie, pergamin znajduje się nawet w tym pokoju.

Mężczyźni popatrzyli po sobie bez słów. Wydawało się wręcz, jakby wstydzili się swojej natarczywości. W każdym razie spodziewali się wszystkiego, tylko nie tego, że ta kobieta bez żadnego namysłu pokaże im ów dokument.

– Czy wy naprawdę nie macie pojęcia, co to jest CONSTITUTUM CONSTANTINI? – zapytał Hus z niedowierzaniem.

– Nie – odparła Afra. – Widzicie, jestem prostą kobietą. Całe swoje wykształcenie zawdzięczam ojcu, który był bibliotekarzem. To właśnie on zostawił mi w spadku ten dokument.

– A wasz ojciec znał jego znaczenie?

Afra wydęła nawykowo dolną wargę, jak zawsze, gdy nie wiedziała, co odpowiedzieć. Wreszcie rzekła:

– Czasem jestem skłonna myśleć, że tak, a potem znów, że nie. Bo z jednej strony ojciec powiedział, że mam posłużyć się tym dokumentem jedynie wtedy, gdy już nie będę wiedziała, co dalej począć w życiu. Ten dokument ma ponoć nieocenioną wartość dla kogoś, kto go posiada. Z drugiej jednak strony było pewnie czymś niedorzecznym, że będąc w posiadaniu tak cennej rzeczy, nie tknął jej nawet, chociaż głodował razem z żoną i pięcioma córkami. Ale skąd wy w ogóle wiecie, co jest napisane w tym pergaminie?

Hus i Reinstein wymienili wielce mówiące spojrzenia, ale żaden nie udzielił Afrze odpowiedzi. Potem jednak, jakby nagle odrzucił wszelkie wątpliwości, Hus sięgnął po bladoszary pergamin i ostrożnie go rozwinął.

Osłupiał. Odwrócił pergamin na drugą stronę. Wreszcie podniósł go pod migotliwe światło świecy i pytająco spojrzał na Afrę.

– Pergamin jest pusty! – warknął rozeźlony.

Reinstein wyjął Husowi pergamin z ręki i stwierdził to samo.

– Tak się tylko wydaje – odparła Afra i podniosła się triumfalnie. Wyłuskała fiolkę z bagażu i prysnęła kilka kropel na leżący na stole pergamin. Chusteczką wytarła krople. Mężczyźni przyglądali się jej niemo i nieufnie.

Gdy jednak na dokumencie zaczęły się ukazywać pierwsze cienie liter, Hus i Reinstein podnieśli się z krzeseł. Pochyleni nad pergaminem, śledzili cud pojawiania się tajemniczego tekstu.

– Na świętego Wacława – wymamrotał Jan von Reinstein nabożnie, jakby głośnymi słowami nie wolno było zakłócać całego tego procesu. – Czy kiedykolwiek widziałeś już coś podobnego?

Hus ze zdumieniem potrząsnął głową. A potem spytał, zwróciwszy się do Afry:

– Na wszystkich świętych, czyżbyście byli kobietą-alchemikiem?!

Afra roześmiała się nieomal drwiąco, chociaż daleko było jej do drwin:

– Ten list jest napisany sekretnym pismem. Potrzeba pewnej tynktury, by uwidocznić wiadomość. Pewien alchemik z klasztoru Monte Cassino przekazał mi ją. Zwie się „aqua prodigii". Powinniście jednak pospieszyć się z odczytaniem tekstu, bo ukazuje się tylko na chwilę i zaraz potem znów znika.

Drżącą dłonią Hus przesuwał po wyłaniającej się z nicości informacji w języku łacińskim, ledwie słyszalnie odczytywał pod nosem linijkę po linijce i co jakiś czas tłumaczył półgłosem:

– *My, Johannes Andreas Xenophilos... za pontyfikatu Hadriana II... Trucizna paraliżuje mi oddech... polecenie napisania pergaminu... napisałem własnoręcznie...*

Hus odłożył pergamin na bok i bez wyrazu wpatrzył się w światło świecy. Reinstein, który przez cały czas zaglądał Husowi przez ramię, usiadł niemo na krześle i zasłonił twarz rękoma.

Afra siedziała jak na rozżarzonych węglach. Roziskrzonymi oczami obserwowała bladą twarz Jana Husa. Miała na języku niejedno pytanie, ale nie śmiała zagadnąć uczonego.

– Czy wy wiecie, co to znaczy? – przerwał Hus tę przytłaczającą ciszę.

– Za pozwoleniem – odrzekła Afra – tylko tyle, że mnich z zakonu benedyktynów sfałszował jakiś najwyraźniej ważny dokument papieski. Ale nie dręczcie mnie już dłużej. Jaki związek ma ten pergamin z tym dokumentem, z tym CONSTITUTUM CONSTANTINI?

Aby się uspokoić, Hus pogładził się prawą ręką po kędzierzawej brodzie. Obserwował przy tym, jak litery zaczynają znikać z pergaminu. Wreszcie powiedział cichym, przytłumionym głosem:

– Są w dziejach czyny tak haniebne, że przekraczają nasze wyobrażenia, gdyż wydarzyły się w imię najwyższego Boga. To jest jeden z takich haniebnych czynów, zbrodnia na ciele całej ludzkości.

Jan von Reinstein opuścił ręce i z oddaniem skinął głową.

Jan Hus ciągnął dalej:

– Kościół rzymski, kardynałowie, biskupi, przeorzy i opaci, nie mówiąc już o papieżach, to najbogatsza organizacja na świecie. Papież Jan prowadzi hulaszcze życie, finansuje książąt i królów, którzy tańczą, jak im zagra. Dopiero niedawno Zygmunt Luksemburski naciągnął rzymskiego *pontifeksa* na dwieście tysięcy złotych guldenów. Zastanawialiście się już kiedyś, skąd papież i Kościół mają tyle pieniędzy?

– Nie – odparła Afra. – Myślałam, że bogactwo jest papieżowi dosłownie dane od Boga. Chociaż nie zostałam wychowana w pobożności i miałam już wiele doświadczeń z księżmi, nigdy bym się nie ośmieliła kwestionować bogactwa Kościoła.

W tym momencie Hus się ponownie ożywił. Wyprostował się i pokazał palcem na okno:

— Tak jak wy, myśli wielu ludzi — zawołał poirytowany — aby nie powiedzieć, że myślą tak wszyscy chrześcijanie. Nikt nie ma odwagi wyrazić swojego zgorszenia przepychem i wystawnością mateczki Kościoła. A przecież nasz Pan, gdy przebywał na ziemi, nauczał nas ubóstwa i pokory. Przez całe stulecia po tym, gdy stał się człowiekiem, Kościół, nasza święta Matka, był ubogą wspólnotą ludzi cierpiących głód. A dzisiaj? Na świecie jest wystarczająco wielu cierpiących głód, ale nie wśród papieży, biskupów czy kardynałów. Stopniowo bowiem papieże nauczyli się zagarniać dla siebie prebendy, posiadłości ziemskie i każdą inną majętność. A kiedy w ósmym wieku pojawiły się wątpliwości, czy ta rabunkowa gospodarka w stosunku do dóbr ludzkości jest właściwa i zasługuje na pochwałę Najwyższego, jeden z papieży — najprawdopodobniej Hadrian II — wpadł na równie genialny, co niecny pomysł.

— Kazał sfałszować dokument — przerwała podekscytowana Afra. — Właśnie CONSTITUTUM CONSTANTINI! Ale co jest w nim napisane?

— To wyjaśni wam z pewnością magister Jan von Reinstein. Kiedyś już trzymał w rękach rzekomy oryginał CONSTITUTUM!

— W trakcie studiów — zaczął magister — opracowywałem źródła Tajnego Archiwum Watykańskiego. Wśród innych również CONSTITUTUM CONSTANTINI. W tym dokumencie, podpisanym przez cesarza Konstantyna, władca wschodniorzymski z wdzięczności za cudowne wyleczenie z trądu ofiarowuje papieżowi Sylwestrowi w darze cały świat zachodni.

— Ale… — zauważyła podniecona Afra.

Zanim jednak zdążyła wtrącić swoje zastrzeżenie, Reinstein już ciągnął dalej:

— Patrząc w ten sposób, majątek i bogactwo Kościoła byłyby co najmniej uprawomocnione, nawet jeśli moralnie zdrożne. W trakcie studiów nad tekstem źródłowym rzuciły mi się jednak w oczy pewne nieścisłości. Po pierwsze, język: taka typowa łacina kościelna naszych czasów, wyraźnie różniąca się od łaciny epoki późnoromańskiej. Poza tym odnoszono się do dat i wydarzeń, które nastąpiły dopiero kilka wieków po wystawieniu tego dokumentu. Nastroiło to mnie sceptycznie, ale nie śmiałem wątpić w prawdziwość tak znamienitego pergaminu. Magister Hus, do którego zwróciłem się z prośbą o radę, uważał za absolutnie możliwe, że CONSTITUTUM jest kiepskim fałszerstwem, sądził jednak, że powinienem to odkrycie zachować dla siebie, dopóki nie będzie można dowieść tego oszustwa. Ale teraz — Reinstein wziął niemal wyblakły pergamin w obie ręce — nie ma już wątpliwości.

Podczas wywodu Reinsteina Afra oczami duszy jeszcze raz ujrzała minione lata. Nagle wszystko się ułożyło w logiczną całość. Ale to wcale nie uczyniło jej szczęśliwszą ani spokojniejszą. Do tej pory miała tylko pewne pojęcie o wartości pergaminu. Teraz zaś wiedziała z niezbitą pewnością, że w całym zachodnim świecie chrześcijańskim nie istnieje dokument tak wywrotowy i o tak ogromnym znaczeniu.

Ojciec na pewno miał dobre intencje, zostawiając jej w spadku pergamin. Afra jednak wątpiła, czy naprawdę w pełni zdawał sobie sprawę z jego doniosłości. Ona w każdym razie nie potrafiła sprostać tej sytuacji, gdyż w wypadku pergaminu chodziło nie tylko o niezmierne bogactwo, ale o fundamenty całego Kościoła rzymskiego. Dotarłszy do celu tej awanturniczej podróży, czuła się bardzo słaba. Brakowało jej silnego ramienia, na którym mogłaby się wesprzeć. Mimo woli przyszedł jej na myśl Ulryk von Ensingen. I jeśli jeszcze wahała się przyjąć jego zaproszenie na polubowną rozmowę, to od tej chwili wszystkie wątpliwości się rozwiały.

Gdy Afra zwróciła się do magistra Husa z pytaniem, w jej głosie pobrzmiewały bezradność i lęk:

– I co teraz będzie?

Jan Hus i Jan von Reinstein siedzieli w milczeniu naprzeciw siebie i patrzyli sobie w oczy, jakby jeden drugiemu chciał pozostawić odpowiedź.

– Na razie zachowajcie ten obciążający dokument i dobrze go pilnujcie. Nikt nie będzie podejrzewał, że się on u was znajduje – powiedział Hus po długim namyśle. – Papież Jan poprosił, żebym jutro stawił się u niego. Prawdopodobnie jeszcze raz będzie chciał przemówić mi do sumienia, żebym odwołał swoje tezy. Jednak ten pergamin tylko umacnia mnie w moich przekonaniach: Kościół rzymski stał się klanem pysznych pawi, nieumiarkowanych obżartuchów i łajdaczących się wszędzie lubieżników, którzy bogacą się kosztem ogółu. Nie może to być wolą Pana naszego, który przebywał na ziemi w ubóstwie i pokorze. Bardzo jestem ciekaw, co będzie miał do powiedzenia namiestnik Boga, kiedy opowiem mu o treści tego pergaminu.

– Zaprzeczy, że ten pergamin w ogóle istnieje – wtrącił Jan von Reinstein.

Afra potrząsnęła przecząco głową:

– Niemożliwe. Papież Jan wie o dokumencie. Dowiedział się o nim wskutek nieszczęśliwego splotu okoliczności. Kiedy, chcąc w ogóle uwidocznić treść zapisu na pergaminie, odwiedziłam w Ulm pewnego alchemika, nie mogłam przypuszczać, że ów Rubald, bo takie nosił imię, okaże się szpiclem biskupa Augsburga, a ten z kolei gorącym stronnikiem papieża rzymskiego.

– Wobec tego i ten Rubald wie o pergaminie?

– Wiedział, magistrze Hus. Jakiś czas później Rubald w osobliwy sposób stracił życie.

Oczy magistra zaiskrzyły się gniewnie, a Jan von Reinstein spojrzał z zatroskaniem:

– Wdowo Gizelo, czy wiecie, że również wasze życie znajduje się w największym niebezpieczeństwie?

– Nie wtedy, jeśli zachowacie tę tajemnicę dla siebie!

– Bądźcie pewni, że nawet na torturach żaden z nas nie zdradzi się ani słowem, że z wami rozmawialiśmy – odparł Hus, a jego słowa brzmiały całkiem wiarygodnie. – Chodzi tylko o to – ciągnął – że skoro alchemik was wydał, a należy przyjąć taką wersję, to papież Jan nie spocznie, zanim nie wejdzie w posiadanie tego pergaminu. A ludzie jego pokroju idą, jak wiemy, po trupach.

– To możliwe, magistrze Hus. Ale jak się okazało, papież już dawno zrozumiał, że nie opłaca mu się zabijać właścicielki pergaminu, zanim nie dostanie dokumentu w swoje ręce. Poza tym uchodzę tutaj za inną osobę od tej, która mogłaby być w posiadaniu pergaminu.

Hus i Reinstein spojrzeli po sobie z niedowierzaniem. Ta kobieta była w ich oczach coraz bardziej niesamowita.

– Inną? – spytał Hus. – Musicie nam to wyjaśnić. Powiedzieliście przecież, że wasze imię i nazwisko brzmi Gizela Kuchlerowa!

– Gizela Kuchlerowa nie żyje. Zmarła w Wenecji na dżumę. Kuchlerowa otrzymała zadanie tropienia mnie. Zresztą nie od papieża, tylko od organizacji odszczepieńczych kleryków, którzy udawali, że pracują dla papieża. W rzeczywistości jednak mieli tylko zamiar szantażować rzymskiego *pontifeksa* tym pergaminem. Gdy stałam się świadkiem śmierci Kuchlerowej, wpadłam na pomysł, żeby uśmiercić siebie i żyć dalej jako Gizela.

– Na Przenajświętszą Panienkę, ale z was diablica! – wyrwało się Janowi von Reinsteinowi. Spostrzegłszy jednak karcący wzrok Husa, dodał tonem usprawiedliwienia:

– Wybaczcie te szpetne słowa. Są one jedynie wyrazem mojego podziwu. Niech was Bóg ma w opiece za wasze kobiece wyrafinowanie.

Długo po północy Hus i Reinstein wyszli od Afry. Pojutrze mieli się ponownie spotkać, aby omówić dalsze działania.

Po niespokojnej nocy, kiedy to na poły we śnie, a na poły na jawie dręczyły Afrę mroczne myśli, dziewczyna gorączkowo tęskniła do spotkania z Ulrykiem von Ensingenem. Raz po raz obracała w rękach kartkę, na której budowniczy katedr zanotował porę i miejsce, a oprócz tego dwa brzemienne w treść słowa: *W samo południe, za wieżą przy bramie nadreńskiej. Kocham cię.*

Afra znalazła się w umówionym miejscu na długo przed wyznaczonym czasem. Punkt został wybrany trafnie, gdyż przy bramie znajdującej się na północ od plebanii katedralnej panował ożywiony ruch. Handlarze przyjeżdżali wózkami, a zaprzęgi piętrzyły się za most na Renie aż do drogi wiodącej do Radolfszell. Targowano się i wykłócano o mostowe. I nadal tłumy uczestników soboru wkraczały do miasta. Wiedziano z doświadczenia, że taki sobór trwa latami i że w pierwszych miesiącach i tak nie zostaną podjęte żadne decyzje.

Nie bez powodu Afra włożyła swoją najlepszą suknię, splotła włosy w grube warkocze i owinęła je wokół głowy. Była podekscytowana jak podczas ich pierwszego spotkania w pracowni na budowie katedry w Ulm. Od tej pory minęło osiem lat, które odmieniły jej życie.

– Afra!

Rozpoznałaby ten głos wśród stu innych. Odwróciła się. Przez chwilę oboje stali naprzeciw siebie bez słów, a potem padli sobie w ramiona. Od pierwszej chwili Afra poczuła ciepło promieniujące od Ulryka. Spontanicznie zapragnęła mu wyznać, że ciągle jeszcze go kocha, ale wtedy wróciło wspomnienie o ostatnich dniach w Strasburgu, zacisnęła więc wargi i milczała.

– Chciałbym ci powiedzieć, jak bardzo mi przykro – zaczął Ulryk. – Nieszczęsne wydarzenia wbiły między nas klin podejrzliwości. Nikt tego nie chciał, ani ty, ani ja.

– Dlaczego zdradziłeś mnie z tą lafiryndą biskupa? – syknęła obrażona Afra.
– A ty? Rzuciłaś się temu potwornemu biskupowi na szyję!
– Nic między nami nie było.
– Mam w to uwierzyć?
Afra wzruszyła ramionami.
– Trudno dowieść, że coś się nie stało!
– Właśnie. Jak mam dowieść, że nie spałem z dziewką biskupa Wilhelma? Wszystko to było ukartowaną grą Jego Eminencji. Wiem teraz, że wsypano mi wówczas jakiegoś eliksiru do wina, tak że powoli traciłem przytomność. Wszystko miało wyglądać tak, jakbym zabawiał się z tą jego kurtyzaną. Ale ten pretekst służył tylko temu, żeby mnie szantażować. Biskup Wilhelm dostał informację o pergaminie. Był niewątpliwie pewien, że to ja trzymam ten dokument pod kluczem. Dzisiaj wiem, że to biskup kazał mnie aresztować za zabójstwo Werinhera Botta.
– A kto go naprawdę zamordował?
– Tajna loża odszczepieńczych kleryków, którzy chcieli się pozbyć architekta. Przypuszczalnie zbyt dużo gadał. A potem tym człowiekiem w wózku inwalidzkim nie dało się już kierować, stał się więc dla nich groźny. W każdym razie miał na przedramieniu takie samo piętno, znaleziony w katedrze martwy mężczyzna w kapturze.
– Krzyż z poprzeczną belką.
– Więc ty wiesz? – Ulryk ze zdumieniem spojrzał na Afrę, po czym wziął ją pod rękę. Należało się obawiać, że jacyś niemili świadkowie mogliby podsłuchiwać ich rozmowę. Dlatego też poszli na małą przechadzkę w dół rzeki. – Skąd wiesz? – powtórzył Ulryk pytanie.
Afra uśmiechnęła się z pewnością siebie.
– To długa historia – powiedziała, spoglądając na rzekę leniwie toczącą swoje wody.

Powoli opowiedziała Ulrykowi o tułaczce do Salzburga i Wenecji, o tym, jak uniknęła dżumy i dalej podróżowała pod nazwiskiem Gizeli Kuchlerowej. Zrelacjonowała też, czego dowiedziała się o odszczepieńcach, najpierw w Wenecji, a później w klasztorze Monte Cassino.

Niektóre rzeczy brzmiały tak niewiarygodnie, że Ulryk przystawał i patrzył Afrze w oczy, aby się przekonać, czy ona rzeczywiście mówi prawdę.

– A gdzie ten pergamin jest teraz? – zapytał, gdy Afra skończyła opowieść.

Jej nieufność wobec Ulryka nie całkiem się jeszcze rozproszyła, dlatego też odpowiedziała, nie patrząc na niego:

– W bezpiecznym miejscu. – Sięgnęła do stanika, tak żeby Ulryk tego nie zauważył, a potem dodała: – Długo myślałam, że również ty jesteś zwolennikiem tych odszczepieńców i masz piętno na przedramieniu.

Ulryk zatrzymał się raptownie. Widać było, jak wszystko w nim chodzi. A podwijając prawy rękaw, rzekł cicho:

– Myślałaś więc, że cała moja miłość do ciebie, cała moja namiętność była udawana, pozorowana ze względu na marne pieniądze?

Afra nie odpowiedziała. Zawstydzona odwróciła się, gdy Ulryk podsunął jej pod nos obnażone przedramię. W końcu spojrzała mu w twarz, a jemu nie udało się ukryć przed nią łez.

– Wydaję się sobie ohydna – wyjaśniła urywanym głosem. – Pragnęłam, żeby nasze życie potoczyło się inaczej. Ale ten przeklęty pergamin zrobił ze mnie innego człowieka. Wszystko zniszczył.

– Nonsens. Jesteś taka sama jak dawniej i w nie mniejszym stopniu zasługujesz na miłość.

Słowa Ulryka dobrze Afrze zrobiły, gdyż była załamana. A mimo to nie potrafiła go pocałować, chociaż niczego w tej chwili nie pragnęła bardziej.

Ta myśl zajęła Afrę ponad miarę. Kiedy tak sama sobie złorzeczyła, nie mogąc się ze sobą uporać, Ulryk przywołał ją do rzeczywistości:

— Czy zdołałaś się dowiedzieć, o co chodzi z tym pergaminem? I co to jest CONSTITUTUM CONSTANTINI? Ja nie miałem odwagi prowadzić dalszych poszukiwań, bo nie chciałem narażać na podejrzenie ani ciebie, ani siebie.

Afra chciała właśnie powiedzieć, czego dowiedziała się ubiegłej nocy, gdy Ulryk von Ensingen wpadł jej w słowo i chwycił za ramię:

— Spójrz tam! Ten człowiek w czarnej pelerynie! — Wskazał głową w kierunku plebanii katedralnej. — Możliwe, że już widzę upiory, ale od chwili przybycia do Konstancji czuję się stale śledzony przez jedną z tych ponurych postaci.

Afra ukradkiem przyjrzała się z daleka temu mężczyźnie, nie spuszczając z niego oczu. Zwrócona w stronę Ulryka, rzekła:

— A co ty w ogóle robisz w Konstancji? Nie mów tylko, że mnie szukałeś. Bo jestem tu przez czysty przypadek.

Ulryk nie namyślał się długo. Nie miał nic do ukrycia, powiedział więc swobodnie:

— Chcę opuścić Strasburg. To miasto nie przyniosło mi szczęścia. Straciłem ciebie. A w cieniu katedry dzień w dzień dogania mnie wspomnienie, że chociaż niewinnie, siedziałem tam w więzieniu. Wprawdzie mój największy oponent, biskup Wilhelm von Diest, sam siedzi teraz w lochu, ale ze Strasburgiem wiąże się zbyt wiele niemiłych przeżyć.

— Biskup Wilhelm, ten możny książę Kościoła, za kratami? To brzmi niewiarygodnie!

Ulryk skinął potakująco głową.

— Jego własna kapituła katedralna wsadziła go za kratki. Rozwiązły styl życia biskupa stał się w końcu jego przekleństwem. Tym samym mam w Strasburgu o jednego wroga mniej, ale tylko o jednego z wielu.

– I teraz szukasz tutaj nowego zleceniodawcy?
– Właśnie. Moja sława budowniczego katedr nie jest wcale najgorsza. Katedry w Ulm i Strasburgu znajdują admiratorów na całym świecie. Prowadziłem już pertraktacje z poselstwem z Mediolanu. Zaproponowano mi, żebym dokończył budowę tamtejszej katedry. – Nagle Ulryk urwał. Oczami wskazał na drugiego mężczyznę w ciemnej pelerynie: – Lepiej, żebyśmy się rozstali – powiedział. – Na wszelki wypadek powinniśmy pójść różnymi drogami. Żegnaj!
– Żegnaj!
Afra poczuła się jak uderzona obuchem. To nagłe pożegnanie odjęło jej mowę. Przełknęła ślinę. Czy jest to rozstanie na zawsze? Bezradnie patrzyła w ślad za Ulrykiem, który pospiesznie zniknął w ożywionej bocznej uliczce.

Nie wiedząc, co o tym wszystkim myśleć, Afra udała się w drogę powrotną. Świadomie poszła w innym kierunku, aby zgubić ewentualnych prześladowców. W myślach była przy Ulryku. Zrozumiała teraz, że wyrządziła mu krzywdę. Wiązała ogromne nadzieje z tym ponownym spotkaniem, być może nazbyt duże. A może było już za późno?

Przed domem na Fischmarktgasse oczekiwali Afry dwaj mężczyźni. Była przekonana, że jeden z nich śledził ją i Ulryka przy wieży bramy nadreńskiej. Tym mężczyzną był Amand Villanovus.

– Wdowo Gizelo, wybaczcie, nie chciałbym wydawać się wam natrętem – zaczął bez ogródek – ale wasze słowa nie chcą mi wyjść z głowy!

Afra zadrżała. Sposób, w jaki Villanovus wymówił jej imię, nastroił ją do niego nieufnie.

– Powiedziałam już wszystko, co mogłoby się wam przydać – odparła zuchwale.

– Oczywiście, oczywiście! Im dłużej jednak rozmyślam nad waszą relacją, tym mniej prawdopodobne wydaje mi się, że panienka Afra zabrała ze sobą pergamin na tamten świat. Wszystko, czego zdołałem się dowiedzieć o tej osobie, świadczy, że była to inteligentna i wyrafinowana kobietka. W pewnym stopniu znała nawet łacinę, czego mogłaby jej pozazdrościć niejedna przeorysza. Nie wierzę, żeby dokument o tak ogromnym znaczeniu ukryła w swoim ubraniu, jak to się robi z listem odpustowym za guldena. Nie podzielacie mojej opinii, wdowo Gizelo?

Słowa odszczepieńca wprawiły Afrę w ogromny niepokój. Fale zimna i gorąca przebiegały jej po plecach, a przez chwilę nosiła się nawet z myślą, żeby po prostu uciec. Równie szybko jednak uzmysłowiła sobie, że dopiero w ten sposób rzuciłaby na siebie podejrzenia. Za wszelką cenę musi zachować spokój.

W końcu odpowiedziała, podczas gdy ten drugi mężczyzna mierzył ją wzrokiem niczym towar wystawiony na targu na sprzedaż:

– Macie niewątpliwie rację, magistrze Amandzie. Jeśli was dobrze rozumiem, to podejrzewacie, że ten pergamin nadal znajduje się w Wenecji?

– Jest to całkiem możliwe. Ale istnieje także możliwość, że przed śmiercią Afra przekazała ten pergamin jakiemuś innemu mężczyźnie lub jakiejś innej kobiecie.

Amand wbił w Afrę przenikliwy wzrok.

– Myślicie, że ja mam ten pergamin? – Afra zaśmiała się nienaturalnie. – Pochlebia mi, że przypisujecie mi aż tyle wyrafinowania. Ale prawdę mówiąc, nie wiedziałabym nawet, co z nim począć.

– Nonsens – zapewnił odszczepieniec – nigdy tak nie myślałem. Ale wyobrażam sobie, że ta Afra mogła wam kiedyś napomknąć, kogo darzy szczególnym zaufaniem. Postarajcie się sobie przypomnieć.

– Nie mam pojęcia – Afra zareagowała z pozornym namysłem.

– Jest tu ten budowniczy katedr, Ulryk von Ensingen – zaczął z podstępnym uśmieszkiem Amand Villanovus. – W Strasburgu żyli oboje jak mąż i żona, by tak rzec, w grzechu...

– To prawda. Wspominała mi o tym podczas podróży. Ale mówiła też, że z wielu powodów związek ten się skończył. W ogóle Afra niewiele opowiadała o swoim prywatnym życiu.

Dziewczyna drżała na całym ciele. Czy miała wyznać, że spotkała się z Ulrykiem von Ensingenem? Czy lepiej to przemilczeć? I rodziło się pytanie, czy Amand rozpoznał ją przy wieży bramy nadreńskiej.

– Zastanówcie się jeszcze nad tym! – W głosie odszczepieńca pobrzmiewał jakiś osobliwy podtekst. – Nie pożałujecie tego!

Opuściwszy głowę, Afra udawała, że dzień po dniu przypomina sobie podróż do Wenecji. Ale w jej mózgu była tylko bezsilna pustka. Kobieta nie wiedziała, jak się zachować. Po chwili rzekła:

– Przykro mi, magistrze Amandzie, ale nie przychodzi mi do głowy nic, co mogłoby posunąć wasze poszukiwania do przodu.

– Ogromna szkoda. – Słowa Amanda zabrzmiały jak groźba. – Cóż, jestem pewien, że jeszcze się wam coś przypomni. Wrócimy tu ponownie. Dobrze się zastanówcie, bo w przeciwnym razie...

Odszczepieniec wolał nie skończyć tego zdania, ale Afra wyraźnie usłyszała kryjącą się w nim pogróżkę.

Nie żegnając się, tylko markując ukłon, obaj mężczyźni odwrócili się i zniknęli w tłumie ludzi na Fischmarktgasse.

Amand Villanovus zatrzymał się w bezpiecznej odległości i pytająco spojrzał na swojego towarzysza.

– Co o niej sądzisz? – syknął przez wąskie wargi.

Jego towarzysz uśmiechnął się cynicznie.

– To w ogóle nie jest Gizela Kuchlerowa, z którą rozmawiałem w kościele pod wezwaniem Madonny dell'Orto w Wenecji, inaczej nie nazywam się Joachim von Floris.

Chociaż uzgodnili, że nazajutrz omówią sposób dalszego postępowania, Hus nie pojawił się o umówionej godzinie. Zarówno to, jak i ostatnie spotkanie Afry z odszczepieńcami wcale nie pomagało jej odzyskać spokoju.

Kiedy następnego dnia Zygmunt Luksemburski, przybywając od strony Spiry, wjechał z wielką pompą do Konstancji i zatrzymał się w Rippenhaus naprzeciw katedry, Afra wykorzystała ogólne zamieszanie w mieście, aby niepostrzeżenie udać się do domu Fidy Pfister, gdzie zamieszkał Jan Hus. Pergamin miała ukryty za stanikiem i wcale nie czuła się z tym najlepiej.

Zauważyła, że pachołkowie w całym mieście byli zajęci usuwaniem ulotek z tezami, które Hus poprzylepiał mącznym klajstrem na murach domów. Jeden z pachołków, których Afra o to spytała, wyjaśnił, że takie polecenie otrzymali od papieża Jana. I chociaż on sam działa tu wbrew własnej woli, musi ten rozkaz wykonać.

Przed domem Fidy Pfister zgromadził się tłum wzburzonych ludzi. Jan von Reinstein, stojąc na stołku, nadaremnie usiłował przeciwstawić się hałaśliwemu motłochowi. Dopiero po pewnym czasie Afra zrozumiała, o co w tym w ogóle chodzi: podczas gdy jedni wyciągali groźnie pięści i wołali: „heretyk!" i „pomagier diabła!", inni utworzyli krąg wokół magistra Reinsteina, aby bronić go przed atakami. Afrze z największym trudem udało się do niego dotrzeć.

– Co się stało? – wykrzyknęła zdyszana.

Ujrzawszy Afrę, Jan von Reinstein zszedł ze stołka i wrzasnął jej do ucha:

– Pojmali Jana Husa i wtrącili do więzienia. Jeszcze dzisiaj mają go oskarżyć o herezję.

– Ale przecież Hus posiada glejt cesarski. Nikt nie może wytoczyć mu procesu, nawet papież!

Reinstein zaśmiał się gorzko:

– Widzicie przecież, ile jest wart ten papier. Nie więcej niż tani list odpustowy, czyli w ogóle nic.

– A gdzie jest teraz magister Hus?

– Nie wiem. Pachołkowie, którzy zakładali Husowi kajdany, nie byli gotowi udzielić jakiejkolwiek informacji.

Pewna kobieta, słysząc ich głośną rozmowę, wtrąciła się:

– Zabrali go na wyspę, do klasztoru Dominikanów. Widziałam na własne oczy. To straszne. Hus nie jest heretykiem. Odważył się tylko powiedzieć to, co myśli wielu ludzi.

– Nie ma ich chyba zbyt wielu – rzekł Jan von Reinstein, zataczając ręką szeroki łuk nad pieniącym się ze złości tłumem. Przyjaciel Husa był rozgoryczony.

– I co zrobicie teraz? – nalegała Afra.

Magister wzruszył ramionami.

– A co ja mogę? Ja, nic nieznaczący magister z Czech!

– Ale nie będziecie chyba bezczynnie przyglądać się, jak wytaczają proces magistrowi Husowi. Kto zostanie oskarżony o herezję, tego skazują na śmierć. A może znacie taki wypadek, że jakiś proces o herezję zakończył się uniewinnieniem?

– Nie, nie przypominam sobie.

– Więc, w imię Boga, uruchomcie wszystkie moce, aby nie dopuścić do tego procesu! Proszę was!

Bezradność, jaka ogarnęła Jana von Reinsteina w obliczu tej sytuacji, doprowadzała Afrę do wściekłości. Kipiąc gniewem, spojrzała w bezsilną, bladą twarz magistra i zawołała:

– Do diaska! Hus nazwał was swoim przyjacielem, a wy stoicie tu, nie wiedząc, co robić. W sytuacjach bez wyjścia trzeba się chwytać każdej deski ratunku.

– Łatwo wam mówić, zacna pani! Nikt na świecie nie ma tyle władzy, żeby w pojedynkę podjąć walkę ze świętą inkwizycją. Wierzcie mi!

Do tej chwili Afra myślała, że mężczyźni pod każdym względem przewyższają kobiety. Że są mądrzejsi, silniejsi i bardziej energiczni, ponieważ tak chciała natura. Ale w tym momencie, na widok bezradnego, bezsilnego i płaczliwego magistra, który wydawał przyjaciela na pewną zgubę, ogarnęły ją wątpliwości, czy ta wyższość mężczyzn, jak nauczał tego Kościół, nasza święta Matka, nie jest jedynie ułudą, niewłaściwym rozumieniem męskich cnót. Nic dziwnego, że to mężczyźni założyli Kościół.

Odwróciła się bez słowa i zaczęła przeciskać przez rozsierdzony tłum.

Już nazajutrz zebrał się w położonym za miastem zamku Gottlieben sąd inkwizycyjny pod przewodnictwem włoskiego kardynała Zabarelli. Tam właśnie zabrano w nocy Husa. Zabarella, chudy, bardzo wysoki mężczyzna o ponurym spojrzeniu, uchodził za czołowego prawnika kanonicznego swojej epoki i to on kierował przesłuchaniami.

Cały proces był nad wyraz drażliwy. Z jednej strony bowiem papież Jan obłożył już Husa klątwą kościelną, z drugiej zaś Zygmunt Luksemburski wystawił wyklętemu list żelazny gwarantujący bezpieczeństwo. Zarówno papież, jak i cesarz bawili w mieście. Ponadto były w Konstancji dwa stronnictwa, z których jedno trzymało stronę Husa, podczas gdy drugie domagało się spalenia go na stosie.

Ani słowo z przesłuchań nie przedostawało się do opinii publicznej. Codziennie krążyły tylko nowe plotki. Była mowa o ucieczce. Pod osłoną nocy przywieziono Husa w kajdanach z powrotem do miasta. W refektarzu klasztoru franciszkanów w pobliżu muru miejskiego rozpoczął się nazajutrz proces.

Przewodniczył mu kardynał d'Ailly, biskup Cambrai, człowiek o bezprzykładnej arogancji i pewności siebie. Refektarz klasztorny był zbyt mały, żeby pomieścić wszystkich zaproszonych delegatów, kardynałów i prawników. Dochodziło do rozruchów, które przenosiły się aż na ulicę.

Pewnego wieczoru Afra spotkała w domu Pfefferharta specjalnego wysłannika króla Neapolu. Już od wielu dni nie widziała Pietra de Tortosy. Poseł był pijany. A takim go w ogóle nie znała. Zdawało się, że jest przygnębiony, a gdy potykając się, wchodził po schodach, z trudem bełkotał coś pod nosem.

Na pytanie o samopoczucie Pietro de Tortosa odparł:

– Nieźle, panienko, nieźle. Tyle że proces przeciw temu Czechowi szkodzi mi na żołądek.

– Mówicie o Husie?

– Tak właśnie.

– Co z nim?

Poseł machnął ręką, co wszystko Afrze powiedziało.

– Wyrok od początku był pewny. Chociaż Hus mówi same rozsądne rzeczy. Ale ludzi, którzy mówią rozsądnie, Kościół z góry traktuje jak wrogów.

– Myślicie, że Hus zostanie skazany na śmierć?

– Wyrok jest już podpisany. Wiem to z wiarygodnego źródła. Jutro mają go ogłosić publicznie w katedrze, a dzień później wykonać na miejscu straceń o wdzięcznej nazwie „Raj".

Afra ukryła twarz w dłoniach. Przez kilka chwil była jak sparaliżowana. Wydawało się nawet, że jej umysł zastygł w bezruchu. Żołądek skurczył się na myśl o śmierci Husa na stosie.

W tym stanie przygnębienia poczuła naraz gwałtowną potrzebę działania. Znalazłszy się w swojej izbie, przebrała się w ciemny strój i jakby ją ktoś gonił, pobiegła na Fischmarktgasse. Była późna noc, ale na uliczkach Konstancji panował prawie taki sam ruch jak za dnia. W blasku pochodni i latarni tłoczyły się kolorowo wystrojone nocne marki w poszukiwaniu krótkotrwałych przygód. Na drzwiach domów, w których znane w mieście kurtyzany uprawiały swój intratny zawód, pyszniły się stuły prałatów i mitry biskupie w charakterze trofeów i wskazówek co do klerykalnego pochodzenia klienteli. Z jadłodajni i spelunek dochodziły zapachy smażonych ryb i pieczonych na rożnie jagniąt. W gospodach na rogach domów Murzyni i wszelakie cudzoziemskie pospólstwo wygrywało nieznane melodie na nigdy dotąd niewidzianych tu instrumentach. W takt tej muzyki tańczyły skąpo odziane dziewice, na poły dzieci, jakby kości miały z elastycznych witek wierzbowych.

Afra prawie tego wszystkiego nie dostrzegała. Z gwałtownością nawałnicy gnała ją tylko myśl o ocaleniu Husa przed śmiercią w płomieniach. Jak we śnie szukała drogi do placu katedralnego, gdzie cisnęli się ludzie, żeby dowiedzieć się nowinek z procesu Jana Husa.

Setki pochodni rozjaśniały migotliwym światłem pałac biskupi, gdzie rezydował papież Jan. Potężnej budowli strzegły dwa tuziny strażników. Posterunki po czterech ludzi trzymały straż przed frontonem zwróconym w stronę katedry. Żołnierze kierowali połyskujące halabardy w stronę każdego, kto tylko zbliżał się do budynku.

Afra odważnie podeszła do bramy wejściowej i nie odstraszyły jej ani ostra broń halabardników, ani też dosadne okrzyki ostrzegawcze żołnierzy. Jej pewny krok nie chybił celu.

W rzeczy samej, Afra była powabna i miała na sobie wytworny strój. Poczuła się jednak bardzo urażona, że komendant lancknechtów wziął ją za jedną z nierządnic, które podczas soboru co wieczór to wchodziły do pałacu Jego Świątobliwości, to znów z niego wychodziły. W każdym razie nie zadał jej żadnych pytań, a nawet nie spytał o nazwisko, tylko z mrugnięciem oka, co potwierdziło jej przypuszczenia, skierował ją do pomieszczenia na piętrze, gdzie przebywało już kilkanaście kurtyzan, przeważnie włoskiego pochodzenia.

Chociaż te soborowe nierządnice, z wyjątkiem dwóch rozczochranych łaziebnych najgorszego gatunku, zachowywały się nader szlachetnie i nienagannie, Afra czuła się okropnie w tym osobliwym towarzystwie. Co wykwintniejsze panie gawędziły żywo o swojej profesji, popłatnej zwłaszcza podczas soboru, co niejednej z nich zapewni dostatnie życie na starsze lata, o ile tylko przez następny rok lub dwa lata zdołają świadczyć bliźnim chrześcijańską posługę miłosną.

U obu łaziebnych natomiast największą ciekawość budziły rozmiary księżych genitaliów, przy czym Jego Świątobliwość, jak opowiadały ukradkiem, nie został szczególnie szczodrze obdarzony przez naturę. Jeśli człowieka nikt nie uprzedzi, to istnieje niebezpieczeństwo, że weźmie się organ Jego Świątobliwości za jedną z licznych pijawek, które papież za radą swoich przybocznych medyków nosi w błogosławionej bieliźnie.

Afra zapłoniła się na myśl o tym i aż wzdrygnęła z obrzydzenia. Pozostałe kurtyzany, siedzące przy ścianach tego ciasnego pomieszczenia jak kury na grzędzie, spoglądały złym wzrokiem albo udawały, że nie słyszą sprośnego paplania łaziebnych. Każda z obecnych wiedziała, że zastosowanie się do woli gąbczastego, przypominającego gnoma papieża będzie od niej wymagało nie lada wyrzeczeń. Ale widoki na to, że jako nałożnica Jego Świątobliwości zostanie jakby wyniesiona na ołtarze, sprawiały, że znikały wszelkie obiekcje. W końcu księże kurtyzany uchodziły za najdroższe kobiety świata.

Zanim obie łaziebne zdążyły objawić dalsze okropne szczegóły, do pokoju wszedł Bartolommeo, młody, wysoki, postawny szambelan papieski o ujmującej powierzchowności. Miał czarne kręcone włosy opadające mu na ramiona i był w długiej sutannie. Ale w chwili, gdy otworzył usta, całe wrażenie prysło. Bartolommeo mówił wysokim, falsetowym głosem kastrata niczym skruszona dziewica przy konfesjonale, tak że ladacznice popatrywały po sobie z lekceważeniem:

– *Laudetur Jesus Christus!* – zapiszczał.

Następnie obrócił się wokół własnej osi, kierując palec wskazujący zgiętej prawej ręki kolejno na każdą z obecnych w pokoju kobiet, aż wreszcie jego wybór padł na czarnulkę o bujnych kształtach i piersiach wysoko podniesionych w zasznurowanym gorsecie oraz na przypominającą rusałkę panienkę z szeroko otwartymi piwnymi oczami. Reszta była bardzo zawiedziona.

– Panie, na słówko!

Afra zerwała się i podbiegła do szambelana.

Papieski szambelan machnął ręką w obronnym geście i odsunął ją na bok.

– *Cede, cede!* – zawołał po łacinie niczym egzorcysta. – Nie widzisz, że już dokonałem wyboru na tę noc?

Nie byłoby nic dziwnego w tym, gdyby szambelan wyciągnął z sutanny krzyż i podsunął go Afrze pod nos.

– Ja nie chcę spędzić nocy z papieżem – zawołała Afra ku przerażeniu kurtyzan.

Zdumiony Bartolommeo aż znieruchomiał.

– A po co tu jesteś, dziewko?

– Muszę porozmawiać z papieżem Janem!

– Porozmawiać? – zaskrzeczał piskliwie szambelan. – Co ty sobie wyobrażasz, panienko, że niby po co tu przyszłaś?

– Wiem, panie. Ale ja nie jestem kurtyzaną, jak może przypuszczacie.

– Nie, szacowną kobietą. Tak mówią tutaj wszystkie. Moja decyzja jest ostateczna. Wy nie nadajecie się do błogosławionego łoża Jego Świątobliwości. Wierzcie mi, znam Baldassare'a Cossę.

W tym momencie Afra wpadła w złość i zawołała:

– Do diaska, muszę porozmawiać z tym Cossą. Nie chodzi o mnie, lecz o niego, o papieża rzymskiego i o dobra kościelne. Powiedzcie swojemu panu, że chodzi o CONSTITUTUM CONSTANTINI!

– CONSTITUTUM CONSTANTINI?
Bartolommeo zadumał się głęboko. Potem rzucił Afrze podejrzliwe spojrzenie. Nie wiedział, co ma myśleć o tej dziewczynie. Już sam fakt, że jeszcze kilka chwil wcześniej uważał ją za kurtyzanę, gdy ona tymczasem wie coś o CONSTITUTUM CONSTANTINI, odebrał szambelanowi pewność siebie.

Gwałtownym ruchem głowy Bartolommeo kazał wyjść kurtyzanom z pomieszczenia. Dwie kobiety z łaźni parowej zaklęły pod nosem cicho, chociaż słyszalnie, zanim wytoczyły na zewnątrz swoje pokaźne ciała. Odprawione kurtyzany lamentowały. Jedynie te wybrane wodziły rozpromienionym wzrokiem za szambelanem.

– Poczekajcie tutaj – zaskrzeczał szambelan, przechodząc obok Afry.

Afra wątpiła, czy jej prośba o rozmowę z papieżem zostanie spełniona i czy powiedzie się zamiar, który powzięła na poczekaniu. Plotki krążące na temat tego Baldassare'a Cossy nie dawały jej większych nadziei. Wiedziano, że Cossa idzie po trupach.

Z mocno bijącym sercem Afra patrzyła na plac katedralny. A kiedy daleko błądziła myślami, nagle usłyszała za sobą głos:

– A więc to wy jesteście tą zagadkową panienką!

Odwróciła się.

Widok, jaki ukazał się oczom Afry, w ogóle nie pasował do powagi sytuacji: stał przed nią niski, grubawy mężczyzna o zaczerwienionej twarzy. Miał na sobie komżę, której dół i rękawy były wykończone najdelikatniejszą koronką, a spod niej wyłaniały się obcisłe spodnie. Napierśnik z żelaznej blachy, który papież nosił pod komżą dla ochrony przed zamachami, dodawał jego postaci nadnaturalnego wyglądu. Szambelan stojący z boku o krok za papieżem przewyższał go o dobre dwie głowy. Pod pachą trzymał tiarę swojego pana. Było w tym widoku coś nierzeczywistego, coś teatralnego.

Afra wiedziała od dzieciństwa, że na powitanie trzeba ucałować pierścień biskupa. „Pewnie w wypadku papieża jest tak samo" – pomyślała. Podeszła więc o krok bliżej, ale na próżno czekała, żeby papież wyciągnął do niej dłoń. Zamiast tego szambelan dał znak i wskazał na podłogę. Afra nie zrozumiała, co ma na myśli.

Wreszcie szambelan schylił się, zdjął Jego Świątobliwości pantofel z nogi i podał go Afrze do ucałowania.

Kiedy już stało się zadość ceremoniałowi, dziewczyna zaczęła niepewnym głosem:

– Panie papieżu, jestem prostą kobietą z ludu, ale wskutek różnych okoliczności, o których nie chcę się tu rozwodzić, weszłam w posiadanie dokumentu, który ma dla was największe znaczenie.

– A skąd to wiesz? – przerwał jej papież dość brutalnie.

– Ponieważ wasi ludzie i ci, którym to zleciliście, prześladują mnie już od lat. Chcą wyłącznie tego pergaminu. To list, w którym pewien mnich z klasztoru Monte Cassino wyznaje, że na polecenie papieża Hadriana II sfałszował CONSTITUTUM CONSTANTINI.

– I co z tego? Jakie to ma znaczenie?!

– Dostojny panie, chyba nie muszę panu tego wyjaśniać. Znam sumę, jaką zaproponowaliście odszczepieńcom. I wiem też, że odszczepieńcy mieli zamiar wycisnąć z was jeszcze więcej pieniędzy... gdyby tylko dostali wzmiankowany dokument do rąk.

– Spójrzcie na tę kobietę – zwrócił się *pontifex* do szambelana. – Powinno się ją związać i podać strasznemu przesłuchaniu. Co o tym sądzicie, Bartolommeo?

Szambelan skinął nabożnie głową jak karczmarz.

– Zapewne możecie to zrobić – odparła Afra. – Moglibyście nawet spalić mnie na stosie jako czarownicę. Ale bądźcie pewni, że wówczas ten pergamin wyłoni się w innym miejscu świata, tam, gdzie wcale się tego nie spodziewacie, i przywiedzie was do upadku.

Afra sama była zdumiona, z jaką zimną krwią wypowiedziała nagle te słowa.

– Jesteście diablicą! – zawołał papież z mieszanką odrazy i podziwu. – Ile żądacie, zakładając, że istotnie możecie dostarczyć nam ten dokument? Tysiąc złotych dukatów? Dwa tysiące?

Naraz papież Jan wydał się pozbawiony pewności siebie i jeszcze niższy.

– Nie chcę pieniędzy – odparła Afra chłodno.
– Nie chcecie pieniędzy? Co to ma znaczyć?
– Żądam od was życia Jana Husa. Ni mniej, ni więcej, tylko tego.

Papież spojrzał bezradnie na szambelana.

– Życia heretyka? *Obliviscite!* Mianuję was ksienią i obdaruję lasami, w których rośnie więcej drzew niż chrześcijaństwo liczy dusz. Uczynię was najbogatszą kobietą świata.

Afra z ogromną pewnością siebie potrząsnęła przecząco głową.

– Dam wam dochody ze stu razy sto listów odpustowych nabazgranych na papierze przez bogobojnych mnichów, a poza tym zwitek pieluszki maleńkiego Jezuska jako relikwię.

– Życie Husa!

Papież Jan rzucił swojemu szambelanowi wściekłe spojrzenie.

– Twardy orzech do zgryzienia z tej baby. Nie uważacie?
– Owszem, Wasza Świątobliwość, twardy orzech. Nałóżcie tiarę. Robi się chłodno. A umysł macie rozpalony.

Papież odepchnął szambelana.

– Nonsens!

Baldassare Cossa musiał kiedyś tam uczyć się łaciny u trzeciorzędnego magistra. Bo na pewno jej nie studiował, gdyż w czasie, gdy rzetelni klerycy oddawali się teologii, Cossa uprawiał piractwo. Od kiedy jednak oszukańczo obrano go papieżem, miał obyczaj równie często, jak marnie – *miserabile ut crebro* – przetykać swoje wypowiedzi strzępkami łaciny.

– Panienko – zaczął niemal błagalnie. – Uwolnienie Czecha Jana Husa nie leży w mojej mocy. Zostanie wydany na niego prawomocny wyrok, a herezja jest karana śmiercią na stosie. Niech Pan zmiłuje się nad jego biedną duszą. – Papież świętoszkowato złożył ręce. – Jeśli zaś chodzi o wasz pergamin, to ma on mniejszą wartość, niż myślicie.

– Świadczy on o tym, że cesarz Konstantyn nigdy nie dokonał tego aktu darowizny. I że wy oraz wasz Kościół bezprawnie przywłaszczyliście sobie wszystkie, prawa dziedziczenia i majątki ziemskie.

– Na Trójcę Przenajświętszą! – Papież załamał ręce. – Czyż Bóg nie stworzył nieba i ziemi, jak jest napisane w Biblii? Skoro tak jest i skoro ja, papież Jan, jestem jego namiestnikiem na ziemi, to tak czy inaczej wszystko należy do mnie. Ale okażę wam wielkoduszność. Chytrość nie jest chrześcijańską cnotą. Powiedzmy: dwa tysiące pięćset złotych dukatów!

– Życie Jana Husa! – nie ustępowała Afra.

– Diabeł was przysyła, panienko! – Czerwona głowa Cossy poczerwieniała jeszcze bardziej, gruba szyja jeszcze bardziej nabrzmiała, oddychał dychawicznie i wydawał się w najwyższym stopniu podenerwowany. – Dobrze – powiedział wreszcie, nie patrząc Afrze w oczy. – Muszę się naradzić z moimi kardynałami.

– Pergamin za życie Husa!

– Niech tak będzie. Pergamin za życie Husa. Jutro przed ogłoszeniem wyroku w katedrze pojawią się u was biskup Concordii i kardynał Ostii. Jeśli wręczycie pergamin tym dwóm dostojnikom kościelnym, wyrok w sprawie Jana Husa będzie pozytywny. Tak mi dopomóż Bóg.

– Mam na imię Afra i mieszkam u mistrza Pfefferharta na Fischmarktgasse!
– Wiem, panienko. Wiem – odparł papież z chytrym uśmieszkiem.

Gwałtowny wiatr przyniósł deszcz, a ciemne, niskie chmury zawisły nad miastem. Wydawało się, że zwiastują one nieszczęście. Ludzie z trwogą zerkali na niebo. Około godziny jedenastej miał być ogłoszony wyrok w sprawie Jana Husa. Ale już od siódmej żądni sensacji gapie cisnęli się przed portalem szacownego domu bożego.

Kardynał Ostii nazwiskiem de Brogni, który miał przewodniczyć w ostatnim dniu procesu, i biskup Concordii, który z kolei miał ogłosić wyrok na Jana Husa, ubrani w komże i ogniście czerwone sutanny wyruszyli w tym samym czasie na Fischmarktgasse. Uczeni i delegaci ze wszystkich krajów chrześcijańskiego świata zachodniego, zaproszeni, aby być świadkami ogłoszenia wyroku, wyglądali na zatroskanych, gdy obaj dostojnicy w otoczeniu sześciu uzbrojonych lancknechtów, swoich sekretarzy i papieskiego szambelana udali się w kierunku odwrotnym do katedry i wreszcie zniknęli w domu mistrza Pfefferharta.

Po nieprzespanej nocy Afra przyjęła obu biskupów i szambelana w nie najlepszym nastroju. Nie zmrużyła oka, rozmyślając bez przerwy, czy jej plan rzeczywiście ma szansę powodzenia. Kilkakrotnie rezygnowała ze swojego pomysłu, ale po chwili znów do niego wracała. Na koniec doszła do wniosku, że przekazanie pergaminu będzie jedyną możliwością uchronienia Husa przed stosem.

Jej samej pergamin przyniósł tylko nieszczęścia. Sprawił, że żyła jak zaszczuta. Obudził w niej nieufność do mężczyzny, którego kochała, a może nawet zniszczył tę miłość. I nieraz przywodził ją na skraj zguby. Za żadne skarby świata nie chciała tak dalej żyć. O, jakże przeklinała ten pergamin!

Od dwóch dni nosiła ten przeklęty dokument pod sercem. Teraz, gdy trzech duchownych wkroczyło do jej izby, trzymała go za stanikiem. Wystarczyło tylko sięgnąć po niego ręką.

— W imię Wszechmocnego — zaczął teatralnie szambelan i niczym prorok wyciągnął ręce ku niebu. — Pokażcie ten pergamin. Spieszymy się.

Jak zwykle, gdy wymagała tego sytuacja, Afra udawała opanowanie, chociaż serce podchodziło jej do gardła.

— Kim jesteście? — zapytała, zwracając się do pierwszego dostojnika.

— Kardynał de Brogni z Ostii.

— A wy?

— Biskup Concordii.

Znudzony starzec wyciągnął rękę do Afry, ale dziewczyna nie zareagowała.

Podeszła do stolika przy oknie, na którym leżała Biblia oprawna w brązową skórę, i powiedziała:

— Przysięgnijcie wszyscy trzej na wszystkich świętych i miłosiernego Boga, kładąc lewą dłoń na tej księdze nad księgami, aby diabeł nie mógł jej dotknąć, że wasz wyrok uchroni Jana Husa przed spaleniem na stosie.

Trzej mężczyźni wywrócili oczyma, a de Brogni, przysadzisty typ, którego głowa wyrastała z ramion, bo zdawało się, że w ogóle nie miał szyi, zawołał poirytowany:

— Panienko, nie będziecie nam tu wydawać rozporządzeń. Dajcie pergamin i sprawa będzie załatwiona.

— O nie, panie kardynale — odparła Afra równie poirytowana. — Nie rozeznajecie dobrze sytuacji i przeceniacie własne możliwości. To wy przychodzicie tutaj po prośbie, a nie ja. Ja tu stawiam warunki!

Szambelan papieski, który poznał talenty Afry już podczas wczorajszych rokowań, dał kardynałowi de Borgni znak, aby się miarkował, i powiedział:

– Oczywiście jesteśmy gotowi złożyć świętą przysięgę na Biblię w imię Boga miłosiernego i wszystkich świętych, aby zadośćuczynić waszemu żądaniu.

I szambelan Bartolommeo zbliżył się do Biblii i złożył przysięgę, że uczyni wszystko, co w jego mocy, aby uchronić Husa przed stosem. De Brogni i biskup Concordii poszli w jego ślady.

Wtedy Afra rozpięła staniczek i wyciągnęła pergamin. Mężczyźni patrzyli poirytowani.

Ostrożnie – bo wiedzieli przecież, jakie znaczenie ma ten dokument – kardynał wziął go w dłoń i rozłożył. Wydawało się jednak, że nie zna bliższych szczegółów, kiedy bowiem zobaczył pusty pergamin, napuszył się jak indor w czasie godów i chciał ruszyć na Afrę. Wtedy jednak szambelan zastąpił mu drogę i wskazał palcem stojącą na stole fiolkę.

Szambelan otworzył szklane naczynie, zwilżył palec przejrzystym płynem i postukał nim w pozornie pusty dokument. Po kilku chwilach w obrębie plamy, która powstała na pergaminie, ukazało się słowo, najpierw blade, a potem coraz wyraźniejsze.

– *Falsum* – przeczytał półgłosem de Brogni. Podczas gdy Afra rzuciła mu pełne podziwu spojrzenie, on szybko uczynił znak krzyża. Biskup Concordii zdawał się nie pojmować, co odbywa się na jego oczach, i tylko potrząsał głową.

W końcu szambelan złożył pergamin z powrotem i ukrył go w sutannie. A następnie chwycił za fiolkę.

– Chodźcie, Eminencje – powiedział, zwracając się do biskupów. – Już czas.

Ani jeden nie zaszczycił Afry spojrzeniem.

Pietro de Tortosa wrócił około południa z ogłoszenia wyroku, na które był zaproszony jako przedstawiciel króla Neapolu. Poseł sprawiał wrażenie strasznie przybitego.

Przypuszczając, że poseł nie doszedł jeszcze do siebie po nadmiernym pijaństwie poprzedniego wieczoru, Afra chciała przemknąć obok niego na schodach. Zobaczyła jednak jego gniewne oczy, które aż tryskały wściekłością, postanowiła więc zapytać o tak niezwykły u niego nastrój.

– Skazali go na śmierć – wykrztusił z siebie Pietro de Tortosa.

– O kim mówicie?

– Jan Hus, dzielny Czech, został skazany na śmierć przez spalenie na stosie.

– Ależ to niemożliwe! Musicie się mylić. Hus miał być uwolniony. Jestem tego absolutnie pewna.

Osowiały poseł potrząsnął przecząco głową.

– Dobra kobieto, widziałem na własne oczy i słyszałem na własne uszy, jak biskup Concordii odczytał wyrok śmierci w obecności króla Zygmunta Luksemburskiego i zakończył słowami: „Oddajemy twoją duszę diabłu. Niech te doczesne szczątki zostaną bezzwłocznie spalone". Czy myślicie, że to wszystko mi się tylko przyśniło?

– Ale to niemożliwe – bełkotała przerażona Afra. – Mam przyrzeczenie papieża i świętą przysięgę trzech dostojników kościelnych!

Pietro de Tortosa, który nie rozumiał, o czym Afra mówi, chwycił ją za rękę i wyprowadził z domu na Fischmarktgasse. Zdenerwowany wskazał w kierunku północy, gdzie w niebo wznosił się czarny dym.

– Boże, bądź miłościw jego biednej duszy! – powiedział.

Poseł po raz pierwszy zdradził takie oznaki pobożności.

Afrze łzy stanęły w oczach. Łzy bezsilnej wściekłości. W ogóle nie potrafiła zebrać myśli. Gniew pognał ją w stronę placu katedralnego. Domy i ludzi na wąskich uliczkach widziała tylko jak przez mgłę. Bez tchu dobiegła do biskupiego pałacu, przed którym tłoczył się wzburzony tłum.

Wymachując rękami, przedarła się przez hałaśliwe, bluźniące zbiegowisko. Słychać było okrzyki: „Zdrajca" albo: „To nie Hus powinien spłonąć, tylko on!".

– Przepuśćcie mnie! Muszę się dostać do papieża! – krzyknęła Afra na halabardnika, który zastawił jej drogę. Lancknecht rozpoznał ją i roześmiał się.

– Przychodzicie za późno, panienko. Nie dzisiaj... – Wykonał dwuznaczny ruch ręką. – Ale w mieście jest jeszcze wystarczająco wielu kardynałów i biskupów.

Afra udała, że nie zauważyła nieprzystojnej aluzji.

– Co to ma znaczyć, że przychodzę za późno?

– To znaczy, że w chwili, gdy w katedrze odczytywano wyrok na Jana Husa, Jego Świątobliwość w przebraniu lancknechta opuścił Konstancję przez Kreuzlinger Tor. Teraz znajduje się prawdopodobnie w drodze do Szafuzy, do swojego stronnika księcia Fryderyka Austriackiego. Nic dokładnie nie wiadomo. Nic, a nic.

Afra jak skamieniała wpatrywała się w lancknechta. Sama nie wiedziała, co myśleć. Aż wreszcie wybuchła:

– Przysięgli na Boga Najwyższego, że to się nie stanie. Boże Wszechmocny, dlaczego do tego dopuściłeś?

Zgromadzeni wokół ludzie, będący świadkami tej wymiany zdań, nie znaleźli wyjaśnienia dla osobliwych słów młodej kobiety i odwrócili się od niej. Zbyt wielu samotników i dziwaków zaludniało miasto od chwili rozpoczęcia soboru. Nie warto było o tym myśleć.

Ze zwieszoną głową, przygnębiona i osowiała wróciła Afra do domu na Fischmarktgasse. Już nie wiedziała, co dalej ze sobą począć. Gdy jednak szła po schodach do swojej izby, zdało się jej, że ujrzała zjawę, jakby spełniło się jej najgłębsze pragnienie.

Na schodach siedział Ulryk von Ensingen i czekał z głową wspartą na rękach. Milczał również wtedy, gdy zbliżyli do siebie twarze i w półmroku korytarza zobaczył zapłakane oczy Afry. Powoli wziął ją za rękę, bojąc się, że dziewczyna mu się wyrwie.

Ale nic takiego się nie stało. Przeciwnie. Afra ścisnęła podaną dłoń, a nawet uczepiła się Ulryka, jak tonący chwyta się ocalającej gałęzi. Oboje milczeli przez dłuższy czas.

– Skończyło się – wyszeptała wreszcie. – Wszystko się wreszcie skończyło.

Ulryk nie zrozumiał, co Afra ma na myśli. Był skazany na domniemania. Ale nie śmiał pytać. Nie w tej chwili.

Bezradny wziął ukochaną w ramiona. Czułość, z jaką odpowiedziała na tę bliskość, dodała mu otuchy.

– Arcybiskup Mediolanu zlecił mi dokończenie budowy katedry. Dałem mu słowo. Już jutro mam wyruszyć w drogę. Pojedziesz ze mną? Jako moja żona?

Afra długo patrzyła na Ulryka, a potem bez słowa skinęła głową.

W tym samym czasie zaprzężony w szóstkę koni powóz, który książę Fryderyk Austriacki wysłał na spotkanie papieża, pędził lewym brzegiem Renu w kierunku Szafuzy. Stangreci na koźle mieli rozkaz wypruć wszystkie bebechy z koni, żeby jak najszybciej przywieźć papieża i jego szambelana do Szafuzy. Tam Jego Świątobliwość będzie na razie bezpieczny, kolegium kardynalskie postanowiło bowiem o jego abdykacji.

Książę umyślnie wybrał powóz bez ozdób i z ciemną, wypłowiałą plandeką. Nikt na skraju wiejskich dróg nie miał podejrzewać, że w pojeździe znajduje się papież Jan. Podniszczony powóz był strasznie niewygodny. Nie miał nawet okienka, przez które szambelan mógłby poprosić stangretów, żeby zwolnili. Jego Świątobliwość miał tymczasem mdłości i cierpiał z lęku przed śmiercią.

Jedną ręką uczepił się zwykłego, niewyściełanego siedzenia – nie mógł sobie przypomnieć, kiedy ostatnio jego błogosławiony tyłek był tak maltretowany – w drugiej zaś trzymał pergamin niczym trofeum. Tymczasem Bartolommeo usiłował przy użyciu fidybusa rozniecić ogień.

Tuż przed ucieczką szambelan uwidocznił zapisany na pergaminie tekst i przeczytał go swojemu panu. Bladość, jaka wystąpiła przy tym na jego twarzy, ciągle jeszcze nie zniknęła. Chociaż jego oczy niekiedy ciskały skry triumfu, to w kościach nadal czuł przerażenie.

– Zapalcie się wreszcie! – krzyknął zniecierpliwiony.

Ale szambelanowi, który nie miał wprawy w takich rzeczach, jak rozniecanie ognia, po prostu nie udawało się za pomocą fidybusa skrzesać choćby maleńkiego płomyczka.

Przypominając sobie swoją piracką przeszłość, spróbował to zrobić papież Jan. I oto nagle na jego fidybusie pojawił się ogienek. Najpierw nieśmiały, ale wspomagany ciągiem powietrza od jazdy, rozrósł się szybko w płonącą pochodnię.

Papież Jan nakazał szambelanowi trzymać ogień. Sam zaś rozwinął pergamin i przyłożył go do płomienia.

– Do diabła, nie pali się! – wykrzyknął zniecierpliwiony.

– Trochę cierpliwości, wasza Świątobliwość. Nawet dusze biedaków w czyśćcu tlą się najpierw przez jakiś czas, zanim ogień pochłonie ich grzechy.

– Nonsens! – syknął papież.

Ale oto nagle zdarzyła się rzecz niepojęta – z pergaminu wystrzelił z sykiem płomień i niczym ognisty grzyb uderzył w plandekę powozu. Wystarczyła chwila i powóz stanął w ogniu.

Kiedy stangreci zauważyli to piekło, było już za późno na gaszenie pożaru. Próba zatrzymania płonącego powozu spełzła na niczym. Powożący zeskoczyli z kozła. Wyskoczył też z pojazdu szambelan, a za nim papież. Konie popędziły dalej kamienistą drogą do Szafuzy, jakby gnał je sam diabeł.

Papież Jan wczołgał się na czworakach po zboczu biegnącym opodal drogi. Wyprostował się z trudem i głęboko wciągnął powietrze w płuca. W osmalonej prawej dłoni ściskał garstkę czarnego popiołu.

Fakty

Ramę tej powieści stanowi historia. Nie jest to wymysł autora.

DAR KONSTANTYŃSKI (Constitutum Constantini) – akt potwierdzający, że cesarz Konstantyn (306–337) podarował papieżowi Sylwestrowi (314–335) Rzym i cały świat zachodni. Dokument ten, uznawany w średniowieczu za prawdziwy, opiera się jednak na fałszerstwie, którego według dzisiejszego stanu wiedzy dokonał pewien mnich za panowania cesarza Hadriana II (867–872). Już w XIV wieku pojawiły się pierwsze wątpliwości co do autentyzmu tego pergaminu, z jednej strony z powodu stylu, z drugiej zaś ze względu na wymienione w nim pewne fakty, które nabrały znaczenia dopiero kilka stuleci później. Kościół bronił prawdziwości tego dokumentu aż do XIX wieku. Dzisiaj jednak uznaje się go ostatecznie za fałszerstwo.

Nieszczęsny papież JAN XXIII (1410–1415) jest postacią historyczną, podobnie jak dwaj antypapieże Benedykt XIII i Grzegorz XIII. Historycy średniowieczni opisują niewiarygodnie niecne czyny papieża Jana, przekraczające wyobraźnię każdego autora. Jego Świątobliwość współżył ze swoją szwagierką, a także z siostrą kardynała Neapolu. Za miłosne przysługi mianował młodych kleryków opatami bogatych klasztorów. Podobno jest faktem historycznym, że zhańbił trzysta zakonnic z Bolonii.

Chociaż Jan XXIII był papieżem tylko w jednej trzeciej, zwołał SOBÓR W KONSTANCJI (1414–1418), oficjalnie po to, aby przeciwdziałać rozłamowi w Kościele i pociągnąć do odpowiedzialności reformatora Jana Husa. Z niewyjaśnionych do dzisiaj powodów zbiegł nagle w nocy z Konstancji, został później pojmany, pozbawiony urzędu i wtrącony do więzienia. Kościół dopiero w ostatnich dziesięcioleciach podjął próbę wymazania tego papieża z pamięci ludzkiej, kiedy to Angelo Roncalli, zwierzchnik Kościoła katolickiego w latach 1958–1963, przyjął imię Jan XXIII, jakby tamten Jan nigdy nie istniał.

JAN HUS, pierwszy rektor uniwersytetu w Pradze grzmiący z powodu zeświecczenia kleru, otrzymał od króla Zygmunta Luksemburskiego gwarancję, że jeśli pojawi się na soborze w Konstancji, w żadnym wypadku nie zostanie skazany na śmierć. Hus miał jedynie usprawiedliwić się przed całym światem. Został jednak pojmany w czasie soboru i następnie spalony na stosie.

HISTERIE DOTYCZĄCE SZATANA nie były, jak to przedstawiono na początku, rzadkością w średniowieczu, co prowadziło do straszliwych ekscesów. Takie masowe histerie są dla nas dzisiaj niepojęte. Rozpowszechniona była również histeria, polegająca na tym, że ludzie tańczyli do utraty przytomności albo wręcz do śmierci.

ULRYK (ULRICH) VON ENSINGEN żył naprawdę. Urodził się około roku 1359, a umarł w roku 1419 w Strasburgu. Ze względu na wznoszenie gigantycznych wież uchodził za dziwaka i najsłynniejszego architekta swoich czasów. Podniósł środkową nawę katedry w Ulm do jej obecnej wysokości i rozpoczął budowę wieży katedry w Strasburgu. Równocześnie pracował przy budowie katedry w Mediolanie.

Właściwa bohaterka powieści, PIĘKNA AFRA, jest postacią fikcyjną. Podobnie też fikcyjny jest ZAPOMNIANY PERGAMIN, który skruszony kopista CONSTITUTUM CONSTANTINI miał rzekomo napisać pod koniec życia. Ale czyż nie mogło tak być? Niech Bóg wybaczy autorowi.

Spis treści

Prolog diabelskie ślady 5

Anno Domini 1400 – zimne lato 15

Aż do nieba i wyżej 83

Pusty pergamin 125

Czarny las 173

Tajemnice katedry 199

Loża odszczepieńców 235

Księgi, nic oprócz ksiąg 287

Przez jeden dzień i jedną noc 319

Przepowiednia messera Liutpranda 371

Za murami Monte Cassino 401

Pocałunek połykacza ognia 449

Garstka czarnego popiołu 485

Fakty 521